Iris Murdoch
Der Schwarze Prinz

Zu diesem Buch

Bradley Pearson, pensionierter Finanzbeamter und Schriftsteller, ist im Begriff, London zu verlassen, um in der Einsamkeit eines kleinen Dorfs an der Küste sein Lebenswerk zu schreiben. Doch unmittelbar vor der geplanten Abreise gerät sein wohlgeordnetes Leben durcheinander: Seine Schwester Priscilla verläßt ihren Mann und sucht völlig verstört bei Bradley Zuflucht, seine geschiedene Frau erscheint nach dem Tod ihres zweiten Mannes als wohlhabende Witwe auf der Bildfläche, und zu allem Überfluß verliebt Bradley sich Hals über Kopf in die gerade zwanzigjährige Tochter seines Rivalen Arnold. Liebesaffären und Familienmiseren, Widerspiele und Sinnsuche prägen diesen brillant erzählten psychologischen Roman, der zu den Hauptwerken der großen englischen Erzählerin gehört.

Iris Murdoch, am 15. Juli 1919 in Dublin geboren und am 8. Februar 1999 in Oxford gestorben, war die unbestrittene Doyenne der britischen Gegenwartsliteratur. In Deutschland erlebt sie gegenwärtig eine Renaissance, zuletzt erschienen auf deutsch außerdem die Romane »Das italienische Mädchen«, »Henry und Cato« und »In guter Absicht«.

Iris Murdoch
Der Schwarze Prinz

Roman

Aus dem Englischen von
Stefanie Schaffer-de Vries

Piper München Zürich

Von Iris Murdoch liegen in der Serie Piper außerdem vor:
Das italienische Mädchen (2935)
Henry und Cato (2957)

Ungekürzte Taschenbuchausgabe
Piper Verlag GmbH, München
Oktober 2000
© 1973 Iris Murdoch
Titel der englischen Originalausgabe:
»The Black Prince«, Chatto and Windus, London 1973
© der deutschsprachigen Ausgabe:
1998 Franz Deuticke Verlagsgesellschaft m.b.H.,
Wien, München
Umschlag: Büro Hamburg
Stefanie Oberbeck, Katrin Hoffmann
Foto Umschlagvorderseite: Gerhard Merzeder
Foto Umschlagrückseite: Sophie Bassouls
Druck und Bindung: Clausen & Bosse, Leck
Printed in Germany   ISBN 3-492-22958-1

Für Ernesto De Marchi

INHALT

Vorwort
  des Herausgebers 9

Vorwort
  von Bradley Pearson 11

Bradley Pearsons Geschichte 23
  Erster Teil 25
  Zweiter Teil 259
  Dritter Teil 385

Nachwort
  von Bradley Pearson 481

Vier Nachworte
  von Personen der Handlung 497

Nachwort
  des Herausgebers 523

VORWORT DES HERAUSGEBERS

Ich bin in mehr als einer Beziehung für das nachfolgende Werk verantwortlich. Der Verfasser, mein Freund Bradley Pearson, hat die Publikation in meine Hände gelegt. In diesem einfachen, praktischen Sinn gelangen diese Seiten also durch mein Zutun an die Öffentlichkeit. Ich bin auch der »liebe Freund« (und dergleichen), der in dem Buch genannt und zuweilen angesprochen wird. Allerdings bin ich keine Figur in dem Drama, das Pearson schildert. Pearson und ich schlossen in einer Zeit Freundschaft, die nach den Ereignissen liegt, von denen hier berichtet wird, einer schwierigen Zeit, in der wir beide der Segnungen der Freundschaft bedurften und glücklich waren, sie im anderen zu finden. Ich kann mit voller Überzeugung sagen, daß diese Geschichte vermutlich nie erzählt worden wäre, hätte ich Bradley nicht immer wieder durch meinen Zuspruch und mein Verständnis neuen Mut gegeben. Nur allzu oft ermüden die Menschen, die einer gleichgültigen Welt die Wahrheit entgegenrufen; sie verstummen oder beginnen an ihrem eigenen Verstand zu zweifeln. Ohne meine Hilfe hätte das auch bei Bradley Pearson geschehen können. Er brauchte jemanden, der ihm glaubte und der an ihn glaubte. Er fand mich, sein *Alter ego,* zur nötigen Zeit.

Die folgende Geschichte ist in ihrem Wesen wie in ihren Umrissen eine Liebesgeschichte. Das soll heißen, es geht in ihrem innersten Kern ebenso um Liebe wie an der Oberfläche. Der schöpferische Kampf des Menschen, sein Ringen um Weisheit und Wahrheit, ist eine Liebesgeschichte. Was auf den folgenden Seiten erzählt wird, ist dunkel und mehrdeutig, und die Erzählung geht mitunter verschlungene Wege. Aber das Suchen und Streben des Menschen ist eine Odyssee durch das Dunkel, die ihn oft auf versteckte Pfade führt. Wer in diesem dunklen Licht lebt, wird verstehen. Andererseits: Was kann einfacher und zauberhafter sein als eine Liebesgeschichte? Es ist vielleicht die Herrlichkeit, vielleicht der Fluch der Kunst, daß sie schrecklichen Dingen Zauber verleiht. Kunst ist Verhängnis. Sie war das Verhängnis Bradley Pearsons. Und auf ganz andere Weise ist sie auch meines.

Meine Aufgabe als Herausgeber war einfach. Doch vielleicht wird die Bezeichnung Herausgeber meiner Rolle nicht ganz gerecht. Aber als was sonst sollte ich mich bezeichnen? Als eine Art Impresario? Oder als einen Clown, einen Harlekin, der vor dem Vorhang hin- und herstolziert und ihn dann feierlich aufzieht? Ich habe mir selbst das letzte Wort vorbehalten, die letzte Bewertung oder Zusammenfassung. Es würde mir jedoch besser anstehen, als Bradleys Narr aufzutreten und nicht als sein Richter. Mag sein, daß ich in gewissem Sinne beides bin. Warum diese Geschichte geschrieben werden mußte, wird sich in mehr als einem Sinn aus der Geschichte selbst ergeben. Doch eigentlich liegt es auf der Hand. Jeder Künstler ist ein unglücklich Liebender. Und unglücklich Liebende wollen ihre Geschichte erzählen.

P. A. Loxias
Herausgeber

VORWORT
VON BRADLEY PEARSON

Obschon seit den Ereignissen, von denen diese Geschichte erzählt, mehrere Jahre vergangen sind, werde ich mich der modernen Erzähltechnik bedienen und das erzählerische Bewußtsein wie ein Licht über die in der Geschichte gegenwärtigen Augenblicke gleiten lassen, die Vergangenheit kennend, in Unkenntnis dessen, was kommen soll. Ich werde mich also in mein vergangenes Ich zurückversetzen und, aus einfachen erzählerischen Zwecken, nur mit dem Verständnis jener Zeit sprechen, einer Zeit, die sich in vieler Hinsicht so sehr von der Gegenwart unterscheidet. Ich werde zum Beispiel sagen: »Ich bin achtundfünfzig«, was ich damals war. Und ich werde die Menschen beurteilen, wie ich sie damals beurteilte, unzulänglich, vielleicht sogar ungerecht, und nicht im Licht später gewonnener Weisheit. Diese Weisheit aber, und ich hoffe doch, daß es wirkliche Weisheit ist, wird in der Geschichte nicht fehlen. Sie wird, ja sie muß sie in gewissem Maße »durchstrahlen«. Ein Kunstwerk ist so gut wie sein Schöpfer. Es kann nicht besser sein. Es kann aber, in aller Bescheidenheit gesagt, auch nicht schlechter sein als er. Die Tugenden haben geheime Namen: sie sind schwer zugänglich, geheime Dinge. Alles, was Wert hat, ist geheim. Ich will nicht versuchen, zu beschreiben oder zu benennen, was ich in dem disziplinierten, einfachen Leben gelernt habe, das ich in letzter Zeit führte. Ich hoffe, jetzt weiser und gütiger zu sein als damals – sicher bin ich glücklicher –, und ich hoffe, daß das Licht der Weisheit, das auf einen Toren fällt, im Verein mit der Torheit die blanken Umrisse der Wahrheit zu enthüllen vermag. Ich habe bereits angedeutet, daß dieser »Bericht« ein Kunstwerk ist. Damit meine ich natürlich nicht ein Werk der Phantasie.

Alle Kunst befaßt sich mit dem Absurden und strebt zum Einfachen. Gute Kunst spricht Wahrheit, ja *ist* Wahrheit, vielleicht die einzige Wahrheit. Ich habe versucht, in meiner Geschichte weise kunstvoll und kunstvoll weise zu sein und die Wahrheit zu sagen, wie ich sie verstehe; nicht nur im Hinblick auf die oberflächlichen und »aufregenden« Aspekte dieses Dramas, sondern auch im Hinblick auf das, was tiefer liegt.

Es ist mir bewußt, daß Menschen oft völlig verzerrte Vorstellungen von sich selbst haben. Wie ein Mensch wirklich ist, zeigt sich in den immer wiederkehrenden Mustern seines Handelns und nicht in einem rasch hingeworfenen theoretischen Selbstbild. Das trifft vor allem auf den Künstler zu, der sich – sosehr er auch meint, unsichtbar zu bleiben – in seinem Werk offenbart, das ja ein Stück von ihm selbst ist. Und so gebe auch ich mich hier preis, dessen kläglicher Instinkt immer noch nach einer Verborgenheit strebt, die sich mit meinem Beruf nicht vereinbaren läßt. Nach dieser vorsichtigen Einleitung werde ich nun doch versuchen, eine ungefähre Beschreibung von mir zu geben. Und ich spreche jetzt, wie schon erklärt, als der, der ich vor einigen Jahren war, in der Gestalt des oft unrühmlichen ›Helden‹ der nachfolgenden Geschichte. Ich bin achtundfünfzig. Ich bin Schriftsteller. »Schriftsteller« ist tatsächlich die einfachste und auch genaueste Bezeichnung für mich. Daß ich auch Psychologe, Amateurphilosoph und Beobachter menschlichen Tuns und Treibens bin, hängt damit zusammen, daß diese Dinge zu einem Teil die Art Schriftsteller ausmachen, die ich bin. Ich bin immer ein Suchender gewesen. Und dieses Suchen äußert sich in dem Bemühen um Wahrheit, von dem ich vorhin gesprochen habe. Ich habe, so hoffe und glaube ich, meine Begabung rein gehalten. Das heißt unter anderem, daß ich nie ein erfolgreicher Schriftsteller war. Ich habe nie versucht, auf Kosten der Wahrheit zu gefallen. Die Qual des Verzichts auf Selbstdarstellung hat mich durch lange Perioden meines Lebens begleitet. Das zwingendste und heiligste Gebot, das einem Künstler auferlegt werden kann, ist das Gebot: Warte. Die Kunst hat ihre Märtyrer, nicht zuletzt jene, die ihr Schweigen bewahrt haben. Es gibt, wage ich zu behaupten, Heilige der Kunst, die es vorzogen, ihr Leben lang einfach stumm zu warten, um nicht die Reinheit einer einzigen Seite durch etwas Geringeres zu entweihen als das, was richtig und schön, das heißt wahr, ist.

Wie allgemein bekannt, habe ich wenig publiziert. Wenn ich sage »wie allgemein bekannt«, so verlasse ich mich auf den Bekanntheitsgrad, den der Rummel um meine Abenteuer außerhalb des Bereichs der Kunst mir eingebracht hat. Mein Name ist nicht unbekannt, doch leider nicht, weil ich Schriftsteller bin. Mit dem, was ich geschrieben habe, konnte und werde ich nur einige wenige Scharfsichtige erreichen. Es ist das Paradoxon meines Lebens und eine Absurdität, über die nachzudenken ich nicht müde werde, daß die dramatische Geschichte, die ich hier erzählen will und die meiner übrigen Arbeit so gar nicht gleicht, mein einziger »Bestseller« werden könnte. Sie enthält zweifellos alle Elemente eines grellen Dramas und erzählt von »abenteuerlichen« Ereignissen, wie einfache Menschen sie gerne hören. Und was das anlangt, habe ich selbst wohl auch genügend Schlagzeilen gemacht.

Ich will hier keinen Versuch unternehmen, die von mir veröffentlichten Werke näher zu beschreiben. Sie waren in dem vorhin erwähnten Zusammenhang viel im Gespräch, wurden aber, fürchte ich, nicht gelesen. Mit fünfundzwanzig veröffentlichte ich einen frühreifen Roman. Mit vierzig einen weiteren, jedenfalls eine Art Roman. Ich habe auch ein kleines Buch mit »Texten« oder »Studien« herausgegeben, das ich nicht unbedingt ein philosophisches Werk nennen möchte (*pensées* vielleicht). Ich hatte nicht die Zeit, ein Philosoph zu werden, und bedauere das nur zum Teil. Nur Geschichten und das Magische sind von wirklicher Dauer. Wie eng die Grenzen wirklichen Verstehens sind, lehrt einen die Kunst vielleicht besser als die Philosophie. Es ist eine Art Verzweiflung mit dem schöpferischen Akt verbunden, die sicher jedem Künstler zutiefst vertraut ist. In der Kunst, wie auch in der Moral, gehen große Dinge über Bord, weil wir im kritischen Moment die Augen verschließen. Wann aber ist dieser kritische Moment? Größe heißt, ihn zu erkennen, ihn halten zu können, ihn auszudehnen. Aber für die meisten von uns ist der Raum zwischen dem »Träumen von Dingen, die kommen werden« und dem »Zu spät, alles vorbei« viel zu klein, um in ihn einzudringen. Und so lassen wir die Dinge vorübergehen und geben uns dem vagen Glauben hin, daß sich uns immer wieder die Gelegenheit bieten wird, es nochmals zu versuchen. So werden Kunstwerke, so werden ganze Menschenleben vertan, weil wir im entscheidenden Moment die Augen verschließen und rasch weitergehen. Ich hatte oft Ideen zu Geschichten, aber sobald ich sie mir in allen Einzelheiten ausgedacht hatte, schienen sie mir kaum des Niederschreibens wert, als hätte ich sie schon »erledigt«. Nicht, weil sie schlecht waren, sondern weil sie schon der Vergangenheit angehörten und ich das Interesse verloren hatte. Meine Gedanken kamen mir bald schal vor. Einiges habe ich verpfuscht, weil ich es zu schnell anging. Anderes dadurch, daß ich es mir so intensiv ausdachte, daß alles vorbei war, ehe es begann. In einer Sekunde verwandelten sich Projekte von nebelhaft schwebenden Träumen in unverwertbare, längst vergangene Geschichte. Von ganzen Romanen existierte nur der Titel. Die drei schmalen Bändchen, die aus diesen Trümmern hervorgegangen sind, mögen vielleicht als schwaches Fundament erscheinen, um darauf den geheiligten Anspruch zu gründen, ein »Schriftsteller« zu sein. Aber tatsächlich (ich fühle mich geneigt, zu sagen »natürlich«) ist mein Glaube an mich nie ins Wanken geraten, blieb ich immer von der Absolutheit dieses Schicksals, ja dieses Fluchs überzeugt. Ich habe »gewartet«, nicht immer mit Geduld, doch in den letzten Jahren zumindest mit steigender Zuversicht. Ich habe immer gespürt, daß sich hinter dem Schleier, der vor der Zukunft lag, noch ein großes Werk verbarg. Wer ebensoviel Ausdauer bewiesen hat, mag ruhig lächeln. Und sollte sich herausstellen, daß diese kleine Geschichte über mich alles ist, wofür das Schicksal mich bestimmt hat, die Krönung all meiner Erwartungen, muß ich mich dann betrogen fühlen? Gewiß nicht betrogen, denn man hat kein Recht gegenüber jenem Dunkel. Kein Mensch hat das Recht, göttliche Macht auszuüben. Alles, was man tun kann, ist warten, versuchen und wieder warten. Was mich dazu bewog, dieses Buch zu schreiben, ist das elementare Bedürfnis, von den Ereignissen, die von allen so verfälscht dargestellt und so falsch interpretiert wurden, einen wahrhaften Bericht zu geben. Und von einem Wunder zu erzählen, das bisher geheim geblieben ist. Da ich ein Künstler bin, nimmt diese Geschichte die Form eines Kunstwerkes an. Möge es der tiefer liegenden Motive würdig sein, die ihm ebenfalls eignen.

Ich will nun ein wenig mehr über mich sagen. Meine Eltern hatten ein Geschäft. Das ist wichtig, wenn auch nicht so wichtig, wie Francis Marloe glaubt, und sicher nicht in der Weise, wie er es sieht. Ich erwähne Francis als erste meiner »Figuren«, aber nicht, weil er die wichtigste ist: Francis ist überhaupt nicht wichtig und hat keinen tiefen Bezug zum Verlauf des Geschehens. Er ist eine Randerscheinung, ein Handlanger, sowohl in dieser Geschichte wie wohl im Leben überhaupt, fürchte ich. Der arme Francis wird nie und nirgendwo der Held sein. Er würde ein exzellentes fünftes Rad an jedem Wagen abgeben. Aber ich mache ihn sozusagen zum Maskottchen der Geschichte, zum Teil, weil er sie in rein technischem Sinn eröffnet: Wäre er an einem bestimmten Tag nicht und so weiter, hätte ich vielleicht nie und so fort. Wieder so ein Paradoxon. Man kann nicht genug nachdenken über die Absurditäten des Zufalls, das Thema ist sogar ergiebiger als das Thema Tod. Ich räume Francis zum Teil auch deshalb einen besonderen Platz ein, weil er von den Hauptakteuren dieses Dramas wahrscheinlich der einzige ist, der mich nicht für einen Lügner hält. Ich danke dir dafür, Francis Marloe, falls du noch unter den Lebenden weilst und diese Worte lesen solltest. Daß mir später noch ein anderer geglaubt hat, hat sich als unendlich wertvoller erwiesen. Aber *damals* warst du der einzige, der sah und verstand. Ich grüße dich, Francis, durch die Äonen von Zeit, die seit der Tragödie vergangen sind.

Meine Eltern hatten ein Geschäft, eine Art Papierladen in Croydon. Man bekam dort Tageszeitungen und Zeitschriften,

Schreibpapier und so weiter und scheußliche »Geschenkartikel«. Meine Schwester Priscilla und ich lebten praktisch in diesem Laden. Ja, oft bekamen wir dort sogar unseren Nachmittagstee, und ich erinnere mich, daß ich manchmal unter dem Ladentisch schlief. Der Laden war das Haus und das mythische Reich unserer Kindheit. Es gibt glückliche Kinder, die in ihrer frühen Kindheit einen Garten, eine Landschaft ihr Reich nennen können. Wir hatten den Laden mit seinen Schubladen und Regalen, seinen Gerüchen, den zahllosen leeren Pappkartons, seiner eigenen Art von Schmutz. Es war ein armseliges, wenig erfolgreiches Geschäft. Unsere Eltern waren armselige, wenig erfolgreiche Leute. Sie starben beide, als ich in den Zwanzigern war, zuerst mein Vater, nicht lange danach meine Mutter. Meine Mutter erlebte noch die Veröffentlichung meines ersten Buches. Sie war stolz auf mich. Sie brachte mich oft zur Verzweiflung, und ich schämte mich ihrer, aber ich liebte sie. (Sei still, Francis Marloe.) Meinen Vater konnte ich einfach nicht leiden. Oder vielleicht habe ich meine Zuneigung zu ihm vergessen. Man kann Liebe vergessen, was ich, wie Sie noch sehen werden, bald herausfinden sollte.

Ich will mich jetzt nicht weiter über diesen Laden auslassen. Aber ich träume immer noch mindestens einmal die Woche davon. Francis Marloe fand das sehr bedeutsam, als ich ihm einmal davon erzählte. Aber Francis gehört zu jener traurigen Schar halbgebildeter Theoretiker, die die Auseinandersetzung mit der einzigartigen Geschichte eines Menschen so fürchten, daß ihnen jede platte »symbolische« Erklärung lieber ist. Francis wollte mich »erklären«. Als ich berühmt wurde, haben das auch ein paar andere, viel gescheitere Leute versucht. Aber der Mensch, und zwar jeder einzelne, ist unendlich komplexer als diese Art von Erklärung. Mit »unendlich« (oder sollte ich sagen »fast unendlich«? – Leider bin ich kein Philosoph) meine ich, daß das Bild nicht nur von viel mehr Einzelheiten bestimmt wird, sondern daß diese Einzelheiten auch auf unterschiedlichste Weise beschaffen sind und in viel verwickelteren Beziehungen zueinander stehen, als diese Simplifizierer es sich träumen lassen.

Ebensogut könnte man versuchen, einen Michelangelo auf einem Stück Millimeterpapier zu erklären. Nur die Kunst erklärt, und das wiederum ist unerklärlich. Der Mensch und die Kunst sind füreinander gemacht, und wo dieses Band fehlt, ist das menschliche Leben verfehlt. Nur diese Analogie trifft zu, nur dieser Spiegel zeigt ein richtiges Bild. Natürlich haben wir ein »Unbewußtes«, und davon handelt mein Buch zum Teil. Aber es gibt keine Generalkarte dieses versunkenen Kontinents. Schon gar nicht eine »wissenschaftliche«.

Mein Leben war bis zu dem Drama, das es zu einem so eklatanten Höhepunkt brachte, ereignislos. Manche würden es langweilig nennen. Wenn man dieses eigentlich schöne und treffende Wort in einem fast unemotionalen Sinn gebrauchen kann, so war mein Leben tatsächlich von vollendeter langer Weile, ein unendlich langweiliges Leben. Ich war verheiratet, dann nicht mehr; mehr darüber später. Ich habe keine Kinder. Ich leide hin und wieder unter Magenbeschwerden und Schlaflosigkeit. Ich habe im großen und ganzen allein gelebt. Nach meiner Frau, und auch vor ihr, gab es andere Frauen, von denen ich hier nicht berichten werde, weil sie nebensächlich und unwichtig sind. Manchmal sah ich mich selbst als alternden Don Juan, aber der Großteil meiner Eroberungen gehörte in die Welt der Phantasie. Nach Jahren, als es zu spät schien, damit anzufangen, wünschte ich mir, ich hätte ein Tagebuch geführt. Die menschliche Fähigkeit zu vergessen ist enorm. Und ein Tagebuch wäre eine Art Denkmal von fast garantiertem Wert gewesen. Schon oft habe ich mir gedacht, so etwas wie das Tagebuch eines Verführers mit eingestreuten metaphysischen Betrachtungen wäre vielleicht die ideale literarische Form für mich gewesen. Aber die Jahre, mit denen ich es hätte füllen können, sind dahin und in Vergessenheit geraten. So viel zu den Frauen. Im großen und ganzen war ich ein fröhlicher Mensch, ein Einzelgänger, aber nicht ungesellig, manchmal unglücklich, oft melancholisch. (Fröhlichkeit und Melancholie sind nicht unvereinbar.) Ich habe nur wenige enge Freunde gehabt. (Ich glaube, mit einer Frau könnte ich nicht »befreundet« sein.) Dieses Buch ist genaugenommen die

Geschichte einer »engen Freundschaft«. Gute, wenn auch nicht enge Freunde (man könnte sie vielleicht »Kumpel« nennen) fand ich durch meine Tätigkeit im Amt. Ich werde nichts von diesen Jahren »im Amt« erzählen, auch nicht von jenen Freunden. Nicht aus Undankbarkeit, sondern zum Teil aus künstlerischen Gründen, da sie in der Geschichte keine Rolle spielen, und auch aus Rücksichtnahme, weil es ihnen vielleicht nicht mehr gefiele, mit mir in Verbindung gebracht zu werden. Als einzigen dieser alten »Kumpel« erwähne ich Hartbourne, weil er ein so typisches Zubehör meiner großen Jahre der Langeweile zu sein scheint und daher gut als Repräsentant für die anderen stehen kann; und auch, weil er sich am Schluß törichterweise, wenn auch mit gutgemeinter und freundlicher Absicht, in mein Schicksal eingemischt hat. Ich sollte vielleicht noch erwähnen, daß es sich bei dem »Amt« um das Finanzamt handelt, und daß ich den Großteil meines offiziellen Arbeitslebens Finanzbeamter war.

Ich beabsichtige jedoch nicht, mein Leben als Finanzbeamter zu beschreiben. Aus irgendeinem Grund, der mir nicht ganz klar ist, fordert offenbar der Beruf des Finanzbeamten ähnlich wie der des Zahnarztes Gelächter heraus. Aber ich habe den Verdacht, daß es ein unbehagliches Gelächter ist. Der Steuerbeamte wie auch der Zahnarzt verkörpern nur zu gut, wovor dem Menschen im Innersten graut: daß er zahlen muß für sein Vergnügen, vielleicht bis zum Ruin, daß alles, was er hat, nur geborgt ist, nicht geschenkt, und daß seine unersetzlichsten Gaben schon dem Verfall preisgegeben sind, noch während sie wachsen. Und ganz konkret betrachtet, wann fühlt der Mensch sich mehr dem Elend ausgeliefert, als wenn er Einkommenssteuer zahlen muß oder Zahnschmerzen hat? Zweifellos ist das der Grund für den abwehrenden, versteckt feindseligen Spott, der einem entgegenschlägt, wenn man zugibt, einem dieser Berufsstände anzugehören. Trotzdem war ich immer der Meinung, daß nur ein Narr wie Francis Marloe wirklich glauben kann, es wäre heimlicher Sadismus, der einen Menschen dazu bringt, sich den Beruf des Finanzbeamten auszusuchen. Ich kann mir niemanden vorstellen, der weniger sadistisch wäre als ich. Ich bin sanft bis zur

Schüchternheit. Aber sogar mein ruhiger und respektabler Beruf wurde zuletzt als Beweis gegen mich verwendet.

Zu dem Zeitpunkt, zu dem diese Geschichte beginnt – und ich werde ihren Anfang nicht länger hinauszögern – war ich schon, früher als üblich, in den Ruhestand getreten. Ich habe als Finanzbeamter gearbeitet, weil ich mir einen Lebensunterhalt verdienen mußte, den ich mir als Schriftsteller nie hätte verdienen können; so viel war klar. Ich ging in Pension, als ich mir schließlich genügend Geld erspart hatte, um mir ein bescheidenes Einkommen zu sichern. Mein Leben verlief, wie ich schon sagte, bis vor kurzem ohne dramatische Ereignisse, aber ich hatte immer ein festes Ziel vor Augen. Ich freute mich auf die Freiheit und rackerte mich für sie ab, um meine ganze Zeit dem Schreiben widmen zu können. Doch es gelang mir auch in den Jahren meiner Knechtschaft, zu schreiben, und ich habe nur gelegentlich dabei gemurrt und will nicht wie so manch anderer unzufriedener Schriftsteller meinen Mangel an Produktivität auf meinen Mangel an Zeit schieben. Im großen und ganzen habe ich Glück gehabt. Und ich würde das sogar jetzt noch sagen. Vielleicht sogar gerade jetzt.

Der Pensionsschock war doch größer, als ich erwartet hatte. Hartbourne hatte mich gewarnt, daß es so kommen würde. Ich hatte ihm nicht geglaubt. Vielleicht bin ich ein größerer Gewohnheitsmensch, als ich dachte. Vielleicht hatte ich mir auch mit kaum verzeihlicher Dummheit vorgestellt, mit der Freiheit würde die Inspiration von selbst kommen. Ich hatte nicht damit gerechnet, daß meine Begabung mich vollständig im Stich lassen würde. In den Jahren davor hatte ich regelmäßig gearbeitet. Das heißt, ich hatte regelmäßig geschrieben und das Geschriebene regelmäßig vernichtet. Ich will hier nicht darauf eingehen, wie viele Seiten ich vernichtet habe, es ist eine ganze Menge. Ich empfand dabei Stolz und Trauer zugleich. Manchmal hatte ich das Gefühl, an einem toten Punkt angelangt zu sein (ein schrecklicher Ausdruck). Aber ich zweifelte nie an meiner Begabung. Hoffnung, Glaube und absolute *Hingabe* ließen mich immer weiterrackern. Ich wurde älter. Ich lebte allein mit meinen

Gefühlen. Aber zumindest fand ich immer irgend etwas zum Schreiben.

Doch als ich mit der Arbeit im Finanzamt aufgehört hatte und jeden Morgen zu Hause am Schreibtisch sitzen und nach Lust und Laune meinen Gedanken nachhängen konnte, stellte ich fest, daß ich keine Gedanken hatte. Auch das ertrug ich mit erbitterter Geduld. Ich wartete. Ich versuchte, eine neue Routine zu entwickeln: Monotonie, aus der Wertvolles entspringt. Ich wartete, ich horchte. Ich wohne, und darauf werde ich bald ausführlicher eingehen, in einem lauten Teil Londons, einem schäbigen Viertel, das einmal vornehm war. Ich glaube, ich habe mich zusammen mit meiner Umgebung selbst ein gutes Stück von der Vornehmheit entfernt. Lärm, der mir früher nie etwas ausgemacht hatte, begann mich jetzt zu stören. Zum erstenmal in meinem Leben hatte ich den dringenden Wunsch nach Stille.

Natürlich könnte man mit bissigem Humor darauf hinweisen, daß ich immer schon die Stille geliebt hatte. Arnold Baffin sagte einmal lachend etwas in dieser Richtung zu mir und kränkte mich damit. Drei kurze Bücher in vierzig Jahren permanenter literarischer Bemühungen kann man nicht gerade Geschwätzigkeit nennen. Und wirklich, wenn ich überhaupt etwas begreife, was kostbar ist, dann dies: wie wichtig es ist, den Mund zu halten, bis der richtige Augenblick gekommen ist, auch wenn dies lebenslängliches Schweigen bedeutet. Mit dem Schreiben ist es wie mit dem Heiraten. Man sollte sich nie darauf einlassen, solange man nicht staunt über sein Glück. Ich hasse hemmungslose Redseligkeit in jeder Hinsicht. Im Gegensatz zur heute modischen Ansicht ist das Weniger stärker als das Mehr, ist sein Herr und Meister. Was ich jedoch jetzt brauchte, war Stille im wörtlichen Sinn.

Also beschloß ich, London für eine Weile zu verlassen, und fühlte mich meinem verborgenen Schatz sogleich näher. Kaum hatte ich den Entschluß gefaßt, kehrte auch mein Selbstvertrauen zurück, und ich spürte wieder jene verborgene Kraft des Warten-Könnens, die des Künstlers wahre Gnade ist. Ich beschloß, mir für den Sommer ein Cottage am Meer zu mieten. Ich hatte in meinem ganzen Leben nie genug vom Meer gehabt. Ich hatte nie mit ihm gelebt, nie längere Zeit an einem einsamen Ort verbracht, nur mit dem Geräusch der Wellen um mich, das kein Geräusch ist, sondern das Raunen der Stille selbst. In diesem Zusammenhang muß ich eine etwas absurde Idee erwähnen, die mir seit langem mehr oder weniger vage im Kopf herumging: die Vorstellung, ich müßte irgendeine *Feuerprobe* bestehen, bevor ich als Schriftsteller wahre Größe erlangen konnte. Ich hatte bisher vergeblich darauf gewartet. Nicht einmal der totale Krieg hat mein Leben erschüttert (ich war nie Soldat). Ich schien zur Ruhe verdammt. Das Ausmaß dieser Ruhe und meiner vorhin erwähnten sanften Schüchternheit läßt sich vielleicht daran ermessen, daß mir ein Sommer außerhalb Londons eine Sekunde lang fast wie eine Prüfung erschien! Natürlich konnte man bei einem Mann wie mir – konventionell, nervös, puritanisch, Sklave der Gewohnheit – eine solche Reise durchaus als Abenteuer betrachten, als verwegenen Schritt ins Ungewisse. Oder sagte mir meine Intuition, daß nun zu guter Letzt tatsächlich wunderbare und schreckliche Dinge meiner harrten, deren Schatten sich bereits hinter dem Vorhang abzeichneten, der die Zukunft verbirgt? Mein suchender Blick fiel auf eine Anzeige in der Zeitung: ein Cottage am Meer, bescheidene Miete. Es hieß *Patara*. Ich hatte alle nötigen Vorkehrungen getroffen und stand kurz vor der Abreise, als Francis Marloe als Schicksalsbote an meine Tür klopfte. Ich kam schließlich nach Patara, aber was dort geschah, war weit von allem entfernt, was ich erwartet hatte.

Beim Durchlesen dieses Vorwortes fällt mir auf, wie dürftig es meine eigentlichen Gedanken vermittelt. Wie wenig doch Worte vermitteln können, außer vielleicht in der Hand eines Genies. Ich bin zwar ein schöpferischer Geist, doch bin ich eher Puritaner als Ästhet. Ich weiß, daß das menschliche Leben schrecklich ist. Ich weiß, wie wenig es der Kunst gleicht. Ich habe keine andere Religion als die Aufgabe, die das Leben mir stellt. Die herkömmlichen Religionen sind Träumereien. Die Welt der Ängste und Schrecken ist immer nur einen Millimeter entfernt. Jeder Mensch, auch der größte, kann in einem einzigen Augenblick zerbrochen werden und hat keine Zuflucht. Jede Theorie, die das leugnet, ist eine Lüge. Ich persönlich habe keine Theorien. In Wahrheit kann man weiter nichts tun als die Tränen trocknen und den endlosen Kampf um die Freiheit kämpfen. Ohne Freiheit gibt es keine Kunst und keine Wahrheit. Ich verneige mich vor den großen Künstlern und allen Menschen, die den Tyrannen ihr Nein entgegensetzen.

Fehlt noch die Widmung. Natürlich gibt es jemanden, für den dieses Buch geschrieben wurde, doch kann ich dessen Namen hier nicht nennen. Aus ganzem Herzen, nicht um mich selbst hervorzutun, sondern um meine Pflicht und Schuldigkeit zu tun, widme ich dieses Buch dir, meinem teuren Freund, Kameraden und Lehrer, der du es inspiriert und ermöglicht hast, mit einer Dankbarkeit, die du allein ermessen kannst. Ich weiß, du wirst seine vielen Mängel verzeihen, wie du stets mit verständiger Nachsicht über die ebenso zahlreichen Fehler seines Autors hinweggesehen hast.

Bradley Pearson

Es folgt *BRADLEY PEARSONS GESCHICHTE* mit dem Titel:

D*ER SCHWARZE PRINZ*
EIN HOHELIED DER LIEBE

Dramaturgisch gesehen, wäre es vielleicht am effektvollsten, die Geschichte in dem Augenblick beginnen zu lassen, als Arnold Baffin mich anrief und sagte: »Bradley, könntest du bitte mal rüberkommen, ich fürchte, ich habe gerade meine Frau umgebracht.« Geht man jedoch den Dingen auf den Grund, drängt Francis Marloe sich als der erste Akteur auf, der in Gestalt des Pagen oder Hausmädchens (diese Bilder würden ihm gefallen) etwa eine halbe Stunde vor Arnolds folgenschwerem Anruf die Handlung in Gang setzt. Denn die Neuigkeit, die Francis mir brachte, bildet den Rahmen oder den Kontrapunkt oder die äußere Verpackung für das, was dann und in späterer Folge in dem Drama um Arnold Baffin geschah. Ja, es gibt viele Stellen, an denen ich beginnen könnte. Ich könnte mit Rachels Tränen beginnen oder mit den Tränen Priscillas. Es werden viele Trä nen vergossen in dieser Geschichte. Jede Reihenfolge könnte zufällig erscheinen, wenn man nach einer komplexen Erklärung sucht. Denn wo beginnt etwas? Daß drei der vier erwähnten Ausgangspunkte in keinem kausalen Zusammenhang standen, regt zu Spekulationen über das Geheimnis des menschlichen Schicksals an; Spekulationen von zweifellos höchst irrationalem Charakter.

Wie schon gesagt, war ich im Begriff, London zu verlassen. Es war ein rauher, feuchtkalter Nachmittag im Mai. Der Wind trug keine Blütengerüche heran, sondern legte einem einen feuchten, ungesunden Dampfwickel auf die Haut und versuchte sie einem dann abzuziehen. Meine Koffer standen bereit, und ich wollte soeben nach einem Taxi telefonieren, ja hielt sogar schon den Hörer in der Hand, als ich plötzlich diesen nervösen

Impuls verspürte, die Abreise hinauszuzögern, mich hinzusetzen und noch einmal nachzudenken, eine Angewohnheit, die bei den Russen angeblich fast schon zum Ritual geworden ist. Ich legte den Hörer wieder auf, ging zurück in mein mit viktorianischen Möbeln vollgestopftes kleines Wohnzimmer und setzte mich hin. Sofort begannen mich tausend Dinge zu beunruhigen, die ich schon zehnmal überprüft hatte. Hatte ich genügend Schlaftabletten? Hatte ich die Belladonnatropfen eingepackt? Die Notizhefte? Ich kann nur in einer bestimmten Art von Heften mit einem bestimmten Zeilenabstand schreiben. Ich lief wieder hinaus in die Diele. Natürlich fand ich die Hefte und die Pillen und die Belladonnatropfen, aber nun waren die Koffer wieder halb ausgepackt, und mein Herz schlug wie verrückt.

Ich bewohnte damals schon seit langem eine Wohnung im Erdgeschoß eines der schäbigen, aber hübschen kleinen Reihenhäuser im Norden Sohos, nicht weit vom Postturm, einer lauten und etwas heruntergekommenen Gegend. Das großstädtische Ambiente war mir trotz seines verblichenen Glanzes lieber als der stillose Wohlstand der Vorstädte, den die Baffins schätzten. Meine Zimmer gingen alle nach hinten hinaus. Aus dem Fenster meines Schlafzimmers bot sich der Blick auf Müllcontainer und eine Feuerleiter, vom Wohnzimmer auf eine nackte, verdreckte Ziegelmauer. Das Wohnzimmer, eigentlich nur ein halber Raum (die andere Hälfte hatte ich zu einem kahlen Schlafzimmer degradiert), war mit Holz vertäfelt, das im Lauf von fünfzig Jahren zu diesem staubig-vornehmen Grünton verblaßt war, den nur das Alter hervorzubringen vermag. Diesen Raum hatte ich mit viel zu vielen Sachen vollgestopft. Da gab es viktorianischen und orientalischen Kram, zahllose kleine Kunstgegenstände verschiedenster Herkunft, Zierkissen, Servierbretter mit Intarsien, Samtdecken, ja sogar Sofaschoner und Spitzendeckchen. Ich bin allerdings kein richtiger Sammler, ich häufe die Dinge bloß an. Ich bin auch peinlich sauber, obgleich ich den Kampf gegen den Staub aufgegeben habe. Meine Wohnung war ein sonnenloses, heimeliges Nest, innen üppig, außen herum öde. Nur von der Haustür aus, die aber nicht meine Eingangstür

war, konnte man zu einem Stückchen Himmel über hohen Ge-
bäuden hinaufschielen, die von der klaren, strengen Form des
Postturms überragt wurden.

So zögerte ich also mit Absicht meine Abreise hinaus. Was
wäre geschehen, hätte ich es nicht getan? Ich hatte mir vorge-
nommen, den ganzen Sommer lang unterzutauchen, an einem
Ort, den ich übrigens nie gesehen, sondern blind gewählt hatte. Ich hatte Arnold nicht gesagt, wohin ich wollte. Ich hatte
ihn im dunkeln tappen lassen. Warum wohl? Nur um ihn aus
unerfindlichen Gründen zu ärgern? Geheimnisse machen immer Eindruck. Ich hatte mir nicht mehr herauslocken lassen,
als daß ich ins Ausland reisen wollte; keine Adresse. Warum
diese Lügen? Ich glaube, zum Teil wollte ich ihn verblüffen. Ich
war ein Mensch, der nie irgendwohin verreiste. Vielleicht fand
ich es an der Zeit, Arnold in Erstaunen zu setzen. Auch meiner
Schwester Priscilla hatte ich nichts davon gesagt, daß ich aus
London fortwollte. Aber daran war nichts Ungewöhnliches. Sie
lebte mit ihrem Mann, den ich nicht leiden konnte, in Bristol.
Angenommen, ich hätte das Haus verlassen, bevor Francis
Marloe an die Tür klopfte. Angenommen, die Straßenbahn wäre
in die Haltestelle eingefahren und hätte Princip mitgenommen,
bevor der Wagen des Erzherzogs um die Ecke bog.

Ich packte meine Sachen wieder in die Koffer und steckte
die dritte Version meiner Rezension von Arnolds neuestem Roman ein, um sie im Zug noch einmal zu lesen. Als einer, der
pro Jahr einen Roman veröffentlicht, ist der produktive Populär-
schriftsteller Arnold Baffin nie lange aus dem Blickpunkt der
Öffentlichkeit. Ich habe immer wieder Meinungsverschieden-
heiten mit Arnold gehabt, was seine Bücher anging. In einer
engen freundschaftlichen Beziehung, in der es um wichtige Dinge geht, akzeptieren Menschen manchmal ihre unterschiedlichen
Ansichten zu bestimmten Themen und schweigen darüber. So
war es mit uns eine Zeitlang gewesen. Künstler sind leicht angerührt. Nach einem flüchtigen Blick auf sein letztes Buch hatte
ich jedoch einiges darin entdeckt, was mir gefiel, und hatte
mich bereit erklärt, eine Besprechung für eine Sonntagszeitung

zu schreiben. Ich schrieb selten Buchbesprechungen, ich wurde, offen gesagt, selten darum gebeten. Ich hatte das Gefühl, ich könnte damit einige meiner früheren Kritiken wiedergutmachen, die Arnold mir vielleicht übelgenommen hatte. Als ich den Roman dann sorgfältiger las, stellte ich jedoch zu meinem Bedauern fest, daß ich ihn genausowenig mochte wie seine zahllosen Vorgänger, und ehe ich mich's versah, hatte ich eine Besprechung geschrieben, die de facto eine Generalattacke auf Arnolds gesamtes Werk war. Was tun? Ich wollte den Chefredakteur nicht vergrämen: Manchmal sieht man ja doch ganz gerne etwas von sich gedruckt. Und sollte ein Kritiker nicht furchtlos seine Meinung sagen? Andererseits war Arnold ein alter Freund.

Dann ertönte (schon zu lang hinausgezögert von meiner weitschweifigen Erzählweise) die Klingel an der Eingangstür.

Der Mann, der im Hausflur stand, war mir fremd. Er schien zu zittern, vielleicht war ihm der Wind zu sehr in die Knochen gefahren, vielleicht waren es die Nerven oder Alkohol. Er trug einen uralten blauen Regenmantel und einen beigen Schal, der ihm wie ein Würgestrick um den Hals hing. Er war nicht groß und recht füllig (die Knöpfe des Regenmantels gingen nicht zu), hatte einen dichten Schopf angegrautes, recht langes und krauses Haar, ein rundes Gesicht mit leicht gebogener Nase, einem großen, sehr rotlippigen Mund und sehr engstehenden Augen. Später kam mir der Gedanke, daß er etwas von der Karikatur eines Bären an sich hatte. Wirkliche Bären haben, glaube ich, eher weit auseinanderstehende Augen, aber bei Karikaturen von Bären stehen die Augen immer ganz eng, vielleicht um Reizbarkeit oder Hinterlist anzudeuten. Er gefiel mir ganz und gar nicht. Es ging etwas deutlich Unheildrohendes von ihm aus, das ich noch nicht ganz definieren konnte. Und er roch schon von weitem.

Ich möchte hier vielleicht noch einmal innehalten, um mich selbst zu beschreiben. Ich bin dünn und groß, über einsachtzig, ein heller Typ und noch keineswegs kahl; mein Haar ist seidig fein und glatt, von etwas verblichenem Aschblond. Ich habe ein freundliches, verschlossenes Gesicht, nervös und sensibel, dünne Lippen und blaue Augen. Ich trage keine Brille und sehe wesentlich jünger aus, als ich bin.

Der übelriechende Mann an meiner Türschwelle ließ sofort einen Redeschwall auf mich los, aber ich verstand ihn nicht. Ich bin ein bißchen schwerhörig.

»Tut mir leid, ich versteh Sie nicht. Was wollen Sie? Reden Sie bitte lauter, ich versteh nichts.«

»Sie ist wieder da«, hörte ich ihn sagen.

»Was? Wer ist wieder da? Wovon reden Sie?«

»Christin ist wieder da. Er ist tot. Sie ist wieder da.«

»*Christin.*«

Das war der in meiner Gegenwart seit vielen Jahren nicht mehr ausgesprochene Name meiner früheren Frau.

Ich machte die Tür weiter auf, und der Mann, den ich nun erkannte, schlüpfte, oder besser gesagt, huschte herein. Ich trat den Rückzug ins Wohnzimmer an, er folgte mir.

»Du kennst mich nicht mehr.«

»Doch, doch.«

»Ich bin Francis Marloe, dein Schwager.«

»Ja, ja –«

»Oder Ex-Schwager, genauer gesagt. Ich hab mir gedacht, du solltest es wissen. Sie ist jetzt Witwe, er hat ihr alles vermacht, und sie ist wieder in London, in eurer alten Wohnung –«

»Hat sie dich hergeschickt?«

»Zu dir? Na ja, das nicht gerade –«

»Hat sie oder hat sie nicht?«

»Also gut, nein, ich hab's nur über den Rechtsanwalt erfahren. Sie ist wieder in eurer alten Wohnung! Was sagst du dazu?«

»Du hättest dir den Weg sparen können –«

»Dann hat sie dir also geschrieben? Ich hab mich gefragt, ob sie dir wohl geschrieben hat.«

»Natürlich hat sie mir nicht geschrieben.«

»Ich hab mir natürlich gedacht, daß du sie sehen willst –«

»Ich will sie nicht sehen! Ich wüßte niemanden, den ich weniger gern sehen und von dem ich weniger gern hören will.«

Ich will hier nicht versuchen, meine Ehe zu schildern. Ein gewisses Bild davon wird sich von selbst ergeben. Aber die Einzelheiten sind für diese Geschichte nicht wichtig, nur das Allgemeine. Sie war jedenfalls kein Erfolg. Am Anfang war es, als brächte diese Frau mir das Leben. Dann war es, als brächte sie mir den Tod. Manche Frauen sind so. Es geht eine Energie von ihnen aus, daß man glaubt, erst jetzt würde man die Welt wirklich sehen. Und eines Tages stellt man fest, daß man mit Haut und Haar verschlungen wird. Leidensgenossen werden verstehen, was ich meine. Vielleicht bin ich zum Junggesellen geboren. Christin jedenfalls war zum Flirten geboren. Albernheit kann anziehend wirken an einer Frau. Natürlich fühlte ich mich von ihr angezogen. Sie war wohl ziemlich ›sexy‹. Manche hielten mich für einen Glückspilz. Sie brachte Unordnung in mein Leben, und ich verabscheue das. Sie machte gerne große Szenen. Am Ende verabscheute ich sie. Fünf Ehejahre schienen uns beide davon überzeugt zu haben, daß dieser Zustand vollkommen unmöglich war. Kurz nach unserer Scheidung heiratete Christin einen reichen, ungebildeten Amerikaner namens Evandale, zog mit ihm nach Illinois, und verschwand damit, soweit es mich betraf, für immer.

Nichts läßt sich so ganz mit dem toten, flauen Gefühl nach einer gescheiterten Ehe vergleichen. Und nichts mit dem Haß, den man für den Ex-Ehepartner empfindet. (Wie kann dieser Mensch es *wagen*, glücklich zu sein?) Ich kann den Leuten nicht ganz glauben, die in diesem Zusammenhang von ›Freundschaft‹ sprechen. Ich hatte jahrelang das Gefühl, als wäre alles unwiderruflich besudelt und verdorben, manchmal kam mir die ganze Welt plötzlich so traurig vor. Ich konnte mich innerlich nicht von ihr freimachen. Das hatte nichts mit Liebe zu tun. Wer diese Art von Sklaverei erlebt hat, wird mich verstehen. Manche Menschen sind gefährlich für andere, weil sie sie nur demoralisieren und ihnen das Leben verpfuschen. Ich nehme an, fast jeder Mensch wirkt demoralisierend auf irgendeinen anderen. Nur ein Heiliger demoralisiert keinen. Die meisten Bekannten kann man jedoch glücklicherweise vergessen, wenn sie nicht da sind. Aus den Augen, aus dem Sinn ist die Charta des menschlichen Überlebens. Nur mit Christin war es nicht so, sie war allgegenwärtig: Ihr Wesen war habgierig, ihre Gedanken gefährlich. Wie schädliche Strahlen durchdrangen sie Zeit und Raum. Ihre Bemerkungen waren unvergeßlich. Nur das gute alte Amerika hat mich schließlich von ihr geheilt. Ich schob sie mit einem langweiligen Mann in eine langweilige und sehr ferne Stadt ab und konnte mich dem Gefühl hingeben, sie wäre gestorben. Was für eine Erleichterung.

Francis Marloe war ein ganz anderer Fall. Weder er selbst noch seine Gedanken waren mir je wichtig gewesen, und auch sonst niemandem, soweit ich das beurteilen konnte. Er war Christins jüngerer Bruder, und sie behandelte ihn mit nachsichtiger Verachtung. Er hat nie geheiratet. Nach längerem Anlauf machte er seinen Doktor der Medizin, aber die Approbation wurde ihm wegen irgendwelcher Rezeptgeschichten bald wieder entzogen. Später erfuhr ich zu meinem Mißfallen, daß er sich selbst zum »Psychoanalytiker« ernannt und eine Praxis aufgemacht hatte. Noch später hörte ich, daß er zu trinken angefangen hatte. Hätte man mir erzählt, daß er sich umgebracht hat, es hätte mich weder berührt noch überrascht. Ihn wiederzusehen freute mich gar nicht. Übrigens war er fast bis zur Unkenntlichkeit gealtert. Er war ein schlanker, leichtfüßiger Faun mit einem blonden Heiligenschein gewesen. Jetzt war er derb und dick, hatte ein rotes Gesicht und wirkte irgendwie jämmerlich, ein bißchen wild, ein bißchen düster, vielleicht ein bißchen verrückt. Dumm war er immer schon gewesen. Im Augenblick aber machte ich mir keine Gedanken über Mr. Francis Marloe; was mich beunruhigte, war die absolut erschreckende Nachricht, die er mir überbracht hatte.

»Es überrascht mich, daß du es für nötig hieltest, herzukommen. Eine Unverschämtheit. Ich will nichts wissen über meine Exfrau. Mit der Geschichte bin ich seit langem fertig.«

»Jetzt sei nicht gleich böse«, sagte Francis und spitzte die roten Lippen zu einem schmeichlerischen Kußmund, eine Unart, an die ich mich mit Abscheu erinnerte. »Sei doch nicht gleich böse auf mich. Bitte, Brad.«

»Und nenn mich nicht ›Brad‹. Ich habe es eilig. Ich muß zum Zug.«

»Ich halt dich nicht lange auf, ich hab mir nur gedacht, laß mich erklären – ich mach's ganz kurz, hör mir bitte nur eine Minute zu, *bitte*, ich flehe dich an ... Sieh mal, die Sache ist die: Der erste Mensch, den Chris in London aufsuchen wird, bist du –«

»*Was?*«

»Ich wette, sie kommt schnurstracks zu dir, ich hab's im Gefühl –«

»Bist du total übergeschnappt? Weißt du nicht, wie – ich will nicht darüber reden. Uns verbindet nichts mehr, das ist seit Jahren aus und vorbei.«

»Nein, Brad, hör zu –«

»Nenn mich nicht ›Brad‹.«

»Schon gut, schon gut, Bradley, entschuldige, und sei nicht böse, aber du kennst doch Chris, sie hat fürchterlich an dir gehangen, du hast ihr wirklich was bedeutet, viel mehr als der alte Evans, sie wird bestimmt zu dir kommen, und wenn auch nur aus Neugier –«

»Ich werde nicht da sein«, sagte ich. Das klang plötzlich schrecklich plausibel. Vielleicht haben wir alle eine Anlage zum Bösen. Aber Christin hatte bestimmt mehr als ihren Anteil an Bösartigkeit abgekriegt. Durchaus möglich, daß sie fast instinktiv zu mir kommen würde, aus Neugier, aus Bosheit, so wie Katzen angeblich immer gerade denen auf den Schoß springen, die keine Katzen leiden mögen. Eine gewisse Neugier empfinden wir wohl alle, wenn es um den Ex-Ehepartner geht, eine Neugier, bei der zweifellos der Wunsch eine Rolle spielt, er oder sie möge es bereut haben und enttäuscht worden sein. Man will nur schlechte Neuigkeiten hören. Man will in Schadenfreude schwelgen. Christin würde es nicht erwarten können, sich davon zu überzeugen, daß es mir elend ging.

Francis fuhr fort. »Sie wird auftrumpfen wollen, sie ist ja jetzt reich, eine lustige Witwe, sie wird vor ihren alten Freunden angeben wollen, das würde doch jeder, o ja, sie wird dir nachschnüffeln, du wirst schon sehen, und –«

»Interessiert mich nicht«, schrie ich. »Interessiert mich absolut nicht!«

»Interessiert dich schon. Wenn ich je einen interessierten Ausdruck auf einem Gesicht gesehen habe –«

»Hat sie Kinder?«

»Da haben wir's, es interessiert dich. Nein, hat sie nicht. Ich konnte dich immer gut leiden, Brad, weißt du, und ich wollte dich wiedersehen, ich hab dich immer bewundert, ich hab dein Buch gelesen –«

»Welches?«

»Hab vergessen, wie es heißt. Aber es war großartig. Vielleicht hast du dich gewundert, warum ich mich nie hab sehen lassen –«

»Nein!«

»Na ja, ich hab mich geniert, nach mir kräht doch kein Hahn, hab ich mir gedacht, aber jetzt, wo Christin wieder da ist ... Weißt du, ich stecke bis zum Hals in Schulden, muß ständig die Bude wechseln und so ... Chris hat mich vor einiger Zeit gewissermaßen ausgezahlt, aber ich dachte, wenn du und Chris wieder zusammenkommt –«

»Soll das heißen, du willst, daß ich mich bei ihr für dich verwende?

»So ungefähr, so ungefähr –«

»O Gott«, sagte ich. »Verschwinde, ja?« Der Gedanke, Christin Geld für ihren kriminellen Bruder herauszulocken, schien mir selbst für Francis ein bißchen zu verrückt.

»Und weißt du, ich war wirklich ganz weg, als ich hörte, daß sie wieder da ist, es war ein richtiger Schock, es ändert so vieles. Ich bin gekommen, weil ich mit jemandem darüber reden wollte, nur so, aus rein menschlichem Interesse, und da hab ich natürlich an dich gedacht ... Sag mal, gibt's was zu trinken in diesem Haus?«

»Mach, daß du fortkommst, ich bitte dich.«

»Ich weiß, sie wird dich sehen wollen, sie wird Eindruck schinden wollen bei dir und so ... Wir haben uns brieflich zerkracht, weißt du, ich wollte immer Geld, und dann hat sie mir durch einen Anwalt sagen lassen, daß sie keine Briefe von mir mehr entgegennimmt. Aber jetzt, das ist wie ein neuer Anfang, vielleicht könntest du mich irgendwie einschleusen, mich so ganz zufällig wieder mit ihr zusammenbringen –«

»Ich soll deinen Freund spielen?«

»Aber wir könnten doch Freunde sein, Brad ... Was ist, gibt's jetzt was zu trinken in diesem Haus?«

»Nein.«

Das Telefon begann zu läuten.

»Geh jetzt bitte«, sagte ich, »und bleib mir vom Hals.«

»Bradley, sei doch nicht so herzlos –«

»Raus!«

Es war abstoßend, wie er da demütig vor mir stand. Ich riß die Wohnzimmertür und die Eingangstür auf. Ich hob das Telefon in der Diele ab.

Arnold Baffin war am Apparat. Er sprach ruhig und ziemlich langsam. »Bradley, könntest du bitte mal rüberkommen? Ich fürchte, ich habe gerade Rachel umgebracht.«

»Was soll denn der Unsinn, Arnold? Sag doch nicht solchen *Unsinn!*« antwortete ich sofort, ebenfalls ruhig, wenn auch etwas verstört.

»Könntest du bitte kommen? Jetzt gleich.« Seine Stimme klang wie eine Tonbandaufzeichnung.

»Hast du den Arzt geholt?« fragte ich.

Kurzes Schweigen. »Nein.«

»Na, dann tu's!«

»Ich werde es dir – erklären – könntest du bitte jetzt gleich herkommen –«

»Arnold«, sagte ich, »du kannst sie nicht umgebracht haben – du redest dummes Zeug – du kannst nicht –«

Kurzes Schweigen. »Vielleicht.« Seine Stimme war tonlos, als wäre er ganz ruhig. Bestimmt ein schwerer Schock.

»Was ist passiert?«

»Bradley, könntest du –«

»Ja«, sagte ich, »ich komm gleich. Ich nehme mir ein Taxi.« Ich legte den Hörer auf.

Es wäre vielleicht erwähnenswert, daß meine erste Reaktion auf Arnolds Worte eine eigenartige Freude war. Bevor der Leser mich zu einem gefühllosen Monster abstempelt, soll er einen Blick in sein eigenes Herz tun. Derlei Reaktionen sind schließlich nicht so abnormal und in einem gewissen Maß beinahe entschuldbar. Es ist ganz natürlich, daß die Schicksalsschläge unserer Freunde uns ein Vergnügen bereiten, das mit der Freundschaft keineswegs unvereinbar ist. Das liegt zum Teil, wenn auch nicht nur, daran, daß wir es genießen, zum Helfer ermächtigt zu werden. Die unerwartete oder abwegig scheinende Katastrophe hat ihren besonderen Reiz. Ich mochte Arnold und Rachel beide sehr gern. Aber zwischen den Verheirateten und den Unverheirateten herrscht so etwas wie eine natürliche Stammesfeindschaft. Ich kann das Getue nicht ausstehen, mit dem Ehepaare einem ganz instinktiv immer wieder unter die Nase zu reiben versuchen, daß sie sich nicht nur glücklicher schätzen können, sondern uns anderen auch moralisch überlegen sind. Und der Unverheiratete unterstützt sie auch noch darin, indem er naiv annimmt, daß alle Ehen glücklich sind, denen man nicht auf den ersten Blick das Gegenteil ansieht. Die Ehe der Baffins hatte immer einen ganz ordentlichen Eindruck gemacht. Dieser plötzliche Einblick in ihr häusliches Leben warf alle Vorstellungen über den Haufen.

Mit immer noch rosigen Wangen, denn Arnolds Worte hatten mir das Blut ins Gesicht getrieben, und zugleich – das muß ich unbedingt klarstellen – sehr beunruhigt und bestürzt (darin liegt kein Widerspruch), drehte ich mich um und sah Francis, den ich ganz vergessen hatte.

»Ist was passiert?« fragte Francis.

»Nein.«

»Ich habe gehört, daß du was von einem Arzt gesagt hast.«

»Die Frau eines Freundes hatte einen Unfall. Sie ist gestürzt. Ich geh mal schnell hin.«

»Soll ich mitkommen?« fragte Francis. »Vielleicht kann ich was tun. In den Augen Gottes bin ich schließlich immer noch Arzt.«

Ich überlegte einen Augenblick, dann sagte ich: »Na schön.«
Wir riefen ein Taxi.

Ich halte hier inne, um noch ein paar Worte über meinen
Protegé Arnold Baffin zu sagen. Ich habe Angst (und das ist
kein leeres Wort, ich habe wirklich *Angst*), ich könnte Arnold
womöglich nicht klar und gerecht genug schildern, denn ein
wesentlicher Gesichtspunkt dieser Geschichte ist die Geschichte meiner Beziehung zu Arnold und der erstaunliche Höhepunkt, zu dem diese Beziehung führte. Ich »entdeckte« Arnold,
der um einiges jünger ist als ich, zu einer Zeit, als ich selbst
schon ein einigermaßen etablierter Schriftsteller war, und er,
frisch von der Universität, soeben mit seinem ersten Roman
fertig wurde. Meine Frau war ich zu dem Zeitpunkt schon wieder los; ich hatte das Gefühl, vor einem »neuen Anfang« zu
stehen, und hoffte, wie schon so oft, diesmal an das ersehnte
Ziel zu kommen. Arnold war Lehrer und hatte erst vor kurzem
an der Universität von Reading sein Diplom in englischer Literatur gemacht. Wir lernten uns bei irgendeiner Veranstaltung
kennen. Er erwähnte verschämt seinen Roman. Ich ließ höfli-
ches Interesse erkennen. Er schickte mir das fast fertige Typo-
skript. (Das war natürlich *Tobias und der Gefallene Engel,* meiner
Meinung nach immer noch sein bestes Werk). Ich fand, daß das
Buch einige Vorzüge hatte und half ihm, einen Verleger zu finden. Ich schrieb auch eine recht positive Rezension, als das
Buch erschienen war. So begann, kommerziell gesehen, eine
der erfolgreichsten literarischen Karrieren der letzten Zeit.
Arnold gab – gegen meinen Rat übrigens – sofort seinen Beruf
als Lehrer auf und widmete sich dem »Schreiben«. Es fiel ihm
leicht, er produzierte jedes Jahr ein Buch, das dem Publikums-
geschmack entgegenkam. Reichtum und Ruhm folgten.

Es wurde behauptet, vor allem im Licht späterer Ereignisse,
daß ich Arnold seinen Erfolg als Schriftsteller neidete. Ich möchte das hier sofort und kategorisch bestreiten. Ich beneidete ihn
manchmal um seine Freiheit zu schreiben, wenn ich an meinen

Schreibtisch im Amt gefesselt war. Aber im allgemeinen beneidete ich Arnold Baffin keineswegs, und das aus einem sehr
einfachen Grund: Mir schien, daß er auf Kosten der Qualität
zu seinem Erfolg kam. Als sein Entdecker und Förderer identifizierte ich mich von Anfang an mit allem, was er tat, und es
betrübte mich eher, daß ein vielversprechender junger Schriftsteller die wahre Ambition zur Seite gelegt hatte und sich so
schnell in eine populäre Schablone pressen ließ. Ich respektierte
seinen Fleiß und bewunderte seine »Karriere«. Er hatte viele
Begabungen, nicht nur rein literarische. Seine Bücher jedoch
schätzte ich nicht besonders. Aus Taktgefühl vermieden wir bald,
wie schon erwähnt, instinktiv gewisse Gesprächsthemen.

Ich war bei Arnolds Hochzeit mit Rachel dabei. (Ich spreche
jetzt von einer Zeit, die inzwischen fast fünfundzwanzig Jahre
zurückliegt.) Und danach habe ich viele Jahre hindurch jeden
Sonntag bei den Baffins zu Mittag gegessen, und gewöhnlich
traf ich mich auch während der Woche mindestens einmal mit
Arnold. Es war eine Beziehung wie zwischen Verwandten. Eine
Zeitlang hat Arnold mich sogar seinen »geistigen Vater« genannt. Diese regelmäßigen Gewohnheiten nahmen ein Ende,
nachdem Arnold eine Bemerkung über meine Arbeit gemacht
hatte, auf die ich hier nicht näher eingehen möchte. Doch die
Freundschaft überlebte. Sie wurde sogar durch die ihr auferleg-
ten Prüfungen und Schwierigkeiten intensiver, auf jeden Fall
komplizierter. Ich will mich nicht zu der Behauptung versteigen,
daß Arnold und ich voneinander besessen waren. Aber wir hatten sicher ein dauerhaftes Interesse aneinander. Ich hatte das
Gefühl, daß die Baffins mich brauchten. Ich kam mir wie ihr
Schutzheiliger vor. Arnold war immer dankbar, ja er verehrte
mich geradezu, obwohl er meine Kritik zweifellos füchtete. Vielleicht übte er im Innersten dieselbe Kritik an sich, als er sich
mehr und mehr der literarischen Mittelmäßigkeit verschrieb.
Oft identifiziert man sich mit dem, was andernfalls eine Bedrohung darstellen könnte. Bei Künstlern ist die gegenseitige Ablehnung der Arbeit oft die tiefliegende Ursache für eine Feindschaft. Wir sind ein eitles Volk, und Kritik kann uns unwider-

ruflich entzweien. Es spricht für Arnold und mich, zwei von einem Dämon besessene Männer, daß wir klug genug waren, uns unsere gegenseitige Zuneigung, aus welchem Grund auch immer, zu bewahren.

Ich sollte vielleicht klarstellen, daß Arnold in keinerlei primitivem Sinn vom Erfolg ›verdorben‹ war. Er war kein Steuerhinterzieher mit einer Jacht und einem Haus auf Malta. (Manchmal unterhielten wir uns lachend über Steuervermeidung, doch nie über Steuerhinterziehung.) Er wohnte in einer ziemlich großen, aber nicht unbescheidenen Vorstadtvilla in einem ›guten Wohnviertel‹ in Ealing. Seinem häuslichen Leben fehlte es in geradezu irritierendem Ausmaß an Stil. Nicht daß er den ›einfachen Mann von nebenan‹ gespielt hätte. In gewisser Weise *war* er der ›einfache Mann von nebenan‹ und scheute vor dem Gedanken zurück, sein Geld, zum Guten oder Schlechten, ganz anders zu verwenden. Ich habe nie erlebt, daß Arnold sich etwas Schönes gekauft hätte. Er hatte überhaupt kein optisches Schönheitsempfinden. Andererseits war er ein fast aggressiver Musikliebhaber. Was sein Äußeres anging, sah er weiterhin ganz wie ein Lehrer aus, kleidete sich eher salopp und bewahrte sich eine schüchterne, schlaksige Jungenhaftigkeit. Es kam ihm nie in den Sinn, den ›berühmten Schriftsteller‹ zu mimen. Oder vielleicht riet ihm seine Intelligenz, ihn gerade auf diese Weise zu mimen, denn Intelligenz besaß er in reichlichem Maß. Er trug eine Brille mit Stahlfassung, hinter der seine Augen von einem sehr blassen Blaugrün waren; ziemlich eindrucksvoll. Er hatte eine spitze Nase und einen etwas speckig glänzenden, aber gesunden Teint. Es mangelte ihm ganz allgemein an Farbe. Eine Art Albino? Er galt als gutaussehend, und vielleicht war er das auch. Er fuhr sich ständig mit dem Kamm durchs Haar.

Arnold starrte mich an und deutete stumm auf Francis. Wir standen in der Diele. Arnold war kaum noch wiederzuerkennen. Sein Gesicht war wachsbleich, das Haar zerrauft, er hatte keine Brille auf, und sein Blick war verstört und abwesend. Ein roter

Kratzer zog sich wie ein chinesisches Schriftzeichen über seine Wange.

»Das ist Dr. Marloe. Dr. Marloe – Arnold Baffin. Dr. Marloe war zufällig bei mir, als du mich wegen des *Unfalls* anriefst, den deine Frau gehabt hat.« Ich betonte das Wort Unfall.

»Doktor«, sagte Arnold. »Ja, wissen Sie – sie ist –«

»Gestürzt?« suggerierte ich.

»Ja. Ist er – ist der Mann – Arzt?«

»Ja«, sagte ich. »Ein Freund von mir.« Diese Unwahrheit vermittelte zumindest eine wichtige Information.

»Sind Sie *der* Arnold Baffin?« fragte Francis.

»Ja, ist er«, sagte ich.

»Na, so was, ich bewundere Ihre Bücher – ich habe viel von Ihnen gelesen –«

»Wie stehen die Dinge?« sagte ich zu Arnold. Ich fand, daß er aussah, als hätte er getrunken, und gleich darauf roch ich den Alkohol.

Arnold nahm sich ein bißchen zusammen und sagte langsam: »Sie hat sich im Schlafzimmer eingeschlossen, nachdem – es geschehen ist. Sie hat stark geblutet – ich dachte – ich weiß nicht genau – was für eine Verletzung sie hat – auf jeden Fall – auf jeden Fall –« Er verstummte.

»Sprich weiter, Arnold. Aber setz dich lieber hin. Sollte er sich nicht lieber hinsetzen?«

»Arnold Baffin«, sagte Francis zu sich selbst.

Arnold lehnte sich an die Garderobe. Er ließ den Kopf gegen einen Mantel sinken, der dort hing, schloß einen Moment die Augen, dann fuhr er fort. »Entschuldigung. Ja also, sie hat – sie hat eine Weile da drinnen geweint und gejammert. Im Schlafzimmer, meine ich. Und jetzt ist alles ruhig, und sie antwortet überhaupt nicht. Ich habe Angst, daß sie womöglich bewußtlos ist oder –«

»Kannst du die Tür nicht aufbrechen?«

»Ich hab's versucht, ich hab's *versucht*, aber das Stemmeisen ist ... Das Holz ist einfach nur abgesplittert, und ich konnte kein –«

»Um Himmels willen, setz dich doch hin, Arnold.« Ich drückte ihn auf einen Stuhl.

»Und durchs Schlüsselloch kann man nichts sehen, weil der Schlüssel –«

»Vielleicht ist sie nur wütend und gibt keine Antwort, weil – verstehst du –«

»Ja«, sagte er. »Ich wollte nicht ... Wenn das alles ein – ich weiß nicht – versuch's doch du einmal, Bradley –«

»Wo ist das Stemmeisen?«

»Oben. Aber es ist nur klein. Ich finde kein –«

»Gut, ihr zwei bleibt hier«, sagte ich. »Ich geh mal rauf und seh nach, was los ist. Ich wette – Arnold, du bleibst da! Und *bleib sitzen!*«

Ich stand vor der Schlafzimmertür, die etwas ramponiert aussah von Arnolds Versuchen. Es war eine Menge Lack abgesplittert, der wie weiße Perlen auf dem beigen Teppich lag. Auch das Stemmeisen lag dort. Ich drückte die Klinke hinunter und rief: »Rachel! Ich bin's, Bradley. Rachel?!«

Stille.

»Ich hole einen Hammer«, hörte ich Arnold unten sagen.

»Rachel, Rachel, bitte, so antworte doch –« Jetzt hatte mich echte Panik gepackt. Ich stemmte mich mit meinem ganzen Gewicht gegen die Tür. Aber sie hielt stand, solide Arbeit. »Rachel!«

Stille.

Ich warf mich gegen die Tür und schrie: »Rachel!« Dann hielt ich inne und horchte angestrengt.

Von drinnen kam ein winziges Geräusch, wie das Krabbeln einer Maus. »O bitte, mach, daß ihr nichts fehlt, mach, daß ihr nichts fehlt«, murmelte ich.

Wieder das leise Krabbeln. Dann ein sehr leises, kaum hörbares Flüstern: »Bradley.«

»Rachel, Rachel, alles in Ordnung?«

Stille. Krabbeln. Dann ein leises, zischendes Seufzen. »Ja.«

»Alles in Ordnung! Alles in Ordnung!« rief ich den anderen zu.

Ich hörte sie auf der Treppe hinter mir etwas sagen. »Rachel, laß mich rein, kannst du? Laß mich rein.«

Ein Scharren, dann Rachels Stimme, nur ein Hauchen, das von tief unten kam, ganz nahe an der Tür. »Komm rein. Aber nur du. Sonst niemand.«

Ich hörte, wie der Schlüssel umgedreht wurde und schob mich schnell hinein. Aus dem Augenwinkel sah ich Arnold auf der Treppe stehen, Francis hinter ihm, ein Stück weiter unten. Ich sah die beiden Gesichter sehr deutlich, wie Gesichter auf einem Kreuzigungsbild: der Maler und sein Freund. Arnolds Gesicht war zu einer gequälten Maske verzerrt. Aus Francis' Gesicht strahlte boshafte Neugier. Passende Mienen für eine Kreuzigung. Drinnen fiel ich fast über Rachel, die auf dem Boden saß. Sie stöhnte jetzt leise und versuchte verzweifelt, den Schlüssel wieder umzudrehen. Ich tat es für sie, dann setzte ich mich zu ihr auf den Boden.

Da Rachel Baffin eine der Hauptfiguren meines Dramas ist, in einem entscheidenden Sinn vielleicht sogar die Hauptfigur, möchte ich hier kurz innehalten, um sie zu beschreiben. Ich kannte sie schon seit mehr als zwanzig Jahren, fast so lange wie Arnold, aber zu der Zeit, von der hier die Rede ist, kannte ich sie nicht wirklich gut, wie mir später klar wurde. Es war etwas Vages an ihr. Manche Frauen, meiner Erfahrung nach sogar sehr viele, haben etwas irgendwie »Abstraktes« an sich. Ist das ein echter Unterschied zwischen den Geschlechtern? Vielleicht ist diese Eigenschaft in Wahrheit nichts anderes als Selbstlosigkeit? (Woran man in dieser Hinsicht bei Männern ist, weiß man ja!) Sicher war es im Fall von Rachel kein Mangel an Intelligenz. Sie hatte etwas Abwesendes an sich, an dem auch ihre weibliche Herzlichkeit und mein fast familiärer Umgang mit den Baffins nichts änderte, ja es wurde dadurch nur noch stärker spürbar. Natürlich spielen Männer Rollen, aber auch Frauen spielen Rollen, einfachere. Sie haben weniger guten Text im Spiel des Lebens. Aber vielleicht geheimnisse ich da etwas in eine Sache hinein, deren Ursachen viel simpler waren. Rachel war eine intelligente Frau, die mit einem berühmten Mann verheiratet war, und eine solche Frau macht ihr Verhalten instinktiv von ihrem Mann abhängig, sie richtet sozusagen alle Scheinwerfer auf ihn. Sogar die Neugier prallte an ihr ab. Bei einer solchen Frau erwartet man keinen Ehrgeiz, während wir beide, Arnold und ich, vom Ehrgeiz gequält, ja vielleicht sogar durch ihn definiert wurden, wenn auch auf ganz unterschiedliche Weise. Rachel war (auf eine Weise, wie man das von einem Mann nie denken würde) ein »feiner Kerl«, eine »gute Haut«. Man konnte sich auf sie verlassen. Sie war immer da. Sie machte (damals) weiter keinen Eindruck als den einer großen, recht hübschen, netten und zufriedenen Frau, der tüchtigen Gattin eines bekannten Charmeurs. Sie war eine stattliche Erscheinung mit einem glatten, leicht sommersprossigen Gesicht, ziemlich glattem, etwas störrischem, rötlichblondem Haar und einem blassen Teint, ein bißchen groß für eine Frau und überhaupt physisch massiger als ihr Mann. Sie hatte zugenommen, und manche hätten sie vielleicht dick genannt. Sie war immer beschäftigt, oft mit karitativen Tätigkeiten und gemäßigter linker Politik (Arnold kümmerte sich nicht um Politik). Sie war eine hervorragende Hausfrau und bezeichnete sich auch gerne als solche.

»Rachel, alles in Ordnung?«

Ein rötlicher, schon ins Bläuliche schillernder Fleck breitete sich unter einem Auge aus, das zu einem schmalen Schlitz zusammengeschwollen war, doch das sah man kaum, weil beide Augenlider so stark gerötet und vom Weinen ganz verschwollen waren. Auch die Oberlippe war auf einer Seite geschwollen. Auf Hals und Kleid waren Spuren von Blut. Ihr Haar war zerzaust und wirkte dunkler, wie naß. Vielleicht war es wirklich naß vom Weinen. Sie atmete schwer, fast keuchend. Ihr Kleid war vorne offen, und ich sah ein wenig von der weißen Spitze ihres Büstenhalters und von dem blassen, prallen Fleisch, das sich darüber wölbte. Sie hatte so viel geweint, daß ihr Gesicht fast bis zur Unkenntlichkeit aufgedunsen war und ganz naß, glänzend und heiß. Nun begann sie wieder zu weinen, und als ich unwillkürlich die Hand ausstreckte, um sie zu trösten, wich sie zurück und zupfte geistesabwesend am Kragen ihres Kleides.

»Bist du verletzt, Rachel? Ich habe einen Arzt mitgebracht –«
Mühsam begann sie sich hochzurappeln und stieß abermals meine helfend ausgestreckte Hand weg. Ein Hauch von Alkohol wehte mir mit ihrem keuchenden Atem entgegen. Sie kniete auf ihrem Kleid, und ich hörte, wie es riß. Dann stolperte sie, halb laufend, halb fallend auf das zerwühlte Bett zu, ließ sich rücklings daraufffallen und zerrte an der Decke, doch vergeblich, weil sie halb drauflag, legte dann beide Hände vors Gesicht und begann in langgezogenen, heulenden Tönen zu schluchzen, die einem durch Mark und Bein gingen. Da lag sie wie ein Mehlsack, die Beine weit gespreizt, ganz ihrem Schmerz hingegeben.

»Nimm dich doch bitte zusammen, Rachel. Trink einen Schluck Wasser.« Dieses hemmungslose Weinen war kaum auszuhalten, und ein Gefühl, das viel zu stark war, um es Verlegenheit zu nennen, obwohl es in die Richtung ging, erfüllte mich mit Widerwillen, und trotzdem mußte ich hinsehen. Das Weinen einer Frau kann einem Schrecken und Schuldgefühle einjagen. Und dieses Weinen war furchtbar.

Draußen schrie Arnold: »Bitte, laß mich rein, bitte, bitte –«
»Hör auf, Rachel«, sagte ich. »Ich kann das nicht aushalten. Hör auf. Ich sperr jetzt die Tür auf.«
»Nein, nein«, wimmerte sie mit tonloser Stimme. »Nicht Arnold, nicht –« Hatte sie immer noch Angst vor ihm?
»Ich lasse den Arzt herein«, sagte ich.
»Nein, nein.«
Ich öffnete die Tür und hielt Arnold mit der Hand zurück. »Geh hinein und sieh sie dir an«, sagte ich zu Francis. »Sie blutet ein bißchen.«
»Laß mich zu dir, bitte, Liebling, sei nicht böse, o bitte –«, begann Arnold zu rufen.
Ich schob ihn zurück ans Ende der Treppe. Francis ging hinein und schloß hinter sich die Tür ab, vielleicht aus Zartgefühl, vielleicht auch aus professioneller Vorsicht.
Arnold setzte sich auf die Treppe und begann zu stöhnen. »O mein Gott, o mein Gott, o mein Gott –« Ein gräßliches,

fasziniertes Interesse mischte sich unter meine peinlich betretene Bestürzung. Arnold, dem es längst egal war, welchen Eindruck er machte, fuhr sich immer wieder mit den Händen durchs Haar. »Was bin ich doch für ein Narr, was bin ich doch für ein Narr –«

»Jetzt beruhige dich doch«, sagte ich. »Was ist denn nun genau passiert?«

»Wo ist die Schere?« rief Francis von drinnen.

»Im Frisiertisch, oberste Schublade«, rief Arnold zurück. »Jesus, wozu braucht er eine Schere? Will er sie operieren oder was?«

»Was ist passiert? Komm, gehen wir ein Stück weiter runter.«

Ich gab Arnold einen Schubs, und er schleppte sich, schwer aufs Geländer gestützt, um die Kurve herum. Auf der untersten Stufe setzte er sich wieder hin, stützte den Kopf in die Hände und starrte auf das Zickzack-Muster des Vorzimmerteppichs. In der Diele war es immer ein bißchen finster wegen der Buntglasscheibe in der Tür. Ich ging an ihm vorbei und setzte mich auf einen Stuhl. Mir war ganz komisch vor lauter Schreck und Aufregung.

»O Gott, o Gott. Glaubst du, daß sie mir verzeihen wird?«

»Aber sicher. Was ist denn nun eigentlich –?«

»Das Ganze fing mit so einer verflucht dummen Auseinandersetzung über eines von meinen Büchern an. Mein Gott, wie kann man nur so blöd sein – ein Argument ergab das andere, keiner von uns wollte nachgeben ... Wir diskutieren normalerweise nicht über meine Arbeit, ich meine, Rachel findet sie gut, es gibt nichts zu diskutieren. Nur manchmal, wenn sie schlecht drauf ist oder so, dann pickt sie sich irgendwas aus einem Buch raus und behauptet, es bezöge sich auf sie oder es betreffe irgendwas, was wir miteinander getan oder erlebt haben oder so was. Aber du weißt ja, daß ich nicht so direkt aus dem Leben schöpfe, meine Sachen sind alle erfunden, nur Rachel bildet sich auf einmal ein, was zu entdecken, was sie verletzend findet oder bloßstellend oder beleidigend oder was weiß ich, es ist wie ein plötzlicher Verfolgungswahn, es regt sie fürchterlich auf. Die meisten Freunde eines Schriftstellers würden alles drum geben, in einem seiner Bücher vorzukommen, sie entdecken sich überall, aber Rachel haßt es, wenn ich auch nur einen Ort erwähne, an dem wir einmal zusammen waren, sie sagt, das verdirbt alles und so weiter. Auf jeden Fall, mein Gott, Bradley, was für ein verdammter Idiot ich bin. Auf jeden Fall, so fing der Krach an, und dann sagte sie irgendwas Verletzendes über meine Schreiberei im allgemeinen, sie sagte – na, ist ja egal, jedenfalls fingen wir an zu streiten, und ich hab wohl ein paar ziemlich kritische Bemerkungen über sie gemacht, nur um mich zu verteidigen, und wir hatten nach dem Essen Brandy getrunken – wir trinken normalerweise nicht viel, aber als die Streiterei losging, da tranken wir einfach weiter und weiter, es war verrückt. Und dann hat sie sich so in ihre Wut hineingesteigert, daß sie völlig die Beherrschung verlor und mich anschrie, und das hasse ich. Ich hab ihr irgendwie einen Schubs gegeben, damit sie mit dem Schreien aufhört, und sie fuhr mir mit den Krallen ins Gesicht, schau her, ein ganz schöner Kratzer, tut immer noch weh. Ich habe es mit der Angst gekriegt und hab ihr eine runtergehauen, nur damit sie aufhört. Ich kann Schreien und Lärm und Wut nicht ausstehen, ich krieg Angst dabei. Sie kreischte wie eine Furie und sagte schreckliche Dinge über meine Arbeit, ich hab ihr die Ohrfeige nur gegeben, damit sie endlich mit dem hysterischen Geschrei aufhört, aber sie ist weiter auf mich losgegangen, und da hab ich dann den Schürhaken genommen. Ich wollte ihn nur als Schranke zwischen uns halten, aber genau in dem Moment hat sie den Kopf bewegt, sie tanzte um mich herum wie ein wildes Tier, und dann hat sie den Kopf bewegt und rannte mit einem fürchterlichen Krachen in den Schürhaken hinein – o Gott! Natürlich wollte ich sie nicht damit schlagen, ich meine, ich hab sie nicht damit geschlagen ... Und dann kippte sie um, und sie war so verdammt still, wie sie mit geschlossenen Augen dalag, daß ich nicht sicher war, ob sie nicht zu atmen aufgehört hatte. Ich war in totaler Panik, und ich holte einen Krug Wasser und goß es über sie, aber sie lag einfach nur da, und ich war in heller Verzweiflung. Und als ich dann ging, um noch Wasser zu holen, sprang sie auf und rannte hinauf ins Schlafzimmer und schloß sich ein. Und sie öffnete nicht, sie antwortete nicht – ich wußte nicht, ob sie Theater spielt, nur um mich zu ärgern, oder ob ihr wirklich etwas fehlt oder was, ich hab einfach nicht mehr gewußt, was ich tun soll – o mein Gott, ich wollte sie doch nicht schlagen –«

Von oben kamen Geräusche, eine Tür wurde aufgeschlossen, und wir sprangen beide auf. Francis beugte sich herunter und sagte: »Sie ist okay.« Sein schäbiger blauer Anzug war voller rötlicher Fusseln, die feucht und seidig schimmerten, und ich erkannte, daß es Rachels Haare waren; er mußte sie ihr geschnitten haben, um den Kopf untersuchen zu können. Mein Blick fiel auf seine Hand, die das Geländer umfaßte; sie war sehr schmutzig.

»Gott sei Dank«, sagte Arnold. »Weißt du, ich halte es für möglich, daß sie die ganze Zeit nur Theater gespielt hat. Trotzdem, Gott sei Dank. Was soll ich –?«

»Es fehlt ihr nichts Ernstes. Sie hat eine ziemlich böse Beule am Kopf, und sie steht ein bißchen unter Schock. Vielleicht eine leichte Gehirnerschütterung. Sorgen Sie dafür, daß sie im Bett bleibt, und lassen Sie das Zimmer abgedunkelt. Geben Sie ihr Aspirin und eines von ihren gewohnten Beruhigungsmitteln, eine Wärmflasche und was Warmes zu trinken, ich meine Tee oder so was. Und vielleicht sollten Sie doch den Hausarzt kommen lassen. Sie wird bald wieder ganz in Ordnung sein.«

»O vielen herzlichen Dank, Herr Doktor«, sagte Arnold. »Es ist also nichts Schlimmes, Gott sei Dank.«

»Sie möchte dich sehen«, sagte Francis zu mir. Wir waren inzwischen die Treppe wieder hochgestiegen.

Arnold begann neuerlich zu rufen: »Liebling, bitte –«

»Ich mach das schon«, sagte ich. Die Schlafzimmertür war nicht versperrt, und ich öffnete sie halb.

»Nur Bradley. Nur Bradley.« Die Stimme war immer noch kaum zu hören, aber sie klang fester.

»Mein Gott, ist das furchtbar. Ich kann nicht mehr –«, sagte Arnold. »Liebling –«

»Geh runter und schenk dir noch einen Drink ein«, befahl ich ihm.

»Ich hätte auch nichts gegen einen Drink«, erklärte Francis.

»Sei nicht böse auf mich, Liebling –«

»Schmeiß mir doch meinen Mantel raus«, sagte Francis. »Ich hab ihn drinnen auf dem Boden liegen lassen.«

Ich ging hinein, warf ihm den Mantel zu und schloß wieder die Tür. Ich hörte, wie sich die Schritte von Arnold und Francis die Treppe hinunter entfernten.

»Schließ die Tür ab, bitte.«

Ich schloß ab.

Francis hatte die Vorhänge zugezogen und ein samtiges, rosa Dämmerlicht füllte den Raum. Die Abendsonne, schon ziemlich blaß, ließ die großen, üppigen Blumen auf den Chintzvorhängen melancholisch aufglühen. Der Raum hatte die düstere Langweiligkeit, die manchen Schlafzimmern eigen ist, etwas Müdes, Banales, das an den Tod denken läßt. Ein Frisiertisch kann ein schreckliches Ding sein. Die Baffins hatten ihren vors Fenster gestellt, wo er das Licht aussperrte und der Straße seine häßliche Rückseite zukehrte. Die Glasplatte war staubig und voller Cremetuben, Fläschchen und Haarbüschel. Alle Schubladen standen weit offen, und Zipfel von rosa Unterwäsche und Hemdträger hingen heraus. Das Bett war ein wildes Chaos, die Tagesdecke aus grüner Kunstseide auf einer Seite halb heruntergerutscht, Leintücher und Decken ineinander verknäuelt und zerknittert wie ein altes Gesicht. Ein warmer, peinlich intimer Geruch nach Schweiß und Puder lag in der Luft. Der ganze Raum strömte das stumpfe Grauen unausweichlicher Sterblichkeit aus, dumpf, trostlos und endgültig.

Ich weiß nicht, warum ich damals so spontan und in prophetischer Weise an den Tod dachte. Vielleicht, weil Rachel, die halb unter dem Bettzeug lag, sich das Leintuch übers Gesicht gezogen hatte.

Ihre Füße, die in glänzenden, hochhackigen Schuhen steckten, ragten unter der grünen Tagesdecke hervor. Schüchtern, fast im Konversationston und um wenigstens irgendeine Verbindung mit ihr herzustellen, sagte ich: »Komm, ich zieh dir die Schuhe aus.«

Sie blieb steif, während ich ihr mit einiger Mühe beide Schuhe herunterzog. Ich spürte die weiche Wärme des feuchten, braunbestrumpften Fußes. Ein durchdringender, strenger Geruch mischte sich unter die schalen Gerüche im Raum. Ich wischte mir die Hände an der Hose ab.

»Leg dich doch ordentlich ins Bett. Komm, ich zieh dir das Bettzeug zurecht.«

Sie rührte sich ein wenig, zog das Leintuch vom Gesicht und hob sogar die Beine an, damit ich eine Decke darunter hervorziehen konnte. Ich brachte alles, so gut es ging, in Ordnung, zog die Decken über sie und schlug das Laken darüber ein. Sie hatte zu weinen aufgehört und strich sich über den Bluterguß in ihrem Gesicht. Er war jetzt blauer geworden und hatte sich rund um die Augenhöhle ausgebreitet. Das Auge selbst war nur noch ein wäßriger Schlitz. Der feuchte, geschwollene Mund stand leicht offen. So lag sie da und starrte zur Decke.

»Ich bring dir eine Wärmflasche, soll ich?«

Ich fand eine Wärmflasche und füllte sie aus dem Heißwasserhahn über dem Waschbecken. Der schmuddelige Wollüberzug roch nach Schweiß und Schlaf. Ich machte sie außen ein wenig naß, aber sie fühlte sich schön warm an. Ich hob Laken und Decke an und schob sie neben ihren Oberschenkel.

»Willst du ein Aspirin, Rachel? Das ist doch Aspirin, oder?«

»Nein, danke.«

»Würde dir aber guttun.«

»Nein.«

»Du bist bald wieder in Ordnung, hat der Arzt gesagt.«

Sie tat einen tiefen Seufzer und ließ die Hand schwer aufs Bett fallen. Beide Arme an der Seite, die Handteller nach oben gekehrt, lag sie schlaff da wie ein aus dem Grab geholter Christus, der noch die Zeichen der Mißhandlung trägt. Auf dem Oberteil ihres blauen Kleides klebten abgeschnittene Haarsträhnen im getrockneten Blut. »Es ist so schrecklich, so schrecklich, so schrecklich«, sagte sie mit hohler, jetzt aber lauterer Stimme.

»Du bist bald wieder in Ordnung, Rachel, sagt der Arzt –«

»Ich fühle mich so vollkommen – besiegt. Ich werde sterben vor Scham.«

»Unsinn, Rachel. Solche Dinge passieren eben.«

»Und er holt dich her – damit du das alles siehst.«

»Rachel, er hat gezittert wie Espenlaub, er hat gedacht, du wärst bewußtlos hier drinnen, er hatte schreckliche Angst.«

»Ich werde ihm nie verzeihen. Du bist mein Zeuge. Ich werde ihm nie verzeihen. Nie, nie, nie. Und wenn er mir zwanzig Jahre zu Füßen kniet. So was verzeiht eine Frau einem Mann nie. Eher läßt sie ihn umkommen. Meinetwegen könnte er ertrinken, ich würde zusehen dabei.«

»Das meinst du doch nicht ernst, Rachel. Rede doch bitte nicht so melodramatisch daher. Natürlich wirst du ihm verzeihen. Ich bin sicher, ihr habt beide Fehler gemacht. Du hast ihn schließlich auch geschlagen, er trägt dein Monogramm auf der Wange.«

»Ach –« Ein harter, fast derber Ton von Widerwillen lag in ihrem Ausruf. »Nie«, sagte sie, »nie und nimmer. Oh, ich bin – so unglücklich –« Das Wimmern und Tränenvergießen ging von vorne los. Ihr Gesicht war glühend heiß.

»Hör auf, bitte. Du mußt dich jetzt ausruhen. Nimm doch ein Aspirin. Und versuch ein bißchen zu schlafen. Ich bringe dir einen Tee, möchtest du?«

»Schlafen! In meiner Verfassung! Es war die Hölle mit ihm. Er hat mir mein ganzes Leben gestohlen. Er hat mir die Welt verleidet. Ich bin genauso klug wie er. Er hat mir nur den Weg zu allem verbaut. Er ist schuld, daß ich nicht arbeiten, nicht denken, nicht sein kann. Überall nur er, er. Alles, was mir gehört, nimmt er mir weg und eignet es sich selber an. Ich bin nie ich selbst gewesen, ich habe nie mein eigenes Leben gelebt. Ich habe immer Angst vor ihm gehabt, darauf läuft es hinaus. Alle Männer verachten in Wirklichkeit die Frauen. Und alle Frauen fürchten in Wirklichkeit die Männer. Männer sind körperlich stärker, darauf läuft es hinaus, das ist der springende Punkt. Sie sind Tyrannen, und natürlich können sie jeden Streit auf ihre Weise beenden. Frag nur irgend so ein armes Ding in den Slums, sie weiß Bescheid. Er hat mir ein blaues Auge geschlagen, wie ein ganz gewöhnlicher Rowdy, wie irgendeiner von diesen betrunkenen Ehemännern, von denen man in den Prozeßberichten liest. Und das ist schon öfter vorgekommen, oh, das ist keineswegs das erste Mal. Und auch wenn er es nicht weiß, weil ich es ihm nie gesagt habe: Als er mich zum ersten Mal geschlagen hat, war es für mich vorbei mit unserer Ehe. Und er redet mit anderen Frauen über mich, ich weiß, daß er das tut, er vertraut sich anderen Frauen an und redet mit ihnen über mich. Sie bewundern ihn ja alle so und können ihm nicht genug schmeicheln. Er hat mir mein Leben gestohlen und es zuschanden gemacht, jedes Stückchen davon hat er zerbrochen, als hätte er mir jeden einzelnen Knochen im Leib gebrochen, alles ruiniert und verdorben und gestohlen.«

»Nicht, Rachel, nicht, nicht. Ich hör dir nicht länger zu, du meinst doch nichts von dem ernst, was du hier daherfaselst. Erzähl mir doch nicht solche Sachen. Hinterher tut es dir dann leid.«

»Ich bin genauso klug wie er. Aber er wollte nicht, daß ich einen Beruf habe. Ich habe ihm gehorcht, ich habe ihm immer gehorcht. Ich habe nichts, was wirklich mir gehört. Er besitzt die ganze Welt. Alles gehört ihm, ihm, ihm. Ich werde ihn bestimmt nicht retten. Ich werde zuschauen, wie er ertrinkt. Ich werde zuschauen, wie er verbrennt.«

»Das meinst du doch nicht ernst, Rachel. Warum sagst du so was?«

»Und dir werde ich auch nicht verzeihen, daß du mich so gesehen hast, mit meinem zerschlagenen Gesicht. Und daß du mich all das schreckliche Zeug hast sagen hören. Ich werde dich wieder anlächeln, aber in meinem Herzen werde ich dir nicht verzeihen.«

»Rachel, Rachel, du machst mich ganz fertig.«

»Und jetzt wirst du hinuntergehen und niederträchtig mit ihm über mich reden. Ich weiß, wie Männer reden.«

»Nein, nein –«

»Du verabscheust mich. Eine gebrochene, wimmernde, nicht mehr eben junge Frau.«

»Nein –«

»Ach –« Wieder dieser Ausruf aggressiven, heftigen Ekels. »Geh jetzt, laß mich bitte allein. Laß mich allein mit meinen Gedanken und meinen Qualen und meiner Strafe. Ich werde die ganze Nacht durchweinen, die ganze Nacht. Tut mir leid, Bradley. Sag Arnold, daß ich mich jetzt ausruhen möchte. Sag ihm, er soll mir heute nicht mehr in die Nähe kommen. Morgen werde ich versuchen, zu sein wie immer. Es wird keine Beschuldigungen geben, keine Vorwürfe, nichts. Wie kann ich ihm Vorwürfe machen? Er würde nur wieder zornig werden und mir wieder angst machen. Besser ein Sklave sein. Sag ihm, ich werde morgen sein wie immer. Natürlich weiß er das, er macht sich sowieso keine Sorgen, er fühlt sich bestimmt schon besser. Nur sorg dafür, daß ich ihn heute nicht mehr sehen muß.«

»Gut, ich werde es ihm sagen. Aber sei nicht böse auf mich, Rachel. Es ist nicht meine Schuld.«

»Oh, laß mich jetzt.«

»Soll ich dir einen Tee bringen? Der Arzt hat was von Tee gesagt.«

»Geh.«

Ich verließ das Zimmer und schloß leise hinter mir die Tür. Ich hörte ein leises Tappen, dann drehte sich der Schlüssel im Schloß. Ich stieg die Treppe hinab. Ich fühlte mich ziemlich mitgenommen und – ja, sie hatte recht gehabt, angewidert.

Es war dunkler geworden, die Sonne schien nicht mehr, und das Haus wirkte braun und kühl. Ich machte mich auf den Weg ins Wohnzimmer im hinteren Teil des Hauses, wo ich Arnold und Francis reden hörte. Ein elektrisches Kaminfeuer und eine Lampe brannten. Ich bemerkte Glassplitter, zerbrochenes Porzellan, einen Fleck auf dem Teppich. Das Wohnzimmer war groß, ein Kunterbunt von Mustern und Farben, vollgehängt mit unechten Wandteppichen und schlechten modernen Lithographien. Die beiden großen Stereoboxen mit der beigen Gaze-Bespannung nahmen eine Menge Platz ein. Hinter den Glastüren und einer Veranda erstreckte sich der ebenso kunterbunte Garten, gräßlich grün in dem erdrückenden, sonnenlosen Licht. In den typisch vorstädtischen Zierbäumchen trillerten eine Menge Vögel lyrischen Unsinn um die Wette.

Arnold sprang auf und eilte auf die Tür zu, aber ich hielt ihn zurück. »Sie will heute niemanden mehr sehen, hat sie gesagt. Morgen wird sie sein wie immer, hat sie gesagt. Aber jetzt will sie schlafen, hat sie gesagt.«

Arnold setzte sich wieder hin. »Ja, es tut ihr sicher gut, wenn sie jetzt ein bißchen schläft«, sagte er. »Mein Gott, bin ich erleichtert. Lassen wir sie ein bißchen ausruhen. In ein oder zwei Stunden kommt sie sicher runter zum Essen. Ich werde ihr was Gutes machen, eine Überraschung. Gott, bin ich erleichtert.«

Ich fand es angebracht, seiner Erleichterung einen kleinen Dämpfer aufzusetzen. »Immerhin, ein ziemlich böser Unfall war es schon.« Ich hoffte, daß Arnold Francis nicht die Wahrheit gebeichtet hatte.

»Ja. Aber sie kommt bestimmt runter, ganz sicher. Sie hat eine robuste Natur. Natürlich lasse ich sie jetzt in Ruhe. Der Herr Doktor sagt, es ist nicht ... Möchtest du was trinken, Bradley?«

»Ja, danke, Sherry.« Er hat keine Ahnung, was er getan hat, dachte ich, keine Ahnung, wie sie jetzt aussieht, wie sie sich jetzt fühlt. Bestimmt hat er sich nie die Mühe genommen, ihre Gedanken zu lesen. Vielleicht liegt darin das Geheimnis des Überlebens. Daß man die Einzelheiten seiner Missetaten einfach ignoriert. Oder irrte ich mich? Vielleicht war sie inzwischen längst ruhig, nachdem sie sich alles vom Herzen geredet hatte. Vielleicht würde sie wirklich zum Essen herunterkommen und sich die von ihrem Mann zubereitete Köstlichkeit schmecken lassen. Eine Ehe ist etwas sehr Geheimnisvolles.

»Ende gut, alles gut«, sagte Arnold. »Tut mir leid, daß ich euch beide da reingezogen habe.« Klar tat es ihm leid. Hätte er nicht die Nerven verloren, hätte er die ganze Geschichte geheimhalten können, dachte er jetzt sicher. Jedenfalls hatte er, ganz wie Rachel es vorhergesagt hatte, seine Fassung fast zur

Gänze wiedergewonnen. Sehr aufrecht saß er da, das Glas vorsichtig in beiden Händen haltend, ein Bein über das andere geschlagen, und sein kleiner, wohlbeschuhter Fuß wippte rhythmisch. Alles an Arnold war gepflegt und klein, obwohl er eigentlich von mittlerer Größe war. Er hatte einen kleinen, wohlgeformten Kopf, kleine Ohren, einen kleinen Mund, wie so manches Mädchen gerne einen gehabt hätte, und lächerlich kleine Füße. Er hatte seine Brille mit dem Stahlrahmen aufgesetzt, und sein Gesicht hatte wieder den gesunden, leicht speckigen Glanz. Seine spitze Nase sondierte die Atmosphäre, seine Augen funkelten mir mißtrauisch entgegen. Er hatte sein dünnes, hellblondes Haar gekämmt.

Das nächste Problem war, Francis loszuwerden. Er hatte sich seinen Mantel wieder angezogen, wahrscheinlich eher aus einem instinktiven Selbstschutz heraus, als weil er wirklich gehen wollte. Er schenkte sich gerade Whisky nach. Er hatte sich das gekräuselte Haar hinter die Ohren gestrichen, und seine dunklen, engstehenden Bärenaugen blickten neugierig auf mich, auf Arnold. Er sah sehr zufrieden mit sich aus. Vielleicht hatte es ihn aufgemuntert, ein wenig Macht wittern lassen, daß er so unerwartet wieder in sein priesterliches Amt eingesetzt worden war, wenn auch nur vorübergehend und in wenig beeindruckender Weise. Sein eifrig interessierter Blick und die mit plötzlicher Übelkeit in mir aufsteigende Erinnerung an die Nachricht, die er mir gebracht hatte, erfüllten mich mit tiefem Mißbehagen. Ich bereute es jetzt, daß ich ihn mitgenommen hatte. Es könnte unerwünschte Folgen haben, daß er Arnold kennengelernt hatte. Ich vermeide es im allgemeinen aus Prinzip, meine Freunde und Bekannten einander vorzustellen. Nicht, weil Verrat zu fürchten ist, obwohl man ihn natürlich fürchtet. Welche menschliche Angst sitzt tiefer? Aber es zieht zumeist endlose, unnötige kleine Unannehmlichkeiten nach sich, wenn man seine Freunde miteinander bekanntmacht. Und Francis, auch wenn er jetzt ein Wrack war und man ihn nicht wirklich als Gefahr betrachten konnte, war schon immer einer gewesen, der gern Schwierigkeiten machte, er hatte dafür das natürliche Talent aller Versager.

Sein überflüssiges Erscheinen bei mir war typisch dafür. Ich wollte ihn aus dem Haus haben. Außerdem wollte ich mit Arnold reden, der ganz offenkundig in gesprächiger, angeregter, fast euphorischer Stimmung war. Vielleicht war es doch nicht die wiedergefundene Fassung. Eher der Schock plus Whisky.

Ohne mich hinzusetzen, sagte ich zu Francis: »Wir wollen dich jetzt nicht mehr länger aufhalten. Danke fürs Mitkommen.«

Aber Francis wollte nicht gehen. »Ich bin froh, daß ich helfen konnte. Soll ich nicht noch einmal raufgehen und nach ihr sehen?«

»Sie wird dich nicht sehen wollen. Danke fürs Kommen.« Ich öffnete die Wohnzimmertür.

»Bleiben Sie doch, Herr Doktor«, sagte Arnold. Vielleicht wollte er männliche Unterstützung, hatte das Bedürfnis, sich mit Männern zu umgeben. Vielleicht hatten sie ein interessantes Gespräch geführt. Arnold hatte etwas von der derben Biederkeit und Kameraderie des sinnesfreudigen Durchschnittsmannes. Auch das konnte in einer Ehe von Nutzen sein. Das Glas schlug mit einem leisen Klicken gegen Arnolds Zähne. Wahrscheinlich hatte er eine ganze Menge getrunken, seit er heruntergekommen war.

»Leb wohl«, sagte ich bedeutungsvoll zu Francis.

»Ich bin Ihnen so dankbar, Herr Doktor«, sagte Arnold. »Was bin ich Ihnen schuldig?«

»Du bist ihm nichts schuldig«, sagte ich.

Francis machte ein wehmütiges Gesicht. Er hatte die Nutzlosigkeit seines Widerstandes erkannt und sich folgsam erhoben.

»Noch ein Wort zu dem, was wir vorhin besprochen haben«, sagte er an der Tür verschwörerisch zu mir. »Wenn du Christin siehst –«

»Ich werde sie nicht sehen.«

»Hier ist für alle Fälle meine Adresse.«

»Ich werde sie nicht brauchen.« Ich begleitete ihn durch die Diele. »Leb wohl. Und danke.« Ich schloß die Haustür hinter ihm und kehrte zu Arnold zurück. Wir rückten beide ein wenig an den elektrischen Kamin heran und beugten uns darüber.

Ich fühlte mich ganz schlapp, und irgendwie saß mir noch der Schreck in den Gliedern.

»Du bist ziemlich bestimmt mit deinen Freunden«, sagte Arnold.

»Er ist kein Freund.«

»Aber du hast doch gesagt –«

»Ach, vergiß ihn. Glaubst du wirklich, daß Rachel zum Essen runterkommt?«

»Ja, bestimmt. Ich hab da so meine Erfahrungen. Sie schmollt nie lange nach so einer Geschichte. Nicht, wenn ich am Ende die Geduld verliere. Dann ist sie ganz freundlich zu mir. Nur wenn ich ruhig bleibe, hört sie nicht und nicht auf. Nicht, daß du jetzt glaubst, solche Kabbeleien wären bei uns an der Tagesordnung. Aber manchmal explodieren wir beide, und hinterher ist alles vorbei und die Luft gereinigt. Wir stehen einander sehr nahe. Ein Krach wie dieser ist kein wirklicher Ehekrieg, es ist ein Aspekt der Liebe. Für einen Außenstehenden ist das vielleicht schwer zu verstehen –«

»Normalerweise sind wohl keine Außenstehenden dabei.«

»Richtig. Du glaubst mir doch, Bradley ... Es ist mir wichtig, daß du mir glaubst. Ich sag das nicht nur, um mich zu verteidigen. Es ist die Wahrheit. Wir neigen beide zum Schreien, aber es ist nicht wirklich gefährlich. Verstehst du?«

»Ja«, sagte ich und behielt meine Meinung für mich.

»Hat sie irgendwas über mich gesagt?«

»Nur, daß sie dich heute nicht mehr sehen will. Und daß sie morgen sein wird wie immer, alles vergeben und vergessen.« Es hatte wohl wenig Sinn, ihm von Rachels Ausbruch zu erzählen. Und überhaupt, was hatte ihr ganzes Gerede zu bedeuten?

»Sie ist so ein guter Kerl, nie nachtragend, eigentlich ein sanftes Gemüt. Ich lasse sie jetzt erst mal in Ruhe. Bald werde ich ihr leid tun, und sie wird runterkommen. Wir beenden nie einen Tag im Zorn. Echter Zorn ist es sowieso nicht. Verstehst du, Bradley?«

»Ja.«

»Schau her«, sagte Arnold, »meine Hand zittert. Schau, wie

es das Glas schüttelt. Ich kann nichts dagegen tun. Ist das nicht komisch?«

»Du solltest morgen deinen Hausarzt kommen lassen.«

»Oh, morgen geht's mir bestimmt schon besser.«

»Für sie, du Idiot.«

»Tja, vielleicht. Aber sie ist unverwüstlich. Und schlimm ist ihre Verletzung ja nicht, so viel war doch klar. Gott sei Dank, Gott sei Dank, Gott sei Dank – ich hab diese Geschichte mit dem Schürhaken einfach nur mißverstanden. Sie hat mir Theater vorgespielt, weil sie wütend war. Ich mache ihr keinen Vorwurf. Wir sind ein verrücktes Paar. Es stimmt doch, daß sie nicht schwer verletzt ist, Bradley? Hat der Arzt doch gesagt. Du hältst mich doch wohl nicht für ein Ungeheuer?«

»Nein. Hast du was dagegen, wenn ich ein bißchen Ordnung mache?« Ich hob einen Stuhl vom Boden auf. Dann ging ich mit einem Papierkorb durch den Raum, bückte mich und sammelte Glas- und Porzellansplitter ein, Andenken an den Kampf, der nun so unwirklich schien, so unmöglich. Ein Opfer war der rotäugige Porzellanhase, den Rachel so gern gemocht hatte. Wer hatte den zerbrochen? Wahrscheinlich sie selbst.

»Rachel und ich sind ein sehr glückliches Paar«, sagte Arnold.

»Ja, sicher.« Wahrscheinlich hatte er recht. Wahrscheinlich waren sie das wirklich. Ich setzte mich wieder hin. Ich war sehr müde.

»Natürlich streiten wir manchmal. Die Ehe ist eine lange gemeinsame Reise in einem engem Abteil. Natürlich reibt das die Nerven ein bißchen auf. In jedem Verheirateten, ob Mann oder Frau, steckt ein Dr. Jekyll und ein Mr. Hyde, das kann gar nicht anders sein. Du wirst es vielleicht nicht glauben, aber Rachel findet ständig was zum Nörgeln. Manchmal kann sie nicht und nicht und nicht aufhören. Zumindest in letzter Zeit. Vielleicht liegt es an ihrem Alter. Du würdest es nicht glauben, aber sie kann eine Stunde lang immer und immer wieder dasselbe daherreden.«

»Frauen reden eben gerne.«

»Das ist kein Reden. Sie wiederholt immer und immer wieder denselben Satz.«

»Du meinst wortwörtlich? Dann sollte sie zum Psychiater gehen.«

»Nein, nein, nein, das zeigt nur, daß du nicht die geringste Ahnung hast. Es klingt, als wäre sie verrückt, aber in Wirklichkeit ist sie vollkommen normal. Eine halbe Stunde später singt sie wieder und richtet das Abendessen. So ist es eben, und ich weiß es, und sie weiß es. Ehepartner haben da so ihre Erfahrungswerte.«

»Was für einen Satz wiederholt sie denn? Was sagt sie zum Beispiel?«

»Ich kann dir kein Beispiel geben. Du würdest es nicht verstehen. Es würde nur schrecklich klingen, und das ist es gar nicht. Sie setzt sich etwas in den Kopf und darauf reitet sie dann eine Zeitlang rum. Zum Beispiel, daß ich mit anderen Frauen über sie rede.«

»Du bist doch kein – oder?«

»Rumtreiber, meinst du? Nein, natürlich nicht. Du lieber Gott, ich bin ein Mustergatte. Und Rachel weiß das ganz genau. Ich sage ihr immer die Wahrheit, sie weiß, daß ich keine Affären habe. Na ja, ich hab welche gehabt, aber ich hab's ihr erzählt, und es ist auch schon ewig her. Und warum sollte ich nicht mit anderen Frauen reden, wir leben schließlich nicht im neunzehnten Jahrhundert! Ich brauche Freunde, und ich muß often mit ihnen reden können, in einem so wichtigen Punkt kann ich nicht nachgeben. Und man soll auch nicht nachgeben, wenn man weiß, man würde es sich selbst nur verdammt übelnehmen, das darf man einfach nicht. Außerdem erwartet sie es gar nicht wirklich, das ist nur so eine Schrulle von ihr. Warum soll ich denn nicht manchmal über sie reden? Das würde doch verdammt komisch aussehen, wenn sie als Thema tabu wäre. Und ich rede immer ganz offen und freundlich über sie, ich würde nie was sagen, was sie nicht hören dürfte. Ich hab ja auch nichts dagegen, wenn sie mit ihren Freunden über mich spricht. Ich bin ja keine heilige Kuh. Und sie redet auch, sie hat eine Menge Freunde, sie lebt ja hier nicht wie im Kloster. Sie sagt, sie hat ihre Talente vergeudet, aber das stimmt nicht, es gibt Hunderte Arten von Selbstverwirklichung, dazu muß man kein verdammter Künstler sein. Sie ist intelligent, sie hätte Sekretärin werden können oder so was, wenn sie gewollt hätte. Aber will sie das wirklich? Natürlich nicht. Es ist nur leeres Gerede, und das weiß sie, sie beklagt sich nur, weil ihr gerade irgendwas an mir nicht paßt. Sie macht eine Menge interessanter Dinge, ständig ist sie in irgendwelchen Komitees, beteiligt sich an Kampagnen für dies oder das, kennt alle möglichen Leute, sogar Parlamentsabgeordnete, viel höhere Tiere als ich! Sie ist keine frustrierte Hausfrau –«

»Es ist nur eine Laune«, sagte ich. »Frauen haben eben Launen.« Die gequälte Stimme, die ich oben gehört hatte, kam mir schon sehr fern vor. Und dann wurde mir bewußt, daß ich genau das tat, was sie vorhergesagt hatte.

»Ich weiß«, sagte Arnold. »Entschuldige, Bradley. Ich rege mich zu sehr auf und rede dummes Zeug. Es ist der Schock und die Erleichterung, weißt du. Wahrscheinlich bin ich Rachel gegenüber unfair. Und es ist nicht so schlimm, wie es klingt. Tatsächlich ist es überhaupt nicht schlimm. Man muß gewisse Zugeständnisse machen. In dem Alter, in dem sie jetzt ist, werden die Frauen immer ein bißchen komisch. Das geht vorbei, denke ich. Wahrscheinlich lassen sie ihr bisheriges Leben sozusagen Revue passieren, und dann stellt sich ein Gefühl von Verlust ein. Das Gefühl, daß es nun endgültig Abschied nehmen heißt von der Jugend. Wahrscheinlich ist es gar nicht ungewöhnlich, daß sie dann ein bißchen zur Hysterie neigen. Er machte eine kurze Pause, dann fügte er hinzu: »Sie ist eine sehr weibliche Frau. Und weibliche Frauen besitzen eine gewisse Zähigkeit. Genaugenommen ist sie wunderbar.«

Von oben hörte man die Klospülung. Arnold erhob sich halb, setzte sich dann aber wieder. »Da hast du's«, sagte er. »Sie kommt bestimmt runter. Aber ich lasse sie jetzt noch ein bißchen in Ruhe. Tut mir leid, daß ich dich bemüht habe, Bradley, es gab keinen Grund. Ich hab bloß ganz blödsinnig durchgedreht.«

Bald wird er mir die ganze Sache übelnehmen, dachte ich. »Natürlich werde ich niemandem gegenüber ein Wort von der Geschichte erwähnen«, sagte ich.

Arnold machte ein leicht verärgertes Gesicht. »Tu, was du willst«, sagte er. »Ich habe dich nicht um Diskretion gebeten. Noch einen Sherry? Warum hast du diesen Medizinertypen vorhin so rausgeschmissen? Geradezu ungehobelt, wenn ich das sagen darf.«

»Ich wollte mit dir reden.«

»Was war das eigentlich, was er dir zum Schluß noch gesagt hat?«

»Ach, nichts.«

»Er hat was von einer Christin gesagt. Hat er von deiner Exfrau gesprochen? So hat sie doch geheißen? Schade, daß ich sie nie kennengelernt habe, aber als wir uns trafen, gab es sie ja schon nicht mehr.«

»Ich geh jetzt lieber. Rachel wird bald zur Versöhnungsszene erscheinen.«

»Nicht vor einer Stunde, schätze ich.«

»Wohl wieder einer dieser Erfahrungswerte, auf die ihr Eheleute baut. Trotzdem –«

»Du weichst mir aus, Bradley. *Hat* er von deiner früheren Frau gesprochen?«

»Ja. Er ist ihr Bruder.«

»Wirklich? Der Bruder deiner Exfrau? Interessant. Wenn ich das gewußt hätte, hätte ich ihn mir genauer angesehen. Habt ihr euch wieder versöhnt oder was?«

»Nein.«

»Ach, hör doch auf. Irgendwas ist los.«

»Und das gefällt dir, wenn was los ist, was? Sie kommt nach London zurück. Sie ist jetzt Witwe. Mit mir hat das nichts zu tun.«

»Warum nicht? Wirst du dich nicht mit ihr treffen?«

»Warum zum Teufel sollte ich? Ich kann sie nicht leiden.«

»Du bist ein komischer Kauz, Bradley. Und immer so auf deine Würde bedacht. Nach all diesen Jahren. Ich würde vor Neugier sterben. Ich muß schon sagen, ich würde deine Exfrau gern kennenlernen. Ich kann mir dich als Ehemann überhaupt nicht vorstellen.«

»Ich auch nicht.«

»Dieser Arzt ist also ihr Bruder. Soso.«

»Er ist kein Arzt.«

»Was soll das heißen? Du hast gesagt, er ist Arzt.«

»Man hat ihm die Approbation entzogen.«

»Exfrau. Exmediziner. Wie interessant. Warum hat man sie ihm entzogen?«

»Was weiß ich. Irgendeine Geschichte mit Medikamenten.«

»Aber was? Was genau hat er getan?«

»Ich weiß es nicht!« sagte ich. Langsam wurde ich ärgerlich, kein unbekanntes Gefühl. »Es interessiert mich nicht. Ich hab ihn nie leiden können. Er ist irgendwie ein windiger Typ. Übrigens hoffe ich bei Gott, daß du ihm nicht erzählt hast, was heute abend wirklich passiert ist. Von mir weiß er nur, daß es einen Unfall gab.«

»Na ja, was wirklich passiert ist, war nicht sehr – er wird es wohl erraten haben –«

»Ich hoffe nicht! Er ist imstande, dich zu erpressen.«

»Dieser Mann? Aber nein!«

»Auf jeden Fall ist er schon vor langem aus meinem Leben verschwunden, Gott sei Dank.«

»Aber jetzt ist er wieder da. Bradley, du bist wirklich sehr kategorisch.«

»Es gibt eben Dinge, die ich mißbillige. Was ist daran falsch?«

»Es ist schon richtig, wenn man Dinge mißbilligt. Aber Menschen soll man nicht mißbilligen. Damit sonderst du dich ab.«

»Von Leuten wie Marloe sondere ich mich gern ab. Wer den Anspruch erhebt, ein Mensch zu sein, muß Grenzen ziehen können, Distanz halten, nein sagen können. Ich will kein amorpher Klumpen Ektoplasma sein, der im Leben anderer Menschen herumirrt. Diese vage Sympathie für jedermann schließt jedes wirkliche Verständnis für einen anderen Menschen aus.«

»Die Sympathie muß nicht vage sein.«

»Und sie schließt jede Loyalität einem anderen Menschen gegenüber aus.«

»Man muß die Einzelheiten kennen. Die Gerechtigkeit verlangt –«

»Ich hasse Klatsch und Tratsch. Man muß schweigen können. Manchmal muß man es fertigbringen, überhaupt nicht an andere Leute zu *denken*. Wahre Gedanken kommen aus der Stille.«

»Nicht wieder diese Walze, Bradley, bitte. *Hör zu!* Was ich sagen wollte, war: Gerechtigkeit erfordert Einzelheiten. Du sagst, es interessiert dich nicht, warum ihm seine Approbation entzogen wurde. Sollte es aber! Du sagst, er ist irgendwie ein windiger Typ. Was heißt irgendwie? Weißt du offenbar nicht.«

Ich gab mir große Mühe, meinen Ärger zu unterdrücken, und antwortete ihm: »Ich war froh, daß ich meine Frau los wurde und daß er mit ihr aus meinem Leben verschwand. Ist das so schwer zu verstehen? Mir kommt das ganz einfach vor.«

»Ich fand ihn ganz sympathisch. Ich habe ihn eingeladen, uns mal zu besuchen.«

»Ach du lieber Gott!«

»Aber Bradley, du darfst die Menschen nicht so ablehnen, du darfst sie nicht einfach abschreiben. Du mußt dir dein Interesse an ihnen bewahren, neugierig bleiben. Neugier ist eine Art der Nächstenliebe.«

»Das glaub ich nicht. Ich halte sie eher für eine Art von Bosheit.«

»Die Details zu kennen, das macht einen Schriftsteller aus.«

»Deine Art Schriftsteller vielleicht. Nicht meine.«

»Damit wären wir wieder beim Thema«, sagte Arnold.

»Wozu ein Kunterbunt von ›Details‹ anhäufen? Wenn du anfängst, deiner Phantasie wirklich freien Lauf zu lassen, mußt du die Details sowieso vergessen, sie sind dir nur im Weg. Kunst ist nicht die Reproduktion von Krimskrams aus dem Leben.«

»Sag ich ja gar nicht!« konterte Arnold. »Meine Geschichten sind nicht vom Leben abgeschrieben.«

»Deine Frau denkt das aber.«

»Meine Frau. Ach Gott!«

»Neugieriges Geschwätz und die Auflistung irgendwelcher Beobachtungen, das hat nichts mit Kunst zu tun.«

»Natürlich nicht –«

»Und vage romantische Mythen auch nicht. Kunst ist Phantasie. Und in der Phantasie vollzieht sich ein ständiger Wandel, eine ständige Verschmelzung. Ohne Phantasie hat man nur geistlose Details auf der einen Seite und leere Träume auf der anderen.«

»Bradley, ich kenn deine Ansichten –«

»Kunst ist nicht Geplauder plus Phantasie. Kunst entspringt unendlicher Zucht und Stille.«

»Wenn die Stille unendlich währt, gibt es keine Kunst! Nur Menschen ohne kreative Begabung sagen, daß weniger mehr ist.«

»Man sollte ein Werk nur dann vollenden, wenn man spürt, daß es ein verdammtes Privileg ist, überhaupt das Zeug dazu in sich zu haben. Wer es sich leicht macht, wird nie den Lohn –«

»Unsinn. Ich schreibe, ob mir jetzt danach ist oder nicht. Ich bringe die Sachen zu Ende, ob ich nun das Gefühl habe, daß sie perfekt sind oder nicht. Alles andere ist Heuchelei. Ich hab keine Muse. Das macht eben einen professionellen Schriftsteller aus.«

»Dann danke ich Gott, daß ich keiner bin.«

»Du bist ein Selbstzerfleischer, Bradley. Du siehst die Kunst viel zu romantisch. Das ist ja schon Masochismus, was du betreibst. Du willst leiden, du redest dir ständig ein, daß deine Unfähigkeit, etwas zu schaffen, einen höheren Sinn hat.«

»Sie hat einen höheren Sinn.«

»Ach komm, sei ein bißchen bescheidener, kannst du nicht auch mal fröhlich sein? Ich versteh nicht, warum du dich so quälst. Dein Problem liegt zum Teil darin, daß du dich als ›Schriftsteller‹ betrachtest. Warum betrachtest du dich nicht als einen, der sehr gelegentlich etwas schreibt und vielleicht wieder mal was schreiben wird? Warum machst du ein Lebensdrama daraus?«

»Ich betrachte mich nicht als ›Schriftsteller‹, nicht in dem Sinn. Ich weiß, du tust das. Du bist durch und durch ›Schriftsteller‹. Ich sehe mich nicht so. Ich betrachte mich als Künstler, als einen, der sich mit Leib und Seele seiner Sache hingibt. Und natürlich ist das ein Lebensdrama. Willst du vielleicht andeuten, daß ich nur eine Art Amateur bin?«

»Nein, nein –«

»Denn, wenn du das sagen willst –«

»Bradley, bitte, fangen wir doch nicht wieder mit diesem albernen alten Streit an, ich fühl mich dafür jetzt nicht stark genug.«

»Schon gut. Entschuldige, entschuldige.«

»Du kannst dich da so reinsteigern, und dann redest du so schwülstig daher! Es klingt, als würdest du die ganze Zeit zitieren.«

Ich spürte ein heißes Brennen in der Gegend meiner Brusttasche, in der das zusammengefaltete Manuskript meiner Besprechung von Arnolds Roman steckte. Einen bunten Haufen amüsanter Anekdoten hatte ich Arnold Baffins Buch darin genannt, mit Hilfe von halbdurchdachter, unreflektierter Symbolik zu ›spritzigen Geschichten‹ zusammengestoppelt. Die dunklen Mächte der Phantasie glänzten durch Abwesenheit. Arnold Baffin schreibe zuviel und zu schnell. Arnold Baffin sei in Wahrheit nicht mehr als ein talentierter Journalist.

»Führen wir doch unsere Sonntagstreffen wieder ein«, sagte Arnold. »Unsere Gespräche haben mir so viel gegeben. Wir dürfen nur nicht immer wieder den ewiggleichen alten Brei aufwärmen. Wir sind beide wie Aufziehmännchen. Wenn bestimmte Themen aufs Tapet kommen, rattern wir los. Komm doch nächsten Sonntag zum Mittagessen.«

»Ich glaube kaum, daß Rachel mich nächsten Sonntag wird sehen wollen.«

»Aber warum denn nicht?«

»Außerdem fahre ich ins Ausland.«

»Ach ja, das hatte ich vergessen. Wohin fährst du?«

»Nach Italien. Ich habe noch keine genaueren Pläne.«

»Aber du fährst doch noch nicht gleich? Komm doch nächsten Sonntag. Und gib uns deine Adresse in Italien. Wir fahren auch hin. Wir könnten uns treffen.«

»Ich ruf dich an. Und jetzt geh ich lieber, Arnold.«

»Na gut. Dank dir. Und mach dir keine Sorgen um uns. Du weißt ja.«

Er schien jetzt bereit, mich gehen zu lassen. Tatsächlich waren wir beide erschöpft.

Er winkte mir nach und schloß rasch die Tür. Ich hatte kaum das Gartentor erreicht, hörte ich schon seinen Plattenspieler. Er mußte sofort ins Wohnzimmer zurückgesaust sein und eine Platte aufgelegt haben, wie einer, der es nicht erwarten kann, seine Droge zu kriegen. Es klang nach Strawinsky oder so etwas. Sein Verhalten und die Musik machten mich ganz kribbelig. Ich bin, fürchte ich, einer von denen, die, um mit Shakespeare zu sprechen, ›zu Verrat, zu Räuberei und Tücken taugen.‹

Es war inzwischen, wie ich mit einem überraschten Blick auf die Uhr feststellte, fast acht Uhr abend geworden. Die Sonne schien wieder, doch eine dunkle, metallgraue Wolkenwand schob sich wie ein Vorhang über einen Teil des Himmels. Das Licht war irgendwie gespenstisch, wie oft an solchen Frühsommertagen, wenn kurz vor Einbruch der Dämmerung eine klare, aber kraftlose Sonne scheint. Die grünen Blätter in den Gärten zeichneten sich mit schneidender Schärfe gegen den Himmel ab. Die gefiederten Sänger zwitscherten immer noch aus voller Kehle ihr Tralala.

Ich fühlte mich sehr müde und ein bißchen benommen und schwach in den Knien; Schock und Angst saßen mir wohl noch in den Gliedern. In mir tobten die unterschiedlichsten Gefühle. Zum Teil empfand ich immer noch etwas von der diebischen Freude, die der Gedanke an einen Freund in Schwierigkeiten (und besonders diesen!) in mir ausgelöst hatte. Ich fand auch, daß ich mich recht gut aus der Affäre gezogen hatte. Andererseits war es durchaus möglich, daß ich dafür noch würde büßen müssen. Sowohl Arnold als auch Rachel könnten mir meine Rolle in dieser Angelegenheit übelnehmen und mich dafür bestrafen wollen. Gerade jetzt, wo ich fortfahren und Arnold für eine Weile vergessen wollte, kam mir diese neue Sorge sehr ungelegen. Ich fühlte mich plötzlich als Gefangener so widersprüchlicher Gefühle wie Verärgerung, Gereiztheit und Zuneigung, und das beunruhigte mich. Ich haßte und fürchtete es, mich gebunden zu fühlen. Ich fragte mich, ob ich meine

Abreise nicht besser bis nach dem Sonntag verschieben sollte. Am Sonntag würde ich die Atmosphäre prüfen, den Schaden abschätzen, irgendwie Frieden machen können. Und *dann* konnte ich getrost abreisen, ohne mir weiter den Kopf zu zerbrechen. Daß sie es mir beide nachträglich verübeln würden, daß ich Zeuge ihres Krachs geworden war, schien mir unvermeidlich. Da sie jedoch beide anständige, vernünftige Menschen waren, konnte ich von ihnen wohl erwarten, daß sie bewußte Anstrengungen machen würden, ihren Groll zu unterdrücken. Das schien für ein baldiges Wiedersehen zu sprechen, damit die Zeit nicht dafür sorgen konnte, daß er sich zu tief in ihnen festsetzte. Andererseits wieder beschwor diese gespenstische Abendbeleuchtung in mir das abergläubische Gefühl herauf, daß irgend etwas sich meiner bemächtigen würde, sollte ich nicht vor Sonntag die Flucht ergreifen. Ich spielte sogar mit dem Gedanken, ein Taxi zu nehmen (es fuhr gerade eines vorbei), mein Gepäck aus der Wohnung zu holen und gleich weiterzufahren zum Bahnhof, um den nächsten Zug zu erwischen, selbst wenn das bedeuten sollte, daß ich bis zum Morgen warten müßte. Aber das war natürlich absurd.

Zu dieser nagenden Sorge, was wohl die Baffins von mir denken würden, kam noch das riesige Problem Christin. Aber war das wirklich ein Problem? Hätte die Rückkehr meiner Exfrau nach London mich auch nur in irgendeiner Weise gekümmert, wenn Francis nicht in so ärgerlicher Weise aufgetaucht wäre? Es war unwahrscheinlich, daß wir uns je über den Weg laufen würden. Und wenn sie mich besuchen sollte, konnte ich sie höflich fortschicken. Würde die Geschichte schlimmer als nur lästig werden? Ich war nicht sicher. Francis hatte zweifellos Geister wachgerufen, war selbst ein Gespenst der besonders üblen Art. Und warum war ich so ein Erztrottel gewesen, ihn zu den Baffins mitzunehmen? Das Schlimmste, was mir hatte einfallen können! Und ich wußte im voraus, daß ich da etwas getan hatte, was zu der Art Dummheiten gehörte, die ich hinterher furchtbar bereuen würde. Natürlich hatte Arnold sich sofort auf Francis gestürzt. Arnold stürzte sich auf alles und jeden. Und jetzt, wo er die interessante Neuigkeit erfahren hatte, daß Francis mein Exschwager und ein Arzt ohne Zulassung war, würde er die Bekanntschaft sicher weiterverfolgen. Das durfte nicht geschehen. Ich überlegte, ob es wohl schicklich wäre, ihn einfach zu bitten, es nicht zu tun. Wahrscheinlich war es, wenn auch würdelos, der beste und einfachste Weg. Francis sofort und total aus meinem Leben zu streichen war eine Notwendigkeit. Arnold würde es verstehen, nur allzu gut. Aber schließlich war ich es ja gewohnt, vor Arnold zu Kreuze zu kriechen.

Ich begann mich zu fragen, was wohl jetzt im Haus der Baffins vor sich ging. Lag Rachel immer noch wie ein mißhandelter Leichnam da und starrte zur Decke, während Arnold im Wohnzimmer saß, Whisky trank und sich den *Feuervogel* anhörte? Vielleicht hatte Rachel sich wieder auf diese schreckliche Weise das Leintuch übers Gesicht gezogen? Oder war alles ganz anders? Kniete Arnold vor ihrer Tür, weinte, beschuldigte sich selbst und bettelte, daß sie ihn reinließ? Oder hatte Rachel nur gewartet, bis sie hörte, daß ich ging, war dann leise die Treppe hinuntergestiegen und in die Arme ihres Mannes geeilt? Vielleicht waren sie jetzt miteinander in der Küche, kochten das Abendessen und öffneten zur Feier des Tages eine besondere Flasche Wein. Was für ein Geheimnis eine Ehe doch war! Was für eine Welt voller Seltsamkeiten und Gewalt, diese Welt der Ehe! Ich war froh, sie nur von außen zu sehen. Die Vorstellung davon erfüllte mich mit einer Mischung von Übelkeit und Mitleid. Ich war in diesem Augenblick so neugierig, genau in Arnolds Sinn der Wortes, daß ich drauf und dran war, zurückzugehen und ums Haus herumzuschnüffeln, um zu erfahren, was passiert war. Aber so etwas lag natürlich nicht in meinem Charakter.

Ich war jetzt nicht mehr weit von der U-Bahn-Station entfernt und hatte beschlossen, keine Torheiten zu begehen. London überstürzt noch in dieser Nacht zu verlassen kam nicht in Frage. Ich würde in aller Ruhe nach Hause fahren, in meinem Stammpub ein Sandwich essen und früh schlafen gehen. Ich hatte einen harten Tag hinter mir, und das war einer jener Augenblicke, in denen ich mich nicht mehr jung fühlte. Morgen würde ich entscheiden, was dann noch der Entscheidung bedurfte, wie zum Beispiel, ob ich meine Abreise bis nach dem Sonntag verschieben sollte. Ich verspürte eine gewisse Erleichterung darüber, daß die Dramen des heutigen Tages wenigstens vorüber waren. Eines jedoch sollte noch kommen.

Ich hatte die Hauptstraße überquert und bog in die kleine Geschäftsstraße ein, die zur Haltestelle führte. Es war dunkler geworden, obwohl die gespenstisch bleiche Sonne immer noch schien. Einige Geschäfte waren schon beleuchtet. Es herrschte keine wirkliche Dämmerung, sondern ein diffuses, verschwommenes Licht, hell und diesig zugleich, in dem die Menschen wie Geister dahinwandelten, vom Licht umspült, in Licht gehüllt. Die traumgleiche Atmosphäre wurde für mich wahrscheinlich noch dadurch verstärkt, daß ich müde war, daß ich getrunken und nichts gegessen hatte. In dieser Stimmung von verhängnisvoller geistiger Ermattung bemerkte ich mit nur geringer Überraschung und wenig Interesse die Gestalt eines jungen Mannes auf der anderen Straßenseite, der sich ziemlich seltsam benahm. Er stand am Gehsteigrand und streute Blumen auf die Straße, als werfe er sie in einen Fluß. Mein erster Gedanke war, daß er zu einer Hindu-Sekte gehörte, was damals für London nicht ungewöhnlich war, und irgendeinen religiösen Ritus zelebrierte. Ein paar Leute blieben stehen und sahen ihm zu, aber die Londoner waren inzwischen schon so gewöhnt an verrückte Typen aller Art, daß dieses Ritual wenig Interesse erregte.

Der junge Bursche schien irgendeine monotone Litanei zu singen. Jetzt sah ich, daß es keine Blumen waren, was er streute, sondern eher weiße Blütenblätter. Wo hatte ich so etwas Ähnliches vor kurzem gesehen? Richtig, die unter Arnolds gewaltsamem Herumhantieren mit dem Stemmeisen von der Schlafzimmertür abgeblätterten Flocken weißen Lacks. Und er streute die weißen Blütenblätter nicht planlos in die Gegend, sondern im regelmäßigen Rhythmus des durchziehenden Verkehrs. Immer wenn sich ein Wagen näherte, nahm der junge Bursche eine Handvoll Blütenblätter aus einem Sack und streute sie dem Wagen in den Weg; dazu deklamierte er seinen rhythmischen Singsang. Vom Fahrtwind aufgewirbelt, stob der weiße Flaum durch die Luft, tanzte wie verrückt unter den Rädern, folgte dem Sog des Wagens und verteilte sich weiter die Straße entlang: Das Streuen der Blumenblätter machte so den Eindruck einer Opferzeremonie oder eines Aktes der Zerstörung, denn was geopfert wurde, wurde sogleich vernichtet und in Nichts aufgelöst.

Der junge Mann war schlank. Er trug eine enge, schwarze Hose, eine dunkle Samt- oder Kordsamtjacke und ein weißes Hemd. Er hatte eine dichte Mähne leicht gewellten braunen Haares, das ihm tief in den Nacken wuchs. Ich war stehengeblieben und hatte ihm eine Weile zugesehen, aber als ich eben wieder in Richtung Haltestelle weitergehen wollte, erkannte ich, daß das Licht mich getäuscht hatte und die Gestalt in Wirklichkeit kein junger Mann war, sondern ein Mädchen. Das Bild war plötzlich umgesprungen wie eine dieser verwirrenden Kippfiguren. Im nächsten Moment stellte ich fest, daß ich dieses Mädchen kannte. Es war Julian Baffin, Arnolds und Rachels halbwüchsige Tochter und ihr einziges Kind. (Benannt nach Julian of Norwich, wie ich kaum zu erklären brauche.)

Ich beschreibe Julian hier als halbwüchsig, weil ich sie immer noch so sah, obwohl sie zu dieser Zeit wahrscheinlich schon Anfang Zwanzig war. Arnold war jung Vater geworden. Das zierliche Mädchen hatte ein mäßiges, onkelhaftes Interesse in mir geweckt. (Eigene Kinder hatte ich nie gewollt. Viele Künstler wollen keine.) Aber als sie in die Pubertät kam, verlor sie ihre Anmut und entwickelte eine linkische, schmollend-aggressive Haltung gegenüber der Welt im allgemeinen, was ihren Charme beträchtlich minderte. Ewig maulte sie und beklagte sich, und ihr kleines Gesicht, das sich zu den Zügen einer Erwachsenen festigte, bekam einen unzufriedenen und verschlossenen Ausdruck. So hatte ich sie in Erinnerung. Ich hatte sie eine Weile nicht gesehen. Ihre Eltern vergötterten sie und waren zugleich enttäuscht von ihr. Sie hätten gerne einen Jungen gehabt. Sie hatten, wie alle Eltern, angenommen, daß Julian intelligent sei, aber das schien nicht zuzutreffen. Julian brauchte lange, um den Kinderschuhen zu entwachsen, hatte nur wenig Umgang mit den selbstbezogenen Cliquen der Teenagerwelt, und in einem Alter, in dem die meisten Mädchen sich durchaus verzeihlicherweise für ihre »Kriegsbemalung« zu interessieren beginnen, zog sie immer noch lieber ihre Puppen an als sich selbst.

Ihre Zeugnisse waren nicht gerade glänzend, sie war alles andere als eine Leseratte, und mit sechzehn ging sie von der Schule ab. Danach verbrachte sie ein Jahr in Frankreich, doch weniger aus eigenem Antrieb und Abenteuerlust, sondern mehr, weil Arnold darauf bestand. Zumindest kam es mir damals so vor. Frankreich ließ sie unbeeindruckt, und sie kehrte mit einem sehr schlechten Französisch zurück, das sie auch gleich wieder vergaß. Nach einer Ausbildung zur Stenotypistin nahm sie eine Stelle in der Schreibstube einer Behörde an. Mit etwa neunzehn kam sie zu der Überzeugung, daß eine Malerin in ihr stecke, und Arnold brachte sie voller Eifer in einer Kunstakademie unter, die sie nach einem Jahr wieder verließ. Danach ging sie an eine Lehrerbildungsanstalt irgendwo in den Midlands, ein oder zwei Jahre mußte das nun her sein, und nun sah ich sie da plötzlich wieder, wie sie entgegenkommenden Fahrzeugen weiße Blütenblätter in den Weg streute.

Erst jetzt erkannte ich – wieder so ein Umspringeffekt –, daß die wirbelnden weißen Flocken keineswegs Blütenblätter waren, sondern Papierschnipsel. Der Fahrtwind eines vorbeifahrenden Autos trug mir einen dieser Schnipsel direkt vor die Füße, und ich hob ihn auf. Es war ein Stück von etwas Handgeschriebenem, und das einzige Wort, das ich von dem Gekritzel entziffern konnte, war »Liebe«. Vielleicht diente dieses exzentrische Zeremoniell tatsächlich einem religiösen Zweck? Ich überquerte die Straße und begann hinter Julian den Gehsteig entlangzugehen. Ich wollte hören, was sie da psalmodierte, und es hätte mich nicht überrascht, eine mir unbekannte Sprache zu hören. Als ich näher kam, klang das Gemurmel wie ein ständig wiederholter Satz: *Die Kapelle der Sibylle an der Quelle der Idylle.*

»Hallo, Bradley.«

Durch Julians Aufenthalt am College und die Einstellung unserer sonntäglichen Treffen hatte ich sie seit fast einem Jahr nicht gesehen und auch davor nur sehr selten. Ich fand sie älter. Ihr Gesicht war immer noch mürrisch, aber es hatte jetzt einen etwas nachdenklichen Ausdruck, der vermuten ließ, daß sie ihren Kopf doch manchmal zum Denken gebrauchte. Sie hatte einen ziemlich schlechten Teint, oder vielleicht war es nur so, daß Arnolds »speckige« Haut bei einer Frau weniger gesund wirkte. Sie benutzte nie Make-up. Sie hatte wasserblaue Augen, nicht die haselnußbraun gesprenkelten Augen ihrer Mutter, und in ihren verschlossenen Zügen war keine Ähnlichkeit mit Rachels breitflächigem, sanftem, sommersprossigem Gesicht zu entdecken. Sie hatte eher ein Gesicht wie ein kleiner junger Hund. Ihre dichte, gewellte Mähne zeigte keinen Schimmer ins Rötliche, sondern war von diesem strähnigen Dunkelblond, das fast einen Stich ins Grüne hat. Selbst aus der Nähe ähnelte sie immer noch einem ziemlich großen, verdrießlichen Jungen, der sich bei seinem ersten, verfrühten Rasierversuch geschnitten hat. Die Verdrießlichkeit störte mich nicht. Ich kann das neckische Getue junger Mädchen nicht leiden.

»Hallo, Julian. Was zum Kuckuck machst du da?«

»Bist du bei Daddy gewesen?«

»Ja.« Ein Glück, daß Julian an diesem Abend nicht zu Hause war, dachte ich bei mir.

»Gut. Ich dachte schon, ihr habt euch zerstritten.«

»Keineswegs.«

»Aber du kommst nie mehr.«

»Doch. Aber du bist nie da.«

»Jetzt schon. Ich mache meine Schulpraxis in London. Wie war's denn, als du weggegangen bist?«

»Wo? Zu Hause? Oh – nichts Besonderes –«

»Sie haben gestritten, drum bin ich weg. Haben sie sich wieder beruhigt?«

»Ja, natürlich –«

»Findest du nicht, daß sie mehr streiten als früher?«

»Nein, ich ... Wie schick du bist, Julian. Ein richtiger Dandy.«

»Ich bin so froh, daß du gekommen bist, ich habe gerade an dich gedacht. Ich möchte dich um etwas bitten, ich wollte dir schon schreiben –«

»Julian, was soll das mit den Papierschnipseln, die du da verstreust?«

»Das ist ein Exorzismus. Es sind Liebesbriefe.«

»Liebesbriefe?«

»Von meinem Exfreund.«

Ich erinnerte mich, daß Arnold mit wenig Begeisterung einen »zotteligen Verehrer« erwähnt hatte, einen Kunststudenten oder so was.

»Habt ihr euch getrennt?«

»Ja. Ich hab sie so klein wie möglich zerrissen. Wenn ich sie alle los bin, bin ich frei. Da, ich glaube, das ist der letzte.«

Sie nahm den Sack, der die Brieffitzelchen enthalten hatte, vom Hals wie einen Futtersack und stülpte die Innenseite nach außen. Noch ein paar weiße Blütenblätter flogen mit dem Wind davon.

»Aber was hast du da vor dich hingesagt, du hast etwas gesungen, es klang wie ein Zauberspruch oder so was.«

»Oscar Belling.«

»Was?«

»Das war sein Name. Schau, ich rede schon in der Vergangenheit von ihm! Es ist alles vorbei!«

»Hast du ihn verlassen, oder hat er –?«

»Ich möchte lieber nicht darüber reden. Ich wollte dich um etwas bitten, Bradley.«

Es war inzwischen recht dunkel geworden, eine bläuliche Nacht, in den gelben Lichtschleier der Straßenlaternen gehüllt, was mich unnötigerweise an Rachels rötlichgoldenes Haar auf der Jacke von Francis' schäbigem blauen Anzug erinnerte. Langsam gingen wir die Straße entlang.

»Hör zu, Bradley, es geht um folgendes: Ich habe beschlossen, Schriftstellerin zu werden.«

Mir sank das Herz. »Sehr schön.«

»Und ich möchte, daß du mir dabei hilfst.«

»Es ist nicht leicht, jemandem dabei zu helfen, Schriftsteller zu werden, vielleicht ist es sogar unmöglich.«

»Die Sache ist nämlich die: Ich will kein Schriftsteller wie Daddy werden, sondern einer wie du.«

Mein Herz erwärmte sich für das Mädchen. Aber meine Antwort mußte natürlich ironisch sein. »Meine liebe Julian, nimm dir kein Beispiel an mir! Ich mühe mich ständig ab und habe kaum je Erfolg.«

»Genau das ist es. Daddy schreibt zuviel, findest du nicht? Er überarbeitet seine Sachen kaum je. Er schreibt etwas, und dann schaut er, daß er es ›los wird‹, indem er es veröffentlicht. Ich habe ihn das wirklich sagen hören. Und dann schreibt er was Neues. Er hat es immer so eilig, es ist richtig neurotisch. Ich sehe keinen Zweck darin, ein Künstler zu sein, wenn man nicht ständig nach Vollkommenheit strebt.«

Ich fragte mich, ob das vielleicht die Ansichten des verflossenen Oscar Belling waren.

»Wenn du das wirklich glaubst, Julian, dann muß ich dir sagen, daß das ein langer, harter Weg ist.«

»Na, *du* glaubst es doch, und ich bewundere dich dafür, ich habe dich immer bewundert, Bradley. Die Frage ist nur die: Bist du bereit, mich zu unterrichten?«

Mein Herz sank wieder. »Was genau meinst du damit, Julian?«

»Eigentlich zwei Dinge. Ich hab darüber nachgedacht. Ich weiß, daß ich nicht gebildet bin, und ich weiß auch, daß ich unreif bin. Und diese Lehrerbildungsanstalt ist hoffnungslos. Ich möchte eine Leseliste von dir. Alle großen Werke, die ich lesen soll, aber nur die *großen* und die *schwierigen*. Ich will meine Zeit nicht mit Kleinkram vertun. Ich *hab* nicht mehr so viel Zeit. Und wenn ich die Sachen gelesen habe, könnten wir darüber reden. Ich stelle mir das als so eine Art Kolloquium vor. Und dann, und das ist das zweite, würde ich gerne Sachen für dich schreiben. Kurzgeschichten vielleicht, oder was immer ich deiner Ansicht nach schreiben *sollte*. Und du könntest dann das Geschriebene kritisieren. Ich möchte wirklich von jemandem an der Hand genommen werden, verstehst du? Ich finde, daß die Technik so wichtig ist, meinst du nicht auch? So wie man zuerst zeichnen lernen muß, bevor man malt. Bitte sag, daß du dich meiner annehmen wirst. Es wird dich nicht viel Zeit kosten, nicht mehr als ein paar Stunden pro Woche. Und mein Leben würde es total verändern.«

Ich wußte natürlich, daß es jetzt nur darauf ankam, mich mit Anstand aus der Affäre zu ziehen. Julian beklagte bereits die verschwendeten Jahre und bedauerte, daß ihr nicht mehr viel Zeit blieb. Ich beklagte und bedauerte etwas ganz anderes. Ich konnte keine paar Stunden in der Woche für sie erübrigen. Wie konnte sie es wagen, meine kostbaren Stunden beanspruchen zu wollen? Und überhaupt machte mich der Vorschlag des Mädchens bestürzt und verlegen. Nicht nur, weil er ein typisches Beispiel jugendlicher Gedankenlosigkeit war. Es war auch ihr völlig falsch angebrachter Ehrgeiz. Es bestand wenig Zweifel daran, daß es Julians Schicksal war, Stenotypistin, Lehrerin oder Hausfrau zu sein, und in keiner dieser Rollen würde sie glänzen.

»Ich halte das für eine sehr gute Idee«, sagte ich, »und natürlich würde ich dir gerne helfen, und du hast ja so recht mit dem, was du über die Technik des Schreibens sagst ... Das Dumme ist nur, daß ich in nächster Zeit für eine Weile im Ausland sein werde.«

»Oh, wo denn? Ich konnte dich besuchen. Ich hab jetzt ziemlich viel Freizeit, weil es in meiner Schule die Masern gibt.«

»Ich werde viel unterwegs sein.«

»Aber könntest du mir nicht wenigstens eine Starthilfe geben, bevor du fährst? Bitte, Bradley. Dann hätten wir schon etwas, worüber wir reden können, wenn du zurückkommst. Schick mir doch wenigstens eine Leseliste. Dann kann ich inzwischen die Bücher lesen und auch eine Geschichte schreiben, bis du zurückkommst. Bitte. Ich möchte so gern, daß du mein Lehrer wirst. Du bist der einzige in meinem Leben, den ich mir wirklich als meinen Lehrer vorstellen kann.«

»Na, also gut, ich werde über ein paar Bücher für dich nachdenken. Aber ich bin kein Guru für *Kreatives Schreiben,* ich hab dafür keine Zeit. – Was für Bücher schweben dir überhaupt vor? So was wie die *Ilias* oder die *Göttliche Komödie*, oder eher so was wie *Söhne und Liebhaber* oder *Mrs. Dalloway* –«

»O bitte die *Ilias* und die *Göttliche Komödie*. Das ist wunderbar! Genau das ist es! Die großen Meisterwerke!«

»Und ob Versdichtung oder Prosa ist dir egal –?«

»O nein, keine Verse. Damit habe ich Probleme. Das hebe ich mir für später auf.«

»*Ilias* und *Göttliche Komödie* sind aber in Versen geschrieben.«

»Na ja, schon, aber ich würde ja eine Prosaübersetzung lesen.«

»Damit wäre diese Schwierigkeit behoben.«

»Du wirst mir also schreiben, Bradley? Ich bin dir so schrecklich dankbar. Ich sag dir hier auf Wiedersehen, ich muß in das Geschäft da reinschauen.«

Wir waren ziemlich abrupt vor dem beleuchteten Schaufenster eines Schuhgeschäftes ganz in der Nähe der U-Bahn-Station stehengeblieben. Ganz vorne im Fenster standen hohe Sommerstiefel aus spitzenähnlichem Material in verschiedenen Farben. Die brüske Art, mit der sie mich verabschiedete, hatte mich ein wenig aus der Fassung gebracht, und ich wußte nicht recht, was ich sagen sollte. Ich machte eine vage Handbewegung und sagte »tschüs«, was ich, soviel ich weiß, weder vorher noch seither jemals gesagt habe.

»Tschüs«, sagte Julian, als wäre es eine Art Code. Dann wandte sie sich dem beleuchteten Schaufenster zu und begann die Stiefel zu begutachten.

Ich ging über die Straße zum U-Bahn-Eingang und schaute zurück. Sie stand nach vor gebeugt, die Hände auf den Knien, und das helle Licht vergoldete ihr dichtes Haar, ihre Stirn und ihre Nase. Was für ein prächtiges Modell für eine Allegorie der Eitelkeit sie für einen Maler abgeben würde, dachte ich, es mußte ja nicht gerade Herr Belling sein. Ich beobachtete sie eine Weile wie der Jäger den Fuchs, aber sie ging nicht weg, sondern verharrte reglos in ihrer Stellung.

»Mein lieber Arnold«, schrieb ich.

Es war am Morgen darauf, und ich saß an dem kleinen Intarsientisch in meinem Wohnzimmer. Ich habe diesen wichtigen Raum noch nicht hinlänglich beschrieben. Er hat etwas Staubig-Verblichenes und eine kontemplative Atmosphäre der Zurückgezogenheit. Er riecht stark nach Vergangenheit, vielleicht im buchstäblichen Sinn. (Nicht so sehr nach vertrocknetem Schimmel, sondern eher nach Puder.) Er wirkte auch irgendwie gestaucht, weil er durch die Zwischenwand, die ihn vom Schlafzimmer trennte, in seinen früheren Dimensionen beschnitten war, und die vorhin erwähnte Wandvertäfelung nur drei Wände des Raumes bedeckte. Diese falschen Proportionen bewirkten, daß man sich manchmal, besonders nachts, darin fühlte wie in einer Schiffskajüte oder vielleicht in einem Eisenbahnabteil erster Klasse im Stil der transsibirischen Eisenbahn um 1910. Der runde Intarsientisch stand in der Mitte des Zimmers. (Gewöhnlich befand sich eine Topfpflanze darauf, aber jetzt war der angestammte Platz leer, weil ich die letzte erst vor kurzem der Frau von der Wäscherei gegeben hatte.) An den Wänden stand verschiedenerlei: ein kleiner, plüschtapezierter Lehnstuhl mit »Rüschenunterhosen«, wie Hartbourne immer sagte, der zu korpulent war, um darin Platz zu finden; zwei Stühle (viktorianische Kopien) mit zierlichen Beinen, lyraförmigen Lehnen und Sitzpolstern in Petit-point-Stickerei in verschiedenen Dessins (ein dahingleitender Schwan auf dem einen, Tigerlilien auf dem anderen); ein hoher, aber ziemlich schmaler Bücherschrank aus Mahagoni (der Großteil meiner Bücher fristet sein Leben in einfachen Regalen im Schlafzimmer); eine Vitrine in Rot-Schwarz-Gold im chinesischen Stil, viktorianisch; ein Nachttisch aus Mahagoni mit ausziehbarem Servierbrett, voller Flecken, möglicherweise achtzehntes Jahrhundert; ein Pembroketisch aus Seidenholz, ebenfalls ziemlich fleckig; ein Eckhängeschrank in Nuß mit gewölbten Türen. An den Tisch in der Mitte war ein ›Konversationsstuhl‹ herangezogen, auf dem ich jetzt saß, ein ausladendes Ding mit gepolsterten Armlehnen und einer schmierigen, schon etwas kahl werdenden Sitzfläche aus rotem Samt.

Auf dem Boden ein Teppich mit großen, bernsteinfarbenen Rosen auf schwarzem Grund. Vor dem Kamin ein schwarzer, wolliger Vorleger in der Form eines Bären. Darauf ein zerfledderter, chintzbezogener Lehnsessel (in Hartbournedimensionen, gewöhnlich als »sein« Stuhl bezeichnet), der einen neuen Überzug brauchte. Der breite Kaminsims war aus dunklem, bläulich schimmerndem, schiefergrauem Marmor, und die Öffnung darunter war von schwarzen, schmiedeeisernen Rosengirlanden mit Dornen und fein geäderten Blättern umrahmt. Die Bilder, keines sehr groß, hingen hauptsächlich an der »unechten« Wand, da ich mich nicht dazu bringen konnte, Löcher in das Holz zu bohren, und die vorhandenen Haken an der Vertäfelung waren für meinen Geschmack zu hoch. Es waren kleine Ölbilder in schweren vergoldeten Rahmen: kleine Mädchen mit Katzen, kleine Jungen mit Hunden, Katzen auf Kissen, Blumen; die harmlosen und herzerwärmenden Trivialitäten unserer zugleich starken und sentimentalen Vorfahren. Auch zwei kleine, elegante Szenen von einem nördlichen Strand waren darunter, und in einem ovalen Rahmen eine Zeichnung aus dem achtzehnten Jahrhundert, ein wartendes Mädchen mit offenem Haar. Auf dem Kaminsims und in der rot-schwarz-goldenen Lackvitrine standen die Kleinigkeiten: Tassen und Figuren aus Porzellan, Schnupftabakdosen, Elfenbeinschnitzereien, kleine orientalische Bronzen, bescheidene Dinge, von denen ich einige vielleicht später noch näher beschreiben werde, da zumindest zwei davon eine Rolle in dieser Geschichte spielen.

Am frühen Vormittag hatte Hartbourne angerufen. Er wußte nichts davon, daß ich verreisen wollte, und hatte ein Treffen zum Mittagessen vorgeschlagen. Als ich noch im Büro war, hatten wir oft zusammen zu Mittag gegessen, und wir hatten diese Gewohnheit auch in meiner Pension nicht abgelegt. Als er anrief, war ich noch unentschlossen, ob ich meine Abreise nicht doch verschieben sollte, um am Sonntag meinen Frieden mit den Baffins zu machen. Ich gab Hartbourne eine ausweichende Antwort und versprach zurückzurufen, aber tatsächlich war sein Anruf ein weiterer Anstoß, mich endlich zu entscheiden. Ich beschloß zu fahren. Wenn ich bis zum Sonntag blieb, würde ich wieder in den bequemen Trott meines Londoner Lebens verfallen, für dessen Alltäglichkeit der arme Hartbourne ein Symbol war. Von all dem wollte ich mich lösen, von dieser verweichlichten Banalität eines Lebens ohne Ziele. Und es beunruhigte mich, als mir bewußt wurde, wie sehr es mir eigentlich widerstrebte, meine kleine Wohnung zu verlassen. Es war beinahe so, als hätte ich Angst. Eine heftige Vorahnung von Heimweh überkam mich, während ich das Porzellan neu arrangierte und mit meinem Taschentuch abstaubte, zwanghafte Visionen von Einbrüchen und Entweihungen meines Heims befielen mich. Nach einem Traum in der vergangenen Nacht hatte ich ein paar von den wertvolleren Dingen versteckt; daher mußten die anderen neu arrangiert werden. Der alberne Gedanke, daß sie hier während meiner Abwesenheit stumm Wache halten würden, trieb mir fast die Tränen in die Augen. Verärgert über mich selbst, beschloß ich, einen früheren Zug zu nehmen als den für gestern geplanten, und noch am Vormittag abzureisen.

Ja, es war Zeit, hier wegzukommen. In den vergangenen Monaten hatte ich manchmal Langeweile, manchmal Verzweiflung verspürt, wenn ich mich mit meinen nebelhaften Gedanken zu einem Werk herumschlug, das ich einmal als Novelle vor mir sah, dann wieder als umfangreichen Roman, in dem ein Held, der mir nicht ganz unähnlich war, inmitten gespenstischer Zwischenfälle seinen Gedanken über Leben und Kunst nachhing. Das Problem war, daß das dunkle Feuer, dessen Fehlen ich in Arnolds Werk bemängelt hatte, auch hier fehlte. Es gelang mir nicht, meine Gedanken und meine Figuren zu einem Ganzen zu verschweißen und verschmelzen. Ich wollte eine Art These aufstellen, die man meine Philosophie hätte nennen können. Aber ich wollte sie in eine Geschichte einbetten, vielleicht in eine Allegorie, sie in eine Form bringen, die so geschmeidig und so hart zugleich sein würde wie meine Rosengirlande. Aber ich schaffte es nicht. Meine Figuren waren Schatten, meine Gedanken Epigramme. Trotzdem spürte ich, wie es uns Künstlern so oft ergeht, daß bald die Erleuchtung kommen würde. Und ich war sicher, der Lohn für meine Bemühungen würde nicht lange auf sich warten lassen, wenn ich mich jetzt in die Einsamkeit zurückzog, alles hinter mir ließ, was mich an Langeweile und Versagen erinnerte. In dieser Stimmung also beschloß ich, aufzubrechen und meinen geliebten Bau gegen eine Gegend einzutauschen, in der ich nie zuvor gewesen war, gegen ein Haus, das ich noch nie gesehen hatte.

Aber gewisse Dinge mußten zuerst brieflich erledigt werden. Ich muß gestehen, ich bin ein besessener und abergläubischer Briefeschreiber. Wenn mir etwas zu schaffen macht, schreibe ich lieber einen langen Brief, als daß ich zum Telefon greife. Das mag daran liegen, daß ich Briefen magische Kräfte zuschreibe. Oft habe ich das irrationale Gefühl, daß ein in einem Brief ausgedrückter Wunsch schon so gut wie erfüllt ist. Hinter einem Brief kann man sich verschanzen, er gewährt Aufschub, und er kann Wunder wirken; er ist eine fast unfehlbare Methode, aus der Ferne zu handeln. (Und den Schwarzen Peter weiterzugeben, auch das muß ich zugeben.) Er ist eine Möglichkeit, der Zeit Einhalt zu gebieten. Ich kam zu dem Schluß, daß es gänzlich unnötig war, die Baffins am Sonntag zu besuchen. Alles, was ich wollte, konnte ich mit einem Brief erreichen. Also schrieb ich:

Mein lieber Arnold,

ich hoffe, daß Du und Rachel mir für gestern vergeben habt. Zwar wurde ich hingebeten, doch war ich nichtsdestoweniger ein Eindringling. Du wirst mich verstehen, und ich brauche Dir zu diesem Punkt sicher weiter nichts zu sagen. Niemand wünscht sich Zeugen bei seinen Problemen, und mögen sie noch so vorübergehend sein. Der Außenstehende kann die Dinge nicht richtig begreifen, und schon allein seine Gedanken sind eine Unverschämtheit. Ich schreibe Dir, um Dich wissen zu lassen, daß ich keinerlei Vermutungen über Euch anstelle, sondern nur in inniger Freundschaft an Dich und Rachel denke und überzeugt davon bin, daß alles bei Euch in Ordnung ist. Ich habe nie viel von Deiner Art Neugier gehalten! Und ich hoffe, Du wirst zumindest in diesem Fall einsehen, daß es viel für sich haben kann, den Blick abzuwenden! Ich sage

Dir das in aller Freundschaft und nicht zur Erinnerung an unseren ewigen Streitpunkt.

Ich schreibe Dir auch, um Dich um einen Gefallen zu bitten, und will mich dabei so kurz wie möglich fassen. Es hat Dich natürlich interessiert, Francis Marloe kennenzulernen, der durch einen höchst seltsamen Zufall bei mir war, als Du anriefst. Du hast erwähnt, daß Du ihn wiedersehen willst. Tu das bitte nicht. Wenn Du darüber nachdenkst, wirst du einsehen, wie verletzend eine solche Verbindung für mich wäre. Es liegt nicht in meiner Absicht, irgendeinen Kontakt zu meiner früheren Frau aufzunehmen, und ich möchte nicht, daß es irgendeine Verbindung gibt zwischen ihrer Welt, als was immer sich diese erweisen sollte, und meiner Welt, die mir lieb und teuer ist. Natürlich wäre es charakteristisch für Dich, daß Du »Interesse« daran hättest, das Terrain ein wenig zu erkunden, aber bitte erweise einem alten Freund die Freundlichkeit, es nicht zu tun.

Laß mich diese Gelegenheit wahrnehmen, Dir zu sagen, daß mir unsere Freundschaft trotz aller Auseinandersetzungen sehr kostbar ist. Wie Du weißt, habe ich Dich zu meinem Nachlaßverwalter gemacht. Könnte es einen größeren Vertrauensbeweis geben? Aber wollen wir hoffen, daß es zu früh ist, von Testamenten zu reden. Ich bin im Begriff, London zu verlassen, und werde eine Zeitlang wegbleiben. Ich hoffe, ich werde schreiben können. Ich spüre, daß ein sehr entscheidender Lebensabschnitt vor mir liegt. Meine herzlichsten Grüße an Rachel. Ich danke Euch beiden für die unerschütterliche Freundlichkeit, die ihr einem einsamen Mann entgegenbringt; und in der Sache F. M. verlasse ich mich ganz auf Dich.

Mit den allerherzlichsten Grüßen und in alter Verbundenheit,

Dein Bradley

Als ich mit dem Brief fertig war, stellte ich fest, daß ich schwitzte. An Arnold zu schreiben regte mich aus irgendeinem Grund immer auf. Und in diesem Fall kam noch die Erinnerung an ein brutales Handgemenge dazu, die sich, wie ich trotz meiner milden Worte genau wußte, nur sehr langsam im chemischen Prozeß der Freundschaft verflüchtigen würde. Was häßlich und würdelos ist, läßt sich am schwersten zu einer gegenseitig annehmbaren Vergangenheit glätten, schwerer noch als eine richtige Gemeinheit. Wir vergeben eher jenen, die uns bei etwas Bösem ertappt haben, als jenen, die uns erniedrigt gesehen haben. Ich hatte den Schock des Erlebnisses noch immer nicht ganz verdaut; und obwohl ich es ehrlich gemeint hatte, als ich Arnold schrieb, daß ich nicht »neugierig« sei, wußte ich doch, daß die Geschichte auch für mich noch nicht zu Ende war.

Ich füllte meinen Füllhalter nach und begann einen zweiten Brief, der folgendermaßen lautete:

Meine liebe Julian,

es war lieb von Dir, daß Du mich um meinen Rat in bezug auf Bücher und das Schreiben gebeten hast. Ich fürchte allerdings, ich kann Dich das Schreiben nicht lehren. Ich habe nicht die Zeit dazu, und außerdem ist es meines Erachtens unmöglich, so etwas zu lehren. Zu den Büchern möchte ich allerdings ein Wort sagen. Ich denke, Du solltest die Ilias und die Odyssee in einer möglichst unverfälschten Übersetzung lesen. (Wenn Du wenig Zeit hast, laß die Odyssee weg.) Die beiden Epen sind die bedeutendsten Werke der Weltliteratur; große Gedanken treten uns dort in meisterlich einfacher Darstellung entgegen. Dante solltest Du Dir vielleicht für später aufheben. Die Göttliche Komödie weist viele Schwierigkeiten auf und bedarf, im Gegensatz zu Homer, eines Kommentars. Wenn man dieses große Werk nicht im italienischen Original liest, kommt es einem nicht nur unverständlich vor, sondern widerstrebt einem geradezu. Des weiteren finde ich, daß Du Deine Einschränkungen in bezug auf Versdichtung etwas lockern solltest, um für die bekannteren Stücke Shakespeares Platz zu machen! Was für ein Glück wir doch haben, daß Englisch unsere Muttersprache ist! Die Vertrautheit mit der Sprache und die Spannung dürften Dir diese Lektüre leichtmachen. Vergiß, daß es »Dichtung« ist, und genieße es einfach. Der Rest meiner Leseliste besteht ganz einfach aus den größten englischen und russischen Romanen des neunzehnten Jahrhunderts. (Wenn Du nicht sicher bist, welche das sind, frag Deinen Vater: Er kann es Dir bestimmt sagen!)

Gib Dich ganz diesen großen Kunstwerken hin. Sie genügen für ein Leben. Und mach Dir nicht zuviel Gedanken über das Schreiben. Die Kunst ist eine unverlangte und gewöhnlich unbedankte Tätigkeit, und in Deinem Alter ist es wichtiger, sie zu genießen, als sie auszuüben. Solltest Du Dich doch entschließen, etwas zu schreiben, denk an das, was Du selbst über Vollkommenheit gesagt hast. Zu den wichtigsten Dingen, die ein Schriftsteller lernen muß, gehört es, das Geschriebene zu zerreißen. Kunst hat nicht nur in erster Linie, sondern ausschließlich mit Wahrheit zu tun. Sie ist ein anderes Wort für Wahrheit. Der Künstler lernt eine spezielle Sprache, um die Wahrheit zu enthüllen. Wenn Du schreibst, schreib, was Dein Herz Dir eingibt, aber schreib sorgfältig und objektiv. Wirf Dich nie in Pose. Schreib Kleinigkeiten, die Du für wahr hältst. Dann wirst Du vielleicht manchmal feststellen, daß sie auch schön sind.

Ich wünsche Dir alles Gute und danke Dir für Dein Interesse an meiner Meinung!

Dein Bradley

Nachdem ich diesen Brief beendet hatte, überlegte ich hin und her, tat dies und das, ging zum Kaminsims und zur Vitrine, und dann begann ich einen weiteren Brief, der so lautete:

Lieber Marloe,

wie ich Dir hoffentlich klarmachen konnte, war mir Dein Besuch nicht nur unwillkommen, er war auch völlig zwecklos, da ich unter keinen Umständen die Absicht habe, Verbindung zu meiner früheren Frau aufzunehmen. Ich werde jeden weiteren Annäherungsversuch, sei es nun brieflich oder persönlich, mit Entschiedenheit zurückweisen. Ich denke jedoch, daß Du jetzt, wo Du meine Haltung kennst, freundlich und klug genug sein wirst, mich in Ruhe zu lassen. Ich war dankbar für Deine Hilfe bei Mr. und Mrs. Baffin. Für den Fall, daß Du daran denkst, die Bekanntschaft mit ihnen fortzusetzen, sollte ich Dich jedoch wissen lassen, daß ich sie gebeten habe, Dich nicht zu empfangen, und sie werden Dich auch nicht empfangen.

Beste Grüße
Bradley Pearson

Francis hatte es bewerkstelligt, mir am vergangenen Abend, bevor er ging, einen Zettel mit seiner Adresse und Telefonnummer in die Tasche zu stecken. Ich schrieb die Adresse auf den Briefumschlag und warf den Zettel in den Papierkorb.

Danach blieb ich sitzen, trödelte ein bißchen herum und sah zu, wie der vorwärts kriechende Sonnenstreifen die verkrustete braune Wand gegenüber gelb färbte. Dann begann ich wieder zu schreiben.

Sehr geehrte Mrs. Evandale,

man hat mir zur Kenntnis gebracht, daß Sie in London sind. Ich schreibe Ihnen, um Sie wissen zu lassen, daß ich unter keinerlei wie immer gearteten Umständen von Ihnen zu hören oder Sie zu sehen wünsche. Es mag widersprüchlich erscheinen, daß ich Ihnen einen Brief schicke, um Sie dies wissen zu lassen. Aber ich hielt es für möglich, daß eine gewisse Neugier oder ein morbides Interesse Sie dazu bewegen könnte, mich »aufzusuchen«. Seien Sie so freundlich und tun Sie es nicht. Ich habe keinen Wunsch, Sie zu sehen und bin nicht daran interessiert, von Ihnen zu hören. Ich sehe keinen Grund, weshalb unsere Wege sich kreuzen sollten, und wäre dankbar für die Fortsetzung unseres völligen Abbruchs der Beziehungen. Bitte nehmen Sie diesen Brief nicht zum Anlaß, sich vorzustellen, ich hätte in dieser langen Zwischenzeit über Sie nachgedacht. Das habe ich nicht. Ich habe Sie vollkommen vergessen. Ich würde mir auch jetzt keine Gedanken über Sie machen, hätte ich nicht einen unverschämten Besuch von Ihrem Bruder erhalten. Ich habe ihn gebeten, mir jeden weiteren Besuch zu ersparen, und hoffe, Sie werden dafür sorgen, daß er nicht wieder als Ihr selbsternannter Gesandter bei mir erscheint. Ich wäre Ihnen dankbar, wenn Sie zur Kenntnis nehmen wollten, daß dieser Brief genau das aussagt, was er zu sagen scheint, und weiter nichts. Es versteckt sich keine Herzlichkeit oder frohe Erwartung »zwischen den Zeilen«. Daß ich Ihnen schreibe, zeugt weder von Aufregung noch von Interesse. Als meine Gattin verhielten Sie sich mir gegenüber unfreundlich, grausam und destruktiv. Ich glaube nicht, daß meine Worte übertrieben sind. Ich war zutiefst erleichtert, von Ihnen befreit zu sein, und kann Sie nicht leiden. Oder besser gesagt, ich kann meine Erinnerung an Sie nicht leiden. Auch jetzt existieren Sie kaum für mich, oder wenn, dann nur als ein von Ihrem Bruder heraufbeschworenes Übel. Aber diese Vergiftung der Atmosphäre wird bald vorübergehen und der frühere Zustand des Vergessens wird wieder eintreten. Ich hoffe, Sie werden diesen Prozeß nicht dadurch stören, daß Sie Verbindung mit mir aufzunehmen versuchen. Um es ganz offen zu sagen, jede »Annäherung« von Ihrer Seite würde mich in höchstem Maße erzürnen, und ich bin sicher, daß Sie einer peinlichen Szene aus dem Weg gehen möchten. Was mich tröstet, ist der Gedanke, daß Ihre Erinnerungen an mich zweifellos genauso unangenehm sind wie meine Erinnerungen an Sie, und daß Sie daher kaum wünschen werden, mich zu sehen.

Mit besten Grüßen,
Bradley Pearson

P. S.: Ich sollte noch erwähnen, daß ich heute aus London abreise und morgen England verlasse. Ich werde eine Weile wegbleiben und mich vielleicht sogar im Ausland niederlassen.

Als ich diesen Brief zu Ende geschrieben hatte, schwitzte ich nicht nur, ich zitterte und schnaufte, und mein Herz schlug wie verrückt. Welches Gefühl hatte derart von mir Besitz ergriffen? Angst? Manchmal ist es seltsam schwer, das Gefühl zu benennen, unter dem man leidet. Die genaue Bezeichnung ist manchmal unwichtig, manchmal von entscheidender Bedeutung. Haß?

Ich sah auf die Uhr und stellte fest, daß für das Schreiben des Briefes viel Zeit aufgegangen war. Nun war es zu spät, den Vormittagszug zu erreichen. Aber der Nachmittagszug würde ohnehin besser sein. Züge haben etwas so schrecklich Beunruhigendes an sich. Sie sind ein Sinnbild für die Möglichkeit totalen und unwiderruflichen Scheiterns. Außerdem sind sie schmutzig, laut und voller fremder Leute, ein anschauliches Beispiel dafür, wie widerlich abhängig man im Leben vom Zufall ist: der geschwätzige Mitreisende, Kinder womöglich.

Ich las den Brief, den ich an Christin geschrieben hatte, noch einmal durch und dachte darüber nach. Ich hatte ihn aus einem augenblicklichen Bedürfnis nach Selbstausdruck oder Selbstverteidigung heraus geschrieben, als eine Art magische Abwehr. Wie schon erklärt, gönne ich mir oft diese Art des Briefeschreibens. Ein Brief aber, und das vergesse ich zu meinem eigenen Nachteil immer wieder, dient nicht nur dem Selbstausdruck; er ist auch Stellungnahme, Anregung, Überredung, Befehl, und seine Wirksamkeit in dieser Hinsicht muß objektiv bewertet werden. Welche Wirkung würde dieser Brief auf Christin haben? Es schien mir jetzt möglich, daß er genau das Gegenteil von dem bewirken könnte, was ich beabsichtigte. Dieser Brief mit seinem Hinweis auf eine »peinliche Szene« würde sie reizen. Sie würde etwas ganz anderes dahinter sehen. Sie würde sich auf der Stelle ein Taxi nehmen und herkommen. Außerdem war der Brief voller echter Widersprüche. Wenn ich die Absicht hatte, ins Ausland zu gehen, wozu schickte ich ihn ihr dann überhaupt? Vielleicht wäre es wirkungsvoller, ihr nur zu schreiben: »Ich wünsche keine Kontaktaufnahme.« Nur diese eine Zeile, sonst nichts. Oder am besten gar nichts? Das Problem war, daß der Gedanke an Christin mir inzwischen so sehr zu schaffen machte, daß ich mich so verunreinigt fühlte durch das Gefühl einer Verbindung zu ihr, daß es eine psychologische Notwendigkeit war, ihr irgendeine Botschaft zu schicken, ganz einfach als eine Art Exorzismus. Um nicht untätig dazusitzen, schrieb ich die Anschrift auf den Briefumschlag: unsere alte Adresse. Der Mietvertrag war natürlich auf ihren Namen gelaufen. Was für eine Investition.

Ich beschloß, den Brief an Francis abzuschicken, und die Entscheidung über meine Art der Mitteilung an Christin, falls ich ihr überhaupt eine schicken würde, auf später zu verschieben. Weiters kam ich zu dem Entschluß, daß es nun höchste Zeit war, aus dem Haus und zum Bahnhof zu kommen, wo ich eine Kleinigkeit zu Mittag essen und in aller Ruhe auf den Nachmittagszug warten konnte. Es war gar nicht so schlecht, daß der frühere Zug nun mit Sicherheit abgefahren war. Ich habe schon die unangenehme Erfahrung gemacht, daß ich sehr früh zu einem Zug ging und dann doch noch in letzter Minute den

Zug davor erwischte. Als ich den Brief an Christin einsteckte, streiften meine Finger die Besprechung von Arnolds Roman. Noch ein ungelöstes Problem. Zwar konnte ich mir durchaus vorstellen, sie nicht zu veröffentlichen, andererseits aber wußte ich genau, daß ich ganz versessen darauf war, sie gedruckt zu sehen. Warum? Ja, ich mußte weg und gründlich über alle diese Dinge nachdenken.

Meine Koffer standen noch in der Diele, wo ich sie gestern hatte stehenlassen. Ich zog mir den Mantel an. Ich ging ins Badezimmer. Dieses Badezimmer gehörte zu der Sorte, die immer verwahrlost aussehen, wieviel Mühe man sich auch damit geben mag. Seifenstückchen in verschiedenen Farben lagen im Waschbecken und in der Badewanne – ich bringe es einfach nie über mich, sie wegzuwerfen. Mit einer plötzlichen Willensanstrengung sammelte ich sie alle ein und spülte sie die Toilette hinunter. Und während ich, noch ganz benommen von diesem Erfolgserlebnis, dastand, begann es an der Tür zu klingeln und hörte nicht mehr auf.

An dieser Stelle ist es nötig, etwas über meine Schwester Priscilla zu sagen, die gleich die Szene betreten wird.

Priscilla ist sechs Jahre jünger als ich. Sie ging früh von der Schule ab. Ich im übrigen auch. Daß ich ein gebildeter und kultivierter Mann bin, verdanke ich meinem persönlichen Eifer, meinen Bemühungen und meiner Begabung. Priscilla war weder eifrig, noch begabt, und sie hat sich auch nie angestrengt. Meine Mutter, mit der sie viel Ähnlichkeit hatte, verwöhnte sie. Ich glaube, daß Frauen – vielleicht unbewußt – ihre eigene Unzufriedenheit auf ihren weiblichen Nachwuchs übertragen. Meine Mutter, obwohl sie nicht gerade unglücklich verheiratet war, hegte einen beständigen Groll gegen die Welt. Vielleicht kam das daher oder wurde dadurch verschlimmert, daß sie meinte, ›nach unten‹ geheiratet zu haben, wenn auch nicht gerade in gesellschaftlichem Sinn. Meine Mutter war eine ›Schönheit‹ gewesen und hatte viele Verehrer gehabt. Ich habe den Verdacht, daß sie später, als sie hinter dem Verkaufspult alt wurde, das Gefühl hatte, sie hätte es viel besser treffen können im Leben, wenn sie ihre Trümpfe geschickter ausgespielt hätte. Priscilla, auch wenn sie in finanzieller, ja sogar in gesellschaftlicher Hinsicht einen vorteilhafteren Handel abschloß, folgte in gewisser Weise demselben Muster. Priscilla war ein hübsches Mädchen gewesen, wenn auch nicht so hübsch wie meine Mutter, und erntete viel Bewunderung im Kreis der unausgegorenen und ungebildeten frechen Jungen, die ihr ›gesellschaftlicher Umgang‹ waren. Aber Priscilla, angespornt von ihrer Mutter, hatte Ambitionen und hatte es nicht eilig, sich auf einen dieser wenig attraktiven Kandidaten festzulegen.

Ich selbst war mit fünfzehn von der Schule abgegangen und hatte als Bürolehrling bei einer Behörde angefangen. Ich lebte nicht mehr zu Hause und widmete meine ganze Freizeit meiner Bildung und dem Schreiben. Ich hatte Priscilla gern gehabt, als wir Kinder waren, aber jetzt hatte ich mich ganz bewußt von ihr und von meinen Eltern losgesagt. Es lag auf der Hand, daß meine Familie meine Interessen weder verstehen noch teilen konnte, und ich zog mich zurück. Priscilla, die nichts gelernt hatte, sie konnte nicht einmal Maschine schreiben, arbeitete in einem »Modehaus«, wie sie es nannte – einem Textilkaufhaus in Croydon. Ich glaube, sie war dort so etwas wie eine ungelernte Verkäuferin. Die Mode hat ihr offenbar ein wenig den Kopf verdreht; vielleicht hatte dabei auch meine Mutter ihre Hand im Spiel. Priscilla begann sich mit Make-up zu bemalen, lief ständig zum Friseur und kaufte sich ewig neue Kleider, in denen sie wie eine Vogelscheuche aussah. Ihre Ansprüche und ihre Extravaganz waren, glaube ich, der Grund für viele Streitigkeiten zwischen meinen Eltern. Ich hatte indessen andere Interessen und litt unter den Sorgen eines Menschen, der in jungen Jahren erkennen muß, daß er nicht die Erziehung genossen hat, die er verdient hätte.

Um es kurz zu machen, Priscilla wurde ziemlich ›größenwahnsinnig‹, kleidete und gab sich sehr ›vornehm‹, und befriedigte am Ende wirklich ihren Ehrgeiz, in eine ›bessere‹ Gesellschaft aufzusteigen als die, in der sie früher verkehrt hatte. Ich habe den Verdacht, daß sie und meine Mutter einen richtigen Schlachtplan ausheckten, um Priscillas Los zu verbessern. Priscilla ging zu Tennisparties, machte bei einer Laienbühne mit, besuchte Wohltätigkeitsbälle. Meine Mutter und sie dachten sich eine richtige ›Debütantinnensaison‹ für sie aus. Nur daß für Priscilla die Saison kein Ende nahm. Sie konnte sich nicht zum Heiraten entschließen. Oder vielleicht fand ihr damaliger Verehrer trotz des mutigen Gesichts, das sie und meine Mutter gemeinsam der Welt entgegensetzten, daß die arme Priscilla im Grunde doch keine so großartige Partie war. Vielleicht haftete ihr doch noch eine Art Ladengeruch an. Und dann, sicher, weil ihre Saison sie so sehr in Anspruch nahm, verlor sie ihre Stelle und unternahm keinerlei Versuch, eine neue zu finden. Sie blieb zu Hause und kränkelte irgendwie dahin; heute würde man wahrscheinlich sagen, sie hatte einen Nervenzusammenbruch.

Als sie sich davon erholte, hatte sie die Zwanzig schon ein Stück hinter sich gelassen und ein wenig von ihrem jugendlichen Reiz verloren. Damals redete sie davon, daß sie ein »Model« werden wollte (ein »Mannequin«), aber soweit ich weiß, unternahm sie keine ernsthaften Versuche in dieser Richtung. Was sie wirklich wurde, war – um die Sache schlicht beim Namen zu nennen – eine Nutte. Ich meine damit nicht, daß sie auf die Straße ging, aber sie verkehrte in einer Welt von Geschäftsmännern und Schickimickis, die sich in Golfclubs und Nachtlokalen herumtrieben und sie sicher in diesem Licht sahen. Ich wollte nichts davon wissen; wahrscheinlich hätte ich mich mehr um sie kümmern sollen. Ich war verärgert und verstimmt, als mein Vater einmal das Thema anschnitt, und obwohl ich sehen konnte, daß ihn die Geschichte zutiefst unglücklich machte, weigerte ich mich entschieden, darüber zu sprechen. Meiner Mutter gegenüber, die Priscilla immer verteidigte und so tat, als wäre alles in Ordnung, und sich das vielleicht sogar selbst einredete, verlor ich nie ein Wort darüber. Ich war zu dieser Zeit schon mit Christin zusammen und hatte anderes im Kopf.

Bei irgendeiner dieser whiskyseligen Golfklub-Feten lernte

Priscilla Roger Saxe kennen, der schließlich ihr Mann wurde. Ich hörte zum ersten Mal von Rogers Existenz, als ich erfuhr, daß Priscilla schwanger war. Von Heiraten war offenbar nicht die Rede. Roger schien gewillt, die Abtreibung zur Hälfte zu bezahlen, wenn die Familie die andere Hälfte zahlte. Mit diesem Schurkenstück stellte sich mein zukünftiger Schwager sozusagen bei mir vor. Dabei war er recht wohlhabend. Mein Vater und ich brachten gemeinsam das Geld auf, und Priscilla ließ die Operation machen. Diese schmutzige Geschichte, die auch noch gegen das Gesetz verstieß, regte meinen armen Vater sehr auf. Er war ein ähnlicher Puritaner wie ich, und er war ein schüchterner, gesetzestreuer Mann. Er verging vor Scham und Angst. Er war schon krank, wurde noch kränker und erholte sich nie wieder. Meine Mutter, eine sehr unglückliche Frau, setzte es sich jetzt zum Ziel, Priscilla so bald wie möglich an den Mann zu bringen, irgendeinen Mann. Und dann, etwa ein Jahr nach der Abtreibung, heiratete Roger Priscilla; wieso und warum ist uns nie ganz klargeworden.

Ich werde mich hier auf keine ausführliche Beschreibung Rogers einlassen. Auch er wird zu gegebener Zeit seinen Auftritt in der Geschichte haben. Ich konnte Roger nicht leiden. Roger konnte mich nicht leiden. Er bezeichnete sich immer als »Public School Boy«, und ich glaube, er hat wirklich eine Public School besucht. Er besaß ein wenig Bildung, sehr viel sogenannte feine Lebensart, hatte eine blasierte Stimme und war eine trügerisch distinguierte Erscheinung. Als sein voller Haarschopf graumeliert und mit der Zeit ganz grau wurde, ähnelte er immer mehr einem Soldaten. (Er hatte mal beim Heer gedient, ich glaube, in der Besoldungsstelle.) Er hielt sich stramm wie ein Soldat und behauptete, daß seine Freunde ihn »den Brigadier« nannten. Er kultivierte den rauhbeinigen Umgangston von Unteroffizierskasinos. Tatsächlich arbeitete er in einer Bank und machte ein großes Geheimnis um seine Funktion. Er trank und lachte zuviel.

Es war nicht sehr wahrscheinlich, daß meine Schwester in der Ehe mit einem solchen Mann sehr glücklich werden würde, und sie wurde es auch nicht. Doch leidenschaftlich und mit rührender Loyalität, ja geradezu tapfer, wahrte sie den äußeren Schein. Sie war stolz auf ihr Heim. Und zugegeben, sie bezogen schließlich ein sehr hübsches kleines Haus, oder besser gesagt eine Maisonette, in einer ›besseren Gegend‹ in Bristol. Und sie besaßen schönes Tafelsilber und schöne Gläser und alles, was eine Frau eben schätzt. Sie gaben Dinnerparties und hatten ein großes Auto. Ein weiter Weg von Croydon. Ich hatte den Verdacht, daß sie über ihre Verhältnisse lebten und Roger oft in finanziellen Schwierigkeiten war, aber Priscilla hat nie etwas in dieser Richtung erwähnt. Sie wünschten sich beide Kinder, aber sie konnte keine bekommen. Roger machte einmal im Suff eine Andeutung, daß Priscillas »Operation« einen verhängnisvollen Schaden angerichtet hätte. Ich wollte es nicht genauer wissen. Ich konnte sehen, daß Priscilla unglücklich war, ihr Leben war langweilig und leer, und Roger war kein angenehmer Gefährte. Aber auch darüber wollte ich nichts Genaueres wissen. Ich besuchte sie selten. Manchmal lud ich Priscilla nach London zum Essen ein. Dann unterhielten wir uns über Banalitäten.

Ich öffnete die Tür, und da stand Priscilla. Ich wußte sofort, daß irgend etwas passiert sein mußte. Priscilla wußte, daß ich Besuche aus heiterem Himmel verabscheute. Unsere Verabredungen zum Essen wurden gewöhnlich Wochen im voraus brieflich festgelegt.

Sie trug ein elegantes dunkelblaues Jerseykostüm und wirkte blaß und angespannt; sie lächelte nicht. Sie hatte sich ihr Aussehen bis in ihre mittleren Jahre bewahrt, obwohl sie zugenommen hatte und lange nicht mehr so ›mondän‹ wirkte; sie hatte jetzt eher etwas von einer ›Karrierefrau‹; vielleicht das weibliche Gegenstück zu Rogers aufgesetztem ›militärischem Habitus‹. Ihr gut geschnittenes, dezentes Kostüm, betont klassisch und grundverschieden von den schreienden Klamotten ihrer Jugend, sah ein bißchen nach Uniform aus. Die Wirkung wurde jedoch wieder aufgehoben durch den aufdringlichen Modeschmuck, mit dem sie sich immer behängte. Ihr Haar war in einem dezenten Goldblond getönt, und sie trug es in gepflegt frisierten Wellen. Ihr Gesicht hatte nichts Weiches, es hatte eine gewisse Ähnlichkeit mit meinem, nur fehlte ihm der verschlossene und verletzliche Blick. Ihre Augen waren immer etwas zusammengekniffen, weil sie kurzsichtig war. Ihre dünnen Lippen waren leuchtend rot geschminkt.

Sie antwortete nicht auf meinen überraschten Gruß, marschierte an mir vorbei ins Wohnzimmer, suchte sich einen der Stühle mit den lyraförmigen Lehnen aus, zog ihn von der Wand weg, setzte sich hin und brach in verzweifelte Tränen aus.

»Priscilla, Priscilla, was ist denn, was ist passiert? Du bringst mich ganz durcheinander!«

Nach einer Weile ging das Weinen in eine Reihe langer, geseufzter Schluchzer über. Sie saß da und starrte auf die honigbraunen Make-up-Streifen, die ihr Papiertaschentuch eingefärbt hatten.

»Was ist denn los, Priscilla?«

»Ich habe Roger verlassen.«

Ich war zutiefst bestürzt und verspürte sofort Angst um mich selbst. Ich wollte in keine von Priscillas Scherereien hineingezogen werden. Ich wollte nicht einmal Mitleid mit ihr haben müssen. Gleich darauf dachte ich: Sicher übertreibt sie, sicher ist alles halb so schlimm.

»Sei nicht albern, Priscilla. Beruhige dich doch bitte. Natürlich hast du Roger nicht verlassen. Ihr habt Krach gehabt –«

»Hast du einen Whisky für mich?«

»Ich habe keinen Whisky im Haus. Ein bißchen halbsüßer Sherry dürfte noch da sein.«

»Na gut, gibst du mir einen?«

Ich ging zu dem Hängeschrank aus Nußholz und goß ihr ein Glas braunen Sherry ein. »Hier.«

»Bradley, es war schrecklich, schrecklich, schrecklich. Ich habe gelebt wie in einem bösen Traum, mein ganzes Leben ist nur noch ein böser Traum, einer von der Sorte, aus denen man schreiend hochfährt.«

»Hör zu, Priscilla. Ich bin im Begriff, London zu verlassen. Ich kann meine Pläne nicht ändern. Wenn du willst, können wir miteinander essen gehen, und dann setze ich dich in den Zug nach Bristol.«

»Aber ich sag dir doch, ich habe Roger verlassen.«

»Unsinn.«

»Ich geh jetzt ins Bett, wenn du nichts dagegen hast.«

»Ins Bett?«

Sie stand abrupt auf, stürmte durch die Tür, wobei sie sich am Türstock stieß, und verschwand im Gästezimmer. Gleich darauf kam sie wieder heraus, weil das Bett nicht hergerichtet war, und rannte in mich hinein. Sie ging in mein Schlafzimmer, setzte sich aufs Bett, schleuderte ihre Handtasche in eine Ecke, strampelte die Schuhe von den Füßen und schlüpfte aus der Jacke. Mit einem leisen Stöhnen begann sie ihren Rock zu öffnen.

»Priscilla!«

»Ich will mich hinlegen. Ich bin die ganze Nacht aufgewesen. Bringst du mir bitte meinen Sherry?«

Ich holte ihn.

Priscilla zog sich den Rock aus und zerriß ihn anscheinend dabei. In ihrem rosa Unterrock schlüpfte sie zwischen die Decken, und da lag sie nun, zitternd, und starrte mit großen, leeren, leidenden Augen vor sich hin.

Ich zog einen Stuhl ans Bett und setzte mich zu ihr.

»Mit meiner Ehe ist es vorbei, Bradley. Mit meinem Leben wahrscheinlich auch. Was für eine klägliche Geschichte es doch war.«

»Priscilla, red nicht so –«

»Roger ist ein Teufel geworden. Ein Teufel, sag ich dir. Oder er ist verrückt.«

»Du weißt, ich hab noch nie viel von Roger gehalten –«

»Ich bin so unglücklich, schon seit Jahren bin ich so unglücklich –«

»Ich weiß –«

»Ich verstehe nicht, wie ein Mensch so unglücklich sein kann und trotzdem noch lebt.«

»Es tut mir so leid –«

»Aber in letzter Zeit ist es die reinste Hölle gewesen, er hat mir den Tod gewünscht, oh, ich kann's nicht richtig erklären, er hat versucht, mich zu vergiften, und einmal bin ich in der Nacht aufgewacht, und er stand neben meinem Bett und machte so ein schreckliches Gesicht, als wolle er mich im nächsten Augenblick erwürgen.«

»Priscilla, das bildest du dir doch nur ein, du darfst nicht –«

»Natürlich stellt er anderen Frauen nach, ganz sicher, aber es würde mir nicht wirklich was ausmachen, wenn er mich nicht hassen würde. Mit einem Menschen zu leben, der dich haßt, ist – es treibt dich zum Wahnsinn. Er ist so oft weg, und es ist komisch, er sagt, er hat noch im Büro zu tun, und wenn ich anrufe, ist er nicht da. Ich zerbrech mir die ganze Zeit nur noch den Kopf, wo er ist. Und ständig hat er irgendwelche Besprechungen, na ja, sicher gibt es Besprechungen, aber einmal hab ich angerufen, und ... Er kann tun, was er will, und ich bin so allein, so allein ... Und ich habe mich damit abgefunden, weil mir nichts anderes übrig bleibt –«

»Priscilla, es wird dir auch weiterhin nichts anderes übrigbleiben.«

»Wie kannst du so etwas sagen, wie kannst du nur. Dieser kalte Haß! Und er will mich umbringen, er will mich vergiften –«

»Beruhige dich, Priscilla. Du kannst Roger nicht verlassen. Das macht keinen Sinn. Natürlich bist du unglücklich, alle verheirateten Leute sind unglücklich, aber du kannst doch kein neues Leben anfangen mit ich-weiß-nicht-wieviel über fünfzig –«

»Zweiundfünfzig. O Gott, o Gott –«

»Hör auf. Hör mit diesem Gejammer auf. Weißt du was: Du trocknest dir jetzt die Tränen ab, und ich bring dich mit dem Taxi nach Paddington. Ich fahre aufs Land. Hier kannst du nicht bleiben.«

»Und ich habe meinen ganzen Schmuck dort gelassen, und manche Stücke sind ziemlich wertvoll, und jetzt wird er ihn sicher aus Bosheit nicht herausrücken. Ach, warum war ich so blöd! Ich bin einfach davongelaufen letzte Nacht; wir hatten stundenlang gestritten, stundenlang, und ich konnte es einfach nicht mehr ertragen. Ich bin einfach weg, nicht einmal meinen Mantel habe ich genommen. Ich bin zum Bahnhof, und ich dachte, er würde mir nachkommen, aber er kam nicht. Natürlich hatte er es darauf angelegt, mich aus dem Haus zu treiben, damit er dann sagen kann, ich wäre ihm weggelaufen. Und ich hab stundenlang am Bahnhof gewartet, und es war so kalt, und ich habe das Gefühl gehabt, ich schnappe noch über vor lauter Kummer. Oh, er hat mich so schrecklich behandelt, so gemein, er hat mir solche Angst gemacht. – Manchmal hat er einfach immer wieder und immer wieder gesagt: ›Ich hasse dich, ich hasse dich, ich hasse dich.‹«

»Das murmeln alle Eheleute die ganze Zeit vor sich hin. Es ist die Grundlitanei der Ehe.«

»›Ich hasse dich, ich hasse dich –‹«

»Ich glaube fast, du hast das gesagt, Priscilla, nicht er. Ich denke –«

»Und ich hab meinen ganzen Schmuck dortgelassen und meine Nerzstola, und Roger hat das ganze Geld von unserem gemeinsamen Konto abgehoben –«

»Nimm dich zusammen, Priscilla. Hör zu, ich geb dir zehn Minuten Zeit. Ruh dich aus, und dann ziehst du dich wieder an, und wir gehen miteinander.«

»Bradley – mein Gott, ich bin so todunglücklich, ich ersticke daran – ich hab ihm ein Heim geschaffen – sonst hab ich ja nichts – ich hab so an diesem Haus gehangen, ich habe alle Vorhänge selber genäht – ich habe alle Dinge darin geliebt – sonst hatte ich ja nichts zum Lieben – und jetzt ist das alles vorbei – mein ganzes Leben hat er mir gestohlen – ich hab es satt – ich bring mich um –«

»Hör bitte auf. Ich tu dir nichts Gutes damit, wenn ich mir dein Gejammer anhöre. Du bist aufgeregt und redest nur dummes Zeug. Das kommt bei Frauen deines Alters oft vor. Du denkst einfach nicht vernünftig, Priscilla. Ich glaube dir gerne, daß Roger langweilig war, er ist ein sehr selbstsüchtiger Mann, aber das mußt du ihm eben verzeihen. Frauen müssen sich halt mit selbstsüchtigen Männern abfinden, das ist ihr Schicksal. Du kannst ihn nicht verlassen, wo solltest du denn hin?«

»Ich bringe mich um.«

»Jetzt reiß dich aber zusammen. Beherrsch dich ein bißchen. Ich bin nicht herzlos. Es ist nur zu deinem Besten. Ich lasse dich jetzt allein und packe meine Koffer fertig.«

Sie schluchzte wieder. Sie wischte die Tränen nicht weg, sondern ließ sie über ihr Gesicht laufen. Sie sah so erbarmungswürdig und häßlich aus. Ich streckte die Hand aus und zog den Vorhang ein wenig zu. Ihr geschwollenes Gesicht und das dämmrige Licht erinnerten mich an Rachel.

»Oh, meinen ganzen Schmuck hab ich dortgelassen, meinen Straßschmuck und meine Jadebrosche, meine Bernsteinohrringe und die kleinen Ringe, mein Kollier aus Kristall und Lapislazuli und die Nerzstola –«

Ich schloß die Tür, ging zurück ins Wohnzimmer und schloß auch die Wohnzimmertür. Ich fühlte mich sehr mitgenommen. Ich kann es nicht leiden, wenn Leute ihre Gefühle ungehemmt zur Schau stellen, und die dummen Tränen von Frauen kann ich auch nicht leiden. Der Gedanke, jetzt womöglich meine Schwester am Hals zu haben, versetzte mich in Angst. Ich liebte sie ganz einfach nicht genug, um ihr irgendwie von Nutzen zu sein, und es schien klüger, das von Anfang an klarzustellen.

Ich wartete etwa zehn Minuten und versuchte meine Gedanken zu beruhigen und klar zu überlegen, dann ging ich zurück zur Schlafzimmertür. Ich rechnete nicht wirklich damit, daß Priscilla sich inzwischen angezogen hätte und mit mir kommen würde. Ich wußte nicht, was ich tun sollte. Der Gedanke an einen ›Nervenzusammenbruch‹, diese heutzutage mit solcher Toleranz betrachtete, halb vorsätzliche Weigerung, das eigene Leben wieder in die Hand zu nehmen, machte mir angst und stieß mich ab. Ich spähte in den Raum. Priscilla lag auf der Seite wie ein Häufchen Unglück, die Decke hatte sie halb zu Boden gestrampelt. Ihr Mund war feucht und stand weit offen. Ein rundliches Bein hing plump über den Bettrand, über dem Strumpf sah man gelbliche Strumpfhalter und darüber ein Stück von ihrem marmorierten Oberschenkel. Man mußte an eine umgefallene Schaufensterpuppe denken, so ungraziös lag sie da. Mit schwerer, leicht weinerlicher Stimme sagte sie: »Ich hab gerade alle meine Schlaftabletten geschluckt.«

»Was! Priscilla! Nein!«

»Doch.« Sie hielt ein leeres Fläschchen in der Hand.

»Das ist nicht dein Ernst! Wie viele waren es?«

»Ich hab dir doch gesagt, daß mein Leben ruiniert ist. Und du bist weggegangen und hast die Tür zugemacht. Jetzt geh wieder weg und mach die Tür zu. Es ist nicht deine Schuld. Nur laß mich in Ruhe. Geh und sieh zu, daß du deinen Zug erwischst. Laß mich endlich schlafen. Ich hab schon genug mitgemacht in meinem Leben. Du hast gesagt, ich könnte nirgendwohin. Aber in den Tod kann ich gehen. Ich hab genug mitgemacht in meinem Leben.« Das Fläschchen fiel zu Boden.

Ich hob es auf. Der Name auf dem Etikett sagte mir nichts. Ich stürzte zu Priscilla und versuchte wie ein Idiot die Decke über sie zu ziehen, aber ihr Bein lag darauf. Ich lief aus dem Zimmer.

In der Diele rannte ich hin und her, zurück zur Schlafzimmertür, dann zur Wohnungstür, dann zum Telefon. Als ich nach dem Hörer griff, begann es zu läuten, und ich hob ab.

Ich hörte die raschen Piepstöne des Signals zum Münzeinwurf, dann ein Klicken und Arnolds Stimme: »Bradley, Rachel und ich sind zum Essen in der Stadt, wir sind gleich um die Ecke. Könnten wir dich dazu überreden, mitzukommen? Möchtest du mit Bradley reden, Liebling?«

Dann Rachels Stimme: »Bradley, mein Lieber, wir dachten uns beide –«

Ich sagte: »Priscilla hat gerade alle ihre Schlaftabletten geschluckt.«

»Was? Wer?«

»Priscilla. Meine Schwester. Ein ganzes Fläschchen Schlaftabletten – alle geschluckt – ich – ich muß das Krankenhaus –«

»Was ist los, Bradley? Ich kann dich so schlecht hören. Leg nicht auf, Bradley, wir –«

»Priscilla hat ihre Schlaftabletten – entschuldige, ich muß telefonieren – ein Arzt – entschuldige, entschuldige –«

Ich drückte den Hörer auf die Gabel, nahm ihn gleich wieder auf und hörte noch Rachels Stimme, die sagte: »Können wir irgendwas tun?« Ich knallte ihn wieder hin, lief zur Schlafzimmertür, wieder zurück, griff zum Hörer, legte ihn wieder hin, dann begann ich die Telefonbücher aus den Regalen der umgebauten Mahagonikommode zu zerren, in der ich sie aufhebe. Rund um mich stapelten sich Telefonbücher auf dem Boden. An der Tür klingelte es.

Ich lief hin und öffnete sie. Es war Francis Marloe.

»Gott sei Dank, daß du da bist«, sagte ich, »meine Schwester hat gerade ein ganzes Fläschchen Schlaftabletten geschluckt.«

»Wo ist es?« sagte Francis. »Wie viele waren drin?«

»Woher soll ich das wissen – das Fläschchen – Herrgott, ich hab's doch gerade noch in der Hand gehabt – wo ist es denn bloß –«

»Wann hat sie die Tabletten genommen?«

»Gerade eben.«

»Hast du das Krankenhaus angerufen?«

»Nein, ich –«

»Wo ist sie –«

»Da drin.«

»Such das Fläschchen und ruf im Middlesex Hospital an. Verlang die Notaufnahme.«

»Herrgott, wo ist denn nur dieses verdammte Ding – ich hab es doch eben noch in der Hand gehabt –«

Es läutete wieder. Ich öffnete. Arnold, Rachel und Julian standen vor der Tür. Sie waren elegant gekleidet, wie aus dem Ei gepellt. Julian trug ein geblümtes Hängekleidchen, in dem sie aussah wie zwölf. Sie wirkten wie eine Reklamefamilie für Cornflakes oder eine Versicherung, nur daß Rachel einen blauen Fleck unter einem Auge hatte.

»Bradley, können wir – »

»Helft mir das Fläschchen suchen, eben hatte ich es noch, irgendwo hab ich es hingelegt –«

Aus dem Schlafzimmer kam ein Schrei. Francis rief: »Brad, könntest du –«

»Laß mich gehen«, sagte Rachel. Sie ging ins Schlafzimmer.

»Um was für ein Fläschchen geht's denn?« fragte Arnold.

»Ich kann die verfluchte Telefonnummer nicht lesen. Kannst du die Nummer lesen?«

»Ich sag ja immer, du brauchst eine Brille.«

Rachel lief vom Schlafzimmer in die Küche. Ich hörte Priscillas Stimme. »Laßt mich in Ruhe«, sagte sie, »laßt mich in Ruhe.«

»Arnold, könntest du im Krankenhaus anrufen, ich suche inzwischen das Dings – ich muß es mitgenommen haben ins –«

Ich lief ins Wohnzimmer und war überrascht, dort ein Mädchen zu sehen. Mein Hirn registrierte ein frisch gewaschenes Kleid, ein frisch gewaschenes Mädchen, ein Mädchen auf Besuch. Sie musterte die kleinen Bronzefiguren in der lackierten Vitrine. Dabei beugte sie sich vor und schielte mit höflicher Neugier zu mir herüber, als ich begann, die Kissen durcheinanderzuwerfen. »Was suchst du denn, Bradley?«

»Ein Fläschchen. Schlaftabletten. Muß wissen, was für welche es sind.«

Arnold telefonierte.

Francis rief. Ich rannte ins Schlafzimmer. Rachel wischte den Boden auf. Es roch widerlich. Priscilla saß am Bettrand und schluchzte. Ihr mit rosa Gänseblümchen gemusterter Unterrock war hochgerutscht und hatte sich um ihre Mitte gewickelt, der Rand des ziemlich knappen seidenen Höschens schnitt in ihren Oberschenkel ein, darunter quoll das marmorierte Fleisch hervor.

»Sie hat sich übergeben«, sprudelte Francis schnell und aufgeregt hervor, »ich hab gar nichts – aber das ist gut – trotzdem müßte man ihr den Magen auspumpen –«

»Ist es das?« sagte Julian. Ohne hereinzukommen, streckte sie die Hand durch die Tür.

Francis nahm das Fläschchen. »Oh, das – das ist nicht –«

»Der Krankenwagen ist unterwegs«, rief Arnold.

»Damit kann sie sich nicht viel getan haben. Da müßte sie

schon eine ganze Menge schlucken. Es wird einem nur übel davon, darum –«

»Priscilla, hör auf zu weinen. Es kommt alles wieder in Ordnung.«

»Laßt mich in Ruhe!«

»Sie braucht Wärme«, sagte Francis.

»Laßt mich in Ruhe, ich hasse euch alle.«

»Sie ist nicht ganz bei sich«, sagte ich.

»Bring sie ins Bett und pack sie ordentlich ein«, sagte Francis.

»Ich werde Tee machen«, sagte Rachel.

Sie zogen sich zurück, und die Tür schloß sich. Ich versuchte wiederum die Bettdecke zurückzuschlagen, aber Priscilla saß darauf.

Sie sprang hoch, riß wütend die Decke zurück, ließ sich krachend aufs Bett fallen, und zog sie sich mit einem Ruck bis über den Kopf. Darunter hörte ich sie murmeln: »Ich schäme mich so, ich schäme mich so – wie kannst du nur alle diese Leute zu mir lassen – ich möchte sterben, ich möchte sterben –« Wieder begann sie zu schluchzen.

Ich setzte mich neben sie und sah auf die Uhr. Es war zwölf vorbei. Niemand hatte daran gedacht, die Vorhänge aufzuziehen, und es war immer noch dämmrig im Raum. Der Gestank war fürchterlich. Ich tätschelte den sich hebenden und senkenden Deckenberg. Nur ein goldblonder Haarschopf mit einer schmutziggrauen Linie an den Wurzeln guckte hervor. Ihr Haar war trocken und spröde, es sah eher nach einer synthetischen Faser aus als nach menschlichem Haar. Ich verspürte Ekel, hilfloses Mitleid und einen aufsteigenden Brechreiz. Eine Weile saß ich so da und tätschelte sie, ungeschickt und erfolglos wie ein Kind, das ein Tier zu tätscheln versucht. Ich konnte nicht feststellen, welche Körperteile ich tätschelte. Ich überlegte, ob ich energisch die Decke wegziehen und ihre Hand nehmen sollte, aber als ich daran zupfte, vergrub sie sich tiefer hinein, und sogar ihr Haarschopf verschwand.

»Der Krankenwagen ist da«, rief Rachel.

»Könntest du dich darum kümmern?« sagte ich zu Francis.

Ich ging hinaus in die Diele, vorbei an Francis, der schon mit den Sanitätern redete, und ins Wohnzimmer.

Julian stand wieder auf ihrem Platz vor der Vitrine und sah aus wie eine meiner Porzellanfiguren. Rachel hatte sich in einen Lehnstuhl fallen lassen, ein merkwürdiges Lächeln lag auf ihrem Gesicht. »Wird sie es überstehen?« fragte sie.

»Ja.«

»Bradley«, sagte Julian, »könnte ich dir das wohl abkaufen?«

»Was?«

»Das kleine Ding da. Könnte ich das haben? Würdest du es mir verkaufen?«

»Sei nicht so lästig, Julian«, sagte Rachel.

Julian hielt eine der kleinen chinesischen Bronzen in der Hand, ein Stück, das ich schon seit vielen Jahren besaß. Es war ein Wasserbüffel mit gesenktem Kopf und exquisit gearbeiteten Nackenfalten, der eine vornehme Dame auf dem Rücken trug; eine zarte Schönheit in einem weiten, bauschigen Kleid, mit kunstvoll aufgestecktem Haar.

»Könnte ich –?«

»Julian«, sagte Rachel, »du kannst doch die Leute nicht fragen, ob sie dir ihre Sachen verkaufen!«

»Behalt es, behalt es«, sagte ich.

»Bradley, du sollst ihr nicht –«

»Nein, ich will es kaufen –«

»Du kannst es nicht kaufen! Aber behalt es!« Ich setzte mich hin. »Wo ist Arnold?«

»Oh, danke! Ach, da liegt ja ein Brief an Dad, und einer für mich. Darf ich sie nehmen?«

»Ja, ja. Wo ist Arnold?«

»Ins Pub gegangen«, sagte Rachel, und ihr Lächeln wurde etwas breiter.

»Sie fand, es sei nicht gerade der beste Augenblick«, sagte Julian.

»Wer fand das?«

»Er ist ins Pub mit Christin.«

»Mit Christin??«

»Deine Exfrau war hier«, sagte Rachel und lächelte. »Arnold hat ihr erklärt, daß deine Schwester gerade versucht hat, sich umzubringen. Und da fand deine Exfrau, es sei nicht der geeignete Augenblick für ein Wiedersehen. Sie hat sich vom Schauplatz zurückgezogen, und Arnold hat sie begleitet. Wohin genau weiß ich nicht. ›Ins Pub‹, hat er gesagt.«

Ich rannte aus dem Zimmer. Männer mit einer Tragbahre kamen herein. Ich rannte aus dem Haus.

Vielleicht, mein lieber Freund, darf ich an diesem Punkt meiner Geschichte ein wenig innehalten und mich direkt an dich wenden. Natürlich ist alles, was ich hier schreibe, an dich gerichtet, vielleicht war sogar mein ganzes Werk an dich gerichtet, wenn auch unbewußt. Aber dich direkt ansprechen zu dürfen ist eine gewisse Erleichterung, es nimmt ein wenig von dem Druck, der mir auf Herz und Verstand lastet. Es hat etwas von einer Beichte an sich. Es tut gut, Abstand zu nehmen, ja sogar ein Versagen einzugestehen, und das in einem Rahmen, der jede Unaufrichtigkeit von vornherein ausschließt. Wenn der Gläubige – glücklicher Mensch – Gott bittet, ihm nicht nur die Sünden zu vergeben, an die er sich erinnern kann, sondern auch die, an die er sich nicht erinnern kann, und – was noch bewegender ist – die Sünden, die er in seiner Unwissenheit nicht einmal als solche zu erkennen vermag, dann muß das Gefühl der Befreiung und des danach einkehrenden Friedens gewaltig sein. Für dich zu schreiben, dir das Geschriebene zu unterbreiten, mein scharfsinniger Kritiker, schenkt auch mir Frieden und gibt mir das Gefühl, mein Bestes getan zu haben; daß du die Schwächen meiner Arbeit erkennen wirst, weiß ich und nehme es hin. Es gibt sicher Augenblicke, in denen ich dir wie ein Monomane vorkommen muß, ein völlig vom Größenwahn Besessener. Aber vielleicht muß jeder Künstler so ein Wahnsinniger sein, einer, der sich für Gott hält. Und jeden Künstler muß zuweilen tiefe Freude an seiner Arbeit erfüllen, der Glaube an ihre alles überstrahlende Bedeutung, die Vision von ihrer Unübertrefflichkeit.

Das ist keine Frage von Vergleichen im gewöhnlichen Sinn. Die meisten Künstler schenken ihren Zeitgenossen wenig Beachtung. Wer sich in Vergleichen ergeht, gehört der Vergangenheit an. Nur die Gewöhnlichen können es nicht hören, wenn andere gelobt werden. Die Überzeugung von der eigenen Vorzüglichkeit hat nichts mit Abschätzigkeit gegenüber anderen zu tun, sie ist nur ein unbestimmtes Gefühl, wahrscheinlich ein gesundes, vielleicht ein unerläßliches. Ebenso unerläßlich aber ist die Bescheidenheit, das Gefühl für die zwangsläufigen Grenzen, das der Künstler ebenso haben muß, wenn er hinter seinen eigenen kläglichen Bemühungen den gewaltigen Schatten der Vollkommenheit aufragen sieht.

Es liegt nicht in meiner Absicht, dieses Buch mit einem Begleitkommentar von gleicher Länge zu versehen. Die ›Story‹ soll nie lange unterbrochen werden. Der Luxus, mich direkt an dich zu wenden, ist die Erfüllung eines Wunsches, selbst eines der Themen dieses Buches. In unseren langen Gesprächen über die Form, die dieses Werk annehmen soll, hast du mir bestätigt, daß dieser ›Kunstgriff‹ legitim ist; aber was so von Herzen kommt, verdient vielleicht einen herzlicheren Namen: Sagen wir also, diese lyrische Schwärmerei, dieser unwillkürliche Ausdruck von Liebe. Mein Buch handelt von Kunst. Es ist, auf seine bescheidene Weise, auch ein Kunstwerk: ein Kunstobjekt, wie es im einschlägigen Jargon heißt; und vielleicht mag es ihm erlaubt sein, hin und wieder einen Blick auf sich selbst zu werfen. Kunst ist (wie ich der jungen Julian gegenüber bemerkte) Wahrhaftigkeit und der einzige uns zur Verfügung stehende Weg, gewisse Wahrheiten auszusprechen. Aber wie schwierig, ja beinahe unmöglich ist es doch, zu vermeiden, daß das Wunderwerk des Mittels selbst dem Zweck Eintrag tut, dem es gewidmet ist. Manche preisen einzig und allein die absolute Schlichtheit, das Vogelgezwitscher des sogenannt Einfachen ist für sie das Maß aller Dinge, als ob die Wahrheit zu bestehen aufhörte, wenn sie nicht gestammelt wird. Natürlich findet sich eine göttlich raffinierte Einfachheit in den Werken jener, die ich kaum zu nennen wage, weil sie den Göttern so nahe sind (Götter nennt man nicht beim Namen). Aber auch wenn es immer gut sein mag, nach Einfachheit zu streben, läßt sich eine, allerdings elegante, Komplexität nicht immer vermeiden. Und dann fragt man sich, wie kann das auch ›wahr‹ sein? Ist so die Wirklichkeit, ist das die Wirklichkeit? Natürlich können wir versuchen, durch Ironie zur Wahrheit zu kommen, wie du so oft gesagt hast. (Ein Engel könnte darin die knappe Definition für die Grenzen menschlichen Verstehens sehen.) Fast jeder Bericht über unser Tun ist komisch. Wir sind grenzenlos komisch füreinander. Selbst der Mensch, den wir am meisten lieben, ja vergöttern, ist noch komisch für uns. Der Roman ist eine komische Form. Die Sprache ist eine komische Form und macht Witze im Schlaf. Gott, wenn er existierte, würde über seine Schöpfung lachen. Andererseits ist das Leben auch schrecklich, ohne metaphysischen Sinn, ruiniert von Zufall, Schmerz und der nahen Aussicht auf den Tod. Aus all dem wird die Ironie geboren, unser gefährliches und unentbehrliches Werkzeug.

Ironie ist eine Form von »Takt« (ein beziehungsreiches Wort). Sie ist unser taktvoller Sinn für Proportionen in der Auswahl von Formen zur Verkörperung der Schönheit. Schönheit ist gegeben, wenn die Wahrheit eine passende Form gefunden hat. Es ist letztlich unmöglich, diese beiden Gedanken voneinander zu trennen. Dennoch können wir manchmal durch kleine Kunstkniffe eine Art Diagnose stellen. Das wiederum ist ein Fall für sich, der dem Logiker ein Lachen entlockt. Denn wie kann man einen Menschen ›gerecht‹ beschreiben? Wie kann man sich selbst beschreiben? Die falsche und kokette Bescheidenheit, die gespielt arglose Schlichtheit, mit der man an so etwas herangeht! »Ich bin ein Puritaner« und so weiter. Daß ich nicht lache! Wie können solche Behauptungen nicht falsch sein? Sogar die Feststellung: »Ich bin groß« hat einen Kontext. Wie die Engel lachen und seufzen müssen. Aber was bleibt einem anderes übrig, als sich zu bemühen, die Dinge aus dieser vielschichtigen ironischen Sensibilität heraus zu betrachten, die, wäre ich eine fiktive Gestalt, um so vieles tiefer und dichter wäre. Wie voreingenommen ist doch dieses Bild von Arnold, wie oberflächlich diese Schilderung von Priscilla! Gefühle verstellen die Sicht, und statt das einzelne herauszuheben, führen sie zur Verallgemeinerung, ja sogar zum Theoretisieren. Wenn ich über Arnold schreibe, zittert meine Feder vor Erbitterung, Liebe, Reue und Furcht. Es ist, als würde ich eine aus Wörtern zusammengesetzte Barriere gegen ihn aufbauen und mich hinter einem Wall von Worten verschanzen. Wir verteidigen uns durch Beschreibungen und zähmen die Welt durch Verallgemeinerungen. »Was fürchtet er?« ist gewöhnlich der Schlüssel zur Seele des Künstlers. Kunst ist so oft eine Barriere. (Ob das auch auf die ganz große Kunst zutrifft?) Und so wird aus der Kunst anstelle eines Mediums der Kommunikation ein Medium der Mystifikation. Wenn ich an meine Schwester denke, empfinde ich Mitleid, Verdruß, Schuld und Ekel, und ich schildere sie im ›Licht‹ dieser Gefühle, verstümmelt und abgewertet durch meine eigene Wahrnehmung. Wie kann ich diese Fehler berichtigen, mein verehrter Freund und Kamerad? Priscilla war eine tapfere Frau. Sie erduldete ihr Unglück verbissen und mit Würde. Sie saß allein da an den Vormittagen und manikürte sich die Nägel, während ihr Tränen um ihr vergeudetes Leben in die Augen traten.

Meine Mutter war sehr wichtig für mich. Ich liebte sie, aber es war stets ein Gefühl von Angst dabei. Ich fürchtete Verlust und Tod in einem Ausmaß, das für ein Kind wahrscheinlich ungewöhnlich ist. Später spürte ich mit tiefer Bekümmerung den hoffnungslosen Mangel an gegenseitigem Verständnis zwischen meinen Eltern. Sie konnten einander einfach nicht ›sehen‹. Mein Vater, mit dem ich mich mehr und mehr identifizierte, war nervös, schüchtern, rechtschaffen, konventionell und gänzlich frei von den niedrigeren Formen der Eitelkeit. Er vermied es, meiner Mutter in die Quere zu kommen, aber er mißbilligte ganz offensichtlich ihre ›Weltlichkeit‹ und verabscheute die ›gesellschaftliche Szene‹, in die sie und Priscilla ständig einzudringen versuchten. Seine Ablehnung gegenüber dieser ›Szene‹ hing auch mit dem Gefühl zusammen, daß er sich ihr schlicht nicht gewachsen fühlte. Er hatte Angst, einen beschämenden Fehler zu machen, der seinen Mangel an Bildung erkennen ließe, wie etwa die falsche Aussprache irgendeines bekannten Namens. Als ich älter wurde, teilte ich diese Mißbilligung meines Vaters und auch seine Angst. Ein Grund dafür, daß ich so begierig nach Bildung war, lag vielleicht darin, daß ich sah, wie unglücklich ihn der Mangel daran gemacht hatte. Für meine irregeleitete Mutter empfand ich eine schmerzliche Scham, die meine Liebe nicht verringerte, sondern nur relativierte. Ich hatte tödliche Angst davor, daß irgend jemand sie für lächerlich oder bedauernswert halten könnte, für einen verhinderten Snob. Und später, nach ihrem Tod, übertrug ich viele dieser Gefühle auf Priscilla.

Natürlich liebte ich Priscilla nie so, wie ich meine Mutter geliebt hatte. Aber ich hatte das Gefühl, daß ich mit ihr identifiziert und durch sie verletzbar gemacht wurde. Oft schämte ich mich für sie. Genaugenommen hätte Priscilla es in der Ehe noch schlechter treffen können. Wie schon gesagt, hatte ich nicht viel übrig für Roger. Abgesehen von allem anderen konnte ich ihm die Demütigung nie verzeihen, die er meinem Vater angetan hatte, als Priscilla damals ihre ›Operation‹ machen ließ. Im Lauf der Jahre aber stellte sich heraus, daß dieses kleine Haus in Bristol eigentlich ganz solide und in Ordnung war mit seiner teuren Kücheneinrichtung, seinem scheußlichen modernen Eßbesteck und seiner sogenannten ›Bar‹ in einer Ecke des Wohnzimmers. Sogar die dummen Eitelkeiten der modernen Welt können eine Art Unschuld an sich haben, etwas Beruhigendes, etwas, das festen Halt bietet. Sie sind zwar ein armseliger Ersatz für die Kunst, die Welt des Geistes und alles Erhabene, aber immerhin ein Ersatz, und vielleicht sollte man sie nicht zu gering schätzen. Der Stolz auf ihr Heim war vielleicht zuweilen die Rettung meiner Schwester, ist vielleicht die Rettung für viele Frauen.

Nun aber war von Stolz und ›grimmiger Tapferkeit‹ nicht die Rede. Die Priscilla, mit der ich jetzt sprach, hatte mich inzwischen mehr oder weniger davon überzeugt, daß sie wirklich die

Absicht hatte, ihren Mann zu verlassen, ja ihn de facto schon verlassen hatte. Ihr Kummer über diese Katastrophe hatte die Form einer fixen Idee angenommen. »Ach, warum war ich nur so dumm, meinen Schmuck nicht mitzunehmen!« wiederholte sie immer wieder.

Es war am Tag nach dem Vorfall mit den Schlaftabletten. Man hatte sie ins Krankenhaus gebracht, doch noch am selben Nachmittag wurde sie wieder entlassen. Man brachte sie zurück in meine Wohnung, und sie ging zu Bett. Am Vormittag um halb elf lag sie noch immer im Bett, in meinem Bett. Die Sonne schien. Der Postturm glitzerte wie funkelnagelneu.

Natürlich war es mir nicht gelungen, Arnold und Christin zu finden. Nach jemandem zu suchen wirkt sich merkwürdig auf die Wahrnehmung aus, wie die Psychologen festgestellt haben; die Welt wird plötzlich zu einem Hintergrund, vor dem die Abwesenheit des Gesuchten auf gespenstische Weise Gestalt annimmt. Die vertrauten Straßen in der Umgebung meines Hauses, die sich nie ganz von diesem Spuk erholen werden, waren voller Nicht-Erscheinungen des flüchtenden, lachenden, mich verspottenden, überwältigend wirklichen und doch unsichtbaren Paares. Ich vermeinte sie in anderen Paaren zu sehen, und gleich darauf zerstoben sie zu nichts, die Luft war voller Gespenster. Aber der Spaß war zu gut, der Coup zu perfekt, als daß Arnold es riskiert hätte, ihn sich von mir verderben zu lassen. Inzwischen waren sie längst woanders, nicht im Fitzroy oder im Marquis, im Wheatsheaf oder im Black Horse, sondern ganz woanders: Und ihre weißen Spukgestalten wehten mir ins Gesicht wie weiße Blütenblätter, wie weiße Flocken abgeblätterten Lacks, wie die Papierschnipsel, die der hieratische Knabe in den Fluß der Fahrbahn gestreut hatte: Symbole der Schönheit, der Grausamkeit und der Angst.

Als ich zum Haus zurückkehrte, war meine Wohnung leer, die Wohnungstür stand weit offen. Ich setzte mich in den ›Konversationsstuhl‹ im Wohnzimmer und verspürte eine Weile nichts als reine Angst, Angst in ihrer klassischsten und schlimmsten Form. Arnolds ›Scherz‹ war auf zu schamlose Weise gelungen, um nicht als Omen betrachtet zu werden: Er war der sichtbare Teil eines gewaltigen, unsichtbaren Grauens. Eine Weile saß ich schwer atmend da, ich fühlte mich zu elend, um auch nur den Versuch zu unternehmen, meine Verzweiflung zu analysieren. Dann fiel mir auf, daß mit dem Zimmer etwas nicht stimmte, irgend etwas fehlte. Endlich kam ich dahinter, was es war: Der Wasserbüffel mit der Dame, eines meiner Lieblingsstücke, war weg, und ich erinnerte mich verärgert, daß ich ihn Julian geschenkt hatte. Wie war das passiert? Auch das war ein Omen: Zuerst verschwindet ein Gegenstand, dann löst sich Aladdins ganzer Palast in Luft auf. Als ich schließlich anfing, mir Gedanken darüber zu machen, wo meine Schwester wohl war und wie es ihr ging, rief Rachel an, um mir zu sagen, daß Priscilla aus dem Krankenhaus entlassen worden war und schon wieder auf dem Heimweg sei.

Als ich mich in dieser Nacht schlaflos herumwälzte, kam ich zu dem Schluß, daß die Sache mit Christin und Arnold eigentlich ganz einfach war. Sie mußte einfach sein: entweder das Einfache oder der Wahnsinn. Wenn Arnold sich mit Christin ›anfreundete‹, würde ich ihn eben fallenlassen. Aber auch nachdem ich dieses Problem gelöst hatte, konnte ich nicht schlafen. Ich jagte einer Reihe bunter Bilder nach, die mich wie die Abteilungen einer Drehtür im Kreis herum führten und wieder in die schmerzlich hellwache Welt zurückbrachten. Als ich endlich einschlief, träumte ich von Demütigungen, die mir widerfuhren.

»Warum hast du es denn so eilig gehabt mit dem Davonlaufen? Wenn du schon vor einer Ewigkeit beschlossen hattest, Roger zu verlassen, wie du sagst, warum hast du dann nicht einen Koffer gepackt und dir in aller Ruhe ein Taxi kommen lassen, während er vormittags im Büro war?«

»Ich glaube nicht, daß man seinen Mann auf diese Weise verläßt«, sagte Priscilla.

»Vernünftige Frauen schon.«

Das Telefon läutet.

»Hallo Pearson, hier ist Hartbourne.«

»Oh, hallo –«

»Ich wollte fragen, ob wir am Dienstag zusammen essen gehen können.«

»Tut mir leid, ich weiß nicht, meine Schwester ist hier – ich ruf dich zurück.«

Dienstag? Meine ganze Vorstellung von der Zukunft war in sich zusammengefallen.

Während ich den Hörer hinlegte, sah ich durch die offene Schlafzimmertür Priscilla in meinem rot-weiß gestreiften Pyjama, die wie eine aufs Bett geworfene Puppe mit weit von sich gestreckten Armen dalag, als hätte sie sich absichtlich diese unbequeme Lage gewählt. Sie weinte immer noch vor sich hin. Das Grauen der entzauberten Welt. Ihr vergrämtes, verweintes Gesicht sah zerknittert und alt aus. Hatte sie meiner Mutter jemals wirklich ähnlich gesehen? Zwei scharfe, tiefe Furchen zogen sich von den Winkeln ihres vom Weinen verzerrten Mundes nach unten. Unter dem trockenen gelben Make-up, in das die Tränen tiefe Rinnen gegraben hatten, zeichneten sich die großen Poren ihrer Haut ab. Sie hatte sich seit ihrer Ankunft nicht gewaschen.

»Ach, Priscilla, nun hör doch endlich auf. Nimm dich wenigstens ein bißchen zusammen.«

»Meine ganze Schönheit ist dahin, ich weiß –«

»Als ob das eine Rolle spielen würde!«

»Du findest mich also häßlich, du findest –«

»Das finde ich nicht! Bitte, Priscilla –«

»Roger hat mich nicht mehr sehen können. Er hat es gesagt. Und ich hab dauernd vor ihm geweint, stundenlang bin ich dagesessen und hab nur geweint, weil ich so todunglücklich war, und das vor seinen Augen, und er hat einfach weiter die Zeitung gelesen.«

»Wenn ich dir so zuhöre, tut er mir fast leid.«

»Und einmal hat er versucht, mich zu vergiften, es hat so scheußlich geschmeckt, und er hat nur zugeguckt und selbst nichts gegessen.«

»Das ist doch glatter Unsinn, Priscilla.«

»Ach Bradley, wenn wir damals doch dieses Kind nicht getötet hätten –«

Sie hatte dieses Thema schon vorher ausgiebig behandelt.

»Ach Bradley, wenn wir doch nur das Kind behalten hätten ... Aber woher sollte ich denn wissen, daß ich keines mehr bekommen könnte? Dieses Kind, dieses einzige Kind, wenn ich nur daran denke, daß es existiert hat, daß es um sein Leben geschrien hat, und wir haben es vorsätzlich getötet. Daran war nur Roger schuld, er wollte unbedingt, daß wir es loswerden, er wollte mich nicht heiraten, wir haben es umgebracht, dieses Kind, dieses einzige Kind, mein geliebtes Kindchen, mein geliebtes –«

»Jetzt hör aber auf, Priscilla. Es wäre jetzt zwanzig und drogensüchtig, der Fluch deines Lebens.« Ich hatte selbst nie Kinder haben wollen und kann diesen Wunsch bei anderen kaum verstehen.

»Zwanzig – ein erwachsener Sohn – jemand, den ich lieben könnte – jemand, der sich um mich kümmern würde. Ach Bradley, du hast keine Ahnung, wie ich mich Tag und Nacht nach diesem Kind gesehnt habe. Dadurch wäre alles anders gewesen für Roger und mich. Ich glaube, Roger begann mich zu hassen, als er erfuhr, daß ich keine Kinder mehr haben konnte. Und dabei war nur er schuld daran. Er hat diesen elenden Arzt aufgetrieben. Oh, es ist so ungerecht, so ungerecht –«

»Natürlich ist es ungerecht. Das Leben ist ungerecht. Hör auf zu jammern und versuch einmal, ein bißchen praktisch zu denken. Hier kannst du nicht bleiben. Ich kann nicht für dich sorgen. Außerdem fahre ich weg.«

»Ich werde mir eine Arbeit suchen.«

»Priscilla, sei doch realistisch, wer würde dir Arbeit geben?«

»Ich werde aber eine finden müssen.«

»Du bist eine Frau über fünfzig, du hast keine Bildung, und du hast nichts gelernt. Du bist als Arbeitskraft unbrauchbar.«

»Du bist so lieblos –«

Wieder läutet das Telefon.

Die ölig-schmeichlerische Stimme von Mr. Francis Marloe.

»Oh, entschuldige, Brad, ich dachte nur, ich rufe mal kurz an, um zu fragen, wie es Priscilla geht.«

»Es geht ihr gut.«

»Oh, schön. Weißt du Brad, ich dachte, ich sag es dir lieber: Der Psychiater im Krankenhaus hat gemeint, man sollte sie jetzt besser nicht alleinlassen.«

»Das hat Rachel mir gestern schon gesagt.«

»Und noch was, Brad, sei nicht böse wegen Christin –«

Ich knallte den Hörer hin.

»Weißt du was«, sagte Priscilla, als ich wieder ins Schlafzimmer kam. »Mummy hätte Dad verlassen, wenn sie es sich hätte leisten können. Sie hat es mir gesagt, als sie im Sterben lag.«

»Ich will nichts wissen von solchen Dingen.«

»Du und Dad, ihr zwei habt mich immer gedemütigt und mir so ein Gefühl von Minderwertigkeit gegeben, ihr wart so grausam zu mir und Mum, und Mum war so unglücklich –«

»Du mußt entweder zu Roger zurück, oder du mußt ein klares finanzielles Abkommen mit ihm treffen. Mit mir hat das nichts zu tun. Du mußt den Dingen ins Auge sehen.«

»Bradley, bitte, würdest du wohl zu Roger gehen –?«

»Nein, das werde ich nicht tun!«

»Ach Gott, wenn ich nur meinen Schmuck mitgenommen hätte. Er bedeutet mir so viel. Ich habe gespart, um mir die Sachen kaufen zu können. Und die Nerzstola. Und dann gibt es noch zwei Silberbecher auf meinem Toilettentisch und ein kleines Kästchen aus Malachit –«

»Sei nicht kindisch, Priscilla. Die Sachen kannst du später wiederkriegen.«

»Nein, das kann ich nicht. Roger wird sie aus reiner Bosheit verkaufen. Mir was kaufen, das war der einzige Trost, den ich hatte. Wenn ich mir was Schönes kaufte, dann hat mich das eine Weile aufgeheitert. Ich konnte mir das Geld vom Haushaltsgeld absparen, das war mein einziger Lichtblick. Ich hab mir den Straßschmuck gekauft und ein Kollier aus Kristall und Lapislazuli, das ziemlich teuer war, und –«

»Warum hat Roger eigentlich nicht angerufen? Er muß doch wissen, daß du hier bist.«

»Er ist zu stolz und zu verletzt. Ach, weißt du, in gewisser

Weise tut Roger mir so leid, er hat sich so elend dabei gefühlt, wenn er mit mir herumgeschrien hat, oder wenn er überhaupt nicht mit mir gesprochen hat, er muß im Innersten selbst schrecklich unglücklich sein, wirklich kaputt und seelisch irgendwie gebrochen. Manchmal hatte ich das Gefühl, daß er verrückt wurde. Wie kann ein Mensch so leben? So lieblos sein und sich gar nichts mehr aus dem anderen machen? Er ließ mich nicht mehr für ihn kochen, und ich durfte nicht mehr in sein Zimmer, und ich weiß, daß er nie sein Bett gemacht hat, und seine Kleider waren schmuddelig und rochen ungewaschen, und manchmal hat er sich nicht mal rasiert. Ich hatte Angst, daß er seine Stelle verliert. Vielleicht hat er sie verloren und hat sich nicht getraut, es mir zu sagen. Und jetzt muß es noch schlimmer sein. Ich hab das Haus immer noch ein bißchen sauber gehalten, obwohl es schwer war, weil ihm so offensichtlich nichts daran lag. Aber jetzt ist er ganz allein in diesem schmuddeligen Schweinestall und ißt nichts und kümmert sich um nichts –«

»Ich dachte, er wäre von Frauen umlagert.«

»Ach ja, es muß Frauen gegeben haben, aber so fürchterliche Frauen, so verkommene Frauen, die wollten alle nur sein Geld und sich betrinken, genau wie Roger war, bevor ich ihn geheiratet habe. Was für eine leere, materialistische Welt – er tut mir so leid, er hat alles um sich kaputtgemacht, und jetzt sitzt er mitten in den Scherben und hat einen Nervenzusammenbruch, und rund um ihn stapelt sich das ungewaschene Geschirr –«

»Warum fährst du nicht heim und wäschst ab?«

»Bradley, würdest du bitte nach Bristol fahren –«

»Für mich klingt das alles so, als könntest du es gar nicht erwarten, zu dem Mann zurückzukehren –«

»Würdest du bitte hinfahren und meinen Schmuck holen? Ich geb dir den Schlüssel.«

»Ach, hör doch endlich auf mit deinem Schmuck. Dem passiert schon nichts. Nach dem Gesetz gehört er sowieso dir. Eine Ehefrau ist Eigentümerin ihres Schmucks.«

»Was heißt schon Gesetz. Ich möchte ihn so gerne haben, er ist das einzige, was ich besitze, nichts sonst gehört mir, nichts

auf der ganzen Welt. Mir ist, als hörte ich ihn nach mir rufen ...
Und die kleinen Ziergegenstände, die gestreifte Vase –«

»Priscilla, Liebes, hör auf zu faseln.«

»Bitte, bitte, fahr für mich nach Bristol, Bradley. Er wird noch
keine Zeit gehabt haben, die Sachen zu verkaufen, er wird noch
nicht daran gedacht haben. Außerdem bildet er sich wahrscheinlich ein, daß ich zurückkomme. Es ist bestimmt noch alles an
seinem Platz. Ich gebe dir den Hausschlüssel, und du kannst
hingehen, während er im Büro ist, und die paar Dinge holen.
Es wird bestimmt ganz einfach sein. Und für mich wäre es eine
solche Beruhigung. Und dann mache ich, was du willst. Oh, es
wäre eine solche Beruhigung für mich –«

In diesem Augenblick klingelte es an der Tür. Ich stand auf.
Ich war ganz durcheinander. Ich streichelte Priscilla irgendwie
unbeholfen, verließ den Raum und schloß hinter mir die Tür.
Ich ging zur Wohnungstür und öffnete sie.

Arnold Baffin stand davor. Wir gingen ins Wohnzimmer, ge-
messenen Schritts wie zwei Tänzer.

Wenn Arnold von einem Gefühl bewegt wurde, neigte sein
Gesicht dazu, ganz rosa zu werden, als wäre es von einem rosa
Licht angestrahlt. Auch jetzt lag diese Röte auf seinem Gesicht,
und seine blassen Augen hinter der Brille hatten einen Ausdruck
von nervöser Besorgtheit. Er klopfte mir auf die Schulter, genauer gesagt, er tippte mich leicht an wie beim Fangenspielen.

»Wie geht es ihr?«

»Viel besser. Ihr wart sehr hilfreich, du und Rachel.«

»Rachel war es. Bradley, du bist doch nicht böse auf mich,
oder –«

»Weshalb sollte ich böse sein?«

»Du weißt schon – sie haben es dir doch gesagt – daß ich mit
Christin fortgegangen bin?«

»Ich will nichts von Mrs. Evandale hören«, sagte ich.

»Du bist böse. Ach du lieber Gott.«

»Ich bin nicht böse! Ich will bloß – ich will nichts hören –«

»Ich wollte das nicht. Es ist einfach geschehen.«

»Gut, gut! Erledigt.«

»Aber ich kann nicht so tun, als wäre es nicht geschehen. Bradley, ich muß mit dir darüber reden – nur damit du mir keine weiteren Vorwürfe machst – ich bin ja nicht dumm – immerhin schreibe ich Romane, verflucht noch mal – ich weiß, wie kompliziert –«

»Was hat das damit zu tun, daß du Romane schreibst? Warum mußt du das hier reinziehen?«

»Ich will damit nur sagen: Ich verstehe, wie du dich fühlst –«

»Das glaube ich nicht. Ich sehe dir an, daß du ganz aufgeregt bist. Es muß dir Spaß gemacht haben, das Empfangskomitee für meine Exfrau zu spielen. Natürlich willst du jetzt darüber reden. Und ich sag dir, du sollst es bleiben lassen.«

»Aber Bradley, sie ist ein Phänomen.«

»Ich interessiere mich nicht für Phänomene.«

»Aber mein lieber Bradley, du mußt neugierig sein, das ist gar nicht anders möglich. Wenn ich du wäre, ich würde sterben vor Neugier. Wahrscheinlich ist es dein verletzter Stolz, und –«

»Von verletztem Stolz kann nicht die Rede sein. Ich habe sie verlassen.«

»Na ja, dann eben irgendein Ressentiment oder was. Ich weiß, daß die Zeit keine Wunden heilt. Das ist immer noch die dümmste aller Vorstellungen. Also ich, ich würde brennen vor Neugier, ich würde sehen wollen, was aus ihr geworden ist, wie sie jetzt ist. Natürlich klingt sie jetzt ganz nach Amerikanerin –«

»Ich will es nicht wissen!«

»Ich konnte mir nie eine richtige Vorstellung von ihr machen. Nach allem, was du erzählt hast –«

»Arnold, wo du doch so ein kluger Romaneschreiber bist und so viel von menschlicher Psychologie verstehst, sei so gut und begreife, daß du dich auf gefährlichen Grund begibst. Wenn du unsere Freundschaft gefährden willst, nur zu. Ich kann dir nicht verbieten, mit Mrs. Evandale bekannt zu sein. Aber mir gegenüber erwähne bitte ihren Namen nie wieder. Es könnte das Ende unserer Freundschaft sein, und das meine ich ernst.«

»Unsere Freundschaft ist eine zähe Pflanze, Bradley. Schau, ich hab ganz einfach was dagegen, so zu tun, als wäre nichts geschehen. Und ich finde, du solltest auch nicht so tun. Ich weiß, daß Menschen ein schlimmes Verhängnis füreinander sein können –«

»Genau.«

»Aber manchmal wird etwas erträglich, wenn man ihm ins Gesicht sieht. Du solltest dieser Sache ins Gesicht sehen, und außerdem bleibt dir nichts anderes übrig, sie ist hier, und sie ist fest entschlossen, dich zu sehen, sie kann ihre Neugier kaum zähmen, du kannst ihr nicht aus dem Weg gehen. Und übrigens ist sie eine äußerst nette Person –«

»Ich glaube, das ist das Dümmste, was ich je von dir gehört habe.«

»Gut, gut, ich weiß, was du meinst. Aber da sie dich immer noch so aus dem Häuschen bringt –«

»Tut sie nicht!«

»Sei doch ehrlich, Bradley.«

»Willst du bitte aufhören, mich zu quälen – ich hätte mir ja denken können, daß du mit dieser triumphierenden Miene hier aufkreuzst –«

»Ich triumphiere doch gar nicht. Wieso sollte ich denn?«

»Du hast sie kennengelernt, du hast mit ihr über mich geredet, du findest, sie ist ›eine äußerst nette Person‹ –«

»Schrei nicht mit mir, Bradley. Ich –«

Wieder läutet das Telefon.

Ich gehe hin und hebe den Hörer ab.

»Brad! Bist du's wirklich? Rate mal, wer da ist!«

Ich lege auf und drücke den Hörer sorgfältig auf die Gabel.

Ich ging zurück ins Wohnzimmer und setzte mich. »Das war sie.«

»Du bist ganz weiß geworden. Du wirst doch nicht ohnmächtig werden? Kann ich dir was bringen? Entschuldige, daß ich so dumm dahergeredet habe. Ist sie noch dran?«

»Nein. Ich hab aufgelegt –«

Wieder läutet das Telefon. Ich rühre mich nicht.

»Laß mich mit ihr reden, Bradley.«

»Nein.«

Ich erreiche das Telefon, kurz nachdem Arnold abgehoben hat. Ich knalle den Hörer wieder auf die Gabel.

»Bradley, siehst du das denn nicht ein, du mußt dich dieser Situation stellen, du kannst dich nicht davor drücken, das geht einfach nicht. Sie wird sich ein Taxi nehmen und herkommen.«

Wieder läutet das Telefon. Ich hebe ab und halte den Hörer ein Stück von mir weg. Christins Stimme ist unverkennbar, sogar mit dem amerikanischen Akzent. Die Jahre lösen sich in nichts auf. »Brad, bitte hör mir doch zu. Ich bin daheim, du weißt schon, in unserer alten Wohnung. Komm doch her. Ich hab einen Scotch im Haus. Brad, bitte, knall nicht wieder den Hörer hin, sei nicht gemein. Komm her. Ich möchte dich so gerne sehen. Ich werde den ganzen Tag dasein, zumindest bis fünf.«

Ich lege den Hörer wieder auf.

»Sie will, daß ich zu ihr komme.«

»Du mußt hin, du mußt, es ist dein Schicksal!«

»Ich gehe nicht!«

Das Telefon läutet wieder. Ich nehme ab und lege den Hörer daneben auf den Tisch. Fernes Gebrabbel. Priscilla ruft mit schriller Stimme. »Bradley!«

»Rühr das nicht an«, sagte ich zu Arnold und deutete auf das Telefon. Ich ging hinein zu Priscilla.

»Ist das da draußen Arnold Baffin?« Sie saß auf dem Bettrand. Überrascht sah ich, daß sie sich Bluse und Rock angezogen hatte und sich irgendein dickes gelblichrosa Zeug auf die Nase schmierte.

»Ja.«

»Ich glaube, ich komm raus, um ihn zu begrüßen. Ich möchte mich bei ihm bedanken.«

»Wie du willst. Hör zu, Priscilla, ich muß für ein oder zwei Stunden weg. Wirst du zurechtkommen? Zu Mittag bin ich wieder da, vielleicht ein bißchen später. Ich werde Arnold bitten, daß er bei dir bleibt.«

»Aber du kommst bald wieder?«

»Ja, ja.«

Ich lief ins Wohnzimmer zu Arnold. »Könntest du bei Priscilla bleiben? Der Arzt hat gesagt, man soll sie nicht allein lassen.«

Arnold sah nicht erfreut aus. »Ich denke schon, daß ich bleiben kann. Gibt es was zu trinken? Eigentlich wollte ich mit dir über Rachel reden, und über den komischen Brief, den du mir geschrieben hast. Wohin gehst du?«

»Zu Christin.«

Die Ehe ist, wie ich schon sagte, eine seltsame Institution. Ich begreife nicht ganz, wie sie funktionieren soll. Die Leute, die sich einer glücklichen Ehe rühmen, machen sich meines Erachtens gewöhnlich selbst etwas vor, wenn sie nicht überhaupt lügen. Die menschliche Seele ist nicht für ständige Nähe gemacht, und das Ergebnis des erzwungenen Miteinanders ist oft eine erschreckende Einsamkeit, für die es keine Linderung gibt, weil das die Spielregeln verbieten. Nichts ist schlimmer, als die sinn- und zwecklose Vereinsamung von Menschen, die miteinander in einen Käfig gesperrt sind. Die Menschen außerhalb des Käfigs können ihren Bedarf an Gesellschaft ganz nach ihrem Geschmack durch mehr oder weniger organisierte Vorstöße in Richtung anderer Menschen befriedigen. Aber die Zweiereinheit kann sich kaum anderen mitteilen, und sie kann von Glück sagen, wenn nach einigen Jahren überhaupt noch eine gegenseitige Verständigung möglich ist. Oder ist das die verbitterte, neidische Ansicht des gescheiterten Ehemanns? Ich rede jetzt natürlich von sogenannten ›erfolgreichen‹ Durchschnittsehen. Wo die Zweiereinheit zu einer Maschinerie gegenseitigen Hasses wird, wird sie zur Hölle in Reinkultur. Ich verließ Christin, bevor unsere Hölle perfekt war, denn ich sah ganz deutlich, wie sich die Dinge entwickeln würden.

Natürlich war ich ›verliebt‹ in Christin, als ich sie heiratete, und ich schätzte mich glücklich, sie zu bekommen. Sie war eine hübsche, attraktive Frau. Ihre Eltern waren Geschäftsleute. Sie besaß sogar ein wenig eigenes Geld. Meine Mutter war beeindruckt, ein wenig eingeschüchtert; Priscilla auch. Später, als ich mir einbildete, mehr von der ›Liebe‹ zu verstehen, kam ich zu dem Schluß, daß meine Gefühle für Christin ›nichts weiter‹ waren als eine überwältigend starke sexuelle Anziehung, zu der ein eigenartiges Element von Besessenheit kam. Es war, als hätte ich Christin in irgendeiner früheren Inkarnation als wirkliche Frau gekannt und durchlebte jetzt, vielleicht als Strafe, eine gespenstische, zum Scheitern verdammte, pervertierte Wiederholung unseres Beziehungsmusters. (Ich glaube, daß es viele solche Paare gibt.) Oder als wäre sie vor langem gestorben und als Geliebte in Gestalt eines Dämons zu mir zurückgekehrt. Dämonen sind immer erbarmungslos, so freundlich sie auch im Leben gewesen sein mögen. Manchmal war es, als könnte ich mich an Christins Freundlichkeit ›erinnern‹, obwohl ich jetzt nur ihre boshaften und dämonischen Seiten erlebte. Nicht daß sie direkt grausam gewesen wäre, oder doch nur manchmal. Aber es lag ganz einfach in ihrer Natur, ständig zu sticheln, alles zu untergraben, alles herabzusetzen und zu verderben. Und ich war mental an sie gebunden wie ein siamesischer Zwilling. So taumelten wir dahin, an den Köpfen zusammengewachsen.

Der Grund, warum ich es mir anders überlegte und zu ihr eilte, nachdem ich doch geschworen hatte, daß ich sie nicht sehen wollte, war der: Es wurde mir ganz plötzlich klar, daß ich mich jetzt solange quälen würde, bis ich sie gesehen hatte, um ein für alle Mal klarzustellen, daß sie keine Macht mehr über mich besaß. Und mochte sie auch eine Hexe sein, für mich war sie es sicher nicht mehr. Und daß Arnold sich durch diesen verdammten Zufall an sie hatte ›heranmachen‹ können, machte diese Notwendigkeit nur noch dringlicher. Ich glaube, es hatte einen irgendwie kosmischen Effekt auf mich, daß Arnold sie als eine »äußerst nette Person« beschrieb. So war sie also meinen Gedanken entstiegen und spazierte leibhaftig herum? Arnold hatte sie mit unschuldigen Augen gesehen. Warum war das eine so schreckliche Bedrohung für mich? Ich mußte hin und sie selbst sehen, dann würde ich ihrer Bekanntschaft mit Arnold etwas von ihrem Gewicht nehmen können. Aber natürlich durchdachte ich das alles zu diesem Zeitpunkt nicht so genau. Ich handelte instinktiv, auf das Schlimmste gefaßt.

Die kleine Straße in Notting Hill, in der wir in unserer weniger weit zurückliegenden früheren Existenz gewohnt hatten, war seither um vieles feudaler geworden. Ich hatte natürlich immer einen großen Bogen um sie gemacht. Als ich jetzt den Gehsteig entlanglief, sah ich, daß die Häuser bunt gestrichen waren, blau, gelb und in pudrigem Rosa, an den Türen waren phantasievolle Türklopfer, vor den Fenstern schmiedeeiserne Gitter, Fensterläden und Blumenkästen zur Zierde. Ich war schon an der Ecke aus dem Taxi gestiegen, weil ich nicht wollte, daß Christin mich sah, bevor ich sie sah.

Das plötzliche Wiederaufleben der fernen Vergangenheit macht einen schwindlig, selbst wenn nichts Häßliches damit verbunden ist. Mir war, als wäre zu wenig Sauerstoff in dieser Straße. Ich lief und lief. Sie öffnete die Tür.

Ich glaube, ich hätte sie nicht sofort wiedererkannt. Sie wirkte schlanker und größer. Sie war ein üppiges, sinnliches Weibchen gewesen. Jetzt wirkte sie strenger, gewiß älter, aber auch schikker in ihrem einfachen Kleid aus mausbraunem Tweed mit dem Kettengürtel. Ihr dichtes, früher gewelltes Haar war jetzt glatt und schwingend und hatte einen rötlichbraunen Schimmer – wahrscheinlich gefärbt. Ihr Gesicht war knochiger, sie hatte ein paar Falten, aber nur ganz feine, wie ein Apfel, der ein bißchen zu schrumpeln beginnt, nicht unangenehm. Die langgeschnittenen, feuchtbraunen Augen waren nicht gealtert und hatten nichts an Glanz verloren. Sie wirkte kompetent und distinguiert, wie die Managerin eines internationalen Kosmetikkonzerns.

Der Ausdruck, der auf ihrem Gesicht lag, als sie die Tür öffnete, ist schwer zu beschreiben. In erster Linie war sie aufgeregt, so aufgeregt, daß sie beinahe dumm herausgelacht hätte, aber sie bemühte sich um einen Anschein von Ruhe. Ich glaube, sie mußte mich schon durchs Fenster gesehen haben. Ganz konnte sie sich das Lachen übrigens nicht verbeißen, es brach als fröhliches, unterdrücktes Glucksen aus ihr hervor, als ich eintrat, und sie sagte etwas wie: »Du lieber Himmel«. Ich spürte, daß mein eigenes Gesicht verzogen und plattgedrückt war wie unter einer Strumpfmaske. Wir gingen ins Wohnzimmer, in dem gnädiges Dunkel herrschte. Es schien sich nicht viel verändert zu haben. Große Gefühle hingen wie schwere Gardinen im Raum, so daß ich kaum atmen konnte; vielleicht kam mir das Zimmer auch deshalb so dunkel vor. Man kann solche Gefühle nicht gleich benennen (Haß? Furcht?), erst später kann man sich von ihnen distanzieren und ihnen Namen geben. Einen Augenblick war es ganz still. Dann kam sie auf mich zu. Ich dachte, zu Recht oder zu Unrecht, daß sie mich anfassen wollte, und wich hinter einen Lehnstuhl neben dem Fenster zurück. Sie lachte, aber es klang mehr wie das verrückte Klagen eines Vogels, und ihr unbeherrschtes, lachendes Gesicht kam mir wie eine groteske antike Maske vor. Jetzt sah sie alt aus.

Sie hatte mir den Rücken zugekehrt und machte sich an einem Schrank zu schaffen.

»O mein Gott, ich krieg gleich einen Lachkrampf. Was zu trinken, Bradley? Einen Scotch? Ich denke, wir könnten einen brauchen. Ich hoffe, du wirst nett sein zu mir. Was für einen häßlichen Brief du mir geschrieben hast.«

»Brief?«

»Bei dir im Wohnzimmer lag ein Brief für mich. Arnold hat ihn mir gegeben. Da, nimm und hör auf zu zittern.«

»Nein, danke.«

»Mein Gott, ich zittere ja auch. Gott sei Dank hat Arnold angerufen und mir gesagt, daß du kommst. Sonst wäre ich womöglich in Ohnmacht gefallen. Freuen wir uns, einander wiederzusehen?«

Der Tonfall war leicht, aber eindeutig amerikanisch. Erst jetzt, wo ich sie zwischen den verschwommenen Braun- und Blautönen des Raumes deutlicher sehen konnte, stellte ich fest, wie hübsch sie geworden war. Die aufreibende, hektische Vitalität von früher war einer reifen Eleganz gewichen, die ihr eine gewisse Autorität verlieh. Wie hatte eine Frau ohne besondere Bildung es geschafft, in einer kleinen Stadt im amerikanischen Mittelwesten das aus sich zu machen?

Der Raum war fast wie früher. Er führte mir mein damaliges Ich vor Augen, zeugte von einem viel jüngeren und noch ungeformten Geschmack: Korbmöbel, bestickte Kissen, Lithographien in verwischten Farben, handgemachte, violett glasierte Keramik, handgewebte Vorhänge aus getupftem, malvenfarbenem Leinen, Strohmatten auf dem Boden. Ein ruhiger, netter, fader Raum. Ich hatte diesen Raum vor vielen, vielen Jahren geschaffen. Hier drin hatte ich geweint. Hier drin hatte ich geschrien.

»Steh doch nicht so steif da, Brad. Du triffst doch nur eine alte Freundin. Dein Brief klang ganz aufgeregt. Kein Grund zur Aufregung. Wie geht's Priscilla?«

»Ganz gut.«

»Lebt deine Mutter noch?«

»Nein.«

»Nun sei doch nicht so verkrampft, Mann! Ich hatte ganz vergessen, was für eine Bohnenstange du bist. Vielleicht bist du dünner geworden. Dein Haar ist jedenfalls dünner, aber noch nicht grau, was? Ich seh's nicht genau. Du hast ja immer ein bißchen nach Don Quichote ausgesehen. Machst gar keinen so üblen Eindruck. Ich hab schon gedacht, du bist womöglich ein alter Mann geworden, ganz kahl und zittrig. Wie sehe ich aus? Mensch, wieviel Zeit inzwischen vergangen ist.«

»Ja.«

»Trink doch, das wird dir die Zunge lösen. Weißt du was, ich freu mich, dich zu sehen! Ich hab mich schon auf dem Schiff darauf gefreut. Aber wahrscheinlich freu ich mich momentan über alles, was ich sehe, ich könnte die ganze Welt umarmen, alles ist strahlend und schön. Weißt du, daß ich einen Kurs in Zen-Buddhismus gemacht habe? Ich muß wohl erleuchtet sein, es ist alles so wunderbar! Ich dachte schon, der arme alte Evans würde nie fertig mit seiner Sterbeszene, jeden Tag habe ich für seinen Tod gebetet, er war ein schwerkranker Mann. Und jetzt wache ich jeden Morgen auf und denke daran, daß es wirklich wahr ist, und dann mache ich die Augen wieder zu und bin im Himmel. Nicht sehr anständig, was? Aber so ist der Mensch, und in meinem Alter kann man es sich wenigstens leisten, aufrichtig zu sein. Bist du schockiert, findest du mich unmöglich? Ja, ich glaube, ich freu mich, dich zu sehen, ich finde es lustig. Mein Gott, ich möchte die ganze Zeit nur lachen und lachen, ist das nicht komisch?«

Der grobe Stil war neu, transatlantischen Ursprungs vermutlich, obwohl ich mir ihr Leben da drüben immer sehr vornehm vorgestellt hatte. Die Art, wie sie ihren Körper und ihre Augen zum Einsatz brachte, war nicht neu, aber sie war bewußter, als hätte die neue Gestalt der älteren und eleganteren Frau dieses Spiel von früher mit leiser Belustigung und ironischer Distanz übernommen. Die ältere Frau flirtet mit beherrschter Bewußtheit, und das kann ihre Attacken viel tödlicher machen als die blinden Sturmangriffe der Jungen. Und sie war eine Frau, für die Flirten so natürlich war wie Atmen. Ihre jetzige ›Attacke‹ war schwer zu beschreiben, denn sie kam in ihrem ganzen Wesen zum Ausdruck. Es war eine stete Spannung, die von ihr ausging, erzeugt durch leichte, schwingende Bewegungen, die Neigung des Kopfes, das Hin- und Herschießen der Blicke, das Zucken des Mundes. Ein Ausdruck wie »schöne Augen machen« wäre viel zu primitiv, um diese Lockmittel zu beschreiben. Es war, als beobachte man einen Athleten oder einen Tänzer, dessen Qualitäten deutlich zu erkennen sind, auch wenn er anscheinend in völliger Ruhe verharrt. Es lag etwas Einladendes und zugleich Ironisches, ja sogar großartig Selbstironisches in ihren Posen. In jüngeren Jahren hatte ihre Koketterie etwas Geziertes, unfreiwillig Albernes gehabt. Davon war nichts mehr übrig. Sie beherrschte ihr Instrument vollkommen. Vielleicht war das alles dieser Zen-Buddhismus.

Ich sah sie an und spürte diese alte Angst vor einem Mißverständnis, vor einer Machtergreifung, einer Vereinnahmung meiner Gedanken. Ich versuchte sie kalt anzustarren und einen beherrschten Ton zu finden, hart und ruhig zugleich. Ich sprach.

»Ich bin nur gekommen, weil ich dachte, du würdest mir vorher ohnehin keine Ruhe lassen. Ich habe gemeint, was ich in meinem Brief geschrieben habe. Von ›Aufregung‹ kann keine

Rede sein, der Brief war eine reine Stellungnahme. Ich wünsche keine Erneuerung unserer Bekanntschaft und werde nichts dergleichen dulden. Und jetzt, wo du mich gesehen und deine Neugier befriedigt und deinen Spaß gehabt hast, nimm bitte zur Kenntnis, daß ich nichts mehr von dir hören will. Ich sage das nur für den Fall, daß du es ›lustig‹ finden könntest, mich zu belästigen. Ich wäre dankbar, wenn du dich von mir und auch von meinen Freunden fernhieltest.«

»Ach komm, Brad, deine Freunde gehören doch nicht dir. Bist du schon eifersüchtig?«

Die spöttische Bemerkung brachte die Vergangenheit zurück. So war sie immer gewesen: schlagfertig und fest entschlossen, keinen Vorteil aus der Hand zu geben, immer das letzte Wort zu behalten. Ich spürte, wie ich vor Ärger und Mißbehagen rot wurde. Ich durfte mich auf keine Diskussion mit dieser Frau einlassen. Ich beschloß, meine Erklärung ruhig zu wiederholen und dann zu gehen. »Laß mich bitte in Ruhe. Ich mache mir nichts aus dir und will dich nicht sehen. Warum sollte ich? Du hast mir hier gerade noch gefehlt. Sei so freundlich und laß mich von jetzt an in Ruhe.«

»Du hast mir auch gefehlt, Brad, weißt du? Ich hab an dich gedacht da drüben. Wir haben uns das Leben ganz schön vermasselt. Wir sind so miteinander über Kreuz geraten, daß es uns in gewisser Weise die ganze Welt verleidet hat. Ich hab mit meinem Guru über dich gesprochen. Ich dachte daran, dir zu schreiben –«

»Leb wohl.«

»Bitte geh nicht, Brad. Es gibt so viel, worüber ich mit dir reden möchte, nicht nur über früher, sondern über das Leben im allgemeinen, weißt du. Du bist mein einziger Freund in London, ich habe zu niemandem mehr Kontakt. Weißt du, daß ich die Wohnung oben auch gekauft habe? Jetzt gehört mir das ganze Haus. Evans hielt es für eine gute Investition. Der arme alte Evans, Gott hab ihn selig, er war ein richtiger amerikanischer Simpel, aber vom Geschäft hat er was verstanden. Ich hab mir die Zeit damit vertrieben, mich ein bißchen zu bilden, sonst wäre ich vor Langeweile gestorben. Weißt du noch, wie wir davon träumten, die Wohnung oben zu kaufen? Nächste Woche kommen die Handwerker. Ich dachte, du könntest mich vielleicht ein bißchen beraten. Geh nicht, Bradley, erzähl mir was von dir. Wie viele Bücher hast du veröffentlicht?«

»Drei.«

»Nur drei? Mensch, und ich hab geglaubt, du bist inzwischen ein richtiger Schriftsteller geworden.«

»Ich bin ein richtiger Schriftsteller.«

»Wir hatten mal einen Literaten aus England in unserem Autorinnenklub zu Gast. Ich hab ihn nach dir gefragt, aber er hatte noch nie von dir gehört. Ich habe selbst ein bißchen geschrieben, ein paar Kurzgeschichten. Aber du schuftest doch wohl nicht mehr bei der Finanz, oder?«

»Ich bin vor kurzem in Pension gegangen.«

»Du bist aber doch noch nicht fünfundsechzig, Brad, oder? Bei mir hapert's mit dem Gedächtnis. Wie alt bist du?«

»Achtundfünfzig. Ich bin in Pension gegangen, um schreiben zu können.«

»Ich mag gar nicht daran denken, wie alt ich bin. Du hättest den Job schon vor Jahren an den Nagel hängen sollen. Du hast diesem Verein dein Leben geopfert. Ist doch wahr. Du hättest ein Weltenbummler sein sollen, ein echter Don Quichote, da hättest du Themen gefunden. Ein Vogel im Käfig kann nicht singen. Gott sei Lob und Dank, daß ich aus meinem raus bin. Ich bin so glücklich, ich schnappe fast über vor Glück. Seit der alte Evans gestorben ist, das arme alte Schwein, lache ich die ganze Zeit. Hast du gewußt, daß er bei der Christian Science war? Nach dem Arzt hat er trotzdem geschrien, als er krank wurde, es hat ihn richtig die Panik gepackt. Und sie haben Gebete für ihn organisiert, und wenn sie gekommen sind, hat er seine Pülverchen versteckt. Aber es ist was dran, an der Christian Science, ein bißchen glaub ich selbst daran. Weißt du was darüber?«

»Nein.«

»Armer alter Evans. Irgendwie war er ein guter Kerl, so ein weichherziger, weißt du. Aber er war so sterbenslangweilig, es hat mich fast umgebracht. Wenigstens warst du nie langweilig. Weißt du, daß ich jetzt eine reiche Frau bin? Wirklich reich, richtig stinkreich. Ach Bradley, es tut gut, dir das sagen zu können, es tut gut! Ich werde ein neues Leben anfangen, Bradley. Ich werde jetzt so richtig auf die Pauke hauen.«

»Leb wohl.«

»Ich werde glücklich sein und andere Menschen glücklich machen. Hau ab!«

Die letzte Aufforderung war, wie ich fast sogleich begriff, nicht an mich gerichtet, sondern an jemanden hinter mir, der auf dem Gehsteig vor dem Fenster stand. Ich drehte mich halb um und sah Francis Marloe draußen stehen. Mit hochgezogenen Brauen und einem höflich-devoten Lächeln beugte er sich vor, um durch die Scheiben hereinzuspähen. Als er uns erkennen konnte, faltete er die Hände wie zum Gebet.

Christin machte eine ungeduldige Handbewegung, um ihn zu verscheuchen, dann verzog sie das Gesicht, als würde sie ihn anknurren. Mit einer anmutigen Bewegung öffnete Francis die Hände und kehrte die Handflächen nach oben, dann beugte er sich weiter vor und preßte das Gesicht an die Scheibe, so daß Nase und Wangen ganz plattgedrückt waren.

»Komm rauf. Schnell.«

Ich folgte ihr über die schmale Treppe und in das vordere Schlafzimmer. Dieser Raum hatte sich verändert. Ein Teppich in leuchtendem Pink und alles darauf schwarz, glänzend und modern. Christin riß das Fenster auf. Irgend etwas flog hinaus und landete klirrend auf der Straße. Als ich näher trat, sah ich, daß es ein gestreifter Waschbeutel war. Ein Elektrorasierer und eine Zahnbürste kollerten heraus. Francis bückte sich rasch danach, richtete sich wieder auf, machte ein kägliches Gesicht und blinzelte mit seinen engstehenden Äuglein zu uns herauf, den Mund immer noch zu einem demütigen Lächeln verzogen.

»Und deine Milchschokolade. Paß auf. Oder nein, du kriegst sie nicht, ich geb sie Brad. Brad, du magst doch sicher noch immer gern Milchschokolade. Schau, ich gebe Bradley deine Milchschokolade.« Sie steckte mir die Tafel zu. Ich legte sie aufs Bett. »Ich bin nicht herzlos, aber er ist hinter mir her, seit ich zurück bin, er bildet sich ein, ich werde Mutter spielen und für ihn sorgen! Er ist wirklich genau das, was die Amerikaner von allen Engländern denken – ein arbeitsscheues Individuum, das auf Kosten des Staates lebt. Schau ihn dir doch an, was für ein Kasper! Ich habe ihm Geld gegeben, aber er will hier einziehen und seinen Hut an die Garderobe hängen. Er ist durchs Küchenfenster reingeklettert, als ich mal weg war, und wie ich zurückkomme, finde ich ihn im Bett! Super, was? Sieh mal, wer da noch ist!«

Eine zweite Gestalt war unten aufgetaucht. Arnold Baffin. Er sprach mit Francis.

»He, Arnold!« Arnold schaute herauf, winkte und steuerte auf die Eingangstür zu. Mit klappernden Absätzen lief sie die Treppe hinunter und ich hörte die Tür aufgehen. Gelächter.

Francis stand immer noch auf dem Gehsteig, den elektrischen Rasierer und die Zahnbürste in der Hand. Er schaute zur Tür, dann schaute er zu mir herauf. Er breitete die Arme aus und ließ sie mit einer Geste gespielter Verzweiflung wieder herabfallen. Ich warf die Schokoladetafel aus dem Fenster. Ich wartete nicht, bis er sie aufhob. Langsam ging ich die Treppe hinunter. Arnold und Christin standen gleich hinter der Wohnzimmertür und redeten.

»Du hast Priscilla allein gelassen«, sagte ich zu Arnold.

»Tut mir wirklich leid, Bradley«, sagte Arnold. »Priscilla ist über mich hergefallen.«

»Über dich hergefallen?«

»Ich habe ihr von dir erzählt, Christin. Bradley, du hast ihr kein Wort davon gesagt, daß Christin wieder da ist, sie war ganz weg. Na, jedenfalls habe ich ihr von dir erzählt, du brauchst gar nicht so ein Gesicht zu machen, es war alles höchst schmeichelhaft, und plötzlich kriegt sie einen Anfall, stürzt auf mich los und hängt sich mir an den Hals –«

Christin fing wie verrückt zu lachen an.

»Vielleicht hätte ich es irgendwie über mich ergehen lassen sollen, aber es war – na ja, ich will ein Gentleman sein und nicht ins Detail gehen – jedenfalls, dachte ich, es wäre wohl für uns beide das beste, wenn ich verschwinde, und da kam Rachel daher. Sie wußte nicht, daß ich dort war, sie wollte zu dir, Bradley. Also hab ich mich aus dem Staub gemacht und ließ sie dort, um das Baby zu schaukeln. Priscilla hatte ihre Arme ziemlich fest um meinen Hals geschlungen, verstehst du, und ich konnte nicht einmal ein Wort sagen ... Vielleicht war ich ungalant. Tut mir wirklich schrecklich leid, Bradley. Aber was hättest du denn getan, ich meine mutatis mutandis –«

»Du komischer Kerl«, sagte Christin. »Du bist ganz schön aufgeregt. Ich glaube, es war alles ganz anders! Und was hast du über mich erzählt, du weißt doch gar nichts über mich! Oder weiß er was, Brad? Brad, dieser Mann bringt mich zum Lachen.«

»Du bringst mich auch zum Lachen!« sagte Arnold.

Sie lachten beide los. Die Ausgelassenheit, die Christin während unseres Gesprächs in Zaum gehalten hatte, brach jetzt wild aus ihr hervor. Sie lachte, sie wieherte, sie schnappte nach Luft, sie lehnte sich an die Tür, und die Tränen kullerten ihr aus den Augen. Auch Arnold lachte, völlig hemmungslos, mit hängenden Armen, zurückgeworfenem Kopf, weit offenem Mund und geschlossenen Augen. Sie bogen sich vor Lachen. Sie brüllten vor Lachen.

Ich ging, ohne sie eines weiteren Blickes zu würdigen, an ihnen vorbei und entfernte mich raschen Schritts die Straße entlang. Francis Marloe lief hinter mir her. »Brad, hör mal, könnte ich dich eine Minute sprechen?«

Ich ignorierte ihn, und er fiel zurück. Als ich die Straßenecke erreichte, rief er mir nach: »Brad! Danke für die Schokolade!«

Und dann war ich in Bristol.

Priscillas endloses Lamentieren über ihren Schmuck hatte meinen Widerstand schließlich gebrochen. Mit vielen Bedenken und voller Widerwillen gegen meine Mission hatte ich endlich doch zugestimmt, nach Bristol zu fahren, ins Haus zu gehen, während Roger in der Bank war, und den ersehnten Kram zu holen. Priscilla hatte inzwischen eine lange Liste von Dingen angelegt, darunter auch ein paar ziemlich große Ziergegenstände und viele Kleidungsstücke, die ich alle für sie sicherstellen sollte. Ich hatte die Liste um einiges gekürzt. Ich war mir im Hinblick auf die rechtliche Situation ganz und gar nicht sicher. Ich nahm wohl an, daß eine davongelaufene Frau immer noch Eigentümerin ihrer Kleider war. Ich hatte Priscilla auch gesagt, daß der Schmuck ihr gehörte, aber da war ich mir schon nicht mehr so sicher. Auf jeden Fall hatte ich nicht die Absicht, irgendwelche größeren Gegenstände aus dem Haus zu schaffen. Wie die Sache lag, hatte ich versprochen, ihr abgesehen von Schmuck und Nerzstola eine Reihe weiterer Sachen zu bringen, und zwar: ein Kostüm, ein Cocktailkleid, drei Kaschmirpullover, zwei Blusen, zwei Paar Schuhe, Unterwäsche, eine blau-weiß gestreifte Porzellanvase, die Marmorstatue irgendeiner griechischen Göttin, zwei Silberbecher, ein kleines Kästchen aus Malachit, ein bemaltes florentinisches Handarbeitskästchen, das Emailbild einer äpfelpflückenden Dame und eine Wedgwood-Teekanne.

Priscilla war sehr erleichtert gewesen, als ich eingewilligt hatte, diese Dinge zu holen, denen sie eine fast magische Bedeutung beizumessen schien. Im Anschluß daran sollte Roger formell darum ersucht werden, die übrigen Kleider zusammenzupakken und ihr zu schicken. Priscilla meinte, er würde sie sicher nicht zurückbehalten, sobald einmal ihr Schmuck in Sicherheit war. Sie sagte immer wieder, Roger würde ihre ›Wertsachen‹ aus purer Gehässigkeit verkaufen, und je länger ich darüber nachdachte, desto mehr hielt ich das für durchaus möglich. Ich hatte gehofft, daß mein alles in allem wirklich sehr freundliches Angebot einer Bergungsaktion Priscilla aufheitern würde. Aber kaum war dieser Grund zur Sorge beseitigt, ging das reuevolle Geseire über ihr Elend von vorne los; sie jammerte über das verlorene Kind, über ihr Alter, über ihr Aussehen, über die Lieblosigkeit ihres Mannes, über ihr ruiniertes, nutzloses Leben. Hemmungslose und unreflektierte Reue hat etwas Abstoßendes an sich. Ich schämte mich meiner Schwester und hätte sie am liebsten versteckt. Aber irgend jemand mußte bei ihr sein, und Rachel, die sich tags zuvor eine ganze Menge von Priscillas Gehader mit dem Schicksal hatte anhören müssen, erklärte sich pflichtschuldigst, wenn auch ohne Begeisterung bereit, bei ihr zu bleiben, während ich nach Bristol fuhr, vorausgesetzt, daß ich noch am selben Tag und so früh wie möglich zurückkäme.

In dem leeren Haus läutete das Telefon. Es war Nachmittag, Bürozeit. Ich betrachtete meine glattrasierte Oberlippe in dem Spiegel in der Telefonzelle und dachte an Christin. Was ich dachte, will ich später erklären. Ich hatte immer noch dieses dämonische Gelächter in den Ohren. Ein paar Minuten später steckte ich den Schlüssel ins Schlüsselloch und drückte sachte gegen die Tür. Ich war nervös und unglücklich und kam mir wie ein Einbrecher vor. Ich hatte zwei große Koffer mitgebracht, die ich in der Diele abstellte. Irgend etwas Unerwartetes empfing mich, ich hatte es sofort wahrgenommen, als ich über die Schwelle trat, aber ich kam nicht gleich dahinter, was es war. Dann erkannte ich den kräftigen, frischen Geruch von Möbelpolitur.

Priscilla hatte so sehr das Bild eines vernachlässigten Hauses heraufbeschworen. Seit Wochen habe niemand mehr die Betten gemacht. Sie habe aufgehört, das Geschirr zu waschen. Die Putzfrau habe natürlich gekündigt. Roger habe eine wilde Befriedigung darin gefunden, die Unordnung noch schlimmer zu machen und ihr die Schuld dafür zuzuschieben. Roger zerschlage Dinge mit Absicht. Priscilla räume die Scherben nicht weg. Roger habe einen Teller mit verschimmeltem Essen gefunden. Er habe ihn Priscilla in der Diele vor die Füße geschleudert. Da liege er noch, Scherben und Matsch über den Teppich verteilt. Priscilla sei mit leerem Blick daran vorbeigegangen. Aber das Bild, das sich mir bot, als ich durch die Tür trat, war so anders, daß ich einen Augenblick dachte, ich müßte im falschen Haus sein. Alles wirkte auffallend sauber und ordentlich. Die weißen Tür- und Fensterrahmen glänzten, die Farben des Teppichs leuchteten. Sogar Blumen, große Pfingstrosen in Rot und Weiß, standen in einem Messingkrug auf der Eichentruhe. Die Truhe war poliert. Der Krug war poliert.

Oben herrschte dieselbe fast gespenstische Sauberkeit und Ordnung. Die Betten waren exakt gemacht wie in einem Krankenhaus. Kein Stäubchen Staub irgendwo. Eine Uhr tickte ruhig vor sich hin. Es war geisterhaft, ich kam mir vor wie auf der Marie Celeste. Ich spähte hinaus in den Garten und sah einen gepflegten Rasen und blühende Iris. Die Sonne schien hell, aber ein wenig kalt. Roger mußte seit Priscillas Weggang den Rasen gemäht haben. Ich ging zu der langen unteren Lade der Kommode, in der Priscilla, wie sie mir gesagt hatte, ihr Schmuckkästchen aufbewahrte. Ich zog die Lade auf, aber es waren nur Kleider darin. Ich wühlte darin herum, dann durchsuchte ich andere Laden hier und im Badezimmer. Ich öffnete den Schrank. Keine Spur von einem Schmuckkästchen oder von der Nerzstola. Auch die Silberbecher und das Malachitkästchen sah ich nicht auf dem Toilettentisch, wo sie sein sollten. Ziemlich betroffen lief ich in die anderen Zimmer. Ein Raum war mit Priscillas Kleidern vollgestopft, sie lagen auf dem Bett, auf Stühlen, auf dem Boden, ein bunter, fröhlicher und sehr merkwürdiger Anblick. Auf meinen Runden durch die Wohnung entdeckte ich die blau-weiß gestreifte Porzellanvase, die wesentlich größer war, als Priscilla sie geschildert hatte, und hob sie auf. Als ich so ein wenig hilflos auf dem Treppenabsatz stand, die Vase im Arm, hörte ich unter mir ein Geräusch, und eine Stimme sagte: »Hallo, ich bin's.«

Langsam ging ich die Treppe hinunter. Roger stand in der Diele. Als er mich sah, riß er den Mund auf, und seine Brauen gingen in die Höhe. Er trug ein gutgeschnittenes graues Sportsakko und sah gesund und gepflegt aus. Das graubraune Haar war säuberlich aus der Stirn gebürstet. Ich stellte die Vase vorsichtig auf die Truhe neben den Messingkrug mit den Pfingstrosen.

»Ich bin gekommen, um Priscillas Schmuck und sonstiges Zeug zu holen.«

»Ist Priscilla auch da?«

»Nein.«

»Sie kommt doch nicht zurück, oder?«

»Nein.«

»Gott sei Dank. Komm rein. Trink einen Schluck.« Roger sprach mit blasierter, pomadiger Stimme und ziemlich laut; einer pseudointellektuellen Stimme, einer Public-Relations-Stimme, der penetranten Stimme eines gewieften Ansprachenhalters. Wir gingen in den ›Salon‹. (Der Stimme eines Salonlöwen.) Auch hier war alles blitzsauber, Blumen standen da. Die Sonne schien.

»Ich möchte den Schmuck meiner Schwester.«

»Willst du nichts trinken? Was dagegen, wenn ich mir was nehme?«

»Ich möchte den Schmuck meiner Schwester.«

»Es tut mir schrecklich leid, aber ich glaube nicht, daß ich dir den geben kann. Du verstehst doch, ich weiß nicht, wie wertvoll er ist, und bis –«

»Und ihre Nerzstola.«

»Ditto.«

»Wo sind die Sachen?«

»Nicht hier. Schau Bradley, wir werden doch nicht miteinander streiten.«

»Ich will den Schmuck und den Nerz und diese Vase, die ich runtergebracht habe, und ein Emailbild von –«

»Mein Gott. Weißt du, daß Priscilla ein Fall für den Psychiater ist?«

»Wenn das stimmt, hast du sie dazu gemacht.«

»Bitte. Ich kann Priscilla nicht mehr helfen. Ich würde, wenn ich könnte. Ehrlich, es ist die Hölle gewesen. Und schließlich ist sie mir davongelaufen.«

»Du hast sie davongetrieben.« Ich sah Priscillas kleine Marmorstatuette auf dem Kaminsims. Sie sah nach einer Aphrodite aus. Jammer und Mitleid für meine Schwester ergriffen mich. Sie wollte ihre Kleinigkeiten um sich haben, sie könnten ein Trost für sie sein. Viel mehr war ihr nicht geblieben.

»Es ist nicht besonders lustig, mit einer hysterischen alternden Frau zusammenzuleben. Ich habe es versucht. Sie ist gewalttätig geworden. Und sie hat aufgehört, das Haus sauberzuhalten, es sah verheerend aus.«

»Ich will nicht mit dir reden. Ich will die Sachen.«

»Alles Wertvolle ist in der Bank. Ich habe damit gerechnet, daß Priscilla hier eine Razzia machen wird. Ihre Kleider kann sie haben, nur soll sie sie um Himmels willen nicht selber holen. Ich wäre sogar verdammt froh, wenn ich ihre Kleider aus dem Haus hätte. Aber den Rest betrachte ich als sub judice.«

»Ihr Schmuck ist ihr Eigentum.«

»Nein, ist er nicht. Sie hat mit dem Haushaltsgeld geknausert, um sich ihn zu kaufen. Ich habe für diesen Schmuck gehungert. Natürlich hat sie mich nicht gefragt. Aber bei Gott, jetzt werde ich ihn als Investition betrachten, als meine Investition. Und der verdammte Nerz. Schon gut, fang nicht an zu brüllen, ich werde mich Priscilla gegenüber gerecht verhalten, ich werde ihr Unterhalt zahlen, aber ich bin nicht in der Laune, ihr teure Geschenke zu machen. Ich muß erst wissen, wo ich finanziell stehe. Sie kann nicht einfach alles Wertvolle absahnen. Sie ist aus eigenem Entschluß davongelaufen. Und jetzt muß sie die Folgen tragen.«

Eine wirre Mischung von Beschämung und Wut erfaßten mich. »Du hast sie mit voller Absicht fortgetrieben. Sie sagt, du hast versucht, sie zu vergiften –«

»Ich hab bloß eine ordentliche Prise Salz und Senf in ihr Essen gegeben. Es muß gräßlich geschmeckt haben. Ich saß da und schaute zu, wie sie daran würgte. Kleine Bilder aus der Hölle. Du hast ja keine Ahnung. Ich sehe, du hast zwei Koffer mitgebracht. Ich hol dir ein paar von ihren Kleidern.«

»Du hast das ganze Geld vom gemeinsamen Konto abgehoben –«

»Es war schließlich mein Geld, oder? Es gab keine andere Einkommensquelle! Sie hat immer wieder was abgehoben und Kleider gekauft, ohne mir ein Wort zu sagen. Sie war verrückt nach Kleidern. Oben ist ein ganzes Zimmer voll davon, nie getragen. Sie hat mein Geld zum Fenster rausgeworfen. Bitte, laß uns nicht streiten! Schließlich bist du ein Mann, du wirst mich verstehen, du wirst wegen so was nicht zu schreien anfangen. Sie ist eine verrückte, enttäuschte Frau und grausam wie ein

Dämon. Wir wollten beide ein Kind. Sie hat mich zur Ehe rumgekriegt. Ich hab sie nur geheiratet, weil ich ein Kind wollte.«

»Wovon redest du da? Du hast doch auf der Abtreibung bestanden.«

»Sie wollte die Abtreibung. Ich wußte nicht, was ich wollte. Und als das Kind dann weg war, hatte ich ein scheußliches Gefühl. Und dann sagte mir Priscilla, daß sie wieder schwanger wäre. Das war die Idee deiner Mutter. Es war nicht wahr. Ich habe sie geheiratet, weil ich es nicht ertragen konnte, noch ein Kind zu verlieren. Aber es gab kein Kind.«

»O Gott.« Ich ging zum Kaminsims und nahm die Marmorstatuette.

»Laß das bitte stehen«, sagte Roger. »Das ist kein Antiquitätenladen hier.«

Während ich sie wieder hinstellte, hörte ich Schritte in der Diele, gleich darauf kam ein hübsches, junges Mädchen zur Tür herein. Sie trug eine lila Leinenjacke zu einer weißen Hose und wirkte lässig und ein bißchen zerzaust wie ein Mädchen auf einer Jacht. Ihr dunkelbraunes Haar hatte einen goldenen Schimmer. Auf ihrem Gesicht lag ein Leuchten, das nicht nur von Gesundheit und Sonne kam; es schien eine innere Freude auszustrahlen. Sie mußte etwa zwanzig sein. Sie trug eine Einkaufstasche, die sie in der Tür abstellte.

Ich war total verwirrt. Hatte es also doch ein Kind gegeben? War dieses Mädchen Rogers und Priscillas Kind?

Roger sprang hoch und lief ihr entgegen, sein Gesicht strahlte auf, die Augen wirkten größer, leuchtender, schienen weiter auseinanderzustehen. Er küßte sie auf den Mund, drückte sie einen Augenblick an sich, betrachtete sie mit einem staunenden Lächeln und stieß ein kurzes, beglücktes »Oh!« aus; dann wandte er sich an mich. »Das ist Marigold. Sie ist meine Geliebte.«

»Das ist aber schnell gegangen!«

»Das ist Priscillas Bruder, Schatz. Wir sagen es ihm wohl besser gleich?«

»Ja natürlich, Schatz«, sagte das Mädchen ernst, strich sich das zerzauste Haar aus der Stirn und lehnte sich an Roger. »Wir müssen ihm alles sagen.« Sie hatte einen leichten West-Country-Akzent, und jetzt sah ich, daß sie älter war als zwanzig.

»Wir sind schon seit Jahren zusammen, Marigold und ich. Marigold war meine Sekretärin. Wir leben mehr oder minder miteinander. Seit einer Ewigkeit schon. Aber wir haben es Priscilla nie gesagt.«

»Wir wollten sie nicht kränken«, sagte Marigold. »Wir haben die Last allein getragen. Es war schwer, das Richtige zu tun. Eine schlimme Zeit.«

»Jetzt ist es vorbei«, sagte Roger. »Gott sei Dank, es ist vorbei.« Sie hielten einander an den Händen.

Haß und Widerwille stiegen in mir auf angesichts dieses unvermuteten Bilds von Glück. Ich ignorierte das Mädchen und sagte zu Roger: »Es muß wohl mehr Spaß machen, mit einem Mädchen zusammenzuleben, das deine Tochter sein könnte, als einer älteren Frau die eheliche Treue zu halten.«

»Ich bin dreißig«, sagte Marigold. »Und Roger und ich, wir lieben uns.«

»›In guten wie in schlechten Zeiten, in Gesundheit und Krankheit.‹ Gerade als sie am meisten der Hilfe bedurfte, hast du meine Schwester aus dem Haus getrieben.«

»Hab ich nicht!«

»Doch, das hast du!«

»Marigold ist schwanger«, sagte Roger.

»Wie kannst du mir das mit dieser abscheulich zufriedenen Miene sagen? Soll ich mich vielleicht darüber freuen, daß du noch einen Bastard gezeugt hast? Bist du so stolz darauf, ein Ehebrecher zu sein? Für mich seid ihr beide einfach niederträchtig, ein alter Mann und ein junges Mädchen, wenn ihr nur wüßtet, was für ein widerwärtiger und kläglicher Anblick ihr seid, wie ihr euch da gegenseitig betätschelt und ohne Scham zeigt, wie sehr ihr euch darüber freut, daß ihr meine Schwester losgeworden seid. Ihr kommt mir vor wie zwei Mordkumpane –«

Sie lösten sich voneinander. Marigold setzte sich und sah mit einem verklärten Strahlen zu ihrem Geliebten auf. »Wir haben das nicht absichtlich getan«, sagte Roger. »Es ist einfach passiert.

Und wir können nichts dafür, wenn wir glücklich sind. Wenigstens handeln wir jetzt richtig, wir haben aufgehört zu lügen. Wir wollen, daß du es Priscilla sagst, daß du ihr alles erklärst. Mein Gott, wird das eine Erleichterung sein. Nicht wahr, Schatz?«

»Ja, Schatz. Es war uns schon so zuwider, dieses ewige Lügen«, sagte Marigold. »Seit Jahren leben wir beide ständig mit dieser Lüge.«

»Marigold hatte eine kleine Wohnung – ich habe sie immer dort besucht – eine elende Situation.«

»Jetzt haben wir das alles hinter uns und – oh, allein schon, die Wahrheit sagen zu können, ist ... Die arme Priscilla hat uns so leid getan –«

»Wenn ihr euch nur sehen könntet«, sagte ich, »wenn ihr euch nur sehen könntet. Wenn du jetzt die Freundlichkeit hättest, mir Priscillas Schmuck auszuhändigen –«

»Bedaure«, sagte Roger. »Ich habe es dir schon erklärt.«

»Sie wollte den Schmuck, den Nerz, diese Statue, die gestreifte Vase, irgendein Emailbild –«

»Diese Statue habe ich gekauft. Sie bleibt hier. Und das Emailbild mag ich zufällig auch. Das sind nicht nur ihre Sachen. Siehst du denn nicht ein, daß wir die Sachen nicht so mir nichts, dir nichts aufteilen können? Es geht um Geld. Sie ist davongelaufen und hat die Sachen hiergelassen, sie kann warten! Aber ihre Kleider kannst du haben. In den Koffern, die du da mitgebracht hast, hat eine Menge Platz.«

»Ich packe sie zusammen, soll ich?« sagte Marigold. Sie lief aus dem Zimmer.

»Du wirst es Priscilla doch sagen?« fragte Roger. »Es wird mir einen Stein vom Herzen nehmen. Ich bin so ein Feigling. Immer wollte ich es ihr sagen, und immer wieder habe ich es hinausgeschoben.«

»Du hast deine Frau mit voller Absicht davongetrieben, als deine Freundin schwanger wurde.«

»Das war nicht geplant! Wir haben den Dingen einfach ihren Lauf gelassen. Wir waren verdammt unglücklich. Wir haben gewartet und gewartet –«

»Wohl in der Hoffnung, daß sie stirbt. Es wundert mich, daß du sie nicht umgebracht hast.«

»Wir mußten dieses Kind haben«, sagte Roger. »Dieses Kind ist wichtig, und ich werde mich ihm gegenüber gerecht und anständig verhalten. Ich denke doch, daß es ein Anrecht darauf hat! Und wir können nicht länger auf unser Glück verzichten, wir wollen es voll und ganz und ohne uns zu verstecken. Marigold soll meine Frau werden. Priscilla ist sowieso nie glücklich mit mir gewesen.«

»Hast du darüber nachgedacht, was jetzt aus Priscilla werden soll, wie ihr Dasein jetzt aussehen wird? Du hast ihr ihr Leben gestohlen, und jetzt wirfst du sie einfach zum alten Eisen.«

»Sie hat auch mir mein Leben gestohlen. Sie hat mir Jahre um Jahre gestohlen, in denen ich glücklich und ohne Heuchelei hätte leben können!«

»Ach, scher dich zum Teufel!« sagte ich. Ich ging hinaus in die Diele, wo Marigold auf dem Boden kniete, umgeben von einem Meer von Seide und Tweed und rosa Unterwäsche. Das meiste davon sah völlig neu aus.

»Wo ist der Nerz?«

»Das habe ich dir schon erklärt, Bradley.«

»Ihr solltet euch schämen«, sagte ich. »Schaut euch doch an. Niederträchtig seid ihr. Ihr solltet euch wirklich schämen.«

Sie sahen mich bekümmert und bedauernd an, dann warfen sie einander einen reuigen Blick zu. Ich konnte nicht an sie heran. Es war, als hätte ihr Glück sie zu Heiligen gemacht. Ich hätte ihnen am liebsten die Gesichter zerkratzt, sie zerfleischt. Aber sie waren unverwundbar in ihrer Glückseligkeit.

»Ich werde nicht warten, bis Sie die Koffer fertiggepackt haben«, sagte ich. Ich konnte nicht mitansehen, wie dieses Mädchen Priscillas Sachen ausschüttelte und dann ordentlich zusammenlegte. »Ihr könnt sie in meine Wohnung schicken.«

»Ja, ja, das werden wir, nicht wahr, Schatz«, sagte Marigold. Oben gibt es einen Schrankkoffer –«

»Du wirst es ihr doch sagen?« sagte Roger. »Bring es ihr so schonend wie möglich bei. Aber laß keinen Zweifel offen. Du kannst ihr auch sagen, daß Marigold ein Kind erwartet. Es gibt keinen Weg mehr zurück.«

»Dafür hast du gesorgt.«

»Sie müssen ihr aber jetzt gleich etwas mitnehmen«, sagte Marigold im Knien, und die mitfühlende Güte reinen Glücks strahlte aus ihrem freundlichen Gesicht. »Was meinst du, Schatz, sollten wir ihr nicht diese Statuette schicken –?«

»Nein. Ich mag das Ding.«

»Dann vielleicht die gestreifte Vase, wollte sie die nicht haben?«

»Das ist auch mein Haus«, sagte Roger. »Ich habe es mir geschaffen. Diese Dinge haben alle ihren Platz.«

»Ach Schatz, bitte, laß doch Priscilla die Vase haben – mir zuliebe.«

»Also gut, Schatz. Was für ein weichherziges kleines Ding sie doch ist.«

»Ich werde sie gut einpacken.«

»Halt mich jetzt nicht für den Teufel in Menschengestalt, Bradley. Natürlich bin ich kein Heiliger, ich bin ein ganz normaler Mann, einen normaleren wirst du, glaube ich, kaum finden. Du mußt einsehen, daß ich es schwer gehabt habe. Es war die reine Hölle, zwei Leben nebeneinander zu führen, und Priscilla ist wirklich ekelhaft zu mir gewesen, sie hat mich richtig gehaßt, sie hat seit Jahren nichts Nettes oder Freundliches mehr zu mir gesagt –«

Marigold kehrte mit einem sperrigen Paket zurück. Ich nahm es ihr aus der Hand und öffnete die Tür. Die Welt draußen blendete mich, als wäre ich im Dunkeln gewesen. Ich trat hinaus und warf einen Blick zu ihnen zurück. Aneinandergeschmiegt standen sie da, Schulter an Schulter, Hand in Hand. Sie konnten ein strahlendes Lächeln nicht unterdrücken. Ich hätte am liebsten auf die Schwelle gespuckt, aber mein Mund war trocken.

Ich trank goldhellen Sherry in einer Bar und starrte auf den rotschwarz-weißen Schornstein eines Schiffes vor einem diesigen, tiefblauen Himmel. Der Schornstein war sehr plastisch, sehr *da*, geradezu berstend von Farbe und Wirklichkeit. Der Himmel war von einer aberwitzigen Weite, ein hauchfein gekörnter Schleier aus reinstem Blau hinter dem anderen.

Später gab es ein Taubenschießen, und der Schornstein war blau und weiß, das Blau vermengte sich mit dem Blau des Himmels, das Weiß hing im Raum wie ein großer Zylinder aus zerknittertem Papier oder wie ein Drachen auf einem Bild. Drachen haben mir immer viel bedeutet. Was für ein Sinnbild unseres Seins, das kleine, ferne Ding, das hoch da oben zart an der Schnur ruckt, das Spüren der Schnur, ihre Unsichtbarkeit, ihre Länge, die Angst vor dem Verlust. Ich betrinke mich gewöhnlich nicht. Bristol ist die Stadt des Sherry. Hervorragender, billiger Sherry, hell und rein, wird hier aus großen, dunklen Holzfässern gezapft. Meine Niederlage machte mich eine Weile fast verrückt vor Zorn.

Sie schossen auf Tauben. Was für ein Sinnbild unseres Seins: der laute Knall, das arme zappelnde Bündel auf dem Boden, wie es hilflos, verzweifelt, vergeblich versucht, wieder hochzukommen. Durch Tränen sah ich die getroffenen Vögel über die schrägen Dächer der Lagerhallen kollern. Ich sah und hörte den Aufprall des Gewichtes, ihre bejammernswerte Kapitulation vor der Schwerkraft. Wie es das Herz eines Menschen verhärten muß, so etwas zu tun: ein unschuldiges, in den Lüften schwebendes Wesen in ein zerfetztes, zuckendes Bündel von Schmerzen zu verwandeln. Ich schaute auf den Schornstein eines Schiffes, und er war gelb und schwarz vor einem leuchtenden, stechendgrünen Himmel. Das Leben ist grauenhaft, grauenhaft, grauenhaft, sagte der Philosoph. Als ich bemerkte, daß ich den Zug verpaßt hatte, rief ich in meiner Londoner Wohnung an, doch niemand meldete sich.

»Denen, die Gott lieben, dienen alle Dinge zum Besten«, sagt der heilige Paulus. Vielleicht: Aber was heißt das, Gott lieben? Es ist mir noch nie begegnet. Man verspürt, mein lieber Freund und Mentor, so etwas wie eine schwer erkämpfte Ruhe, wenn man die Welt von sehr nahe und in allen Einzelheiten sieht: so nahe und lebhaft wie den frisch gestrichenen Schornstein eines Schiffes an einem sonnigen Abend. Aber das Dunkle und Häßliche ist nicht weggewaschen, auch das sieht man, und das Grauen der Welt gehört zur Welt dazu. Es gibt keinen Sieg des Guten, und gäbe es ihn, wäre es kein Sieg des Guten. Die Tränen werden nicht getrocknet, das Leid der Unschuldigen, das Leid all jener, denen im Leben verletzende Ungerechtigkeit widerfahren ist, wird nicht getilgt. Damit sage ich dir, mein Lieber, nur, was du besser weißt und tiefer verstehst, als ich es je wissen und verstehen könnte. Selbst während ich diese Worte schreibe, die klar und von glühenden Farben erfüllt sein sollten, merke ich, wie das Dunkle meiner eigenen Persönlichkeit in meine Feder fließt. Aber vielleicht kann das, was ich schreibe, nur mit dieser dunklen Tinte so geschrieben werden, wie es geschrieben werden muß? Man vermag nicht wirklich wie ein Engel zu schreiben, auch wenn es manchen unserer Fast-Götter dank irgendwelcher himmlischer Einflüsterungen manchmal zu gelingen scheint.

Nachdem ich Roger und seine Marigold verlassen hatte, fühlte ich mich so gedemütigt und elend, daß es mich fast hysterisch machte vor Zorn. Ich sah in diesem Augenblick völlig klar, wie ungerecht und unfreundlich das Leben meine Schwester behandelt hatte. Ich machte mir heftige Vorwürfe, daß ich Roger nicht irgendwie meinen Willen aufgezwungen und ihn büßen lassen hatte. Es betrübte und beschämte mich, daß ich nicht einmal die wenigen kleinen Trostpflaster an mich gebracht hatte, die sie sich in aller Bescheidenheit gewünscht hatte: die Straßgarnitur, das Kollier aus Kristall und Lapislazuli, die Bernsteinohrringe. Und ich hatte die Nerzstola nicht, ja nicht einmal die kleine Marmorstatuette der Aphrodite oder das Emailbild der Äpfel pflückenden Dame. Arme Priscilla, dachte ich, arme, arme Priscilla, aber dieses Mitleid geriet mir nicht zur Ehre, denn in Wahrheit tat ich mir nur selbst leid. Natürlich ›hatte ich mich ins Zeug gelegt‹ für Priscilla, und das ohne Zögern, denn man muß tun, was man tun muß. Daß der Mensch sich einen Bereich schaffen kann, in dem er unbestrittene Verpflichtungen hat, gehört vielleicht zu den wenigen Dingen, die ihn retten: ihn retten vor der Brutalität und der gedankenlosen Nacht, die selbst vom kultiviertesten Exemplar unserer Spezies nur einen Millimeter entfernt liegt. Untersucht man jedoch einen solchen Fall von ›Pflicht‹ aus der Nähe und betrachtet die unbedeutende Leistung irgendeines durchschnittlichen Individuums genauer, so stellt sich heraus, daß nichts Großartiges daran ist, daß weder Vernunft noch göttliche Macht die Flut des naturgegeben Bösen eindämmen; es ist weiter nichts als ein besonderer Akt der Eigenliebe, vielleicht von der Natur selbst erdacht, die viele unterschiedliche, ja sogar unvereinbare Launen hat, denn sonst könnte sie nicht überleben in ihrer vielköpfigen Schöpfung. Wir kümmern uns nur um das, womit wir uns identifizieren können. Nur ein Heiliger würde sich mit allem identifizieren. Aber Heilige gibt es nicht, wie mein weiser Freund mir sagt.

Ich identifizierte mich mit Priscilla aus den einfachen, alten, gewohnheitsmäßigen Gründen. Wäre Priscilla eine Bekannte gewesen, an der mir so wenig lag wie an meiner Schwester, hätte ich keinen Finger für sie gerührt, mehr noch – ich hätte ihre unglückliche Geschichte schon nach wenigen Minuten vergessen. Doch wie die Dinge lagen, fühlte ich mich gedemütigt und besiegt, weil sie gedemütigt und besiegt worden war. Ich hatte den bitteren Geschmack des Unrechts kennengelernt und die besondere Pein, zu erleben, wie der Schuldige sich des Lebens freut. Wie häufig und wie schmerzlich doch diese Form menschlichen Elends ist. Die Übeltäter schwelgen vor unseren Augen im Glück und genießen es bis zur Neige. Was für ein Segen es doch gewesen sein muß, an die Hölle glauben zu können. Wir haben eine gewaltige und tiefe Quelle des Trostes verloren, als dieser altehrwürdige Glaube in unseren Seelen verblaßte. Aber die Beleidigung ging noch tiefer: es war etwas ausgesprochen Häßliches und Abstoßendes an diesem Bild von Roger mit seinen grauen Haaren und seinem jovialen, pseudo-distinguierten Gehabe des alternden Mannes von Welt, und in seinen Armen ein Mädchen, das seine Tochter hätte sein können, ein unverbrauchtes, vom Leben noch nicht gezeichnetes, frisches junges Ding. Diese spezielle Kombination von Jugend und Alter erregt Anstoß, fand ich, und zwar zu Recht.

Später sah die leere beleuchtete Straße aus wie ein Bühnenbild. Die schwarze Wand an ihrem Ende war der Rumpf eines Schiffes. Der Stein der Kaimauer und der stählerne Rumpf berührten einander, und ich setzte mich auf den Stein und lehnte meinen Kopf gegen den hohlen Stahlkörper. Ich war in einem Geschäft und lag mit einer Frau unter dem Ladentisch, und die Regale waren lauter Käfige mit toten Tieren, die ich zu füttern vergessen hatte. Schiffe sind unterteilt und hohl, Schiffe sind wie Frauen. Der Stahlkörper vibrierte und sang, sang von den räuberischen Frauen, von Christin, Marigold, meiner Mutter: von den Zerstörerinnen. Ich sah die Masten und Segel großer Klipper vor einem dunklen Himmel. Später saß ich auf dem Bahnhof Temple Meads und heulte innerlich, denn ich erlitt alle Qualen der zur Hölle verdammten Bösen unter diesen gnadenlosen Gewölben. Warum war niemand ans Telefon gekommen? Mein Zug ging nach Mitternacht. Irgendwie war es mir gelungen, die blau-weiße Porzellanvase zu zerbrechen. Als ich in Paddington ausstieg, ließ ich die Scherben im Eisenbahnabteil liegen.

Ich war in Christins Haus, wohin sie Priscilla gebracht hatten. Später war ich mit Rachel in einem Garten. Das war kein Traum. Und irgend jemand ließ einen Drachen steigen.

Ich hatte eine Nachricht von Rachel vorgefunden, und bald danach war Rachel selbst gekommen, schon in aller Frühe, bald nach meiner Rückkehr, um mir zu berichten, was geschehen war: Wie Priscilla sich in immer größere Aufregung hineingesteigert, wie Christin angerufen hatte, wie Arnold, wie Francis gekommen war. Als ich nicht zur rechten Zeit zurückkehrte, war Priscilla unruhig geworden wie ein kleines Kind, dessen Mutter sich verspätet hat; Tränen, Ängste. Am späten Abend hatte Christin Priscilla in einem Taxi weggebracht. Arnold und Christin hatten eine Menge miteinander gelacht. Rachel glaubte, ich würde böse auf sie sein. Ich war nicht böse. »Natürlich konntest du nichts tun, wenn *sie* anders entschieden hatten.«

Priscilla trug Christins schwarzes Négligé und saß aufrecht im Bett, an einen Berg schneeweißer Kissen gelehnt. Ihr stumpfes gefärbtes Haar war zerzaust und schütter, ihr Gesicht sah konturlos aus ohne Make-up, wie aus Lehm oder Teig, die Falten waren wie leichte Abdrücke in der schwammigen Oberfläche. Die Mundwinkel hingen schlaff nach unten. Sie hätte siebzig sein können, achtzig. Christin war in Dunkelgrün gekleidet, mit echten Perlen, und strahlte wie jemand, der ein erfolgreiches Beisammensein organisiert hat und alle Fäden in der Hand hält. Ihre Augen funkelten und schimmerten feucht, als hätte sie Tränen gelacht oder Tränen der Freude und Rührung vergossen. Immer wieder fuhr sie sich mit den schlanken hübschen Fingern durch ihr schwingendes rotbraunes Haar. Arnold war aufgeregt wie ein kleiner Junge, machte mir gegenüber ein schuldbewußtes Gesicht, wechselte aber ständig Blicke mit Christin oder lachte. Er hatte seine Miene des ›interessierten Schriftstellers‹ aufgesetzt: Ich bin nur ein Zuschauer, ein Beobachter, aber einer, der *versteht*. Sein Gesicht war bleich und verschwitzt, und er zog sich ständig auf betont kindische Art das schlaffe, farblose Haar über die blassen, klugen Augen. Francis saß abseits und rieb sich die Hände, einmal schlug er sie sogar lautlos zusammen, seine kleinen, engstehenden Bärenglupscher wanderten über die Versammelten. Immer wieder nickte er in meine Richtung, es sah aus, als verbeuge er sich, und murmelte dabei: »Alles in Ordnung, alles in Ordnung, es kommt alles wieder in Ordnung, alles kommt wieder in Ordnung.« Dann fuhr er sich mit der Hand in die Hose und begann sich geistesabwesend zu kratzen. Rachel stand still da, so still, wie jemand, der Ruhe mimt, in Wirklichkeit aber verlegen ist. Sie lächelte vage, ihre bonbonrosa geschminkten Lippen teilten sich ein wenig, und das Lächeln wurde breiter, erstarb und zeigte sich von neuem, als hinge sie geheimen Gedanken nach; aber es war nicht sehr überzeugend.

»Das ist keine Verschwörung, Bradley, mach nicht so ein Gesicht.«

»Er ist wütend auf uns.«

»Er glaubt, du hältst Priscilla als Geisel fest.«

»Ich halte Priscilla als Geisel fest.«

»Was war denn eigentlich los mit dir? Priscilla hat sich so furchtbar aufgeregt.«

»Ich habe den Zug verpaßt. Es tut mir sehr leid.«

»Warum hast du den Zug verpaßt?«

»Warum hast du nicht angerufen?«

»Was für ein schuldbewußtes Gesicht er macht! Schau nur, Priscilla, was für ein schuldbewußtes Gesicht er macht.«

»Die arme Priscilla dachte schon, du wärst überfahren worden oder so was.«

»Siehst du, Priscilla, wir haben dir ja gesagt, Unkraut vergeht nicht.«

»Ruhig alle miteinander. Priscilla will etwas sagen.«

»Sei nicht so unwirsch, Bradley.«

»Ruhe für Priscilla.«

»Hast du meine Sachen?«

»Setz dich hin, Brad, du siehst fürchterlich aus.«

»Es tut mir leid, daß ich den Zug verpaßt habe.«

»Es kommt alles wieder in Ordnung.«

»Übrigens habe ich angerufen.«

»Hast du meine Sachen?«

»Reg dich doch nicht so auf, Priscilla.«

»Ich fürchte, ich habe deine Sachen nicht.«

»Oh, ich habe gewußt, daß es schiefgeht, ich hab es gewußt, ich hab es gewußt, ich hab's euch ja gleich gesagt.«

»Was ist geschehen, Bradley?«

»Roger war da. Wir haben uns kurz unterhalten.«

»Unterhalten!«

»Jetzt bist du auf seiner Seite.«

»Männer halten immer zusammen, meine Liebe.«

»Ich bin nicht auf seiner Seite. Hätte ich mich vielleicht mit ihm schlagen sollen?«

»Großer Böser Bradley.«

»Du hast mit ihm über mich geredet.«

»Ja, natürlich.«

»Sie waren sich darin einig, daß Frauen die Hölle sind.«

»Frauen sind auch die Hölle.«

»Ist er unglücklich?«

»Ja.«

»War das Haus schmutzig und verkommen?«

»Ja.«

»Aber was ist mit meinen Sachen?«

»Er hat gesagt, er wird sie schicken.«

»Aber hast du denn nichts mitgebracht, gar nichts?«

»Er hat gesagt, er wird alles zusammenpacken.«

»Hast du ausdrücklich den Schmuck und die Nerzstola verlangt?«

»Er wird alles schicken.«

»Aber hast du ausdrücklich danach verlangt?«

»Es kommt alles in Ordnung, es kommt alles wieder in Ordnung.«

»Ja, habe ich.«

»Er wird sie nicht schicken, ich weiß, daß er sie nicht schicken
wird –«

»Priscilla, würdest du dich bitte anziehen?«

»Er wird mir meine Sachen nie schicken, nie, nie wird er sie
schicken, ich weiß, daß er sie nicht schicken wird, sie sind für
immer und ewig verloren!«

»Ich warte unten auf dich. Und dann gehen wir beide nach
Hause.«

»Dieser Schmuck ist alles, was ich habe.«

»Aber Priscilla bleibt hier bei mir.«

»Hast du danach gesucht, hast du ihn gesehen?«

»Priscilla, steh auf, zieh dich an.«

»Du wirst doch bei mir bleiben, Priscillaschätzchen?«

»Bradley, so kannst du nicht mit ihr reden.«

»Sei vernünftig, Brad. Sie braucht ärztliche Betreuung, sie
braucht psychiatrische Hilfe, ich werde eine Krankenschwester
engagieren –«

»Sie braucht keine Krankenschwester, Herrgott noch mal.«

»Du weißt, daß du keinen besonders guten Krankenpfleger abgibst, Bradley.«

»Priscilla –«

»Denk nur, was gestern passiert ist.«

»Ich glaube, ich muß gehen«, sagte Rachel, die bisher stumm geblieben war. Sie lächelte immer noch vage, wie über geheime Gedanken.

»O bitte, geh nicht.«

»Ist es noch zu früh für einen Drink?«

»Du wirst meine Schwester nicht unter deine Fuchtel kriegen. Ich werde nicht dulden, daß man sie bemitleidet und begönnert.«

»Niemand bemitleidet sie!«

»Ich bemitleide sie«, sagte Francis.

»Du halt deinen Mund, in drei Minuten verschwindest du von hier, dann kommt der echte Arzt, und ich will nicht, daß du blöd hier herumhockst –«

»Komm jetzt, Priscilla.«

»Immer mit der Ruhe, Bradley, Chris hat vielleicht recht.«

»Und nenn sie nicht Chris.«

»Du kannst nicht beides haben, Brad. Wenn du nichts mehr von mir wissen willst, kannst du nicht gleichzeitig –«

»Priscilla fehlt nichts, sie muß sich nur ein bißchen zusammennehmen.«

»Bradley glaubt nicht an seelische Erkrankungen.«

»Ich zufällig auch nicht, aber –«

»Ihr redet ihr alle ein, daß sie krank ist, aber was sie in Wirklichkeit braucht –«

»Was sie in Wirklichkeit braucht, ist Ruhe und Erholung, Bradley.«

»Nennst du *das* Ruhe und Erholung?«

»Brad, sie ist eine kranke Frau.«

»*Steh jetzt auf*, Priscilla.«

»Fang nicht an zu schreien, Brad.«

»Ich glaube, ich muß wirklich gehen.«

»Du willst doch hier bei mir bleiben, Schätzchen, nicht wahr, du hast doch gesagt, daß du bei Christin bleiben willst?«

»Er wird mir die Sachen nicht schicken, ich weiß es. Ich werde sie nie wiedersehen, nie wieder.«

»Es kommt alles wieder in Ordnung.«

Am Ende verließen Rachel, Arnold, Francis und ich zusammen das Haus. Jedenfalls drehte ich mich einfach um und ging, und die anderen folgten mir irgendwie.

Die Szene hatte sich in einem der neuen Zimmer abgespielt, die früher zu der Wohnung im Obergeschoß gehört hatten. Es war ein protziger, jetzt aber schäbiger Raum mit einem ovalen ›Filmstar‹-Bett und Wandverkleidungen aus falschem Bambus. Ich fühlte mich dort drin gefangen, irgendeine perspektivische Täuschung gab mir das Gefühl, die Decke wäre in spitzem Winkel nach unten geneigt, und ein einziger Schritt würde genügen, um mit dem Kopf dagegen zu stoßen. Es gibt Tage, an denen ein großgewachsener Mann sich noch größer vorkommt. Ich überragte die anderen, als wären sie Puppen, und meine Füße befanden sich viele Zentimeter über dem Boden. Vielleicht eine Nachwirkung des Alkohols.

Draußen auf der Straße flimmerten mir schwarze Punkte vor den Augen. Die durch Wolkendunst gefilterte Sonne blendete mich. Die Menschen zeichneten sich wie unförmige Schatten vor mir ab und gingen wie Gespenster an mir vorüber, wie wandelnde Bäume. Ich hörte, wie die anderen hinter mir herliefen. Schon auf der Treppe hatte ich ihre Schritte hinter mir klappern gehört, aber ich hatte mich nicht umgedreht. Mir war übel.

»Bradley, bist du denn blind geworden? Paß auf, bleib auf dem Gehsteig, du Esel.«

Arnold hatte mich am Ärmel erwischt. Er ließ mich nicht mehr los. Die beiden anderen drängten sich heran und starrten mich an.

»Laß sie ein oder zwei Tage da«, sagte Rachel. »Bis dahin hat sie sich erholt, und dann kannst du sie wieder mitnehmen.«

»Ihr versteht das nicht«, sagte ich. Mein Kopf schmerzte, und das Licht tat mir in den Augen weh.

»Ich verstehe das sogar sehr gut«, sagte Arnold. »Du hast diese Runde verloren und solltest ein bißchen verschnaufen. Ich an deiner Stelle würde mich hinlegen.«

»Ich komme mit und kümmere mich um dich«, sagte Francis.

»O nein.«

»Warum verdrehst du die Augen so und hältst dir ständig die Hand vor?« fragte Rachel.

»Warum hast du den Zug versäumt?« fragte Arnold.

»Ja, ich glaube, ich werde mich hinlegen.«

»Bradley«, sagte Arnold, »sei nicht böse auf mich.«

»Ich bin nicht böse auf dich.«

»Es war nur ein Zufall – daß ich dort war, meine ich. Ich hab vorbeigeschaut, weil ich dachte, du wärst schon wieder da, und dann rief Christin zuerst an, und dann kam sie hin, und Rachel hatte wirklich schon genug von Priscilla, und keine Spur von dir. Ich weiß, du mußt gekränkt sein, ich versteh das, aber es war nur vernünftig, und es hat Christin so sehr amüsiert, und du weißt doch, wie sehr ich einen kleinen Skandal und ein bißchen Wirbel liebe. Du mußt uns verzeihen. Wir haben uns nicht alle gegen dich verschworen.«

»Das weiß ich.«

»Und ich bin heute nur gekommen, weil –«

»Ach, ist doch egal. Ich geh jetzt nach Hause.«

»Laß mich mitkommen«, sagte Francis.

»Komm lieber zu mir«, sagte Rachel. »Ich mach dir was zu essen.«

»Gute Idee. Geh mit Rachel. Ich muß in die Bibliothek und zusehen, daß ich mit meinem Roman weiterkomme. Ich habe schon genug Zeit mit diesem kleinen Drama verplempert. Ich bin so eine unverbesserlich neugierige Nase. Bist du wirklich nicht böse auf mich, Bradley?«

Rachel und ich nahmen uns ein Taxi. Francis lief daneben her und versuchte uns etwas zu sagen, aber ich kurbelte das Fenster hoch.

Nun war endlich Frieden. Rachels großes, ruhiges Frauengesicht strahlte mich an, der gütige Vollmond, nicht der schwarze

Mond, dolchbewehrt und bis zum Rand von Dunkelheit erfüllt. Der blaue Fleck war vergangen, oder sie hatte ihn mit Make-up überdeckt. Oder vielleicht war es überhaupt immer nur ein Schatten gewesen.

Zur Pflege meines Katers hatte ich ein Mahl zu mir genommen, das aus drei Aspirin, einem Glas sahniger Milch, einem Stück Milchschokolade, Fleisch-Kartoffel-Auflauf, türkischem Konfekt und Milchkaffee bestand. Danach fühlte ich mich körperlich besser und klarer im Kopf.

Wir saßen auf der Veranda. Der Garten der Baffins war nicht groß, aber in seiner frühsommerlichen Pracht wirkte er grenzenlos. Eine gesprenkelte Reihe von Obstbäumen und farnigen Stauden zwischen hohem Gras mit buschigen roten Rispen verdeckte die umstehenden Häuser, ja sogar den imprägnierten Zaun. Nur ein Schimmer von rosa Kletterrosen zwischen den Baumstämmen ließ eine Umzäunung erahnen. Der Garten war in einem Bogen angelegt, eine warme grüne Muschel, die nach Erde und Blättern roch. Am Fuß der Verandastufen war eine gepflasterte Fläche, bedeckt mit den zartlila Blüten kriechenden Thymians, dahinter ein gemähter Rasenstreifen, besät mit Gänseblümchen. Es weckte in mir eine Ferienerinnerung aus der Kindheit. Auf einer endlosen Wiese hatte der Dreikäsehoch, der ich damals war, durch den goldenen Schleier der Grasspitzen hindurch einen jungen Fuchs bei der Mausjagd beobachtet, einen eleganten, jungen Fuchs, frisch aus Gottes Hand, mit schimmerndem rotem Fell, schwarzen Strümpfen und einer weißen Rute. Der Fuchs hörte mich und drehte sich um. Ich sah sein gebanntes, waches Gesicht, die Augen wie aus flüssigem Bernstein. Dann war er weg. Welch ein Bild von Schönheit und geheimnisvoller Bedeutung. Das Kind weinte und wußte, daß es ein Künstler war.

»Roger ist also im siebenten Himmel?« sagte Rachel, der ich alles erzählt hatte.

»Ich kann es Priscilla doch nicht sagen, oder?«

»Noch nicht.«

»Roger und dieses junge Mädchen. Gott, es ist widerlich.«

»Ich weiß. Aber das Problem ist Priscilla.«

»Was soll ich nur tun, Rachel, was soll ich tun?«

Rachel, entspannt, barfüßig, antwortete nicht. Sie strich sich sanft über die Stelle, wo ich den blauen Fleck zu sehen geglaubt hatte. Wir hatten uns auf Liegestühlen ausgestreckt. Sie war gelöst und auf eine für sie typische Weise lebhaft zugleich: Sie hatte ihren »exaltierten Blick«, wie Arnold es nannte. Eine fröhliche Erwartung leuchtete auf ihrem blassen, sommersprossigen Gesicht und in ihren hellbraunen Augen. Ihr rötlichgoldenes Haar war lässig zerzaust.

»Sie sehen wie Automaten aus«, sagte ich.

»Wer? Was?«

»Die Amseln.«

Mehrere Amseln stolzierten mit eckigen Bewegungen wie kleine, aufgezogene Spielzeugautomaten über den Rasenstreifen.

»Genau wie wir.«

»Wovon redest du, Bradley?«

»Automaten. Genau wie wir.«

»Nimm noch ein bißchen Milchschokolade.«

»Francis mag Milchschokolade.«

»Francis tut mir ja leid, aber Christin kann ich auch gut verstehen.«

»Dieses ganze vertrauliche Gerede über ›Christin‹ macht mich krank.«

»Du darfst dir das nicht so zu Herzen nehmen. Das passiert alles nur in deinem Kopf.«

»Ja und? Ich lebe in meinem Kopf. Ich wünschte, sie wäre tot. Ich wünschte, sie wäre in Amerika gestorben. Ich wette, sie hat ihren Mann umgebracht.«

»Bradley, du weißt doch, daß ich nichts von diesen häßlichen Dingen gemeint habe, die ich letzthin über Arnold gesagt hab.«

»Ja, ich weiß.«

»In einer Ehe sagt man Dinge, die – ja, man sagt sie einfach automatisch, aber sie kommen nicht von Herzen.«

»Von was?«

»Bradley, sei doch nicht so –«

»Wie schwer meines ist, wie ein großer Stein in meiner Brust. Manchmal fühlt man sich wie vom Schicksal verdammt.«

»Ach, laß doch den Kopf nicht so hängen, um Gottes Himmels willen!«

»Du haßt mich doch nicht wegen neulich – weil ich gesehen habe, wie du und Arnold – du weißt schon –«

»Nein. Du stehst mir dadurch nur noch näher.«

»Hätte sie doch nur Arnold nicht getroffen.«

»Du hängst sehr an Arnold, nicht wahr?«

»Ja.«

»Es ist nicht so, daß dir nur seine Gedanken wichtig sind?«

»Nein.«

»Es ist eigenartig. Er geht so ungeschickt mit dir um. Ich weiß, daß er dich oft verletzt. Aber es liegt ihm viel an dir, sehr viel.«

»Hättest du was dagegen, wenn wir das Thema wechseln?«

»Du bist ein komischer Kerl, Bradley. Du bist irgendwie so unkörperlich. Und du bist schüchtern wie ein Schuljunge.«

»Da taucht, peng, diese Frau wieder auf und platzt mitten in alles hinein – es war ein verdammter Schock. Und schon hat sie Arnold unter ihrer Fuchtel. Und Priscilla.«

»Sie ist schön, weißt du das?«

»Und dich auch.«

»Nein. Aber ich schätze sie. Du hast sie uns nie richtig beschrieben.«

»Sie hat sich verändert.«

»Arnold meint, daß du immer noch verliebt in sie bist.«

»Wenn er das meint, dann wohl, weil er selbst verliebt in sie ist.«

»Bist du verliebt in sie?«

»Rachel, ich fang gleich an zu schreien!«

»Du *bist* ein Schuljunge!«

»Nur ihretwegen weiß ich, was Haß ist.«

»Bist du ein Masochist, Bradley?«

»Red keinen Quatsch.«

»Manchmal hatte ich das Gefühl, daß du es genießt, wenn Arnold auf dich losgeht.«

»Ist Arnold in sie verliebt?«

»Was glaubst du wohl, wo er hingegangen ist, als wir uns heute trennten?«

»In die – oh, du meinst, er ist zu ihr zurückgegangen?«

»Natürlich.«

»Verdammt. Er hat sie nur zweimal gesehen, dreimal –«

»Glaubst du nicht an Liebe auf den ersten Blick?«

»Du denkst also, daß er –?«

»Er ist ziemlich lang mit ihr in diesem Pub gewesen. Und gestern abend wieder, als –«

»Verschon mich damit. Ist er verliebt?«

»Er verliert nicht so leicht den Kopf. Er ist ein Körpermensch, aber kalt. Du bist unkörperlich, aber warm. Er liebt jede Art von Aufregung, er hat es dir ja gesagt, er liebt Dramen. Er ist entsetzlich neugierig, er will seine Nase in alles stecken, er will über alles Bescheid wissen, damit er es sich aneignen kann. Am liebsten wäre er jedermanns Beichtvater. Und er wäre gar kein schlechter. Wenn er sich Mühe gibt, kann er den Menschen wirklich helfen. Er hat Christin so weit gebracht, daß sie ihm von eurer Ehe erzählte.«

»Ach du lieber Himmel!«

»Das war im Pub. Gestern abend werden sie wohl schon gut, schon gut! Ich wollte nur sagen, daß ich auf deiner Seite stehe. Wir werden Priscilla zu mir holen, wenn du willst.«

»Dazu ist es zu spät. Verdammt noch mal, Rachel, ich fühl mich gar nicht gut.«

»Was du nicht sagst. Hier, nimm meine Hand. Na, nimm schon.«

Unter dem Milchglasdach der Veranda war es sehr heiß und schwül geworden. Der Geruch nach Erde und Gras war nicht mehr frisch, wie nach einem Regen, sondern hatte jetzt etwas Exotisches, Weihrauchähnliches. Rachel hatte ihren Liegestuhl dicht an meinen herangerückt. Ich spürte, wie vom Gewicht ihres durchhängenden Körpers gleichsam eine Schwerkraft auf den meinen ausstrahlte. Sie hatte ihren Arm unter meinen geschoben und ein wenig linkisch meine Hand ergriffen. So unbeholfen könnten sich am Tag des Jüngsten Gerichts zwei von den Toten Auferstandene begrüßen. Dann drehte sie sich zu mir herum und drückte ihren Kopf an meine Schulter. Ich roch ihren Schweiß und den frischen, sauberen Geruch ihres Haares.

Man ist sehr verwundbar in einem Liegestuhl. Ich hatte mich schon gefragt, was für eine Art Händehalten das war. Ich wußte nicht, ob und wie ich ihre Hand drücken und wie lange ich sie festhalten sollte. Als sie dann mit dieser unbeholfenen, aber zugleich aggressiven Geste ihren Kopf an meine Schulter kuschelte, verspürte ich plötzlich eine nicht unangenehme Hilflosigkeit. Zugleich sagte ich: »Bitte steh auf, Rachel, gehen wir doch hinein.«

Sie schoß aus dem Stuhl hoch. Ich erhob mich langsamer. Ihre Geschwindigkeit war bemerkenswert, wenn man bedenkt, wie unelastisch die Leinenbespannung so eines Liegestuhls ist. Ich folgte ihr in das dunkle Wohnzimmer.

»Entschuldige bitte, Bradley.« Sie hatte bereits die Tür zur Diele aufgerissen. Aus ihren kurz angebundenen Worten und schroffen Bewegungen war deutlich zu erkennen, was sie dachte. Mir wurde klar, daß ich sie jetzt sofort in die Arme nehmen mußte, wenn ich nicht wollte, daß aus der ganzen Sache ein nicht wiedergutzumachender ›Vorfall‹ wurde. Ich schloß die Tür zur Diele und nahm sie in die Arme. Ich tat es nicht ungern. Ich spürte die Wärme ihrer runden Schultern und die Schwere des Kopfs, der sich wieder an mich kuschelte.

»Komm, setz dich hin, Rachel.«

Wir setzten uns auf das Sofa, und schon preßte sie ihre Lippen auf meine.

Natürlich war das nicht das erste Mal, daß ich Rachel berührte. Aber hie und da ein Küßchen in Ehren, hie und da ein harmloses Tätscheln wirken sich manchmal geradezu wie eine Schutzimpfung gegen stärkere Gefühle aus. Es ist eine merkwürdige Tatsache, daß, so hoch die Barrieren zwischen verschiedenen Graden von Intimität auch sind, sie dennoch schon durch eine leichte Berührung umgestoßen werden können. Man braucht bloß jemandes Hand auf eine bestimmte Weise zu ergreifen, ja ihm bloß auf eine bestimmte Weise in die Augen zu sehen, und schon hat die Welt für immer ihr Gesicht verändert.

Zugleich aber bewahrte ich, wie der vortreffliche Arnold, meinen kühlen Kopf oder versuchte es wenigstens. Ich ließ meine Lippen auf Rachels Lippen, und so verharrten wir reglos eine Weile, die mir mit der Zeit absurd lang vorkam. Ich hielt sie inzwischen eher steif, aber fest umschlungen, einen Arm immer noch um ihre Schultern gelegt, mit der freien Hand die ihre haltend. Ich hatte das Gefühl, als wäre sie in doppeltem Sinn von mir gefesselt. Dann lösten wir uns voneinander und blickten einander forschend in die Augen – wohl um festzustellen, was geschehen war.

Der erste Blick, den man nach einer unwiderruflichen Geste der Zuneigung in das Gesicht des anderen tut, ist immer aufschlußreich und berührend. Rachels Gesicht war strahlend, zärtlich, reuig und fragend zugleich. Ich fühlte mich irgendwie aufgemöbelt. Ich wollte meine Freude, meine Dankbarkeit zum Ausdruck bringen: »O meine liebe Rachel, ich danke dir.«

»Ich versuche nicht nur, dich aufzumuntern.«

»Ich weiß.«

»Es ist mehr dahinter.«

»Ich weiß. Ich bin so froh.«

»Ich habe mir schon früher – größere Nähe zu dir gewünscht. Aber ich war zu schüchtern. Ich bin es noch.«

»Ich auch. Aber – oh, ich danke dir.«

Einen Augenblick schwiegen wir; ein angespanntes, fast verlegenes Schweigen.

Dann sagte ich: »Ich glaube, ich muß jetzt gehen, Rachel.«

»Oh, du bist lächerlich«, sagte sie. »Schon gut, schon gut. Kleiner Schuljunge, der davonläuft. Also dann geh. Danke für den Kuß.«

»Es ist nicht so. Es ist, weil – es ist so vollkommen. Ich habe Angst, es zu verderben.«

»Ja, geh nur. Ich habe genug – Schaden angerichtet oder was immer.«

»Keinen Schaden. Dumme Rachel! Es ist wunderschön. Wir sind jetzt viel vertrauter miteinander.«

Wir standen auf und hielten uns an den Händen. Ich fühlte mich plötzlich außerordentlich glücklich und lachte.

»Bin ich lächerlich?«

»Nein, Rachel. Du hast mir ein Stück Glück geschenkt.«

»Na, dann halt es fest. Es gehört auch mir.«

Ich schob ihr das kräftige, rotblonde Haar, das sich drahtig anfühlte, aus dem blassen, sommersprossigen Gesicht, auf dem ein Ausdruck von Verwirrung und Zärtlichkeit lag; ich zog es mit beiden Händen straff zurück und küßte sie auf die Stirn. Wir gingen hinaus in die Diele. Wir waren verlegen, bewegt, erfreut, ängstlich bestrebt, die richtigen Abschiedsworte zu finden, um die Stimmung nicht zu verderben. Bestrebt auch, allein zu sein, um nachzudenken.

Ein Exemplar von Arnolds neuestem Roman *Der Jammerwald* lag auf dem Tisch neben der Tür. Ich zuckte zusammen, und meine Hand fuhr zur Jackentasche. Meine Besprechung des Romans steckte immer noch zusammengefaltet da drin. Ich nahm sie heraus und überreichte sie Rachel. »Würdest du etwas für mich tun?« sagte ich. »Lies das und sag mir, ob ich es veröffentlichen soll oder nicht. Ich werde tun, wozu du mir rätst.«

»Was ist das?«

»Meine Besprechung von Arnolds Buch.«

»Aber natürlich mußt du die veröffentlichen.«

»Lies sie. Nicht jetzt. Ich werde tun, was immer du sagst.«

»Also gut. Ich begleite dich zum Gartentor.«

Alles war anders, als wir in den Garten hinaustraten. Es war Abend geworden. Ein diffuses, verhangenes Licht ließ die Konturen verschwimmen und verzerrte die Distanzen. In der Nähe war alles in sattes, dunstiges Sonnenlicht getaucht, weiter weg jedoch war der Himmel von Wolken verdunkelt und kündigte schon die Nacht an, obwohl es eigentlich noch nicht sehr spät war. Ich war aufgeregt, verwirrt, beflügelt, und ich sehnte mich jetzt sehr danach, allein zu sein.

Der Garten vor dem Haus war eine ziemlich langgestreckte Rasenfläche, bepflanzt mit kleinen Sträuchern, buschigen Rosen und ähnlichem, durch deren Mitte ein Weg aus locker verlegten Steinplatten führte. Der Weg schimmerte weiß, mit dunklen Flecken, wo zwischen den Bodenplatten Büschel von Steinpflanzen wuchsen. Rachel berührte meine Hand. Ich drückte ihre Finger, ließ die Hand aber wieder los. Sie ging voraus. Auf halbem Weg zum Gartentor bewog mich irgendein Gefühl im Rücken, mich umzudrehen.

Eine Gestalt saß in einem Fenster im ersten Stock. Sie saß halb zurückgelehnt auf einer Fensterbank, fast sah es aus, als säße sie direkt auf dem Fensterbrett. Obwohl ich das Gesicht nur als verschwommenen Fleck sah, erkannte ich Julian und verspürte sofort Gewissensbisse, weil ich die Mutter geküßt hatte, während das Kind im Haus war. Etwas anderes jedoch erregte weit mehr meine Aufmerksamkeit. Die Flügel des Fensters standen weit offen, und in dem leeren, rechteckigen Rahmen lehnte das Mädchen mit angezogenen Knien, den Rücken an den hölzernen Rahmen gelehnt. Sie hatte irgend etwas Weißes an, vielleicht einen Bademantel. Ihre linke Hand war ausgestreckt. Und da sah ich, daß sie einen Drachen steigen ließ.

Aber es war kein gewöhnlicher Drachen, sondern eine Art Zauberdrachen. Die Schnur war unsichtbar. Und über dem Haus schwebte reglos, in etwa zehn Metern Höhe, eine riesige, blasse Kugel mit einem gut drei Meter langen, baumelnden Schweif. In dem eigenartigen Licht schien die Kugel mit einem milchigen, alabasterfarbenen Glanz zu leuchten. Der Schweif, der offenbar frei von der Schnur herabhing, da ein leichter Luftzug die Kugel aus der Fallinie geweht hatte, bestand aus vielen weißen Maschen, oder eher aus kleinen Kügelchen, die, unsichtbar gehalten, in einer reglosen Reihe unter der großen Kugel hingen. Hinter dem Ballon, dessen Größe schwer zu schätzen war – sein Durchmesser, wenn man bei einer Kugel so sagen kann, dürfte mehr als ein Meter gewesen sein –, war der Himmel im Umkreis der Sonne purpurrot, was ein Zeichen für leichte Bewölkung sein konnte; aber vielleicht war es auch nur die einsetzende Dämmerung.

Rachel hatte sich inzwischen auch umgedreht, und wir standen beide schweigend da und blickten hinauf. Die Gestalt da oben war so merkwürdig, so allein, wie ein Bild auf einem Grabstein; es wäre mir nicht in den Sinn gekommen, das Wort an sie zu richten. Und während ich zu dem gesichtslosen Gesicht hinaufstarrte, führte das Mädchen langsam die andere Hand zu der gespannten unsichtbaren Schnur. Ein schwaches Aufblitzen, ein leises Klicken. Die blasse Kugel schien einen Knicks zu machen, und dann, als hätte sie ihre Würde und Entschlossenheit plötzlich wiedergefunden, stieg sie und schwebte langsam davon. Julian hatte die Schnur durchtrennt.

Die Bedächtigkeit und offenkundige Theatralik, mit der sie das vor ihrem zufälligen Publikum tat, wirkten auf mich wie ein körperlicher Schock, wie ein tätlicher Angriff. Schmerz und Bestürzung durchzuckten mich. Rachel stieß ein kurzes »Ach!« aus und ging rasch weiter zum Gartentor. Ich folgte ihr. Sie blieb jedoch nicht am Tor stehen, sondern trat hinaus auf die Straße und begann rasch den Gehsteig entlangzugehen. Ich eilte hinter ihr her und erreichte sie unter einer großen Rotbuche an der Straßenecke, wo sie, außer Sichtweite des Hauses, stehengeblieben war. Es wurde dunkel.

»Was in aller Welt war das?«

»Der Ballon? Ach, den hat ihr irgendein Junge geschenkt.«

»Aber wie bleibt er oben?«

»Er ist mit Wasserstoff oder so was gefüllt.«

»Warum hat sie die Schnur durchgeschnitten?«

»Keine Ahnung. Irgend so eine aggressive Handlung. Sie steckt zur Zeit voller seltsamer Launen.«

»Ist sie unglücklich?«

»Mädchen in diesem Alter sind immer unglücklich.«

»Wird wohl die Liebe sein.«

»Ich glaube nicht, daß sie schon Liebe erlebt hat. Sie fühlt sich als etwas ganz Besonderes, und sie beginnt gerade erst zu erkennen, daß sie nicht sehr begabt ist.«

»Klingt mir ganz nach *Conditio humana*.«

»Sie ist verwöhnt, das sind sie heute alle. Es ist ihr alles in den Schoß gefallen. In meiner Generation war das noch anders. Die heutige Jugend hat solche Angst vor allem, was ›normal‹ ist. Am liebsten würde sie mit den Zigeunern auf und davon gehen. Zugegeben, ihr Leben ist langweilig. Arnold ist enttäuscht von ihr, und das spürt sie.«

»Armes Kind.«

»Oh, mach dir keine Gedanken, es geht ihr gut. Und wie du eben sagtest, das ist die *Conditio humana.* Ja, also dann, gute Nacht, Bradley. Ich weiß, du willst mich jetzt loswerden.«

»Nein, nein –«

»Ich meine das nicht böse! Du bist so schüchtern. Mir gefällt das. Küß mich.«

Ich küßte sie schnell, aber sehr heftig in der Dunkelheit unter dem Baum.

»Ich schreib dir vielleicht«, sagte sie.

»Tu das.«

»Mach dir keine Sorgen. Es gibt keinen Grund.«

»Ich weiß. Gute Nacht. Und danke.«

Rachel stieß ein seltsames, kleines Lachen aus und verschwand in der Dunkelheit. Ich bog um die Ecke und begann rasch in Richtung U-Bahn-Station zu gehen.

Ich stellte fest, daß mein Herz ziemlich heftig schlug. Ich kam nicht dahinter, ob etwas sehr Wichtiges geschehen war oder nicht. Morgen werde ich es wissen, dachte ich mir. Im Augenblick konnte ich nichts anderes tun, als das Erlebnis in mir nachklingen zu lassen. Rachel war immer noch um mich wie der Duft eines Parfums. Aber im Geist sah ich mit großer Deutlichkeit Arnold, als blicke er mir vom anderen Ende eines beleuchteten Korridors entgegen. Was immer geschehen war, war auch Arnold geschehen.

In diesem Augenblick sah ich den Ballon wieder. Ein Stück vor mir trieb er langsam über die Dächer der Häuser. Er flog jetzt niedriger und schien sehr langsam zu sinken. Die Straßenlaternen brannten inzwischen und verstrahlten ein begrenztes, schwaches Licht unter dem fast dunklen, aber immer noch leuchtenden Himmel, auf dem das blasse Ding kaum sichtbar war.

Ein paar Menschen gingen die Straße entlang, aber niemand außer mir schien den seltsamen Wanderer bemerkt zu haben. Ich beschleunigte meine Schritte und versuchte zu schätzen, in welche Richtung es den Ballon trieb. Helle Vierecke leuchteten in den Parterreräumen der Vorstadtvillen auf. Da und dort waren die Vorhänge noch nicht zugezogen und gaben den Blick auf geschmacklose pastellfarbene Einrichtungen preis, hie und da das blaue Flackern eines Fernsehers. Über meinem Kopf zeichneten sich die klaren Umrisse der Dächer und die buschigen Umrisse der Bäume vor einem dunkelblauen Himmel ab, über den die schwach leuchtende Kugel dahinzog, deren Schweif nun völlig unsichtbar war. Ich begann zu laufen.

Ich bog in eine wenig belebte Nebenstraße ein, in der bescheidenere Häuser standen. Ich lief jetzt vor dem Ballon her, der immer noch sehr langsam dahinzog, aber schneller an Höhe verlor. Ich sah ihn auf mich zukommen wie einen dahinirrenden Mond, geheimnisvoll, für alle unsichtbar, außer für mich, Überbringer eines gewaltigen, noch unergründeten Schicksals. Ich wollte ihn haben. Was ich damit zu tun gedachte, wenn ich ihn erst einmal hätte, fragte ich mich nicht. Die Frage war eher, was würde er mit mir tun. Mein Körper bewegte sich automatisch, im Einklang mit der Richtung und Sinkgeschwindigkeit des Ballons.

Einen Augenblick verschwand er hinter einem Baum. Dann schwebte er plötzlich, von einem leichten Windstoß angetrieben, über die Straße und bewegte sich in den Lichtkreis der Laternen. Ein, zwei Sekunden hing er direkt vor mir, groß und gelb, und sein Schweif mit den baumelnden Schleifen tanzte wie verrückt. Ich konnte sogar die Schnur sehen. Ich rannte auf ihn zu. Irgend etwas streifte leicht mein Gesicht. Die Laternen blendeten mich, als ich über meinem Kopf nach der Schnur fischte. Und dann war alles vorbei. Der Ballon war weg, schwebte wohl irgendwo über den dunklen Labyrinthen der Vorstadtgärten, wo er langsam zu Boden gehen würde. Ich lief noch eine Weile in den kleinen, sich kreuzenden Straßen umher, aber der schwebende Schicksalsbote kam mir nicht mehr vor Augen.

In der U-Bahn-Station sah ich Arnold, der gerade durch das Drehkreuz kam. Er lächelte leise vor sich hin. Ich ging auf die andere Seite, und er sah mich nicht. Als ich zu Hause ankam, wartete Francis Marloe vor meiner Tür. Zu seiner Überraschung bat ich ihn herein. Was sich dann zwischen uns begab, davon werde ich später berichten.

Einer der vielen Aspekte, lieber Freund, in denen das Leben sich von der Kunst unterscheidet, ist der, daß Gestalten in der Kunst unantastbare Würde besitzen können, während die des wirklichen Lebens keine besitzen. Trotzdem strebt natürlich das Leben sowohl in dieser wie auch in anderer Hinsicht beständig und auf rührende Weise nach dem Zustand der Kunst. Die schiere Sorge um die eigene Würde, ein Bedachtsein auf Form, auf Stil, läßt uns mehr niedrige Handlungen begehen, als die übliche Gewissenserforschung nach möglichen Sünden je ans Licht bringen würde. Ein anständiger Mensch macht oft nur deshalb einen linkischen Eindruck, weil er darauf verzichtet, die zahllosen kleinen Chancen zu nutzen, sich selbst auf schnöde Weise in ein vorteilhaftes Licht zu setzen. Da ihm die Wahrheit wichtiger ist als die Form, arbeitet er nicht ständig an der Fassade seiner Persönlichkeit.

Ein anständiger, ordentlicher Mensch (wie ich es nicht bin) wäre ungeschickt vor Rachel davongelaufen, bevor irgend etwas ›passieren‹ konnte. Natürlich wollte ich sie nicht ›kränken‹. Aber noch weit mehr war ich darauf bedacht, eine gute Figur zu machen. Es hatte mich schon vorher gereizt, sie zu küssen – um wieviel mehr erst danach. So beginnen die Dinge, so nehmen sie ihren Lauf. Ein ernster Kuß kann die Welt verändern und dürfte sich niemals nur deshalb ereignen, weil sein Fehlen der Szene Abbruch täte. Diese Überlegungen werden jungen Menschen zweifellos unglaublich prüde und kleinlich erscheinen. Aber eben weil sie jung sind, können sie nicht einsehen, daß alles seine Konsequenzen hat. (Auch diese Sache hatte ihre Konsequenzen, darunter ein paar sehr unerwartete.) Es gibt keine außertourlichen, unverbuchten, abgekapselten Momente, in denen wir uns ›irgendwie‹ verhalten können, um dann das Leben dort wieder aufzunehmen, wo wir stehengeblieben waren. Die Bösen tun, als gäbe es Unterbrechungen in der Zeit, die Bösen stumpfen ihren Sinn für die natürliche Kausalität ab. Die Guten jedoch empfinden das Sein als ein geschlossenes, dicht verkettetes Netzwerk. Meine geringste Laune kann sich auf die ganze Zukunft auswirken. Weil ich eine Zigarette rauche und über einen unwürdigen Gedanken lächle, kann ein anderer in Qualen sterben. Ich küßte Rachel, versteckte mich vor Arnold und betrank mich mit Francis. Ich versetzte mich auch in eine ganz andere ›Lebenslaune‹, was weitreichende und überraschende Folgen hatte. Natürlich kann ich im ganzen genommen nicht bedauern, was geschehen ist, mein Lieber. Wie könnte ich? Aber die Vergangenheit muß gerecht beurteilt werden, welche Wunder sich auch durch das unbegreifliche Wirken der Gnade aus unseren Fehlern ergeben mögen. *O felix culpa!* entschuldigt gar nichts.

Für einen Künstler hängt alles mit seiner Arbeit zusammen und kann ihr Nahrung geben. Ich sollte vielleicht genauer erklären, in welcher Gemütsverfassung ich mich zu jener Zeit befand. Das könnte etwa so klingen: Am Morgen nach dem Abend mit dem Ballon erwachte ich mit einem lähmenden Gefühl der Unruhe. Ich fragte mich, ob ich nicht sofort nach Patara aufbrechen und Priscilla mitnehmen sollte. Damit wären mehrere Probleme gelöst. Ich würde für meine Schwester sorgen, eine schlichte, wenn auch harte Verpflichtung, vor der ich mich nicht drücken konnte; ein spürbarer Dorn im Fleisch meines facettenreichen Egoismus. Auf diese Weise würde ich sie von Christin wegbringen, und ich selbst würde Christin ebenfalls entkommen. Die rein körperliche Distanz kann in solchen Fällen primitiver Obsession hilfreich sein, ja sie hilft vielleicht immer. Christin war für mich eine Hexe, ein niedriger Dämon in meinem Leben, obwohl ich mich damit nicht entschuldigen will. Es gibt Menschen, die in anderen, scheinbar automatisch, eine egoistische Angst und einen permanenten Unwillen und Verdruß auslösen, die zur Zwangsvorstellung werden können. Wenn man solchen Menschen begegnet, sollte man tunlichst die Flucht ergreifen; und wenn das nicht möglich ist, sich gegen sie abstumpfen. (Oder sich wie ein Heiliger verhalten, aber das ist hier nicht relevant.) Wenn ich in London bliebe, müßte ich Christin wiedersehen, so viel war klar. Ich müßte es schon Arnolds wegen, um herauszufinden, was da vor sich ging. Und ich müßte es, weil ich eben müßte. Wer solche Obsessionen kennt, wird meinen Gemütszustand verstehen.

Wenn ich sage, daß ich mir *auch* wegen der Sache, die zwischen Rachel und mir geschehen war, überlegte, ob es nicht besser wäre, London zu verlassen, so will ich damit nicht den Eindruck erwecken, daß mich nur leise Gewissensbisse und Skrupel plagten, obwohl das auch der Fall war. Mehr noch aber empfand ich in Bezug auf Rachel eine eigenartige, distanzierte Genugtuung, die sich aus vielerlei Komponenten zusammensetzte. Eine davon, die mir nicht unbedingt zur Ehre gereicht, war das schlichte, nicht eben edle Gefühl, Arnold eins ausgewischt zu haben. Oder vielleicht ist das doch zu grob ausgedrückt: Ich hatte das Gefühl, jetzt auf neue Weise gegen Arnold gewappnet zu sein. Es gab etwas, das wichtig war für ihn, und ich wußte es, er aber nicht. (Erst später kam mir der Gedanke, Rachel könnte sich dazu entschließen, Arnold von unseren Küssen zu erzählen.) Ein solches Wissen ist immer äußerst beruhigend. Um aber mir selbst Gerechtigkeit widerfahren zu lassen, muß ich sagen, daß ich nicht die Absicht hatte, in dieser Angelegenheit weiter zu gehen. Es war bemerkenswert, wie weit wir bei unserem kleinen Tête-à-tête eigentlich schon gegangen waren. Und daß wir so weit gegangen waren, ließ – wie Rachel selbst später einmal sagte – vermuten, daß in unseren Herzen der Boden dafür schon lange vorbereitet war. Solche dialektischen Sprünge von Quantität zu Qualität sind ganz alltäglich in menschlichen Beziehungen. Und das war ein weiterer Grund, wegzufahren. Ich hatte nun mehr als genug, um darüber nachzudenken, und ich wollte nachdenken, ohne daß mir dabei irgendwelche realen Entwicklungen in die Quere kamen. Wie die Dinge lagen, hatten wir uns gut aus der Affäre gezogen, mit Würde und Intelligenz. Die Sache hatte eine gewisse Vollkommenheit. Rachels Geste hatte mich ungemein getröstet. Ich hatte keine Schuldgefühle. Und ich wollte mich in Frieden in den Strahlen dieses Trostes sonnen.

Wenn ich die Sache jedoch realistisch zu betrachten versuchte, zeigte sich, daß ich auf diese Weise nicht alle meine Probleme lösen konnte. Priscilla und ich in Patara, das war einfach nicht zu machen. Mit meiner Schwester im Haus würde ich kaum arbeiten können. Nicht nur, daß ihre bloße Gegenwart jede Arbeit unmöglich machen würde. Ich wußte auch, daß sie mich mit ihrer nervösen Erregbarkeit bald zu allen möglichen Grobheiten reizen würde. Außerdem, wie krank war sie wirklich? Brauchte sie ärztliche Betreuung, eine psychiatrische Behandlung, vielleicht Elektroschocks? Und was sollte ich jetzt wegen Roger und Marigold, wegen der Halskette aus Kristall und Lapislazuli und wegen der Nerzstola tun? Bis diese Dinge geklärt waren, mußte Priscilla in London bleiben und ich auch.

All diese unvorhersagbaren Dinge waren mir eine solche Last und verdrossen mich so sehr, daß ich am liebsten geschrien hätte, wenn ich nur daran dachte. Mein Wunsch, aus London wegzukommen und zu schreiben, hatte einen Höhepunkt erreicht. Ich hatte, wie es Künstlern glücklicherweise oft so ergeht, das Gefühl, ›unter Zwang‹ zu stehen. Ich war zu jener Zeit nicht mein eigener Herr. Die Macht, der ich so lange mit exemplarischer Demut gedient und so wenig dafür geerntet hatte, schickte sich an, mich zu belohnen. Endlich hatte ich ein großes Buch in mir. Ich spürte voll Ehrfurcht, wie es drängte. Ich brauchte Dunkelheit, Reinheit, Einsamkeit. Meine Zeit war zu wichtig, um sie an oberflächliches Planen, Ad-hoc-Rettungsoperationen, lästige Gespräche und derlei Trivialitäten zu verschwenden. Aber wie sollte ich, um mit dem ersten Problem zu beginnen, Priscilla von Christin herausholen? Wo sie doch sogar *gesagt* hatte, daß sie Priscilla als Geisel gefangenhielt. War das ohne eine Konfrontation mit Christin zu schaffen? Oder würde ich um Rachels Hilfe bitten müssen und damit womöglich weitere Verwirrung stiften?

Ich ließ Francis in meine Wohnung, weil Rachel mich geküßt hatte. Zu diesem Zeitpunkt war ich noch bis in die Fingerspitzen erfüllt von einem siegreichen Selbstvertrauen, das mir ein Gefühl von Macht und Güte gab. So überraschte ich also Francis damit, daß ich ihn einließ. Außerdem wollte ich einen Trinkkumpan, ich wollte ausnahmsweise einmal *plaudern*: natürlich nicht über das, was geschehen war, sondern über ganz andere Dinge. Wenn man eine geheime Quelle der Befriedigung hat, macht es Freude, über alles in der Welt zu reden, nur nicht *darüber*. Wichtig war auch, daß ich mich Francis so maßlos überlegen fühlte. Ein kluger Schriftsteller (wahrscheinlich ein Franzose) hat einmal gesagt: Es genügt nicht, Erfolg zu haben; andere müssen scheitern. So fühlte ich mich also an diesem Abend Francis gegenüber voller Wohlwollen, weil er war, was er war, und ich war, was ich war. Wir tranken beide eine ganze Menge, und ich ließ ihn zu meiner Erheiterung den Clown spielen und ermunterte ihn auch noch, sich Tricks auszudenken, wie er seiner Schwester Geld herauslocken könnte. Er hatte da sehr spaßige Einfälle. Einmal sagte er: »Natürlich will Arnold dich und Christin wieder zusammenbringen.« Ich lachte wie ein Verrückter. Er sagte auch: »Ich könnte doch hierbleiben und für Priscilla sorgen.« Wieder lachte ich. Kurz nach Mitternacht warf ich ihn hinaus.

Am nächsten Morgen hatte ich Kopfschmerzen und das Gefühl, überhaupt nicht geschlafen zu haben, ein Phänomen, das Menschen, die an Schlaflosigkeit leiden, sehr gut kennen. Ich beschloß, meinen Arzt anzurufen und mir noch weitere Pillen verschreiben zu lassen. Die schreckliche Sorge um Priscilla verband sich mit dem rasenden Wunsch, endlich aus London wegzukommen und mein Buch zu schreiben. Dazu kam noch etwas: Ich empfand zärtliche Dankbarkeit für Rachel und wollte mir die Freude gönnen, ihr einen vielsagenden Brief zu schreiben. Es stellte sich jedoch heraus, daß sie mir zuvorgekommen war. Als ich nach dem Frühstück, besser gesagt, nach meiner Tasse Tee, denn ich frühstücke nie, in die kleine Diele kam, fand ich auf der Fußmatte einen langen Brief von ihr vor, der offenbar gerade eben persönlich hinterlegt worden sein mußte. Er lautete folgendermaßen:

Mein liebster Bradley, verzeih bitte, daß ich ich es nicht erwarten kann, Dir zu schreiben. (Arnold schläft. Ich bin allein im Wohnzimmer. Es ist ein Uhr früh. Eine Eule schreit.) Du bist so schnell davongelaufen, ich konnte nicht einmal die Hälfte der Dinge richtig sagen, die ich sagen wollte. Was für ein Schuljunge Du bist! Weißt Du, daß Du rot *geworden bist? Ich fand das schön. Es ist Jahre her, daß ich einen Mann rot werden sah. Es ist auch Jahre her, daß ich einen Mann* richtig *geküßt habe. Und es war ein wichtiger Kuß (zwei wichtige Küsse!). Ich habe mir schon lange gewünscht, Dich so zu küssen. Ich möchte und brauche Deine Liebe, Bradley. Ich meine keine Liebesaffäre. Ich meine Deine* Liebe. *Ich habe Dir gestern gesagt, daß ich nicht gemeint habe, was ich an jenem schrecklichen Tag oben im Schlafzimmer über Arnold zu Dir sagte. Das war nicht ganz wahr. Ich habe es halb gemeint. Natürlich liebe ich Arnold, aber ich kann ihn auch hassen, und es läßt sich durchaus mit Liebe vereinbaren, daß man gewisse Dinge nie verzeiht. Eine kleine Weile habe ich geglaubt, ich würde es* Dir *nie verzeihen, daß Du mich in diesem schändlichen Augenblick der Niederlage gesehen hast – eine Frau, die oben im Schlafzimmer weint, während ihr Mann die Achseln zuckt und sich mit einem Freund – so von Mann zu Mann – über »die Frauen« unterhält. (Ungefähr so stelle ich mir die Hölle vor.) Aber es ist anders gekommen. Genaugenommen hat das dazu geführt, daß ich Dich geküßt habe. Ich* brauche *Dich jetzt als Verbündeten. Nicht in irgendeinem »Kampf« gegen meinen Mann. Ich kann nicht gegen ihn kämpfen. Einfach nur, weil ich eine einsame alternde Frau bin und Du ein alter Freund und weil ich meine Arme um Deinen Hals legen möchte. Es spielt auch eine große Rolle, daß Du Arnold so liebst und bewunderst. Bradley, Du hast mich gefragt, ob ich denke, daß Arnold in Christin verliebt sei, und ich habe Dir keine Antwort gegeben. Aber nachdem ich ihn heute abend wiedersah, fange ich an, zu glauben, daß er es ist. Er hat* gelacht *und* gelacht, *er machte einen so* glücklichen *Eindruck. (Ich vermute, daß er den Tag mit ihr verbracht hat.) Er hat die ganze Zeit von Dir geredet, aber gedacht hat er an sie. Ich kann Dir gar nicht sagen, wie sehr mich das schmerzt. Und das, mein Lieber, ist ein weiterer Grund, warum ich Dich* brauche. *Bradley, wir müssen ein Bündnis für immer schließen. Alles andere hat keinen Sinn, und nur mit* Dir *hat es einen Sinn. Ich muß mit meinem Mann leben, so gut es geht, mit seiner Treulosigkeit und seinen Launen, von denen kein Außenstehender sich wirklich einen Begriff macht, nicht einmal Du. Und ich muß auch mit meinem eigenen, unauslöschlichen Haß leben, der Teil meiner Liebe ist. Ich kann nicht verzeihen, ich kann nicht! Als ich an jenem Tag mit dem Leintuch über meinem zerschlagenen Gesicht dalag, habe ich einen Pakt mit der Hölle geschlossen. Trotzdem liebe ich ihn. Ist das nicht seltsam? Wie soll man dabei nicht verrückt werden?* Du mußt mir helfen. *Du bist der einzige Mensch, der die Wahrheit kennt und kennen darf, zumindest teilweise, und ich empfinde für Dich eine besondere Art von Liebe, die Du erwidern* mußt. *Uns verbindet ein Band, das nie wieder zerrissen werden kann, und ein Gelöbnis des Schweigens. Ich werde unser »Bündnis« Arnold gegenüber nie erwähnen, und ich weiß, Du wirst es auch nicht tun. Bradley, ich muß Dich* bald *wiedersehen, und ich muß Dich jetzt* oft *sehen. Du* mußt *Priscilla von Christin wegholen und sie zu mir bringen. Du kannst sie hier besuchen, und ich werde mich um sie kümmern.* Bitte *ruf mich heute vormittag an. Ich werde Dir diesen Brief gleich heute früh bringen und dann wieder nach Hause gehen. Sollte Arnold im Haus sein, wenn Du anrufst, werde ich mit Dir reden wie immer, Du wirst sofort verstehen, und dann kannst Du später wieder anrufen. O Bradley, ich brauche Deine Liebe so sehr, ich verlasse mich auf Dich, jetzt und für immer.*

Alles, alles Liebe

R.

P. S.: Ich habe Deine Besprechung gelesen und schicke sie Dir mit diesem Brief zurück. Ich glaube, Du solltest sie nicht veröffentlichen. Es würde Arnold sehr verletzten. Ihr müßt euch lieben, Du und er. Das ist so wichtig. Oh, hilf mir, nicht den Verstand zu verlieren.

Ich war verstört, gerührt, verstimmt, erfreut und ziemlich erschrocken über dieses gefühlvolle und verworrene Schreiben. Was bahnte sich da Großes und Neues an, und welche Folgen würde es haben? Warum mußten Frauen immer alles so endgültig machen? Warum konnte sie unser seltsames Erlebnis nicht in einer angenehmen, ungewissen Schwebe lassen? Ich hatte in ihr vage eine ›Verbündete‹ gegen (gegen?) Arnold gesehen. Sie aber hatte diesen schrecklichen Gedanken ausgesprochen. Und sollte sich wirklich eine Beziehung zwischen Arnold und Christin angebahnt haben, würde es mir helfen, wenn nicht nur ich, sondern auch Rachel deshalb durchdrehte? Wie ich all dieses »brauchen« fürchtete. Ich wünschte mir jetzt sehr, Arnold zu sehen und offen mit ihm zu reden, und wenn wir einander anbrüllen sollten. Aber ein offenes Gespräch mit Arnold schien immer unmöglicher zu werden. Zutiefst entmutigt, ließ ich mich in einen Stuhl in der Diele sinken, um nachzudenken. Und dann läutete das Telefon.

»Hallo Pearson? Hartbourne hier. Ich habe vor, ein kleines Fest für Kollegen zu geben.«

»Was für ein Fest?«

»Ein kleines Fest für Kollegen. Ich dachte daran, Bingley und Matheson und Hadley-Smith und Caldicott und Dyson einzuladen, mit ihren Frauen natürlich, und Miss Wellington und Miss Searle und Mrs. Bradshaw –«

»Wie nett.«

»Aber ich möchte sicher sein, daß du auch kommen kannst. Du sollst nämlich so was wie unser Ehrengast sein.«

»Wie freundlich.«

»Also, sag mir einen Tag, der dir recht wäre, und dann schicke ich die Einladungen aus. Es wird ganz wie in alten Zeiten sein. Die Leute fragen so oft nach dir, ich dachte –«

»Mir ist jeder Tag recht.«

»Montag?«

»Fein.«

»Gut. Dann um acht Uhr bei mir. Übrigens – soll ich Grey-Pelham einladen? Seine Frau kommt sicher nicht mit, also wäre nichts dagegen einzuwenden.«

»Gut, gut.«

»Und dann würde ich mich gerne wieder mal zum Mittagessen mit dir verabreden.«

»Ich ruf dich an. Ich hab meinen Terminkalender nicht bei
der Hand.«

»Also gut. Und vergiß das Fest nicht.«

»Ich schreib's mir gleich auf. Vielen herzlichen Dank.«

Als ich den Hörer hinlegte, klingelte es an der Tür. Ich ging
hin und öffnete. Es war Priscilla. Sie marschierte an mir vorbei
ins Wohnzimmer und begann auf der Stelle zu weinen.

»O Gott, Priscilla, hör auf.«

»Du willst immer nur, daß ich zu weinen aufhöre.«

»Also gut, ich will immer nur, daß du zu weinen aufhörst.
Hör auf zu weinen.«

Sie lehnte sich in den großen ›Hartbourne‹-Lehnstuhl zurück
und hörte tatsächlich auf. Ihr Haar war strubbelig; am Scheitel,
der sich in einer unordentlichen Zickzacklinie über den Kopf
zog, sah man den dunklen Ansatz. Schlaff und plump hing sie
im Stuhl, mit gespreizten Beinen und offenem Mund. Am Knie
war ein Loch in ihrem Strumpf, durch das ein kleiner Wulst
von rosarotem, marmoriertem Fleisch quoll.

»Es tut mir so leid, Priscilla.«

»Ja, es soll dir nur leid tun. Weißt du was, Bradley, ich glaube, du hast recht. Ich sollte besser zu Roger zurückkehren.«

»Priscilla, *du kannst nicht –*«

»Warum nicht? Hast du deine Meinung geändert? Du hast
mir doch immer wieder gesagt, ich soll zurückgehen. Du hast
gesagt, daß er so unglücklich ist und daß es schrecklich aussieht
im Haus. Er braucht mich, denke ich. Und schließlich ist es
mein Heim. Ich bin sonst nirgends zu Hause. Vielleicht wird er
jetzt netter zu mir sein. Bradley, ich glaube, ich werde verrückt,
ich verliere den Verstand. Wie ist das, wenn man verrückt wird?
Weiß man, daß man verrückt wird?«

»Du wirst nicht verrückt. Keine Rede davon.«

»Ich glaube, ich werde mich hinlegen, wenn du nichts dagegen hast.«

»Es tut mir leid, aber ich habe das Bett im Gästezimmer noch immer nicht gerichtet.«

»Bradley, an deiner Vitrine ist irgendwas anders, da fehlt etwas. Wo hast du die Wasserbüffeldame hingetan?«

»Die Wasserbüffeldame?« Ich schaute auf die Stelle, wo die Lücke klaffte. »Ach ja. Ich habe sie hergeschenkt. Ich habe sie Julian Baffin geschenkt.«

»O Bradley, wie *konntest* du, sie hat *mir* gehört, *mir*.«

Sie schluchzte auf, und die Tränen begannen wieder zu fließen. Vergeblich wühlte sie in ihrer Tasche nach einem Taschentuch.

Mir fiel ein, daß sie theoretisch völlig recht hatte. Ich hatte ihr die Wasserbüffeldame vor vielen, vielen Jahren zum Geburtstag geschenkt, doch als ich das hübsche Ding einmal in einer Schublade fand, hatte ich es mir wieder angeeignet. »Du liebe Zeit!« Ich spürte, wie mir die Röte ins Gesicht stieg. Rachel hatte ganz richtig beobachtet.

»Nicht einmal diese Kleinigkeit hast du für mich aufheben können.«

»Ich werde sie zurückverlangen.«

»Ich habe sie dir nur gelassen, weil ich wußte, daß ich sie hier besuchen kann. Ich habe sie gerne hier besucht. Sie hatte hier ihren Platz.«

»Es tut mir wirklich leid –«

»Nie werde ich meinen Schmuck wiederkriegen, und jetzt ist sogar sie weg, das letzte Kleinod, das mir gehört hat.«

»Bitte, Priscilla, ich werde wirklich –«

»Und du hast sie diesem gräßlichen Mädchen geschenkt.«

»Sie hat mich darum gebeten. Ich kriege sie bestimmt zurück, mach dir bitte keine Sorgen. Leg dich hin und ruh dich aus.«

»Sie hat mir gehört, du hast sie mir geschenkt.«

»Ich weiß, ich weiß, ich verlang sie zurück, komm jetzt, du kannst dich in mein Bett legen.«

Priscilla schleppte sich ins Schlafzimmer und legte sich, so wie sie war, ins Bett.

»Willst du dich nicht ausziehen?«

»Wozu soll das gut sein? Wozu ist irgendwas gut? Am besten wär's, ich wäre tot.«

»Kopf hoch, Priscilla. Ich bin froh, daß du zurückgekommen bist. Warum bist du übrigens dort weg?«

»Arnold hat sich an mich rangemacht.«

»Oh!«

»Ich habe ihn weggestoßen, und da ist er gemein geworden. Er muß Christin davon erzählt haben. Sie waren unten und haben sich vor Lachen gar nicht fassen können. Sie müssen über mich gelacht haben.«

»Das glaube ich nicht. Ich glaube, sie waren einfach nur glücklich.«

»Für mich war es jedenfalls schrecklich. Schrecklich.«

»War Arnold gestern nachmittag dort?«

»O ja, er kam gleich zurück, nachdem du gegangen warst, er war fast den ganzen Tag da. Sie haben sich ein großartiges Essen gekocht unten, ich hab es gerochen. Aber ich wollte nichts davon. Und die ganze Zeit hab ich sie lachen hören. Mich wollten sie nicht dabeihaben. Mich haben sie fast den ganzen Tag allein gelassen.«

»Arme Priscilla.«

»Ich kann diesen Mann nicht ausstehen. Und sie kann ich auch nicht ausstehen. Sie wollten mich eigentlich gar nicht dorthaben, ich war ihnen egal, sie wollten mir gar nicht wirklich helfen, es hat nur zu ihrem Spiel gehört. Es war so was wie ein Streich.«

»Damit hast du recht.«

»Sie haben nur gespielt mit mir. Und sie haben triumphiert und sich groß in Szene gesetzt. Ich hasse sie. Ich fühle mich halb tot. Ich hab das Gefühl, als würde ich innerlich bluten. Glaubst du, daß ich verrückt werde?«

»Nein.«

»Sie hat gesagt, daß ein Arzt kommt, aber es ist keiner gekommen. Ich fühle mich elend. Wahrscheinlich habe ich Krebs. Alle verachten mich, alle wissen, was mir passiert ist. Bradley, könntest du Roger anrufen?«

»O nein, bitte –«

»Ich muß zu Roger zurück. Zu Hause könnte ich zu Dr. Macey gehen. Oder ich bringe mich um. Ja, ich glaube, ich werde mich umbringen. Es wird niemandem was ausmachen.«

»Priscilla, zieh dich entweder aus, oder steh auf und frisier dich. Ich kann das nicht länger mit ansehen, wie du da angezogen im Bett liegst.«

»Ach, was spielt das für eine Rolle, was spielt das für eine Rolle.«

Abermals klingelte es an der Tür. Ich lief eiligst hin, um zu öffnen. Francis Marloe stand draußen. Er machte schüchterne Kulleraugen. »Sei nicht böse, daß ich gekommen bin, Brad –«

»Komm herein«, sagte ich. »Du hast mir angeboten, dich um meine Schwester zu kümmern. Einverstanden. Sie ist hier, und du bist engagiert.«

»Wirklich? Sehr schön, sehr schön.«

»Du kannst gleich zu ihr gehen und was tun, sie ist da drin. Kannst du ihr ein Beruhigungsmittel geben?«

»Ich habe immer –«

»Na bestens, hinein mit dir.« Ich griff nach dem Telefon und wählte Rachels Nummer. »Hallo, Rachel.«

»Oh – Bradley –«

An ihrer Stimme erkannte ich sofort, daß sie allein war. Eine Frau kann so viel in die Art hineinlegen, wie sie einen Namen sagt.

»Rachel. Ich danke dir für deinen lieben Brief.«

»Bradley – kann ich dich sehen – bald – gleich –?«

»Hör zu, Rachel. Priscilla ist zurückgekommen, und Francis Marloe ist da. Folgendes: Ich habe Julian einen Wasserbüffel mit einer Dame drauf gegeben.«

»Einen was?«

»Eine kleine Bronzefigur.«

»Ach ja?«

»Ja. Sie hat darum gebeten, als ihr hier wart. Erinnerst du dich?«

»O ja.«

»Die Sache ist die: Er gehört eigentlich Priscilla, aber ich hatte es vergessen. Und sie möchte ihn wiederhaben. Könntest du sehen, daß du ihn von Julian bekommst und ihn herbringen oder Julian damit schicken? Sag ihr, es tut mir sehr leid –«

»Sie ist nicht da, aber ich finde ihn schon. Ich bringe ihn dir gleich.«

»Aber es sind Leute da. Wir werden nicht –«

»Ja, ja. Ich komme.«

»Er hat meinen Magnolienbaum umgeschnitten«, sagte Priscilla. »Er behauptete, er würde sein Blumenbeet überschatten. Immer war der Garten *sein* Garten. Das Haus war *sein* Haus. Sogar die Küche war *seine* Küche. Ich hab diesem Mann mein ganzes *Leben* geschenkt. Ich *habe* sonst nichts.«

»Der Menschen Los ist traurig und schrecklich«, murmelte Francis. »Wir sind Dämonen füreinander. Ja, Dämonen.« Er machte ein hochzufriedenes Gesicht, schürzte die roten Lippen und warf mir aus seinen kleinen Augen vergnügte, neckische Blicke zu.

»Laß dich von mir frisieren, Priscilla.«

»Nein, ich kann es nicht ertragen, wenn man mich anrührt, ich komme mir vor wie eine Leprakranke, ich spüre, wie mein Fleisch verfault, sicher stinke ich –«

»Priscilla, zieh doch deinen Rock aus, er wird ja ganz verdrückt.«

»Ist doch egal, ist doch alles egal. Oh, ich bin so unglücklich.«

»Dann zieh dir wenigstens die *Schuhe* aus.«

»Traurig und schrecklich, traurig und schrecklich. Dämonen. Ja, Dämonen.«

»Versuch dich doch ein wenig zu entkrampfen, Priscilla, du bist ja steif wie eine Tote.«

»Ich wollte, ich wäre tot.«

»Mach es dir doch wenigstens ein bißchen bequem!«

»Ich habe ihm mein Leben geschenkt. Ich habe kein zweites. Eine Frau hat sonst nichts.«

»Umsonst und vergebens. Umsonst und vergebens.«

»Oh, ich habe solche *Angst* –«

»Priscilla, es gibt nichts, wovor du Angst haben müßtest. Mein Gott, du machst mich fertig!«

»Solche Angst.«

»Bitte zieh dir die Schuhe aus.«

An der Tür klingelte es. Ich öffnete und vor mir stand Rachel. Ich zeigte ihr ein bedauerndes Gesicht, als ich sah, daß Julian gleich hinter ihr stand.

Rachel trug einen hellgrünen, ziemlich militärisch wirkenden Mackintosh. Sie hatte die Hände in die Taschen gesteckt, und aus ihrem Gesicht, das an meinem hing und sich mir wortlos mitteilte, strahlte eine euphorische Entschlossenheit. Dieser direkte Blickkontakt zeigte mir, wie weit die Dinge seit unserem letzten Zusammensein gediehen waren. Man schaut anderen Menschen für gewöhnlich nicht tief in die Augen. Es war ein angenehmer Schock. Julian trug Hosen, eine gelbbraune Kordsamtjacke und einen indischen Schal in Braun und Gold. Sie sah keß aus, aber sie hatte einen schüchtern-artigen Blick aufgesetzt, den Blick eines jungen Mädchens, der sagt: Ich weiß, ich bin hier die Jüngste und sehr unerfahren und unwichtig, aber ich werde mein Bestes tun, um zu helfen, und es ist sehr lieb von euch, daß ihr mir überhaupt Beachtung schenkt. Natürlich ist diese Attitüde eine besondere Art der Eitelkeit. Die Jugend ist in Wirklichkeit selbstgefällig und total rücksichtslos. Ich sah, daß sie den Wasserbüffel und einen großen Strauß Iris mitgebracht hatte.

»Julian ist zurückgekommen und hat darauf bestanden, das Ding selbst herzubringen«, sagte Rachel bedeutungsvoll.

»Selbstverständlich gebe ich es Priscilla gerne zurück«, sagte Julian, »wenn es ihr gehört, muß sie es natürlich haben. Ich hoffe so sehr, daß es sie ein bißchen glücklicher macht und sie sich dann ein bißchen besser fühlt.«

Ich ließ sie eintreten und führte sie ins Schlafzimmer, wo Priscilla immer noch mit Francis sprach. »Er hatte keine Vorstellung von Gleichberechtigung zwischen uns, wahrscheinlich hat das kein Mann, sie verachten alle die Frauen –«

»Männer sind schrecklich, schrecklich –«

»Besuch für dich, Priscilla.«

Priscilla war auf mehrere Kissen gebettet, die Decke bildete einen kleinen Hügel über ihren Schuhen. Ihre Augen waren rot und verschwollen vom Weinen, ihr klagend verzogener Mund wirkte eckig wie der Schlitz eines Briefkastens.

Julian ging gleich zu ihr und setzte sich aufs Bett. Respektvoll legte sie den Blumenstrauß neben Priscilla, dann schob sie die Wasserbüffeldame über die Decke, wie um ein Kind aufzuheitern, und ließ sie auf Priscillas Bluse, in die Vertiefung zwischen ihren Brüsten springen. Priscilla, die das Ding nicht erkannte, machte ein erschrockenes Gesicht und stieß einen kleinen Schrei des Widerwillens aus. Dann setzte Julian es sich in den Kopf, Priscilla einen Kuß zu geben, und neigte den Kopf zu Priscillas Wange hinunter. Ihr Kinn stieß hörbar mit Priscillas Kinn zusammen.

»Na siehst du, Priscilla«, sagte ich beruhigend, »da ist deine Wasserbüffeldame. Sie ist ja doch wieder zu dir nach Hause gekommen.«

Julian war ans Ende des Bettes zurückgewichen. Sie starrte Priscilla mit einem immer noch ziemlich scheuen Blick voller gequältem Mitleid an. Sie öffnete die Lippen und faltete die Hände wie zum Beten. Es sah aus, als bitte sie Priscilla um Verzeihung dafür, daß sie jung, hübsch, unschuldig und unverdorben war und eine Zukunft vor sich hatte, während Priscilla alt, häßlich, sündig und ein Wrack war, für das es keine Zukunft mehr gab. Der Kontrast zwischen den beiden wurde fühlbar wie ein jäher körperlicher Schmerz.

Ich spürte den Schmerz, und ich spürte die Verzweiflung meiner Schwester. Ich sagte: »Und so schöne Blumen für dich, Priscilla. Na, geht es dir nicht gut?«

»Ich bin kein kleines Kind«, murmelte Priscilla. »Ihr braucht mich nicht alle so zu bedauern. Und ihr braucht mich nicht alle anzustarren – und mich behandeln, als wäre ich ein –«

Sie tappte nach dem Wasserbüffel, und einen Augenblick sah es aus, als wolle sie ihn streicheln. Doch dann schleuderte sie ihn quer durch den Raum, und er krachte gegen die Wandvertäfelung. Die Tränen begannen von neuem zu fließen, und sie vergrub ihr Gesicht in den Kissen. Der Blumenstrauß fiel zu Boden. Francis hatte die Bronze aufgehoben, verbarg sie zwischen den Händen und lächelte. Ich gab Rachel und Julian einen Wink, mir aus dem Zimmer zu folgen.

Im Wohnzimmer sagte Julian: »Es tut mir schrecklich leid.«

»Es war nicht deine Schuld«, sagte ich zu ihr.

»Es muß schrecklich sein, wenn man so ist.«

»Du kannst dir nicht vorstellen, wie es ist, so zu sein«, sagte ich. »Also spar dir die Mühe.«

»Sie tut mir so furchtbar leid.«

»Komm, geh jetzt«, sagte Rachel.

»Oh, aber ich möchte gerne –«, sagte Julian. »Na gut.« Sie ging zur Tür. An der Tür sagte sie zu mir: »Bradley, könnte ich nur ein Wort mit dir reden? Begleite mich doch bis zur Ecke. Ich halte dich bestimmt nicht lange auf.«

Ich winkte Rachel verschwörerisch zu und folgte dem Kind aus dem Haus. Selbstsicher, ohne nach links oder rechts zu schauen, ging sie durch den Hof und trat hinaus auf die Charlotte Street. Die kalte Sonne schien hell, und ich verspürte große Erleichterung, als ich plötzlich im Freien war, unter geschäftigen, gleichgültigen, anonymen Menschen, unter einem blauen Himmel.

Wir gingen ein paar Schritte die Straße entlang und hielten neben einer roten Telefonzelle. Julian hatte jetzt etwas jungenhaft Unbeschwertes an sich. Auch sie war ganz offensichtlich erleichtert. Über und hinter ihr erhob sich der Postturm, und mir war, als wäre ich so turmhoch wie er, so nahe und deutlich konnte ich all die silbern funkelnden Einzelheiten daran erkennen. Ich war groß und aufrecht: Es tat so gut, einen Moment aus dem Haus draußen zu sein, weg von Priscillas roten Augen und ihrem stumpfen Haar, so gut, für einen Augenblick mit jemandem zusammenzusein, der jung war und hübsch und unschuldig und unverdorben, ein Mensch, der eine Zukunft vor sich hatte.

»Bradley, es tut mir so leid, daß ich alles falsch gemacht habe«, sagte Julian mit verantwortungsbewußter Miene.

»Niemand hätte es richtig machen können. Wahres Elend verbaut jedem anderen den Zugang.«

»Wie gut du das sagst! Aber ein Heiliger hätte sie trösten können.«

»Es gibt keine Heiligen, Julian. Auf jeden Fall bist du zu jung, um eine Heilige zu sein.«

»Ich weiß, daß ich jung und dumm bin. Aber mein Gott, alt sein ist so schrecklich. Arme Priscilla. Was ich sagen wollte, Bradley, war eigentlich nur: Vielen, vielen Dank für den Brief. Ich glaube, es ist der wunderbarste Brief, den mir je wer geschrieben hat.«

»Was für ein Brief?«

»Dein Brief über Kunst, über Kunst und Wahrheit.«

»Ach, der. Ja.«

»Ich betrachte dich als meinen Lehrer.«

»Lieb von dir, aber –«

»Ich möchte dich um eine Leseliste bitten, eine längere.«

»Danke, daß du den Wasserbüffel zurückgebracht hast. Ich gebe dir etwas anderes dafür.«

»Oh, wirklich? Ich wäre mit allem zufrieden, mit jeder Kleinigkeit. Ich hätte so gerne etwas von dir, ich glaube, es würde mich inspirieren. Ein Ding, das lange bei dir gewesen ist, das du oft in der Hand gehabt hast.«

Ich war ziemlich gerührt. »Ich werde etwas für dich aussuchen. Aber jetzt muß ich –«

»Bradley, geh noch nicht. Wir kommen kaum je zum Reden. Ich weiß schon, jetzt geht es nicht, aber könnten wir uns nicht bald einmal treffen? Ich möchte mit dir über *Hamlet* reden.«

»*Hamlet*! O ja, warum nicht, aber –«

»Ich muß eine Prüfung darüber machen. Übrigens, Bradley, ich muß sagen, ich war ganz und gar einverstanden mit dieser Rezension, die du über das Buch meines Vaters geschrieben hast.«

»Wie bist du an diese Rezension gekommen?«

»Ich habe gesehen, wie meine Mutter sie weggetan hat, und sie machte dabei so ein geheimnisvolles Gesicht –«

»Ziemlich unartig von dir.«

»Ich weiß. Ich werde nie eine Heilige werden, nicht mal, wenn ich so alt werde wie deine Schwester. Aber ich finde wirklich, man sollte meinem Vater einmal die Wahrheit sagen. Alle schmeicheln ihm aus reiner, gedankenloser Gewohnheit: der anerkannte Schriftsteller, die literarische Figur und so weiter. Und keiner sieht sich das Zeug wirklich kritisch an, wie sie's bei einem Unbekannten tun würden. Das ist wie eine Verschwörung –«

»Ich weiß. Ich werde die Besprechung trotzdem nicht veröffentlichen.«

»Warum nicht? Er sollte die Wahrheit über sich selbst erfahren. Jeder sollte das.«

»Das denkt man, wenn man jung ist.«

»Und noch etwas, wegen Christin, mein Vater sagt, er will sich bei ihr für dich einsetzen –«

»Was?«

»Ich weiß nicht, was er sich dabei denkt, aber ich finde, du solltest zu ihm gehen und ihn fragen. Und ich an deiner Stelle würde wegfahren, wie du es vorgehabt hast. Vielleicht könnte ich dich in Italien besuchen, das wäre schön. Francis Marloe kann sich ja um Priscilla kümmern. Ich mag ihn ganz gern. Was meinst du, wird Priscilla zu ihrem Mann zurückgehen? Ich würde lieber sterben als das tun, wenn ich sie wäre.«

So viel Unumwundenheit war ein bißchen viel auf einmal, um darauf zu reagieren. Die Jugend ist so direkt. »Um auf deine letzte Frage zu antworten«, sagte ich, »ich weiß es nicht. Und danke für die vorangegangenen Bemerkungen.«

»Es gefällt mir so gut, wie du sprichst, so präzise, gar nicht wie mein Vater. Er lebt in einer rosaroten Wolke mit Jesus und Maria und Buddha und Shiva und dem Fischerkönig, die miteinander Fangen spielen und aussehen, als kämen sie direkt aus Chelsea.«

Das war eine so gute Beschreibung von Arnolds Werk, daß ich lachte. »Ich bin dir dankbar für deine Ratschläge, Julian.«

»Ich betrachte dich als meinen *Philosophen*.«

»Danke, daß du mich als deinesgleichen behandelst.«

Sie blickte zu mir auf, nicht sicher, ob das ein Scherz sein sollte. »Bradley, wir werden doch Freunde sein, nicht wahr, echte Freunde?«

»Was hatte es mit dem Luftballon auf sich?«

»Oh, das war nur eine kleine exhibitionistische Vorführung.«

»Ich bin ihm nachgelaufen.«

»Wie nett!«

»Aber er ist mir entwischt.«

»Ich bin froh, daß er jetzt weg ist. Ich hab sehr an ihm gehangen.«

»War es ein Opfer an die Götter?«

»Ja. Woher weißt du das?«

»Du hast ihn von Mr. Belling bekommen.«

»Ja, woher –«

»Ich bin dein Philosoph.«

»Ich habe diesen Ballon wirklich geliebt. Manchmal habe ich daran gedacht, mich von ihm zu trennen, es war wie ein nervöser Zwang. Aber ich war mir nicht sicher, ob ich die Schnur wirklich durchschneiden würde –«

»Bis du deine Mutter im Garten sahst.«

»Bis ich dich im Garten sah.«

»Ja, Julian, jetzt muß ich mich von dir trennen, die Schnur durchschneiden. Deine Mutter wartet –«

»Wann können wir über *Hamlet* reden?«

»Ich ruf dich an.«

»Vergiß nicht, daß du mein Guru bist.«

Ich ging zurück in den Hof. Als ich das Wohnzimmer betrat, kam Rachel auf mich zu und nahm mich mit einer spontanen und doch geplanten Geste in die Arme. Wir gerieten ein wenig ins Schwanken und stolperten fast über ihren Mackintosh, der zusammengeknüllt auf dem Boden lag, dann ließen wir uns in Hartbournes Lehnstuhl fallen. Ihr Knie schob sich über meines, und sie versuchte, mich in die Tiefe des Stuhles zu drücken, aber ich hielt sie steif in den Armen wie eine große Puppe.

»Ach Rachel, wir wollen uns doch nicht in irgendwelche Kalamitäten bringen.«

»Du hast mich um diese paar Minuten betrogen. Und was immer es ist, wir sind schon mittendrin. Christin hat gerade angerufen.«

»Wegen Priscilla?«

»Ja. Ich habe ihr gesagt, daß Priscilla hierbleibt. Und sie hat gesagt –«

»Ich will's gar nicht wissen.«

»Bradley, ich möchte dir etwas sagen, und ich möchte, daß du darüber nachdenkst. Ich bin mir selbst erst darüber klargeworden, nachdem ich dir meinen Brief geschrieben hatte. Ich mache mir eigentlich nicht so viel aus dieser Geschichte zwischen Christin und Arnold. Ich habe auf einmal das Gefühl, daß ich dadurch in gewisser Weise frei geworden bin. Verstehst du, Bradley? Verstehst du, was das bedeutet?«

»Rachel, ich will jetzt keine Schwierigkeiten. Ich muß arbeiten, und dazu muß ich allein sein. Ich habe ein Buch im Kopf, und ich habe mein Leben lang darauf gewartet, dieses Buch zu schreiben –«

»Jetzt machst du so ein typisches Bradley-Gesicht, daß ich weinen könnte. Wir sind nicht mehr jung, und wir sind keine Narren. Es wird keine Schwierigkeiten geben, außer Arnold macht welche. Aber für dich und mich hat sich eine neue Welt aufgetan. Es wird immer einen Ort geben, wo wir zusammensein können. Ich brauche Liebe, und ich muß meine Liebe mehreren Menschen geben können, ich muß sie dir geben können. Natürlich möchte ich, daß du mich auch liebst, aber nicht einmal das ist so wichtig, und was wir *tun*, ist überhaupt nicht wichtig. Nur allein deine Hand zu halten ist wunderbar und bringt mein Blut wieder in Schwung. Endlich geschieht etwas, ich entfalte mich, ich verändere mich, denk nur, was alles geschehen ist seit gestern. Jahrelang bin ich tot gewesen und unglücklich und habe alles für mich behalten müssen. Ich dachte, ich würde ihm bis ans Ende aller Zeiten die Treue halten, und das werde ich natürlich auch tun, und natürlich liebe ich ihn, das steht außer Frage. Aber ihn zu lieben war, als wäre ich in eine Kiste eingesperrt gewesen, und jetzt bin ich raus aus der Kiste. Weißt du, daß ich fast glaube, daß wir ganz zufällig auf den Schlüssel zum vollkommenen Glück gestoßen sind? Ich glaube überhaupt, daß man erst glücklich sein kann, wenn man über vierzig ist. Du wirst sehen, wie undramatisch alles sein wird. Nichts wird sich ändern, nur da drin wird alles anders sein. Ich bin für immer Arnolds Frau. Und du kannst wegfahren und dein Buch schreiben und allein sein und alles, was du willst. Aber wir werden beide eine Quelle der Kraft haben, wir werden einander haben, es wird ein ewiger Bund sein, wie ein religiöses Gelübde, es wird uns retten, wenn du nur zuläßt, daß ich dich liebe.«

»Aber – es wird doch ein Geheimnis bleiben, Rachel?«

»Nein. Oh, es ist alles so anders geworden, als es noch vor ganz kurzem war. Wir brauchen uns nicht zu verstecken, es gibt keinen Grund zur Geheimnistuerei. Ich fühle mich frei, freigelassen wie Julians Ballon, ich schwebe über der Welt und kann endlich auf sie hinunterblicken, es ist wie eine mystische Erfahrung. Wir brauchen keine Geheimnisse zu wahren. Arnold hat irgendwie eine neue Situation herbeigeführt. Endlich werde ich Freunde haben, echte Freunde, ich werde in die Welt hinausgehen, ich werde dich haben. Und Arnold wird es akzeptieren, er wird es akzeptieren müssen, vielleicht wird er sogar Bescheidenheit lernen, Bradley. Er ist unser Sklave. Endlich habe ich wieder meinen Willen. Wir sind zu Göttern geworden. Begreifst du denn nicht?«

»Nicht ganz«, sagte ich.

»Du liebst mich doch ein bißchen, oder?«

»Natürlich liebe ich dich, ich habe dich immer geliebt, aber ich kann nicht genau definieren –«

»Du sollst nicht definieren! Genau das ist es ja.«

»Rachel, ich will keine Schuldgefühle. Das würde meiner Arbeit im Wege stehen.«

»O Bradley, Bradley –« Sie begann hilflos zu lachen. Dann zog sie die Knie wieder an und drückte sich mit dem Gewicht ihres ganzen Körpers gegen mich. Wir kippten nach hinten in den Stuhl, sie auf mich drauf. Ich spürte ihr Gewicht und sah ihr Gesicht dicht vor meinem, begehrlich und voll hemmungsloser Leidenschaft, fremd und ungeschützt und rührend, und ich entspannte mich und spürte, wie auch ihr Körper sich entspannte. Wie eine schwere Flüssigkeit sank er in alle Fugen und Ritzen meines Körpers, wie Honig. Ihr feuchter Mund wanderte über meine Wange und preßte sich dann auf meinen, wie die himmlische Schnecke, die das große Tor verschließt. Einen Augenblick wurde mir schwarz vor Augen, und ich sah den Postturm, vom blauen Himmel wie von einem Glorienschein umstrahlt, wie er schräg geneigt zum Fenster hereinsah. (Was in Wirklichkeit unmöglich war, da das Nachbarhaus jede Sicht auf den Turm versperrt.)

Francis Marloe kam ins Zimmer, sagte: »Oh, Pardon!« und ging wieder hinaus. Langsam löste ich mich von Rachel, nicht wegen Francis (er störte mich nicht mehr als ein Hund), sondern weil ich sexuell erregt und entsprechend beunruhigt war. Schuld und Angst, die mir sozusagen im Blut liegen, meldeten sich mahnend, auch wenn diese Gefühle im Augenblick nicht vom Prickeln des Verlangens zu unterscheiden waren. Zugleich war ich tief bewegt von Rachels Vertrauen in mich. Vielleicht gab es sie wirklich, diese neue Welt, von der sie gesprochen hatte? Konnte ich sie betreten, ohne eine Treulosigkeit zu begehen? Und im Augenblick war es nicht Treulosigkeit gegenüber Arnold, die mich am meisten beschäftigte. Ich würde nachdenken müssen. »Ich werde nachdenken müssen«, sagte ich.

»Ja, natürlich. Du bist ein Denker.«

»Rachel –«

»Ich weiß. Du willst mir jetzt sagen, daß ich gehen soll.«

»Ja.«

»Ich gehe. Schau nur, wie folgsam ich bin. Laß dich von nichts ängstigen, was ich gesagt habe. *Du* brauchst überhaupt nichts zu tun.«

»Der unbewegte Beweger.«

»Ich lauf jetzt. Kann ich dich morgen sehen?«

»Rachel. Ich habe solche Angst davor, mich im Augenblick irgendwie zu binden. Du wirst mich für gemein und feige halten – mir *liegt* etwas an dir, und ich bin dir sehr dankbar –, aber ich muß dieses Buch schreiben, ich muß einfach, und ich muß seiner *würdig* sein –«

»Ich respektiere und bewundere dich, Bradley. Das gehört dazu. Du nimmst das Schreiben so viel ernster als Arnold. Mach dir keine Gedanken wegen morgen oder wegen sonstwas. Ich rufe dich an. Bleib sitzen. Ich möchte dich so verlassen, wie du jetzt da sitzt – so dünn und groß und feierlich. Wie ein – wie ein – Finanzbeamter. Denk daran: Freiheit, eine neue Welt. Vielleicht braucht dein Buch gerade das, vielleicht hat es darauf gewartet. Ach, du bist so ein Schuljunge, so ein Puritaner. Es ist Zeit, daß du erwachsen und frei wirst. Leb wohl, Bradley. Möge dein eigener Gott dich segnen.«

Sie lief hinaus. Ich blieb, wo ich war, wie sie es verlangt hatte. Was sie soeben gesagt hatte, hatte mich ziemlich beeindruckt. Ich dachte darüber nach. Vielleicht war Rachel wirklich der mir vom Schicksal bestimmte Engel. Wie *seltsam* das alles war. Und was für ein starkes sexuelles Verlangen mich bis in die Fingerspitzen erfüllte. Und wie *ungewöhnlich* das war.

Ich bemerkte, daß ich Francis Marloe ins Gesicht starrte. Er mußte wohl schon seit einiger Zeit im Raum sein. Er schnitt seltsame Grimassen, wobei er die Augen schloß, die Nase runzelte und die Nüstern blähte. Er wirkte dabei unbefangen wie ein Tier im Zoo. Vielleicht war er kurzsichtig und versuchte seinen Blick auf mein Gesicht zu konzentrieren.

»Alles in Ordnung, Brad?«

»Ja, natürlich.«

»Du machst so ein komisches Gesicht.«

»Was willst du?«

»Hast du was dagegen, wenn ich zum Mittagessen gehe?«

»Mittagessen? Ich dachte, es ist Abend.«

»Es ist kurz nach zwölf. In der Küche gibt es nur eine Dose Baked Beans. Hast du was dagegen –«

»Nein, nein, geh nur.«

»Ich bring irgendwas Leichtes für Priscilla mit.«

»Wie geht es ihr?«

»Sie schläft. Brad –«

»Ja?«

»Könntest du mir ein Pfund geben?«

»Hier.«

»Danke. Und Brad –«

»Was?«

»Ich fürchte, das Bronzeding da ist kaputt. Es will nicht richtig stehen.«

Er drückte mir die warme Bronzefigur in die Hand, und ich stellte sie auf den Tisch. Eines der Beine des Wasserbüffels war verbogen. Er kippte nach der Seite um. Ich starrte die Plastik an. Die reitende Dame lächelte. Sie hatte eine Ähnlichkeit mit Rachel. Als ich wieder aufblickte, war Francis weg.

Ich ging leise ins Schlafzimmer. Priscilla schlief, hoch auf die Kissen gebettet, ihr Mund stand offen, und der Kragen ihrer Bluse schnitt in ihren Hals ein. Im Schlaf entspannt, sah ihr Gesicht weicher aus, nicht ganz so vergrämt, sie wirkte ein wenig jünger. Ihr Atem ging mit einem leisen, gleichmäßigen Geräusch: »Ha-schsch ... Ha-schsch ...« Sie hatte immer noch die Schuhe an.

Behutsam öffnete ich den obersten Knopf ihrer Bluse. Der Kragen ging auf, und die arg verschmutzte Innenseite wurde sichtbar. Ich zog ihr die Schuhe an den langen, dünnen Absätzen von den plumpen, schweißdunklen Füßen und legte die Decke darüber. Sie hörte auf zu schnaufen, wachte aber nicht auf. Ich verließ den Raum.

Ich ging ins Gästezimmer und legte mich aufs Bett. Ich dachte an meine letzten beiden Begegnungen mit Rachel, welche Ruhe und Freude mich nach der ersten erfüllt hatte, wie verwirrt und aufgeregt ich mich jetzt nach der zweiten fühlte. War ich drauf und dran, mich in Rachel zu ›verlieben‹? Sollte ich überhaupt mit diesem Gedanken spielen, solche Worte auch nur mir selbst gegenüber äußern? Stand ich am Rande eines Debakels von schrecklichen Ausmaßen, am Rande einer wirklichen

Katastrophe? Oder war das vielleicht, in unerwarteter Form, der Anfang zu meinem lang erwarteten Durchbruch, mein Übertritt in eine andere Welt? Näherte ich mich dem Gott? Oder war es gar nichts? Nicht mehr als die flüchtige Gefühlsaufwallung einer unglücklich verheirateten Frau mittleren Alters, und die vorübergehende Verwirrung eines ältlichen Puritaners, der schon sehr lange kein Abenteuer mehr gehabt hatte? Das ist wahr, sagte ich mir, es *ist* lange her, daß ich irgendein Abenteuer erlebt habe. Ich versuchte, nüchtern an Arnold zu denken. Aber bald war mein Bewußtsein nur noch ein brennendes Meer von diffusem, ziellosem körperlichem Verlangen.

Heutzutage ist es üblich, die Ursache für alles zur Gänze und ohne jede genauere Analyse im Sexualtrieb zu suchen. Dieser dunklen Macht, die manchmal als spezielle historische Triebfeder betrachtet wird, manchmal als allgemeines, universelles Schicksal, wird die Kraft zugeschrieben, aus uns Verbrecher, Neurotiker, Verrückte, Fanatiker, Märtyrer, Helden und Heilige zu machen, oder in den selteneren Fällen ausgeglichene Väter, erfüllte Mütter und andere friedliche Menschenwesen. Man variiere die Mischung, und es gibt nichts, was nicht durch ›Sex‹ erklärt werden kann, jedenfalls von Zynikern und Pseudowissenschaftlern wie Francis Marloe, dessen Ansichten zu diesem Thema wir in Kürze genauer hören werden. Ich selbst bin jedoch kein sogenannter Freudianer, und ich lege Wert darauf, das an dieser Stelle meiner ›Erklärung‹ oder ›Verteidigungsschrift‹ oder wie immer man diese verkorkste Abhandlung nennen will, über jedes mögliche Mißverständnis hinaus klarzustellen. Ich verabscheue diesen ganzen halbausgegorenen Quatsch. Mein eigener Begriff vom ›Jenseitigen‹, den man Gott behüte nicht mit irgend etwas ›Wissenschaftlichem‹ verwechseln möge, ist ein ganz anderer.

Ich sage das um so nachdrücklicher, weil ich es nicht für undenkbar halte, daß irgendein beschränkter Geist manche meiner Verhaltensweisen fälschlich in diesem Lichte sieht. Habe ich mich nicht eben erst Spekulationen darüber hingegeben, ob Rachels reizende, unerwartete Zuneigung nicht vielleicht das Talent freisetzen könnte, in dessen Besitz ich mich schon so lange weiß, an das ich so lange schon glaube und das ich bisher vergeblich gepflegt habe? Welches Bild von mir habe ich meinem Leser vermittelt? Ich fürchte, es mangelt ihm an Genauigkeit, denn wie soll einer, der selbst kein starkes Gefühl für seine Identität hat, exakt charakterisieren, was er selbst kaum begreift? Nun muß aber meine persönliche Zurückhaltung mich nicht unbedingt vor einer Verurteilung schützen, sie könnte eine solche sogar herausfordern: Ein frustrierter Mensch, nicht mehr jung, dem es an männlichem Selbstvertrauen fehlt: selbstverständlich, natürlich hat er das Gefühl, daß ein ordentlicher Bums ihm guttäte und seine Talente freisetzen würde, an die zu glauben er uns übrigens wenig guten Grund gegeben hat. Er gibt vor, an sein Buch zu denken, während er in Wirklichkeit an den Busen einer Frau denkt. Er gibt vor, er sei um seine moralische Standhaftigkeit besorgt, während es ihm in Wirklichkeit um eine ganz andere Standfestigkeit geht.

Ich möchte klarstellen, daß jede Behauptung in dieser Richtung nicht nur grob vereinfacht und ›derb‹ ist, sie trifft auch weit daneben. Sofern ich die Möglichkeit erwog, mit Rachel zu schlafen (und das tat ich zu diesem Zeitpunkt, aber mit einer bewußt kontrollierten Unbestimmtheit), so bildete ich mir doch keineswegs ein, daß eine banale sexuelle Befreiung mir die große, ersehnte Freiheit bringen würde – so ein seichter Narr war ich nicht! –, und ich verwechselte in keiner Weise animalischen Instinkt mit Göttlichkeit. Und dennoch, so komplex ist der Geist des Menschen, so miteinander vermengt sind seine verschiedenen Fähigkeiten, daß eine bestimmte Änderung oft nur Abbild oder Vorwegnahme einer Veränderung scheinbar ganz anderer Art ist. Man nimmt eine unterirdische Strömung wahr, man spürt den Zugriff des Schicksals, auffallende Zufälle ereignen sich, und die Welt ist voller Zeichen: Derlei ist nicht unbedingt purer Unsinn oder ein Symptom für beginnende Paranoia. Es kann tatsächlich der vorausgeworfene Schatten einer echten

Metamorphose sein, die man noch nicht begreift. Kommende Ereignisse *werfen* ihren Schatten voraus. Schriftsteller wissen, daß ihre Bücher oft prophetisch sind. Ohne ersichtlichen Grund sehen sie in ihrer Phantasie, was wirklich geschehen wird. Da jedoch die Mächte des Schicksals mit uns ebenso ihr Spiel treiben wie Orakelsprüche, kann das tatsächliche Ereignis sich auf seltsame Weise von seinem vorweggenommenen Bild unterscheiden. Und das war hier der Fall.

Es war nicht leichtfertig, meine Vorahnung von einer mir bevorstehenden Offenbarung mit der Sorge um meine Arbeit zu verknüpfen. Wenn eine große Veränderung in meinem Leben bevorstand, konnte es nicht anders sein, als daß sie Teil meiner Entwicklung als Künstler war, denn meine Entwicklung als Künstler war meine Entwicklung als Mann. Rachel konnte in der Tat die Botin des Göttlichen sein. Jedenfalls stellte sie mich vor eine Herausforderung, auf die ich reagieren, möglichst mutig reagieren mußte. Oft, wenn ich wirklich gründlich darüber nachgedacht hatte, war mir der Gedanke gekommen, *daß ich ein schlechter Künstler war, weil ich ein Feigling war.* Würde nun Mut im Leben den Mut in der Kunst vorwegnehmen, ja vielleicht sogar das auslösende Moment dafür sein?

Jedoch, und das ist nur eine andere Sicht meines ganzen Dilemmas, der grandiose Denker der obigen Gedanken steckte in *einer* Haut mit einem schüchternen, gewissenhaften Menschen voller Empfindsamkeit, moralischer Skrupel und konventioneller Ängste. Arnold war jemand, mit dem ich rechnen mußte. Wenn es soweit kommen sollte, würde ich dann die Nerven haben, Arnolds gerechten Zorn herauszufordern und mich ihm zu stellen? Auch Christin war jemand, mit dem ich rechnen mußte. Ich hatte noch nicht einmal damit begonnen, das Problem Christin zu lösen. Immer wieder kam sie mir in den Sinn. *Ich wollte sie wiedersehen.* Ihre fröhliche, neue Freundschaft mit Arnold löste in mir sogar ein Gefühl aus, das starke Ähnlichkeit mit Eifersucht hatte. Ich sah ihr lebenssprühendes, neugieriges, kaum von Falten gezeichnetes Gesicht in meinen Träumen. War Rachel *stark* genug, mich vor einer solchen Bedrohung zu schützen? Vielleicht war es im Grund überhaupt das, worum es ging: Ich suchte einen Beschützer.

Im Rückblick staunte ich über das, was Rachel da von ihrem Mann gesagt hatte, als sie ausrief: »Er ist unser Sklave.« Was für eine ungewöhnliche Bemerkung, und wie sehr ich zu dem Zeitpunkt geglaubt hatte, sie zu verstehen. Aber was bedeutete sie wirklich? Und konnte sie wahr sein, ohne daß auch andere schreckliche Dinge wahr waren? Sollte ich nicht besser zu dem Beschluß kommen, daß die ganze Geschichte unbedeutend war? War nicht dieses Grübeln an sich schon Sünde? Auch das Gefühl, einem Schicksal zu unterliegen, kann in die dümmste aller Knechtschaften führen. Man sollte wohl sich selbst und die eigenen Empfindungen nie allzu wichtig nehmen. Heilige tun das bestimmt nicht. Da ich jedoch kein Heiliger war, gelang es mir nicht, diesen Gedankengang allzuweit zu verfolgen. Am besten, ich versuchte zur Buße gründlicher über Arnold nachzudenken. Aber selbst das löste eine Art melodramatisches Vergnügen in mir aus. Ich beschloß, mich so bald wie möglich mit Arnold zu treffen und offen mit ihm zu reden (aber wie?). War er nicht eigentlich die Schlüsselfigur? Was empfand ich wirklich für ihn? Die Frage war interessant. Ich beschloß, und dieser Entschluß brachte mir ein wenig Frieden, mich ausführlich mit Arnold zu unterhalten, bevor ich Rachel wiedersah.

So überlegte ich hin und her und versuchte ruhig zu werden. Aber um etwa fünf Uhr nachmittag ergriff mich von neuem eine heftige Aufregung, eine *schwer zu definierende* Aufregung. Was war das: Liebe, Sex, Kunst? Ich verspürte in mir diesen heftigen Drang, etwas zu tun, zu handeln; ein Drang, der Menschen oft überfällt, wenn sie sich in einem schwer zu analysierenden Dilemma befinden. Wenn man nur etwas tun kann – abreisen, zurückkehren, einen Brief schicken –, dann kann man die Unruhe bezwingen, die in Wahrheit nichts anderes ist als Furcht vor der Zukunft, die einem als Furcht vor den dunklen Wünschen der Gegenwart erscheint: Angst im philosophischen Sinn, das heißt nicht so sehr eine Erfahrung der Leere als das erschreckende Gefühl, unter dem Zwang eines sehr starken, aber noch unbekannten Motivs zu stehen. Unter dem Einfluß dieses Gefühls steckte ich meine Besprechung von Arnolds Buch in einen Umschlag und schickte sie an ihn ab. Aber vorher las ich sie noch einmal sorgfältig durch.

Arnold Baffins neues Buch wird seine zahlreichen Bewunderer ent-zücken. Es ist genau das, was der Leser sich oft in aller Unschuld wünscht: ›die schon gehabte Mischung.‹ Es erzählt von einem Bör-senmakler, der sich im Alter von fünfzig dazu entschließt, Mönch zu werden. Sein Plan wird von der Schwester seines zukünftigen Abtes durchkreuzt, einer überspannten, eben aus dem Fernen Osten zurückgekehrten Dame, die den Helden zum Buddhismus zu bekeh-ren versucht. Die beiden ergehen sich in sehr langen Geprächen über Religion. Die Geschichte erreicht ihren Höhepunkt, als der Abt (eine Christusgestalt) von einem riesigen Bronzekruzifix getötet wird, das zufällig (wirklich zufällig?) auf ihn herabfällt, während er die Messe zelebriert.

Ein solcher Roman ist typisch für das Werk Arnold Baffins. Im Klappentext heißt es: »Baffins neues Buch bringt es zuwege, zu-gleich ernst und unterhaltsam zu sein. Es ist eine profunde Studie in vergleichender Religionswissenschaft und zugleich spannend wie ein Thriller.« Ist es kleinlich, das anzufechten? Was im Klappen-text behauptet wird, ist zumindest teilweise wahr. Das Buch ist recht ernst und recht unterhaltsam. (Das sind die meisten Roma-ne.) Es enthält eine ungenaue und oberflächliche, meiner Meinung nach ziemlich langweilige Studie in vergleichender Religionswis-senschaft. Man vermißt die Schärfe und Würze wirklichen Den-kens, und das Buch gibt sich nicht einmal den Anstrich von Wis-senschaftlichkeit. (Der Autor verwechselt Mahajana und Therawada und scheint zu glauben, daß der Sufismus eine Form des Buddhis-mus ist!) Die Geschichte, wenn man zu ihr vordringt, ist zweifellos melodramatisch, obwohl ich nicht sagen würde, daß sie spannend ist wie ein Thriller, ich würde sagen, sie ist ein Thriller. Die Stelle, wo die Heldin sich den Knöchel bricht, sich in Trance versetzt, um die Schmerzen auszuhalten, und dann beinahe in den Fluten eines überfließenden Wasserreservoirs ertrinkt, ist reine ›Cowboy- und

Indianerromantik‹. Natürlich sind die Filmrechte bereits verkauft. Die Frage aber ist nicht nur: Ist es unterhaltsam, ist es spannend? Die Frage heißt: Ist es ein Kunstwerk? Und die Antwort darauf lautet: Leider nein. Und das gilt, fürchte ich, nicht nur für dieses Buch, sondern für das gesamte Werk Mr. Baffins.

Mr. Baffin ist ein gewandter Schreiber. Er ist ein produktiver Schreiber. Und vielleicht ist gerade diese Gewandtheit sein ärgster Feind. Sie wird leicht mit Phantasie verwechselt. Und wenn der Künstler selbst diesem Irrtum unterliegt, ist er verloren. Der Schriftsteller, dem alles mit Leichtigkeit zufliegt, braucht vor allem eine Eigenschaft, um sich einigen literarischen Rang zu erwerben. Und diese Eigenschaft heißt Mut: Mut zum Vernichten, Mut zum Warten. Nach Mr. Baffins Produktivität zu urteilen, ist er weder fähig, zu vernichten, noch fähig, zu warten. Nur ein Genie kann es sich leisten, »nie eine Zeile zu streichen«, und Mr. Baffin ist kein Genie. Schöpferische Phantasie wird kleineren Geistern nur dann zuteil, wenn sie zu arbeiten bereit sind, und Arbeit besteht sehr oft darin, jede Formulierung zu verwerfen, die nicht die Dichte, den besonderen Zustand der Verschmelzung erreicht hat, die das unverkennbare Merkmal der Kunst ist ...

Und noch weitere rund zweitausend Wörter in dieser Tonart. Als ich den Text in den Umschlag gesteckt und in den Briefkasten geworfen hatte, erfüllte mich ein tiefes, aber immer noch irgendwie rätselhaftes Gefühl der Befriedigung. Zumindest würde meine Handlung eine neue Phase in unserer Beziehung herbeiführen, die zu lange schon stagnierte. Ich hielt es sogar für möglich, daß diese sorgfältige Beurteilung seiner Arbeit Arnold tatsächlich *von Nutzen* sein könnte.

An diesem Abend schien es Priscilla ein wenig besser zu gehen. Sie hatte den ganzen Nachmittag geschlafen und als sie erwachte, sagte sie, daß sie hungrig sei. Trotzdem aß sie nur wenig von der klaren Suppe und dem Huhn, das Francis für sie hergerichtet hatte. Francis, den ich mit neuen Augen zu sehen begann, hatte die Küche übernommen. Er hatte mir kein Wechselgeld von meinem Pfund zurückgebracht, mir dafür aber recht plausibel Rechenschaft für dessen Verwendung abgelegt. Er hatte sich auch einen Schlafsack aus seiner Bude geholt und erklärte, im Wohnzimmer schlafen zu wollen. Er machte einen bescheidenen und dankbaren Eindruck. Ich war eifrig bemüht, meine Bedenken hinsichtlich des Risikos zu zerstreuen, auf das ich mich damit eingelassen hatte, ihn zu »engagieren«. Ich hatte nämlich beschlossen, in Kürze nach Patara abzureisen und Priscilla in Francis Obhut zurückzulassen, auch wenn ich ihr das noch nicht gesagt hatte. Diesen Teil der Zukunft hatte ich geregelt. Wie ich Rachel darin unterbringen sollte, war noch unklar. Ich stellte mir vor, daß ich ihr lange, gefühlvolle Briefe schreiben würde. Ich hatte auch ein langes, beruhigendes Telefongespräch mit meinem Arzt geführt. (Über mich selbst.)

Für den Augenblick jedoch stelle man sich vor, wie ich mit Priscilla und Francis beisammensitze. Eine häusliche Szene. Es ist etwa zehn Uhr abends. Die Vorhänge sind zugezogen.

Priscilla trug wieder meinen Pyjama, die Manschetten lässig aufgekrempelt. Sie trank ein wenig heiße Schokolade, die Francis für sie gerichtet hatte. Francis und ich tranken Sherry.

»Ja, ja«, sagte Francis, »Kindheitserinnerungen sind schon etwas Merkwürdiges. In meinen ist es immer so *dunkel*.«

»Wie komisch«, sagte Priscilla, »in meinen auch. Wie an einem regnerischen Nachmittag, so ein trübes Licht.«

»Wahrscheinlich stellen wir uns die Vergangenheit als einen Tunnel vor«, sagte ich. »Die Gegenwart liegt im Licht. Weiter hinten wird es dunkler.«

»Und trotzdem«, sagte Francis, »erinnern wir uns an die ferne Vergangenheit oft mit größerer Deutlichkeit. Ich kann mich erinnern, wie ich mit Christin in die Synagoge ging –«

»In die Synagoge?« fragte ich.

Francis saß mit überkreuzten Beinen in einem kleinen Lehnstuhl, den er komplett ausfüllte. Er sah aus wie ein Bild in einer Nische. Seine schlottrige, weite Hose war an den Aufschlägen steif und speckig vor Schmutz, die abgewetzte Kniepartie glänzte und war so verschlissen, daß man einen Hauch von rosa Fleisch darunter erahnen konnte. Selbstzufrieden hielt er die fleischigen, ebenfalls ziemlich schmutzigen Hände im Schoß gefaltet – er sah irgendwie orientalisch aus. Um seinen rotlippigen Mund lag das übliche entschuldigende Lächeln.

»Aber ja. Wir sind Juden. Zumindest zum Teil.«

»Ich habe nichts dagegen. Nur hat es mir komischerweise nie jemand gesagt.«

»Christin ist da ein bißchen – na ja, nicht gerade, daß sie sich schämt – oder vielleicht doch, früher jedenfalls. Unsere Großeltern mütterlicherseits waren Juden. Die anderen Großeltern waren Gojim.«

»Wie kommt sie dann zu ihrem Namen?«

»Unsere Mutter war zum Christentum konvertiert. Jedenfalls war sie die Sklavin unseres Vaters – ein schrecklicher Tyrann. Du hast unsere Eltern nie kennengelernt, oder? Er wollte nichts von unserer jüdischen Herkunft wissen. Unsere Mutter mußte alle Beziehungen abbrechen. Daß Christin auf den Namen ›Christin‹ getauft wurde, war ein Teil der Kampagne.«

»Und trotzdem seid ihr in die Synagoge gegangen?«

»Nur einmal, da waren wir noch ziemlich klein. Papa war krank und wir waren bei den Großeltern. Sie waren ganz erpicht darauf, mit uns hinzugehen. Zumindest mit mir. Was Christin tat, war ihnen egal, sie war ja nur ein Mädchen. Und ihren Namen fanden sie abscheulich. Sie haben sie sowieso immer nur bei ihrem anderen Namen gerufen.«

»Zoe. Ja. Jetzt fällt mir wieder ein, wie sie sich einmal die Initialen C. Z. P. auf einen ziemlich teuren Koffer machen ließ.«

»Ich glaube, er hat meine Mutter umgebracht.«

»Wer?«

»Mein Vater. Angeblich starb sie nach einem Sturz über die Treppe. Er war sehr gewalttätig. Er hat mich fürchterlich verprügelt.«

»Warum habe ich nie erfahren – na ja – so ist das eben in der Ehe – da bringt einer seine Frau um, da weiß einer nicht, daß seine Frau Jüdin ist –«

»Christin hat in Amerika eine Menge Juden kennengelernt, ich glaube, das hat vieles geändert –«

Ich starrte Francis an. Wenn man erfährt, daß jemand Jude ist, schaut er gleich anders aus. Ich hatte Hartbourne schon viele Jahre gekannt, bevor ich entdeckte, daß er Jude war. Sofort wirkte er viel gescheiter auf mich.

Priscilla begann unruhig zu werden, weil sie sich aus dem Gespräch ausgeschlossen fühlte. Ihre Hände waren ständig in Bewegung und fältelten das Leintuch zu kleinen Fächern. Sie hatte eine dicke Puderschicht aufgetragen, die ihr Gesicht fleckig machte, und sie hatte sich gekämmt. Immer wieder seufzte sie und stieß mit zitternder Unterlippe klagende Laute aus.

»Weißt du noch, wie wir uns immer im Laden unserer Eltern versteckt haben?« sagte sie zu mir. »Wir sind auf den Brettern unter dem Verkaufspult gelegen und haben uns vorgestellt, daß das Verkaufspult ein Schiff ist, und wir waren in unseren Kojen, und das Schiff segelte mit uns dahin. Und wenn Mami uns rief, blieben wir mucksmäuschenstill liegen. Es war – oh, es war aufregend –«

»Und die Tür mit dem Vorhang, hinter dem wir standen; und wenn jemand die Tür aufmachte, duckten wir uns leise hinter dem Vorhang nach hinten.«

»Und die Sachen auf den oberen Regalen, die schon seit Jahren dort standen. Alte, große, ausgetrocknete Tintenfässer und angeschlagenes Porzellan.«

»Ich träume oft von dem Laden.«

»Ich auch. So einmal die Woche.«

»Ist das nicht komisch? Und ich habe immer Angst, es ist immer ein Alptraum.«

»Wenn ich davon träume«, sagte Priscilla, »ist er immer leer, riesig und leer, eine Schale aus Holz. Der Ladentisch, die Regale, die Kästen, alles ist leer.«

»Ihr wißt natürlich, was der Laden bedeutet«, sagte Francis. »Er ist ein Symbol für den Mutterschoß.«

»Den leeren Mutterschoß«, sagte Priscilla. Sie stieß wieder ihre klagenden Laute aus und begann zu weinen, dabei versteckte sie ihre Augen hinter dem weiten, hängenden Ärmel meiner Pyjamajacke.

»So ein Quatsch«, sagte ich.

»Nein, leer ist er nicht. Du bist drin. Du erinnerst dich an dein Leben im Mutterschoß.«

»Blödsinn! Wie soll man sich daran erinnern! Und jedenfalls – wie könnte man so etwas beweisen? Nun hör doch zu weinen auf, Priscilla, es ist Zeit, schlafen zu gehen.«

»Ich hab den ganzen Tag geschlafen – ich kann jetzt nicht schlafen –«

»Sicher kannst du«, sagte Francis. »Es war eine Schlaftablette in deiner Schokolade.«

»Du stopfst mich mit Medikamenten voll. Roger hat versucht, mich zu vergiften –«

Ich gab Francis einen Wink, und er trollte sich mit einem gemurmelten »Sorry, sorry, sorry.«

»Ach, was soll ich nur tun –«

»Schlafen.«

»Bradley, du wirst nicht zulassen, daß sie mich für geistesgestört erklären lassen? Roger hat einmal gesagt, ich wäre verrückt und er würde mich für geistesgestört erklären und einsperren lassen.«

»Man sollte ihn für geistesgestört erklären und einsperren.«

»Was soll nur aus mir werden, Bradley? Es wird mir nichts anderes übrigbleiben, als mich umzubringen. Zu Roger kann ich nicht zurück, er hat mich seelisch kaputtgemacht, er hat alles getan, um mich in den Wahnsinn zu treiben. Er hat zum Beispiel Dinge zerbrochen, und dann hat er gesagt, ich hätte es getan und könnte mich nicht daran erinnern.«

»Er ist ein schlechter Mensch.«

»Nein, ich bin schlecht, ich bin ja so schlecht, ich habe so böse Dinge zu ihm gesagt. Ich bin sicher, daß er Frauen gehabt hat. Einmal habe ich ein Taschentuch gefunden. Und ich verwende nur Papiertaschentücher.«

»Komm, leg dich zurück, Priscilla. Ich rück dir die Kissen zurecht.«

»Halt meine Hand, Bradley.«

»Ich halte sie ja!«

»Ist es ein Zeichen, daß man verrückt wird, wenn man sich umbringen möchte?«

»Nein. Und überhaupt, du willst dich gar nicht umbringen. Du bist nur ein bißchen deprimiert.«

»›Deprimiert!‹ Ach, wenn du wüßtest, was es heißt, in meiner Haut zu stecken. Ich fühle mich, als wär ich aus lauter alten Lumpen, ein lebendiger Leichnam aus Lumpen. Geh nicht weg, Bradley, ich werd noch verrückt in der Nacht.«

»Erinnerst du dich, wie wir immer zu Mami sagten, daß sie die ganze Nacht aufbleiben und auf uns aufpassen muß, als wir noch sehr klein waren? Und sie versprach es uns, und im nächsten Moment waren wir eingeschlafen, und sie schlich sich davon.«

»Und das Nachtlicht. Könnte ich wohl ein Nachtlicht haben, Bradley?«

»Ich habe keines, und jetzt ist es zu spät, eines zu besorgen. Du kriegst es morgen. Außerdem steht die Lampe direkt neben dir, du kannst sie jederzeit anknipsen.«

»Bei Christin war ein Oberlicht in der Tür, und das Licht vom Gang fiel herein.«

»Ich lasse die Tür einen Spalt offen, dann siehst du das Licht vom Treppenhaus.«

»Ich glaube, im Finstern würde ich sterben vor Angst, meine Gedanken würden mich umbringen.«

»Hör zu, Priscilla, ich fahre übermorgen für eine Weile aufs Land, um zu arbeiten. Francis wird gut auf dich aufpassen –«

»Nein, nein, nein, Bradley, du darfst mich nicht verlassen, Roger könnte kommen –«

»Er wird nicht kommen. Ich *weiß*, daß er nicht kommt –«

»Ich würde vor Scham und Angst sterben, wenn Roger käme. Ach, mein Leben ist so schrecklich, es ist so schrecklich zu sein, wer ich bin; du weißt nicht, wie das ist, jeden Morgen aufzuwachen und mit Grauen festzustellen, daß man immer noch dieselbe ist. Bradley, du gehst doch nicht fort, nicht wahr, du gehst nicht fort, ich hab ja nur dich.«

»Schon gut, schon gut –«

»Versprichst du, daß du nicht fortgehst, versprichst du's –?«

»Ich werde nicht gehen – nicht gleich –«

»Sag ›versprochen‹, sag es, sag das Wort –«

»›Versprochen.‹«

»Mein Hirn ist wie vernebelt.«

»Das ist der Schlaf. Gute Nacht. Sei jetzt ein braves Mädchen. Ich laß die Tür ein Stück offen. Francis und ich sind ganz in der Nähe.«

Sie protestierte immer noch, aber ich verließ sie und ging ins Wohnzimmer zurück. Es brannte nur eine Lampe, die ein rötliches Dämmerlicht im Raum verbreitete. Aus dem Schlafzimmer kam noch leises Murmeln, dann wurde es still. Ich fühlte mich erschöpft. Es war ein langer Tag gewesen.

»Was ist das für ein scheußlicher Geruch?«

»Das kommt vom Gas. Ich konnte die Streichhölzer nicht gleich finden.«

Francis saß auf dem Boden vor dem glühenden Gaskamin, neben sich die Flasche Sherry. Der Pegel war beträchtlich gesunken.

»Natürlich kann man sich nicht an die Zeit im Mutterleib erinnern«, sagte ich zu ihm. »Das ist unmöglich.«

»Ist es nicht. Man kann sich erinnern.«

»Blödsinn.«

»Wir können uns erinnern, wie es war, wenn unsere Eltern Sex miteinander hatten, als wir im Mutterleib waren.«

»Wenn man so was glaubt, kann man gleich alles glauben.«

»Tut mir leid, daß ich Priscilla aufgeregt habe.«

»Sie redet die ganze Zeit von Selbstmord. Es heißt, wer von Selbstmord redet, tut es nicht wirklich.«

»Das stimmt nicht. Ich glaube, sie wäre dazu imstande.«

»Würdest du bei ihr bleiben, wenn ich fortfahre?«

»Natürlich, ich verlange nur Unterkunft und Verpflegung und ein bißchen –«

»Ich kann trotzdem nicht. O Gott.« Ich lehnte mich an einen der Lehnstühle und schloß die Augen. Das ruhige Bild Rachels stieg vor meinen Augen auf wie ein tropischer Mond. Mir war danach, mit Francis über mich selbst zu sprechen, aber ich konnte es nur in Rätseln. »Priscillas Mann ist in ein junges Mädchen verliebt«, sagte ich. »Sie haben schon seit Jahren ein Verhältnis. Er ist überglücklich, daß er Priscilla jetzt losgeworden ist. Er wird das Mädchen heiraten. Natürlich habe ich es Priscilla nicht gesagt. Ist das nicht eine komische Sache, sich zu verlieben? Es kann jedem von uns jederzeit passieren.«

»So«, sagte Francis, »Priscilla ist also in der Hölle. Na ja, das sind wir alle. Das Leben ist eine Qual, Bewußtsein ist eine Qual. Alle unsere kleinen Tricks sind nichts weiter als Morphium, um uns am Schreien zu hindern.«

»Nein, nein«, sagte ich, »es können auch schöne und gute Dinge passieren. Wie zum Beispiel - na ja, zum Beispiel, sich zu verlieben.«

»Jeder von uns tobt in seiner eigenen Gummizelle.«

»Keineswegs. Wenn man einen Menschen wirklich liebt -«

»Du bist also verliebt«, sagte Francis.

»Ich doch nicht!«

»In wen? Na ja, ich weiß es ja und kann's dir sagen.«

»Was du heute früh gesehen hast -«

»Oh, ich meine nicht *sie*.«

»Wen dann?«

»Arnold Baffin.«

»Du willst sagen, ich wäre verliebt in -? So ein obszöner Quatsch!«

»Und er ist verliebt in dich. Warum hat er mit Christin angebändelt, warum hast du mit Rachel angebändelt?«

»Ich habe nicht -«

»Nur um den anderen eifersüchtig zu machen. Ihr versucht beide unbewußt, eine neue Phase in eurer Beziehung herbeizuführen. Warum hast du Alpträume von leeren Geschäften, warum bist du besessen von diesem Turm da draußen, warum fühlst du dich ständig von Gerüchen belästigt -«

»Das ist Priscilla, die von leeren Geschäften träumt, meine Geschäfte sind gerammelt voll -«

»Na also, da haben wir's.«

»Und jeder in London ist vom Postturm besessen und –«

»Ist dir nie bewußt geworden, daß du ein Homosexueller bist, der seine Homosexualität nur verdrängt?«

»Hör zu«, sagte ich. »Ich bin dir dankbar für deine Hilfe mit Priscilla. Und versteh mich nicht falsch, ich bin ein durch und durch toleranter Mensch. Ich habe nichts gegen Homosexualität. Jeder soll tun, was ihm beliebt. Aber zufällig bin ich ein völlig normaler heterosexueller –«

»Man muß seinen Körper akzeptieren, man muß lernen, sich zu entkrampfen. Deine Überempfindlichkeit in bezug auf Gerüche ist ein Schuldkomplex. Es hängt damit zusammen, daß du deine Neigungen unterdrückst, du willst deinen Körper nicht akzeptieren, das ist eine bekannte Neurose –«

»Ich bin nicht neurotisch!«

»Du bist ein zitterndes, übersensibles Nervenbündel –«

»Natürlich bin ich das, ich bin ein Künstler!«

»Du mußt den Anspruch erheben, ein Künstler zu sein wegen Arnold, weil du dich mit ihm identifizierst –«

»Ich hab ihn entdeckt!« schrie ich. »Ich habe schon viel früher geschrieben als er; ich war schon bekannt, als er noch in der Wiege lag!«

»Schscht, du weckst noch Priscilla auf. Das Gefühl färbt auf die Frauen ab, aber der Ursprung des Gefühls, das seid ihr, du und Arnold, ihr seid verrückt nacheinander –«

»Ich bin *kein* Homosexueller, ich bin *kein* Neurotiker, ich *kenne* mich –«

»Ach, laß gut sein«, sagte Francis, änderte plötzlich seine Haltung und drehte sich vom Kamin weg. »Ganz wie du meinst.«

»Du erfindest das alles nur aus reiner Bosheit –«

»Ja, ich erfinde es nur. *Ich* bin neurotisch, und *ich* bin homosexuell, und es macht mich verdammt unglücklich. Natürlich kennst du dich nicht, du Glückspilz, du. Aber ich kenne mich verdammt gut, viel zu gut.« Er begann zu weinen.

Ich habe selten einen Mann weinen sehen. Der Anblick flößt mir Widerwillen und Angst ein. Francis wimmerte laut und brachte plötzlich eine Menge Tränen hervor. Im Licht des Gasfeuers sah ich, daß seine fleischigen, roten Hände ganz naß davon waren.

»So hör doch auf!«

»Entschuldige, Brad. Ich bin so ein verdammt blödes Schwein – ich bin so unglücklich gewesen in meinem Leben – als sie mir die Zulassung entzogen – ich hab gedacht, ich sterbe, so unglücklich war ich – und ich habe nie eine glückliche Beziehung gehabt, nie – ich sehne mich so nach Liebe, jeder tut das, es ist so natürlich wie pissen – und ich habe nie auch nur ein verdammtes Krümelchen davon abgekriegt – und ich habe den Menschen so viel Liebe gegeben – ich kann Menschen wirklich lieben, ich kann das, ich laß sie auf mir herumtrampeln – aber mich hat niemand je geliebt, nicht einmal meine verdammten Eltern haben mich geliebt – und ich habe kein Zuhause, ich werde nie ein Zuhause haben, jeder schmeißt mich früher oder später raus, meistens früher. Ich bin ein Wanderer auf Erden ... Ich hab so gehofft, Christin würde nett zu mir sein, mein Gott, ich hätte auf dem Gang geschlafen – ich will den Menschen doch nur nützen und helfen und gut zu allen sein, aber irgendwie geht es immer schief – ich denke die ganze Zeit an Selbstmord, jeden verfluchten Tag will ich sterben und Schluß machen mit dieser Qual, aber ich wurstle immer weiter und scheiß mir dabei vor Elend und Angst in die Hosen. Ich bin so gottverdammt einsam, daß ich stundenlang heulen könnte –«

»Red nicht solchen verfluchten Mist daher!«

»Schon gut, schon gut. Tut mir leid, Brad. Verzeih mir. Bitte verzeih mir. Wahrscheinlich will ich einfach leiden. Ich bin halt ein Masochist. Ich muß den Schmerz wohl lieben, sonst würde ich nicht mehr leben, sonst hätte ich schon vor Jahren meine Überdosis Schlaftabletten geschluckt; gedacht habe ich oft genug daran. Ach Gott, jetzt wirst du denken, daß ich ein schlechter Betreuer für Priscilla bin und mich rausschmeißen –«

»Hör mit dem grauenhaften Gejammer auf, ich kann das nicht ertragen.«

»Verzeih mir Brad, ich bin nur ein –«

»Versuch ein Mann zu sein, versuch –«

»Ich kann nicht – o Gott – es ist nur, weil ich so leide – ich bin nicht wie andere, mein Leben funktioniert einfach nicht, das hat es nie – und jetzt wirst du mich rausschmeißen, und, o Gott, wenn du nur wüßtest –«

»Ich geh jetzt schlafen«, sagte ich. »Hast du deinen Schlafsack da?«

»Ja, er ist –«

»Na gut, dann rein mit dir, und halt den Mund.«

»Ich muß erst noch mal.«

»Gute Nacht!«

Ich verließ abrupt den Raum und ging quer durch die Diele, um vor Priscillas Zimmer zu horchen. Zuerst dachte ich, sie würde auch weinen. Aber nein, sie schnarchte. Nach einer Weile begann es nach Cheyne-Stokes-Atmung zu klingen. Ich ging ins Gästezimmer, wo ich mir immer noch nicht das Bett gemacht hatte, legte mich in den Kleidern hin und ließ das Licht brennen. Durchs Treppenhaus knarrten leise die Schritte meines über mir wohnenden Nachbarn, eines etwas unscheinbaren Burschen namens Rigby, der in der Jermyn Street Krawatten verkaufte. Die schweren, verstohlenen Schritte eines anderen Mannes folgten ihm hinauf. Was immer sie da oben taten, sie taten es zum Glück leise. Und da war noch ein anderes Geräusch, eine Art gedämpftes Klopfen. Es war mein Herz. Ich beschloß, gleich morgen in aller Frühe Rachel aufzusuchen.

»Wo ist Arnold?«

»In die Bibliothek gegangen. Sagt er. Und Julian ist bei einem Pop-Festival.«

»Ich habe Arnold diese Besprechung geschickt. Hat er was gesagt?«

»Ich sehe ihn nie seine Briefe lesen. Gesagt hat er nichts. O Bradley, Gott sei Dank, daß du hier bist.«

Ich umarmte Rachel in der Diele, hinter der Tür mit der Buntglasscheibe, neben dem Garderobenständer und einem

Farbdruck von Sarah Siddons. Durch den rötlichen Schimmer von Rachels Haaren fiel mein Blick auf das Porträt der Schauspielerin. Aber vor meinen Augen stand immer noch das Bild Rachels, wie sie mir die Tür geöffnet hatte – das breite, blasse Gesicht in grenzenloser Erleichterung fast zu einer Grimasse verzogen. Es ist ein Privileg, so empfangen zu werden. Es gibt Menschen, die niemals so empfangen wurden. Aber auch ihre Jahre waren ihr irgendwie anzusehen – ihre Müdigkeit, die Tatsache, daß sie nicht mehr ganz jung war –, und ich fand es rührend.

»Komm doch rauf.«

»Rachel, ich möchte mit dir reden –«

»Das kannst du oben auch, ich werde dich nicht gleich auffressen.«

Sie nahm mich an der Hand, und schon waren wir im Schlafzimmer, wo ich sie mit dem Leintuch über dem Gesicht, wie eine Tote, hatte liegen sehen. Rachel zog die Vorhänge zu und schlug die grünseidene Tagesdecke zurück.

»Komm, setz dich zu mir, Bradley.«

Ein wenig verkrampft setzten wir uns nebeneinander hin und starrten einander an. Meine Hand lag lahm auf dem Bett, und ich spürte die rauhe Wolldecke darunter. Das Begrüßungsbild war verblaßt, und ich war starr vor Verlegenheit und Angst.

»Ich möchte dich nur berühren«, sagte sie. Und dann tat sie es. Ganz zart strich sie mir mit den Fingerspitzen über Gesicht, Hals und Haar, als wäre ich eine Heiligenfigur.

»Rachel, wir müssen wissen, was wir tun, ich will nichts Unrechtes tun.«

»Schuldgefühle kämen deiner Arbeit in die Quere.« Sanft schloß sie mir mit den Fingerspitzen die Augen.

Ich zuckte zurück. »Rachel, du tust das doch nicht nur, um Arnold eins auszuwischen?«

»Nein. Zuerst spielte ich wohl aus einer Art Selbstschutz mit dem Gedanken. Aber dann kam dieser schreckliche Tag, du weißt schon, hier in diesem Zimmer, und du warst da, du warst sozusagen diesseits der Schranke, und ich kenne dich schon so lange, es ist, als hättest du eine besondere Rolle in meinem Leben, wie ein Ritter, der einen Auftrag zu erfüllen hat, mein Ritter, mein unentbehrlicher, edler Ritter. Du warst immer schon so was wie ein Weiser für mich, eine Art Einsiedler oder Asket –«

»Und es macht einer Dame immer besonderen Spaß, einen Asketen zu verführen.«

»Vielleicht. Verführe ich dich? Jedenfalls muß ich einmal Willensstärke zeigen. Sonst sterbe ich vor Demütigung oder sonstwas. Ich spüre, daß dieser Augenblick heilig ist.«

»Wie Heilige führen wir uns aber nicht gerade auf.«

»Du willst es doch auch, Bradley. Warum wärst du sonst hier?«

»Wir sind beide konventionelle Menschen, und jung sind wir auch nicht mehr.«

»Ich bin nicht konventionell.«

»Aber ich. Ich bin ein Überbleibsel aus der nicht-permissiven Gesellschaft. Und du bist die Frau meines besten Freundes. Und mit der Frau des besten Freundes soll man nicht –«

»Was?«

»Soll man nichts anfangen.«

»Aber es hat schon angefangen, wir sind schon dabei, die Frage ist nur, wie es weitergeht. Ich muß gestehen, Bradley, es macht mir ziemlichen Spaß, mit dir zu debattieren.«

»Du weißt, wo Debatten wie diese enden.«

»Im Bett.«

»Mein Gott, wir reden wie Achtzehnjährige. Sag mal, geschieht das alles nur, weil Arnold ein Verhältnis mit Christin hat? Hat er überhaupt eins?«

»Ich weiß nicht, und es spielt auch keine Rolle mehr.«

»Du liebst Arnold doch noch immer?«

»O ja, ja, ja, aber auch das spielt keine Rolle. Er hat einfach zu lange den Tyrannen gespielt. Ich brauche Liebe, ich brauche Liebe außerhalb des Arnold-Käfigs –«

»Ich vermute, daß Frauen deines Alters –«

»Oh, fang mir nicht damit an, Bradley.«

»Ich meine nur, es ist ja ganz natürlich, daß man eine Abwechslung will, aber laß uns nichts tun, was –«

»Bradley, du mit deiner ganzen Philosophie mußt doch wissen, daß es nicht wirklich darauf ankommt, was wir tun.«

»O doch. Du hast gesagt, wir würden Arnold nicht hintergehen. Es kommt darauf an, ob wir es tun oder nicht.«

»Hast du Angst vor Arnold?«

Ich überlegte. »Ja.«

»Damit muß Schluß sein. Siehst du denn nicht, daß das der springende Punkt ist, mein Lieber? Du mußt furchtlos dastehen vor mir. Dafür ist ein Ritter da. Das würde mir soviel geben. Und dir selbst würdest du auch was wirklich Gutes tun. Warum kannst du nicht schreiben? Weil du alles verdrängst, weil du total schüchtern und verklemmt bist. In geistiger Hinsicht, meine ich natürlich.«

Das kam nahe an meine eigenen Gedanken heran. »Dann soll unsere Liebe also eine geistige Liebe sein?«

»Ach Bradley, Schluß jetzt mit der Debatte, ziehen wir uns aus.«

Die ganze Zeit während dieses Gespräches waren wir auf der Bettkante gesessen und hatten einander von der Seite angesehen, ohne einander zu berühren, bis auf das eine Mal, als ihre Fingerspitzen leicht mein Gesicht betasteten und dann über die Aufschläge meiner Jacke, meine Schultern und meine Arme glitten, als wolle sie mich mit einem Zauber bannen.

Nun drehte Rachel sich weg und wand sich mit einer einzigen schnellen Bewegung aus Bluse und BH. Nackt bis zur Taille saß sie da und sah mich an. Das war nun eine ganz andere Sachlage.

Sie wurde rot, und ihr Gesicht hatte plötzlich einen zögernden Ausdruck bekommen. Sie hatte sehr volle, runde Brüste mit großen, braunen Mandalas. Ein Kopf auf einem unbekleideten Körper wirkt ganz anders als auf einem bekleideten. Die Röte breitete sich über ihren Hals aus und verlief sich in dem tiefen, von der Sonne gebräunten, gesprenkelten V zwischen ihren Brüsten. Ihr Körper hatte etwas verhalten Keusches. Ich wußte, daß dies eine sehr ungewöhnliche Geste für sie war. Und es war lange her, daß ich Frauenbrüste gesehen hatte. Ich schaute, aber ich rührte mich nicht.

»Rachel«, sagte ich schließlich. »Ich bin sehr berührt und bewegt, aber ich glaube wirklich, daß das sehr unklug ist.«

»Ach hör auf!« Sie schlang mir plötzlich die Arme um den Hals und zog mich hinunter aufs Bett. Ein bißchen Gezappel und Gestrampel, und dann lag sie völlig nackt neben mir. Ihr Körper war heiß. Sie keuchte, und ihre Lippen lagen auf meiner Wange. »O Gott«, sagte sie.

Es ist vielleicht nicht sehr höflich, von Kopf bis Fuß bekleidet neben einer keuchenden, nackten Frau zu liegen. Ich stützte mich auf einen Ellbogen, um ihr Gesicht zu sehen. Ich wollte nicht in diesem heißen Sturm umkommen. Aufmerksam sah ich hinunter auf ihr Gesicht. Es war zu einer Grimasse verzogen, die mich an bestimmte, japanische Bilder erinnerte, eine Mischung von Schmerz und Freude, die Augen ganz schmal, der Mund fast viereckig. Ich berührte ihre Brüste, strich ganz leicht und forschend mit der Hand darüber. Ich schaute hinunter und betrachtete ihren Körper. Er war rund und fleischig. Ich fuhr ihr mit der Hand über den Bauch, der sich unter meinen Fingern spannte. Ich war erregt, überwältigt, aber was ich empfand, war nicht Begierde. Ich schien außerhalb zu stehen, sah mich selbst wie auf einem Bild: ein voll bekleideter älterer Herr im dunklen Anzug mit blauer Krawatte, der neben einer nackten, birnenförmigen rosa Dame lag.

»Zieh dich aus, Bradley.«

»Rachel«, sagte ich, »ich bin wirklich sehr bewegt. Und ich bin dir sehr dankbar. Aber ich kann nicht mit dir schlafen. Ich meine nicht, daß ich nicht will, ich kann nicht. Der Mechanismus würde nicht funktionieren.«

»Hast du immer – Schwierigkeiten?«

»Von ›immer‹ kann hier nicht die Rede sein. Ich war seit vielen Jahren mit keiner Frau mehr zusammen. Dieses Privileg ist ungewohnt und kommt unerwartet. Und ich bin ihm nicht gewachsen.«

»Zieh dich aus. Ich möchte dich nur halten.«

Meine Kälte war erschreckend. Ich sah mir immer noch selbst zu. Ich zog mir Schuhe und Socken aus, schlüpfte aus Hose und Unterhose, nahm die Krawatte ab. Das Hemd behielt ich aus irgendeinem instinktiven Bedürfnis nach Selbstschutz an, aber ich ließ Rachel mit heißen, zitternden Fingern die Knöpfe öffnen. Als ich dann ganz still und fröstelnd in ihren Armen lag und ihre Hände scheu über meinen Körper glitten, sah ich über dem Schimmer ihres Haares durch ein Loch im Vorhang, wie sich die Blätter eines Baumes im leichten Wind bewegten, und mir war, als wäre ich in der Hölle.

»Du bist eiskalt, Bradley. Und du machst ein Gesicht, als würdest du gleich weinen. Mach dir nichts draus, Liebling, es ist nicht wichtig.«

»Es ist wichtig.«

»Nächstes Mal wird es besser sein.«

Es wird kein nächstes Mal geben, dachte ich. Und dann tat Rachel mir so überwältigend leid, daß ich wirklich meine Arme um sie schlang und sie an mich zog. Sie stieß ein erregtes kleines Seufzen aus.

Und dann kam von unten die Stimme Arnolds: »Rachel! Hallo, wo bist du?«

Wie zwei von des Teufels Gabel gestochene verdammte Seelen sprangen wir hoch. Ich begann nach meinen Kleidern zu angeln, die in einem Knäuel auf dem Boden lagen. Sie waren zu einem heillosen Wust verflochten. Rachel hatte sich Rock und Bluse übergeworfen, für die Unterwäsche nahm sie sich keine Zeit. Sie beugte sich zu mir, während ich immer noch vergeblich mit verdrehten Hosenbeinen kämpfte, und ihr Atem kitzelte mich am Ohr. »Ich geh in den Garten mit ihm.« Und schon war sie weg, und die Tür schloß sich hinter ihr. Von unten hörte ich Stimmen.

Natürlich brauchte ich etliche Minuten, um mich anzuziehen. In meinen Hosenbeinen schien unten ein Knopf zu sein und irgend etwas riß, als ich endlich den Fuß durchstieß. Ohne Socken fuhr ich in die Schuhe, begann sie wieder auszuziehen, überlegte es mir dann aber anders. Meine Hosenträger waren zu einem Ball verknäuelt. Ich stopfte mir Krawatte, Socken und Unterhose in die Taschen. Als ich schließlich auf Zehenspitzen zum Fenster ging und durch den Schlitz im Vorhang hinausspähte, sah ich Arnold und Rachel weit hinten im Garten. Rachel hatte Arnold die Hand auf die Schulter gelegt und zeigte auf eine Pflanze. Ein idyllisches Bild.

Ich schlich mich hinaus und die Treppe hinunter und öffnete die Haustür. Sehr leise zog ich sie hinter mir zu, aber das Schloß wollte nicht einschnappen. Ich zog kräftiger an, und die Tür schlug zu. Ich rannte den Weg hinunter, rutschte auf einem Moospolster aus und krachte zu Boden. Ich rappelte mich wieder hoch und begann die Straße entlangzulaufen.

An der nächsten Kreuzung verlangsamte ich meine Schritte zu einem raschen Gehen. Als ich um die Ecke bog, prallte ich mit jemandem zusammen. Es war ein Mädchen in einem sehr kurzen, gestreiften Kleid, mit nackten Beinen und nackten Füßen. Es war Julian.

»Verzeihung. Oh, Bradley, super. Kommst du von meinen Eltern? Wie schade, daß ich dich verpaßt habe. Gehst du zur U-Bahn? Darf ich dich begleiten?« Sie machte kehrt, und gemeinsam gingen wir weiter.

»Ich dachte, du bist bei irgendeinem Pop-Festival«, sagte ich atemlos und noch völlig aufgewühlt. Aber ich ließ mir nichts anmerken.

»Ich bin nicht in den Zug reingekommen. Das heißt, irgendwie hätte ich mich schon noch reinquetschen können, aber ich hasse Gedränge, ich bin ein bißchen klaustrophobisch.«

»Das bin ich auch. Pop-Festivals sind nichts für uns Klaustrophobe.« Ich sprach ganz ruhig, aber zugleich dachte ich: Sie wird Arnold erzählen, daß sie mich getroffen hat.

»Wahrscheinlich nicht. Ich war noch nie bei einem. Und jetzt wirst du mir einen Vortrag über Drogen halten, was?«

»Nein. Möchtest du einen Vortrag hören?«

»Gegen einen Vortrag von dir hätte ich nichts einzuwenden. Aber einer über *Hamlet* wäre mir lieber. Bradley, glaubst du, daß Gertrud mit Claudius im Bund war und sie den Mord am König gemeinsam geplant haben?«

»Nein.«

»Glaubst du, daß sie ein Verhältnis mit Claudius hatte, bevor ihr Mann starb?«

»Nein.«

»Warum nicht?«

»Zu konventionell«, sagte ich. »Nicht genügend Mut. Dazu hätte es einer Menge Mut bedurft.«

»Claudius hätte sie doch dazu überreden können, er war sehr mächtig.«

»Das war ihr Mann auch.«

»Wir sehen ihn nur mit Hamlets Augen.«

»Nein. Der Geist war ein echter Geist.«

»Woher weißt du das?«

»Ich weiß es eben.«

»Dann muß der König aber ein schrecklicher Langweiler gewesen sein.«

»Das ist eine andere Frage.«

»Ich glaube, manche Frauen haben einen nervösen Drang danach, die Ehe zu brechen, besonders wenn sie in ein gewisses Alter kommen.«

»Möglich.«

»Glaubst du, daß der König und Claudius einander mochten?«

»Es gibt eine Theorie, daß sie ineinander verliebt waren. Gertrud tötete ihren Mann, weil er eine Liebesbeziehung zu Claudius hatte. Hamlet wußte das natürlich. Kein Wunder, daß er neurotisch war. Es gibt viele verschleierte Hinweise auf Unzucht. ›Gleich der brandigen Ähre, verderblich seinem Bruder.‹ Die Ähre ist ein phallisches Symbol, und verderblich kann man so oder so verstehen –«

»Was du nicht sagst. Wo finde ich darüber was zu lesen?«

»Ich mache nur Spaß. Auf die Idee ist bisher noch keiner gekommen, nicht einmal in Oxford.«

Ich ging schnell, und Julian mußte immer wieder ein paar Schritte laufen, um mitzukommen. Dabei wandte sie mir das Gesicht zu, und es sah aus, als führe sie einen Tanz neben mir auf. Mein Blick folgte den Sprüngen ihrer nackten, braunen, sehr schmutzigen Füße.

Wir hatten fast die Stelle erreicht, wo ich sie damals in der Dämmerung gesehen hatte, als sie die Liebesbriefe zerriß, und wo ich sie zuerst für einen Jungen gehalten hatte. »Wie geht es Mr. Belling?« fragte ich.

»Bitte, Bradley –«

»Entschuldige.«

»Nein, du weißt doch, du kannst alles zu mir sagen, was du willst. Aber diese Geschichte ist aus und vorbei. Gott sei Dank.«

»Dein Ballon ist nicht zu dir zurückgesegelt gekommen? Du bist nicht eines Morgens aufgewacht und fandest ihn an dein Fenster gebunden?«

»Nein!«

Sie wandte mir ihr von Sonnen- und Schattenflecken gesprenkeltes Gesicht zu. Es sah sehr jung aus in seinem eifrigen, konzentrierten Ernst; fast wie das Gesicht eines Kindes. Wie vollkommen und unverdorben sie mir in diesem Augenblick vorkam mit ihren albernen nackten Füßen und dem kindlichen Kopfzerbrechen, das sie sich um ihre ›Pflichtlektüre‹ machte. Ich verspürte ein Bedauern, das in Wahrheit eine Art Scham vor ihr war. Was hatte ich soeben getan und warum? Der Mensch sollte ein einfaches Leben führen, an dem es nichts zu verstecken gibt. Es ist sehr viel seltener etwas eine Lüge wert, als man unter Intellektuellen gemeinhin annimmt, auch nicht aus hedonistischen Gründen. In was hatte ich mich da bloß verstrickt, fragte ich mich beschämt und erschrocken. Doch zugleich verspürte ich zärtliches Mitleid mit Rachel, in das sich die Erinnerung an den Geruch ihres warmen, runden Körpers mischte. Natürlich würde ich sie in ihrer Not nicht im Stich lassen. Irgendeine Formel mußte gefunden werden. Aber was für ein höllisches Pech war es doch, daß ich Julian in die Arme gelaufen war! War es denkbar, sie darum zu bitten, ihrem Vater nichts von unserer Begegnung zu erzählen? Was für einen genialen Vorwand konnte ich mir für dieses Ansinnen ausdenken, um nicht ganz schäbig vor ihr dazustehen? Ich konnte sie doch nicht gut darum bitten und sich die Gründe selbst zusammenreimen lassen. Sie müßte mich für einen Schuft halten. Aber hatte ich nicht ohnehin schon Schande über mich gebracht und kam es wirklich darauf an, was Julian dachte? Viel wichtiger war, was Arnold wußte.

In diesem Augenblick blieb Julian vor demselben Schuhgeschäft stehen, vor dem ich sie bei unserer letzten Begegnung verlassen hatte. »Oh, ich finde diese Stiefel himmlisch, die purpurroten, wenn sie nur nicht so teuer wären!«

Einem Impuls folgend, sagte ich: »Ich kaufe sie dir.« Ich wollte ein wenig Zeit gewinnen, um mir einen plausiblen Grund dafür auszudenken, daß ich sie um ihr Schweigen bat.

»O Bradley, das kannst du nicht, die sind viel zu teuer. Es ist wahnsinnig lieb von dir, aber das geht wirklich nicht –«

»Warum denn nicht? Ich habe dir schon seit Jahren nichts mehr geschenkt. Als du klein warst, hast du öfter was von mir bekommen. Na komm schon, mach dir keine Gedanken.«

»O Bradley, es wäre toll, und es ist ja so lieb von dir, und das freut mich noch mehr als die Stiefel, aber ich kann nicht –«

»Warum nicht?«

»Ich habe keine Strümpfe an. Ich kann sie doch nicht mit diesen Füßen probieren.«

»Ach so. Übrigens finde ich diesen Barfußkult völlig idiotisch. Was ist, wenn du auf einen Glassplitter trittst?«

»Ich weiß. Ich finde es ja auch idiotisch, ich mach's nicht wieder, es war nur für das Festival, es ist wahnsinnig unbequem, mir tun schon schrecklich die Füße weh. Ach, ist das schade!«

»Kauf dir doch einfach Strümpfe.«

»Es gibt kein Geschäft in der Nähe –«

Ich hatte in meiner Tasche nach der Brieftasche gesucht, und als ich die Hand wieder herauszog, fiel etwas auf den Gehsteig: meine Krawatte, meine Unterhose und meine Socken. Mit schamrotem Gesicht riß ich die Sachen an mich.

»Oh, schau, was für ein Glück! Ich könnte doch deine Socken nehmen. Es ist so warm, wundert mich nicht, daß du sie ausgezogen hast. Hättest du was dagegen?«

»Natürlich kannst du – sie waren ganz sauber heute früh – jetzt sind sie allerdings –«

»Ach Quatsch, das ist nun wirklich konventionell; nicht wie wenn man Barfußlaufen einfach nicht mag. O Bradley, ich möchte diese Stiefel so gern haben, aber es ist eine solche Menge Geld. Und wenn ich es dir zurückzahle, sobald ich –«

»Nein. Hör auf zu diskutieren. Da hast du die Socken.«

Sie zog sie gleich an, erst auf dem einen, dann auf dem anderen Fuß balancierend und sich an meinem Ärmel festhaltend. Wir betraten das Geschäft.

Drinnen war es kühl, gedämpftes Licht. Keinerlei Ähnlichkeit mit dem Laden, der meine Schwester und mich in unseren Alpträumen verfolgte; und keinerlei Ähnlichkeit mit der Erinnerung an den Mutterschoß. Eher schon mit dem Tempel eines alten, leidenschaftslosen, ziemlich asketischen Kults. Die Reihen weißer Behälter (vielleicht für Reliquien oder Votivgaben), die ruhigen, dunkel gekleideten Altardiener, die gesenkten Stimmen, die Sitzreihen für die Meditation, die seltsam geformten Hocker. Die Schuhlöffel.

Wir setzten uns nebeneinander, und Julian verlangte ihre Größe. Das schwarzgekleidete Mädchen begann den purpurfarbenen Stiefel über Julians Fuß in meiner grauen Nylonsocke zu streifen. Der hohe Stiefel schmiegte sich an ihr Bein, und der Reißverschluß glitt geschmeidig hoch.

»Er paßt wunderbar. Kann ich den anderen probieren?« Der andere Stiefel glitt über ihr Bein.

Julian stellte sich vor den Spiegel, und ich betrachtete ihr Spiegelbild. Die Stiefel sahen umwerfend aus an ihr. Über dem Knie sah man ein Stück nackten Schenkel, nur zart gebräunt, darüber der Saum des kurzen, blau-grün-weiß gestreiften Kleides.

Julians Entzücken war im wahrsten Sinn des Wortes unbeschreiblich. Ihr Gesicht zerfloß zu einem einzigen Strahlen, unbewußt klatschte sie in die Hände, lief zu mir zurück, schüttelte mich bei den Schultern, lief wieder zum Spiegel. Wäre der Anlaß ein besserer gewesen, hätte ihre unschuldige Freude mich sehr gerührt. Warum hatte ich ein Inbild der Eitelkeit in ihr gesehen? Diese kreatürliche Freude eines jungen Geschöpfs an sich selbst war etwas Reines. Ich mußte lächeln.

»Sie gefallen dir doch, Bradley, sie schauen nicht zu verrückt aus?«

»Sie sind klasse.«

»Ich freu mich riesig darüber, du bist einfach süß – vielen, vielen Dank.«

»Ich danke dir. Geschenke zu machen heißt sich selbst eine Freude zu machen.« Ich verlangte die Rechnung.

Übers ganze Gesicht strahlend und immer wieder in kleine Freudenschreie ausbrechend, begann Julian sich die Stiefel auszuziehen. Dann – die Füße immer noch in meinen Socken, die sie sich bis zu den Knöcheln heruntergerollt hatte – schlug sie ein Bein über das andere. Und wie ich so auf die roten Stiefel blickte, die da auf dem Boden lagen, und dann auf Julians Füße und ihre Beine, die unter dem Knie etwas brauner waren und von einem feinen Flaum rötlichbrauner Haare bedeckt, geschah etwas sehr Unerwartetes und Außerordentliches. Worauf ich vergeblich gewartet hatte, als ich Rachel nackt in meinen Armen hielt, jetzt überfiel es mich plötzlich mit einem Prickeln und Kribbeln: physisches Begehren mit seinem absurden, beunruhigenden, unmißverständlichen Symptom, dem der Schwerkraft trotzenden Streben des männlichen Organs, einem der merkwürdigsten und entnervendsten Phänomene der Natur. Meine Verlegenheit war so groß, daß es alle Begriffe überstieg. Doch zugleich erfüllte mich auch eine lächerliche, nicht zu beschreibende Heiterkeit, die mit der einfachen Freude verschmolz, dem Kind ein Geschenk zu machen, und einen Augenblick war ich glücklich. Ich blickte auf. Julian strahlte mich dankbar an. Ich lachte; über die körperliche Empfindung, die ihre Beine in mir ausgelöst hatten, und weil sie nichts davon wußte. Es mag manchmal schwierig sein, seine Gemütsbewegungen zu verbergen, aber es ist auch ein Privileg und hat seine komischen Seiten. Ich lachte, und Julian, in kindlichem Entzücken über ihre Stiefel, lachte mit.

»Nein, ich ziehe sie jetzt nicht an, es ist zu heiß«, erklärte Julian der Verkäuferin. »Du bist ein Engel, Bradley. Darf ich dich bald besuchen, damit wir über Shakespeare reden können?

Ich kann jederzeit – Montag, Dienstag – wie wäre es mit Dienstag vormittag um elf bei dir? Oder wann immer es dir paßt.«

»Gut, gut.«

»Und dann reden wir ganz ernst und schauen uns den Text genau an?«

»Ja, ja.«

»Oh, ich freu mich so irre über die Stiefel.«

Als wir uns an der U-Bahn-Station verabschiedeten und ich in diese reinen, blauen Augen sah, konnte ich mich nicht dazu überwinden, ihre Freude zu trüben, indem ich sie darum bat, für mich zu lügen, obwohl ich mir inzwischen eine geniale Räubergeschichte ausgedacht hatte.

Erst später fiel mir ein, daß sie in meinen Socken fortgegangen war.

Irgendwie war es Mittag geworden. Während ich meine Schritte ostwärts in Richtung meiner Wohnung lenkte, überkam mich die Ernüchterung, und bald schon bedauerte ich mein ›hochherziges‹ Versäumnis, Julian zum Schweigen zu verpflichten. Aus irgendeinem lächerlichen Sinn für Würde hatte ich es verabsäumt, eine absolut notwendige Vorsichtsmaßnahme zu treffen. Was würde Arnold sich zusammenreimen, wenn Julian damit herausplatzte, daß sie mich getroffen hatte, was würde Rachel sich einfallen lassen, was würde sie gestehen? Mein immer wieder mißlingender Versuch, mich auf das Problem zu konzentrieren, löste eine schuldbewußte, qualvolle Erregung in mir aus, sexuellem Verlangen nicht unähnlich. Julian mußte inzwischen zu Hause sein. Was geschah jetzt dort? Vielleicht nichts. Ich hatte das dringende Bedürfnis, Rachel sofort anzurufen, aber ich wußte, das würde nichts bringen. Ich würde mich eine Weile gedulden müssen, bis »das Schlimmste zu erfahren« war.

Ich hatte meine Wohnung in der Charlotte Street um etwa halb zehn verlassen. Als ich jetzt mit plötzlicher Sorge und Angst um Priscilla die Tür aufschloß, wußte ich sofort, daß etwas Merkwürdiges geschehen war. Die Tür zum Schlafzimmer stand weit offen. Ich stürzte hinein. Priscilla war weg. Christin lag auf dem Bett und las in einem Krimi.

»Wo ist Priscilla?«

»Reg dich nicht auf, Brad. Sie ist wieder bei mir.«

Christin hatte die Schuhe ausgezogen, sie lagen neben ihr auf dem Bett. Ihre schlanken, seidig schimmernden Beine waren elegant übereinandergeschlagen. Beine sind alterslos.

»Was fällt dir ein, dich da einzumischen!«

»Ich habe mich nicht eingemischt. Ich kam sie nur besuchen und fand sie in Tränen aufgelöst. Sie war völlig deprimiert und erklärte mir, du würdest fortfahren und sie hierlassen. Und da habe ich gesagt: ›Warum kommst du nicht wieder zu mir?‹ Und sie meinte, das würde sie gerne, also habe ich sie und Francis in einem Taxi losgeschickt.«

»Meine Schwester ist kein Pingpongball.«

»Sei doch nicht sauer auf mich, Brad. Jetzt kannst du mit ruhigem Gewissen wegfahren.«

»Ich will nicht fort.«

»Ach. Priscilla dachte, du wolltest.«

»Ich gehe jetzt und hole sie zurück.«

»Sei nicht albern, Brad. Es ist viel besser für sie, wenn sie in Notting Hill ist. Ich habe ihr für heute nachmittag einen Arzt bestellt. Laß sie doch ein bißchen in Ruhe.«

»War Arnold heute früh bei dir?«

»Ja, er hat mich besucht. Warum fragst du das so bedeutungsvoll? Er hat sich sehr aufgeregt über deine gehässige Rezension. Warum in aller Welt hast du sie ihm geschickt? Wozu einem anderen grundlos weh tun? Dir würde es auch nicht gefallen, wenn jemand das mit dir macht.«

»Ist er gekommen, um sich an deiner Schulter auszuweinen?«

»Nein. Um ein Geschäftsprojekt zu besprechen.«

»Ein Geschäftsprojekt?«

»Ja. Wir werden gemeinsam etwas unternehmen. Ich habe eine Menge erspartes Geld und er auch. Ich habe nicht meine ganze Zeit in Illinois im Damenklub vertan. Ich habe Evans bei der Führung seiner Geschäfte geholfen. Zum Schluß habe ich seine Geschäfte geführt. Ich habe nicht die Absicht, meine Zeit hier zu vertrödeln. Ich mache ein Geschäft für exklusive Wäsche auf. Und Arnold macht mit.«

»Warum hast du mir nie gesagt, daß du Jüdin bist?«

»Es hat dich nie genügend interessiert.«

»Ihr wollt also miteinander Geld verdienen, du und Arnold. Hast du eigentlich schon einmal daran gedacht, was Rachel dabei empfinden könnte?«

»Ich bin nicht hinter Arnold her. Und ich denke, daß du in einer ziemlich schwachen Position bist, um anderen vorzuwerfen, daß sie hinter jemandem her sind.«

»Was soll das heißen?«

»Bist du nicht hinter Rachel her?«

»Wie kommst du auf die Idee?«

»Rachel hat es Arnold erzählt.«

»Rachel hat Arnold erzählt, daß ich hinter ihr her bin?«

»Ja. Sie haben beide herzlich darüber gelacht.«

»Du lügst«, sagte ich und marschierte hinaus. Christin rief mir nach:« Laß uns doch Freunde sein, Brad. Bitte.«

In der vagen Absicht, Priscilla zu holen, mehr noch aus dem dringenden Bedürfnis, Christin zu entkommen, steuerte ich auf die Tür zu. Als ich sie erreichte, klingelte es. Ich riß sie auf, und da stand Arnold.

Er begrüßte mich mit einem wohlvorbereiteten Lächeln: entschuldigend, ironisch, reumütig.

»Deine Geschäftspartnerin ist hier«, sagte ich.

»Sie hat es dir also erzählt?«

»Ja. Ihr steigt ins Wäschegeschäft ein. Komm rein.«

»Hallo, Schatz«, sagte Christin hinter mir zu Arnold. Sie gingen ins Wohnzimmer, und nach kurzem Zögern folgte ich ihnen. Christin, die gerade erst in ihre Schuhe schlüpfte, trug ein hübsches Baumwollkleid in einem außergewöhnlich lebhaften Grün. Natürlich sah ich jetzt, daß sie Jüdin war: dieser intelligente, geschwungene Mund, diese intelligente, markante Nase, dieser verhangene, schlangenhafte Blick. Sie war genauso hübsch wie ihr Kleid; eine israelitische Königin.

»Hast du gewußt, daß sie Jüdin ist?« sagte ich zu Arnold.

»Wer? Christin? Natürlich. Ich weiß es, seit wir uns kennengelernt haben.«

»Woher?«

»Ich hab sie gefragt.«

»Brad glaubt, wir hätten eine Romanze miteinander«, sagte Christin.

»Hör zu«, sagte Arnold, »Chris und ich sind nichts weiter als Freunde. Du hast doch wohl schon von Freundschaft gehört, oder?«

»So etwas gibt es nicht zwischen Mann und Frau«, sagte ich. Es war mir soeben erst mit plötzlicher Hellsichtigkeit klargeworden.

»Doch, wenn beide intelligent genug sind«, sagte Christin.

»Eheleute können keine Freundschaften haben«, sagte ich. »Wenn doch, sind sie treulos.«

»Mach dir keine Gedanken wegen Rachel«, sagte Arnold.

»Aber das tue ich komischerweise. Ich war sehr beunruhigt, als ich sie neulich mit einem blauen Auge sah, das du ihr geschlagen hattest.«

»Ich hab ihr kein blaues Auge geschlagen. Es war ein Unfall. Ich habe es dir ja erklärt.«

»Bevor wir uns weiter unterhalten«, sagte ich, »könntest du deine Geschäftspartnerin, die gerade zum zweitenmal meine Schwester gekidnappt hat, bitten zu gehen?«

»Ich geh ja schon«, sagte Christin, »aber zuerst möchte ich noch was sagen. Mir tut das alles furchtbar leid, weißt du. Aber ehrlich, Brad, du lebst in einer Traumwelt. Ich war seelisch ziemlich aus dem Gleichgewicht, als ich zurückkam, und ich bin als erstes zu dir gegangen. Mancher Mann hätte sich geschmeichelt gefühlt. Ich bin über fünfzig, aber ich bin noch lang keine abgetakelte Oma. Ich habe auf dem Schiff drei Heiratsanträge bekommen, und alle drei von Männern, die nicht wußten, daß ich reich bin. Außerdem, was ist daran auszusetzen, wenn man reich ist? Es ist ein Vorzug, es macht attraktiv. Reiche Menschen sind netter, sie sind weniger nervös. Ich bin eine gute Partie. Und ich bin zu dir gekommen. Zufällig bin ich dabei Arnold begegnet, und wir haben uns unterhalten, und er hat viele Fragen gestellt, er hat Interesse gezeigt. So werden Menschen zu Freunden, und wir sind Freunde. Aber wir haben keine Liebesgeschichte angefangen. Warum sollten wir? Dazu sind wir zu intelligent. Ich bin kein kleines Mädchen im Mini-rock, das auf Abenteuer aus ist. Ich bin eine verdammt kluge Frau, die für den Rest ihres Lebens Spaß haben will, echten Spaß und echtes Glück, keinen Gefühlssalat. Ich glaube, ich verstehe meine eigenen Motive jetzt sehr gut. Ich war in Illinois jahrelang in Analyse. Ich will Freundschaften mit Männern. Ich möchte den Menschen helfen. Weißt du, daß das der beste Weg zum Glück ist, den Menschen zu helfen? Und ich bin neugierig. Ich will viele Menschen kennenlernen und begreifen, was in ihnen vorgeht. Ich habe nichts am Hut mit Heimlichkeiten und Dramen. In meinem Leben wird es nichts zu verbergen geben. Auch Arnold und ich haben nichts zu verbergen. Du begreifst es einfach nicht. Ich will, daß wir Freunde sind, Brad. Ich will die Vergangenheit durch unsere Freundschaft wiedergutmachen, durch Liebe tilgen –«

Ich stöhnte.

»Mach dich nicht lustig über mich, ich bemühe mich. Ich weiß, ich komme dir lächerlich vor –«

»Überhaupt nicht«, sagte ich.

»Frauen meines Alters schauen leicht verflixt dumm aus, wenn es ihnen wirklich ernst ist, aber in gewisser Weise können wir auch klüger sein, weil wir weniger zu verlieren haben. Und weil wir Frauen sind, fällt es uns zu, den Menschen irgendwie zu helfen und ein bißchen Wärme und Nächstenliebe unter die Leute zu bringen. Ich versuche dich nicht einzufangen oder in die Enge zu treiben oder sonstwas, ich möchte nur, daß wir einander wieder kennen und vielleicht auch mögen lernen. Ich war verdammt unglücklich da drüben in Illinois. Mit dem armen alten Evans hab ich mich mehr und mehr auseinandergelebt und immer öfter daran gedacht, wie feindselig du mir gegen-über geworden warst, weil du das Gefühl hattest, ich würde immer auf dich losgehen, und vielleicht bin ich das auch, ich verteidige mich nicht. Nur bin ich jetzt ein bißchen klüger und vielleicht, hoffe ich, auch ein besserer Mensch geworden. Warum setzen wir uns nicht zusammen und reden über die alten Zeiten, über unsere Ehe –«

»Über die du sicher schon mit Arnold diskutiert hast.«

»Ja warum denn nicht, natürlich, es hat ihn interessiert. Und ich war ehrlich. Unsere Ehe ist kein Tabuthema, warum sollte ich nicht darüber reden? Ich denke, wir beide sollten versuchen, ehrlich miteinander zu sein und uns alles vom Herzen zu reden. Mir würde das mächtig gut tun, da bin ich sicher. Sag mal, warst du je in Analyse?«

»Analyse!! Ich? Keine Idee!!«

»Sei bloß nicht so sicher, daß das eine Zeitverschwendung wäre. Du kommst mir ziemlich verbiestert vor.«

»Sei so nett und bitte deine Freundin zu gehen«, sagte ich zu Arnold. Er lächelte.

»Ich gehe, ich gehe, Brad. Du brauchst mir jetzt nicht zu antworten, aber denk nach über alles. Ich bitte dich in aller Bescheidenheit, und ich *meine* Bescheidenheit, irgendwann mit mir zu reden, wirklich zu reden, über die Vergangenheit zu reden, über das, was schiefgegangen ist. Und nicht, weil es *dir* helfen wird, sondern weil es *mir* helfen wird. Das ist alles. Denk darüber nach. Wir sehen uns.«

Sie ging auf die Tür zu. »Warte einen Augenblick«, sagte ich. »Für jemanden, der sich jahrelang gründlich analysieren hat lassen, mag das vielleicht grob klingen, aber ich mag dich einfach nicht und will dich nicht mehr sehen.«

»Ich weiß, du hast irgendwie Angst –«

»Ich habe keine Angst. Es ist bloß so, daß du mir einfach zuwider bist. Du bist herrschsüchtig und falsch wie eine Katze, genau die Sorte Frau, die ich nicht ausstehen kann. Ich kann dir nicht verzeihen, und ich will dich nicht mehr sehen.«

»Ich denke, diese klassische Art von Haßliebe –«

»Nicht Liebe. Nur Haß. Sei ehrlich genug, dir das einzugestehen, wo du doch so intelligent bist. Und noch etwas. Wenn ich mein kleines Gespräch mit Arnold beendet habe, komme ich meine Schwester holen, und danach ist jede Verbindung zwischen dir und mir zu Ende.«

»Hör zu, Brad, es gibt doch noch etwas, was ich sagen möchte. Ich glaube, ich verstehe deine Motive –«

»Raus. Oder willst du, daß ich Gewalt anwende?«

Sie lachte, daß man ihre rote Zunge und ihre weißen Zähne sah. Ein fröhliches Lachen. »Oho, was soll denn das heißen? Sieh dich vor, ich habe im Damenklub Karate gelernt. Schon gut, ich gehe. Aber denk nach über alles, was ich gesagt habe. Warum sich für den Haß entscheiden? Warum nicht sich fürs Glück entscheiden und einander zur Abwechslung ein bißchen Gutes tun? Schon gut, schon gut, ich bin schon weg, tschüs.«

Mit klappernden Absätzen rauschte sie davon, und ich hörte sie noch lachen, als sie hinter sich die Tür zuzog.

Ich fuhr auf Arnold los. »Ich weiß nicht, was du dir eigentlich denkst. Rachel –«

»Bradley, ich habe Rachel nicht absichtlich geschlagen, ich weiß, es war meine Schuld, aber es war ein Unfall. Glaubst du mir?«

»Nein.« Das Gefühl reinen, zärtlichen Mitleids mit Rachel überkam mich wieder, kein Unsinn von wegen Beinen, nur Mitleid, Mitleid.

»Nun mal langsam, langsam. Rachel ist okay. Aber du kochst vor Wut wegen Christin und mir. Natürlich erhebst du Besitzansprüche auf Christin –«

»Tu ich nicht!«

»Aber zwischen uns ist wirklich und wahrhaftig nichts anderes als Freundschaft. Rachel hat das inzwischen eingesehen. Du bist derjenige, der diesen Mythos über mich und deine Exfrau aufgebracht hat. Und du scheinst das als Vorwand zu benutzen, um Rachel auf eine Weise zu belästigen, die ich übelnehmen könnte, wenn ich altmodischer wäre. Zum Glück nimmt Rachel die Sache mit Humor. Sie hat mir erzählt, wie du heute früh hereingeschneit bist, mich beschuldigt hast und nur allzu bereit warst, sie zu trösten! Natürlich weiß ich, daß du Rachel magst, das wissen wir alle. Es war sogar ein Aspekt unserer Freundschaft. Du magst uns beide. Und versteh mich nicht falsch, Rachel hat das nicht nur als Scherz betrachtet, sie war sehr gerührt. Jeder Frau gefällt es, einen Verehrer zu haben. Aber wenn du anfängst, sie mit deinen Aufmerksamkeiten zu belästigen und anzudeuten, daß ich ihr untreu bin, wird sie sich das nicht gefallen lassen, und mit Recht. Ich weiß nicht, ob du wirklich glaubst, daß ich und Chris etwas miteinander haben, oder ob du nur Rachel gegenüber so tust. Sie jedenfalls glaubt nichts dergleichen.«

Arnold saß da, die Beine von sich gestreckt, die Füße auf die Fersen gestützt. Eine charakteristische Haltung. Auf seinem Gesicht lag der herzliche, mokant-ironische Ausdruck, den ich einmal so an ihm gemocht hatte.

»Trinken wir was«, sagte ich und ging zu dem Nußschrank in der Ecke.

Es war mir nicht in den Sinn gekommen, daß Rachel, um sich selbst zu verteidigen, mich opfern könnte. Ich hatte mir, sollte die Geschichte ans Licht kommen, einen heftigen Streit vorgestellt, gegenseitige Beschuldigungen, Rachel in Tränen. Oder um ehrlich zu sein, ich hatte mir überhaupt nichts Genaues vorgestellt. Wenn wir Unrecht tun, betäuben wir unsere Vorstellungskraft. Für die meisten Menschen ist das zweifellos eine Voraussetzung, um überhaupt Unrecht zu tun, es gehört dazu. Ich hatte mit Schwierigkeiten gerechnet und mich offenbar so damit abgefunden, daß ich mir nicht einmal die Mühe genommen hatte, Julian irgendein Märchen zu erzählen, oder – was das einfachste gewesen wäre – einfach zu bestreiten, daß ich im Haus gewesen war. (»Ich wollte hin, aber plötzlich fühlte ich mich nicht wohl«: Alles wäre besser gewesen als nichts.) Aber sich die Schwierigkeiten auszumalen, davor war meine Phantasie zurückgeschreckt. So handeln sie alle, die in fremden Revieren auf die Pirsch gehen und sich nicht um die Wirklichkeit der Dramen kümmern, die sich hinter den geheimnisvollen und geheiligten Schranken der Ehe abspielen.

Natürlich hätte ich erleichtert sein sollen, daß die Sache so glimpflich abgegangen war, und in gewisser Weise war ich es auch. Aber ich war auch verletzt und verärgert und verspürte den Impuls, Arnolds Selbstzufriedenheit von Grund auf zu erschüttern, indem ich ihm Rachels Brief zu lesen gab. Er lag sogar auf dem Pembroke-Tisch, ich sah eine Ecke des Umschlags unter anderen Papieren hervorragen. Natürlich war ein solcher Verrat nicht ernsthaft in Erwägung zu ziehen. Es ist das Privileg der Frau, sich selbst auf Kosten des Mannes zu retten. Und obwohl, so schien es mir zumindest im Augenblick, alles Geschehene Rachels Idee gewesen war und nicht meine, mußte ich doch die volle Verantwortung dafür auf mich nehmen und die Folgen tragen. Ich kam zu dem Schluß, daß ich die Sache auf sich beruhen lassen mußte und mich auf keine weiteren Diskussionen einlassen durfte. Am besten war es, so kühl wie möglich darüber hinwegzugehen. Und dann kam mir der Gedanke: Und wenn Arnold log? Was er von sich und Christin behauptete, konnte durchaus gelogen sein. Log er auch in bezug auf Rachel? Was hatte sich zwischen Arnold und seiner Frau zugetragen? Würde ich das je mit Sicherheit wissen?

Ich schaute Arnold an und begegnete seinem Blick. Er schien äußerst amüsiert. Er sah gesund und stark und jung aus, sein hageres, braunes, speckig glänzendes Gesicht wirkte wie das Gesicht eines eifrigen Studenten. Eines sehr aufgeweckten Studenten, der seinen Lehrer ein wenig neckt.

»Es ist wirklich wahr, was ich über Chris und mich gesagt habe, Bradley. Mir ist meine Arbeit viel zu wichtig, um mich in irgendwelche Geschichten einzulassen. Und auch Christin ist viel zu vernünftig dazu. Sie ist überhaupt die vernünftigste Frau, die mir je untergekommen ist. Wie diese Frau das Leben im Griff hat!«

»Das Leben im Griff und ein Techtelmechtel mit dir zu haben ließe sich durchaus vereinbaren, würde ich sagen. Wie dem auch sei, es geht mich nichts an, wie du so freundlich bemerkt hast. Sollte ich Rachel zu nahe getreten sein, tut es mir leid. Ich hatte bestimmt nicht die Absicht, sie zu belästigen. Ich war deprimiert, und sie zeigte Mitgefühl. Ich will versuchen, mich besser in Zaum zu halten. Können wir es dabei bewenden lassen?«

»Ich habe deine sogenannte Rezension mit einigem Interesse gelesen.«

»Warum sagst du sogenannte Rezension? Es ist eine Rezension. Ich werde sie allerdings nicht veröffentlichen.«

»Du hättest sie mir auch nicht schicken sollen.«

»Stimmt. Und falls es dich befriedigt: Es tut mir leid, daß ich es getan habe. Zerreiß sie einfach und vergiß es.«

»Ich habe sie schon zerrissen. Ich wollte nicht der Versuchung erliegen, sie ein zweites Mal zu lesen. Aber sie geht mir nicht aus dem Kopf. Du weißt doch, wie eitel und angerührt wir Künstler sind, Bradley.«

»Ich weiß es aus eigener Erfahrung.«

»Ich habe dich nicht ausgeschlossen, Herrgott noch mal. Ich habe gesagt wir, auch du. Ein Angriff, der sich gegen die eigene Arbeit richtet, geht mitten ins Herz. Nicht daß man sich um das Geschreibsel der Journalisten kümmern würde, ich meine jetzt einen Angriff von Freunden oder Bekannten. Wer sich einbildet, man könnte das Werk eines Mannes verachten und sein Freund bleiben, der täuscht sich. Das geht nicht. Diese Kränkung ist unverzeihlich.«

»Es ist also aus mit unserer Freundschaft?«

»Nein. Denn in seltenen Fällen kann man die Kränkung überwinden, indem man noch mehr aufeinander zugeht. Ich glaube, daß das in unserem Fall möglich ist. Aber ein oder zwei Dinge muß ich doch sagen.«

»Nur zu.«

»Du – und da bist du nicht der einzige, alle Kritiker neigen dazu – du tust, als sprächest du von einem Menschen von unerschütterlicher Selbstzufriedenheit, als hätte sich der Künstler seine eigenen Fehler nie klargemacht. Tatsache aber ist, daß die meisten Künstler ihre eigenen Schwächen weit besser kennen als ihre Kritiker. Nur können sie mit diesem Wissen natürlich nicht an die Öffentlichkeit gehen. Wenn man ein Werk veröffentlicht, muß man es für sich selbst sprechen lassen. Es wäre undenkbar, daneben herzulaufen und zu jammern: ›Ich weiß ja, daß es nichts wert ist.‹ Man hält den Mund.«

»Genau.«

»Ich weiß, daß ich zweitklassig bin.«

»Oho.«

»Ich glaube, daß das Zeug, das ich schreibe, gewisse Vorzüge hat, sonst würde ich es nicht veröffentlichen. Aber ich lebe mit dem ständigen Gefühl des Versagens, ich *lebe* damit. Ich habe immer ein Gefühl des Mißerfolgs, immer. Jedes Buch ist nur der müde Abklatsch einer perfekten Idee. Die Jahre vergehen, und man hat nur ein Leben. Wenn man irgend etwas kann, dann muß man es tun, und man muß weitermachen und weitermachen und sich anstrengen, es besser zu machen. Und ein Aspekt davon ist der, daß jeder Künstler sich *entscheiden* muß, wie schnell er arbeitet. Ich glaube nicht, daß meine Arbeit besser würde, wenn ich weniger schriebe. Das einzige Ergebnis wäre, daß es weniger von dem gibt, was sie nun einmal ist. Und weniger von mir. Ich kann mich täuschen, aber so sehe ich die Sache, und dazu stehe ich auch. Verstehst du?«

»Ja.«

»Und es macht mir auch Spaß. Schreiben ist für mich ein natürlicher Ausdruck von Lebensfreude. Warum nicht? Warum sollte ich nicht glücklich sein, wenn ich kann?«

»Ja, warum nicht?«

»Eine andere Möglichkeit wäre die, zu tun, was du tust. Nichts fertigbringen, nichts veröffentlichen, einen ständigen Groll gegen die Welt hegen und mit der nie verwirklichten Vorstellung von Vollendung zu leben, die dir das Gefühl gibt, anderen überlegen zu sein, die es versuchen und dabei scheitern.«

»Wie klar du das formulierst.«

»Du bist mir doch nicht böse?«

»Keine Spur.«

»Nimm's mir nicht übel, Bradley, aber unsere Freundschaft leidet darunter, daß ich Erfolg habe und du nicht, ich meine äußerlichen Erfolg. So ist es doch wohl, oder nicht?«

»Wird wohl so sein.«

»Glaub mir, ich will dich nicht ärgern. Ich verteidige mich nur ganz instinktiv gegen dich. Und wenn ich das nicht auf wirkungsvolle Weise täte, würde ein bitterer Nachgeschmack zurückbleiben, und ich will keinen bitteren Nachgeschmack. Das ist doch psychologisch einleuchtend?«

»Zweifellos.«

»Bradley, wir zwei dürfen uns einfach nicht verfeinden. Und ich meine damit nicht nur, daß es nett wäre, wenn wir Freunde bleiben, ich meine auch, daß es verhängnisvoll wäre, wenn wir es nicht bleiben. Wir könnten einander vernichten. So sag doch um Himmels willen etwas, Bradley.«

»Du liebst das Melodramatische«, sagte ich. »Ich könnte niemanden vernichten. Ich fühle mich alt und dumm. Das einzige, woran mir liegt, ist, daß ich endlich mein Buch zu Papier kriege. Es ist da, und nur das ist mir wirklich wichtig. Alles übrige schert mich nicht. Es tut mir leid, daß ich Rachel verstimmt habe. Ich glaube, es ist besser, wenn ich London für eine Weile verlasse. Ich brauche einen Tapetenwechsel.«

»Ach, hör doch auf mit deiner Selbstbezogenheit und dieser unerschütterlichen Ruhe. Schrei mich an, fuchtel mit den Händen. Beschimpf mich. Nimm mich ins Verhör. Wir müssen einander näherkommen, sonst sind wir verloren. Die meisten Freundschaften sind nichts anderes als aufs Eis gelegte Halbfeindschaften. Wo Liebe sein soll, muß es auch Kampf geben. Behandle mich nicht mit dieser Kühle.«

»Ich glaube dir nicht, was du über dich und Christin behauptest«, sagte ich.

»Du bist eifersüchtig.«

»Du willst mich dazu bringen, daß ich schreie und mit den Händen fuchtle, aber das tu ich nicht. Selbst wenn du kein Verhältnis mit Christin hast, muß deine ›Freundschaft‹, wie du es nennst, Rachel verletzen.«

»Meine Ehe ist ein sehr robuster Organismus. Jede Frau ist ab und zu eifersüchtig. Aber Rachel weiß, daß sie die einzige ist. Wenn du Jahre um Jahre neben einer Frau schläfst, wird sie ein Teil von dir, eine Trennung ist unmöglich. Außenstehende neigen in ihrem Wunschdenken oft dazu, die Festigkeit einer Ehe zu unterschätzen.«

»Scheint so.«

»Bradley, wir müssen uns bald wieder sehen und richtig miteinander reden, nicht über diese lästigen Dinge, sondern über Literatur, so wie früher. Ich habe vor, eine kritische Neubewertung von Merediths Dichtung zu schreiben. Ich wüßte gerne, was du davon hältst.«

»Meredith! Aha.«

»Und tu mir den Gefallen und triff dich mit Christin und sprecht euch aus. Sie braucht dieses Gespräch. Das mit der Wiedergutmachung war nicht nur so dahergeredet von ihr. Es wäre *gut,* wenn ihr euch trefft. Ich möchte es wirklich.«

»Dein Motiv, wie Christin es nennen würde, ist mir allerdings schleierhaft.«

»Verschanz dich bloß nicht hinter Ironie. Herrgott, warum muß ich dir ständig ein Loch in den Bauch reden? Wach auf, du gehst herum wie ein Schlafwandler. Wir müssen uns irgendwie zusammenraufen, um wieder offen miteinander reden zu können. Das ist es doch wohl wert, oder?«

»Ja. Würde es dir etwas ausmachen, jetzt zu gehen, Arnold? Vielleicht werde ich alt, aber ich kann so sentimentale Gespräche nicht mehr so gut aushalten wie früher.«

»Schreib mir. Früher haben wir einander oft geschrieben. Wir wollen einander doch nicht ganz abhanden kommen?«

»Okay. Tut mir leid.«

»Mir auch.«

»Ach zum Teufel, hau ab!«

»Guter alter Bradley, das war schon besser. Also dann auf Wiedersehen. Auf bald.«

Ich wartete, bis Arnolds Schritte sich zum Hof hinaus entfernten, dann wählte ich die Nummer der Baffins. Julian hob ab. Ich legte den Hörer sogleich wieder auf.

Ich dachte: Was haben sie Julian gesagt?

»Er weiß, daß du bei mir bist?«

»Er hat mich zu dir geschickt.«

Es war am Morgen danach, und Rachel und ich saßen auf einer Bank auf dem Soho Square. Die Sonne schien, und ein Geruch nach Staub und Resignation lag in der Luft – ölig, rußig, durchdringend, melancholisch und alt: London im Hochsommer. Ein Häufchen zerzauster Tauben, die alt und mickrig aussahen, scharte sich um uns und starrte uns aus harten, gleichgültigen Augen an. Ein paar hoffnungslose Gestalten saßen auf anderen Bänken. Der Himmel über der Oxford Street war von gnadenlos gleißendem Blau. Ich schwitzte, obwohl es noch ziemlich früh am Tag war.

Rachel, die sich in einem fort die Augen rieb und den Kopf hängen ließ, machte heute einen kranken Eindruck. Ihre Teilnahmslosigkeit und ihr aufgequollenes, müdes Gesicht erinnerten mich an Priscilla. Ihre Augen waren trüb, und sie wich meinem Blick aus. Sie trug ein ärmelloses, cremefarbenes Kleid. Der Haken am Rücken war offen, der Reißverschluß nicht ganz hochgezogen, man konnte die von rötlichem Flaum bedeckten Wirbelhöcker sehen. Ein seidiger, nicht ganz sauberer Träger war ihr bis über die Impfnarbe auf dem runden, bläßlichen Oberarm gerutscht. Unter den Armlöchern, die ins Schulterfleisch schnitten, quollen kleine Pölsterchen hervor. Ihr rötliches Haar war zerzaust, und sie zwirbelte es ständig zwischen den Fingern und zog es sich instinktiv vors Gesicht, wie um sich dahinter zu verstecken. Ich fand ihre leicht liederlich wirkende, zerzauste Schlampigkeit körperlich anziehend. Sie hatte etwas Intimes, und ich fühlte mich ihr viel näher als tags zuvor, als wir zusammen auf dem Bett gelegen waren. Die Erinnerung daran kam mir jetzt wie ein böser Traum vor. Zugleich verspürte ich, wie schon früher, dieses vage Mitleid mit ihr. Es stimmt nicht ganz, daß Mitleid ein zweitklassiger Ersatz für Liebe ist, auch wenn viele Bemitleidete es so empfinden. Oft ist es die Liebe selbst.

Ohne zu überlegen, sagte ich: »Arme Rachel, ach, arme Rachel.«

Sie lachte zornig auf und zupfte an ihrem Haar. »Ja. Arme alte Rachel.«

»Entschuldige, ich – ach verflucht – soll das heißen, daß er tatsächlich gesagt hat: ›Geh doch zu Bradley‹?«

»Ja.«

»Aber was *genau* waren seine Worte? Warum können Leute, die keine Schriftsteller sind, die Dinge nie *genau beschreiben*.«

»Ich weiß nicht. Ich kann mich nicht erinnern.«

»Du mußt dich erinnern, Rachel. Es kann nicht mehr als zwei Stunden her sein –«

»Ach hör doch auf, mich zu *quälen*, Bradley. Ich fühle mich sowieso schon wie gerädert und von allem überrollt, ich hab das Gefühl, als wäre ich unter einen Pflug geraten.«

»Das Gefühl kenne ich.«

»Das glaube ich nicht. Dein Leben ist perfekt in Ordnung. Du bist frei. Du kannst über dein Geld verfügen. Du machst ein Riesentrara um deine Arbeit, aber du kannst es dir leisten, aufs Land zu fahren oder sogar ins Ausland, um in irgendeinem Hotel zu meditieren. Mein Gott, wie gerne wäre ich allein in einem Hotel! Es wäre das Paradies.«

»Dieses Trara, wie du's nennst, kann eine Umschreibung für eine Art Hölle sein.«

»Ach, das ist doch alles unwesentlich, das ist doch alles – wie soll ich sagen – Spielerei. Es ist alles – mir fällt das passende Wort nicht ein –«

»Überflüssiger Luxus?«

»Es hat nichts mit dem wirklichen Leben zu tun, mit den Zwängen des Lebens. Mein Leben besteht nur aus Zwängen. Mein Kind, mein Mann, alles Zwänge. Ich bin eingesperrt.«

»Ich hätte nichts gegen ein paar Zwänge mehr in meinem Leben.«

»Du weißt nicht, was du sagst, Bradley. Du besitzt Würde. Alleinstehende Menschen können Würde besitzen. Eine verheiratete Frau hat keine Würde, keine wirklich eigenen Gedanken. Sie ist eine geistige Unterabteilung ihres Mannes, und er kann ihr jederzeit sein Elend einträufeln, und es breitet sich in ihr aus wie Tinte in Wasser.«

»Das ist doch ein Hirngespinst, Rachel. Ein eindrucksvolles

Gleichnis, aber trotzdem – ich hab noch nie so einen Quatsch gehört.«

»Vielleicht ist es nur mit mir und Arnold so. Ich bin nur ein Anhängsel von ihm. Ich habe keine eigene Existenz. Ich kann nicht an ihn heran. Nicht mal, wenn ich mich umbrächte, könnte ich es. Es würde ihn interessieren, er hätte eine Theorie darüber. Und bald würde er eine andere Frau finden, mit der er besser auskommt, und sie würden meinen Fall besprechen.«

»Das sind sehr schnöde Gedanken, Rachel.«

»Wie ich deine Herzenseinfalt bewundere, Bradley. Als ob ich diese Sprache noch verstünde! Du sprichst zu einer Kröte, zu einem zertretenen Wurm, der sich krümmt.«

»Hör auf, Rachel, du bringst mich ganz durcheinander.«

»Du bist ein sensibles Pflänzchen, was? Wenn ich denke, daß ich in dir einen fahrenden Ritter gesehen habe!«

»Einen ziemlich kläglichen –«

»Du warst für mich so etwas wie ein *anderer Ort*. Verstehst du?«

»Eine weite Ebene, wo du dein Zelt aufschlagen konntest? Oder verlieren wir jetzt die Kontrolle über unsere Gleichnisse?«

»Du machst dich über alles lustig.«

»Keineswegs, das ist meine Art zu reden. Du solltest mich inzwischen kennen.«

»Allerdings. Oh, ich habe alles verdorben. Sogar *dich* habe ich mir verdorben. Jetzt hat Arnold mir auch dich weggenommen. Es liegt ihm weit mehr an dir als an mir. Er nimmt mir alles.«

»Hör zu, Rachel. Meine Beziehung zu dir hat nichts mit meiner Beziehung zu Arnold zu tun.«

»Wackere Worte. Hat sie aber doch. Jetzt schon.«

»Bitte, versuch dich zu erinnern, was er heute früh gesagt hat, du weißt schon, als er sagte, du solltest –«

»Warum mußt du mich in einem fort kränken und ärgern? Er hat etwas gesagt wie: ›Du brauchst nicht zu glauben, daß du jetzt nicht zu Bradley gehen kannst. Es wäre sogar besser, du gehst gleich jetzt hin. Er wird es kaum erwarten können, dich zu sehen und mit dir über unser Gespräch zu reden. Geh doch hin und sprich dich mit ihm aus, redet euch alles von der Seele. Dir wird er mehr sagen als mir. Er ist ein bißchen eingeschnappt, und es wird ihm guttun. Na los, geh schon.‹«

»Denkt er etwa, daß du ihm erzählen wirst, was du mit mir gesprochen hast?«

»Vielleicht.«

»Und wirst du?«

»Vielleicht.«

»Diese Situation begreife ich nicht.«

»Haha.«

»Hat Arnold ein Verhältnis mit Christin?«

»Du liebst Christin.«

»Red keinen Unsinn. Hat Arnold –«

»Ich weiß es nicht. Die Frage geht mir langsam auf die Nerven. Vielleicht nicht im engeren Sinn des Wortes. Aber es ist mir egal. Er handelt als freier Mann, hat er immer getan. Wenn er sich mit Christin treffen will, dann treffen sie sich eben. Sie wollen miteinander ins Geschäft einsteigen. Von mir aus können sie auch miteinander ins Bett steigen. Mir ist das völlig egal.«

»Jetzt versuch einmal, *präziser* zu sein, Rachel. Glaubt Arnold wirklich, daß ich dich gegen deinen Willen belästige? Oder hat er das erfunden, um die Wogen ein bißchen zu glätten?«

»Ich weiß nicht, was er glaubt, und es kümmert mich auch nicht.«

»Bitte versuch es. Die Wahrheit ist wichtig. Was genau ist gestern geschehen, nachdem Arnold zurückkam, als wir gerade – bitte beschreib die Ereignisse im Detail. Ich möchte eine Schilderung, die damit beginnt: ›Ich lief die Treppe hinunter.‹«

»Ich lief die Treppe hinunter. Arnold war auf die Veranda gegangen. Ich schlüpfte also durch die Küche und in den Seitengang, und dann ging ich in den Garten hinaus, als hätte ich ihn gerade erst gesehen. Ich führte ihn ans andere Ende des Gartens, um ihm dort etwas zu zeigen, und ich sorgte dafür, daß wir länger dort blieben. Es schien ihm nichts aufzufallen. Etwa eine halbe Stunde später tauchte Julian auf und erzählte, daß sie dich getroffen hätte und daß du gesagt hättest, du seist bei uns gewesen.«

»Das hab ich nicht gesagt. Sie nahm es an, und ich habe es nicht bestritten.«

»Na gut, das läuft auf dasselbe hinaus. Dann kam Julian auf die Stiefel zu reden, die du ihr gekauft hast. Ich muß sagen, ich war ziemlich überrascht. Du bist ein kühler Bursche. Jedenfalls zog Arnold die Brauen hoch, du kennst das ja von ihm. Aber er sagte nichts, solange Julian dabei war.«

»Warte mal. Hat Arnold bemerkt, daß Julian meine Socken trug?«

»Ha! Das hätte noch gefehlt. Nein, ich glaube nicht. Julian ging schnurstracks hinauf, um die Stiefel anzuprobieren. Ich sah sie erst wieder, nachdem Arnold gegangen war, um dich zu besuchen. Dann erklärte sie mir die Geschichte von den Socken. Sie amüsierte sich königlich darüber.«

»Ich hab sie einfach in die Jackentasche gestopft, verstehst du, und –«

»Ja, ja, ich hab mir so was gedacht. Da sind sie übrigens. Ich habe sie gewaschen. Sie sind noch ein bißchen feucht. Ich bat Julian, dich in Gegenwart Arnolds eine Weile nicht zu erwähnen. Ich sagte ihr, er sei so sauer über deine Rezension. Der Sockenzwischenfall ist damit, hoffe ich, erledigt.«

Ich steckte die schlabbrigen, grauen Dinger fort, um sie nicht länger zu sehen; eine unerquickliche Erinnerung. »Weiter. Was hat Arnold gesagt, nachdem Julian gegangen war?«

»Er fragte mich, warum ich ihm nicht gesagt hatte, daß du da warst.«

»Und was hast du gesagt?«

»Was konnte ich schon sagen? Ich war völlig überrumpelt. Ich lachte und sagte, du wärst mir auf die Nerven gegangen. Ich sagte, du wärst so gefühlsduselig geworden und ich hätte dich rausgeschmissen. Aber ich sei der Meinung gewesen, daß es dir gegenüber freundlicher wäre, ihm gar nichts davon zu erzählen.«

»Konntest du dir denn nichts Besseres einfallen lassen?«

»Nein, konnte ich nicht. Solange Julian da war, konnte ich überhaupt nicht denken, und dann mußte ich einfach irgendwas sagen. Mein Kopf war voll von der Wahrheit. Das Beste, was ich tun konnte, war, die halbe Wahrheit, ein bißchen gefärbt, zuzugeben.«

»Du hättest eine komplette Lüge erfinden können.«

»Du auch. Es war nicht nötig, Julian in dem Glauben zu lassen, du seist bei uns gewesen.«

»Ich weiß, ich weiß. Hat Arnold dir geglaubt?«

»Ich bin nicht sicher. Er weiß, daß ich lüge, er hat mich oft genug bei einer Lüge ertappt. Er lügt ja auch. Wir akzeptieren unsere gegenseitigen Lügen wie die meisten Ehepaare.«

»Ach Rachel, Rachel –«

»Das bekümmert dich wohl, daß die Welt so unvollkommen ist? Jedenfalls macht es ihm nicht wirklich was aus. Es erleichtert sein Gewissen, wenn er weiß, daß ich irgendwas in petto habe; es gibt ihm mehr Freiheit. Und solange er die Zügel in der Hand hat und dich ein bißchen piesacken kann, macht es ihm vielleicht sogar Spaß. Er betrachtet dich nicht ernstlich als Bedrohung für seine Ehe.«

»Aha.«

»Und damit hat er natürlich auch ganz recht. Es gibt keine Bedrohung.«

»Nein?«

»Nein. Du hast nur mitgespielt, weil du mich irgendwie ganz gern magst und Mitleid mit mir hast. Widersprich nicht, ich weiß es. Und daß Arnold dich nicht ernsthaft für einen Libertin hält, wird dich wohl kaum überraschen. Das Komische ist, daß Arnold sich wirklich eine Menge aus dir macht.«

»Ja«, sagte ich. »Und das Komische ist, daß ich mir auch eine Menge aus ihm mache, obwohl ich ihm manchmal den Kragen umdrehen könnte.«

»Na siehst du, das wirkliche Drama spielt sich also zwischen dir und ihm ab. Ich bin wieder nur eine Randerscheinung, wie immer.«

»Aber nein, nein.«

»Wenn Männer miteinander reden, können sie gar nicht anders, als uns Frauen zu verraten. Es liegt eine gewisse Verachtung darin, daß Arnold dir gegenüber so getan hat, als würde er mir meine Geschichte abnehmen. Verachtung für mich und Verachtung für dich. Aber für dich hatte er immerhin ein Augenzwinkern dabei übrig.«

»Er hat nicht gezwinkert.«

»Ich meine das doch nicht wörtlich, du Idiot. Na ja, hat wohl nicht lange gedauert, mein kleiner Ausflugsversuch in die Freiheit. Und er endete in einem kläglichen und beschämenden kleinen Schlamassel, aus dem ich mich irgendwie herauswand, und jetzt hat Arnold die Zügel wieder fest in der Hand. Ach Gott, die Ehe ist eine so seltsame Mischung von Liebe und Haß. Ich finde Arnold unerträglich und fürchte ihn, manchmal könnte ich ihn umbringen, und trotzdem liebe ich ihn. Würde ich ihn nicht lieben, hätte er nicht diese schreckliche Macht über mich. Und ich bewundere ihn, ich bewundere seine Arbeit, ich finde seine Bücher fabelhaft.«

»Rachel, das kann nicht dein Ernst sein.«

»Und deine Rezension fand ich gehässig und dumm.«

»Na, na.«

»Dich frißt doch nur der Neid.«

»Darüber wollen wir lieber nicht streiten, Rachel, bitte.«

»Tut mir leid. Ich fühle mich so geknickt. Auch wenn es vielleicht nur Pech war, ich nehme es dir übel, daß du nicht Kavalier genug warst, mich zu – retten oder zu verteidigen oder irgendwas. Ich weiß nicht einmal genau, was ich meine. Nicht daß ich Arnold verlassen möchte, das könnte ich gar nicht, ich würde sterben. Ich möchte nur ein kleines Eckchen für mich allein, ein kleines Geheimnis, ein paar Dinge, die mir gehören und nicht ganz und gar von Arnold durchsetzt und durchdrungen sind. Aber das ist offenbar unmöglich. Auch dich hat er wieder um den Finger gewickelt –«

»Was redest du da daher!«

»Ihr werdet wieder eure Intellektuellen-Gespräche führen, und ich werde draußen in der Küche das Geschirr abwaschen und euch reden, reden und reden hören. Ganz wie in den alten Tagen.«

»Hör zu, meine Liebe«, sagte ich. »Warum solltest du kein Eckchen für dich haben? Ich meine damit keine Liebesaffäre, wir haben beide nicht die Veranlagung dafür. Ich muß wohl zugeben, ich bin ziemlich gehemmt. Nicht, daß mich das stören würde. Aber eine Liebesgeschichte würde uns auch zum Lügen zwingen, und überhaupt wäre es unrecht –«

»Auf was für einen einfachen Nenner du es bringst!«

»Ich möchte dich nicht dazu ermuntern, deinen Mann zu betrügen –«

»Ich bitte dich nicht darum.«

»Wir kennen einander seit Jahren und sind uns doch nie wirklich nahegekommen. Jetzt stolpern wir plötzlich ineinander hinein, und alles geht schief. Wir könnten wieder auf die frühere Distanz zurückgehen oder sogar noch weiter. Aber ich meine, das sollten wir nicht tun. Wir können *Freunde* sein. Arnold hat sich des langen und breiten über seine Freundschaft mit Christin ausgelassen –«

»Ach? Hat er?«

»Ich schlage vor, daß wir uns darauf einigen, eine Freundschaft aufzubauen, ohne alle Heimlichtuerei, eine fröhliche, offene Freundschaft –«

»*Fröhlich?*«

»Warum nicht? Muß das Leben denn unbedingt traurig sein?«

»Das frage ich mich manchmal.«

»Warum sollten wir einander nicht ein bißchen lieben und einander glücklicher machen?«

»Dein ›bißchen‹ gefällt mir. Immer alles schön in Maßen.«

»Versuchen wir es doch. Ich brauche dich.«

»Das ist das Beste, was du bisher gesagt hast.«

»Arnold könnte kaum was dagegen einzuwenden haben –«

»Er wäre entzückt. Genau das ist der Haken dabei. Manchmal frage ich mich wirklich, Bradley, ob du das Zeug zum Schriftsteller hast. Du hast so naive Ansichten über die menschliche Natur.«

»Wenn man etwas wirklich *will*, ist die einfache Formulierung oft die beste. Außerdem: Moral ist etwas Einfaches.«

»Und moralisch müssen wir sein, nicht wahr?«

»Letztlich ja.«

»Letztlich. Das ist gut. Wirst du Priscilla bei Christin lassen?«

Die Frage überrumpelte mich. »Vorläufig ja«, sagte ich. Ich konnte mich, was Priscilla betraf, zu keinem Entschluß durchringen.

»Priscilla ist ein Wrack. Du wirst sie dein Leben lang am Hals haben. Ich hab mir übrigens mein Angebot überlegt, mich um sie zu kümmern. Sie würde mich verrückt machen. Na ja, du läßt sie ja ohnehin bei Christin. Und dann wirst du sie dort besuchen. Und dann wirst du anfangen, mit Christin zu reden, und du wirst anfangen, darüber zu diskutieren, warum eure Ehe schiefging, ganz wie Arnold es dir geraten hat. Du machst dir keinen Begriff, wie überzeugt Arnold davon ist, daß er bei allem, was geschieht, im Mittelpunkt steht. Nur kleine Leute wie du und ich sind gemein und neidisch und eifersüchtig. Arnold ist so von sich überzeugt, daß er wirklich großzügig ist; eine echte Tugend. Ja, du wirst wieder bei Christin landen. So wird es am Ende sein. Nicht Moral, sondern Macht. Sie ist eine Frau, die sehr viel Macht hat. Ein großer Magnet. Sie ist dein Schicksal. Und das Komische ist, daß Arnold das Ganze als sein Werk betrachten wird. Wir sind alle seine Familie. Aber du wirst sehen: Christin ist dein Schicksal.«

»Niemals!«

»Du sagst ›niemals‹, aber insgeheim lächelst du. Du bist fasziniert von ihr. Du siehst also, Bradley, aus unserer Freundschaft kann nichts werden. Ich bin nur ein Anhängsel, du kannst mich nicht *lostrennen*, du müßtest dich sehr auf mich konzentrieren, um das zu schaffen, und das wirst du nicht tun. Du wirst an Christin denken und dich fragen, was dort bei ihr vor sich geht. In Wirklichkeit ist das, was zwischen uns geschah, ja nur geschehen, weil du eifersüchtig warst auf sie und Arnold –«

»Du weißt wohl, Rachel, daß das alles sehr unfreundlich ist und unter deiner Würde. Außerdem ist es kompletter Quatsch.

Ich bin kein kalter Rechner. Ich bin nur einer, der sich irgendwie durchs Leben wurstelt und hofft, daß ihm verziehen wird, genau wie du.«

»Einer, der sich durchs Leben wurstelt und hofft, daß ihm verziehen wird. Klingt rührend bescheiden. Würde sich vielleicht sehr wirkungsvoll ausmachen in einem deiner Bücher. Aber ich bin so elend, daß es mich blind und taub gegen alles macht. Du kannst das nicht verstehen. Dein Leben liegt offen um dich ausgebreitet. Ich aber werde ständig durch die Mangel gedreht. Und selbst wenn es mein eigener Fehler wäre, hat das nichts zu bedeuten. Aber mach dir keine großen Gedanken um mich. Wahrscheinlich sind alle Verheirateten so. Es hindert mich nicht daran, hin und wieder eine Tasse Tee zu genießen.«

»Wir werden doch Freunde sein, Rachel, du wirst dich nicht in Unnahbarkeit zurückziehen? Es gibt keinen Grund, mir die würdevolle Dame vorzuspielen.«

»Du bist so selbstgerecht, Bradley. Aber du kannst nichts dafür. Du bist ein zutiefst selbstgerechter Mensch, der mit den anderen streng ins Gericht geht. Trotzdem meinst du es gut, du bist ein netter Kerl. Vielleicht werde ich einmal froh sein über alles, was du heute gesagt hast.«

»Dann ist es also abgemacht?«

»Na gut.« Sie fuhr fort: »Ich habe noch viel Feuer in mir, weißt du. Ich bin kein Wrack wie die arme alte Priscilla. Eine Menge Feuer und Kraft. Ja.«

»Aber sicher –«

»Du verstehst mich nicht. Ich meine nichts Einfaches damit, nichts, was mit Liebe zu tun hat. Ich meine nicht einmal den Willen zum Überleben. Ich meine *Feuer, Feuer*. Etwas, das quält. Das tötet. Na ja –«

»Schau hinauf, Rachel. Die Sonne scheint.«

»Werd bloß nicht sentimental.«

Sie warf den Kopf zurück, stand plötzlich auf und marschierte quer über den Platz wie ein Automat, den jemand heimlich in Gang gesetzt hatte. Ich eilte ihr nach und nahm sie an der Hand. Ihr Arm blieb steif, aber sie wandte mir ihr Gesicht mit einem gezwungenen Lächeln zu. Frauen lächeln manchmal so: ein müdes Lächeln, das am liebsten den Tränen weichen würde. Als wir uns der Oxford Street näherten, kam der Postturm in Sicht, hart und klar, funkelnd, gefährlich, kriegerisch und weltstädtisch.

»Oh, schau, Rachel.«

»Was?«

»Der Turm.«

»Ach so. Komm nicht weiter mit, Bradley. Ich geh zur U-Bahn.«

»Wann sehe ich dich wieder?«

»Wahrscheinlich nie. Nein, nein. Ruf mich an. Aber nicht morgen.«

»Rachel, bist du sicher, daß Julian von nichts weiß – von gar nichts?«

»Ganz sicher. Und es wird ihr kaum jemand etwas sagen! Was ist nur in dich gefahren, daß du ihr diese teuren Stiefel gekauft hast?«

»Ich wollte Zeit gewinnen, um mir einen plausiblen Grund dafür auszudenken, daß sie daheim nichts von unserer Begegnung sagen sollte.«

»Du scheinst die Zeit nicht sehr nutzbringend verwendet zu haben.«

»Nein, ich – nein.«

»Auf Wiedersehen, Bradley. Und trotzdem schönen Dank.«

Rachel verließ mich. Ich sah zu, wie sie, mit ihrer verbeulten blauen Handtasche schlenkernd, in der Menge verschwand. Ihr blasser, molliger Oberarm schwabbelte ein bißchen, ihr Haar war zerzaust, ihr Gesicht müde und wie benommen. Mit einer automatischen Bewegung hatte sie sich den heruntergerutschten Träger hochgeschoben. Dann sah ich sie wieder und wieder und wieder. Die Oxford Street war voller müder, alternder Frauen mit benommenen Gesichtern, die sich wie eine Herde von Tieren blind aneinander vorbeischoben. Ich lief über die Straße und Richtung Norden zu meiner Wohnung.

Ich muß von hier weg, weg, weg, dachte ich. Ich bin froh, daß Julian nichts von alledem weiß, dachte ich. Vielleicht ist Priscilla in Notting Hill wirklich besser aufgehoben, dachte ich. Vielleicht gehe ich doch noch zu Christin, dachte ich.

Da ich mich nun dem ersten Höhepunkt meines Buches nähere, erlaube mir innezuhalten, lieber Freund, und mich abermals an einem direkten Gespräch mit dir zu erquicken.

Aus der Perspektive des sicheren Hafens, in dem wir gegenwärtig in Frieden und Abgeschiedenheit weilen, müssen die Ereignisse jener wenigen Tage zwischen dem Auftauchen Francis Marloes und meinem Gespräch mit Rachel auf dem Soho Square wie ein Geflecht aus Absurditäten wirken. Das Leben ist offensichtlich voller Zufälle. Aber auch wir selbst tragen durch unsere Ängste und Befürchtungen zur Verstärkung dieses Eindrucks bei. Angst ist das Hauptcharakteristikum des Tieres Mensch und vielleicht der kleinste gemeinsame Nenner für alle unsere unrühmlichen Laster. Begierde, Furcht, Neid, Haß, hinter allem steht in gewisser Weise die Angst. Jetzt, in meiner begünstigten Lage des Einsiedlers, in der die Angst langsam schwindet, kann ich sowohl meine Freiheit als auch meine frühere Knechtschaft ermessen. Glücklich, wer sich dieses Problems auch nur ausreichend bewußt ist, um wenigstens kleine Anstrengungen zu unternehmen, dieser Angst Einhalt zu gebieten, die unser Bewußtsein für alles andere trübt. Zu mehr ist der Mensch, der keine Berufung im Leben hat, vielleicht gar nicht fähig.

Die menschliche Seele neigt von Natur aus zum Schutz des Ichs. Man braucht nur ein wenig in sich hineinzuhorchen, um die Niagaragewalt dieses Bestrebens zu erkennen, und seine Ergebnisse sind überall zu sehen. Wir wollen reicher, schöner, klüger, stärker, mehr geliebt und scheinbar besser sein als alle anderen. Ich sage ›scheinbar besser‹, weil der Durchschnittsmensch zwar nach Reichtum trachtet, normalerweise aber nur scheinbar nach dem Guten strebt. Das wirklich Gute ist eine Last, die instinktiv als unerträglich betrachtet wird, und der Wunsch danach würde die anderen, gewöhnlichen Wünsche, die unser Leben bestimmen, an den Rand drängen. Natürlich kann sich sogar der schlechteste Mensch in seltenen und kurzen Augenblicken wünschen, gut zu sein. Wer ein Künstler ist, spürt den Magnetismus des Guten. Ich benutze das Wort ›gut‹ hier als Verhüllung. Was es verhüllt, kann man wissen, aber nicht benennen. Die meisten von uns werden nicht durch den Magnetismus dieses Mysteriums vor der Selbstvernichtung in einem Chaos von brutalem kindischem Egoismus bewahrt, sondern durch das, was man großartig ›Pflicht‹ und treffender ›Gewohnheit‹ nennt. Glücklich die Zivilisation, die Menschen hervorbringt, die es von Kindheit an gewohnt sind, zumindest einige der natürlichen Aktivitäten des Ego für undenkbar zu halten. Diese Erziehung, die unter günstigen Umständen ein Leben lang wirksam sein kann, entpuppt sich jedoch als bloß flüchtiger Anstrich, wenn das Grauen hereinbricht: in Kriegen, in Konzentrationslagern, in der schrecklichen Intimität von Familie und Ehe.

Diese Bemerkungen sind die Einleitung zu einer Analyse meines damaligen Verhaltens, die ich dir, mein Lieber, hier unterbreiten möchte. Soweit es Rachel betraf, handelte ich aus einer Mischung von recht verwerflichen Motiven. Ich glaube, die Wende kam mit ihrem gefühlvollen Brief. Was für gefährliche Instrumente Briefe doch sind. Vielleicht ist es ganz gut, daß sie langsam aus der Mode kommen. Ein Brief kann immer wieder gelesen und neu interpretiert werden, er regt die Einbildungskraft und die Phantasie an, er wirkt fort, er ist ein unwiderlegbares Beweismittel. Es war lange her, daß ich etwas erhalten hatte, was auch nur die geringste Ähnlichkeit mit einem Liebesbrief hatte. Und gerade die Tatsache, daß es ein Brief war und keine mündliche Erklärung, gab ihm eine Art abstrakter Macht über mich. Wir setzen wichtige Schritte in unserem Leben oft in einem entindividualisierten Zustand. Plötzlich haben wir das Gefühl, daß wir etwas verkörpern. Das kann eine Quelle der Inspiration sein, aber auch eine Entschuldigung für so manches. Die Intensität von Rachels Brief vermittelte mir ein Gefühl persönlicher Wichtigkeit, ein Gefühl von Energie, das Gefühl, eine Rolle zu spielen.

Ein anderes Motiv war, wie schon gesagt, die Vorstellung, Arnold eins auszuwischen, vor allem dadurch, daß ich ihn von einem Geheimnis ausschloß. Auch dieser Instinkt kann uns oft zu unrechtem Tun verleiten. Es setzt einen anderen in den eigenen Augen herab, wenn man weiß, daß er ›nicht eingeweiht‹ ist. Mein Groll gegen Arnold hatte nicht nur mit unserer langjährigen Beziehung im allgemeinen zu tun. Er entsprang auch dem *Schock*, den es mir versetzt hatte, als ich Rachel hinter zugezogenen Vorhängen mit dem Leintuch überm Gesicht auf dem Bett liegen sah. Damals regte sich in mir das tiefe Mitleid mit ihr, welches das winzige Fragment einigermaßen reinen Empfindens in dem Amalgam war, auch wenn seine Reinheit vielleicht wie bei jedem Mitleid von einem Gefühl der Überlegenheit getrübt wurde. Glaubte ich Arnold, als er sagte, es sei ein Unfall gewesen? Vielleicht. Vielleicht begann ich im dunklen Licht meines egoistischen Mitleids Rachel trotz allem mit Arnolds Augen zu sehen: als eine leicht hysterische, alternde Frau, die nicht immer die Wahrheit sagte. Wenn man es mit einem Ehepaar zu tun hat, kann man niemals neutral sein. Als Beobachter fühlt man sich hin und her gerissen zwischen den magnetischen Polen der jeweiligen Ansichten des einen über den anderen. Und natürlich nahm ich es Rachel auch übel, daß ich mich ihretwegen lächerlich gemacht hatte. Wer einen das Gesicht verlieren läßt, dem verzeiht man nur schwer.

Eitelkeit und Angst, dazu Neid (auf Arnold), Mitleid, eine Art Liebe und ein zeitweiliges Aufflackern körperlichen Verlangens hatten mich in eine Geschichte mit Rachel hineinverwickelt. Wie ich bereits erklärt habe, war ich schon damals (und natürlich kann mir das nicht als Verdienst angerechnet werden) im großen und ganzen gleichgültig gegenüber dem menschlichen Körper. Natürlich nahm ich in überfüllten U-Bahn-Zügen fremde Körper zwangsläufig wahr, und es war nicht so, daß es mich deshalb gleich schüttelte. Im allgemeinen aber kümmerte ich mich nicht um diese äußere Hülle der Seele. Gesichter hatten meine Freunde natürlich, aber soweit es mich betraf, hätte der Rest reines Ektoplasma sein können. Ich bin keiner, der andere

Menschen anstarrt oder anfaßt. Daher fand ich es interessant, daß ich den Wunsch verspürte, Rachel zu küssen, daß ich nach einem beträchtlichen Zeitraum wieder den Wunsch verspürte, eine bestimmte Frau zu küssen. Es trug zu der erregenden Vorstellung bei, eine neue Rolle zu spielen. Ich hatte jedoch, als ich sie küßte, keinerlei Absicht, weiter zu gehen. Was danach geschah, war nichts weiter als eine dumme Geschichte, die ich nicht gewollt hatte. Natürlich wies ich die Verantwortung dafür nicht zurück, und ich dachte mir auch, daß es ernste Folgen haben könnte. Die es auch hatte.

Ich fürchte, es ist mir noch nicht gelungen, eine richtige Vorstellung von der seltsamen Beschaffenheit meiner Beziehung zu Arnold zu vermitteln. Vielleicht sollte ich noch einmal versuchen, diese Freundschaft zu beschreiben. Ich war, wie gesagt, sein ›Entdecker‹, anfangs sein Förderer. Er war mein dankbarer Protegé! Ich erinnere mich sogar daran, daß unsere Beziehung damals etwas von der Beziehung zwischen einem Hund und seinem Herrchen hatte. (Arnold hat eine gewisse Ähnlichkeit mit einem Terrier.) Es gab sogar einen ›Hundewitz‹ zwischen uns, der allerdings längst in Vergessenheit geraten ist. Nur langsam schlich sich das Gift ein, und es kam hauptsächlich von seinem (äußerlichen) Erfolg und meinem (äußerlichen) Mißerfolg. (Wie schwer es sogar den Besten unter uns fällt, der Welt gegenüber völlig gleichgültig zu bleiben!) Trotzdem verhielten wir uns auch da noch bemerkenswert taktvoll. Das heißt, ich heuchelte Großmut und er Bescheidenheit, und zum Teil war beides sogar echt. Im Leben so unvollkommener Geschöpfe, wie wir Menschen es sind, ist solche Heuchelei unerläßlich. In unserer Beziehung gab es nie einen Leerlauf. Es war offenkundig, daß wir ständig aneinander dachten. Er war (aber natürlich nicht in Marloes Sinn) der wichtigste Mann in meinem Leben. Und das war bemerkenswert, denn ich hatte viele männliche Bekannte; Kollegen aus dem Büro, wie Hartbourne und Grey-Pelham, auch Literaten und Journalisten, Anwälte und Gelehrte, die ich nur deshalb nicht persönlich erwähne, weil sie in diesem besonderen Drama keine Rolle spielen. Es wäre nicht zuviel gesagt, daß Arnold mich faszinierte. Es war etwas Rauhes und gar nicht ›Liebenswertes‹ an unserer Freundschaft, und das gab mir ein Gefühl von Wirklichkeit. Ein Gespräch mit ihm löste in mir immer eine neue Flut von Gedanken aus. Außerdem kam er mir manchmal paradoxerweise wie eine Emanation meiner selbst vor, ein verirrtes und fremdes *Alter ego*. Er brachte mich *herzlich* zum Lachen. Ich mochte sein speckig glänzendes, lustiges Hundegesicht und seine blassen, ironischen Augen. Er hatte eine scharfe Zunge, war immer ein wenig spöttisch, immer ein wenig aggressiv, und flirtete immer ein wenig mit mir (ich kann es nicht anders nennen). Er war sich dessen wohl bewußt, daß er für mich die enttäuschende und sogar leicht bedrohliche Sohn-Figur darstellte. Er spielte die Rolle geistreich und im großen und ganzen auf nette Art. Erst in den letzten Jahren und nach einigen offenen Auseinandersetzungen entwickelte sich in mir langsam das Gefühl, daß ich mich ein wenig zurückziehen mußte, weil der Schmerz, den er mir zufügte, zu groß wurde. Jede seiner Bemerkungen kam mir jetzt wie ein ›Nadelstich‹ vor. Und als mein Leben ohne die große Eingebung, an die ich glaubte, weiterging, begann Arnolds leichterrungener Erfolg mich mehr und mehr zu irritieren.

Bin ich ihm als Schriftsteller gegenüber ungerecht? Möglich. Irgend jemand hat gesagt: »Alle zeitgenössischen Schriftsteller sind entweder unsere Freunde oder unsere Feinde.« Und es ist sicher schwer, den Zeitgenossen gegenüber objektiv zu sein. Die ärgerliche Gereiztheit, die ich nicht immer ganz unterdrücken konnte, wenn ich eine gute Besprechung eines seiner Bücher las, hatte natürlich auch ihre niedrigen Motive. Aber ich habe mir auch mehrmals wirkliche Mühe gegeben, ganz rational über den Wert von Arnolds Werk nachzudenken. Ich glaube, ich machte es ihm vor allem zum Vorwurf, daß er so ein *Schwätzer* war. Natürlich schrieb er schlampig. Aber das Geschwätz war nicht nur ein Ergebnis seiner Sorglosigkeit und Schlamperei, es war ein Aspekt seiner, wenn man so sagen kann, ›Metaphysik‹. Arnold versuchte immer, sich die Welt anzueignen, indem er sich gleichsam wie duftendes Badewasser über sie ergoß. Dieser nach Breitenwirkung strebende ›literarische Imperialismus‹ war mir mit meiner viel strengeren Vorstellung von der Kunst als Mittel zur Verdichtung, zur Verfeinerung einer Idee bis auf fast nichts, völlig fremd. Ich war immer der Ansicht, daß die Kunst ein Aspekt des aufrechten Lebens und daher entsprechend schwierig ist, während Arnold sie, wie ich zu meinem Bedauern sagen muß, als ›Spaß‹ betrachtete. Und daran änderte auch sein ›mythologischer‹ Bombast nichts, der einige Kritiker dazu bewog, einen ernsthaften ›Denker‹ in ihm zu sehen. Arnold hat nie wirklich an seiner ›Symbolik‹ *gearbeitet*. Er sah überall eine tiefere Bedeutung, alles gehörte auf irgendeine vage Art zu seiner Mythologie. Ihm gefiel alles, und er akzeptierte alles. Und obwohl er ›im Leben‹ ein kluger Mann war, der intelligent und hart argumentieren konnte, ›in der Kunst‹ wurde er weich und verlor den Blick für Unterscheidungen. (Unterscheidungen aber sind der Kern der Kunst wie auch der Kern der Philosophie.) Der Grund für dieses Versagen lag zumindest teilweise in einer ausufernden Religiosität. Er war mehr oder weniger ein Anhänger Jungs. (Ich will damit nichts Despektierliches gegen diesen Theoretiker sagen, es ist nur so, daß ich seine Arbeiten schlicht unlesbar finde.) Für Arnold als Künstler war das Leben nichts anderes als eine große, wunderbare Metapher. Aber vielleicht enthalte ich mich jetzt besser weiterer Schilderungen, denn ich höre schon, wie sich das Gift in meinen Ton einschleicht. Von meinem Freund P. habe ich viel über die absolute geistige Notwendigkeit des Schweigens gelernt. Als Künstler hatte ich das auf bescheidenere Weise und ganz instinktiv schon früher erkannt, und mein Wissen flößte mir von jeher eine gewisse Verachtung für Arnold ein.

Meine Beziehung zu meiner Schwester war viel einfacher und zugleich viel komplexer. Die Beziehung zwischen Geschwistern ist gewöhnlich kompliziert, wird aber andererseits so sehr als gegeben betrachtet, daß der einfache Mensch sich gar nicht bewußt macht, in welchem Spinnennetz von Liebe und Haß, Rivalität und Solidarität Geschwister gefangen sind. Wie ich früher schon erklärt habe, identifizierte ich mich mit Priscilla.

Mein empörtes Mißbehagen beim Anblick von Rogers Glück war eine Reaktion der Selbstverteidigung. Ich empfand es als Beleidigung, wie dieser Ehemann ungestraft seine alternde Frau gegen ein junges Mädchen ausgetauscht hatte. Zweifellos ist das der Traum jedes Ehemannes. Nur war in diesem Fall ich die alternde Ehefrau. Mein Mitgefühl mit Rachel entsprang sogar auf seltsame Weise meinem Mitgefühl für Priscilla, obwohl Rachel so ganz anders war; viel härter, viel intelligenter, viel interessanter und viel attraktiver. Andererseits reizte Priscilla mich bis zur Rücksichtslosigkeit. Ich kann Leute, die ewig jammern und klagen, ganz allgemein nicht leiden. (Es hatte mich berührt, als Rachel von »Feuer« sprach. Leid sollte Funken schlagen und nicht Selbstmitleid auslösen.) Zu dem Schweigen, das ich immer hoch geschätzt habe, gehörte auch die Entschlossenheit, selbst unter Schlägen den Mund zu halten. Und ich habe auch wenig übrig für tränenreiche Geständnisse. Der Leser wird bemerkt haben, wie rasch ich Francis Marloe zum Schweigen brachte. Auch das war ein Punkt, in dem ich mich von Arnold unterschied. Arnold ermunterte alle Menschen ohne Unterschied, ihm von ihren Problemen zu erzählen, und behauptete sogar, das gehöre zu seinem »Job« als Schriftsteller. (Auch bei Christin brachte er dieses Talent gleich bei der ersten Begegnung zum Einsatz.) Natürlich hatte das mehr mit Bosheit und Neugier zu tun als mit Mitgefühl und führte oft zu Mißverständnissen und daraus folgender Bitterkeit. Arnold verstand es, Menschen beiderlei Geschlechts an der Nase herumzuführen. Ich verabscheute das. Um aber auf Priscilla zurückzukommen: Ihr Kummer betrübte mich sehr, trotzdem wollte ich mich da nicht hineinziehen lassen. Ich war schon immer der Meinung, daß nur der ein guter Nachbar ist, der seine Grenzen als Helfer realistisch einzuschätzen vermag. (Arnold ging der Sinn dafür vollkommen ab.) Ich hatte nicht die Absicht, Priscilla zwischen mich und meine Arbeit treten zu lassen. Und ich war auch entschlossen, sie nicht als ›erledigt‹ zu betrachten, wie Rachel das tat. So leicht läßt ein Mensch sich nicht zerstören.

Daß Christin Priscilla zu sich genommen hatte, war eine unverschämte Frechheit, doch aus dem Skandal wurde mit der Zeit vor allem ein Problem. Ich war geneigt, den Dingen ihren Lauf zu lassen. Christin würde keinen Nutzen ziehen aus ihrer Geiselnahme. Aber ich glaubte nicht, daß sie Priscilla deshalb aufgeben und fallenlassen würde. Vielleicht war ich auch in dieser Hinsicht von Arnold beeinflußt. Bei manchen Menschen ist der reine *Wille* ein Ersatz für Moral. Sie haben, wie Arnold es nannte, die Dinge »im Griff«. Als Christin noch meine Frau war, spielte sie diesen Willen gegen mich aus, um mich ganz zu vereinnahmen und zu beherrschen. Ein geringerer Mann hätte sich geschlagen gegeben und in eine Ehe geschickt, die vielleicht sogar hätte glücklich sein können. Es gibt viele Männer, die ein glückliches Leben führen, am Gängelband geführt und beHERRscht von Frauen mit einem ungeheuer starken Willen. Es war die Kunst, die mich vor Christin rettete. Meine Künstlerseele lehnte sich auf gegen diese massive Invasion, (die einer Invasion von Viren glich.) Der Haß, den ich all diese Jahre gegen Christin genährt hatte, war ein natürliches Resultat meines Kampfes ums Überleben und das ursprünglich beherrschende Element dieses Kampfes. Wer einen Tyrannen stürzen will, sei es in der Öffentlichkeit oder privat, der muß hassen lernen. Jetzt aber, wo ich nicht mehr wirklich bedroht war und objektiver sein konnte, sah ich durchaus, wie *intelligent* Christin sich und ihr Leben organisiert hatte. Vielleicht sah ich sie auch anders, seit ich wußte, daß sie Jüdin war. Fast fühlte ich mich zu einem Wettkampf ganz neuer Art bereit, in dem ich sie beiläufig und mühelos schlagen und meinen Sieg mit kühler, belustigter Gleichgültigkeit hinnehmen würde: Das wäre dann der endgültige Exorzismus gewesen. Aber das waren alles nur vage Gedanken. Das Wichtigste war: Ich war jetzt bereit, darauf zu vertrauen, daß Christin sich in der Sache Priscilla nüchtern, sachlich und verläßlich verhalten würde, was ich mir selbst nicht so ganz zutraute.

Im Licht späterer Ereignisse war ich geneigt, fast alles, was ich in der bisher geschilderten Zeit tat, für verwerflich zu halten. Es wird wohl so sein, daß die Schlechtigkeit des Menschen manchmal das Ergebnis einer ganz bewußten Heimtücke und Böswilligkeit ist. (Früher betrachtete ich Christin als böse in diesem Sinn, später jedoch erschien mir das zumindest übertrieben.) Viel häufiger aber ist sie das Ergebnis einer mehr oder minder bewußten Unaufmerksamkeit, einer Art Ohnmacht gegenüber der Zeit. Wie schon anfangs gesagt weiß jeder Künstler, daß der Raum zwischen dem Stadium, in dem eine Arbeit noch zu unfertig ist, um sich festhalten zu lassen, und dem Stadium, in dem es zu spät ist, sie noch zu verbessern, nur ein schmaler Grat ist. Genialität besteht vielleicht darin, diesen schmalen Grat auszuweiten, bis er fast die ganze Arbeitszeit einnimmt. Die meisten Künstler aber treiben durch reine Trägheit, Lustlosigkeit und Unaufmerksamkeit immer und immer wieder vom einen Stadium geradewegs ins andere, trotz aller guten Vorsätze und trotz der Hoffnungen, mit denen jedes neue Werk beginnt. Das ist natürlich ein moralisches Problem, denn jede Kunst ist auf besondere Weise ein moralischer Kampf. Im alltäglichen Handeln des moralischen Subjekts finden sich analoge Übergänge: Wir wissen nicht, was wir tun, bis es zu spät ist, etwas daran zu ändern. Wir nehmen uns nie die Zeit, uns wirklich auf den Augenblick der Entscheidung zu konzentrieren; und oft ist dieser Augenblick auch schwer zu erkennen, selbst wenn wir danach suchen. Wir lassen uns vom Gezeitenstrom unseres auf Lustgewinn und Unlustvermeidung gerichteten Wesens dahintreiben, bis der Augenblick gekommen ist, in dem wir dann sagen, wir können nicht anders. Und so entsteht eine ewige Diskrepanz zwischen der Selbsterkenntnis, die wir gewinnen, indem wir uns objektiv beobachten, und unserem subjektiven Selbstgefühl; eine Diskrepanz, die es uns vielleicht unmöglich macht, je zur Wahrheit vorzudringen. Unsere Selbsterkenntnis ist zu abstrakt, unser Selbstgefühl zu subjektiv, zu selbstverliebt und zu selbstvergessen. Vielleicht bedürfte es einer Art Integrität der Vorstellungskraft, einer Art moralischer Genialität, um hier Klarheit zu schaffen und die Empfindlichkeit für den Augenblick als Funktion eines viel größeren Bewußtseins zu schärfen und über ihn zu gebieten. Kann es eine *natürliche*, sozusagen shakespearische Glückseligkeit im moralischen Leben geben? Oder haben die Weisen des Ostens recht, wenn sie ihren Schülern die schrittweise Vernichtung des träumenden Egos zur Aufgabe machen?

Doch das Problem bleibt ungelöst, weil es keinem Philosophen und kaum je einem Schriftsteller gelungen ist, zu erklären, aus welchem Stoff das seltsame Gewebe des menschlichen Bewußtseins wirklich gemacht ist. Der Körper, die Dinge der Außenwelt, plötzlich hochschießende Erinnerungen, glühende Phantasien, Gedanken anderer, Schuld, Furcht, Zögern, Lügen, Fröhlichkeit, Kummer, atemberaubender Schmerz, tausend Dinge, die Wörter nur unbeholfen ertasten können, existieren nebeneinander, viele davon miteinander verschmolzen, in einer einzigen Bewußtseinseinheit. Wie menschliche Verantwortung da überhaupt möglich ist, könnte einen außerirdischen Beobachter unserer seltsamen Art des Fortschreitens durch die Zeit vor ein Rätsel stellen. Wie kann man an einem solchen Ding feilen, es vervollkommnen, die Qualität des Bewußtseins ändern? Wie Wasser um einen Stein fließt es um den ›Willen‹ herum. Könnte ständiges Beten da nützen? Solches Beten müßte darin bestehen, immer wieder ein Körnchen Antiegoismus in jede einzelne dieser mannigfaltigen Einheiten einzuführen. (Natürlich hat das nichts mit ›Gott‹ zu tun.) Es ist so viel Schotter am Boden des Behälters, fast alle Beschäftigungen, denen wir von Natur aus nachgehen, sind niedriger Art, und in den meisten Fällen kann nur die Erfahrung großer Kunst oder tiefer Liebe dieses Sammelsurium in unserem Bewußtsein zu einer Einheit zusammenschließen. Weder das eine noch das andere stand in irgendeinem Bezug zu meinem wirren, geistesabwesenden Treiben.

Ich habe vielleicht noch immer nicht genügend betont, wie sehr ich damals von dem immer mächtiger werdenden Gefühl beherrscht wurde, daß die Zeit für das große Kunstwerk meines Lebens gekommen war. *Dieses* Gefühl strahlte so stark in jeden ›Winkel‹ meines Bewußtseins aus, daß ich, sogar wenn ich beispielsweise Rachel zuhörte oder Priscillas Gesicht betrachtete, zugleich dachte: Die Zeit ist gekommen. Das heißt, ich dachte diese Worte nicht, ich dachte nichts in Worten. Ich war mir nur bewußt, daß etwas Großes, Dunkles, Wunderbares auf mich zukam, das auf magnetische Weise mit mir verbunden war; verbunden mit meinem Geist und meinem Körper, der manchmal buchstäblich bebte oder taumelte unter der Einwirkung dieser gewaltigen und gebieterischen Anziehungskraft. Wie stellte ich mir das Buch vor? Ich wußte es nicht. Aber intuitiv erkannte ich, daß es da war und daß es hervorragend war. Ein Künstler im Besitz seiner vollen schöpferischen Kraft hat eine gelassene Beziehung zur Zeit. Reifen ist nur eine Frage des Wartens. Das Werk kündet sich an, und oft ist es plötzlich als Ganzes da, wenn der Augenblick gekommen ist, wenn die Lehrzeit gut genutzt wurde. (So wie der Weise jahrelang einen Bambuszweig betrachtet und ihn dann rasch und mühelos zeichnet.) Ich spürte es: Alles, was ich brauchte, war Einsamkeit.

Inzwischen, verehrter Freund, kenne ich die Früchte der Einsamkeit viel besser und genauer als damals: dank meiner eigenen Erfahrungen und dank deiner Weisheit. Der Mensch, der ich damals war, kommt mir jetzt wie ein blinder Gefangener vor. Mein Instinkt war richtig, die eingeschlagene Richtung stimmte. Nur der Weg erwies sich als sehr viel länger als erwartet.

Am folgenden Morgen, das heißt am Tag nach meinem deprimierenden Gespräch mit Rachel, begann ich von neuem meinen Koffer zu packen. Ich hatte eine unruhige Nacht hinter mir, das Bett schien unter mir zu brennen. Ich hatte mich entschlossen, endlich aufs Land zu fahren. Vorher aber wollte ich noch nach Notting Hill, um Priscilla zu besuchen und ein paar Worte mit Christin zu reden; ganz kühl und geschäftsmäßig. Ich hatte jedoch nicht die Absicht, vor meiner Abfahrt noch einmal mit Rachel und Arnold zu sprechen. Ich würde ihnen beiden einen langen Brief aus meinem Refugium schreiben. Ich freute mich geradezu darauf: einen liebevoll-beruhigenden für Rachel, einen reuig-ironischen für Arnold. Ich spürte, daß ich nur Zeit brauchte, um eine Weile nachzudenken; dann könnte ich alles wieder in Ordnung bringen, mich selbst verteidigen und die Wogen glätten. Für Rachel eine *amitié amoureuse*, für Arnold eine Kampfansage.

Der Geist, stets auf sein eigenes Wohlergehen bedacht, registriert und prüft ständig mit größter Empfindsamkeit, auf welche Weise die Selbstachtung (Eitelkeit) verletzt wurde. Und während er das tut, sucht er zugleich eifrig nach Möglichkeiten, den Schaden wiedergutzumachen. Es hatte mich gekränkt und beschämt, daß Rachel einen linkischen Versager in mir sah und daß Arnold so tat, als wäre er mir irgendwie ›auf die Schliche gekommen‹. (Und mir, was noch schlimmer war, ›verziehen‹ hatte.) Doch je länger ich über das Geschehene nachdachte, desto stärker retuschierte ich das Bild. Ich war stark genug, mit ihnen beiden fertigzuwerden: Rachel zu trösten und Arnold Paroli zu bieten. Die damit verbundene Herausforderung richtete meine angeknackste Eitelkeit schon wieder ein wenig auf.

Rachel würde ich mit *keuscher* Liebe trösten. Dieser Entschluß und der schöne Klang des Wortes gaben mir an diesem bedeutsamen Morgen gleich das Gefühl, ein besserer Mensch zu sein. Was mir jedoch nicht aus dem Kopf ging, war das Bild Christins: mehr ihr Bild als ein konkreter Gedanke an sie. Diese Bilder, die in der Höhle des Geistes dahintreiben (und was immer die Philosophen sagen, der Geist *ist* eine finstere Höhle voller dahintreibender Schatten), sind natürlich keine neutralen Erscheinungen, sondern schon durchdrungen von Vorurteilen, vom düsteren Licht der Voreingenommenheit umstrahlt. Immer noch überkam mich in Wellen mein alter, zersetzender Haß auf diese Tyrannin. Und dazwischen meldete sich das nicht sehr aufbauende Bedürfnis, den unwürdigen Eindruck, den ich gemacht hatte, durch gespielte Gleichgültigkeit auszulöschen. Ich hatte zu viel Emotion gezeigt. Jetzt mußte ich sie mit kalter Neugier betrachten. Doch noch während ich dieses kühle Starren übte, schien sich ihr mit Vorurteilen befrachtetes, düsteres Bild aufzulösen und vor meinen Augen zu verwandeln. Fing ich doch noch an, mich daran zu *erinnern*, daß ich sie einmal geliebt hatte?

Ich gab mir einen Ruck, schloß den Koffer und ließ den Verschluß zuschnappen. Wenn ich nur mit dem Buch anfangen könnte! Ein ungestörter Tag, und ich könnte wenigstens etwas zu Papier bringen, ein kostbares, keimfähiges Etwas, einem Samen gleich, der die Frucht in sich trägt. Das würde mir helfen, Frieden mit der Vergangenheit zu machen. Und ich dachte jetzt nicht an Versöhnung oder gar an Exorzismus, sondern einfach nur daran, die schiere Last der Gewissensbisse abzuschütteln, die ich mit mir durchs Leben schleppte.

Das Telefon läutete.

»Hier Hartbourne.«

»Oh, hallo.«

»Warum bist du nicht zu unserem Fest gekommen?«

»Zu welchem Fest?«

»Dem Kollegenfest. Ich habe es extra an einem Tag angesetzt, der dir recht war.«

»O mein Gott. Entschuldige.«

»Alle waren sehr enttäuscht.«

»Das tut mir wirklich leid.«

»Das hat es uns auch getan.«

»Ich – äh – ich hoffe, es war trotzdem nett.«

»Es war großartig, obwohl du gefehlt hast.«

»Wer war denn alles da?«

»Alle von der alten Runde. Bingley und Grey-Pelham und Dyson und Randolph und Matheson und Hadley-Smith und –«

»Ist Mrs. Grey-Pelham auch gekommen?«

»Nein.«

»Wie schön. Hartbourne – es tut mir leid.«

»Macht doch nichts, Pearson. Treffen wir uns wieder mal zum Essen?«

»Ich fahre fort.«

»Ach so. Das würde ich auch gern tun. Schick mir eine Ansichtskarte.«

»Hör mal, es tut mir wirklich leid –«

»Macht nichts.«

Ich legte den Hörer auf. Ich spürte schwer die Hand des

Schicksals auf mir. Sogar die Luft war dicker geworden, als wäre sie von Weihrauch oder Blütenstaub durchdrungen. Ich sah auf die Uhr. Es war Zeit, nach Notting Hill aufzubrechen. Ich stand in meinem kleinen Wohnzimmer und betrachtete die Büffeldame, die in der lackierten Vitrine auf der Seite lag. Ich hatte mich nicht getraut, das verbogene Bein des Büffels geradezubiegen, aus Angst, die empfindliche Bronze könnte brechen. Ich sah auf die Mauer vor meinem Fenster, auf die die schräg einfallende Sonne einen Strebebogen gezeichnet hatte; deutlich waren die Umrisse der Ziegelsteine zu erkennen, und der Schmutz trat plastisch hervor wie ein Besatz aus Spitze. Der Raum, die Mauer, alles war so klar umrissen, so pulsierend vor Leben, als wäre die unbelebte Welt drauf und dran, ein Wort zu sagen.

In diesem Augenblick läutete es an der Tür. Ich öffnete. Es war Julian Baffin. Ich sah sie verständnislos an.

»Bradley, du hast es vergessen! Wir wollten heute über *Hamlet* reden.«

»Ich habe es nicht vergessen«, sagte ich, innerlich fluchend. »Komm rein.«

Sie marschierte vor mir her ins Wohnzimmer und zog die beiden Stühle mit den lyraförmigen Lehnen an den Intarsientisch heran. Sie setzte sich und schlug ihr Buch auf. Sie trug die roten Stiefel, eine pinkfarbene Strumpfhose und ein kurzes, malvenfarbenes hemdähnliches Kleid. Ihr dichtes goldbraunes Haar ließ das Gesicht frei und bauschte sich hinter dem Kopf. Sommerfrische und Gesundheit strahlten aus ihrem Gesicht.

»Du hast die Stiefel angezogen«, sagte ich.

»Ja. Es ist zwar ein bißchen heiß dafür, aber ich wollte sie dir zeigen. Ich hab eine irre Freude damit und bin dir echt dankbar. Macht es dir auch wirklich nichts aus, mit mir über Shakespeare zu reden? Du siehst aus, als wärst du im Weggehen. Hast du mich wirklich nicht vergessen gehabt?«

»Natürlich nicht.«

»Ach, Bradley, du tust meinen Nerven so gut. Alle anderen machen mich wahnsinnig. Einen zweiten Text habe ich nicht dabei. Du hast doch sicher einen?«

»Ja. Hier.«

Ich nahm ihr gegenüber Platz. Sie saß seitlich auf dem Stuhl, die Beine in den Stiefeln kokett nebeneinandergestellt. Ich saß rittlings auf meinem und klemmte die Lehne zwischen die Knie. Ich öffnete meinen Shakespeare, der vor mir auf dem Tisch lag. Julian lachte.

»Warum lachst du?«

»Du bist so sachlich. Ich bin sicher, du hast nicht mit mir gerechnet. Du hast vergessen, daß es mich überhaupt gibt. Und jetzt benimmst du dich wie ein Lehrer.«

»Vielleicht tust du meinen Nerven auch gut.«

»Es macht mir solchen Spaß, Bradley.«

»Es hat ja noch gar nicht angefangen. Vielleicht wird es dir überhaupt keinen Spaß machen. Was möchtest du tun?«

»Ich werde dir Fragen stellen, und du beantwortest sie mir.«

»Na, dann los.«

»Ich habe eine ganze Liste von Fragen, schau.«

»Die da habe ich schon beantwortet.«

»Über Gertrud und – ja schon, aber ich bin nicht ganz überzeugt.«

»Willst du mir mit diesen Fragen meine Zeit stehlen und dann meine Antworten nicht glauben?«

»Na ja, das könnte ein Ausgangspunkt für eine Diskussion sein.«

»Oh, diskutieren werden wir also auch. Aha.«

»Wenn du Zeit dafür hast. Ich weiß, ich kann schon froh sein, daß du dir *überhaupt* Zeit für mich nimmst. Du bist ja so beschäftigt.«

»Ich bin gar nicht beschäftigt. Ich habe absolut nichts zu tun.«

»Ich dachte, du schreibst ein Buch.«

»Lügen.«

»Du ziehst mich schon wieder auf.«

»Na komm, schieß los, ich hab nicht den ganzen Tag Zeit.«

»Warum hat Hamlet Claudius nicht gleich umgebracht?«

»Weil er ein verträumter junger Intellektueller und ein Gewissensmensch war und nicht dafür geschaffen, so mir nichts, dir nichts einen Mord zu begehen, bloß weil er meinte, einen Geist gesehen zu haben. Nächste Frage.«

»Aber Bradley, du hast selbst gesagt, daß der Geist echt war.«

»Ich weiß, daß der Geist echt war, aber Hamlet wußte es nicht.«

»Oh. Aber es muß noch einen tieferen Grund dafür geben, daß er den Mord hinausschob. Ist denn das nicht der springende Punkt in dem ganzen Stück?«

»Ich habe nicht gesagt, daß es keinen anderen Grund gibt.«

»Und welchen?«

»Er identifiziert Claudius mit seinem Vater.«

»Ach, wirklich? Deshalb zögert er also, weil er seinen Vater liebt und Claudius deshalb nichts antun kann?«

»Nein. Er haßt seinen Vater.«

»Würde er dann Claudius nicht auf der Stelle umbringen?«

»Nein. Seinen Vater hat er schließlich auch nicht umgebracht.«

»Also, das versteh ich nicht. Wie kommt es, daß er Claudius nicht tötet, weil er ihn mit seinem Vater identifiziert?«

»Es macht ihm keine Freude, seinen Vater zu hassen. Es erweckt Schuldgefühle in ihm.«

»Er ist also von Schuldgefühlen gelähmt? Aber davon sagt er nichts. Er ist fürchterlich selbstgefällig und intolerant. Denk nur, wie ekelhaft er zu Ophelia ist.«

»Das ist das gleiche in Grün.«

»Wie meinst du das?«

»Er identifiziert Ophelia mit seiner Mutter.«

»Aber ich habe gedacht, er liebt seine Mutter.«

»Das ist es ja.«

»Was heißt, das ist es ja?«

»Er verurteilt seine Mutter, weil sie Ehebruch mit seinem Vater begangen hat.«

»Moment mal, Bradley, jetzt kenne ich mich überhaupt nicht mehr aus.«

»Claudius ist nur eine Fortsetzung seines Bruders auf unbewußter Ebene.«

»Aber man kann nicht mit dem eigenen Ehemann Ehebruch begehen, das ist nicht logisch.«

»Das Unbewußte kennt keine Logik.«

»Du meinst, Hamlet ist eifersüchtig, du meinst, er ist verliebt in seine Mutter?«

»Das ist so ungefähr der Gedanke. Ein ziemlich alter Hut, würde ich sagen.«

»Ach, *das*.«

»Ja, das.«

»Ich verstehe. Aber warum er in Ophelia Gertrud sehen soll, ist mir trotzdem nicht klar. Sie sind einander überhaupt nicht ähnlich.«

»Das Unbewußte macht sich ein Vergnügen daraus, Menschen miteinander zu identifizieren. Es hat nur ein paar Figuren zur Verfügung.«

»Und daher müssen viele Schauspieler ein und dieselbe Rolle spielen?«

»Ja.«

»Ich glaube nicht so recht an das Unbewußte.«

»Braves Mädchen.«

»Bradley, du ziehst mich schon wieder auf.«

»Überhaupt nicht.«

»Warum konnte Ophelia Hamlet nicht retten? Das ist übrigens eine andere meiner Fragen.«

»Weil unschuldige, unwissende junge Mädchen, meine liebe Julian, komplizierte, neurotische, allzu gebildete ältere Männer nicht vor dem Unheil retten können, auch wenn sie sich das noch so sehr einbilden.«

»Ich weiß, daß ich unwissend bin, und ich kann nicht abstreiten, daß ich jung bin, aber ich identifiziere mich *nicht* mit Ophelia!«

»Natürlich nicht. Du identifizierst dich mit Hamlet. Jeder identifiziert sich mit Hamlet.«

»Wahrscheinlich identifiziert man sich eben immer mit dem Helden.«

»Nicht bei großen Werken der Literatur. Identifizierst du dich mit Macbeth oder mit Lear?«

»Nein, na ja, nicht so –«

»Oder mit Achilles oder Agamemnon oder Aeneas oder Raskolnikow oder Madame Bovary oder Marcel oder Fanny Price oder –«

»Warte. Einige von denen kenne ich überhaupt nicht. Und mit Achill identifiziere ich mich schon, glaube ich.«

»Erzähl mir was über ihn.«

»Ach Bradley – ich weiß nicht mehr – hat er nicht Hektor getötet?«

»Laß gut sein. Hast du verstanden, was ich sagen will?«

»Ich bin nicht ganz sicher.«

»Hamlet ist eine Ausnahme, weil es ein großes Werk der Literatur ist, bei dem jeder sich mit dem Helden identifiziert.«

»Aha. Ist es deshalb weniger gut als die anderen Stücke von Shakespeare, ich meine die guten?«

»Nein. Es ist Shakespeares größtes Stück.«

»Das ist dann aber seltsam.«

»So ist es.«

»Woran liegt das, Bradley? Hast du was dagegen, wenn ich mir ein paar Notizen über das mache, worüber wir vorher geredet haben; daß Hamlet denkt, seine Mutter würde mit seinem Vater die Ehe brechen, und so weiter. Mensch, ist das heiß hier. Könnten wir bitte das Fenster ein bißchen aufmachen? Und macht es dir was aus, wenn ich die Stiefel ausziehe? Ich brate da drin bei lebendigem Leib.«

»Ich verbiete dir, Notizen zu machen. Das Fenster bleibt zu. Die Stiefel kannst du dir ausziehen.«

»Herzlichen Dank für diese Erleichterung.« Sie öffnete den Zippverschluß und befreite ihre Beine in der rosa Strumpfhose von den Stiefeln. Bewundernd betrachtete sie sie, wackelte mit den Zehen, öffnete noch einen Knopf am Ausschnitt ihres Kleides, dann kicherte sie.

»Hast du was dagegen, wenn ich mir die Jacke ausziehe?« fragte ich.

»Natürlich nicht.«

»Dann siehst du aber meine Hosenträger.«

»Wie aufregend. Du bist sicher der letzte Mann in London,

der noch welche trägt. Sie sind so rar und aufregend geworden wie Strumpfhalter.«

Ich zog die Jacke aus, und graue Hosenträger aus Armeerestbeständen über einem grauen Hemd mit schwarzen Streifen kamen zum Vorschein. »Nicht besonders aufregend, fürchte ich. Wenn ich das vorher gewußt hätte, hätte ich meine roten genommen.«

»Du hast mich also nicht erwartet?«

»Sei nicht albern. Hast du was dagegen, wenn ich mir die Krawatte abnehme?«

»Sei nicht albern.«

Ich nahm die Krawatte ab und öffnete die beiden obersten Kragenknöpfe. Dann machte ich einen davon wieder zu. Ich habe zwar reichlich Haare auf der Brust, aber sie sind grau (oder, wenn man will, wie silbriger Zobel). Ich spürte, wie mir der Schweiß über Schläfen und Nacken lief und sich seinen Weg durch den Wald auf meinem Zwerchfell bahnte.

»Du schwitzt gar nicht«, sagte ich zu Julian. »Wie machst du das?«

»Freilich schwitze ich. Schau.« Sie fuhr mit den Fingern unter ihr Haar und hielt mir dann über den Tisch hinweg die Hände hin. Die Finger waren lang, aber nicht übertrieben dünn. Sie waren eine Spur feucht. »Also, wo waren wir, Bradley? Du hast gesagt, daß Hamlet das einzige Werk –«

»Beenden wir dieses Gespräch, ja?«

»Ach, ich hab's ja gewußt, daß ich dich nur langweilen werde. Und jetzt sehe ich dich wieder monatelang nicht, ich kenn dich ja!«

»Sei still. Dieses öde Zeug über Hamlet und seine Mami und seinen Papi kannst du in einem Buch nachlesen. Ich sag dir, in welchem.«

»Es ist also nicht wahr?«

»Es ist schon wahr, aber es spielt keine Rolle. Ein niveauvoller Leser erledigt das mit der linken Hand. Du bist ein niveauvoller Leser *in ovo*.«

»In was?«

»Hamlet ist natürlich Shakespeare.«

»Während Lear und Macbeth und Othello –«

»Es nicht sind.«

»Bradley, war Shakespeare homosexuell?«

»Natürlich.«

»Oh, ich verstehe. Also ist Hamlet in Wirklichkeit in Horatio verliebt –«

»Sei ruhig, Mädchen. In mittelmäßigen Werken ist der Autor der Held.«

»Mein Vater ist der Held aller seiner Romane.«

»Das bewirkt, daß der Leser sich mit ihm identifiziert. Wenn sich also das größte aller Genies gestattet, der Held eines seiner Stücke zu sein, ist das zufällig geschehen?«

»Nein.«

»Macht er das unbewußt?«

»Nein.«

»Richtig. Es muß also das sein, worum es eigentlich in dem Stück geht.«

»Oh. Was?«

»Um Shakespeares eigene Identität. Um sein Bedürfnis, sich als der romantischste aller romantischen Helden nach außen zu projizieren. Wann ist Shakespeare am schwersten zu verstehen?«

»Was meinst du?«

»Welcher Teil seines Werks ist der rätselhafteste und am meisten diskutierte?«

»Die Sonette?«

»Richtig.«

»Bradley, ich hab so eine faszinierende Theorie über die Sonette gelesen –«

»Sei still. Shakespeare ist also am undurchschaubarsten, wenn er über sich selbst spricht. Wie kommt es dann, daß Hamlet das berühmteste und zugänglichste seiner Stücke ist?«

»Aber darüber streiten sich die Leute auch.«

»Ja, aber trotzdem ist es das bekannteste Stück Literatur auf der ganzen Welt. Indische Bauern, australische Holzfäller, argentinische Rancher, norwegische Matrosen, Soldaten der Roten Armee, Amerikaner, die primitivsten Vertreter der Menschheit aus den entlegensten Winkeln der Welt haben von Hamlet gehört.«

»Meinst du nicht kanadische Holzfäller? Ich dachte, in Australien –«

»Wie kommt das?«

»Ich weiß nicht, Bradley, sag's mir.«

»Weil Shakespeare durch die bloße Intensität seines Nachdenkens über das Problem seiner Identität eine neue Sprache geschaffen hat, eine spezielle Rhetorik des Bewußtseins –«

»Da komm ich nicht mit.«

»Worte sind Hamlets Wesen, wie sie das Wesen Shakespeares waren.«

»Worte, Worte, nichts als Worte.«

»Aus welchem Werk der Literatur kann man mehr zitieren?«

»Oh, welch ein edler Geist ist hier zerstört.«

»Wie jeder Anlaß mich verklagt.«

»Seit meine teure Seele Herrin war von ihrer Wahl.«

»O welch ein Schurk und niedrer Sklav bin ich!«

»Verbanne noch dich von der Seligkeit.«

»Fast ein wenig zuviel. Wie gesagt: Das Ding ist ein Monument aus Worten, es ist Shakespeares rhetorischstes Stück, es ist sein längstes Stück, es ist seine einfallsreichste, seine komplizierteste literarische Leistung. Und wie beiläufig, mit welcher Klarheit, Leichtigkeit und Anmut er den Grundstock zur modernen englischen Prosa legt –«

»Welch ein Meisterwerk ist der Mensch –«

»Hamlet segelt härter am Wind, als Shakespeare es sich sonst je erlaubte. Nicht einmal in den Sonetten. Hat Shakespeare seinen Vater gehaßt? Natürlich. War er in seine Mutter verliebt? Natürlich. Aber das ist nur der Anfang von allem, was er uns über sich erzählt. Wie kann er das wagen? Wie kommt es, daß er damit nicht eine Strafe auf sich herabzieht, die viel ausgesuchter ist als bei anderen Dichtern, weil der Gott, dem er huldigt, über dem Gott steht, dem sie huldigen? Er hat ein überragendes schöpferisches Meisterstück vollbracht, ein Werk, das ständig Reflexionen über sich selbst anstellt – nicht diskursiv, sondern in sich selbst –, ein chinesischer Schachtelturm, so hoch wie der von Babel, eine Meditation über das unerschöpfliche Ränkespiel des Bewußtseins und die erlösende Rolle der Worte im Leben derer, die keine Identität haben, der Menschen also. *Hamlet*, das sind Worte, und aus Worten besteht auch die Figur. Er ist voller Geist und Witz wie Jesus Christus, aber wo Christus spricht, ist Hamlet Sprache. Er ist das gepeinigte, eitle, sündhafte Bewußtsein des Menschen im Brennspiegel der Kunst, des Gottes geschundenes Opfer, das den Tanz der Schöpfung tanzt. Der Schrei der Qual bleibt dumpf für uns, denn wir sind nur zufällige Lauscher. Es ist die Beredsamkeit der direkten Rede, es ist *oratio recta*, nicht *oratio obliqua*. Aber diese Rede ist nicht an uns gerichtet. Shakespeare offenbart sich voller Leidenschaft dem Grund und Urheber seines Seins. Er spricht, wie nur wenige Künstler zu sprechen vermögen, in der ersten Person, und doch ist seine Sprache Kunst in höchster Vollendung. Denn keiner wußte besser als Shakespeare, wie sehr diese Gottheit sich verhüllt, wie gefährlich es ist, sich ihr zu nähern, wie fast unmöglich, ungestraft das Wort an sie zu richten. Hamlet ist ein Akt maßloser Kühnheit, eine der Katharsis dienende, totale Selbstgeißelung im Angesicht des Gottes. Ist Shakespeare ein Masochist? Natürlich. Er ist der König der Masochisten, alles, was er schreibt, ist durchbebt von diesem Geheimnis. Aber weil sein Gott ein echter Gott ist und nicht ein *eidolon* privater Phantasie und weil die Liebe hier eine Sprache erfunden hat, als wäre es das erste Mal, kann er Schmerz in Poesie verwandeln und Orgasmen in reine Gedanken –«

»Halt Bradley, warte, ich verstehe dich nicht –«

»Shakespeare macht hier seine eigene Identitätskrise zum zentralen Thema seiner Kunst. Er setzt seine persönlichen Obsessionen in eine so allgemein zugängliche Sprache um, daß jedes Kind sie nachplappern kann. Er inszeniert die Reinigung der Sprache, und doch ist das Ganze auch komisch, eine Art Trick, wie ein riesiges Wortspiel, wie ein langer Witz, der fast keine

Pointe hat. Er schreit unter Qualen, er krümmt sich, er tanzt, er lacht, er kreischt, und wir lachen und kreischen mit ihm, um unserer eigenen Hölle zu entfliehen. Sein ist Spiel. Wir bestehen aus Schichten um Schichten von verschiedenen *Personae*, und doch sind wir nichts. Nur daß die Sprache letzten Endes göttlich ist, erlöst uns. Welche Rolle will jeder Schauspieler spielen? Den Hamlet.«

»Ich habe einmal den Hamlet gespielt«, sagte Julian.

»Was?«

»Ich hab einmal den Hamlet gespielt. In der Schule. Ich war damals sechzehn.«

Ich hatte das Buch geschlossen und die Hände flach auf den Tisch gelegt. Ich starrte das Mädchen an. Sie lächelte, und als ich das Lächeln nicht erwiderte, begann sie zu kichern, wurde rot und strich sich mit dem gekrümmten Finger das Haar aus dem Gesicht. »Ich war nicht sehr gut. Sag mal, Bradley, müffeln meine Füße?«

»Ja, aber ich finde es reizend.«

»Ich zieh die Stiefel wieder an.« Sie streckte einen rosa Fuß vor und schob ihn in sein rotes Futteral. »Entschuldige, daß ich dich unterbrochen habe. Bitte sprich weiter.«

»Nein. Die Vorstellung ist zu Ende.«

»Bitte. Was du gesagt hast, war wunderbar, obwohl ich eigentlich nicht viel davon begreife. Wenn du mich doch nur Notizen machen ließest. Darf ich jetzt was aufschreiben?« Sie zog den Zippverschluß der Stiefel hoch.

»Nein. Was ich gesagt habe, taugt nicht für deine Prüfung. Das ist nur was für Eingeweihte. Du würdest durchrasseln, wenn du dieses Zeug von dir gibst. Außerdem begreifst du es sowieso nicht. Aber das spielt keine Rolle. Besser, du lernst ein paar einfache Dinge. Ich schicke dir ein paar Anmerkungen und ein oder zwei Bücher. Ich weiß, was sie dich fragen werden, und ich weiß, mit welchen Antworten du die besten Noten einheimst.«

»Aber ich will mich nicht mit dem Einfachen begnügen, ich will das Schwierige. Außerdem, wenn das *wahr* ist, was du sagst –«

»Dieses Wort hat für dein Alter noch keine Zauberkraft.«

»Aber ich will verstehen. Ich dachte, Shakespeare war so was wie ein Geschäftsmann, der sich in Wirklichkeit fürs Geldverdienen interessiert hat –«

»Das ist richtig.«

»Aber wie konnte er dann –«

»Wollen wir was trinken?«

Ich stand auf. Ich fühlte mich auf einmal erschöpft, fast benommen, ich war von Kopf bis Fuß in Schweiß gebadet, wie in warmes Quecksilber getaucht. Ich öffnete das Fenster, und ein Hauch von etwas kühlerer Luft kam ins Zimmer, verschmutzt und staubig, aber auch mit einem kaum wahrnehmbaren Anflug von Blumenduft aus fernen Parks. Ein geballtes Summen füllte den Raum: Autos, Stimmen, das endlose Gemurmel der Stadt. Ich knöpfte mir das Hemd bis zur Mitte auf und kratzte in meiner krausen Matte von grauem Haar. Ich drehte mich zu Julian um. Dann ging ich zu dem Nußschrank und nahm Gläser und die Sherrykaraffe heraus. Ich goß uns Sherry ein.

»Du hast also den Hamlet gespielt. Beschreib mir dein Kostüm.«

»Oh, das Übliche. Hamletkostüme sind doch immer gleich. Wenn es nicht gerade eine moderne Inszenierung ist, aber das war unsere nicht.«

»Tu, worum ich dich gebeten habe.«

»Was?«

»Beschreibe dein Kostüm.«

»Na ja, ich trug eine schwarze Strumpfhose, schwarze Samtschuhe mit silbernen Schnallen und so ein schwarzes, enganliegendes Wams mit tiefem Ausschnitt und darunter ein weißes Seidenhemd und eine große goldene Kette um den Hals und ... Was ist los, Bradley?«

»Nichts.«

»Ich hab mal ein Bild von John Gielgud gesehen. Ich bildete mir ein, genauso auszusehen wie er.«

»Wer ist das?«

»Aber Bradley, das ist ein Schauspieler –«

»Du hast mich falsch verstanden, Kind. Sprich weiter.«

»Das ist alles. Es hat mir solchen Spaß gemacht. Vor allem der Kampf am Schluß.«

»Ich glaube, ich mach das Fenster wieder zu«, sagte ich, »wenn du nichts dagegen hast.« Ich schloß es, und das Londoner Gesumme wurde undeutlich, war nur noch innerlich da, im Kopf, und wir waren allein in einer warmen, kleinen, dinghaften Abgeschiedenheit. Ich starrte das Mädchen an. Träumerisch blickte sie vor sich hin und kämmte sich mit den langen Fingern das dichte, grünlichgoldene Haar. Sie sah sich als Hamlet, mit dem Schwert in der Hand.

»›Hier, mördrischer, blutschändrischer, verruchter Däne!‹«

»Bradley, du mußt Gedanken lesen können. Erzähl mir doch noch ein bißchen mehr über das, was du vorhin gesagt hast. Kannst du mir nicht so was wie eine Kurzfassung davon geben?«

»Hamlet ist ein Schlüsselstück. Es handelt von jemandem, in den Shakespeare verliebt war.«

»Aber Bradley, das hast du nicht gesagt, du –«

»Genug, genug. Wie geht es deinen Eltern?«

»Du ziehst mich auf. Es geht ihnen wie immer. Dad ist den ganzen Tag in der Bibliothek und schreibt und schreibt und schreibt. Und Mum sitzt zu Hause, schiebt die Möbel von einer Ecke in die andere und brütet vor sich hin. Ein Jammer, daß sie nicht studiert hat. Sie ist so intelligent.«

»Du brauchst sie gar nicht so zu bedauern«, sagte ich. »Sie sind wunderbare Menschen, beide, wunderbare Menschen. Und jeder von ihnen hat sein ganz persönliches Leben.«

»Tut mir leid. Ich muß schrecklich geklungen haben. Wahrscheinlich bin ich schrecklich. Wahrscheinlich sind alle jungen Leute schrecklich.«

»Legt nicht die Schmeichelsalb auf Eure Seele. – Nicht alle, nur manche.«

»Entschuldige, Bradley. Sag, könntest du meine Eltern nicht öfter besuchen? Ich finde, du tust ihnen gut.«

Ich schämte mich ein bißchen, daß ich sie nach Arnold und Rachel gefragt hatte, aber ich wollte sicher sein, daß sie nichts Nachteiliges über mich gesagt hatten, und nun war ich es.

»Du willst also Schriftstellerin werden?« sagte ich. Ich stand immer noch ans Fenster gelehnt. Ihr wachsames, verschlossenes kleines Gesicht war zu mir emporgewandt. Mit ihrer Haarmähne glich sie eher einem netten kleinen Hund als einem Prinzen von Dänemark. Sie hatte jetzt die Beine übereinandergeschlagen, das eine waagrecht übers andere, und ließ eine ganze Menge von der rosaroten Strumpfhose über den roten Stiefeln sehen. Ihre Hand spielte am Kragen, öffnete noch einen Knopf, fuhr in den Ausschnitt. Ich konnte ihren Schweiß riechen, ihre Füße, ihre Brüste.

»Ich glaube, ich könnte es. Ich bin bereit zu warten. Ich will nichts überstürzen. Ich möchte unpersönliche Bücher schreiben, in einer strengen, dichten Sprache, sie sollen keinerlei Ähnlichkeit mit mir haben.«

»Braves Mädchen.«

»Ich werde mich sicher nicht Julian Baffin nennen –«

»Julian«, sagte ich, »ich glaube, du gehst jetzt besser.«

»Ja, entschuldige. Ach, Bradley, es war so schön! Könnten wir uns wohl bald wieder sehen? Ich weiß, du haßt es, wenn man dich festnagelt. Wolltest du nicht eigentlich fort?«

»Nein.«

»Dann sag mir doch Bescheid, wann wir uns wieder treffen können.«

»Ja.«

»Ja also, ich muß dann wohl wirklich –«

»Ich bin dir noch etwas schuldig.«

»Was denn?«

»Irgendwas. Als Ersatz für die Dame auf dem Büffel. Weißt du noch?«

»Ja. Ich wollte dich nicht daran erinnern –«

»Hier.«

Mit zwei großen Schritten war ich beim Kaminsims und griff nach einem ovalen, vergoldeten Schnupftabakdöschen, einem meiner Lieblingsstücke. Ich drückte es ihr in die Hand.

»O Bradley, wie schrecklich lieb von dir, es sieht so elegant und wertvoll aus. Und da ist ja auch etwas eingraviert: *Von einem*

Freund. O Bradley, das ist wirklich lieb von dir! Wir sind doch Freunde? »

»Ja.«

»Ich bin dir so dankbar, Bradley.«

»Na, los jetzt. Raus mit dir.«

»Und du wirst mich auch nicht vergessen?«

»Raus.«

Ich begleitete sie zur Haustür und machte sie gleich hinter ihr wieder zu. Ich ging zurück in meine Wohnung, ins Wohnzimmer, und schloß auch diese Tür. Ein süßer Geruch nach schwerem, staubigem Sonnenlicht lag im Raum. Ihr Stuhl stand noch am selben Fleck. Sie hatte ihren Hamlet auf dem Tisch liegenlassen.

Ich fiel auf die Knie, dann legte ich mich der Länge nach auf den Teppich vor dem Kamin, mit dem Gesicht nach unten. Mir war soeben etwas ganz Außerordentliches widerfahren.

ZWEITER TEIL

Was mir widerfahren war, muß ich dem scharfsinnigen Leser bestimmt nicht erst sagen. (Sicher hat er es schon die längste Zeit kommen sehen. Ich nicht. Dies hier ist Kunst, ich aber stand damals draußen im Leben.) Ich hatte mich in Julian verliebt. An welchem Punkt unseres Gesprächs mir das klar wurde, ist schwer zu sagen. Das Bewußtsein schießt in der Zeit hin und her wie ein Webervogel und kann, wenn es mit seiner geheimnisvollen Tätigkeit der Selbstformung und Selbstsammlung beschäftigt ist, einen ziemlich großen Raum an scheinbarer Gegenwart einnehmen. Vielleicht wurde es mir klar, als sie mit ihrer schönen, klangvollen Stimme sagte: »Seit meine teure Seele Herrin war von ihrer Wahl ...« Vielleicht als sie sagte: »Eine schwarze Strumpfhose, schwarze Samtschuhe mit silbernen Schnallen.« Oder vielleicht als sie sich die Stiefel auszog. Nein, so früh nicht. Und als ich damals in dem Schuhgeschäft dieses mystische Erlebnis hatte, als mein Blick auf ihre Beine fiel, war das schon eine Vorahnung von Verliebtheit gewesen? Es war mir nicht so vorgekommen. Und doch gehörte auch das dazu. Alles gehörte dazu. Schließlich kannte ich dieses Kind seit seiner Geburt. Ich hatte sie in der Wiege gesehen. Ich hatte sie in den Armen gehalten, als sie gerade fünfzig Zentimeter groß war. O mein Gott.

»Ich hatte mich in Julian verliebt.« Die Worte sind leicht niedergeschrieben. Aber wie die Sache selbst beschreiben? Es ist seltsam: Obwohl dieses Sichverlieben so häufig vorkommt in der Literatur, wird es doch nur selten adäquat beschrieben. Immerhin ist es ein erstaunliches Phänomen, und für die meisten Menschen das Erstaunlichste, was ihnen je widerfährt. Erstaunlicher noch als die Schrecken des Lebens, weil es mehr gegen die Natur des Menschen geht. (Ich spreche hier natürlich nicht von bloßem ›Sex‹.) Es ist traurig, daß die Erfahrung der Liebe genauso wie die Erfahrung des schmerzlichen Verlusts durch den Tod *vergessen* wird wie ein Traum. Und wer sich nie unsterblich in einen Menschen verliebt hat, den er schon lange Zeit kannte, wird bezweifeln, daß es das überhaupt gibt. Ich versichere: Das gibt es. Mir ist es geschehen. War es immer schon da, im warmen Schoß der Zeit heranreifend wie in einem Brutkasten, während das Mädchen wuchs und erblühte? Natürlich hatte ich sie immer gemocht, vor allem als kleines Kind. Aber nichts hatte mich wirklich auf diesen Schlag vorbereitet. Und es war ein *Schlag*, er streckte mich körperlich zu Boden. Mir war, als hätte mich ein Schuß in den Bauch getroffen und als wäre dort nur noch ein klaffendes Loch. Meine Knie waren ganz weich, ich konnte nicht aufstehen, ich bebte und zitterte am ganzen Körper, meine Zähne klapperten. Mein Gesicht fühlte sich an, als wäre ihm eine große, fremde, verzückt lächelnde Wachsmaske übergestülpt worden, ich war in eine Art Gott verwandelt. Da lag ich, mit der Nase in der schwarzen Wolle des Vorlegers, auf dem meine Zehen in den Schuhen kleine Ellipsen beschrieben, und die Leidenschaft schüttelte mich. Natürlich war ich sexuell erregt, aber was ich spürte, ging so weit über bloße Lust hinaus, daß ich mir selbst, obwohl ich meinen leidenden Körper lebhaft wahrnahm, völlig entfremdet war, verwandelt, praktisch körperlos.

Von Zufall will der Liebende naturgemäß nichts wissen. »Ich frag mich, meiner Treu, was du und ich getan, bevor wir liebten?« ist eine Frage, die aus dem tiefen Staunen des Verliebten kommt. Meine Liebe für Julian mußte beschlossen gewesen sein, ehe die Welt begann. Bestimmt waren es Liebende, die die Astrologie entdeckten. Nichts anderes als das gewaltige Sternenzelt könnte groß und beständig genug sein, um etwas derart Ewiges in sich zu fassen, sein Ursprung zu sein und ihm Gewähr zu geben. Jetzt wurde mir klar, daß mein ganzes Leben sich unbeirrbar auf diesen Augenblick zubewegt hatte. *Ihr* ganzes Leben hatte sich darauf zubewegt, während sie spielte, in ihren Schulbüchern las und wuchs und im Spiegel ihre Brüste betrachtete. Es war ein vom Schicksal vorherbestimmter Zusammenstoß. Doch er hatte sich nicht eben erst ereignet, er hatte sich vor Äonen von Jahren ereignet, er war aus dem Stoff, aus dem die Erde und der Himmel gemacht sind. Als Gott sagte: »Es werde Licht«, wurde diese Liebe gemacht. Sie hatte keine Geschichte. Mein erwachendes Bewußtsein dieser Liebe aber hatte eine Geschichte, die mich faszinierte. Wann, wie hatte ich den Charme dieses Mädchens wahrgenommen? Liebe bewirkt, oder besser, enthüllt etwas, was man *absoluten Charme* nennen könnte. Nichts am Geliebten ist linkisch. Jede Bewegung des Kopfes, jede Modulation der Stimme, jedes Lachen, Brummen, Husten oder Runzeln der Nase ist eine Offenbarung, kostbar wie ein Blick ins Paradies. Und als ich da mit geschlossenen Augen vollkommen schlaff und zugleich gespannt wie eine Feder mit der Stirn auf dem Boden lag, tat ich nicht nur einen Blick ins Paradies, ich war im Paradies. Sich verlieben, sich wirklich verlieben (ich meine nicht, was manchmal unter dieser Bezeichnung läuft) ist ein Gefühl der Ekstase, das von einem Augenblick zum anderen das ganze Sein durchdringt.

Ich weiß nicht genau, wie lange ich auf dem Boden lag. Vielleicht eine Stunde, vielleicht zwei oder drei. Als ich mich schließlich zum Sitzen aufrappelte, schien es Nachmittag zu sein. Kein Zweifel, daß die Welt eine andere war, die Zeit eine andere. An Essen war natürlich nicht zu denken, mir wäre sofort übel geworden. Auf dem Boden sitzend, streckte ich die Hand aus, zog den Stuhl heran, auf dem sie gesessen hatte, und lehnte den Kopf dagegen. Ich sah mein Sherryglas unberührt auf dem Tisch stehen, ihres halb leer. Eine Fliege schwamm darin. Ich hätte es mitsamt der Fliege ausgetrunken, hätte ich nicht gewußt, daß ich nichts im Magen behalten konnte. Ich umklammerte den Stuhl (es war der mit dem Tigerlilienmuster) und starrte auf ihren *Hamlet*. Die Freude, nach dem Buch zu greifen, es durchzublättern, vielleicht ihren Namen vorne drin stehen zu sehen, lag hundert Jahre vor mir in einer herrlichen, von beglückenden

Tätigkeiten erfüllten Zukunft. Es hatte keine Eile. Die Zeit war schon zur Ewigkeit geworden. Mir war, als bewege ich mich mit extremer Langsamkeit im Inneren einer riesigen warmen Kugel bewußten Seins, die vielleicht ich selbst war. Ich brauchte nur zu schauen, langsam meine Hände auszustrecken wie ein Chamäleon. Es war nicht mehr wichtig, wohin ich schaute, was ich tat. Alles in der Welt war Julian.

Mancher Leser wird vielleicht finden, daß das, was ich hier beschreibe, ein Zustand des Wahnsinns ist, und in gewisser Weise trifft das auch zu. Wäre er nicht eine recht häufige Erscheinung, könnte der Mensch für eine solche Veränderung des Bewußtseins sicher eingesperrt werden. Aber es ist nun einmal eine der Eigenheiten, vielleicht eine der Segnungen dieses Planeten, daß jeder Mensch diese Verwandlung der Welt erleben kann. Und jeder kann zu ihrem Objekt werden. Was für ein gewöhnliches Mädchen, mag der Leser sagen: naiv, unwissend, gedankenlos, nicht einmal besonders schön. Oder sie wurde schlecht beschrieben. Ich kann darauf nur sagen, daß ich bis zu diesem Augenblick nicht fähig war, sie zu *sehen*. Und als ehrlicher Erzähler habe ich versucht, ihr Bild bisher ein wenig verschwommen zu lassen, es nur so zu beschreiben, wie das verblendete Bewußtsein des Menschen, der ich *war*, es beiläufig aufnahm. Jetzt konnte ich sehen. Kann irgendein Liebender daran zweifeln, daß er *jetzt* richtig sieht? Und ist nicht der Mensch im Besitz dieses gesteigerten Wahrnehmungsvermögens in Wahrheit Gott ähnlicher als einem Verrückten?

Die konventionelle Vorstellung vom christlichen Gott sieht ihn als einen, der den Menschen erschaffen *hat* und über ihn richten *wird*. Eine tiefer empfundene Theologie, eine, die besser im Einklang steht mit dem, was wir von Liebe wissen, stellt ihn sich als dämonische Kraft in einem ständigen Schöpfungsprozeß vor, einhergehend mit ständiger Anteilnahme an seiner Schöpfung. Ich hatte das Gefühl, Julian laufend zu erschaffen und ihr Sein mit meinem eigenen zu tragen. Zugleich sah ich sie in jeder Hinsicht genauso, wie ich sie vorher gesehen hatte. Ich sah ihre Naivität, ihre Unwissenheit, ihr kindliche Rücksichtslosigkeit, ihr unhübsches, eifriges kleines Gesicht. Sie war weder schön noch ausnehmend intelligent. Wie falsch doch die Behauptung ist, Liebe sei blind. Ich konnte über sie urteilen, ich konnte sie sogar verurteilen, ja, ich konnte sie sogar in einem gedanklichen Salto von kosmischen Ausmaßen leiden lassen. Trotzdem war all dies aus dem Stoff, aus dem das Paradies ist, weil ich ein Gott war und durch sie und mit ihr in einem ewiglichen Schöpfungsakt etwas erschuf, das von alleinigem und absolutem Wert war. Und mit ihr wurde die Welt erschaffen, nichts ging verloren, kein Körnchen Sand, kein Stäubchen Staub, denn sie war die Welt, und ich berührte sie in allem.

Diese etwas blumig formulierten Gedanken waren natürlich nicht klar umrissen in meinem Kopf, als ich da auf dem Boden saß und den Stuhl umarmte, auf dem sie gesessen hatte. (Auch das tat ich ziemlich lange: vielleicht bis zum Abend.) Ich war die ganze Zeit über völlig benommen vor Glück; vor Freude über das *vollbrachte Wunder* der absoluten Liebe. Natürlich huschten auch ein paar weltlichere Gedanken wie kleine Vögel durch diesen lichten Glanz, doch geblendet wie einer, der soeben aus einer finsteren Höhle getreten ist, gewahrte ich sie kaum. Zwei davon will ich hier erwähnen, weil sie mit den späteren Ereignissen zusammenhängen. Sie kamen mir, wie ich betonen möchte, nicht erst, nachdem ich entdeckt hatte, daß ich liebte – sie wohnten meiner Liebe inne und wurden mit ihr geboren.

In diesem länglichen Elaborat über mein Leben erwähnte ich vorhin auch, daß es auf etwas zusteuerte, wie es sich nun ereignet hatte. Es sei meinem Freund, dem scharfsinnigen Leser, verziehen, sollte er das so verstanden haben, daß mein ganzer Traum, ein großer Künstler zu sein, in Wahrheit bloß die Suche nach einer großen menschlichen Liebe war. Derlei kommt vor, ja es ist gar nicht selten, vor allem bei Frauen. Liebe kann den Traum von Kunst schnell verblassen, zur Nebensächlichkeit verkümmern, ja überhaupt als Wahn erscheinen lassen. Es sei hiemit sofort gesagt, daß dies bei mir nicht der Fall war. Natürlich waren jetzt, wo alles mit Julian verbunden war, auch meine Ambitionen als Schriftsteller mit ihr verbunden. Aber sie wurden dadurch nicht zunichte. Eher schien sich so etwas wie das Gegenteil zu ereignen. Sie hatte mich mit einer vorher unvorstellbaren Kraft erfüllt, und ich wußte, daß ich diese Kraft in meiner Kunst nutzen konnte und würde. Die tiefen Ursachen des Universums, der Sterne und fernen Galaxien, der kleinsten Materieteilchen hatten auch diese beiden Dinge geformt: meine Liebe und meine Kunst. Sie waren Aspekte ein- und derselben Kraft. Sie entsprangen, ich *wußte* es, derselben Quelle. Und auch ich stand – als neuer Mensch – unter demselben Befehl, anerkannte dieselbe Autorität. Auf diese Überzeugung will ich später noch ausführlicher eingehen.

Das zweite, was mir von Anfang an – und nicht eine Sekunde später – klar war, war dies: Ich konnte nie, niemals von meiner Liebe sprechen. Daß dieses Wissen mir nicht sofort tödlichen Schmerz verursachte, ist ein Beweis für die ungeheure Kraft, das heißt *ipso facto* für die Reinheit der Liebe, die ich für dieses Mädchen empfand. Sie zu lieben war Glück genug. Das Extrastückchen Glück, das es bedeuten würde, zu ihr davon zu sprechen, war klein wie ein Stecknadelkopf im Vergleich zu der himmlischen Freude, sie einfach nur wahrzunehmen. (Nach weiteren Freuden hatte ich in meiner Seligkeit nicht nur keinerlei Verlangen, der Gedanke daran kam mir nicht einmal in den Sinn.) Es war mir auch gleich, wann ich sie wiedersehen würde. Ich hatte keinerlei diesbezügliche Pläne. Wer war ich schon, um Pläne zu haben? Hätte man mir gesagt, ich würde sie nie wiedersehen, hätte mich das wohl irgendwie geschmerzt, aber der Schmerz wäre augenblicklich von der gewaltigen schöpferischen Flut meiner Liebe hochgetragen worden und darin versunken. Das war kein Delirium. Wer je geliebt hat, wird mich verstehen. Ich hatte ein überwältigendes Gefühl von Wirklichkeit, das Gefühl, endlich selbst wirklich zu sein und das Wirkliche zu sehen. Die Tische, die Stühle, die Sherrygläser, die Kräusel des Wollteppichs, der Staub: alles wirklich.

Ich verschwendete auch keinen Gedanken an mögliches Leid, wappnete mich nicht mit guten Vorsätzen wie etwa diesem: »Und mögen tausend Rutenschläge auf mich niederprasseln, es soll kein Schrei sich meinem Mund entringen.« Nein, nichts dergleichen. Wer reine Liebe empfindet, dem scheint der Gedanke an Leid niedrig in seinen Augenblicken der Reinheit, denn er kündet das Wiedererwachen des Ichs an. Was ich empfand, war eher verwirrte Dankbarkeit. Doch mein *Verstand* sagte mir ganz klar, daß Julian niemals von meiner Liebe wissen durfte. Was diese Überzeugung im einzelnen bedeutete (welche Folgen sie hatte), wurde mir erst später klar, aber die Überzeugung selbst stand mir von Anfang an flammend vor Augen. Ich war achtundfünfzig, sie war zwanzig. Ich durfte in ihrem jungen Leben nicht mit der geringsten Andeutung auf diese gewaltige, ungeheuerliche Liebe Verwirrung stiften, sie nicht mit dem geringsten Hinweis darauf belasten und quälen. Wie furchterregend ist doch dieser dunkle Schatten, wenn wir ihn im Leben eines anderen gewahren. Kein Wunder, daß so viele, auf die der schwarze Pfeil gerichtet ist, kehrtmachen und davonlaufen. Wie unerträglich kann sie sein, die Liebe, die ein anderer uns entgegenbringt. Nie würde ich meinen Liebling mit diesem erschreckenden Wissen peinigen. Auch wenn alles sich völlig verändert hatte, mußte alles bleiben wie zuvor, von nun an bis zum Ende der Welt.

Der Leser, vor allem wenn er nie erlebt hat, was ich hier beschreibe, wird vielleicht ungeduldig die Achseln zucken über meine nicht enden wollende Schwärmerei. »Pah«, wird er sagen, »der Kerl gibt ein bißchen viel feierliche Erklärungen ab und berauscht sich an Worten. Er gibt ja zu, daß er ziemlich verklemmt ist und nicht mehr jung obendrein. Alles, was er eigentlich meint, ist, daß er plötzlich heftiges sexuelles Verlangen nach einer Zwanzigjährigen verspürt. Das kennen wir doch.« Ich werde hier nicht innehalten, um diesem Leser zu antworten, sondern will so ehrlich wie möglich in meinem Bericht fortfahren und erzählen, was als nächstes geschah.

Ich schlief außerordentlich gut in dieser Nacht und erwachte in dem herrlichen Bewußtsein dessen, was geschehen war. Ich lag im Bett, getragen vom Geheimnis meiner Glückseligkeit. Denn dies war einer meiner ersten bewußten Gedanken: daß mein Leben von nun an einer geheimen Aufgabe geweiht war. Und zwar für immer. Auch daran gab es keinen Zweifel. Und wenn ich dich nicht liebe, dann kehrt das Chaos wieder. Daß wahre Liebe für immer gilt, ist einer der Gründe, weshalb selbst unerwiderte Liebe eine Quelle der Freude ist. Die menschliche Seele sehnt sich nach dem Ewigen, von dem – mit Ausnahme einiger seltener religiöser Mysterien – nur Liebe und Kunst eine Ahnung zu geben vermögen. (Ich will mich nicht mit einer Antwort an den Zyniker aufhalten – denselben wahrscheinlich, von dem vorhin die Rede war –, der mir sagen wird: »Und wie lange wird sie wohl dauern, deine romantische Ewigkeit?« Oder ich werde ihm einfach nur sagen: »Wahre Liebe währt ewig. Und sie ist selten. Und *Sie, mein Herr*, hatten wahrscheinlich nie das Glück, sie zu erfahren!«) Liebe bringt auch eine Vision von Selbstlosigkeit mit sich. Wie recht Plato doch hatte, wenn er dachte, sich auf dem Weg zum Guten zu befinden, wenn er einen hübschen Knaben umarmte. Ich sage, eine *Vision* von Selbstlosigkeit, weil unsere gemischte Natur die Reinheit jeden Strebens nur zu leicht verdirbt. Aber selbst wenn uns solche Einsicht nur ab und zu gewährt ist, selbst wenn sie nur einen Augenblick währt, ist sie ein Privileg, und die Intensität, mit der sie uns überkommt, kann ihr dauerhaften Wert geben. Ach, einmal nur sein ganzes Wollen einem anderen zuwenden, anstatt nur für sich selbst zu wollen! Warum können wir diese Offenbarung nicht zum Hebel machen, um damit die Welt aus den Angeln zu heben? Warum kann uns diese Befreiung vom Ich nicht Halt geben an einem neuen Ort, um uns dort anzusiedeln und die Grenzen auszuweiten, bis unser Wollen schließlich allem gilt, nur nicht uns selbst? Das war Platos Traum. Er ist nicht unmöglich.

Ich kann nicht behaupten, daß mir alle diese weisen Gedanken durch den Kopf gingen, als ich an jenem ersten Morgen des ersten vollen Tages der neuen Welt in meinem Bett lag. Vielleicht einige davon. Auf jeden Fall fühlte ich mich neu geboren, ich fühlte mich körperlich verklärt, wie man sich vielleicht mit demütigem Staunen am Tag der Auferstehung des

Leibes fühlen mag. Meine Glieder waren wie aus Butter oder Lilienblüten oder bleichem Wachs oder Manna oder dergleichen. Natürlich wärmte und durchdrang die Flamme körperlichen Verlangens diese makellose Blässe, doch offenbar ohne von ihr getrennt zu sein, ja ohne von irgend etwas in der Welt getrennt zu sein. Wenn sexuelles Verlangen auch Liebe ist, verbindet es uns mit der ganzen Welt und wird zu einer neuen Art von Erfahrung. Der Geschlechtstrieb erweist sich dann als das große verbindende Prinzip, durch das wir die Dualität überwinden können, als die in einem Augenblick göttlicher Glückseligkeit geschaffene Kraft, die das Getrenntsein zu einem Aspekt des Einsseins macht. Ich war voll Sehnsucht und fühlte mich zugleich entspannt wie nie zuvor in meinem Leben. Ich lag im Bett und dachte an Julians Beine, mal nackt und eierschalenbraun, mal in Strumpfhosen verpackt – pink, blaßlila, schwarz. Ich dachte an ihre Mähne matt schimmernden grünlichgoldenen Haares und wie es ihren Nacken hinunterwuchs. Ich dachte daran, wie sie die Nasenflügel blähte und die Lippen vorschob wie ein schnüffelndes Tier, wenn sie sich konzentrierte. Ich dachte an die Himmelsreinheit ihrer wasserblauen englischen Augen. Ich dachte an ihre Brüste. Ich fühlte mich vollkommen glücklich, und ich fühlte mich gut (im ethischen Sinn).

Ich stand auf und rasierte mich. Was für ein physisches Vergnügen doch im Rasieren liegt, wenn man glücklich ist. Ich musterte mein Gesicht im Spiegel. Es sah frisch und jung aus. Der wächserne Abdruck lag immer noch darauf. Ich sah wirklich aus wie ein anderer Mensch. Ein inneres Strahlen hatte meine Wangen gefüllt und die Falten um meine Augen geglättet. Ich zog mich sorgfältig an und nahm mir reichlich Zeit, eine Krawatte zu wählen. Etwas zu essen, daran war natürlich noch immer nicht zu denken. Ich hatte das Gefühl, als würde sich für mich nie wieder die Notwendigkeit des Essens ergeben, als könnte ich bis in alle Ewigkeit vom bloßen Atmen leben. Ich trank ein wenig Wasser. Ich preßte eine Orange aus, nicht weil mein Appetit sich meldete, sondern weil ich mir rein theoretisch sagte, daß ich mich wohl irgendwie ernähren mußte. Aber der Saft war zu dick und schwer, ich brachte keinen einzigen Schluck hinunter. Dann ging ich ins Wohnzimmer und staubte ein wenig ab. Zumindest ein paar sichtbare Flächen. Als einer, der sein Leben lang in London gelebt hat, bin ich Staub gegenüber ziemlich tolerant. Die Sonne hatte noch nicht die Stellung erreicht, in der sie auf die Ziegelmauer gegenüber schien, aber es lag so viel sonnige Helle am Himmel, daß ein gedämpftes Glühen den Raum erfüllte. Ich setzte mich hin und überlegte, was ich mit meinem neuen Leben anfangen sollte.

All das mag lächerlich klingen. Aber Lieben ist eine Lebensaufgabe. Diese Auffassung ist vielleicht eine besondere Erscheinungsform des Gedankens, alles für Gott zu tun und das ganze Leben zum Sakrament zu machen, »das Zimmer zu kehren nach Deinen Geboten ...«, wie es in Herberts Gedicht heißt. Oder zumindest ist sie diesem Gedanken verwandt. Ich hatte gerade das Zimmer für Julian abgestaubt, ohne natürlich auch nur daran zu denken, daß sie es je wieder betreten könnte. Nun gestattete ich mir, nach ihrem *Hamlet* zu greifen, der immer noch auf seinem Platz auf dem Intarsientisch lag. Es war eine Schulausgabe. Der Name einer früheren Besitzerin, *Hazel Bingley*, war ausgestrichen, und darüber stand in einer kindlichen Schrift, offenbar schon vor längerer Zeit geschrieben, *Julian Baffin*. Wie sah Julians Handschrift jetzt aus? Alles, was ich bisher von ihr bekommen hatte, waren Ansichtskarten mit den Grüßen eines Kindes. Würde ich je einen Brief von ihr erhalten? Der Gedanke machte mich ganz schwindlig. Ich sah mir das Buch genauer an. Der Text war vollgekritzelt mit außerordentlich albernen Anmerkungen von Hazel. Aber ich entdeckte auch ein paar Notizen von Julian (ebenso albern, wie ich zugeben mußte). Sie stammten wohl eher aus ihrer Schulzeit als aus ihrem zweiten Versuch mit dem Text. »Schwach!« hatte sie neben Ophelias Monolog »Oh, welch ein edler Geist ist hier zerstört! ...« geschrieben, was ich ein bißchen unfair fand. Und »Heuchler!« neben Claudius' Versuch zu einem Reuegebet. (Aber natürlich kann kein junger Mensch Claudius verstehen.)

Ich verbrachte einige Zeit damit, in dem Buch zu blättern

und diese Blumen zu pflücken. Dann, das Buch an die Brust gedrückt, begann ich zu meditieren. Ich war mir immer noch völlig im klaren darüber, daß meine neue ›Aufgabe‹ in keinerlei Sinn eine Alternative zu meinem Lebenswerk war. Ein- und dieselbe wirkende Kraft hatte mir beides geschickt, nicht zum gegenseitigen Wettkampf, sondern zur gegenseitigen Vollendung. Bald würde ich schreiben, und ich würde gut schreiben. Ich meine damit nicht, daß ich ›über‹ Julian schreiben wollte – etwas derart Gewöhnliches kam mir nicht in den Sinn. Man muß Leben und Kunst streng voneinander trennen, wenn man Großes anstrebt. Aber ich spürte dieses dunkle Brodeln im Kopf, dieses Prickeln in den Fingern, die Vorboten der Inspiration. Die Kinder meiner Phantasie drängten schon heran. Zuvor aber waren schlichtere Aufgaben zu erledigen. Ich mußte mein Leben in Ordnung bringen, und jetzt hatte ich auch die Kraft dazu. Ich mußte mit Priscilla reden und mit Roger und mit Christin und mit Rachel und mit Arnold. (Wie einfach mir das alles plötzlich vorkam!) Aber ich sagte mir nicht: »Ich muß mit Julian reden.« Und über diesen göttlichen Leerraum hinweg blickte ich mit großen, friedlichen Augen auf eine Welt, in der es das Böse nicht gab. London zu verlassen, das schien im Augenblick gar nicht zur Diskussion zu stehen. Ich würde meine Pflichten erledigen und keinen Finger rühren, um meinen Liebling wiederzusehen. Der Gedanke daran, daß ich ihr so spontan eines meiner Lieblingsstücke, die vergoldete Schnupftabakdose *Von einem Freund* gegeben hatte, erfüllte mich mit Freude. Jetzt hätte ich sie ihr nicht mehr schenken können. Dieses unschuldige Ding war mit ihr gegangen, ein Unterpfand der Liebe, auch wenn sie es nicht wußte, einer Liebe, die sich schweigend ihrem vollkommen losgelösten, ganz geheimen Glück hingab. Aus diesem *Schweigen* würde ich meine Kraft schmieden. Ja, diese Offenbarung war noch klarer als alles andere, an ihr würde ich festhalten. Ich würde fähig sein zu schaffen, weil ich fähig sein würde zu schweigen.

Ich dachte eine ganze Weile über diese fürwahr ehrfurchtgebietende Erkenntnis nach, und plötzlich blieb mir fast das Herz stehen, weil das Telefon läutete, und ich dachte, es könnte sie sein.

»Ja?«

»Hier Hartbourne.«

»O hallo, mein lieber alter Freund!« sagte ich mit herzlicher Erleichterung, obwohl ich vor Aufregung immer noch kaum atmen konnte. »Ich freue mich, daß du anrufst. Wir sollten uns bald wieder mal treffen. Wie wär's mit heute mittag – hättest du Zeit?«

»Heute? Na ja, warum eigentlich nicht. Sagen wir um eins am üblichen Ort?«

»Ja, bestens! Ich muß übrigens leider Diät halten und werde nicht viel essen können, aber ich möchte dich so gerne wieder-sehen, ich freue mich darauf.« Lächelnd legte ich den Hörer auf. Dann klingelte es an der Tür, und wieder tat mein Herz diesen Sprung ins Nichts. Fast stöhnend fummelte ich an der Tür herum.

Draußen stand Rachel.

Als ich sie sah, trat ich mit einem raschen Schritt hinaus auf den Flur und schloß die Tür hinter mir. »O Rachel«, sagte ich, »wie schön, dich zu sehen! Ich wollte gerade weg, ich muß drin-gend was besorgen, magst du mich begleiten?« Ich wollte sie nicht hineinlassen. Sie hätte ins Wohnzimmer gehen und sich auf Julians Tigerlilienstuhl setzen können. Außerdem hatte ich das Gefühl, daß ich besser im Freien mit ihr reden sollte als im trauten Tête-à-tête. Ich freute mich, sie zu sehen.

»Kann ich denn nicht reinkommen und mich einen Augen-blick hinsetzen?« sagte sie.

»Ich muß ein bißchen an die frische Luft, sei nicht böse. Und es ist so ein schöner Tag. Na, komm schon.«

Ich durchquerte den Hof und begann ziemlich rasch die Char-lotte Street entlangzugehen.

Rachel war schicker gekleidet als sonst. Sie trug ein rot-weiß getupftes Seidenkleid mit tiefem, eckigem Ausschnitt. Über dem Ausschnitt standen ihre sonnengebräunten, sommersprossigen Schlüsselbeine hervor. Die Haut an ihrem Hals war trocken und faltig, ein bißchen wie die Haut eines Reptils, das Gesicht glatter, stärker geschminkt als sonst, aber irgendwie mürrisch; was die Franzosen *maussade* nennen. Sie schien sich erst vor kurzem das Haar gewaschen zu haben; es bauschte sich in weichen Kräusellocken um ihren Kopf. Auch wenn die Beschreibung vielleicht nicht ganz danach klingt: Sie sah hübsch aus, ein wenig müde, aber nicht vom Leben besiegt.

»Renn doch nicht so, Bradley.«

»Entschuldige.«

»Eh ich's vergesse: Julian hat mich gebeten, ihren *Hamlet* mitzunehmen, den sie bei dir vergessen hat.«

Ich hatte nicht die Absicht, mich von dem Buch zu trennen. »Ich möchte ihn eine Weile behalten«, sagte ich. »Es ist eine recht gute Ausgabe, und ich wollte mir ein, zwei Dinge rausschreiben.«

»Aber es ist doch nur ein Schulbuch.«

»Trotzdem eine ausgezeichnete Ausgabe. Und nicht mehr erhältlich.« Später würde ich dann vorgeben, ich hätte das Buch verloren.

»Das war nett von dir, daß du dir gestern Zeit für Julian genommen hast.«

»Es hat mir Freude gemacht.«

»Ich hoffe, sie ist dir nicht zu sehr auf die Nerven gefallen.«

»Überhaupt nicht. Da sind wir.«

Ich betrat ein Papierwarengeschäft am Rathbone Place. Ich kann stundenlang in Papierwarengeschäften stöbern, ja in einem guten Papierwarengeschäft gibt es kaum etwas, was mir nicht gefällt und was ich nicht gerne haben möchte. Von welch erfrischender Unschuld ein solcher Ort doch ist! Papier in losen Blättern, Briefpapier, Hefte, Umschläge, Postkarten, Kugelschreiber, Bleistifte, Büroklammern, Löschpapier, Tinte, Aktenordner, altmodische Dinge wie Siegelwachs, neumodische Dinge wie Tixo-Band.

Ich flitzte zwischen den Regalen herum, Rachel hinter mir her. »Ich muß mir noch ein paar von meinen Spezialheften kaufen. Ich habe vor, eine Menge zu schreiben. Laß mich etwas für dich kaufen, Rachel, ich bin heute in Spendierlaune, ich muß einfach.«

»Was ist denn nur los mit dir, Bradley, du bist ja ganz aufgekratzt.«

»Hier, laß mich dir diese hübschen Kleinigkeiten schenken!« Ich mußte jemanden mit Geschenken überhäufen. Ich wählte ein Knäuel roten Bindfaden, einen blauen Filzstift, einen Block Schönschreibpapier, ein Vergrößerungsglas, eine bunte Tragtasche, eine große hölzerne Wäscheklammer, auf der in goldenen Buchstaben DRINGEND stand, und sechs Ansichtskarten vom Postturm. Ich bezahlte und drückte Rachel die Tragtasche mit der ganzen Ausbeute in die Arme.

»Du scheinst ja gut gelaunt zu sein«, sagte sie, erfreut, aber immer noch ein wenig *maussade*. »Können wir jetzt zu dir zurückgehen?«

»Tut mir schrecklich leid. Ich hab eine ziemlich frühe Verabredung zum Essen, ich geh nicht zurück.« Ich machte mir immer noch Sorgen wegen des Stuhls und daß sie versuchen würde, mir das Buch herauszulocken. Es war nicht so, daß ich nicht mit Rachel reden wollte, es machte mir sogar große Freude.

»Na schön, dann setzen wir uns irgendwo hin.«

»Auf der Tottenham Court Road ist eine Bank, gleich gegenüber von Heals.«

»Bradley, ich denk nicht daran, mich in die Tottenham Court Road zu setzen und zu Heals hinüberzugaffen. Sind denn die Pubs noch nicht offen?«

Sie waren offen. Ich mußte mich länger meinen Meditationen hingegeben haben, als ich gedacht hatte. Wir gingen in eines.

Es war ein modernes, nichtssagendes Lokal, vom Eigentümer verschandelt, alles aus hellem Kunststoff (Pubs sollten dunkle Löcher sein), aber die Sonne schien herein, die Straße zur Tür stand offen, und das gab ihm einen gewissen südlichen Charme. Wir gaben an der Bar unsere Bestellung auf, dann setzten wir uns an einen Plastiktisch, der schon naß war von übergeschwapptem Bier. Rachel hatte sich einen doppelten Whisky bestellt und darauf bestanden, ihn pur zu trinken. Ich nahm anstandshalber eine Limonade. Wir sahen einander an.

Mir ging der Gedanke durch den Kopf, daß dies das erste Mal war, daß ich einem anderen Menschen in die Augen sah, seit es mich ›erwischt‹ hatte. Es war ein gutes Gefühl. Ich strahlte. Fast hatte ich das Gefühl, als ginge eine segnende Kraft von meinem Gesicht aus.

»Du siehst aber heute wirklich komisch aus, Bradley.«

»Ist irgendwas Besonderes an mir?«

»Du siehst gut aus. Du siehst verdammt gut aus heute. Du wirkst jünger.«

»Liebe Rachel! Ich freue mich so, dich zu sehen. Erzähl mir alles. Reden wir über Julian. Was für ein intelligentes Mädchen.«

»Freut mich, daß du das findest. Ich bin mir da nicht so sicher. Jedenfalls bin ich dir dankbar, daß du nun doch noch Interesse an ihr zeigst.«

»Doch noch?«

»Sie sagt, sie versucht schon seit Jahren, bei dir Beachtung zu finden. Ich hab sie gewarnt, daß sich das schnell wieder ändern könnte.«

»Ich werde für sie tun, was ich kann. Ich mag sie, weißt du.« Ich stieß ein verrücktes Lachen aus.

»Sie ist, wie sie heute alle sind, so unentschieden und unüberlegt und impulsiv und so voller Verachtung für alles. Sie bewundert ihren Vater, aber das Sticheln kann sie trotzdem nicht lassen. Heute früh hat sie ihm gesagt, daß du seine Romane für ›sentimental‹ hältst.«

»Rachel, ich habe nachgedacht«, sagte ich. (In Wirklichkeit hatte ich das nicht, der Gedanke war mir eben erst gekommen.) »Vielleicht bin ich Arnold gegenüber total ungerecht. Es ist Jahre her, daß ich sein gesamtes Werk gelesen habe. Ich muß das alles noch einmal lesen, vielleicht sehe ich es jetzt mit ganz anderen Augen. Du magst Arnolds Romane doch?«

»Ich bin seine Frau. Und ich bin völlig ungebildet, wie meine liebe Tochter nie müde wird, mir zu sagen. Aber schau, ich will jetzt nicht über diese Dinge reden. Ich möchte dir sagen – also zuerst, entschuldige, daß ich dich noch einmal belästige. Du wirst mich langsam für eine Neurotikerin halten, die von einer fixen Idee besessen ist.«

»Niemals, meine liebe Rachel. Ich freue mich so, dich zu sehen. Und was für ein hübsches Kleid du anhast! Du siehst bezaubernd aus.«

»Danke. Ach, ich bin so unglücklich über alles, was in letzter Zeit geschehen ist. Ich weiß, das Leben ist immer ein Wirrwarr, aber in letzter Zeit ist es schlimmer geworden, und ich kann es nicht mehr ertragen. Du weißt doch, wie das ist, wenn man alles in sich hineinfrißt und nicht aufhören kann, immer wieder von vorn über das gleiche Elend nachzugrübeln. Darum mußte ich einfach kommen und dich sehen. Und Arnold setzt mich immer ins Unrecht, und wahrscheinlich bin ich auch im Unrecht –«

»Auch ich war im Unrecht«, sagte ich, »aber jetzt habe ich das Gefühl, daß alles in Ordnung gebracht werden kann. Es ist nicht nötig, Krieg zu führen, wenn man Frieden haben kann. Ich werde Arnold besuchen, und wir werden ein langes Gespräch miteinander führen –«

»Moment mal, Bradley. Ist dir etwa die Limonade zu Kopf gestiegen? Dabei hast du doch noch gar nichts davon getrunken. Ich sehe keinen Anlaß dafür, daß du dich hochfeierlich mit Arnold besprichst. Warum müssen Männer aus allem immer gleich eine Staatsaktion machen und sich über alles aussprechen? Ich bin nicht sicher, ob es mir im Augenblick überhaupt recht wäre, wenn du dich mit Arnold triffst. Das wollte ich nur gesagt haben. Hörst du mir überhaupt zu, Bradley?«

»Ja, mein Herz.«

»Du hast letztes Mal ein paar sehr nette und vielleicht auch sehr weise Dinge über die Freundschaft gesagt. Ich fürchte, ich war etwas unwirsch –«

»Überhaupt nicht.«

»Ich möchte dir jetzt sagen, daß ich deine Freundschaft annehme und brauche. Außerdem möchte ich sagen – ach, es ist so schwer, die richtigen Worte zu finden – ich möchte sagen, daß es mir scheußlich wäre, wenn ich das Gefühl haben müßte, daß du in mir nur eine verzweifelte Frau in mittleren Jahren siehst, die wie eine Harpyie versucht, einen Mann in ihr Bett zu zerren, um ihrem Ehegemahl eins auszuwischen –«

»Ich versichere dir –«

»Es ist nicht so, Bradley. Es gibt da etwas, was ich wohl nicht deutlich genug gesagt habe. Ich habe nicht nur irgendeinen Mann gesucht, mit dem ich mich nach einem Ehekrach trösten wollte –«

»Das war mir durchaus klar –«

»Es hätte kein anderer sein können als du. Wir kennen einander schon seit einer Ewigkeit. Aber es ist mir erst in letzter Zeit klargeworden – wieviel du mir wirklich bedeutest. Du spielst eine besondere Rolle in meinem Leben. Ich schätze und bewundere dich, ich vertraue dir und – also gut, ich liebe dich. Das war's, was ich sagen wollte.«

»Rachel, wie wunderbar, das ist ein Freudentag für mich.«

»Sei doch einen Moment ernst, Bradley!«

»Ich bin ernst, meine Liebe. Die Menschen sollten einander viel mehr lieben, auf schlichte und einfache Art lieben, der Meinung war ich schon immer. Warum können wir einander nicht öfter trösten? Jeder von uns hat den Hang, sich selbst zu schützen, weil wir alle mit einer gewissen Angst und einem gewissen Groll im Herzen leben. Erhebt euch darüber, schwingt euch darüber hinaus und fühlt euch frei zu lieben! So lautet die Botschaft. Ich weiß, daß in meiner Beziehung zu Arnold –«

»Lassen wir deine Beziehung zu Arnold. Hier geht es um mich. Ich möchte – ich muß ein bißchen betrunken sein – laß es mich ganz ungeschminkt sagen – ich möchte eine besondere Beziehung zu dir.«

»Die hast du!«

»Sei still. Ich will kein Verhältnis, nicht weil ich kein Verhältnis will, vielleicht hätte ich ganz gerne eines, aber es lohnt sich nicht, das herauszufinden, ich will keines, weil es nur alles komplizieren und die Angst und den Groll, von denen du gesprochen hast, noch größer machen würde. Außerdem hast du sowieso nicht den Schneid dazu oder nicht das Temperament oder was immer, aber, Bradley, ich will *dich*.«

»Du hast mich.«

»Ach, hör doch auf mit dem munteren Getue, du schaust so verdammt zufrieden mit dir aus, was ist denn nur los?«

»Mach dir keine Sorgen, Rachel. Ich kann alles für dich sein, was du willst. Es ist ganz einfach. Wie Julians Namensvetterin dunkel, aber kühn sagte: Alles wird gut sein, und alles wird gut sein, und was es auch sei, es wird gut sein –«

»Heute kann man einfach nicht ernst mit dir reden, du weichst mir dauernd aus. Dabei ist es mir so wichtig, Bradley – wirst du mich lieben, ehrlich und aufrichtig lieben?«

»Ja!«

»Mir für immer ein wahrer und treuer Freund sein?«

»Ja, ja!«

»Ich weiß nicht recht, na gut, danke. Du schaust auf die Uhr, du mußt zu deiner Verabredung. Ich bleib noch ein wenig hier – mit meinen Gedanken – und meinem Whisky. Ich danke dir. Danke.«

Als ich ging, sah ich sie durchs Fenster dasitzen, auf die Tischplatte starren und mit dem Finger langsam Muster in die Bierpfützen zeichnen. Auf ihrem Gesicht lag ein wehmütig-verträumter, gedankenverlorener Ausdruck, der sehr rührend war.

Hartbourne erkundigte sich nach Christin. Er hatte sie flüchtig gekannt. Die Neuigkeit von ihrer Rückkehr mußte sich irgendwie herumgesprochen haben. Es fiel mir ganz leicht, offen und unverkrampft von ihr zu sprechen. Ja, ich hatte sie gesehen. Sie hatte sich sehr zu ihrem Vorteil verändert, nicht nur äußerlich. Wir hatten ein gutes, sehr kultiviertes Verhältnis zueinander. Und Priscilla? Sie hatte ihren Mann verlassen und wohnte jetzt bei Christin, ich würde die beiden nachher besuchen. »Priscilla wohnt bei Christin? Bemerkenswert«, sagte Hartbourne. Ja, das war es wohl, aber es zeigte nur, was für gute Freunde wir alle waren. Ich meinerseits erkundigte mich bei Hartbourne nach dem Büro. Gab es diesen lächerlichen Ausschuß noch immer? War Matheson schon befördert worden? Waren die neuen Toiletten endlich fertig? Gab es diese komische Büffetdame noch? Hartbourne stellte fest, daß ich sehr »fit und erholt« wirkte.

Ich hatte tatsächlich beschlossen, an diesem Nachmittag nach Notting Hill zu gehen, aber zuerst wollte ich noch in meine Wohnung zurück. Ich mußte ein wenig auftanken, und dazu brauchte ich Ruhe und Einsamkeit, um an Julian denken zu können. So kehrt der Heilige in den Tempel zurück, so schöpft der Kreuzritter Kraft aus dem heiligen Sakrament. Am liebsten wäre ich ja zu Hause geblieben, für den Fall, daß sie anrief, aber ich wußte, daß das eine Versuchung war, und ich widerstand ihr. Wenn wirklich alles gut sein sollte, durfte ich meine Lebensgewohnheiten in keiner Weise ändern: abgesehen von dem, was ich tun mußte, um einige Dinge einzurenken und mich auszusöhnen, wozu ich jetzt die Kraft in mir verspürte. Auf dem Heimweg ging ich noch rasch in eine Buchhandlung und bestellte Arnolds gesamtes Werk. Natürlich konnte ich so viele Bücher gar nicht tragen, außerdem waren nicht alle lagernd. Der Verkäufer versprach, sie mir bald zu schicken. Als ich die Liste überflog, stellte ich fest, daß ich nicht einmal alle gelesen hatte, und bei manchen war es schon so lange her, daß ich mich überhaupt nicht erinnern konnte. Wie konnte ich mir auf dieser Basis ein Urteil über den Mann erlauben? Mir wurde klar, daß ich völlig ungerecht gewesen war. Ich lächelte den Verkäufer an. »Ja, alle bitte, jedes einzelne.« – »Auch die Gedichte?« – »Ja.« Ich hatte nicht einmal gewußt, daß Arnold auch Gedichte veröffentlicht hatte. Was war ich doch für ein Lump! Dann kaufte ich mir noch die sechsbändige Londoner Ausgabe von Shakespeare, um sie Julian zur gegebenen Zeit als Ersatz für ihren *Hamlet* zu schenken. Immer noch lächelnd verließ ich den Laden.

Als ich in den Hof einbog, sah ich Rigby, meinen Nachbarn aus dem Stockwerk über mir. Ich hielt ihn an und begann ein freundliches Gespräch über das schöne Wetter mit ihm, aber er unterbrach mich und sagte: »Vor Ihrer Tür wartet wer auf sie.« Ich schnappte nach Luft, entschuldigte mich und rannte los. Aber es war ein Mann, der auf mich wartete. Eine gutgekleidete, distinguiert und irgendwie soldatisch wirkende Erscheinung.

Kaum hatte er mich gesehen, sprudelte Roger auch schon los: »Hör zu, bevor du mir sagst –«

»Mein lieber Roger, komm doch rein. Möchtest du eine Tasse Tee? Wo ist Marigold?«

»Ich hab sie unten in so 'ner Art Café gelassen.«

»Na, dann hol sie, geh und hol sie, ich würde mich freuen, sie wiederzusehen! Ich setze inzwischen das Wasser auf und richte alles für den Tee her.«

Roger starrte mich an und schüttelte den Kopf, als hielte er mich für verrückt, aber er ging, um Marigold zu holen.

Marigold hatte sich für den Besuch in der Großstadt herausgeputzt. Sie trug ein blaues Leinenhütchen, einen weißen Trägerrock aus Leinen mit dunkelblauer Seidenbluse und einem ziemlich teuer wirkenden rot-weiß-blauen Schal. Sie sah ein bißchen nach einem Matrosengirl aus einem Musical aus. Sie war inzwischen runder geworden und hatte diese halb befangene, halb trotzig-selbstzufriedene Haltung der Schwangeren. Ihr gebräuntes, rotbackiges Gesicht strahlte vor Gesundheit und Glück. Aus ihren Augen leuchtete ein Lächeln, das man einfach erwidern mußte. Soviel Glück mußte sogar an den Passanten in den Straßen seine Spuren hinterlassen haben.

»Wie bezaubernd Sie aussehen, Marigold«, sagte ich.

»Was für ein Spiel spielst du?« sagte Roger.

»Setzt euch, setzt euch doch. Entschuldigt bitte, ich bin nur ganz weg davon, wie glücklich ihr zwei ausseht. Sie werden also Mutter, Marigold?«

»Soll das ein blöder Witz sein?«

»Aber nein, nein!« Ich servierte den Tee auf dem Mahagoninachttisch. Julians Stuhl hatte ich außer Reichweite gezogen.

»Gleich wirst du wieder eklig werden.«

»Kein Grund zur Aufregung, Roger. Du kannst ganz ruhig bleiben. Wir wollen freundlich und vernünftig miteinander reden. Es tut mir leid, daß ich damals in Bristol so unfreundlich zu euch beiden war. Ich war beunruhigt wegen Priscilla, und das bin ich natürlich noch immer, aber ich denke deshalb nicht schlecht von euch. Ich weiß, so was passiert eben.«

Roger schnitt Marigold eine Grimasse. Sie erwiderte sie mit einem Strahlen. »Ich wollte dich ins Bild setzen«, sagte er. »Und wenn du willst, kannst du etwas für uns tun. Aber hier zunächst einmal das da.« Er stellte eine große, weit aufklaffende Tragtasche neben mich auf den Boden.

Ich schaute hinunter, dann fuhr ich mit der Hand hinein. Halsketten und anderer Klimbim. Das Emailbild. Die kleine Statuette aus Marmor oder was immer. Zwei Silberbecher und noch mehr dergleichen. »Das ist nett von dir, Priscilla wird sich sehr freuen. Was ist mit dem Nerz?«

»Darauf wollte ich gerade kommen«, sagte Roger. »Bedaure, aber den Nerz habe ich verkauft. Ich hatte ihn schon beim letztenmal verkauft. Ich war mit Priscilla übereingekommen, ihn als Investition zu betrachten. Sie kann die Hälfte vom Erlös haben. Zu gegebener Zeit.«

»Sie braucht sich keine Sorgen zu machen«, sagte Marigold. Sie hatte ihren Fuß, der in einem schicken blauen Lackschuh steckte, näher an Rogers Fuß herangeschoben. Ihr Arm war ständig in Bewegung, so daß ihr Ärmel leicht und rhythmisch seinen Ärmel streifte.

»Es ist der ganze Schmuck«, sagte Roger. »Und die Sachen von ihrem Frisiertisch sind auch alle dabei. Und Marigold hat alle ihre Kleider und so weiter in drei große Schrankkoffer gepackt. Wohin sollen wir sie schicken?«

Ich schrieb ihm die Adresse in Notting Hill auf.

»Die alten Kosmetika habe ich nicht alle zusammengepackt«, sagte Marigold. »Und dann gab es noch eine Menge von alten Hüfthaltern und solchen Sachen –«

»Und könntest du Priscilla sagen, daß wir die Scheidung sofort in die Wege leiten wollen? Natürlich werde ich ihr Unterhalt zahlen.«

»Es wird uns nicht schlechtgehen«, sagte Marigold und ließ

ihren Ärmel über Rogers Ärmel streifen. »Ich werde nach der Geburt des Kindes weiterarbeiten.«

»Was machen Sie beruflich?« fragte ich.

»Ich bin Zahnärztin.«

»Gut für Sie!« Ich lachte aus purer Lebensfreude. Sieh mal an! Zahnärztin war das reizende Mädchen.

»Du hast Priscilla natürlich von uns erzählt?« fragte Roger ruhig.

»Ja, ja. Alles wird gut sein, und alles wird gut sein, wie Julian sagte.«

»Julian?«

»Julian Baffin, die Tochter eines Freundes.«

»Ist sie die Tochter von Arnold Baffin?« fragte Marigold. »Ich bewundere seine Bücher, er ist mein Lieblingsschriftsteller.«

»Ihr müßt jetzt gehen, meine Kinder«, sagte ich und erhob mich. Ich konnte es nicht länger ertragen, nicht mit meinen Gedanken allein zu sein. »Ich werde mit Priscilla alles zum Besten regeln. Und euch beiden wünsche ich alles Glück.«

»Ich muß zugeben, du hast mich überrascht«, sagte Roger.

»Es würde Priscilla nichts helfen, wenn ich ekelhaft zu dir wäre.«

»Sie waren *süß*«, sagte Marigold. Ich glaube, sie hätte mir einen Kuß gegeben, aber Roger schob sie schon vor sich her.

»Also macht's gut«, rief ich ihnen nach, »und tschüs, meine Lieblingszahnärztin.«

»Er muß betrunken sein«, hörte ich Roger sagen, als ich die Tür schloß.

Ich ging zurück ins Wohnzimmer und legte mich wieder mit dem Gesicht nach unten auf den schwarzen Wollteppich.

»Rate mal, was ich hier in der Tasche habe«, sagte ich zu Priscilla.

Es war am Abend desselben Tages. Francis hatte mir die Tür geöffnet. Von Christin keine Spur.

Priscilla war immer noch im oberen Stockwerk untergebracht, in dem ›neuen‹ Schlafzimmer mit der ziemlich schäbig wirkenden Wandverkleidung aus Bambusimitat. Das in Schwarz bezogene ovale Bett war zerwühlt; sicher war sie gerade erst aufgestanden. In einem ziemlich steril wirkenden weißen Bademantel saß sie auf einem Hocker vor einem niedrigen, funkelnden Toilettentisch. Als ich eintrat, starrte sie sich gerade im Spiegel an, und nachdem sie mich ohne ein Lächeln begrüßt hatte, fuhr sie damit fort. Sie hatte sich das Gesicht ziemlich weiß gepudert und die Lippen rot geschminkt. Sie sah grotesk aus, wie eine ältliche Geisha.

Sie gab mir keine Antwort. Dann streckte sie plötzlich die Hand nach einem großen Tiegel fetter Cold Cream aus und begann sie sich ins Gesicht zu klatschen. Der rote Lippenstift verlief mit dem Fett und tönte es rosa. Priscilla schmierte sich das rosa Zeug übers ganze Gesicht und starrte sich dabei wie hypnotisiert in die Augen.

»Sieh mal«, sagte ich, »sieh mal, wer da ist.« Ich stellte die weiße Statuette auf die Glasplatte des Toilettentischs. Ich legte das Emailbild daneben, stellte das Malachitkästchen dazu. Ich zog einen Knäuel von Halsketten hervor.

Priscilla starrte. Dann streckte sie, ohne die Sachen zu berühren, die Hand aus, griff nach einem Papiertaschentuch und begann sich die rote Schmiere vom Gesicht zu wischen.

»Roger hat die Sachen für dich gebracht. Und schau, die Büffeldame ist auch wieder da. Der Büffel ist, fürchte ich, ein bißchen lahm, aber –«

»Und die Nerzstola? Hast du ihn gesehen?«

»Ja, ich habe ihn gesehen. Hör zu, Priscilla, ich möchte dir sagen –«

Priscillas vom Fett gesäubertes Gesicht war fleckig und wundgerieben. Sie ließ den rotverschmierten Papierknäuel auf den Boden fallen. »Ich habe mich entschlossen, zu Roger zurückzugehen, Bradley«, sagte sie.

»Oh, Priscilla –«

»Es hat keinen Sinn. Ich hätte ihn nie verlassen sollen. Es ist nicht fair ihm gegenüber. Und ich verliere wirklich noch den Verstand ohne ihn. Auf was für ein Glück kann ich denn noch hoffen? Es ist die Hölle, immer nur mit sich allein zu sein. Und hier, an diesem Ort, der mir nichts bedeutet, bin ich es noch mehr als früher. Selbst Roger zu hassen war etwas, es bedeutete etwas; durch ihn unglücklich zu sein bedeutete etwas, immerhin gehört er zu mir. Und dort war ich wenigstens in meiner gewohnten Umgebung, ich hatte etwas zu tun: einkaufen und kochen und das Haus sauber halten. Und auch wenn er abends nicht zum Essen heimkam, ich kochte ihm trotzdem etwas und deckte den Tisch, und wenn er dann nicht kam, saß ich da und weinte und hockte mich vor den Fernseher. Trotzdem – es gehörte alles irgendwie zusammen. Und wenn ich dann schließlich zu Bett ging und im Dunkeln dalag und auf ihn wartete, wenn ich auf seinen Schlüssel im Schloß horchte, dann gab es wenigstens etwas zu warten. Ich fühlte mich nicht so ganz allein mit mir und meinen Gedanken. Es macht mir im Grund nichts aus, wenn er Mädchen gehabt hat, Sekretärinnen aus dem Büro oder so was, wahrscheinlich tun sie das alle. Jedenfalls habe ich jetzt nicht das Gefühl, daß es wirklich eine Rolle spielt. Ich gehöre für immer zu ihm, in guten wie in schlechten Zeiten, schlechten in diesem Fall, aber jede Verbindung zählt, wenn es einen auf die Hölle zutreibt. Du kannst offenbar nicht für mich sorgen, warum solltest du auch. Christin ist sehr nett gewesen, aber sie ist nur neugierig, es ist ein Spiel für sie, sie wird bald genug von mir haben. Ich weiß, daß ich furchtbar bin, furchtbar, ich verstehe nicht, wie überhaupt jemand meinen Anblick ertragen kann. Und ich will sowieso nicht, daß jemand für mich sorgt. Ich spüre schon, wie mein Geist verfällt. Ich habe das Gefühl, ich muß nach Verfall riechen. Ich bin den ganzen Tag im Bett gewesen. Ich habe mich nicht einmal hergerichtet, erst kurz bevor du kamst, habe ich mich geschminkt, und dann sah mein Gesicht so schrecklich aus. Ich hasse Roger, und in den letzten ein, zwei Jahren habe ich Angst vor ihm gehabt. Aber wenn ich nicht zu ihm zurückgehe, werde ich mich einfach auflösen, es wird mir aus den Eingeweiden rinnen wie bei Menschen, die gehängt werden sollen. Mir ist so elend zumute, ich kann dir gar nicht sagen, wie.«

»Aber Priscilla, hör doch auf. Da, schau, die hübschen Dinge. Du freust dich doch, sie wiederzusehen, es gibt also doch etwas, was dir Freude macht.« Ich fischte eine lange Kette mit abwechselnd blauen und durchsichtigen Perlen aus dem Haufen, schüttelte sie und zog sie zu einem großen O auseinander, um sie ihr um den Hals zu legen, aber sie fuhr zurück.

»Hat er den Nerz geschickt?«

»Ja, also –«

»Ist ja egal, ich gehe sowieso zurück. Es war nett von ihm, daß er die Sachen gebracht hat. Was hat er gesagt? Wollte er mich sehen? Hat er gesagt, daß ich schrecklich bin? Ach, was für eine Hölle mein Leben doch war, aber wenn ich zurückgehe, wird es nicht schlimmer sein als jetzt, schlimmer kann es nicht sein. Ich werde eben versuchen, mich ruhig in mein Schicksal zu fügen. Ich werde versuchen, kleine Dinge zu unternehmen, ich werde öfter ins Kino gehen. Ich werde nicht schreien und weinen. Wenn ich still bin, wird er mir nicht weh tun, oder? Bradley, würdest du mit mir nach Bristol fahren? Ich hätte gerne, daß du Roger erklärst –«

»Priscilla«, sagte ich, »hör mir zu, Liebes. Es kommt nicht in Frage, daß du zurückgehst, es ist gar nicht möglich, nie wieder. Roger will die Scheidung. Er hat eine Freundin, ein junges Mädchen, sie heißt Marigold. Sie leben schon seit Jahren zusammen, seit einer Ewigkeit, und jetzt will er sie heiraten. Die beiden waren heute vormittag bei mir. Sie sind sehr glücklich, und sie lieben sich, und sie wollen heiraten, und Marigold erwartet ein Kind –«

Priscilla stand auf und ging steif auf das Bett zu. Sie legte sich hinein. Es war, als krieche eine Leiche in den Sarg. Sie zog die Decke hoch.

»Er will heiraten –« Ihr Mund war schlaff geworden, ihre Worte waren kaum verständlich.

»Ja, Priscilla –«

»Er hat dieses Mädchen schon lange –«

»Ja.«

»Sie ist schwanger –«

»Ja.«

»Und er will die Scheidung –«

»Ja, liebe Priscilla, du hast alles ganz richtig verstanden, und du mußt dich der Situation stellen –«

»Tod«, murmelte sie, »Tod, Tod, Tod –«

»Du mußt tapfer sein, meine Liebe –«

»Tod.«

»Es wird dir bald wieder besser gehen. Sei froh, daß du den Halunken los bist. Ehrlich. Wir werden dir eine neue Welt schaffen, wir werden dich verwöhnen, wir werden alle zusammenhelfen, du wirst sehen. Du hast selbst gesagt, daß du öfter ins Kino gehen möchtest. Roger wird dir Unterhalt zahlen, und Marigold ist Zahnärztin –«

»Und vielleicht könnte ich mir die Zeit damit vertreiben, Strampelhöschen für das Baby zu stricken.«

»Das klingt schon besser, zeig ein bißchen Lebensgeist.«

»Wenn du wüßtest, Bradley, wie sehr ich sogar dich gehaßt habe, dann könntest du verstehen, wie weit jenseits jeder menschlichen Hoffnung ich jetzt bin. Und was Roger betrifft – ihm würde ich gerne – eine rotglühende Stricknadel – in die Leber bohren –«

»Priscilla!«

»Ich hab das in einem Krimi gelesen. Man stirbt langsam und unter schrecklichen Qualen.«

»Bitte –«

»Du hast keine Ahnung vom – Grauen – kein Wunder, daß du keine richtigen Bücher schreiben kannst – du siehst das Grauen im Leben nicht –«

»Mir ist genügend Grauenvolles begegnet«, sagte ich. »Und Freudvolles auch. Das Leben hält doch auch angenehme Überraschungen bereit, Belohnungen, Höhepunkte. Wir werden dich beschützen, alles für dich tun –«

»Wer ist ›wir‹? Ach – ich habe niemanden auf der Welt. Am besten, ich bringe mich um. Dann werden alle sagen: Es war die einfachste Lösung so, es ist besser für sie, daß sie tot ist. Ich hasse dich, ich hasse Christin, ich hasse mich selbst so sehr, daß ich stundenlang nur schreien könnte vor Haß und Schmerz. Ach, es tut so weh, ach, Roger, Roger, Roger, es tut so weh –«

Sie hatte sich zur Seite gedreht und schluchzte leise in sich hinein, ihr Mund zuckte, ihre Augen schwammen in Tränen. Ich hatte noch nie jemanden so elend gesehen; man konnte einfach nicht an sie heran. Ich verspürte den heftigen Wunsch, sie *zum Schlafen zu bringen*, nicht für immer natürlich, aber wenn man ihr nur irgendeine Spritze hätte geben können, damit dieses furchtbare Weinen aufhörte, damit ihr gequältes Bewußtsein sich eine Weile ausruhen konnte.

Die Tür ging auf, und Christin kam herein. Sie starrte Priscilla an. Mich begrüßte sie mit einer flüchtigen Umarmung, die mir als Gipfel der Vertraulichkeit erschien. »Was ist denn *jetzt* wieder los?« sagte sie streng zu Priscilla.

»Ich habe ihr eben von Roger und Marigold erzählt«, erklärte ich.

»O Gott, mußte das sein?«

Plötzlich fing Priscilla leise zu schreien an. »Leise schreien« klingt vielleicht wie ein Oxymoron, aber ich meine damit diese seltsam kontrollierte Art des Schreiens, die für gewisse Arten von Hysterie typisch ist. Ein hysterischer Anfall ist etwas Erschreckendes, weil er zugleich gewollt und nicht gewollt ist. Er gibt dem Zuschauer das beängstigende Gefühl einer vorsätzlichen Attacke, aber mit seiner offenbar nicht anzuhaltenden rhythmischen Abfolge hat er auch etwas von einem laufenden Motor. Es hat keinen Sinn, einem Menschen in diesem Zustand zu sagen, er solle sich beherrschen. Er ist durch seine ›Entscheidung‹, hysterisch zu werden, jeder normalen Kommunikation entzogen. Priscilla, die jetzt aufrecht im Bett saß, stieß ein keuchendes »Uhhh!« aus, dann ein schrilles »Aah!«, das in einem gurgelnden Schluchzen endete, dann wieder das Keuchen, der schrille Schrei und so fort. Es war ein entsetzliches Geräusch, gequält und grausam zugleich. Ich habe vier hysterische Anfälle miterlebt. Das erste Mal bei meiner Mutter, als mein Vater sie schlug, das zweite Mal bei Priscilla, als sie schwanger war, dann bei einer anderen Frau (könnte ich das doch nur vergessen!)

und nun wieder bei Priscilla. Ich drehte mich zu Christin um und hob verstört die Hände.

In dem Augenblick kam grinsend Francis Marloe zur Tür herein.

»Raus mit dir, Brad, warte unten«, sagte Christin.

Den ersten Treppenabsatz nahm ich im Laufschritt, dann ging ich langsamer den zweiten hinunter. Als ich die Tür zu dem Wohnzimmer in Dunkelbraun und Indigo erreichte, war es ganz still geworden im Haus. Ich ging hinein und blieb breitbeinig und tief atmend stehen.

Gleich darauf kam Christin.

»Sie hat aufgehört«, sagte ich. »Was hast du gemacht?«

»Ich hab ihr eine Ohrfeige gegeben.«

»Ich glaube, ich werde gleich ohnmächtig«, sagte ich. Ich setzte mich aufs Sofa und hielt mir die Hände vors Gesicht.

»Brad! Hier, schnell, trink einen Cognac –«

»Hast du vielleicht ein paar Kekse oder so was? Ich hab den ganzen Tag nichts gegessen. Auch gestern nicht.«

Ich fühlte mich in diesem Augenblick tatsächlich wie kurz vor einer Ohnmacht: diesem seltsamen, unvergleichlichen Gefühl, daß sich einem ein schwarzer Baldachin wie ein Löschhütchen über den Kopf senkt. Und als dann Cognac, Brot, Kekse, Käse und Rosinenkuchen vor mir standen, wußte ich, daß ich weinen würde. Es war viele viele Jahre her, seit ich zuletzt geweint hatte. Was für ein merkwürdiges Phänomen das ist! Wer häufig weint, ist sich dessen wahrscheinlich kaum bewußt. Ich dachte an die Bestürzung der Wölfe im *Dschungelbuch*, als Mogli Tränen vergießt. Das heißt, eigentlich ist Mogli derjenige, der bestürzt ist und glaubt, daß er sterben muß. Die Wölfe sind besser unterrichtet, sie bewahren ihre Würde, sind sogar leicht angewidert. Ich umfaßte das Cognacglas mit beiden Händen, starrte Christin an und spürte, wie mir das warme Wasser ruhig in die Augen stieg. Die ruhige Unvermeidlichkeit des Vorgangs befriedigte mich. Es war eine Vollbringung. Vielleicht sind Tränen immer eine Vollbringung. O kostbares Geschenk.

»Brad, Lieber, nicht –«

»Ich hasse Gewalt«, sagte ich.

»Es hat keinen Sinn, sie endlos weitermachen zu lassen, sie erschöpft sich dabei so. Gestern ist es eine halbe Stunde so gegangen –«

»Mhm, ja, mhm –«

»Armer Schatz! Ich tu mein Bestes, wirklich. Es ist kein Spaß, eine Halbverrückte im Haus zu haben. Ich tu es für dich, Brad.«

Ich hatte es fertiggebracht, ein Stück Käse zu schlucken, aber es schmeckte wie Seife. Der Cognac allerdings tat mir gut. Es hatte mich furchtbar aufgeregt, Priscilla so zu sehen, was für ein Anblick von Hoffnungslosigkeit. Aber die kostbaren Tränen, was waren sie? Sie waren, sie konnten nichts anderes sein als Tränen der reinen Freude, ein geheimnisvolles Zeichen für meinen veränderten Zustand. Ich bestand zur Gänze, Körper und Geist, feste und flüssige Substanz, aus der Ekstase der Liebe. Durch den warmen silbrigen Schleier meiner Tränen starrte ich vor mich hin und sah Julians Gesicht, eifrig und aufmerksam, wie ein Vogelgesicht, im Raum schweben, einer Vision des Erlösers gleich, der gekommen ist, um irgendeinen ausgehungerten und dem Wahnsinn nahen Asketen in seiner Wüstenhöhle zu trösten.

»Was ist denn, Brad, du siehst so merkwürdig aus, irgendwas ist mir, dir geschehen, du bist schön, du siehst aus wie ein Heiliger oder so was, wie irgendeinem verdammten Gemälde entstiegen und so jung –«

»Du wirst Priscilla nicht im Stich lassen, Chris, nicht wahr?« sagte ich und wischte mir mit der Hand die Tränen weg.

»Ist dir gerade was aufgefallen, Brad?«

»Was?«

»Du hast mich ›Chris‹ genannt.«

»Hab ich? Wie früher. Aber du wirst sie doch nicht im Stich lassen? Ich bezahle natürlich –«

»Vergiß das blöde Geld. Ich werde mich um sie kümmern. Ich hab einen neuen Arzt gefunden. Sie kann eine Injektionskur machen.«

»Gut. Julian.«

»Was war das?«

Ich hatte Julians Namen laut ausgesprochen. Ich stand auf. »Sei nicht böse, Chris, ich muß jetzt gehen. Ich habe etwas sehr Wichtiges zu erledigen.« An Julian denken.

»Ach bitte, Brad – na gut, ich halte dich nicht auf. Aber eines möchte ich noch von dir hören.«

»Was?«

»Oh, daß du mir verzeihst oder so was. Daß zwischen uns Friede herrscht oder so. Weißt du Brad, ich habe dich geliebt, das war alles. Du hast in meiner Liebe etwas Erdrückendes gesehen oder einen Willen zur Macht oder irgendwas in der Art, aber ich wollte weiter nichts als dich festhalten. Und ich bin wirklich zu dir und deinetwegen hierher zurückgekommen, das ist die Wahrheit. Ich habe da drüben an dich gedacht und begriffen, wie dumm ich gewesen war. Natürlich bin ich keine verrückte Romantikerin. Es ist mir schon klar, daß es damals nicht gutgehen konnte mit uns, wir waren so jung, und mein Gott, wie dumm wir miteinander umgegangen sind. Aber ich habe irgend etwas in dir gesehen, was mich nicht losließ. Ich habe immer wieder davon geträumt, daß wir uns versöhnt hätten, echt geträumt, meine ich, im Schlaf.«

»Ich auch«, sagte ich.

»Mein Gott! Und es waren so glückliche Träume. Und dann wachte ich auf und dachte daran, wie wir auseinandergegangen sind, in welchem Haß. Und neben mir Evans dummes altes Gesicht. Wir haben fast bis zum Ende in einem Bett geschlafen. Ich hab ein paar gemeine Sachen über den alten Evans zu dir gesagt. Hinterher hat es mir leid getan. Ich muß einen ziemlich üblen Eindruck auf dich gemacht haben. – Ich habe Evans nicht wirklich verachtet oder gehaßt oder seinen Tod gewünscht, so war es nicht, überhaupt nicht. Er hat mich nur so gelangweilt, alles da drüben hat mich gelangweilt. Geldverdienen war das einzige, was mich aufrecht hielt. Nicht das Malen oder Atemübungen oder die Psychoanalyse. Mein Gott, sogar mit dem Töpfern habe ich es versucht, ich habe alles versucht. Aber letztlich war nur das Geld wirklich. Trotzdem hatte ich immer das Gefühl, daß es noch eine andere Welt gibt, eine, sagen wir, geistige Welt, die irgendwo auf mich wartet. Und als ich hierher zurückkam, da hoffte ich in gewisser Weise, heimzukommen, heim in dein Herz –«

»Was für ein Quatsch, meine allerliebste Chris.«

»Ja, sicher, aber trotzdem – weißt du was, ich habe auf einmal das Gefühl, daß du mir gegenüber offen bist, ganz offen – ich kann geradewegs hineinspazieren und auf dem Fußabstreifer steht *Willkommen*. Brad, sag es, sag mir diese guten Worte, sag, daß du mir verzeihst, sag, daß wir wieder versöhnt sind, daß wir wieder Freunde sind.«

»Natürlich verzeihe ich dir, Chris, natürlich sind wir wieder versöhnt. Und du mußt mir auch verzeihen, ich war kein geduldiger Mann –«

»Aber sicher verzeihe ich dir. Jetzt können wir Gott sei Dank endlich miteinander reden, jetzt können wir darüber reden, wie alles war und was für verdammte Idioten wir waren, jetzt können wir alles wiedergutmachen, unsere Schuld tilgen, wie man eine Geldschuld tilgt. Als ich dich um Priscilla weinen sah, da wußte ich, daß es möglich ist. Du bist ein guter Mensch, Bradley Pearson, wir können es miteinander schaffen, wenn wir nur unsere Herzen öffnen –«

»Chris, Liebes, bitte!«

»In gewisser Weise, Brad, bist du immer noch mein Mann, in Gedanken habe ich nie aufgehört, dich als solchen zu betrachten. Immerhin sind wir kirchlich getraut, und ›was Gott verbunden hat, das soll der Mensch nicht trennen‹ und der ganze heilige Klimbim. Wir waren doch einmal reinen Herzens, wir meinten es gut miteinander, wir waren einander wichtig, war es nicht so? Waren wir einander nicht wichtig?«

»Vielleicht, aber –«

»Als es schiefging, dachte ich, ich würde für immer eine Zynikerin werden. – Ich habe Evans seines Geldes wegen geheiratet. Na ja, das war wenigstens etwas. Und ich habe ihn nie verlassen, ich hielt seine Hand, als er starb, der arme alte Knacker. Aber jetzt habe ich das Gefühl, als wäre die Vergangenheit gänzlich von mir abgefallen. Um dir das zu sagen, Brad, bin ich zurückgekommen, um das zu *finden*, und jetzt sind wir älter und klüger und bedauern, was wir getan haben. Warum versuchen wir es nicht noch einmal?«

»Chris, Liebling, du bist verrückt«, sagte ich. »Aber ich bin sehr gerührt.«

»Donnerwetter, Brad, du schaust so jung aus. Ganz selig und verklärt, wie eine Katze, die gerade Junge gekriegt hat.«

»Ich geh jetzt. Leb wohl.«

»Du kannst doch jetzt nicht gehen, wo wir gerade ein neues Abkommen getroffen haben. Ich wollte dir das alles schon früher sagen, aber ich konnte nicht, weil du da so anders warst, so verschlossen, ich konnte dich irgendwie nicht richtig sehen, aber jetzt bist du ganz da, voll und ganz, und ich auch. Es ist das Wahre, Brad, wir müssen es noch einmal versuchen, wir müssen. Natürlich mußt du dich nicht gleich entscheiden, denk in aller Ruhe darüber nach, laß dir Zeit – wir könnten leben, wo du willst, und du könntest dich ungehindert deiner Arbeit widmen. Wir könnten uns ein Haus in Frankreich kaufen oder in Italien, wo du willst –«

»Chris –«

»In der Schweiz.«

»Nicht in der Schweiz. Ich hasse die Berge.«

»Gut, dann –«

»Schau, ich muß jetzt –«

»Küß mich, Bradley.«

Zärtlichkeit verändert das Gesicht einer Frau. Manchmal so sehr, daß es kaum noch zu erkennen ist. Christin *en tendresse* sah älter aus, mehr wie ein Tier und etwas albern, ihre Gesichtszüge waren irgendwie breiig oder wie aus Gummi. Sie trug ein ausgeschnittenes Baumwollkleid in sattem Chinarot und eine Goldkette um den Hals. Die Haut am Hals war fleckig und trocken unter dem frischen Gold der Kette. Ihr gefärbtes Haar war glatt und glänzend wie das Fell eines Tieres. So stand sie da in der nördlich-kühlen, indigoblauen Dämmerung des Zimmers und schaute mir mit einem demütig bittenden, schüchtern-reuigen Blick voller Zärtlichkeit entgegen, und ihre vorgestreckten Hände waren in einer orientalisch anmutenden Geste der Hingabe und Huldigung mir zugewandt. Ich ging auf sie zu und nahm sie in die Arme.

Zugleich mußte ich lachen. Und dann hielt ich sie fest, ohne sie zu küssen, und lachte noch immer. Über ihre Schulter hinweg blickte ich in ein ganz anderes Gesicht des Glücks. Aber ich hielt sie ganz bewußt fest und lachte, und dann begann auch sie zu lachen, und ihre Stirn bebte an meiner Schulter.

Da kam Arnold herein.

Langsam ließ ich Christin los, und sie schaute Arnold an und lachte erschöpft, fast irgendwie zufrieden weiter: »Ach du liebe Zeit, ach du liebe Zeit –«

»Ich bin schon im Gehen«, sagte ich zu Arnold.

Er hatte sich gleich nach dem Eintreten ruhig hingesetzt, wie ein Mensch in einem Warteraum. Er machte diesen feuchten Eindruck, als wäre er im Regen gewesen (wie ein frisch gebadeter Albino). Das farblose Haar war fettig-dunkel, das Gesicht glänzte, die Nase sprang vor wie ein geölter Zapfen. Seine sehr blaßblauen Augen, fast wie weißgewaschen, waren kühl wie Wasser. Ich hatte seinen gekränkten Ausdruck beim Anblick unserer kleinen Szene gesehen, noch ehe er Zeit hatte, ihn verschwinden zu lassen.

»Du wirst darüber nachdenken, Brad, ja?«

»Worüber nachdenken?«

»Oh, er ist unbezahlbar, er hat es schon vergessen! Ich habe Brad gerade einen Antrag gemacht, und er hat es schon wieder vergessen.«

»Christin ist übergeschnappt«, sagte ich freundlich zu Arnold. »Ich habe heute alle deine Bücher bestellt.«

»Warum?« fragte Arnold lustlos und distanziert, doch mit geheuchelter Freundlichkeit. Er saß immer noch ruhig auf seinem Stuhl, während Christin, in sich hineinkichernd, mit kleinen Schritten durchs Zimmer wirbelte.

»Ich möchte mir ein neues Urteil bilden. Ich habe das Gefühl, ich könnte ungerecht gewesen sein, mich vielleicht sogar total getäuscht haben.«

»Sehr anständig von dir.«

»Aber gar nicht. Ich möchte nur – mit allen Frieden schließen – gerade jetzt –«

»Haben wir Weihnachten?« sagte Arnold.

»Nein, es ist nur – ich werde deine Bücher lesen, Arnold – ja, das werde ich – in Demut und ohne Vorurteil – bitte glaub mir das – und bitte verzeih mir alle meine – Fehler und –«

»Brad ist ein Heiliger geworden.«

»Geht's dir auch gut, Bradley?«

»Schau ihn dir nur an. Das muß die Verklärung sein!«

»Ich muß gehen. Lebt wohl, lebt wohl – und – alles Gute – alles Gute –« Ich winkte ihnen beiden ziemlich unbeholfen zu und strebte, der Hand ausweichend, die Christin mir entgegenstreckte, der Tür zu, schlüpfte hindurch, eilte durch die kleine Diele und trat hinaus auf die Straße. Es schien Abend zu sein. Was war mit dem Tag geschehen?

Als ich mich der Straßenecke näherte, hörte ich jemanden hinter mir herlaufen. Es war Francis.

»Brad, ich wollte dir nur sagen – warte, bitte warte – ich wollte dir nur sagen, ich halte zu ihr, was immer geschieht, ich –«

»Zu wem?«

»Zu Priscilla.«

»Ach ja. Wie geht es ihr?«

»Sie schläft.«

»Vielen Dank, daß du der armen Priscilla hilfst.«

»Brad, ich wollte sicher sein, daß du mir auch nicht böse bist.«

»Warum sollte ich?«

»Daß du mich nicht widerlich findest nach allem, was ich gesagt habe, und weil ich vor dir geflennt habe und so. Manche Leute finden das einfach ekelhaft, wenn man seinen ganzen Jammer vor ihnen auskotzt, und ich fürchte, ich –«

Vergiß es.«

»Und, Brad, was ich noch sagen wollte, nur eines noch – ich wollte nur sagen – was immer auch geschieht – ich bin auf deiner Seite.«

Ich blieb stehen und blickte ihn an, und er grinste und biß sich auf die dicke Unterlippe, und die kleinen Augen schielten listig forschend zu mir hoch. »Im bevorstehenden – großen – Kampf«, sagte ich, »als was immer er sich erweisen mag. Ich danke dir, Francis Marloe.«

Er sah ein wenig verdutzt drein. Ich hob die Hand zu einer Art militärischem Gruß und ging weiter. Wieder lief er mir nach.

»Ich kann dich gut leiden, Brad, das weißt du doch.«

»Hau ab!«

»Brad, könnte ich wohl noch ein bißchen Geld haben – tut mir leid, daß ich dich damit belästige, aber Christin hält mich so knapp –«

Ich gab ihm fünf Pfund.

Die Unterbrechung zwischen einem Tag und dem nächsten ist wohl eine der eigentümlichsten Erscheinungen im Leben auf diesem Planeten. Im großen und ganzen ist sie eine barmherzige Einrichtung. Wir sind nicht zu einem beständig wachen Dasein verurteilt, sondern können uns regelmäßig in kurzen Ferien vom Ich erholen. Wir sind sozusagen intermittierende Geschöpfe, die immer wieder in ein kleines Ende stürzen und sich zu einem kleinen Neubeginn erheben. Unser rasch ermüdbares Bewußtsein wird uns kapitelweise zugemessen, und daß die Welt am nächsten Tag ganz anders aussieht, ist zu unserer Freude und unserem Leid gewöhnlich wahr. Und wie wunderbar paßt doch die Nacht zum Schlaf, sein liebliches Ebenbild, so vortrefflich unseren Bedürfnissen angepaßt. Die Engel müssen wohl staunen über diese Wesen, die so regelmäßig aus der Bewußtheit in ein von Traumgebilden durchspuktes Dunkel fallen. Wie unsere empfindliche Identität den Sturz in diesen Abgrund überlebt, hat uns noch kein Philosoph zu erklären vermocht.

Am folgenden Morgen – wieder ein sonniger Tag – erwachte ich früh, in voller Erkenntnis meines Zustandes; zugleich aber spürte ich, daß etwas anders geworden war. Ich war nicht ganz derselbe wie am Tag zuvor. Ich blieb liegen und unterzog mich einer Untersuchung, wie jemand, der sich nach einem Unfall vergewissert, ob auch nichts gebrochen ist. Gewiß war ich immer noch sehr glücklich, hatte immer noch dieses seltsame Gefühl, als wäre mein Gesicht aus Wachs, das in Seligkeit hinschmolz, als müßten meine Augen vor Wonne überfließen. Das Verlangen, immer noch gewaltig, ähnelte jetzt vielleicht mehr einem körperlichen Schmerz, einem Schmerz, an dem man still in einem Winkel sterben kann. Aber ich ließ mir nicht bange machen. Ich stand auf, rasierte mich und kleidete mich sorgfältig an; dann betrachtete ich im Spiegel mein neues Gesicht. Ich sah so jung aus, daß es fast unheimlich war. Ich trank ein wenig Tee, ging ins Wohnzimmer, setzte mich mit gefalteten Händen hin und schaute durchs Fenster auf die Mauer gegenüber. Ich saß so still da wie ein Buddhist und versenkte mich ganz in mich.

Nach ihrer ersten Offenbarung verlangt die Liebe eine Strategie: Daß dies oft der Anfang vom Ende ist, ändert nichts an der Notwendigkeit. Es war mir klar, daß ich mich heute, und von nun an wohl täglich und für immer, mit Julian befassen mußte. Gestern war mir das nicht so unbedingt erforderlich erschienen. Gestern war weiter nichts geschehen, als daß ich – wenn auch nicht durch eigenes Verdienst – ein guter Mensch geworden war. Und für gestern hatte das genügt. Ich liebte, und das Glück der Liebe hatte eine Leere in mir entstehen lassen, wo früher mein Ich gewesen war. Meine Seele war geläutert von Verbitterung und Haß, geläutert von all den kleinen Sorgen und Ängsten, aus denen das niedrige Ich sich zusammensetzt. Daß es sie gab und daß sie nie mein sein konnte, genügte. Ich mußte allein leben und allein lieben, und das Gefühl, daß ich das konnte, hatte mich fast zu einem Gott gemacht. Heute war ich nicht weniger gut, nicht weniger frei von Illusionen, aber mein Wille war eine Spur reger und rühriger. Natürlich konnte ich es ihr nie sagen, und natürlich würde die große Kraft, die mir gegeben worden war, gottlob in Schweigen und in Arbeit aufgehen. Trotzdem verspürte ich ein neues

Bedürfnis nach einer genauer umgrenzten, auf Julian gerichteten Tätigkeit.

Ich weiß nicht, wie lange ich so dasaß, ohne mich zu rühren. Vielleicht war ich wirklich in eine Art Trance gefallen. Dann läutete das Telefon, und es gab mir einen Stich ins Herz, weil ich die augenblickliche Gewißheit hatte, daß es Julian war. Ich hetzte zu dem Ding, fummelte damit herum und ließ den Hörer zweimal fallen, bevor ich ihn ans Ohr brachte. Es war Grey-Pelham, der anrief, um mir zu sagen, daß er eine überzählige Karte für Glyndebourne hatte, weil seine Frau unpäßlich war. Ob ich Interesse daran hätte? Ich hatte keines. Glyndebourne, ausgerechnet! Als ich ihn höflich losgeworden war, rief ich in Notting Hill an. Francis hob ab und berichtete mir, daß Priscilla ruhiger sei und sich damit einverstanden erklärt hätte, zu einem Psychiater zu gehen. Danach setzte ich mich unschlüssig wieder hin: Ob ich wohl in Ealing anrufen sollte? Natürlich nicht, um mit Julian zu reden. Aber sollte ich mich nicht bei Rachel melden? Und wenn Julian ans Telefon kam?

Noch während mir beim Gedanken an diese Möglichkeit abwechselnd heiß und kalt wurde, läutete abermals das Telefon, und wieder gab es mir einen Stich ins Herz. Diesmal war es Rachel. Unser Gespräch verlief folgendermaßen:

»Hallo, Bradley. Bin bloß ich.«

»Rachel – Liebe – wie nett – ich freu mich – du – das ist schön –«

»Du kannst doch nicht um diese Zeit schon betrunken sein.«

»Wie spät ist es?«

»Halb zwölf.«

»Ich dachte, es ist etwa neun.«

»Es wird dich freuen, wenn ich dir sage, daß ich nicht zu dir komme.«

»Aber ich würde mich freuen, wenn du kommst.«

»Nein, ich muß mich wieder in den Griff kriegen. Es ist so – unter meiner Würde – meinen alten Freunden nachzulaufen.«

»Wir sind doch Freunde, oder?«

»Ja, ja, ja. O Bradley, ich darf nicht wieder anfangen – ich bin froh, daß du da bist, ich werde dich nicht mehr als nötig belästigen. Bradley, war Arnold gestern bei Christin?«

»Nein.«

»Er war dort, ich weiß es. Na ja, egal. O Gott, ich darf nicht wieder *anfangen* –«

»Rachel –«

»Ja?«

»Wie – wie geht es – Julian heute?«

»Oh, wie immer.«

»Sie kommt nicht vielleicht – zufällig – hier vorbei, um sich ihren *Hamlet* zu holen?«

»Nein. *Hamlet* steht heute offenbar nicht auf dem Programm. Sie ist bei einem jungen Paar in der Nachbarschaft, das sich im Garten eine Plauderkuhle gräbt.«

»Eine was?«

»Eine Plauderkuhle.«

»Oh. Ach so. Sag ihr – nein, sag ihr nichts. Oder –«

»Bradley, du liebst mich doch – was immer das nun bedeutet?«

»Ja, natürlich.«

»Tut mir leid, daß ich – daß ich so eine lahme Ente bin. Danke fürs Zuhören. Ich melde mich wieder. Tschüs –«

Ich vergaß Rachel. Ich beschloß, fortzugehen und ein Geschenk für Julian zu kaufen. Ich fühlte mich gar nicht gut, immer noch ein bißchen schwach und zittrig. Bei dem Gedanken, ein Geschenk zu kaufen, begann ich richtig zu schlottern. Geschenke zu machen ist ein recht weitverbreitetes Symptom der Liebe. Sicher eine *conditio sine qua non*. (Wenn du ihr nichts schenken möchtest, liebst du sie nicht.) Wahrscheinlich ist Schenken ein Mittel, den geliebten Menschen zu berühren.

Als ich mich davon überzeugt hatte, daß ich einen Fuß vor den anderen setzen konnte, verließ ich das Haus und ging bis zur Oxford Street. Liebe verändert die Welt. Sie hatte die großen Geschäfte der Oxford Street in eine riesige Auslage voller möglicher Geschenke für Julian verwandelt. Ich kaufte eine lederne Geldbörse, eine Schachtel Taschentücher, ein Emailarmband, eine elegante Toilettetasche, ein Paar Spitzenhandschuhe, eine Garnitur Kugelschreiber, einen Schlüsselanhänger und drei Schals. Dann aß ich ein Sandwich, ging nach Hause, baute die Geschenke zusammen mit der sechsbändigen Shakespeare-Ausgabe auf dem Intarsientisch und dem Mahagoninachttisch auf und versenkte mich in ihren Anblick. Natürlich konnte ich ihr nicht alles auf einmal geben, das hätte komisch gewirkt. Aber ich konnte ihr einmal dies, ein andermal das schenken; und inzwischen waren die Sachen bei mir, und sie gehörten *ihr*. Ich band mir einen der Schals um und wurde schwindlig vor körperlichem Verlangen. Ich stand auf einem hohen Gebäude und wollte mich in die Tiefe stürzen, ich stand in Flammen und verlor fast das Bewußtsein, ich litt Qualen, Qualen.

Das Telefon läutete. Ich stolperte hin und keuchte hinein.

»O Brad. Hier ist Chris.«

»Oh – Chris – hallo, meine Liebe.«

»Freut mich, daß ich auch heute noch Chris bin.«

»Heute – ja –«

»Hast du über meinen Vorschlag nachgedacht?«

»Welchen Vorschlag?«

»Hör auf, mich zu veralbern, Brad. Hör mal, kann ich einen Sprung zu dir kommen? Jetzt gleich?«

»Nein.«

»Warum nicht?«

»Ich hab Freunde zum Bridgespielen eingeladen.«

»Aber du kannst doch gar nicht Bridge spielen.«

»Ich hab's in den rund dreißig Jahren deiner Abwesenheit gelernt. Irgendwie mußte ich mir ja die Zeit vertreiben.«

»Brad, wann kann ich dich sehen? Es ist ziemlich dringend.«

»Ich komme heute sowieso noch zu Priscilla – am Abend – wahrscheinlich –«

»Okay, dann warte ich. Vergiß es nicht.«

»Gott behüte dich, Chris, Gott behüte dich, meine Liebe, Gott behüte dich.«

Ich saß in der Diele neben dem Telefon und spielte mit Julians Schal. Da ich ihn in Verwahrung hatte, obwohl er ihr gehörte, war es, als hätte sie mir ein Geschenk gemacht. Ich saß da und schaute durch die offene Wohnzimmertür auf Julians Sachen auf den beiden Tischen. Ich horchte hinein in die Stille der Wohnung inmitten des Gemurmels von London. Die Zeit verging. Ich wartete. Was soll ich tun, da ich dein Sklave bin, als deines Rufes harren stillgeduldig? Nicht mir gehört die Zeit und ihr Gewinn, ich bin sie dir und deinem Dienste schuldig.

Es erschien mir jetzt unglaublich, daß ich an diesem Vormittag die Nerven gehabt hatte, das Haus zu verlassen. Und wenn sie inzwischen angerufen hatte, wenn sie in meiner Abwesenheit dagewesen war? Sie konnte nicht den ganzen Tag eine Plauderkuhle graben, was immer das war. Sicher würde sie bald kommen, um sich ihren *Hamlet* zu holen. Wie gut, daß ich diese Geisel hatte. Nach einer Weile ging ich zurück ins Wohnzimmer, griff nach dem schäbigen kleinen Buch, streichelte es zärtlich und setzte mich damit in Hartbourns Lehnstuhl. Die Augen fielen mir zu, die Außenwelt verschwamm, und ich wartete.

Ich hatte nicht vergessen, daß ich mich bald daranmachen würde, das größte Buch meines Lebens zu schreiben. Ich wußte, daß der schwarze Eros, der mich niedergestreckt hatte, wesensgleich war mit einem anderen, geheimeren Gott. Wenn ich mein Schweigen wahren konnte und den Mut nicht sinken ließ, würde ich mit schöpferischer Kraft belohnt werden. Im Augenblick aber war an Schreiben nicht zu denken. Ich hätte nur Gekritzel zu Papier gebracht, das mir mein Unbewußtes diktierte.

Das Telefon läutete, und ich stürzte hin, rempelte dabei gegen den Tisch, und die sechs Bände Shakespeare polterten zu Boden.

»Bradley. Hier Arnold.«

»O Gott. Du bist es.«

»Was ist los?«

»Nichts.«

»Bradley, ich habe gehört –«

»Wie spät ist es?«

»Vier Uhr. Ich habe gehört, du kommst heute abend vorbei, um Priscilla zu besuchen.«

»Ja.«

»Könnte ich dich nachher sprechen? Ich möchte dir etwas Wichtiges sagen.«

»Ja. Gern. Was ist eine Plauderkuhle?«

»Was?«

»Was ist eine Plauderkuhle?«

»Eine Vertiefung in einem Raum, die man mit Polstern auslegt, und da sitzt man dann und plaudert.«

»Und was ist der Sinn der Sache?«

»Es hat keinen Sinn.«

»O Arnold, Arnold –«

»Was?«

»Nichts. Ich werde deine Bücher lesen. Ich werde mich mit ihnen anfreunden. Alles wird anders werden.«

»Leidest du unter Gehirnerweichung oder was?«

»Leb wohl, leb wohl –«

Ich ging zurück ins Wohnzimmer, hob die Shakespeares vom Boden auf und setzte mich in den Lehnstuhl. Ich werde leiden, du nicht, sprach mein Herz zu ihr. Wir werden einander nicht weh tun. Trotzdem wirst du mir Schmerzen zufügen, es kann gar nicht anders sein. Aber ich werde dir keine Schmerzen zufügen. Und ich werde von meinen Schmerzen zehren wie andere von Küssen. (O Gott.) Ich bin einfach glücklich, daß es dich gibt, glücklich über das An-und-für-Sich deines Seins, stolz darauf, mit dir in einer Stadt zu leben, in derselben Zeit zu leben wie du, dich bei Gelegenheit zu sehen, wenn auch selten ...

Aber bei welcher Gelegenheit, wie selten? Wann würde sie sich wieder bei mir melden? Wie bald konnte ich mich bei ihr melden? Ich hatte mir schon zurechtgelegt, was ich tun würde, falls sie schreiben oder anrufen sollte. Ich würde mich nicht gleich mit ihr verabreden, erst zu einem späteren Termin. Alles mußte sein wie immer. Sosehr die Welt sich verändert hatte, sie mußte vollkommen dieselbe bleiben, in jeder Einzelheit. Ich würde nicht das mindeste übereilen, nicht die geringste Ungeduld erkennen lassen, nicht in der kleinsten Geste von dem abweichen, was ich vorher gewesen war, was ich jetzt gewesen wäre. Ja, ich würde das Wiedersehen mit ihr sogar hinauszögern und die kostbare Zeit der Entbehrung wie ein Heiliger der Meditation widmen. Und so würde die Welt dieselbe sein und doch anders, wie für den Heiligen, der vom Berg zurückkehrt und ein gewöhnliches Leben im Dorf führt, obwohl er alles mit sehenden Augen sieht, ein Gott, der äußerlich wie ein Bauer aussieht, wie ein Finanzbeamter. Und das würde unsere Rettung sein.

Das Telefon läutete. Ich hob ab. Diesmal war es Julian.

»Hallo, Bradley, ich bin's.«

Ich stieß irgendeinen Laut hervor.

»Bradley – entschuldige – ich bin's – Julian Baffin.«

»Einen Moment. Bleib dran«, sagte ich. Ich legte die Hand über die Sprechmuschel, schloß fest die Augen, angelte keuchend nach einem Stuhl und versuchte des Keuchens Herr zu werden. Wenige Augenblicke später sagte ich hüstelnd, um das Zittern in meiner Stimme zu überdecken: »Entschuldige. Ich hatte Wasser aufgestellt. Es begann gerade zu kochen.«

»Verzeih, daß ich dich störe, Bradley. Ich verspreche, ich werde nicht lästig werden und ständig anrufen oder bei dir reinschneien.«

»Du störst mich nicht.«

»Ich wollte nur fragen, ob ich mir meinen *Hamlet* holen kann, wenn du ihn nicht mehr brauchst.«

»Ja, sicher.«

»Aber es eilt nicht – irgendwann in den nächsten vierzehn Tagen. Ich beschäftige mich im Augenblick nicht damit. Aber mir sind noch ein oder zwei Fragen eingefallen. Wenn es dir recht ist, schicke ich sie dir mit der Post, und du schickst mir den *Hamlet* auch mit der Post. Ich will dich nicht an deiner Arbeit hindern.«

»In den nächsten – vierzehn Tagen –«

»Oder in einem Monat. Ich fahre übrigens vielleicht aufs Land. In meiner Schule sind noch immer die Masern.«

»Vielleicht könntest du ja nächste Woche einmal vorbeischauen«, sagte ich.

»Gut. Wie wär's mit Donnerstag vormittag, so um zehn?«

»Ja. Das – ist gut.«

»Ich dank dir schön. Ich halte dich jetzt nicht länger auf. Ich weiß ja, wie beschäftigt du bist. Leb wohl, Bradley, und danke noch mal.«

»Warte einen Moment«, sagte ich.

Schweigen.

»Julian«, sagte ich, »hast du heute abend Zeit?«

Das Restaurant an der Spitze des Postturms dreht sich sehr langsam. Langsam wie der Zeiger einer Uhr. Majestätisches Bild der Zeit, die des Löwen Klauen stumpft.

Wie rasch drehte es sich an diesem Abend, während hinter dem geliebten Kopf London langsam vorbeiglitt? War es völlig unbeweglich, durch Denken angehalten, eine nur in der Einbildung existierende Bewegung in einer Welt jenseits von Dauer? Oder wirbelte es wie ein Kreisel hinein in die Unsichtbarkeit, und wurde ich, von der Zentrifugalkraft gekreuzigt, wie eine junge Katze an die Außenwand gepreßt?

Liebe weiß viel von Abwesenheit zu sagen. Das Thema fordert melancholische Mitteilsamkeit heraus, auch wenn es Schmerzen gibt, die unsagbar sind. Aber hat sie je die Anwesenheit des geliebten Menschen genügend besungen? Kann sie das überhaupt? Geht diese nicht immer auch mit Angst einher? Sterbliche müssen zittern, wo Engel frohlocken können. Aber dieser winzige Schatten kann nicht als Makel angesehen werden. Er schenkt dem gegenwärtigen Augenblick eine Intensität, die ihn aus der Zeit heraushebt.

Simpler ausgedrückt: Was ich an jenem Abend auf dem Postturm empfand, war eine Glückseligkeit, die mich blendete. Es war, als explodierten Sterne vor meinen Augen, so daß ich im buchstäblichen Sinn nicht sehen konnte. Ich atmete rasch und schwer, aber es war nicht unangenehm. Ich verspürte eine gewisse Befriedigung darüber, daß ich immer noch fähig war, mich mit Sauerstoff vollzupumpen. Ein äußerlich vielleicht nicht wahrnehmbares Beben hatte meinen ganzen Körper erfaßt. Meine Hände zitterten, in meinen Beinen zog und pochte es, meine

Knie befanden sich in dem Zustand, von dem die griechische Dichterin erzählt. Zu diesen Absonderlichkeiten kam ein Schwindelgefühl, ausgelöst von der bloßen Vorstellung, so hoch über dem Boden und doch immer noch mit ihm verbunden zu sein. So ein Schwindelgefühl lokalisiert sich immer in den Genitalien.

Das sind die rein körperlichen Symptome. *Sie* sind leicht in Worte zu fassen. Aber wie den Taumel des Geistes beschreiben? Beschreiben, wie er mit dem Körper verschmilzt, sich wieder in sich selbst zurückzieht, um sich dann abermals in einem wilden und doch anmutigen Tanz dem Körper zu vermählen? Jeder Strahl im Universum bestätigt es und bürgt dafür, daß man am absolut richtigen und ersehnten Platz ist. So ähnlich könnte die Gottesschau sein, wenn man auch *wäre*, was man *sieht*. (Vielleicht ist es das, was Gottesschau eigentlich bedeutet?) Das Bewußtsein schwindet einem fast vor Demut und Freude über die vergönnte Gunst, das Auge aber verschlingt zwischen den Sternenexplosionen jede Einzelheit der realen Gegenwart. Ich bin jetzt hier, du bist jetzt hier, wir sind jetzt hier. Sie unter anderen Menschen zu sehen, einer göttlichen Erscheinung gleich, die sich unter Sterbliche verirrt hat, hieß ganz schwach zu werden im Bewußtsein um mein Geheimnis. Und zugleich verspürte ich eine Fröhlichkeit und Ruhe, weil mir klar war, daß diese flüchtigen Sekunden die erfülltesten und vollkommensten sind, die einem Menschen zuteil werden können, ja von größerer Vollkommenheit sogar als die sexuelle Vereinigung.

All das und noch weitere Wonnen, die ich in ihren vielfältigen Abstufungen mit Worten nicht beschreiben kann, empfand ich an jenem Abend, als ich mit Julian in dem Restaurant auf dem Postturm saß. Wir sprachen miteinander, und die Verbindung zwischen ihr und mir war so vollkommen, daß ich geneigt war, an Telepathie zu glauben, als ich hinterher zu analysieren versuchte, was tatsächlich geschehen war. Der Abend war zu einem tiefen Blau verdunkelt, aber es war noch nicht Nacht. Die Umrisse der Bauten Londons, manche schon mit Gelb gesprenkelt, glitten durch einen matt schimmernden, feingewobenen Nebel. Die Albert Hall, die naturwissenschaftlichen Museen,

Centre Point, der Tower, St. Paul's Cathedral, die Festival Hall, das Parlament, das Albert Memorial. Unaufhörlich zog die geliebte Skyline meines Jerusalem hinter diesem geliebten, geheimnisvollen Kopf vorbei. Nur die königlichen Gärten waren schon dunkle Flecken, die die einfallende Nacht langsam in tintiges Lila und Schweigen tauchte.

Geheimnisvoller Kopf. Wie quälend seltsam es doch ist, daß wir nicht wissen, was in den Köpfen anderer vor sich geht, und was für ein tröstlicher Gedanke, was für ein Privileg, daß die anderen nicht um die Geheimnisse des unseren wissen. An ihr jedoch war etwas Klares, fast Durchsichtiges, und das berührte mich am stärksten an jenem Abend. Diese Reinheit, diese unverdorbene Einfachheit der Jugend nach der ängstlichen, stets um sich selbst besorgten Unaufrichtigkeit älterer Jahrgänge! Ihre klaren Augen blickten mich an, und sie war *da*, bei mir, und sie sprach zu mir mit einer Offenheit, wie sie mir nie zuvor begegnet war. Zu sagen, daß dabei kein bißchen Geflirte war, hieße die Dinge unangemessen vergröbern. Wir sprachen miteinander, wie Engel es tun mögen, nicht durch einen Spiegel in einem dunklen Wort, sondern von Angesicht zu Angesicht. Und doch spielte ich eine Rolle –nein, das wäre wieder zuviel gesagt. Mein Geheimnis brannte in mir. Während ich sie mit Blicken und Gedanken liebkoste und besaß, während ich mit einer Leidenschaft und einer Zärtlichkeit, die sie nicht wahrhaben konnte, in ihr offenes, aufmerksames Gesicht lächelte, hatte ich das Gefühl, ich würde gleich ohnmächtig zu Boden sinken, vielleicht sterben an der Ungeheuerlichkeit dessen, was ich wußte und sie nicht.

»Bradley, ich glaube, er *schwankt*.«

»Das ist unmöglich. Ich glaube, er schwankt ein bißchen, wenn der Wind geht. Aber heute geht kein Wind.«

»Hier oben vielleicht schon.«

»Ja, vielleicht. Ja, ich glaube, er schwankt wirklich.« Wie konnte ich das beurteilen? Alles schwankte.

Natürlich hatte ich nur so getan, als würde ich essen. Ich hatte nur ganz wenig Wein getrunken. Ich brauchte keinen Alkohol. Ich war trunken von Liebe. Julian hatte herzhaft gegessen und getrunken und unterschiedslos alles gelobt, was ihr in den Mund kam. Wir hatten über die Aussicht geredet, über ihr College, über ihre Schule mit den Masern, hatten darüber diskutiert, wie bald man merkt, ob man ein Dichter ist, und wozu Romane schreiben, weshalb Theater. Ich hatte noch nie mit solcher Leichtigkeit mit jemandem gesprochen. O gesegnete Schwerelosigkeit, gesegneter Raum.

»Was du letztens über Hamlet gesagt hast, Bradley – wenn ich das ganze Zeug nur verstehen könnte!«

»Vergiß es. Die großartigen Theorien über Shakespeare taugen alle nichts. Nicht weil er so göttlich ist, sondern weil er so menschlich ist. Letztlich ist auch die große Kunst nur Tinnef.«

»Dann sind also die Kritiker alle dumm?«

»Um das zu wissen, brauchen wir keine Theorien! Man sollte einfach nur versuchen, zu mögen, soviel man kann.«

»Genauso, wie du jetzt versuchst, zu mögen, was mein Vater schreibt?«

»Das ist ein Fall für sich. Ich habe das Gefühl, ich war einfach ungerecht. Er hat sehr viel Vitalität, und er kann gut Geschichten erzählen. Auch Geschichten sind Kunst, weißt du.«

»Seine Sachen sind schrecklich klug, aber sterbenslangweilig.«

»So jung und so unzärtlich.«

»So jung, mein Vater, und so wahr.«

Ich wußte in diesem Augenblick kaum noch, was mit mir vorging. Und soweit von Denken überhaupt die Rede sein konnte, dachte ich auch, daß sie wahrscheinlich recht hatte. Aber ich hatte nicht die Absicht, an diesem Abend irgend etwas Hartes zu sagen. Mir war inzwischen klargeworden, daß ich nicht ewig hier mit ihr sitzen konnte, und was mich in erster Linie beschäftigte, war die Frage, ob ich es mir erlauben durfte, sie zum Abschied zu küssen, und wenn ja, wie. Küsse waren nie üblich gewesen zwischen uns, nicht einmal, als sie noch ein Kind war. Kurz und gut, ich hatte sie noch nie geküßt. Niemals. Und heute abend würde ich es vielleicht tun.

»Bradley, du hörst mir nicht zu.«

Sie sprach mich ständig mit meinem Namen an. Ich brachte ihren nicht über die Lippen. Sie hatte keinen Namen.

»Entschuldige, Liebes, was hast du gesagt?« Listig flocht ich kleine Zärtlichkeiten ein. Das konnte nicht gefährlich sein. Ob sie es überhaupt merken würde? Sicher nicht. Aber mir machte es Freude.

»Muß man Wittgenstein gelesen haben?«

Ich hätte sie gerne beim Hinunterfahren im Lift geküßt, sollten wir dieses befristete Liebesnest durch ein glückliches Geschick für uns allein haben. Aber das kam natürlich nicht in Frage. Ich durfte keinerlei, absolut keinerlei ungewöhnliches Interesse an ihr erkennen lassen. Mit dem charmanten Egoismus und der Improvisierfreudigkeit der Jugend hatte sie zum Glück nichts Besonderes daran gefunden, daß ich plötzlich Lust verspürte, auf den Postturm zu fahren, um oben zu Abend zu essen, und daß ich sie – da sie zufällig anrief – zum Mitkommen einlud.

»Nein. Die Mühe kannst du dir sparen.«

»Du meinst, ich würde ihn nicht verstehen?«

»Nein.«

»Heißt das, nein, ich würde ihn nicht verstehen?«

»Ja. Er hat nic an dich gedacht.«

»Was?«

»Nur ein Zitat. Nicht so wichtig.«

»Wir zitieren heute ununterbrochen, was? Wenn ich mit dir zusammen bin, hab ich das Gefühl, als hätte ich die ganze englische Literatur in mir wie einen warmen Brei, der mir bei den Ohren herausquillt. O weh, das war keine besonders elegante Metapher! Ach, Bradley, ich finde es toll, daß ich mit dir hier bin. Ich bin so glücklich, Bradley.«

»Fein.« Ich verlangte die Rechnung. Sie sollte nicht merken, wie gerne ich noch geblieben wäre; ich wollte nicht ruinieren, was so vollkommen war. Man soll nichts überziehen, hinterher quält man sich dann nur mit Vorwürfen. Ich wollte nicht erleben, daß sie auf die Uhr sah.

Sie sah auf die Uhr. »Du meine Güte, ich muß gleich los.«

»Ich begleite dich zur U-Bahn.«

Beim Hinunterfahren waren wir allein im Lift. Ich küßte sie nicht. Ich schlug ihr auch nicht vor, mich nach Hause zu begleiten. Als wir durch die Goodge Street gingen, berührte ich sie nicht, auch nicht ›unabsichtlich‹. Langsam fragte ich mich, wie um alles in der Welt ich es fertigbringen würde, mich von ihr zu trennen.

Vor der Station in der Goodge Street blieb ich stehen und drängte sie wie zufällig an eine Wand. Aber ich unterließ es, die Hände an die Wand zu legen, um sie zwischen meinen Armen einzufangen, obwohl ich es gerne getan hätte. Lächelnd blickte sie zu mir auf und schüttelte sich mit einem Kopfrucken die Löwenmähne aus der Stirn; so arglos, so voller Vertrauen. Sie trug heute ein schwarzes Baumwollkleid mit gelben Mandalas. Indisch vermutlich. Sie sah aus wie ein Page. Das Licht der Laterne fiel auf ihr zartes, offenes Gesicht und das V ihres Halsausschnitts, nach dem ich während des Essens so gerne meine Hand ausgestreckt hätte, um es zu berühren. Ich war immer noch völlig unentschlossen, was den Kuß anging, und die Unentschlossenheit war inzwischen zur Qual geworden.

»Ja, also dann – ja, also dann –«

»Danke, Bradley, du warst süß, es war wunderbar.«

»Oh, ich habe ganz vergessen, deinen *Hamlet* mitzubringen.« Natürlich hatte ich es nicht vergessen.

»Macht nichts, ich krieg ihn schon noch. Gute Nacht, Bradley, und danke noch mal.«

»Ja – ich – warte mal –«

»Ich muß jetzt wirklich los.«

»Willst du nicht – sollen wir nicht was vereinbaren – du hast doch gesagt, du mußt – ich bin so oft nicht zu erreichen – oder soll ich – willst du –«

»Ich ruf dich an. Gute Nacht und vielen, vielen Dank.«

Es mußte jetzt sein oder nie. Mit dem Gefühl, mich sehr langsam zu bewegen, als würde ich eine ganz präzise Figur in einem Menuett ausführen, machte ich einen Schritt auf Julian zu, die sich bereits abwandte, nahm ihr linkes Handgelenk leicht in meine Rechte, um sie zurückzuhalten, neigte mich vor und drückte meine sanft geöffneten Lippen auf ihre Wange. Es war unmöglich, dies als beiläufige Geste zu deuten. Ich richtete mich auf, und einen Augenblick standen wir still da und blickten einander in die Augen.

Dann sagte Julian: »Bradley, würdest du wohl in die Oper mit mir gehen, wenn ich dich darum bitte?«

»Ja, natürlich.« Ich würde mit ihr in die Hölle gehen, meinetwegen sogar in die Oper.

»Ich habe Karten für den *Rosenkavalier* in Covent Garden für nächsten Mittwoch. Treffen wir uns um halb sieben im Foyer. Ich habe recht gute Plätze. Septimus Leech hat die Karten für uns besorgt, aber jetzt kann er nicht.«

»Wer ist Septimus Leech?«

»Oh, mein neuer Freund. Gute Nacht, Bradley.«

Weg war sie. Benommen stand ich im Schein der Laterne inmitten vorübereilender Gespenster. Und ich fühlte mich wie einer, der mit heiler Haut und vollem Bauch von der Geheimpolizei geschnappt und in eine Zelle gesperrt wurde.

Natürlich erwachte ich am nächsten Morgen in Qualen. Der Leser wird vielleicht denken, daß es unverzeihlich dumm von mir war, nicht von vornherein gesehen zu haben, daß mich diese Situation nicht auf Dauer glücklich machen konnte. Aber der Leser – es sei denn, er ist im Augenblick gerade selbst rasend verliebt – hat zu seinem Glück wahrscheinlich vergessen, in was für einer geistigen Verfassung man sich in diesem Zustand befindet – wenn er es überhaupt je erlebt hat. Es ist, wie ich schon erwähnte, eine Form des Wahnsinns. Oder ist es nicht Wahnsinn, seine Aufmerksamkeit ausschließlich einem Menschen zuzuwenden, den Rest der Welt jeglicher Bedeutung zu entleeren, sein ganzes Denken, Fühlen und Sein einzig und allein auf den geliebten Menschen auszurichten? Wie dieser geliebte Mensch eigentlich ›ist‹, wie er ›wirklich ist‹, spielt dabei überhaupt keine Rolle. Natürlich kommt es vor, daß Menschen sich in jemanden vernarren, den andere für völlig wertlos halten. »Warum ist sie nur dem auf den Leim gegangen?« ist eine Frage, die man immer wieder hört. Wir sind fassungslos, wenn wir erleben, wie jemand, den wir schätzen, sich zum Sklaven des Gewöhnlichen, des Wertlosen, ja Minderwertigen machen läßt. Aber selbst wenn ein Mann oder eine Frau so edel und klug wären, daß niemand es leugnen kann, wäre es immer noch eine Form des Wahnsinns, ihn oder sie in dieser ausschließlichen Weise anzubeten, wie Liebende es tun.

Ein häufig, wenn auch nicht immer auftretendes Frühstadium dieses Wahnsinns – ich hatte es soeben durchlaufen – ist ein trügerischer Ich-Verlust, der so weit gehen kann, daß jede Angst vor Schmerzen, jeder Sinn für Zeit (Zeit ist Angst, ist Furcht) vollkommen ausgeschaltet wird. Das Gefühl zu lieben, die völlige Versenkung in die Existenz des geliebten Menschen werden zum Selbstzweck. So ähnlich muß es einem Mystiker ergehen; es muß der Himmel auf Erden für ihn sein, sich ganz in Gott zu versenken. Nur hat Gott (oder hätte, wenn es ihn gäbe) Eigenschaften, die zu den unausgesetzten Freuden der Anbetung wenigstens nicht im Widerspruch stehen. Als sogenannter ›Urgrund allen Seins‹ kommt er uns wohl mehr als den halben Weg entgegen. Außerdem ist er unveränderlich. Auf diese Weise in der Anbetung eines Menschen zu verharren ist jedoch, von beiden Seiten der Beziehung aus betrachtet, eine viel gefährlichere Sache, selbst wenn das Objekt der Liebe nicht fast vierzig Jahre jünger ist und – um es milde auszudrücken – indifferent.

Genaugenommen hatte ich fast die ganze Phase des ›Verliebtseins‹ in knapp zwei Tagen durchgemacht. (Ich sage »fast die ganze Phase«, weil es noch nicht ganz vorbei war.) Die damit einhergehenden Phänomene waren in meinem Fall in komprimierter Form aufgetreten. Am ersten Tag war ich schlicht ein Heiliger gewesen. Die reine Dankbarkeit hatte mich so beseligt und belebt, daß ich vor Nächstenliebe überströmte. Ich fühlte mich so vom Schicksal bevorzugt und ausgezeichnet, daß mir jeder Groll gegen andere Menschen, ja selbst der Gedanke, jemand könnte mir Unrecht getan haben, unvorstellbar erschien.

Ich hatte das Bedürfnis, herumzugehen und die Menschen zu berühren, sie zu segnen, etwas von meinem großen Glück an sie weiterzugeben, ihnen die frohe Botschaft zu verkünden, sie einzuweihen in das *Geheimnis*, daß das ganze Universum ein Ort der Freude und Freiheit ist, randvoll erfüllt von selbstloser Wonne. An diesem Tag verspürte ich nicht einmal den Wunsch, Julian zu sehen. Ich brauchte sie nicht. Zu wissen, daß es sie gab, genügte. *Fast* hätte ich sie vergessen können, wie der Mystiker vielleicht Gott vergißt, wenn er selbst Gott wird.

Am zweiten Tag begann ich sie zu brauchen, obwohl ›Verlangen‹ ein zu plumpes Wort wäre für das seidenfeine, magnetische Ziehen, das ich – zumindest am Anfang – verspürte. Das Ich kam wieder zu sich. Am ersten Tag war Julian überall gewesen. Am zweiten Tag war sie – irgendwo, an einem nicht genau umgrenzten Ort. Und sie fehlte mir, wenn auch noch nicht so sehr, daß es unerträglich war. An diesem zweiten Tag spürte ich ihre Abwesenheit. Diese Abwesenheit weckte in mir das Verlangen nach einer Strategie, die leise Lust, Pläne zu schmieden. Die von einer Überfülle an Licht ausgeblendete Zukunft trat wieder schärfer hervor. Es gab wieder mehr Perspektiven, Hypothesen, Möglichkeiten. Aber immer noch erhellten Freude und Dankbarkeit die Welt und machten eine freundliche Anteilnahme an anderen Menschen, anderen Dingen möglich. Wie lange kann ein Mensch wohl in dieser ersten Phase der Liebe verharren? Sicher viel länger als ich, aber bestimmt nicht auf unbegrenzte Zeit. Die zweite Phase hingegen kann unter günstigen Bedingungen viel länger dauern, davon bin ich überzeugt. (Doch auch sie nicht ewig. Liebe ist Geschichte, ist Dialektik, sie *muß* sich bewegen.) Jedenfalls durchlebte ich in Stunden, was ein anderer in Jahren durchleben mag.

Wie sich mein Zustand der Glückseligkeit im Lauf dieses zweiten Tages allmählich veränderte, ließ sich an einem buchstäblich körperlichen Unbehagen messen; es war, als befände ich mich im Spannungsfeld magnetischer Strahlen oder als wäre ich in Seile oder Ketten gelegt, die erst nur leise an mir zogen, dann aber zu reißen und zu rupfen begannen. Natürlich hatte ich von Anfang an körperliches Verlangen verspürt, aber zu Beginn war es, wenn auch wahrnehmbar lokalisiert, auf metaphysische Weise mit einem allgemeinen Hochgefühl verschmolzen. Die Sexualität ist für uns der Brückenschlag zur Welt, und in ihrer glücklichsten und verinnerlichtesten Form ist sie keine Knechtschaft, da sie alles durchdringt und es uns möglich macht, uns in alles einzufühlen, was wir berühren und betrachten, und uns daran zu erfreuen. Es kommt aber auch vor, daß sie sich wie eine Kröte in den Körper einnistet. Sie wird zu einer Last, einer Bürde, ist deshalb nicht unbedingt unwillkommen. Auch unsere Ketten, auch die Schläge der Peitsche können wir lieben. Kurz bevor Julian anrief, befand ich mich in einem Zustand tiefer Unrast, heftigen Verlangens, aber nicht in der Hölle. Ich hätte es damals nicht geschafft, das Wiedersehen mit ihr hinauszuschieben, dazu war das Verlangen zu groß. Aber als ich dann mit ihr zusammen war, genügte mir das, um vollkommen glücklich zu sein. Ich rechnete nicht mit dem Inferno.

Ja selbst danach, als ich in meine Wohnung zurückkehrte, nachdem wir uns getrennt hatten, war ich zwar verwirrt und entmutigt und gekränkt, aber ich wand mich nicht in Qualen, ich schrie nicht. Mit meiner Unabhängigkeit vom Alkohol schien es allerdings vorbei zu sein. Ich holte den Whisky hervor, den ich für Notfälle immer zu Hause versteckt hatte, und trank eine ganze Menge davon pur. Danach trank ich noch ein wenig Sherry. Ich aß auch ein wenig Curryhuhn, gleich mit dem Löffel aus der Dose, die Francis offenbar ins Haus gebracht hatte. Dann fühlte ich mich, wie ich mich als Kind oft gefühlt hatte: sehr unglücklich, irgendwie gedemütigt, aber fest entschlossen, nicht darüber nachzudenken; fest entschlossen, im Schlaf Zuflucht zu suchen. Ich wußte, daß ich gut schlafen würde, und so war es auch. Ich segelte in die Bewußtlosigkeit hinein wie ein Schiff in eine schwarze Sturmwolke, die den ganzen Himmel bedeckt.

Ich erwachte mit leichten Kopfschmerzen, aber klar bei Sinnen. Ich wußte, daß ich völlig am Ende war. Die Vernunft – wo war sie in den letzten Tagen geblieben? – abwesend oder betäubt oder defekt oder ganz außer Funktion gesetzt? – war wieder auf ihrem Posten. (Zumindest war ihre Stimme wieder hörbar.) Allerdings in einer speziellen Rolle und gewiß nicht in der eines tröstenden Freundes. Unnötig zu sagen, daß sie keine plumpen Bemerkungen äußerte, wie zum Beispiel, daß Julian schließlich weiter nichts als ein sehr gewöhnliches junges Mädchen war und dieses ganze Theater nicht wert. Ja, sie wies mich nicht einmal darauf hin, daß ich mich selbst in eine Situation gebracht hatte, in der die Qualen der Eifersucht einfach unvermeidlich sind. Bei der Eifersucht war ich noch nicht angelangt. Aber auch das sollte noch kommen. Was das kalte Licht der Vernunft mir zeigte, war dies: daß meine Situation einfach unerträglich war. Ich wollte etwas, was ich nicht haben konnte, und das mit einer leidenschaftlichen Heftigkeit, von der ich früher einmal geglaubt hätte, man müsse daran durch Selbstentzündung zugrunde gehen.

Tränen hatte ich jetzt keine. Ich lag im Bett, geschüttelt von einem elektrischen Sturm körperlichen Verlangens. Ich wälzte mich hin und her, ich keuchte und stöhnte, als kämpfte ich mit einem greifbaren Dämon. Die Tatsache, daß ich sie wirklich berührt, sie geküßt hatte, wuchs zu einem Berg an, der auf mich herabstürzte (ich bitte diese Metaphern zu entschuldigen). Ich spürte ihre Haut auf meinen Lippen. Der Gedanke an diese Berührung erweckte Phantome zum Leben. Ich kam mir vor wie ein groteskes, verdammtes, ausgestoßenes Ungeheuer. Wie war es möglich, daß ich tatsächlich ihre Wange geküßt hatte, ohne ganz in ihr aufzugehen, mich in sie zu verwandeln? Was hatte mich daran gehindert, heulend vor ihr auf die Knie zu fallen?

Ich stand auf, aber ich empfand ein so heftiges, örtlich begrenztes Unbehagen, daß ich mich kaum anziehen konnte. Ich stellte Tee zu, aber von dem Geruch wurde mir übel. Ich trank ein wenig Whisky aus einem Wasserglas, danach fühlte ich mich richtig krank. Ich konnte weder ruhig sitzen noch stehen, sondern wanderte zerstreut und wie gehetzt in der Wohnung auf und ab, immer wieder gegen die Möbel stoßend, wie ein Tiger im Käfig endlos die Stäbe streift. Ich hatte aufgehört zu stöhnen, dafür *zischte* ich jetzt. Ich versuchte ein paar Gedanken im Hinblick auf die Zukunft zu fassen. Sollte ich mich umbringen? Oder sollte ich sofort nach Patara abreisen, mich dort verbarrikadieren und meinen Verstand in Alkohol ertränken? Fort, fort, fort. Aber ich konnte keinen Gedanken fassen. Meine einzige Sorge war, irgendwie durch diese qualvollen *Minuten* zu kommen.

Ich habe gesagt, daß ich keine Eifersucht empfand. Eifersucht ist ja letztlich eine Funktion oder ein Spiel der Vernunft. Und der Vernunft hatte ich noch keinen Einlaß gewährt in das geschlossene System meiner monumentalen Verliebtheit. Sie stand sozusagen daneben und ließ das Licht ihrer Fackel über das Monument wandern. Sie hatte sich noch keinen Weg ins Innere gebohrt. Erst am folgenden Tag, dem vierten also (aber ich will ihn schon jetzt beschreiben), begann ich wirklich darüber *nachzudenken*, daß Julian zwanzig war und frei wie ein Vogel. Wagte ich es, eifersüchtig mich zu fragen, wo sie sein mochte, was sie tat? Ja, ich wagte es, es ließ sich nicht länger vermeiden. Sie konnte in diesem Augenblick *irgendwo* sein, in den Armen *irgendeines* Mannes. Natürlich mußte ich das von Anfang an ›gewußt‹ haben, wo es doch auf der Hand lag. Aber damals schien es mit *mir* nichts zu tun zu haben, schien dem Heiligen nichts anhaben zu können, der ich war. Damals war sie in einer an keinen Ort gebundenen Bewußtseinsverbindung mit mir gestanden. Jetzt hatte es plötzlich so viel mit mir zu tun, daß ich das Gefühl hatte, eine rotglühende Stricknadel bohre sich mir in die Leber. (Wo hatte ich nur diesen grausigen Vergleich her?)

Eifersucht ist wohl die erschreckend unfreiwilligste aller Sünden. Eine der häßlichsten und verzeihlichsten zugleich. Wahrscheinlich sogar die verzeihlichste hinsichtlich ihrer Wertung auf der Skala des Bösen. Zeus, der über die Schwüre Liebender lächelt, muß auch Nachsicht haben mit ihrem Schmerz und dem Gift, das dieser hervorbringt. Irgendein Franzose hat gesagt, daß die Eifersucht mit der Liebe geboren wird, aber nicht immer mit ihr stirbt. Ich bin nicht sicher, ob das stimmt. Ich glaube eher, wo Eifersucht ist, ist auch Liebe; und wenn sie auftritt, wo die Liebe anscheinend erloschen ist, ist das stets ein Beweis dafür, daß diese nur *scheinbar* erloschen ist. (Und das ist bestimmt mehr als ein bloßes Spiel mit Worten.) Die Eifersucht ist zweifellos ein Maß für die Liebe; zumindest in manchen, wenn auch – wie mein eigener Fall beweist – nicht in allen ihren Phasen. Sie hat (und das brachte vielleicht den Franzosen auf seine Idee) etwas von einer bösartigen Geschwulst – *Geschwulst* ist genau das richtige Wort. Die Eifersucht ist ein Krebsgeschwür, sie kann töten, wovon sie sich nährt, auch wenn sie im allgemeinen schrecklich langsam tötet. (Und dabei selbst stirbt.) Und natürlich *ist* Eifersucht, um die Metapher zu wechseln, auch Liebe, liebendes Bewußtsein, liebende Vision, getrübt von Schmerz und, in ihrer schrecklichsten Form, verzerrt von Haß.

Das Schreckliche daran ist das Gefühl, daß einem ein Teil des eigenen Ichs unwiderruflich entfremdet und gestohlen wurde. Das wurde mir jetzt, in meiner Situation, zuerst nur vage, dann mit immer größerer Schärfe klar. Es war nicht nur so, daß ich rasend begehrte, was ich nicht haben konnte. Das war nur ein stumpfer, unbestimmter Schmerz. Ich war dazu verdammt, selbst in ihrer Zurückweisung *bei ihr* zu sein, wie lange es auch dauern mochte, wie lange sich der langsame Prozeß auch hinziehen mochte. Die Versuchung würde mich hinführen, wo sie war. Immer wieder würde sie sich anderen hingeben und mich mit sich nehmen. Wie ein obszönes, jämmerliches Hausgespenst würde ich in den Ecken von Schlafzimmern hocken, in denen sie küßte, in denen sie liebte. Mit meinen Feinden würde sie sich gegen mich verschwören, meine Spötter bewundern, Verachtung für mich von fremden Lippen trinken. Und überallhin würde meine Seele sie begleiten, unsichtbar und lautlos weinend vor Schmerz. Ich hatte eine Dimension des Leidens erreicht, die mein ganzes Sein, so weit ich das absehen konnte, für immer vergiften und zersetzen würde.

Für die Vorstellung, daß man sich vom Verliebtsein wieder erholt, ist natürlich im Zustand des Verliebtseins *per definitionem* (jedenfalls nach meiner Definition) kein Platz. Außerdem erholt man sich nicht immer. Und selbstverständlich konnte ein derart banaler Scheintrost in meiner überhitzten Gemütsverfassung für keine Sekunde aufkommen. Wie schon gesagt, ich wußte, daß ich am Ende war. Es gab keinen Hoffnungsschimmer, nicht den *geringsten* Trost. Trotzdem möchte ich hier etwas erwähnen, was mir erst später dämmerte. Natürlich konnte von Schreiben jetzt keine Rede sein, keine Rede davon, alles zu ›sublimieren‹ (was für ein lächerlicher Ausdruck). Trotzdem ließ mich das Gefühl nicht los, daß dies mein Schicksal war, daß dies ... das Werk ... ein und derselben Macht war. Und *dieser* Macht unterworfen zu sein, selbst wenn man sich dabei auf einem durch die Leber gestoßenen Speer wand, hieß, in einem schrecklichen Sinn dazusein, wo man hingehörte.

Um von Dingen zu sprechen, die weniger dunkel sind: Ich kam natürlich recht bald zu der Erkenntnis, daß ich nicht ›davonlaufen‹ konnte. Ich konnte mich nicht aufs Land zurückziehen. Ich mußte Julian wiedersehen, ich mußte diese schrecklichen Tage bis zu unserer Verabredung in Covent Garden abwarten. Natürlich hätte ich sie am liebsten gleich angerufen und sie um ein Wiedersehen gebeten. Aber irgendwie schob ich diese Versuchung immer wieder blind von mir. Ich würde mein Leben nicht in Wahnsinn ausarten lassen. Lieber mit *ihm* allein sein und leiden als ein heilloses Chaos heraufbeschwören. Schweigen, wenn auch jetzt in einem anderen und ganz und gar nicht tröstlichen Sinn, war meine einzige Aufgabe.

Irgendwann im Lauf dieses Vormittags, den zu beschreiben ich nicht weiter versuchen will (nur daß Hartbourne anrief, sei noch erwähnt, und daß ich den Hörer gleich wieder auflegte), tauchte Francis Marloe auf.

Ich ging ihm voran ins Wohnzimmer, und er folgte mir mit großen, verwunderten Augen. Ich setzte mich, stieß einen tiefen Seufzer aus und fing an, mir Augen und Stirn zu reiben.

»Was ist los, Brad?«

»Nichts.«

»Na so was, da gibt's ja Whisky. Ich wußte nicht, daß du welchen daheim hast. Der muß aber ziemlich gut versteckt gewesen sein. Darf ich mir einen Schluck nehmen?«

»Ja.«

»Willst du auch was?«

»Ja.«

Francis drückte mir ein Glas in die Hand. »Bist du krank?«

»Ja.«

»Was ist los?«

Ich trank einen Schluck, und es würgte mich. Mir war furchtbar übel, und ich war nicht in der Lage, körperlichen von seelischem Schmerz zu unterscheiden.

»Brad, wir haben den ganzen Abend auf dich gewartet.«

»Warum? Wo?«

»Du hast doch gesagt, du kommst Priscilla besuchen.«

»Oh. Priscilla. Ja.« Ich hatte Priscillas Existenz komplett und restlos vergessen.

»Wir haben hier angerufen.«

»Ich war zum Essen aus.«

»Hast du es denn einfach vergessen?«

»Ja.«

»Arnold ist bis nach elf geblieben. Er wollte über irgendwas mit dir reden. Er war ganz schön wütend.«

»Wie geht es Priscilla?«

»Ziemlich unverändert. Chris möchte gerne wissen, ob du mit einer Elektroschockbehandlung einverstanden wärst.«

»Ja. Gut.«

»Du meinst, du hast nichts dagegen? Weißt du, daß das die Gehirnzellen zerstört?«

»Dann vielleicht besser nicht.«

»Andererseits –«

»Ich müßte wirklich zu Priscilla«, sagte ich. Laut, glaube ich. Aber ich wußte, ich *konnte* einfach nicht. Ich hatte niemandem auch nur einen Funken Lebenskraft zu geben. In meiner momentanen Verfassung konnte ich mich nicht der Gegenwart dieser armen, nach Liebe hungernden Seele aussetzen.

»Priscilla sagte, sie würde alles tun, was *du* willst.«

Elektroschocks. Sie bombardieren den Hirnschädel mit Strom. Wie wenn man mit der Hand aufs Radio drischt, um es wieder zum Funktionieren zu bringen. Ich mußte mich zusammennehmen. Priscilla.

»Wir müssen – darüber reden –«, sagte ich.

»Was ist denn nur los, Brad?«

»Nichts. Zerstörung von Gehirnzellen.«

»Bist du krank?«

»Ja.«

»Was hast du?«

»Ich bin verliebt.«

»Oh«, sagte Francis. »In wen?«

»In Julian Baffin.«

Ich hatte nicht die Absicht gehabt, es ihm zu sagen. Daß ich es tat, hatte irgendwie mit Priscilla zu tun. Mit dem ganzen Jammer. Und mit dem Gefühl, daß in meinem elenden Zustand sowieso schon alles egal war.

Francis nahm es gelassen auf. Wohl das Beste, was man in diesem Fall tun konnte. »Oh. Ist es sehr schlimm? Deine Krankheit, meine ich.«

»Ja.«

»Hast du es ihr gesagt?«

»Sei doch nicht blöd«, sagte ich. »Ich bin achtundfünfzig. Sie ist zwanzig.«

»Das ist doch wohl nicht ausschlaggebend«, sagte Francis. »Liebe kümmert sich nicht um Altersunterschiede, das weiß doch jeder. Kann ich noch einen Whisky haben?«

»Du verstehst das nicht«, sagte ich. »Ich kann mich doch nicht – vor diesem – jungen Mädchen – mit meinen Gefühlen bloßstellen. Sie wäre entsetzt. Und da ich eine Beziehung *dieser* Art mit ihr – gar nicht erst in Erwägung ziehen kann –«

»Ich sehe nicht ein, warum nicht«, sagte Francis. »Ob es eine gute Idee wäre, ist allerdings eine andere Frage.«

»Rede doch nicht so einen absoluten ... Es ist eine Frage der Moral – und überhaupt. Wie soll sie denn für mich – ich bin schon fast ein alter Mann – ich würde sie nur abstoßen – sie würde mich einfach nicht mehr sehen wollen.«

»Ziemlich viele Vermutungen auf einmal. Was die Moral betrifft, na ja, vielleicht, ich weiß nicht recht. Das ›überhaupt‹ ist eine andere Sache, vor allem heutzutage. Glaubst du, daß es dir

Freude machen wird, sie immer wieder zu sehen und den Mund zu halten?«

»Nein, natürlich nicht.«

»Na also. Entschuldige, wenn ich so einfältig daherrede: Aber wär's dann nicht das beste, die ganze Sache abzuschreiben?«

»Offenbar warst du noch nie verliebt.«

»Oh, und wie! Und – immer – hoffnungslos – meine Liebe ist kein einziges Mal erwidert worden. *Mir* kannst du nichts erzählen –«

»Ich kann die Sache nicht abschreiben. Sie hat gerade erst angefangen. Ich weiß nicht, was ich tun soll. Ich hab das Gefühl, ich werd noch verrückt, ich weiß nicht aus noch ein.«

»Hau einfach ab. Fahr nach Spanien oder irgendwohin.«

»Ich kann nicht. Ich treffe sie Mittwoch wieder. Wir gehen in die Oper. O Gott.«

»Na ja, wenn du leiden willst, ist das wohl deine Sache«, sagte Francis und schenkte sich Whisky nach. »Aber wenn du aus dem Schlamassel raus willst, solltest du es ihr sagen. Ich an deiner Stelle würde es ihr sagen. Das nimmt die Spannung und bringt das Ganze auf eine etwas normalere Ebene. Und das ist schon der erste Schritt zur Heilung. Es macht alles nur schlimmer, wenn man still vor sich hin brütet. Schreib ihr einen Brief. Du bist doch ein Schreiberling, es müßte dir eigentlich Spaß machen, alles zu Papier zu bringen.«

»Es würde sie nur abstoßen.«

»Mach's halt ein bißchen launig und locker –«

»Im Schweigen liegt Würde und Kraft.«

»Im Schweigen?« sagte Francis. »Das hast du schon gebrochen.«

O mein prophetisches Gemüt! Er hatte recht.

»Natürlich werde ich es niemandem erzählen«, meinte Francis. »Aber warum hast du es mir überhaupt gesagt? Eigentlich wolltest du gar nicht, und es wird dir noch leid tun. Wahrscheinlich wirst du mich deswegen noch hassen. Wenn es irgendwie geht, tu's bitte nicht, versuch's wenigstens. Weißt du, warum du es mir gesagt hast? Weil du die Nerven verloren hast. Du hast nicht anders gekonnt. Es war so was wie ein nervöser Zwang. Und aus demselben Grund wirst du es früher oder später auch ihr sagen.«

»Niemals.«

»Es gibt überhaupt keinen Grund, so ein Tamtam deswegen zu machen. Und daß es sie abstoßen würde, glaube ich nicht. Es ist viel wahrscheinlicher, daß sie lachen wird.«

»*Lachen?*«

»Junge Leute können die Gefühle von Oldies, wie wir es sind, nicht wirklich ernst nehmen. Wahrscheinlich wird es sie irgendwie rühren, aber hauptsächlich wird sie denken, daß du dich da in was Absurdes verrannt hast. Sie wird es köstlich finden, faszinierend. Sie wird sich bestimmt geschmeichelt fühlen.«

»Ach, geh und laß mich in Ruhe«, sagte ich.

»Jetzt bist du böse auf mich, Brad. Sei nicht böse. Ich bin nicht schuld daran, daß du es mir gesagt hast.«

»Geh jetzt.«

»Und was ist mit Priscilla?«

»Tu, was du für richtig hältst. Ich überlasse es dir.«

»Kommst du denn nicht rüber, um sie zu besuchen?«

»Ja, ja. Später. Bestell ihr schöne Grüße.«

Francis ging bis zur Tür. Ich saß immer noch da und rieb mir die Augen. Sein komisches Bärengesicht war ganz runzlig vor Besorgnis und Anteilnahme, und plötzlich sah er aus wie seine Schwester, als sie damals so sonderbar geworden war und mich so zärtlich angeschaut hatte in der indigoblauen Dämmerung unseres alten Wohnzimmers.

»Brad, warum engagierst du dich nicht mehr für Priscilla? Mach was aus der Geschichte.«

»Wie meinst du das?«

»Betrachte sie als deinen Rettungsanker. Setz alle Hebel in Bewegung, um ihr zu helfen. Mach sie dir zur Lebensaufgabe. Das würde dich ablenken.«

»Du weißt nicht, wie das ist.«

»Dann tu das andere. Sieh zu, daß du die Kleine rumkriegst. Warum auch nicht?«

»Was?«

»Warum solltest du nichts mit Julian Baffin haben? Du schadest ihr damit schon nicht.«

»Du gemeiner – schändlicher Kerl – mein Gott, warum habe ich es dir nur gesagt, warum ausgerechnet dir, ich muß von Sinnen gewesen sein –«

»Schon gut, ich halt den Mund. Reg dich nicht auf, reg dich nicht auf. Ich geh ja schon.«

Als er weg war, rannte ich wie ein Tobsüchtiger in der Wohnung herum. Warum, warum, warum nur hatte ich mein Schweigen gebrochen? Ich hatte meinen einzigen Schatz hergegeben, und ich hatte ihn einem Narren gegeben. Nicht daß ich fürchtete, er würde mich verraten. Was zu meinem Schmerz dazukam, war viel schrecklicher. Ich hatte vielleicht einen verhängnisvoll falschen Zug gemacht in meiner Schachpartie mit dem Fürsten der Finsternis.

Später setzte ich mich hin und begann über die Dinge nachzudenken, die Francis gesagt hatte. Zumindest über einen Teil davon. An Priscilla dachte ich überhaupt nicht.

Mein lieber Bradley,

ich habe mich in letzter Zeit in ein fürchterliches Dilemma gebracht, und ich finde, ich sollte Dir die ganze Sache unterbreiten. Vielleicht wird es Dich gar nicht so sehr überraschen. Ich habe mich bis über beide Ohren in Christin verliebt. Ich kann mir die trockene Ironie gut vorstellen, mit der Du auf diese Mitteilung reagierst. »Verliebt? In Deinem Alter? Ich bitte Dich!« Ich weiß, wie sehr du alles »Romantische« verachtest. Das ist ja immer schon einer unserer Streitpunkte gewesen, nicht wahr? Glaub mir, was ich jetzt empfinde, hat nichts mit rosaroten Träumen und »Herz-Schmerz-Sentimentalität« zu tun. Ich bin mein Leben lang in keiner grimmigeren *Stimmung gewesen, und ich bin auch noch nie so realistisch gewesen wie jetzt. Ich fürchte, es ist wirklich ernst, Bradley. Ich stehe hilflos einer Macht gegenüber, an die Du, fürchte ich, nicht einmal glaubst. Wie kann ich Dir begreiflich machen, daß ich mir einfach nicht mehr zu helfen weiß? Ich habe in letzter Zeit mehrmals gehofft, Dich zu sehen, um Dir alles zu erklären, es Dir auseinanderzusetzen, aber vielleicht ist ein Brief besser. Wie auch immer, das war Punkt eins. Ich bin verliebt,* wirklich *verliebt, und es ist eine schreckliche Erfahrung. Ich glaube, ich habe mich noch nie so gefühlt wie jetzt. Ich bin wie ausgewechselt, es kommt mir vor, als lebe ich in einem Mythos, ich bin nicht mehr der, der ich war, ich bin ein anderer geworden. Ich bin übrigens sicher, daß auch mit mir als Schriftsteller eine* Metamorphose *vor sich gegangen ist. Diese Dinge hängen zusammen, müssen zusammenhängen. Ich werde in Zukunft viel bessere,* härtere *Bücher schreiben. Mein Gott, ich fühle mich hart, hart, hart. Ich weiß nicht, ob Du das verstehen kannst.*

Das bringt mich zu Punkt zwei. Es gibt also zwei Frauen in meinem Leben: eine davon liebe ich, die andere werde ich unter keinen Umständen verlassen. Natürlich ist mir immer noch an Rachel gelegen. Aber leider ist es eben so, daß man eines Menschen müde werden kann. Unsere Ehe besteht zwar noch, aber sie ist ausgelaugt, erschöpft, die Lebenskraft hat sie, fürchte ich, für immer verlassen. Ich sehe das jetzt *ganz klar. Wir haben keine tiefe, dynamische Verbindung mehr zueinander. Es ist schon seit einiger Zeit so, daß ich mich anderswo nach wirklicher Liebe umsehen muß. Meine Gefühle für Rachel sind irgendwie so zur Gewohnheit geworden, daß sie fast schon geheuchelt sind. Trotzdem werde ich zu ihr stehen, ich werde zu ihnen beiden stehen, weil ich einfach muß, es wäre eine Art Tod, eine von beiden zu verlassen. Was sein muß, wird also sein, soviel steht fest. Und wenn das heißt, zwei Haushalte zu führen, dann heißt es eben, zwei Haushalte zu führen. Ich wäre nicht der erste, der das tut. Gott sei Dank kann ich es mir leisten. Rachel hat eine dunkle Ahnung (natürlich keine Ahnung von der niederschmetternden Wahrheit), aber ich habe noch nicht mit ihr gesprochen. Ich weiß, daß ich genügend Liebe für* beide *in mir habe. (Woher kommt eigentlich diese Vorstellung, daß man nur ein begrenztes Maß an Liebe zu vergeben hat?) Schwierig wird nur der Anfang sein, bis alles arrangiert ist. Dann wird die Gewohnheit die zerzausten Federn glätten. Ich werde zu ihnen beiden stehen und ihnen beiden Liebe geben. Ich weiß, Worte dieser Art sind genau das, was Dich anwidert (Du bist übrigens ziemlich leicht angewidert). Aber glaub mir, ich sehe das alles mit völliger Klar-*

heit und Reinheit, *es ist weder etwas Romantisches, noch etwas Unsauberes daran. Und ich bilde mir nicht ein, daß es leicht sein wird, ich halte es nur für nötig.*

Der dritte Punkt betrifft Dich. Wieso ich Dich da mit reinziehe? Ich zieh Dich nicht rein, Du bist schon drin. Es wäre mir lieber, Du wärst es nicht, aber wie die Dinge liegen, kannst Du von Nutzen sein. Entschuldige die Kaltschnäuzigkeit. Vielleicht verstehst Du jetzt, was ich mit »hart« und »rein« und so weiter meine. Kurz und gut, ich brauche *Deine Hilfe. Ich weiß, wir haben uns in der Vergangenheit befehdet, und wir haben uns geliebt. Wir sind alte Freunde und alte Feinde, aber viel mehr Freunde, oder, besser gesagt, die Feindschaft ist in der Freundschaft enthalten und nicht umgekehrt. Du verstehst. Du hast eine Verbindung zu beiden Frauen. Wenn ich sage, daß ich Dich bitte, die eine freizugeben und die andere zu trösten, dann ist das eine sehr rauhe und grobe Formulierung für das, was ich gerne von Dir hätte. Rachel hat Dich sehr gern, das weiß ich. Ich frage nicht, was da kürzlich oder sonst wann zwischen euch vorgefallen sein mag. Ich bin nicht eifersüchtig, und ich weiß, daß Rachel manchmal, und vor allem natürlich in letzter Zeit, eine Menge hinnehmen mußte. Ich glaube, Du könntest ihr in dem unvermeidlichen Leid, das auf sie zukommt, eine große Stütze sein. Es wird ihr guttun, einen Freund zu haben, bei dem sie sich über mich beklagen kann! Ich hätte gerne – und das ist der unmittelbare und spezielle Grund meines Schreibens –, daß Du zu ihr gehst und ihr von mir und Chris erzählst. Ich glaube, daß es psychologisch richtig wäre, wenn Du es ihr sagst, und es wird sozusagen den Boden für das Kommende bereiten. Sag ihr, daß es wirklich »etwas Großes« ist, nicht nur etwas Vorübergehendes wie manche Geschichten in der Vergangenheit. Erzähle ihr von den »beiden Haushalten« und so weiter. Bring es ihr bei, und sieh zu, daß sie den Ernst der Situation begreift, aber auch einsieht, daß es funktionieren kann und nicht allzu schlimm sein muß. Auf dem Papier klingt das schrecklich. Aber ich bin wohl durch die Macht der Liebe schrecklich geworden, unbarmherzig. Ich bin sicher, wenn du offen mit Rachel über die ganze Sache sprichst (und ich meine bald, heute noch oder morgen), wird sie sich in das Unvermeidliche fügen. Und*

natürlich wird das zwischen Dir und ihr ein besonderes Band knüp-
fen. Ob Dir das Freude macht, will ich nicht fragen.

Auch was Christin anlangt, gibt es ein Problem, das Dich be-
trifft. Ich habe Dir noch nicht gesagt, was sie empfindet, obwohl ich
es natürlich durchblicken ließ. Kurz und gut: Sie liebt mich. Es ist
viel geschehen in den letzten paar Tagen. Sie waren wahrscheinlich
die ereignisreichsten Tage meines ganzen Lebens. Was Christin beim
letzten Mal zu Dir gesagt hat, war natürlich eine Art Scherz, nichts
weiter als eine Folge ihrer guten Laune, wie Dir sicher selbst klar
war. Sie ist so ein fröhlicher, herzlicher Mensch. Aber natürlich bist
Du ihr nicht gleichgültig, und sie möchte etwas von Dir, was schwer
zu definieren ist: eine Art Ratifizierung *des vorhin beschriebenen*
Arrangements, so etwas wie eine endgültige Versöhnung, eine Be-
gleichung alter Rechnungen und auch die Versicherung – die Du
ihr sicher geben kannst –, daß Du ihr ein Freund bleiben wirst,
auch wenn sie mit mir zusammenlebt. Ergänzend möchte ich noch
sagen, daß Christin, die ein sehr feinfühliger Mensch ist, viel daran
liegt, daß Rachels Rechte gewahrt werden, und daß sie sich große
Sorgen macht, ob Rachel auch »zurechtkommen« wird. Ich hoffe,
daß Du sie auch in dieser Hinsicht wirst beruhigen können. Auch
Rachel ist stark. Sie sind wirklich wunderbare Frauen, alle beide.
Bradley, kannst Du all dem folgen? Ich empfinde eine solche Mi-
schung aus Freude und Angst und purem hartem Willen, *daß ich*
nicht sicher bin, ob ich mich auch klar ausgedrückt habe.

Ich werde diesen Brief selbst abliefern, möchte Dich aber nicht
gleich sehen. Ich würde allerdings gerne bald mit Dir reden. Ich
meine noch im Lauf des heutigen Tages oder morgen. Du wirst
natürlich Priscilla besuchen, und dann könnten wir uns ja treffen.
Es ist nicht nötig, zu warten, bis wir uns gesehen haben, bevor Du
mit Rachel sprichst. Je früher Du mit ihr sprichst, desto besser. Ich
möchte aber gerne mit Dir reden, bevor Du Chris wieder alleine
siehst. Mein Gott, hat das alles überhaupt Hand und Fuß? Es ist
ein Appell, *und das sollte eigentlich Deiner Eitelkeit schmeicheln.*
Jetzt bist einmal Du in der stärkeren Position. Bitte hilf mir. Ich
bitte Dich im Namen unserer Freundschaft.

Arnold

P. S.: Wenn Dir das alles zuwider ist, sei wenigstens so nett und mach mir deswegen um Gottes willen nicht die Hölle heiß. Es klingt vielleicht, als wäre ich ganz vernünftig, aber in Wirklichkeit bin ich völlig außer mir und ganz durcheinander. Ich möchte so gerne vermeiden, Rachel weh zu tun. Und bitte beunruhige Chris nicht; lauf nicht gleich zu ihr, jetzt wo Du weißt, wie die Dinge stehen. Und geh auch nur zu Rachel, wenn Du Ruhe bewahren und ihr alles in der Form beibringen kannst, wie ich es gerne hätte. Verzeih mir bitte.

Dieses seltsame Schreiben erhielt ich am folgenden Morgen. Vor einer kurzen Weile noch hätte es in mir eine Mischung heftigster Gefühle ausgelöst. Aber die Liebe kann einen so gegen alles abstumpfen, was von außen kommt, daß ich nicht mehr Interesse dafür aufbrachte als für eine Rechnung von meiner Wäscherei. Ich las es einmal durch, dann legte ich es weg und vergaß es. Die einzige Folge war, daß ich Priscilla jetzt unmöglich besuchen konnte. Ich ging in ein Blumengeschäft, stellte einen Scheck aus und gab den Auftrag, ihr jeden Tag Blumen zu schicken.

Ich werde gar nicht erst zu beschreiben versuchen, wie ich die folgenden Tage überstand. Es gibt einen Zustand der Trostlosigkeit, der höchstens angedeutet werden kann. Das Wrack, das von mir noch übrig war, saß da und stierte hohläugig vor sich hin. Zugleich erfaßte mich eine steigende Aufregung, je näher der Mittwoch kam, und der bloße Gedanke, wieder mit ihr zusammenzusein, verbreitete eine düstere Freude in mir, eine dämonische Version der Freude, die mich auf dem Postturm erfüllt hatte. Damals war ich in einem Zustand der Unschuld gewesen. Jetzt fühlte ich mich schuldig und verdammt. Und auf eine Weise, die nur mich allein anging, einsam, wild, an die äußerste Grenze getrieben, roh, grausam ... Und dennoch: wieder mit ihr zusammenzusein. Am Mittwoch.

Natürlich mußte ich zum Telefon gehen, es hätte ja sie sein können. Jedes Läuten war wie ein schwerer elektrischer Schlag. Christin rief an, Arnold rief an. Ich legte sofort auf. Sollten sie sich denken, was sie wollten. Arnold und Francis kamen selber und klingelten an der Tür, aber ich sah sie durch die Milchglasscheibe und ließ sie nicht herein. Ich wußte nicht, ob sie mich sehen konnten, es war mir gleichgültig. Francis warf mir eine Nachricht ein, in der es hieß, daß sie mit der Schockbehandlung begonnen hätten und es Priscilla besser zu gehen schien. Rachel kam vorbei, aber ich versteckte mich. Später rief sie mich ziemlich aufgeregt an. Ich sprach kurz mit ihr und sagte, ich würde mich wieder melden. So vertrödelte ich die Zeit. Ich fing auch mehrere Briefe an Julian an. *Meine liebe Julian. Ich habe mich in letzter Zeit in ein fürchterliches Dilemma gebracht, und ich finde, ich sollte Dir die ganze Sache unterbreiten. – Liebe Julian, es tut mir leid, aber ich muß London verlassen und kann am Mittwoch nicht kommen. – Liebste Julian, ich liebe Dich, ich stehe Qualen durch, ach, mein Liebling.* Natürlich zerriß ich alle diese Briefe, sie dienten nur dazu, mir Luft zu machen. Endlich, nach Jahrhunderten seelischen Dahinsiechens, kam der Mittwoch.

Julian hielt sich an meinem Arm fest. Ich hatte keine Anstalten gemacht, nach ihrem zu greifen, aber sie hatte sich an meinen gehängt und drückte ihn krampfhaft, wahrscheinlich unbewußt und vor Aufregung. Wir waren gerade erst aus der Abendsonne in das strahlend hell erleuchtete Foyer der Königlichen Oper getreten und bahnten uns jetzt den Weg durch die lärmende Menschenmenge. Julian trug ein langes Seidenkleid mit Jugendstilmuster; blaue Tulpen auf rotem Grund. Ich hatte sie schon von weitem gesehen; sie fuhr sich gerade verstohlen und vorsichtig mit dem Kamm durchs Haar, das ungewohnt helmartig frisiert war und wie lange, mattglänzende Metallstreifen schimmerte. Sie blickte versonnen vor sich hin, und ihr Gesicht strahlte vor Freude. Ein quälend süßes Verlangen durchfuhr mich wie ein Dolch vom Unterleib bis zur Kehle. Zugleich überkam mich ein Gefühl der Beklemmung. Menschenmengen ängstigen mich. Wir betraten den Zuschauerraum, und Julian zog mich hinter sich her zu unseren Plätzen etwa in der Mitte des Parketts. Man stand auf, um uns durchzulassen. Ich hasse das. Ich hasse Theater. Ein sattes, gedämpftes Murmeln lag im Saal, das selbstzufriedene Geplauder eines kultivierten Publikums, das darauf wartet, daß ihm etwas geboten wird; das oberflächliche Geschwätz der Eitelkeit, die zur Eitelkeit spricht. Und nun entströmte dem Orchestergraben dieses schreckliche, unnachahmlich bedrohliche Geräusch von Instrumenten, die gestimmt werden.

Mein Verhältnis zur Tonkunst ist eine Sache für sich. Ich bin nicht gerade unmusikalisch, obwohl das vielleicht besser für mich wäre. Musik kann mich berühren, sie kann mich ergreifen, sie kann mich quälen. Aber sie erreicht mich gewissermaßen wie ein unheimliches Getuschel in einer fast verstandenen Sprache, das einem das schreckliche Gefühl gibt, es würde *über einen selbst* getuschelt. Als ich jünger war, habe ich mir sogar ganz bewußt Musik angehört, mich dabei mit einem Chaos von Gefühlen betäubt und mir eingebildet, etwas Großes zu erleben. Aber die wahre Freude an der Kunst ist ein kaltes Feuer. Ich will nicht bestreiten, daß es einige wenige Menschen gibt – wenn auch weniger, als unsere selbsternannten Experten es uns weismachen möchten –, die diesem Mischmasch von Klängen ein unsentimentales, mathematisch reines Vergnügen abgewinnen können. Für mich aber war Musik nur ein auslösendes Moment für persönliche Phantastereien und überströmende, heiße und wirre Gefühle, kurz und gut: hörbar gewordener Seelenmüll.

Julian hatte meinen Arm losgelassen, dafür saß sie jetzt so dicht neben mir, daß ihr rechter Arm von der Schulter bis zum Ellbogen leicht meinen linken berührte. Ganz steif saß ich da und kostete diese Berührung aus. Zugleich schob ich sehr vorsichtig meinen linken Fuß an ihren rechten heran, so daß die Schuhe sich ohne Druck auf den Fuß berührten. Wie wenn einer heimlich seinen Diener ausschickt, um die Dienerin der Geliebten zu bestechen. Ich atmete in kurzen, schweren Stößen, die fast schon ein Schnaufen waren, und hoffte, daß keiner es hörte. Aus dem Orchestergraben kam noch immer ein Klangkonglomerat wie das Wehklagen verrückter Vögel. Ich spürte eine Leere von der Größe eines Opernhauses, wo mein Magen sein sollte, und durch ihre Mitte zog sich die große Wunde des Verlangens. Eine kriechende Angst machte sich in mir breit, von der ich nicht sagen konnte, ob sie physischen oder psychischen Ursprungs war, und ich hatte das Gefühl, daß ich jeden Moment die Kontrolle über mich verlieren und schreien, mich übergeben oder ohnmächtig werden könnte. Ich spürte den köstlichen, gleichmäßigen, leichten Druck von Julians Arm an meinem. Ich roch den reinen, scharfen Seidengeruch ihres Kleides. Ich spürte, zart, ganz zart, als berührte ich eine Eierschale, ihren Schuh.

Die in leise Kakophonie getauchte rotgoldene Szenerie begann vor meinen Augen zu schaukeln und sich langsam zu drehen, wie in einem Gedicht von Blake: eine große bunte Kugel, eine Art überdimensionaler Weihnachtsschmuck, ein glitzernder, leuchtender, zwitschernder Globus aus mattrosa Licht, und in seiner Mitte Julian und ich, die sich schwebend im Kreis drehten, zusammengehalten von der schwindelerregenden Intensität einer federleichten Berührung. Irgendwo über uns funkelte ein tiefblauer Himmel voller Sterne, und halbnackte Frauen umstanden uns und streckten rotflammende Fackeln empor. Mein Arm brannte, mein Fuß brannte, mein Knie zitterte von der Anstrengung, es still zu halten. Ich war in einem rotgoldenen Dschungel, erfüllt von Affengeschnatter und Vogelgetriller. Süße Klänge durchschnitten wie ein Krummsäbel die Luft, drangen in die rote Wunde und wurden zu Schmerz. Ich war dieser schneidende Schmerz, ich war diese Qual. Ich war in einer Arena, umringt von Tausenden nickenden Fratzen, verurteilt zum Tod durch bloßen Klang. Ich sollte getötet werden durch das Getriller von Vögeln und begraben in einer Grube aus Samt. Ich sollte vergoldet werden, und dann würde man mir die Haut abziehen.

»Was ist los, Bradley?«

»Nichts.«

»Du hast mir nicht zugehört.«

»Hast du etwas gesagt?«

»Ich habe dich gefragt, ob du die Handlung kennst.«

»Was für eine Handlung?«

»Die vom *Rosenkavalier*.«

»Natürlich kenne ich die Handlung vom *Rosenkavalier* nicht.«

»Na, dann solltest du schnell ins Programmheft schauen –«

»Nein, erzähl sie mir.«

»Ja also, eigentlich ist es ganz einfach. Es geht um diesen jungen Mann, Oktavian, und die Marschallin liebt ihn, er ist ihr Geliebter, nur daß sie viel älter ist als er und daß sie Angst hat, ihn zu verlieren, weil es ja naheliegt, daß er sich früher oder später in eine Gleichaltrige verlieben wird –«

»Wie alt ist er, und wie alt ist sie?«

»Oh, er wird wohl so um die Zwanzig sein und sie um die Dreißig.«

»*Dreißig?*«

»Ja, ich glaube. Auf jeden Fall ziemlich alt, und es ist ihr klar, daß er eine Art Mutterfigur in ihr sieht und daß es keine wirklich dauerhafte Beziehung zwischen ihnen geben kann. Es fängt mit den beiden im Bett an, und natürlich ist sie sehr glücklich, weil er bei ihr ist, aber auch sehr unglücklich, weil sie weiß, daß sie ihn sicher verlieren wird und –«

»Genug.«

»Willst du denn nicht wissen, was dann passiert?«

»Nein.«

In diesem Augenblick klang das Prasseln von Applaus auf und schwoll in einem rauschenden Crescendo an, tödlich wie das Rauschen eines trockenen Meeres, wie das leise Rasseln von Knochen in einem Sturm.

Die Sterne verblaßten, die roten Fackeln verglommen, und eine beängstigend geballte Stille senkte sich langsam herab, als der Dirigent seinen Stab hob. Stille. Dunkelheit. Dann fuhr ein Windstoß durch die Hörner und Oboen, und ein Schwall von süßer pulsierender Qual ergoß sich in die Dunkelheit. Ich schloß die Augen und senkte den Kopf. Konnte ich all diese von außen kommende Süße in einen Strom reiner Liebe verwandeln? Oder würde sie mich vernichten, ersticken, zerstückeln, schänden? Gleich darauf spürte ich mit einem Stich der Erleichterung, wie mir die Tränen aus den Augen strömten. Die Gabe des Weinens, geschenkt und wieder genommen, war mir wiedergegeben, um mich zu segnen. Ich weinte mit wunderbarer Leichtigkeit, die Verspannung in meinem Arm und meinem Bein löste sich. Vielleicht konnte ich doch noch alles ertragen, wenn ich meinen Tränen nur freien Lauf ließ. Ich hörte nicht auf die Musik, ich erlitt sie, und die Sehnsucht meines Herzens strömte mir wie von selbst aus den Augen und sickerte in meine Weste, wie ich da, so leicht jetzt, in der dunklen, von Feuerblitzen durchbohrten Leere neben Julian schwebte, schwerelos mit ihr dahinglitt, wie ein mit leichtem Flügelschlag dahinsegelnder Doppeladler, wie ein Doppelengel. Meine einzige Sorge war, ob ich noch lange so still vor mich hin weinen konnte oder ob ich bald zu schluchzen beginnen würde.

Plötzlich flog der Vorhang auseinander und gab den Blick auf ein riesiges Doppelbett in einem Alkoven mit blutroten, zur Seite gerafften Vorhängen frei. Das tröstete mich einen Augenblick, weil es mich an Carpaccios *Traum der Heiligen Ursula* erinnerte. Ich murmelte sogar Carpaccio vor mich hin, als könnte der Name mich wie eine Zauberformel schützen. Aber dieser beruhigende Vergleich wurden bald zerschlagen, und nicht einmal Carpaccio konnte mich vor dem retten, was dann geschah. Nicht auf dem Bett, sondern auf ein paar Kissen ziemlich weit vorne an der Rampe lagen zwei Mädchen in enger Umarmung. (Eine der beiden stellte vermutlich einen jungen Mann dar.) Dann begannen sie zu singen.

Der Klang singender Frauenstimmen ist einer der bittersüßesten der Welt, ein Klang, der einem durch und durch geht, der auf schreckliche Weise inhaltsschwerste und zugleich inhaltsloseste aller Klänge. Und ein Duett ist mehr als doppelt so schlimm wie eine Solostimme. (Am schlimmsten sind vielleicht Knabenstimmen; ich bin nicht sicher.) Das Zwiegespräch der beiden Frauen war reiner Klang, ihre Stimmen umkreisten einander, antworteten einander, verschmolzen miteinander und formten einen zitternden Silberkäfig von fast obszöner Süße. Ich wußte nicht, in welcher Sprache sie sangen, und die Worte waren ohnehin unverständlich, es bedurfte keiner Worte, das waren keine Worte, das war die höchste Prägung menschlicher Sprache, eingeschmolzen zu reinem Gesang, etwas von lasziver, fast tödlicher Schönheit. Zweifellos beweint sie den unvermeidlichen Verlust ihres jungen Geliebten. Der hübsche Junge protestiert, aber sein Herz ist frei. Nur ist das Ganze umgesetzt in eine üppig sinnliche, herzzerreißende Kaskade zuckersüßer Agonie. O Gott, viel mehr davon ist nicht zu ertragen.

Mir wurde bewußt, daß ich eine Art Stöhnen von mir gegeben hatte, denn der Herr auf meiner anderen Seite, den ich jetzt erst bemerkte, wandte mir den Kopf zu und starrte mich an. Im selben Augenblick schien mein Magen einen Purzelbaum zu schlagen, und ich spürte einen jähen, bitteren Geschmack im Mund. »Entschuldige«, murmelte ich rasch in Julians Richtung und stand auf. Ein leises, umständliches Scharren am Ende der Reihe, als sechs Personen sich hastig erhoben, um mich hinauszulassen. Ich drückte mich an ihnen vorbei, stolperte über ein paar Stufen, und der schreckliche, süße Gesang bohrte mir immer noch unbarmherzig seine Krallen in die Schultern. Dann eilte ich auf das beleuchtete Schild mit der Aufschrift *Ausgang* zu und trat hinaus in das hell erleuchtete, vollkommen leere und jetzt ganz stille Foyer. Ich ging rasch. Gleich würde ich mich übergeben müssen.

Die Wahl des geeigneten Ortes spielt in einem solchen Fall eine große Rolle und kann dem entwürdigenden Horror des Erbrechens eine weitere quälende Dimension hinzufügen. Nicht auf den Teppich, nicht auf den Tisch, nicht auf das Kleid der Gastgeberin. Ich wollte mich nicht in den geheiligten Hallen des Königlichen Opernhauses übergeben, und ich tat es auch nicht. Ich trat hinaus auf eine menschenleere, schäbige Straße, hinein in den scharfen, würzigen Geruch der frühen Dämmerung. Die Pfeiler der Oper, die blaßgolden hinter mir schimmerten, wirkten in dieser erbärmlichen Umgebung wie der Portikus eines verfallenen Palastes, ein bloßes Phantasiegebilde vielleicht oder ein Zauberspuk; die grünen und weißen Arkaden des Obstmarktes, die etwas von italienischer Renaissance an sich hatten, klebten buchstäblich an ihrer Seite. Ich bog um eine Ecke und stand vor einem Gitter, hinter dem sich ein Stapel von Kisten mit etwa tausend Pfirsichen türmte. Ich hielt mich vorsorglich mit einer Hand am Gitter fest, beugte mich weit vor und übergab mich.

Erbrechen ist eine seltsame Erfahrung, ganz und gar *sui generis*. Es ist auf eine eigentümlich schockierende Weise unfreiwillig, der Körper tut plötzlich etwas ganz Ungewöhnliches, und er tut es mit großer Promptheit und Entschiedenheit. Da gibt es nichts zu diskutieren. Man wird davon *gepackt*. Und die Tatsache, daß das Erbrochene sich mit so bemerkenswerter Dynamik gegen die Schwerkraft bewegt, verstärkt das Gefühl, daß man von irgendeiner fremden Macht ergriffen und geschüttelt wird. Manchen Menschen macht es angeblich Spaß, zu erbrechen, und wenn ich auch ihren Geschmack nicht teile, kann ich es mir doch irgendwie vorstellen. Man hat gewissermaßen das Gefühl, etwas zu vollbringen. Und wenn man nicht gegen die Entscheidung seines Magens ankämpft, kann es einem vielleicht auch eine gewisse Befriedigung geben, sein hilfloses Vehikel zu sein. Die Erleichterung danach ist natürlich eine andere Sache.

Ich lehnte mich einen Augenblick an das Gitter, blickte hinunter auf das, was ich angerichtet hatte, und spürte den schwachen Wind, der kühlend über mein tränenfeuchtes Gesicht strich. Ich dachte an dieses Schatzkästchen voller Qualen, Stahl mit Zuckerguß darüber. Der unvermeidliche Verlust des Menschen, den man liebt. Und ich *erlebte* Julian. Ich kann das nicht erklären. In meiner totalen Erschöpfung, dem Gefühl der Niederlage, des In-die-Enge-Getriebenseins spürte ich ganz einfach, daß sie *war*. Es war keine besondere Freude oder Erleichterung mit dem Gefühl verbunden, es war vielmehr eine Art absoluten kategorischen *Erfassens* ihres Da-Seins.

Ich spürte, daß jemand neben mir stand. »Wie geht es dir jetzt, Bradley?« sagte Julian.

Ich machte eine paar Schritte von ihr weg und kramte nach meinem Taschentuch. Sorgfältig wischte ich mir den Mund ab und versuchte ihn auch innen mit Speichel zu reinigen.

Ich ging durch einen Gang, in dem sich Käfig an Käfig reihte. Ich war in einem Gefängnis, ich war in einem Konzentrationslager. Neben mir eine Wand aus durchsichtigen Säcken voll ziegelroter Karotten. Sie blickten mich an wie höhnische Gesichter, wie Affenärsche. Ich atmete vorsichtig und gleichmäßig und betastete forschend meinen Magen. Ich bog in eine beleuchtete Arkade ein und stellte ihn mit dem Geruch faulenden Salates auf die Probe. Ich ging weiter, ganz mit Atmen beschäftigt. Ich fühlte mich auf einmal so leer und schwach. Mir war, als wäre ich am Ende der Welt angelangt, ich fühlte mich wie der Hirsch, der nicht weiter kann, der sich umdreht und den Kopf vor der Meute senkt, ich fühlte mich wie Aktaion, verdammt, in die Enge getrieben und von seinen Hunden zerfleischt.

Julian folgte mir. Ich hörte das leise Tapp-tapp ihrer Schuhe auf dem klebrigen Pflaster, und mein ganzer Körper spürte ihre Anwesenheit hinter mir.

»Möchtest du einen Kaffee, Bradley? Dort drüben ist ein Kiosk.«

»Nein.«

»Setzen wir uns doch irgendwo hin.«

»Hier kann man nirgends sitzen.«

Wir gingen zwischen zwei Lastwagen durch, auf denen sich milchweiße Kisten mit dunklen Kirschen türmten, und traten hinaus ins Freie. Es wurde langsam dunkel, die Lichter waren angegangen und enthüllten die gediegene, irgendwie militärisch wirkende Silhouette des Gemüsemarktes, der einer Lagerhalle glich, oder einer heruntergekommenen Kaserne aus dem achtzehnten Jahrhundert, auch wenn er zu dieser Zeit ruhig und dunkel dalag wie ein Kloster. Gegenüber war jetzt, verstellt von Obst- und Gemüsekarren, der große, baufällige Säulengang an der Ostseite von Inigo Jones' Kirche zu sehen, an dessen anderem Ende sich der von Julian erwähnte Kaffeekiosk befand. Ein paar Straßenlaternen warfen ihr armseliges, an sich schon schmutzig wirkendes Licht in unregelmäßigen Flecken auf die dicken Säulen, ein paar herumlungernde Händler, einen großen Haufen Gemüseabfälle und aufgeweichte Pappkartons.

Das Ganze sah aus wie eine Szene aus irgendeinem ärmlichen italienischen Städtchen auf einem Bild von Hogarth.

Julian setzte sich auf den Sockel einer Säule am dunklen Ende des Säulengangs, und ich setzte mich neben sie, so nahe, wie die Rundung der Säule es erlaubte. Ich spürte den Londoner Dreck unter meinen Füßen, unter dem Gesäß, im Rücken. In einem schwachen, schräg einfallenden Lichtstrahl sah ich Julians hochgerafftes Seidenkleid, ihre rauchblauen Strümpfe, durch die die Haut schimmerte, die ebenfalls blauen Schuhe, an die ich so vorsichtig meinen beschuhten Fuß herangeschoben hatte.

»Armer Bradley«, sagte Julian.

»Es tut mir leid.«

»War es die Musik?«

»Nein, du. Entschuldige.«

Wir schwiegen, und das Schweigen schien eine Ewigkeit zu dauern. Ich seufzte und lehnte mich an die Säule und spürte, wie mir langsam noch ein paar Tränen kamen, Nachzügler gewissermaßen, die mir ruhig und sanft in die Augen stiegen und dann überflossen. Nachdenklich betrachtete ich Julians blaue Schuhe.

»Wieso ich?« sagte Julian dann.

»Ich bin schrecklich verliebt in dich. Aber, bitte, mach dir deshalb keine Sorgen.«

Julian stieß einen leisen Pfiff aus. Nein, das ist nicht ganz das richtige Wort für das Geräusch, das sie machte. Sie stieß nachdenklich und verständnisvoll die Luft aus.

Nach einer Weile sagte sie: »Ich habe mir fast so was gedacht.«

»Woran um alles in der Welt hast du es gemerkt?« sagte ich und rieb mir mit der feuchten Hand das Gesicht und fuhr mir über die Lippen.

»Daran, wie du mich vorige Woche geküßt hast.«

»Oh, ach so. Ja also – es tut mir leid. Ich glaube, ich gehe jetzt lieber nach Hause. Morgen verlasse ich London. Es tut mir sehr leid, daß ich dir den Abend verdorben habe. Ich hoffe, du wirst mein primitives Benehmen entschuldigen. Und hoffentlich ist dein hübsches Kleid nicht schmutzig geworden. Gute Nacht.« Ich stand tatsächlich auf. Ich fühlte mich ganz leer und leicht und durchaus imstande, zu gehen. Erst das Fleisch, dann der Geist. Ich begann mich in Richtung Henrietta Street zu entfernen.

Julian stand vor mir. Ich sah ihr Gesicht, das Vogelgesicht, das Fuchsgesicht, sehr eindringlich und klar. »Geh nicht, Bradley. Komm, setz dich wieder her, nur für einen Augenblick.« Sie legte mir die Hand auf den Arm.

Ich riß mich los. »Das ist nichts zum Spielen für kleine Mädchen«, sagte ich zu ihr. Wir starrten einander an.

»Komm wieder her. Bitte.«

Ich kam. Ich setzte mich wieder hin und legte mir die Hände vors Gesicht. Dann spürte ich, wie Julian ihre Hand durch meine Armbeuge schieben wollte. Wieder schüttelte ich sie ab. Ich fühlte mich grimmig entschlossen, es war, als würde ich sie in diesem Augenblick hassen, als wäre ich imstande, sie zu töten.

»Bradley, sei doch nicht so – bitte – sprich mit mir.«

»Rühr mich nicht an«, sagte ich.

»Schon gut, ich mach's nicht wieder. Aber bitte sprich mit mir.«

»Da gibt es nichts zu reden. Ich habe getan, was ich mir geschworen hatte, nie zu tun: Ich habe dir gesagt, in welchem Zustand ich bin. Ich brauche wohl nicht zu betonen, daß dieser Zustand ein extremer ist, du hast es sicher schon erraten. Morgen werde ich tun, was ich schon längst hätte tun sollen: Ich werde abreisen. Aber ich habe nicht die Absicht, meine Gefühle vor dir auszubreiten, bloß um deine jugendliche Eitelkeit zu befriedigen.«

»Bradley, hör zu, hör mir zu. Ich bin nicht gut im Erklären oder im Argumentieren, aber – schau, du kannst nicht einfach alles auf mich abladen und dann davonlaufen. Das ist nicht fair. Das mußt du doch einsehen.«

»Ich bin jenseits von Fairneß«, sagte ich. »Ich will einfach nur überleben. Sicher verspürst du eine gewisse Neugier, und es ist nur natürlich, daß du sie befriedigen willst. Vielleicht wäre es sogar ein Gebot der Höflichkeit, etwas weniger schroff zu sein. Aber ganz ehrlich, deine Gefühle sind mir völlig egal, ich kann darauf keine Rücksicht nehmen. Wahrscheinlich habe ich nie im Leben etwas Schlimmeres getan. Aber jetzt, da es geschehen ist, hat es wenig Zweck, noch lange Leichenreden zu halten, auch wenn dir das noch so große Freude machen würde.«

»Willst du nicht mit mir über deine Liebe sprechen?«

Die Frage war von erstaunlicher Naivität. Ich zögerte nicht mit der Antwort. »Nein. Es ist alles verdorben. Ich habe mir unaufhörlich *vorgestellt*, wie ich mit dir darüber reden würde, aber das gehörte in die Welt der Phantasie. In der wirklichen Welt kann ich nicht mit dir über Liebe reden. In der wirklichen Welt ist kein Platz dafür. Nicht so sehr, daß es ein Verbrechen wäre, es wäre eher – absurd. In mir ist alles kalt und – ausgedörrt. Was willst du von mir hören? Ein Loblied auf deine Augen?«

»Ist deine Liebe – jetzt, wo du davon gesprochen hast – vorbei?«

»Nein. Aber sie ist – sie ist nicht – sie hat keine Worte mehr. Sie ist nur etwas, was ich auf mich nehmen und womit ich leben muß. Als ich dir noch nichts davon gesagt hatte, konnte ich mir endlos ausmalen, wie ich es dir sagen würde. Jetzt ist es – als hätte man mir die Zunge herausgeschnitten.«

»Ich muß – geh nicht, Bradley – ich muß – so hilf mir doch – ich muß die richtigen Worte finden ... Das ist wichtig – und es betrifft mich. Du sprichst, als wäre keiner da außer dir.«

»Es ist keiner da außer mir«, sagte ich. »Du existierst nur in meinem Traum.«

»Das ist nicht wahr. Ich bin wirklich. Ich höre, was du sagst. Ich kann leiden.«

»Leiden? Du?« Mit einer Art Lachen erhob ich mich und wandte mich zum Gehen. Aber diesmal gelang es Julian, mich im Sitzen bei der Hand zu fassen und sie mit beiden Händen festzuhalten, noch ehe ich einen oder zwei Schritte tun konnte. Ich schaute hinunter in ihr Gesicht. Ich wollte meine Hand zurückziehen, aber irgendwo zwischen Hirn und Hand ging die Botschaft verloren. Da stand ich und sah in ihr ernstes, forderndes Gesicht, das plötzlich härter und älter geworden zu sein schien. Sie blickte mich an, doch nicht zärtlich, sondern mit nachdenklich gerunzelter Stirn, die Augen zu schmalen, fragenden Rechtecken zusammengezogen, die Lippen leicht geöffnet, die Nase ein wenig zweifelnd gerümpft. »Setz dich bitte«, sagte sie. Ich setzte mich, und sie ließ meine Hand los.

Wir sahen einander an. »Du kannst nicht gehen, Bradley.«

»Sieht so aus. Du bist eine sehr grausame junge Dame, weißt du.«

»Das ist nicht Grausamkeit. Es gibt da etwas, was ich verstehen muß. Du sagst, dir geht es nur um dich. Gut. Und mir geht es nur um mich. Du hast mit dem Ganzen angefangen. Du kannst jetzt nicht einfach Schluß damit machen, weil es *dir* so paßt. Ich bin ein gleichberechtigter Partner in diesem Spiel.«

»Ich hoffe, daß dir das Spiel gefällt. Es muß ein angenehmes Gefühl sein, Blut auf deinen Klauen zu spüren. Da hast du was Hübsches, um darüber nachzudenken, wenn du heute nacht im Bett liegst.«

»Sei nicht ekelhaft zu mir, Bradley, es ist nicht meine Schuld. Ich habe dich nicht gebeten, dich in mich zu verlieben. Ich wäre nie im Traum auf so was gekommen. Wann ist es geschehen? Wann hast du zum ersten Mal auf diese Weise Notiz von mir genommen?«

»Hör zu, Julian«, sagte ich, »wenn zwei Menschen einander lieben ist es sehr reizvoll, sich in Reminiszenzen dieser Art zu ergehen. Aber wenn einer liebt und der andere nicht, dann verlieren sie ihren Reiz. Daß ich unglücklicherweise verliebt bin in dich, bedeutet nicht, daß ich nicht sehen kann, was du wirklich bist: ein sehr junges, sehr mangelhaft gebildetes, sehr unerfahrenes und in vieler Hinsicht sehr albernes Mädchen. Und ich habe nicht die Absicht, dieser Albernheit auch noch Nahrung zu geben, indem ich dir jetzt verschämt erzähle, wie alles gekommen ist. Ich kann mir vorstellen, daß die ganze Geschichte sehr amüsant für dich ist. Sicher kommst du dir jetzt ganz toll vor. Aber du mußt dir Mühe geben, ein bißchen erwachsen zu sein und das Ganze kühl und nüchtern zu betrachten und es einfach *abzuhaken*. Du kannst es nicht als Spielzeug haben. Deine Neugier wird ungestillt und deine Eitelkeit unbefriedigt bleiben. Und du wirst, so hoffe ich, im Gegensatz zu mir, den Mund halten. Ich kann dich zwar nicht daran hindern, es kichernd herumzuerzählen, aber ich bitte dich, es nicht zu tun.«

Julian schwieg eine Weile, dann sagte sie. »Du scheinst mich überhaupt nicht zu kennen. Bist du sicher, daß *ich* es bin, die du liebst?«

»Gut, ich kann mich, glaube ich, auf deine Diskretion verlassen. Aber jetzt muß ich dich bitten, dieses rücksichtslose und unziemliche Verhör zu beenden.«

Nach einer weiteren kurzen Pause sagte Julian: »Du fährst also morgen weg? Wohin?«

»Ins Ausland.«

»Und was erwartest du von mir? Daß ich diesen Abend einfach wegstecke und vergesse?«

»Ja.«

»Und das hältst du für möglich?«

»Du weißt genau, was ich meine.«

»Aha. Und wie lange wirst du brauchen, um über diese unglückliche Vernarrtheit hinwegzukommen?«

»Ich habe nie das Wort ›Vernarrtheit‹ gebraucht.«

»Angenommen, ich unterstelle dir, daß du einfach nur mit mir ins Bett gehen willst?«

»Dann unterstellst du es mir eben.«

»Du meinst, es ist dir egal, was ich denke?«

»Jetzt ja.«

»Weil dir jetzt der ganze Spaß an deiner Liebe verdorben ist, weil du sie aus deiner Phantasiewelt in die Wirklichkeit geholt hast?«

Ich stand auf, doch diesmal ging ich rasch und entfernte mich ein gutes Stück von ihr. Ich sah sie wie in einer Vision: mit ausgestreckten Armen, weit ausschreitend wie eine junge Spartanerin, das rot-blaue Seidenkleid mit den Tulpen spannte über ihren Beinen, die glänzendblauen Schuhe blitzten. Und wieder sperrte sie mir den Weg ab, und wir blieben neben einem Last-wagen voller weißer Kisten stehen. Ein unverwechselbarer Geruch, der schreckliche Assoziationen in mir auslöste, obwohl ich ihn nicht identifizieren konnte, fiel wie ein Bienenschwarm über mich her. Ich lehnte mich an die Ladeklappe des Lasters und stöhnte.

»Bradley, darf ich dich berühren?«

»Nein. Bitte geh. Wenn du auch nur eine Spur Mitleid mit mir hast, dann geh.«

»Bradley, du hast mich ganz durcheinandergebracht, und ich muß mir das jetzt vom Herzen reden. Ich will auch mich selbst verstehen, du begreifst nicht –«

»Ich weiß, daß du das Ganze widerlich finden mußt.«

»Du sagst, daß du nicht an mich denkst. Das tust du wirklich nicht.«

»Was ist das für ein verdammter Geruch? Was ist in diesen Kisten?«

»Erdbeeren.«

»Erdbeeren!« Der Geruch von jugendlichen Illusionen und fiebrigen, vergänglichen Freuden.

»Du sagst, du liebst mich, aber du *interessierst* dich nicht im geringsten für mich.«

»Nein. Und jetzt leb wohl. Bitte.«

»Der Gedanke, daß ich deine Zuneigung erwidern könnte, ist dir offenbar überhaupt noch nicht gekommen.«

»Nein. Was?«

»Daß ich deine Zuneigung erwidern könnte.«

»Sei nicht albern«, sagte ich. »Du bist kindisch.« Tauben, nicht sicher, ob es Tag oder Nacht war, spazierten um unsere Füße herum. Ich hielt den Blick auf die Tauben gesenkt.

»Deine Liebe muß sehr – wie sagt man doch – solipsistisch sein, wenn du gar keine Vermutungen darüber anstellst und dir überhaupt nicht vorzustellen versuchst, was ich empfinden könnte.«

»Ja«, sagte ich, »sie ist solipsistisch. Sie muß es sein. Sie ist ein Spiel, das ich mit mir alleine spiele.«

»Dann hättest du mir nichts davon sagen sollen.«

»Da sind wir einer Meinung.«

»Aber *möchtest* du denn nicht wissen, was ich empfinde?«

»Ich habe nicht vor, über deine Gefühle aus dem Häuschen zu geraten«, sagte ich. »Du bist ein sehr albernes junges Mädchen. Du fühlst dich geschmeichelt, und für dich ist es ein Nervenkitzel, daß ein älterer Mann sich deinetwegen zum Narren macht. Wahrscheinlich ist dir das zum ersten Mal passiert, und es wird sicher nicht das letzte Mal sein. Natürlich möchtest du die Situation ein bißchen erforschen, deine eigenen Empfindungen ergründen, vielleicht ein paar Gefühle heucheln. Das nützt mir nichts. Und es ist mir natürlich klar, daß du um etliches älter und kaltblütiger und härter im Nehmen sein müßtest, um die Sache einfach fallenzulassen, wie du solltest. Aber du kannst genausowenig tun, was du solltest, wie ich es kann. Ein Jammer. Und jetzt sehen wir zu, daß wir von diesen verdammten Erdbeeren wegkommen. Ich geh nach Hause.«

Ich begann mich wieder zu entfernen, diesmal jedoch langsamer. Julian ging neben mir her. Wir bogen in die Henrietta Street ein. Ich war schrecklich aufgeregt, aber fest entschlossen, es mir nicht anmerken zu lassen. Außerdem hatte ich das Gefühl, daß ich mich soeben zu einem Schritt hatte hinreißen lassen, der sich als verhängnisvoll erweisen konnte. Mit meinen ganzen Beteuerungen, nicht über Liebe reden zu wollen, hatte ich nichts anderes getan, als über Liebe und nichts als Liebe zu reden. Und es hatte mir ein intensives, bittersüßes Vergnügen bereitet. Einmal begonnen, konnte diese Diskussion, diese Auseinandersetzung, dieser Kampf endlos weiter- und weitergehen und zu einer Sucht für mich werden. Wenn sie darüber reden wollte, woher sollte ich die Kraft zur Weigerung nehmen? Und wenn ich daran sterben könnte, würde mich das nur glücklich machen. Betroffen stellte ich fest, daß meine Liebe zu ihr durch diesen Verlauf der Dinge in den vergangenen zwanzig Minuten nur gewachsen und komplizierter geworden war. Schon vorher war sie gewaltig gewesen, aber es hatte ihr an Einzelheiten gefehlt. Inzwischen gab es Höhlen, Labyrinthe. Und bald ... Daß sie komplizierter geworden war, würde sie noch größer machen, noch tiefer, noch hoffnungsloser unausrottbar. Es gab jetzt so viel mehr, um darüber nachzudenken, so viel mehr, was ihr Nahrung gab. O Gott.

»Bradley, wie alt bist du?«

Die Frage traf mich völlig unvorbereitet, aber ich antwortete sofort. »Sechsundvierzig.«

Warum ich ihr diese Lüge auftischte, ist schwer zu erklären. Zum Teil war es nichts weiter als ein bitterer Scherz. Ich war so vertieft in die prophetische Berechnung des Schadens, den dieser Abend anrichten würde, so damit beschäftigt, mir auszumalen, um wieviel schrecklicher die Schmerzen des Verlusts und der Eifersucht und der Verzweiflung jetzt sein würden; nach meinem Alter gefragt zu werden war irgendwie der letzte Tropfen, die letzte Prise Salz auf die Wunde. Man konnte nur mit einem Scherz darauf reagieren. Außerdem wußte das Mädchen sicher, wie alt ich war. Aber mit einem anderen Teil meines Hirns dachte ich vielleicht auch: Ich bin nicht ›wirklich‹ achtundfünfzig, das kann nicht sein. Ich fühle mich jung, ich sehe jung aus. Irgendein Instinkt riet mir, die Wahrheit zu verbergen. Ich wollte erst achtundvierzig sagen, aber dann wurden plötzlich sechsundvierzig daraus. Das schien mir ein vernünftiges Alter, annehmbar, richtig.

Julian schwieg einen Augenblick. Sie schien überrascht. Wir bogen in die Bedford Street ein. Dann sagte sie. »Oh, dann bist du etwas älter als mein Vater. Ich dachte, du wärest jünger.«

Ich begann hilflos zu lachen. Leise prustete ich in mich hinein. Wie komisch das doch war, wie wahnsinnig komisch. Natürlich tun junge Menschen sich schwer mit dem Schätzen, sie haben kein Gefühl für zeitliche Entfernungen. Alles, was über dreißig ist, wird sowieso in einen Topf geworfen. Und ich hatte diese täuschend jugendliche Maske. Ach, wie komisch, wie komisch, wie komisch.

»Hör doch auf, so fürchterlich zu lachen, Bradley, was ist denn? Bitte laß uns stehenbleiben und reden, ich *muß* heute abend richtig mit dir reden.«

»Na gut, bleiben wir stehen und reden wir.«

»Wo sind wir hier?«

»Inigo Jones gibt uns eine zweite Chance.«

Ein verschwiegenes Tor und zwei drapierte Urnen wiesen uns den Weg zum Westteil der Kirche, der nur von dieser Seite zugänglich war. Ich betrat den dunklen Hof und ging weiter hinein in den Garten. Der Eingang zu dem schlichten Gebäude am Ende des Weges – dem letzten Ruheplatz Lelys, Wycherleys, Grinling Gibbons, Arnes und Ellen Terrys – war schwach beleuchtet. Mit seiner braunen, anheimelnden Backsteinfassade besaß dieser kleine Bau Anmut und Eleganz, eine echt englische Schönheit von großer Reinheit. Ich setzte mich auf eine der Bänke im Dunkeln. Etwas weiter vorne fiel das schwache Licht einer Laterne auf mandarinenfarbene Rosen und ließ sie aussehen, als wären sie aus Wachs. Eine Katze strich vorbei, lautlos und schnell wie der Schatten eines Vogels. Ich rückte weg, als Julian sich neben mich setzte. Ich würde das Mädchen auf keinen, keinen, keinen Fall berühren. Natürlich war es Wahnsinn, die Diskussion fortzusetzen. Aber ich hatte nicht mehr die Kraft zum Widerstand: Das schrecklich Komische und Irre an der ganzen Situation hatte mich völlig kopflos gemacht. Nach der Lüge über mein Alter schien jede Vorsicht, jede Bemühung um Selbsterhaltung zwecklos.

»Es ist noch nie jemandem schlecht geworden meinetwegen«, sagte Julian.

»Nun bilde dir bloß nichts darauf ein. Strauss war mit schuld daran.«

»Guter alter Strauss.«

Ich saß da wie eine ägyptische Statue, Oberkörper und Beine im rechten Winkel zueinander, die Hände auf den Knien, und blickte hinein in die Dunkelheit, wo die Schattenkatze sich aus dem Gespinst der Nacht einen Spielgefährten gemacht hatte. Eine warme Hand tastete suchend über meine gespannten Knöchel. »Nicht, Julian. Ich geh gleich. Bitte, versuch es uns leichtzumachen.«

Sie zog die Hand zurück. »Sei doch nicht so kalt, Bradley.«

»Ich führe mich ja vielleicht auf wie ein Narr, aber das ist noch lange kein Grund, daß du dich aufführst wie ein kleines Luder.«

»In ein Kloster! geh! und das schleunig. Leb wohl.«

»Ich weiß, daß dich das alles königlich amüsiert. Aber bitte hör auf, sei still, laß deine Hände von mir.«

»Ich werde nicht still sein, und ich werde meine Hände nicht von dir lassen.« Wieder legte sie mir ihre quälerische Hand auf den Arm.

»Dein Benehmen – ist wirklich – sehr schlecht – ich hätte nicht gedacht – daß du so – frivol und herzlos sein kannst.«

Ich wandte ihr mein Gesicht zu und packte die zudringliche Hand knapp über dem Handgelenk. Es durchlief mich wie ein Stromschlag, als ich das halbe Lächeln auf ihrem erregten Gesicht mehr ahnte als sah. Dann legte ich sehr ruhig und ganz fest die Arme um ihre Schultern und küßte sie behutsam auf den Mund.

Es gibt Augenblicke paradiesischen Glücks, die Jahrtausende von Höllenqualen wert sind, wenigstens glaubt man das, nur ist man sich dessen im fraglichen Augenblick nicht immer ganz bewußt. Ich war mir dessen voll bewußt. Ich wußte, ich hatte einen guten Handel gemacht, selbst wenn ihm der Untergang der Welt folgen sollte. Ich hatte mir vorgestellt, Julian zu küssen, aber ich hatte nicht mit dieser tiefen, reinen Freude gerechnet, diesem überraschend heißen, leidenschaftlichen Druck von Mund auf Mund, von Sein auf Sein.

Ich war so aufgewühlt von dem gänzlich unerwarteten Erlebnis, sie zu halten und zu küssen, daß mir erst einen Gedankenbruchteil später bewußt wurde, daß auch sie mich umarmt hielt und küßte. Sie hatte mir beide Arme um den Hals geschlungen, und ihre Lippen waren heiß, ihre Augen geschlossen.

Ich wandte den Kopf ab und begann sie wegzuschieben, und sie nahm die Arme von meinem Hals. Es ist ein bißchen umständlich, sich im Sitzen zu küssen, und das erleichterte es mir, die Umarmung zu lösen. Wir rückten voneinander ab.

»Das hättest du nicht tun sollen«, sagte ich.

»Bradley, ich liebe dich.«

»Erzähl mir keine Märchen.«

»Was soll ich nur tun? Du willst mir einfach nicht richtig zuhören. Du denkst, ich bin ein Kind, du denkst, für mich ist das ein Spiel, aber so ist es nicht. Natürlich bin ich verwirrt. Ich kenne dich schon so lange, mein ganzes Leben lang. Ich habe dich immer geliebt. Bitte, unterbrich mich nicht. Ach, wenn du nur wüßtest, wie ich mich immer auf deine Besuche gefreut habe. Ich hab so gerne mit dir geredet, immer wollte ich dir alles mögliche erzählen. Du hast es nie bemerkt, aber für mich wurden eine ganze Menge Dinge erst wirklich, wenn ich dir davon erzählt hatte. Wenn du nur wüßtest, wie sehr ich dich immer bewundert habe. Als Kind habe ich immer gesagt, daß ich dich heiraten will. Erinnerst du dich? Sicher nicht. Du bist seit eh und je mein Ideal von einem Mann gewesen. Und das nicht nur die Laune eines dummen Kindes, es ist nicht einmal eine Schwärmerei, es ist tiefe, echte Liebe. Natürlich ist es eine Liebe, die ich bis vor kurzem nicht hinterfragt habe, ich habe nicht einmal darüber nachgedacht oder sie auch nur beim Namen genannt – aber sowie ich merkte und wußte, daß ich erwachsen war, habe ich sie hinterfragt und darüber nachgedacht. Meine Liebe ist auch erwachsen geworden, weißt du. Ich habe mir so sehr gewünscht, in deiner Nähe zu sein, ich habe mir so sehr gewünscht, dich wirklich kennenzulernen, seit ich eine Frau bin. Warum glaubst du wohl, habe ich dieses ganze Theater um den *Hamlet* gemacht. Ich wollte schon mit dir darüber reden. Aber was ich viel mehr wollte und brauchte, war deine Zuneigung und Aufmerksamkeit. Mein Gott, nur *ansehen* wollte ich dich können. Du kannst dir nicht vorstellen, wie ich mich manchmal in diesen letzten – oh, Jahren könnte man sagen, danach gesehnt habe, dich zu berühren und zu küssen, nur habe ich es nicht gewagt, und ich dachte, ich würde es nie tun. Und in letzter Zeit, seit dem Tag, an dem wir uns getroffen haben, als ich die Briefe zerrissen habe, habe ich fast ununterbrochen an dich gedacht – und vor allem seit letzter Woche, als ich – als ich irgendeine Vorahnung von dem hatte, was du – was du mir heute abend gesagt hast – ich habe an nichts anderes gedacht als an dich.«

»Und was ist mit Septimus?« sagte ich.

»Mit wem?«

»Septimus. Septimus Leech. Dein Freund. Hast du nicht ein paar Minuten übrig gehabt, um an ihn zu denken?«

»Ach der. Das habe ich nur so gesagt. Vielleicht sogar aus einer Art instinktivem Wunsch, dich ein bißchen zu piesacken. Er ist nicht mein Freund, er ist nur ein Bekannter. Ich habe keinen Freund.«

Ich starrte sie an. Sie saß auf der Bank, die Beine seitlich nebeneinandergestellt, und unter der gestrafften Seide zeichneten sich scharf die Konturen eines Knies ab. Ich schaute auf die kleine Reihe blauer Knöpfe, die zwischen ihren Brüsten endete. Ihr inzwischen zerzaustes Haar, das jetzt eher einem Turban glich als einem Helm, bauschte sich über ihrem Kopf, wo ihre nervöse Hand es immer wieder gedankenlos aus der Stirn strich. Auf ihrem Gesicht glühten eine Art intellektuelle Leidenschaft und ein Tumult von Gefühlen, die ich nicht zu benennen wagte. Sie war gewiß kein Kind mehr. Sie hatte voll und ganz Besitz ergriffen von ihrer Weiblichkeit und der damit verbundenen Autorität und Macht.

»Aha«, sagte ich. Mit einer leichten, raschen Bewegung stand ich auf und steuerte auf den Ausgang zu. Ich bog in die Bedford Street in Richtung Leicester Square Station ein. Als ich zur Garrick Street abbog, schob Julian, die neben mir herging, ihre linke Hand in meine rechte. Mit meiner Linken löste ich sie behutsam und ließ sie sachte an ihre Seite fallen. Schweigend gingen wir weiter bis zur Ecke St. Martin's Lane.

Dann sagte Julian: »Ich sehe, du bist entschlossen, nichts von allem, was ich sage, zu glauben und zu beachten. Du glaubst anscheinend, ich bin immer noch zwölf.«

»Nein, nein«, sagte ich. »Ich habe dir sehr aufmerksam zugehört, und ich fand alles, was du gesagt hast, interessant, sogar rührend. Und bemerkenswert gut formuliert, wenn man bedenkt, daß du es ganz spontan erfunden hast. Trotzdem war alles ein wenig nebulös und verschwommen, und ich sehe auch nicht, welche Konsequenzen es haben sollte.«

»Mein Gott, Bradley, ich liebe dich!«

»Das ist sehr nett von dir.«

»Ich sag das nicht nur so, es ist wahr.«

»Ich behaupte nicht, daß du unaufrichtig bist. Ich behaupte nur, daß du keine Ahnung hast, wovon du überhaupt redest. Immerhin hast du zugegeben, daß du verwirrt bist.«

»Hab ich das?«

»Und der Hauptgrund für deine Verwirrung ist ziemlich klar. Du hast mich gern gehabt oder, wie du freundlicherweise sagst, geliebt, als du ein kleines, unwissendes, unschuldiges Kind warst und ich ein eindrucksvoller Besucher, ein Schriftsteller, ein Freund deines Vaters und so weiter und so fort. Jetzt bist du erwachsen und ich ein Mann, der um ein gutes Stück älter ist als du, aber plötzlich kommt es dir so vor, als lebten wir in ein und derselben Erwachsenenwelt. Selbst wenn man den kleinen Schock einmal beiseite läßt, den du heute abend erlebt hast, muß es dich natürlich überraschen, dich vielleicht sogar freuen und stolz machen, auf einmal zu entdecken, daß wir jetzt irgendwie ebenbürtig sind. Und was machst du in dieser neuen Situation mit deiner alten Zuneigung zu dem Mann, den du als Kind bewundert hast? Ist diese Frage wichtig? An sich vielleicht nicht. Aber mein unentschuldbares Verhalten hat sie wichtig gemacht, zumindest für den Augenblick. Verdattert, amüsiert und irgendwie elektrisiert von meiner idiotischen Liebeserklärung, fühlst du dich bemüßigt, eine Gegenerklärung zu machen, die völlig verworren und unklar ist und die du morgen sicher bedauerst. Das ist alles. Hier sind wir bei der Haltestelle, Gott sei Dank.«

Wir gingen die Stufen hinunter zur Leicester Square Station. Blick in Blick standen wir in dem hellen Licht neben den Fahrscheinautomaten, ganz still inmitten der bewegten Menge. Wir waren so vollkommen ineinander versenkt, als wären wir allein im stillsten aller Gärten oder auf einem der weiten leeren Plateaus von Tibet.

»War der Kuß, den ich dir gegeben habe, verworren und unklar?« sagte Julian.

»Dein Zug wird gleich kommen«, sagte ich. »Ich sage dir jetzt gute Nacht.«

»Hast du überhaupt gehört, was ich gesagt habe, Bradley?«

»Du weißt nicht, was du sagst. Morgen wird dir alles wie ein böser Traum vorkommen.«

»Das werden wir ja sehen! Wenigstens hast du mit mir geredet, du hast argumentiert.«

»Es gibt nichts zu reden. Ich habe nur auf unverantwortliche Weise das Vergnügen, mit dir zusammenzusein, verlängert.«

»Ich muß jetzt nicht unbedingt gehen.«

»Doch, du mußt. Es ist vorbei.«

»Ist es nicht. Du wirst doch London nicht verlassen? Bitte.«

»Ich werde – London nicht verlassen«, sagte ich.

»Kann ich dich morgen sehen?«

»Vielleicht.«

»Ich rufe so um zehn an.«

»Gute Nacht.«

Ohne sie mit den Händen zu berühren, beugte ich mich vor und streifte ihre Lippen ganz leicht mit meinen. Dann wandte ich mich ab und ging über die Stufen hinauf zur Charing Cross Road. Blind marschierte ich durch die Straße und schnitt vor Freude Grimassen.

Ich schlief, glaube ich. Ein Gefühl von Seligkeit stupste mich immer wieder aus dem Schlaf, dann döste ich wieder ein. Mein Körper schmerzte, durchdrungen von einem köstlich bohrenden Verlangen und seiner Erfüllung, und beides verschmolz zu einem Lebensgefühl. Ich seufzte leise über mich selbst. Ich war aus einem anderen, herrlichen Stoff gemacht, in dem mein Bewußtsein in warmer Benommenheit pochte. Ich war aus Honig, Fondant und Marzipan, und zugleich war ich aus Stahl. Ich war ein stählerner Draht, vibrierend in blauer Leere. Natürlich geben diese Worte nicht wirklich wieder, was ich empfand, es gibt

keine Worte dafür. Ich dachte nicht. Ich war. Und wenn irgendein verirrter Gedanke in diesen Himmel einzudringen versuchte,
scheuchte ich ihn fort.

Ich stand früh auf, rasierte mich mit majestätischer Langsamkeit, zog mich mit genießerischer Sorgfalt an und betrachtete
mich lange im Spiegel. Ich sah aus wie um die fünfunddreißig.
Na gut, vierzig. Durch die Diät der letzten Tage war ich noch
dünner geworden, und das stand mir. Fahles, seidiges, grau-
blondes Haar, glatt und ziemlich viel davon, eine nicht unan-
sehnliche knochige Nase mit großen Nasenlöchern, granitblaue
Augen, gut geformte Wangenknochen, hohe Stirn, schmaler
Mund: das Gesicht eines Intellektuellen. Auch das Gesicht eines
Puritaners. Was war mit dem?

Ich trank einen Schluck Wasser. Essen kam natürlich wieder
einmal nicht in Frage. Ich fühlte mich krank und zittrig, aber
die Nacht war der Himmel gewesen, und die Freude wirkte
noch in mir nach. Ich ging ins Wohnzimmer und staubte flüchtig
über die schon wieder angestäubten sichtbaren Flächen. Dann
setzte ich mich hin und ließ es zu, daß sich nach und nach ein
paar Gedanken in meinem Kopf formten.

Im großen und ganzen konnte ich mir gratulieren: Ich hatte
doch einigermaßen kühlen Kopf bewahrt am vergangenen
Abend. Zugegeben, ich hatte mich ihr zu Füßen erbrochen und
ihr gesagt, daß ich sie liebte, und das in einem Ton, der ihr den
Ernst der Situation sofort klarmachte. Aber danach hatte ich
Würde gezeigt. (Wozu mir freilich größtenteils das berauschen-
de Gefühl ihrer Gegenwart die Kraft gegeben hatte.) Jedenfalls
konnte ich mir nicht vorwerfen, sie in irgendeiner Weise be-
drängt zu haben. Aber wie, o mein Gott, wie dachte sie jetzt
über alles? Und wenn sie nun anriefe, um mir kühl mitzuteilen,
daß sie mittlerweile auch zu der Einsicht gelangt sei, es wäre
am besten, die ganze Geschichte auf sich beruhen zu lassen?
Hatte ich ihr nicht dringend empfohlen, sich erwachsen genug
zu zeigen, um sich einfach darüber hinwegzusetzen? Vielleicht
hatte reiflicheres Überlegen sie bereits zu der Erkenntnis gebracht, daß das ein guter Rat gewesen war. Und was sie über

ihre ›Liebe‹ gesagt hatte, wie ernst war das zu nehmen? Hatte sie gewußt, wovon sie sprach? Oder hatte sie nur so dahergefaselt, weil sie von meinem Geständnis gerührt und geschmeichelt und aufgewühlt war? Würde sie einen Rückzieher machen? Oder wenn sie mich wirklich liebte, was um alles in der Welt würde dann als nächstes geschehen? Aber das fragte ich mich nicht wirklich. Wenn sie mich wirklich liebte, spielte es keine Rolle, was als nächstes geschah.

Ich sah auf die Uhr, und sie zeigte acht. Ich rief die Zeitansage an, die Stimme am Telefon sagte acht. Ich ging hinunter in den Hof, aber nicht außer Hörweite des Telefons, und stand dort stumpfsinnig herum. Rigby und einer von seinen zwielichtigen Freunden kamen aus dem Haus, und ich hob ganz langsam die Hand zum Gruß. Es muß sonderbar gewirkt haben, denn sie drehten sich immer wieder nach mir um und starrten mich an. Ich überlegte, ob ich es wagen konnte, rasch ins Blumengeschäft hinüberzulaufen, aber ich wagte es nicht. Und wenn sie gar nicht anrief? Ich ging zurück ins Haus und schaute wieder auf die Uhr, dann schüttelte ich sie wie ein Verrückter. Stunden waren vergangen, und die Uhr zeigte Viertel nach acht. Ich ging ins Wohnzimmer und versuchte mich auf den Kaminvorleger zu legen, aber die Lage taugte aus irgendeinem Grund nichts mehr, ich mußte mich bewegen, ich war kribbelig. Mit klappernden Zähnen drehte ich mehrere Runden durch die Wohnung. Ich versuchte es wieder mit dem Zischen, aber es half nichts. Ich versuchte es mit tiefem Atmen, aber zwischen den einzelnen Atemzügen schien ich den Kontakt zu mir selbst zu verlieren, und jeder nächste war ein verzweifeltes Luftschnappen. Ich fühlte mich einer Ohnmacht nahe.

Um etwa neun klingelte es an der Tür. Ich schlich hinaus und spähte durch die Milchglasscheibe. Es war Julian. Um Selbstbeherrschung ringend, öffnete ich die Tür. Sie flog herein. Es gelang mir gerade noch, die Tür mit dem Fuß zuzustoßen, bevor sie mich ins Wohnzimmer zog. Sie warf mir die Arme um den Hals, und ich hielt sie fest, eingehüllt in ein lebendiges Dunkel, und mein Zähneklappern schlug in ein Lachen und

Weinen um, und sie lachte und zitterte auch, und dann saßen wir beide auf dem Boden.

»O Bradley, Gott sei Dank, ich hatte solche Angst, du könntest es dir seit gestern überlegt haben, ich konnte nicht bis zehn warten.«

»Sag nicht so was Dummes, Mädchen. Oh – oh – du bist hier – du bist hier –«

»Bradley, ich liebe dich, ich liebe dich wirklich, es ist echt. Ich weiß es absolut sicher, seit wir uns gestern abend getrennt haben. Ich habe nicht geschlafen, ich war wie in Trance. Das ist es. Ich habe so was noch nie empfunden. Bei so was kann man sich doch nicht täuschen, oder?«

»Nein«, sagte ich. »Man kann sich nicht täuschen. Wenn es Zweifel gibt, ist es nicht das Wahre.«

»Also –«

»Und was ist mit Mr. Belling?«

»O Bradley, quäl mich doch nicht mit diesem Belling. Das war nur so eine Manie. Er existiert nicht, nichts existiert, nur das – begreif doch. Außerdem war er zu echten Gefühlen gar nicht fähig, er hatte keine Kraft, nicht wie du –«

»Ich habe dich beeindruckt. Bist du sicher, daß du nicht *nur* beeindruckt bist?«

»Ich liebe dich. Ich bin ganz aufgewühlt, aber zugleich bin ich ganz ruhig. Beweist das nicht, daß etwas Außergewöhnliches passiert ist, diese Ruhe? Ich komme mir vor wie ein Erzengel. Ich kann mit dir reden, ich kann dich überzeugen, du wirst alles einsehen. Wir haben schließlich genügend Zeit, nicht wahr, Bradley?«

Ihre Frage, die eigentlich keine Frage war, berührte mich mitten in meiner Freude mit einem kalten Finger. Zeit, Pläne, die Zukunft. »Ja, mein Liebling, wir haben genügend Zeit.«

Wir saßen nebeneinander, ich die Beine seitlich untergeschlagen, sie etwas über mir kniend, und ihre Hände streichelten mein Haar und meinen Nacken. Dann begann sie am Knoten meiner Krawatte zu nesteln. Ich fing zu lachen an.

»Schon gut, Bradley, krieg nicht gleich die Panik, ich will

dich nur ansehen. Ich will jetzt an gar nichts anderes denken, sondern dich nur ansehen, dich berühren und spüren, was für ein Wunder es ist –«

»Daß A in B verliebt ist und B in A. Kommt selten genug vor.«

»Du hast einen so schönen Kopf.«

»Ich habe ihn zwischen die Vorhänge deiner Wiege gesteckt.«

»Und ich habe mich auf den ersten Blick in dich verliebt.«

»Ich würde ihn unter die Räder deines Wagens legen.«

»Ich wünschte, ich könnte mich daran erinnern, wie ich dich zum ersten Mal sah.«

Mir kam plötzlich der merkwürdige Gedanke, daß ich wahrscheinlich an Hand eines alten Terminkalenders feststellen konnte, was ich an dem Tag getan hatte, an dem Julian zur Welt gekommen war, denn ich hatte sie alle aufgehoben. Wahrscheinlich irgendein Finanzproblem gelöst oder mit Grey-Pelham zu Mittag gegessen.

»Wann hast du dieses Gefühl für mich zum ersten Mal gespürt? Jetzt können wir doch darüber reden, oder?«

»Ja, jetzt können wir darüber reden. Ich glaube, als wir über *Hamlet* diskutierten.«

»*Da* erst! Bradley, du machst mir angst. Ehrlich, ich finde, du solltest noch mal über alles nachdenken. Vielleicht ist das Ganze nur eine momentane Gefühlsaufwallung? Vielleicht bist du nur ein bißchen durcheinander? Vielleicht empfindest du nächste Woche ganz anders? Ich dachte wenigstens –«

»Das meinst du doch nicht ernst, Julian? Nein, nein – das siehst du doch, daß das etwas Absolutes ist. Die Vergangenheit existiert nicht mehr. Es gibt keine Geschichte. Das ist die letzte Fanfare.«

»Ich weiß –«

»So etwas kann man nicht berechnen und messen. Aber – ach, mein Liebling – wir sitzen ganz schön in der Klemme, was? Komm her.« Ich zog sie an mich und drückte ihren löwenmähnigen Kopf an meine Brust.

»Ich sehe keine Klemme« sagte sie in mein sauberes blaues Nadelstreifenhemd hinein, dessen oberste Knöpfe sie aufmachte.

»Natürlich müssen wir uns Zeit lassen und uns selbst prüfen und dürfen – nichts übereilen –«

»Richtig«, sagte ich, »wir dürfen – nichts übereilen.« Aber sie machte es mir nicht leicht. Sie schob ihre Hand unter mein Hemd und seufzte und wühlte in den grauen Locken auf meiner Brust.

»Du findest doch nicht, daß ich mich schlecht benehme? Daß ich schamlos bin?«

»Nein, mein Herz.«

»Ich muß dich berühren. Es ist so wunderbar, so was von einem Privileg –«

»Du bist verrückt, Julian –«

»Wir müssen einander langsam und in aller Ruhe kennenlernen und wir müssen einander die Wahrheit sagen, alles müssen wir einander sagen, und wir müssen einander in die Augen schauen, so wie jetzt, und – ich habe das Gefühl, ich könnte jahrelang nichts anderes tun als bloß in deine Augen schauen. Es ist wie – wie wenn man seinen Hunger stillt – einfach nur schauen – fühlst du das auch?«

»Ich fühle vielerlei«, sagte ich. »Manches davon hat Marvell in Worte gefaßt. Was ich jedoch vor allem empfinde – nein, laß mich reden – ist dies: Ich bin dieser Liebe, die du mir entgegenbringst, ganz und gar unwürdig. Ich werde dich nicht damit langweilen, mich weiter darüber auszulassen, aber es ist so. Ich möchte gerne, daß wir einander, wie du sagst, langsam kennenlernen, damit du mich und dich selbst davon überzeugen kannst, daß du wirklich fühlst, was du jetzt zu fühlen glaubst. Aber vorläufig sollst du dich in keiner Weise gebunden oder verpflichtet fühlen –«

»Aber ich bin gebunden –«

»Du sollst dich völlig frei fühlen –«

»Bradley, sei doch nicht –«

»Ich glaube, wir sollten gewisse Wörter überhaupt nicht verwenden.«

»Was für Wörter?«

»›Liebe‹, ›verliebt‹.«

»Das ist doch dumm. Aber gut, wir haben schließlich Augen, lassen wir die Wörter eine Weile ruhen. Kannst du nicht sehen, was du nicht beim Namen nennen willst?«

»Bitte. Ich meine das ehrlich. Wir sollten diese Sache nicht definieren. Wir müssen still und geduldig sein und warten, was geschieht.«

»Du klingst so ängstlich.«

»Ich habe schreckliche Angst.«

»Ich nicht. Ich habe mich nie im Leben mutiger gefühlt. Wovor hast du Angst? Und warum hast du gesagt, daß wir in einer Klemme stecken? In was für einer Klemme stecken wir denn?«

»Ich bin ein ganzes Stück älter als du. Ein *ganzes Stück*. Das ist die Klemme.«

»Ach das. Das ist doch nur ein Vorurteil. Das berührt *uns* doch nicht.«

»Doch, es berührt uns«, sagte ich. Ich fühlte, wie es mich berührte.

»Hast du nur das gemeint?«

Ich zögerte. »Ja.« Eines Tages würde ich ihr eine Menge mehr auseinandersetzen müssen. Aber nicht heute.

»Es ist nicht –«

»Ach Julian, du kennst mich nicht, du *kennst* mich nicht –«

»Es ist nicht Christin?«

»Was? Christin? Lieber Gott, nein.«

»Gott sei Dank. Weißt du, Bradley, als ich meinen Vater davon reden hörte, daß er dich und Christin wieder zusammenbringen möchte, da hat es mir einen richtigen Stich gegeben – und das war noch, bevor – vielleicht ist mir da bewußt geworden, was ich wirklich für dich empfinde –«

»Wie Emma für Mr. Knightley.«

»Ja, genau. Du warst ja immer allein, seit ich dich kenne, du warst ganz einfach da, so selbstverständlich, wie alleinstehende Menschen eben da sind.«

»Eine Säule in der Wüste.«

»Und gestern abend habe ich mir auch Gedanken gemacht wegen Christin –«

»Nein, nein, Chris ist ein netter Kerl, und ich hasse sie jetzt auch nicht mehr, aber sie bedeutet mir nichts. Du hast mich aus so vielen Käfigen befreit. Ich werde dir später einmal davon erzählen – irgendwann – in der Zeit, die vor uns liegt.«

»Also, wenn es das nicht ist, das mit deinem Alter ist mir völlig egal, viele Mädchen ziehen ältere Männer vor. Dann ist ja alles klar. Ich habe den Eltern gestern abend noch nichts gesagt und heute früh auch nicht, weil ich sicher sein wollte, daß du es dir nicht anders überlegt hast. Aber heute werde ich es ihnen sagen –«

»Moment, warte! Was willst du ihnen sagen?«

»Daß ich dich liebe und dich heiraten will.«

»Julian! Das ist völlig unmöglich! Julian, ich bin älter, als du denkst –«

»Älter als die Felsen, zwischen denen du sitzt. Ja, ja, das kennen wir!«

»Es ist völlig unmöglich.«

»Bradley, was du da sagst, reimt sich überhaupt nicht zusammen. Warum machst du so ein Gesicht? Du liebst mich doch wirklich, oder? Du willst doch nicht nur ein Abenteuer, und dann adieu?«

»Nein – ich liebe dich wirklich –«

»Ist das nicht etwas für immer?«

»Ja. Wahre Liebe ist für immer – und es ist wahre Liebe – aber –«

»Aber was?«

»Du hast gesagt, wir werden uns Zeit lassen, einander langsam kennenlernen – das ist alles so schnell gegangen – ich bin sicher, du solltest nicht – du solltest dich in keiner Weise festlegen –«

»Es macht mir nichts aus, mich festzulegen. Das wird uns nicht daran hindern, uns Zeit zu lassen und geduldig zu sein und das alles. Außerdem kennen wir einander schon, ich kenne dich mein Leben lang, du bist mein Mr. Knightley, und der Altersunterschied –«

»Julian, ich glaube, wir müssen es eine Weile für uns behalten.«

»Warum?«

»Weil du es dir überlegen könntest.«

»Oder du.«

»Ich nicht. Aber du kennst mich nicht, du kannst mich nicht kennen. Und ich bin mehr als alt genug, um dein Vater zu sein.«

»Glaubst du, das kümmert mich –?«

»Nein, aber die Gesellschaft, und eines Tages wird es auch dich kümmern. Du wirst zusehen müssen, wie ich älter werde –«

»Bradley, das ist *Quatsch*.«

»Es wäre mir wesentlich lieber, du würdest es deinen Eltern jetzt noch nicht sagen.«

»Na schön«, sagte sie nach einer Weile und rückte von mir ab, immer noch kniend, und ihr Gesicht war plötzlich voller kindlicher Zweifel.

Der Schatten zwischen uns war mir unerträglich. Ich hatte A gesagt, nun mußte ich auch B sagen. Ich mußte mich ganz auf ihr Gefühl für das, was richtig war, verlassen; sogar ihrer Naivität, ihrer Unerfahrenheit, ihrem jugendlichen Leichtsinn mußte ich vertrauen. »Du mußt tun, was du für richtig hältst, mein Herz«, sagte ich. »Ich überlasse es ganz dir. Ich liebe dich bedingungslos, und ich vertraue dir bedingungslos, und wie es kommt, so kommt es eben.«

»Du glaubst, die Eltern werden keine Freude damit haben?«

»Sie werden entrüstet sein.«

Danach sprachen wir noch eine Weile über Christin und meine Ehe und über Priscilla. Wir sprachen über Julians Kindheit und unsere damaligen Begegnungen. Wir sprachen darüber, wann ich wohl begonnen hatte, sie zu lieben, und wann sie wohl begonnen hatte, mich zu lieben. Über die Zukunft sprachen wir nicht. Wir blieben auf dem Boden sitzen wie scheue Tiere, wie Kinder, streichelten uns gegenseitig die Hände und übers Haar. Wir küßten uns auch, aber nicht oft. Gegen Mittag schickte ich sie fort. Wir durften einander nicht erschöpfen. Wir mußten nachdenken und wieder zu uns kommen. Miteinander ins Bett zu gehen kam natürlich nicht in Frage.

»Ihr habt mich nicht ganz verstanden«, sagte ich. »Ich habe nicht vor, wegzufahren.«

Rachel und Arnold saßen in den beiden Lehnstühlen in meinem Wohnzimmer. Ich saß auf Julians Stuhl neben dem Fenster. Es war trüb und bewölkt draußen, und ich hatte soeben das Licht aufgedreht. Es war am späten Nachmittag desselben Tages.

»Was hast du dann vor?« fragte Arnold.

Er hatte angerufen. Dann war er mit Rachel gekommen. Sie waren, man kann es nicht anders sagen, bei mir einmarschiert. Ihre Anwesenheit wirkte auf mich wie die Anwesenheit einer Besatzungsarmee. Es ist sehr einschüchternd, vertrauten Menschen gegenüberzusitzen, die plötzlich ganz eisig und wie versteinert sind vor Zorn und Empörung. Ich fühlte mich eingeschüchtert. Ich hatte ja gewußt, daß sie entrüstet sein würden. Aber mit dieser geballten Feindseligkeit hatte ich nicht gerechnet. Ihre totale Ungläubigkeit, ob nun gespielt oder echt, raubte mir die Sprache, schlug mich in die Flucht. Ich war unfähig, irgend etwas zu erklären, und spürte, daß ich einen völlig falschen Eindruck erweckte. Es war mir auch klar, daß ich nicht nur wie ein Schuldiger auf sie wirken mußte, ich fühlte mich auch schrecklich schuldig.

»Hierbleiben«, sagte ich, »mich ab und zu mit ihr treffen –«

»Um sie zu verführen, meinst du wohl?« sagte Rachel.

»Um zu tun, was natürlich ist. Sie besser kennenzulernen – schließlich – lieben wir uns, wie es aussieht – und –«

»Bradley, komm zurück in die Wirklichkeit«, sagte Arnold. »Hör auf, solchen Unsinn zu reden. Du bist momentan in einer Traumwelt. Du bist fast sechzig. Julian ist zwanzig. Sie hat zwar gleich betont, daß du ihr gesagt hast, wie alt du bist, und daß es ihr egal ist, aber du wirst doch wohl nicht die Sentimentalität eines Schulmädchens ausnützen, das sich von deiner Aufmerksamkeit geschmeichelt fühlt –«

»Sie ist kein Schulmädchen«, sagte ich.

»Sie ist sehr unreif«, sagt Rachel, »und man kann ihr leicht etwas vormachen, und –«

»Ich mache ihr nichts vor! Ich habe ihr gesagt, daß der Alters-unterschied die Sache so gut wie unmöglich macht –«

»Ganz und gar unmöglich«, sagte Arnold.

»Sie hat heute nachmittag die verrücktesten Sachen daherge-redet«, sagte Rachel. »Ich möchte wirklich wissen, was du ihr erzählt hast.«

»Ich wollte nicht, daß sie es euch sagt.«

»Du hast ihr also vorgeschlagen, ihre Eltern zu hintergehen?«

»Nein, nein, so meine ich das nicht –«

»Ich kann mir einfach nicht vorstellen, was überhaupt pas-siert ist«, sagte Rachel. »Ist das denn so urplötzlich über dich gekommen, diese – Leidenschaft oder was immer? Und hast du wirklich nichts Besseres zu tun gewußt, als hinzugehen und ihr zu sagen, daß du dich in sie vergafft hast? Und dann hast du sie angemacht oder was? Was ist denn eigentlich genau gesche-hen? Die ganze Geschichte muß doch relativ neu sein?«

»Ist sie auch«, sagte ich. »Aber sie ist sehr ernst. Ich habe es weder vorhergesehen, noch wollte ich es, es hat sich einfach ergeben. Und als sich dann herausstellte, daß sie genauso emp-fand –«

»Bradley«, sagte Arnold, »was du da erzählst, so was gibt es nicht in der wirklichen Welt. Okay, du hast plötzlich bemerkt, daß sie ein attraktives Mädchen ist. London ist voller attrak-tiver Mädchen. Es ist Hochsommer, und du kommst vielleicht langsam in ein Alter, in dem Männer sich gern zum Narren machen. Ich kenne einige, die mit sechzig plötzlich der Hafer zu stechen begann, das ist nicht ungewöhnlich. Aber da es nun mal meine Tochter ist, in die du dich vergafft hast, warum zum Teufel hast du es nicht für dich behalten, anstatt sie zu aufzure-gen und zu verwirren und zu verstören –«

»Sie ist nicht aufgeregt und verwirrt –«

»Heute nachmittag war sie es«, sagte Rachel.

»Dann habt ihr sie aufgeregt und verwirrt –«

»Warum konntest du dich nicht verhalten wie ein Ehren-mann –«

»Und sie ist wesentlich weniger verstört als ich. Bedaure, aber was *ihr* da sagt, trifft überhaupt nicht auf die Situation zu. Hier sind gewaltige kosmische Kräfte am Werk. Vielleicht hast du von diesen Dingen bloß keine Ahnung. Wenn ich mir's recht überlege, Arnold, hast du in keinem deiner Bücher wirklich beschrieben, wie das ist, wenn man liebt –«

»Du redest daher, als ob du fünfzehn wärst«, sagte Rachel. »Natürlich wissen wir alle, wie das ist, wenn man verliebt ist. Darum geht es nicht. So genau wollen wir gar nicht Bescheid wissen über die Gefühle, die du dir da einbildest. Das ist deine Sache. Das interessiert uns so wenig, wie wenn einem jemand seine Träume erzählt. Julian jedenfalls ist sicher nicht ›verliebt‹ in dich, was immer das nun für dich heißen mag. Sie ist ein harmloses Kind und findet es einfach aufregend und amüsant, daß ein älterer Freund ihres Vaters plötzlich diese Art von Aufmerksamkeit für sie zeigt. Du hättest sie sehen sollen, wie sie uns heute nachmittag alles erzählte, und wie sie gelacht hat dabei. *Gelacht* hat sie. Wie ein Kind, das sich über ein Spielzeug freut.«

»Aber ihr habt gesagt, sie wäre aufgeregt gewesen –«

»Wir haben ihr gesagt, daß alles nur ein schlechter Scherz ist.«

Mein Liebling, dachte ich, ich vertraue dir, ich vertraue dir, und ich *weiß*. Ich werde dein Vertrauen mit meinem Vertrauen aufwiegen. Trotzdem verspürte ich Schmerz und Angst. Konnte ich zweifeln, nach allem, was geschehen war? Aber sie war so jung. Und alles war, wie sie sagten, noch so neu. Wenn ich daran dachte, *wie* neu, überraschte mich das Ausmaß meiner Überzeugung. Aber sie war da, die Überzeugung, und sie stand über dem Zweifel.

»Wie ich sehe, hörst du uns wenigstens endlich zu«, sagte Arnold. »Bradley, du bist doch ein anständiger und vernünftiger Mann, ein Mensch mit einem moralischen Gewissen. Du kannst doch nicht im Ernst die Absicht haben, dieses Gefühlschaos in aller Ruhe mit Julian *analysieren* zu wollen? Ich nenne es ein Gefühlschaos, aber zum Glück war noch nicht Zeit genug dafür, daß es sich zu einem wirklichen Chaos auswächst.

Und dazu wird es auch nicht kommen. Ich werde das verhindern.«

»Ich weiß nicht, was wir tun werden«, sagte ich. »Ich gebe zu, daß die Geschichte phantastisch klingt. Es ist fast zu schön, um wahr zu sein, daß Julian mich liebt. Vielleicht ist es auch gar nicht wahr. Es hat mich wirklich sehr überrascht. Aber ich habe keineswegs die Absicht, die Sache jetzt fallenzulassen. Ich denke nicht daran, mich still davonzuschleichen, wie ihr es mir nahelegt. Ich werde nicht aufhören, mich mit Julian zu treffen, ich kann nicht. Ich muß herausfinden, ob sie mich wirklich liebt oder nicht. Auch wenn ich keineswegs weiß, was daraus werden soll, wenn sie es tut, vielleicht nichts. Die ganze Geschichte ist höchst ungewöhnlich und könnte sich als sehr schmerzlich erweisen, vor allem für mich. Ihr möchte ich auf keinen Fall weh tun. Ich glaube nicht, daß ich sie verletzen könnte. Aber wie die Dinge *jetzt* liegen, kann keiner von uns aufhören. Das ist alles.«

»Sie kann aufhören, und das wird sie auch«, sagte Arnold. »Und wenn ich sie in ihrem Zimmer einsperren muß.«

»Natürlich kannst du aufhören«, sagte Rachel. »Versuch doch ehrlich zu sein! Und sag nicht immer ›wir‹. Du kannst nicht für Julian sprechen. Du warst doch wohl nicht im Bett mit ihr?«

»Mein Gott, mein Gott«, sagte Arnold, »natürlich nicht, er ist doch kein Verbrecher.«

»Nein, ich war nicht im Bett mit ihr.«

»Und das wirst du auch nicht tun.«

»Rachel, ich weiß es nicht. Mach dir bitte klar, daß du mit einem Wahnsinnigen sprichst.«

»*Du gibst also zu*, daß du nicht bei Verstand bist und verantwortungslos und gefährlich!«

»Bitte reg dich doch nicht so auf, Arnold. Ihr schüchtert mich beide ein und macht mich ganz wirr, das führt doch zu nichts. Mit wahnsinnig meinte ich nicht verantwortungslos – ich fühle mich so verantwortlich als – als wäre mir etwas anvertraut worden – ich weiß nicht – so was wie der verdammte Gral. Ich schwöre, ich werde sie nicht bedrängen oder beunruhigen – ich werde ihr jede Freiheit lassen – sie *ist* völlig frei –«

»Du weißt, daß das Unsinn ist«, sagte Arnold. »Und außerdem widersprichst du dir. Wenn du sie jetzt nicht in Ruhe läßt, wird sie sich in die Geschichte hineinsteigern, und alles wird noch komplizierter werden. Aber genau das willst du ja. Natürlich sind ihre Gefühle für dich nicht ernst zu nehmen, das scheint ja selbst dir klar zu sein, daß das alles nur in deinem Kopf existiert. Denk doch daran, was für ein Kind sie ist! Und mach dir bitte eines klar: Ich werde nicht dulden, daß sich irgendeine ›Beziehung‹ zwischen dir und meiner Tochter entwickelt. Es wird keine Rendezvous geben, keine interessanten Diskussionen, keine Gefühlsanalysen, nichts. Halte dir das vor Augen, bitte. Halte dir vor Augen, daß ich dich in diesem Zusammenhang nicht anders betrachte als wärst du irgendein alter Wüstling, der ihr auf der Straße nachsteigt. Ich werde da ganz gnadenlos sein, Bradley. Und das ist noch das Netteste, was ich tun kann. Du wirst Julian in Ruhe lassen. Ich werde sie einsperren, vielleicht sogar aus dem Land bringen, um sie vor dir zu schützen; wenn nötig mit Hilfe von Anwälten und Polizei oder mit Gewalt. Bilde dir nicht ein, du könntest ihr auch nur schreiben, sie wird gänzlich von dir abgeschirmt werden. Du wirst sie nicht erreichen. Diese Geschichte wird gar nicht erst *anfangen*, dafür werde ich sorgen. Mein Gott, versetz dich doch einmal in meine Lage! Ring dich zu einem Entschluß durch, *jetzt gleich*, und tu, was anständig und vernünftig wäre: Verschwinde aus London. Du wolltest ohnehin fort. Bitte geh. Dann wird sich alles in Wohlgefallen auflösen. Das soll nicht heißen, daß du sie oder uns nie wiedersehen sollst, natürlich nicht. Aber im Augenblick bist du einfach nicht zurechnungsfähig, und ich werde nicht dulden, daß meine Tochter in irgendeine Geschichte mit einem älteren Mann verwickelt wird, nicht einmal, wenn das Ganze sowieso nur eine nicht ernst zu nehmende Posse ist. Mir wird schlecht beim bloßen Gedanken daran, und ich werde es einfach nicht dulden.«

Nach diesen Worten herrschte einen Augenblick Stille. Ich starrte Arnold an. Er war sehr ruhig dagesessen und hatte seine Stimme kaum erhoben. Aber er hatte jedes seiner im Stakkato hervorgespienen Worte nachdrücklich betont, und in seiner

Stimme lag diese Schärfe, mit der er andere immer zu ängstigen versuchte. Sein Gesicht unter dem farblosen Haar war von glühender Röte übergossen wie bei einem jungen Mädchen. Ich versuchte, meine Angst mit Zorn zu bezwingen, aber es gelang mir nicht. Mit kleiner Stimme sagte ich: »Aus deiner Beredsamkeit schließe ich, daß Julian euch beide doch davon überzeugen konnte, daß sie mich liebt.«

»Sie weiß nicht, was sie empfindet –«

»Wir sind nicht im achtzehnten Jahrhundert –«

»Komm!« sagte Arnold mit einer Kopfbewegung zu Rachel, und beide erhoben sich. »Wir haben gesagt, wozu wir gekommen sind. Wir lassen dich jetzt, um es – zu verdauen – um einzusehen, daß es nur einen Weg für dich gibt –«

Ich öffnete die Wohnzimmertür. »Bitte, sei doch nicht so zornig auf mich, Arnold«, sagte ich. »Ich habe nichts Unrechtes getan.«

»O doch, das hast du«, sagte Rachel. »Du hast zu ihr über deine Gefühle gesprochen.«

»Das ist wahr. Das hätte ich nicht tun sollen. Aber es ist keine Sünde, jemanden zu lieben, es hat auch sein Gutes. Wir werden einen Weg finden, daß alles – gut wird – ich werde sie nicht belästigen – wenn ihr wollt, werde ich sie eine Woche nicht sehen – ihr Zeit lassen, alles zu überdenken –«

»Das würde nichts nützen«, sagte Arnold etwas freundlicher. »Irgendwelche Halbheiten würden die Sache nur schlimmer machen. Das mußt du doch einsehen, Bradley. Du willst doch genausowenig wie wir, daß dabei irgendein Schlamassel rauskommt. Du mußt weg. Wenn du sie siehst, wird sich nur alles zuspitzen. Aus. Ende. Und zwar gleich: Das ist das beste für alle. Sieh das doch ein. Tut mir leid.«

Arnold ging aus dem Zimmer und öffnete die Wohnungstür.

Als Rachel an mir vorbeikam, wich sie zurück und verzog angeekelt den Mund. Tonlos sagte sie: »Ich möchte, daß du eines weißt, Bradley: Arnold und ich sind uns in dieser Sache völlig einig.«

»Verzeih mir, Rachel.«

Sie wandte mir den Rücken zu und ging.

Arnold kam zurück. »Was den Brief anlangt, den ich dir geschrieben habe – es erübrigt sich im Augenblick, diesbezüglich irgend etwas zu unternehmen. Könnte ich ihn zurückhaben?«

»Ich habe ihn vernichtet.«

Er schwieg einen Augenblick. »Okay«, sagte er dann. »Tut mir leid, daß ich dich angeschrien habe. Gibst du mir bitte dein Wort, daß du nichts unternehmen wirst, um Julian zu sehen, bevor ich es erlaube?«

»Nein.«

»Na schön. Aber ich werde nicht zulassen, daß meine Tochter zu leiden hat. Laß dir das gesagt sein. Ich – warne dich.«

Er ging und schloß leise hinter sich die Tür. Ich keuchte fast vor Aufregung. Ich rannte zum Telefon und wählte die Nummer in Ealing. Zuerst Stille, dann ein hoher Summton – ich bekam keine Verbindung. Ich wählte mehrmals, mit demselben Ergebnis. Ich fühlte mich, als hätte man mir die Beine abgehackt. Krampfhaft umklammerte ich meinen Kopf und versuchte mich zu fassen, zu *denken*. Ich fieberte danach, Julian zu sehen. Alles in mir kochte und brodelte. Mir wurde schwarz vor den Augen. Wie ein Bienenschwarm fiel es über mich her und stach mich zu Tode. Ich erstickte. Ich lief hinaus in den Hof und aufs Geratewohl weiter: durch die Charlotte Street, die Windmill Street, die Tottenham Court Road. Nach einer Weile wurde mir klar, daß ich wahrscheinlich zusammenbrechen würde, wenn ich nicht gleich einen gewaltsamen Entschluß faßte. Ich hielt ein Taxi an und ließ mich nach Ealing fahren.

Ich stand unter der Blutbuche an der Straßenecke. Ich legte die Hand auf den feinkörnigen Stamm des Baumes und fand es absurd, wie er einfach da war, so in sich ruhend, so gleichgültig wirklich. Es war inzwischen Abend geworden, Dämmerstunde, der Abend desselben langen, bizarren, ereignisreichen Tages.

Der Himmel war bewölkt, das trüb-verhangene Licht färbte sich ein wenig ins Purpurne, die Luft war warm und reglos. Es roch nach Staub, als hätten sich die ruhigen, öden Straßen um mich in endlose Sanddünen aufgelöst. Ich dachte an den Morgen, an dem wir gemeint hatten, alle Zeit der Welt zu haben. Und jetzt schien es, als wäre keine Zeit mehr. Ich dachte auch daran, daß ich vor Arnold und Rachel hätte hiersein können, wäre ich nur so schlau gewesen, mir gleich dieses Taxi zu nehmen. Was ging da drin jetzt vor sich? Ich überquerte die Straße und ging langsam auf der anderen Seite weiter.

Im Haus der Baffins brannte Licht im Erdgeschoß, es schimmerte durch die Vorhänge des Speisezimmers und durch das ovale Buntglasfenster in der Eingangstür. Oben war nur ein Fenster beleuchtet, die Vorhänge waren ebenfalls zugezogen. Das Fenster von Arnolds Arbeitszimmer. Julians Zimmer lag auf der Hinterseite, gleich neben dem Raum, in dem ich vor wenigen Tagen Rachel mit dem Leintuch über dem Gesicht hatte liegen sehen, dem Raum, in dem auch ich – Gott verzeih mir – nur im Hemd gelegen war. Eines Tages würde ich das alles Julian erzählen. Eines Tages würde sie der gerechte Richter sein, der versteht und verzeiht. Ich fürchtete sie nicht. Selbst in diesen Sekunden, selbst während ich mich voller Angst fragte, ob ich sie je wiedersehen würde, lebte ich mit ihr in einer engelhaft zeitlosen Welt wortloser Kommunikation und absoluten Verstehens.

Vom Gehsteig sah ich hinüber zum Haus und fragte mich, was ich nur tun sollte. Ich spielte mit dem Gedanken, bis gegen drei Uhr früh in der Gegend herumzulungern, dann in den Garten einzudringen, mir eine von Arnolds Leitern zu holen und zu Julians Fenster hinaufzuklettern. Aber ich wollte nicht zum nächtlichen Eindringling werden, ich wollte ihr nicht wie ein Schreckgespenst erscheinen, ich wollte keine Heimlichkeiten. Gerade die lichte Offenheit dieses Morgens hatte ja seine Größe ausgemacht. Heute früh war ich mir vorgekommen wie ein Höhlenbewohner, der hinaustritt ins Sonnenlicht. Sie war die Wahrheit meines Lebens. Ich würde mich nicht zu einer Art Einbrecher oder Taschendieb in ihrem machen. Außerdem: Es gab so viele Unbekannte. Was sie jetzt wohl gerade dachte?

Als ich da in der trüben, drückenden Dämmerung stand, die sich über die Stadt senkte, Angst in jedem Atemzug, den Dünengeruch von Staub in der Nase, spürte ich, daß ich von einer Gestalt beobachtet wurde, die in dem langen, unbeleuchteten Fenster auf dem Treppenabsatz des Hauses stand, auf dem mein Blick lag. Ich sah die vom Fenster gerahmte Gestalt, die Blässe des mir zugewandten Gesichts.

Es war Rachel. Unbeweglich, mit einer schrecklichen Ruhe, sahen wir einander etwa eine Minute lang an. Dann wandte ich mich ab, wie ein Tier, das unter dem Blick eines Menschen den Kopf abwendet, und begann auf dem Gehsteig auf und ab zu gehen, immer wieder auf und ab. Ich wartete. Die Straßenlaternen gingen an.

Nach etwa fünf Minuten kam Arnold heraus. Sein Gesicht konnte ich nicht sehen, aber ich erkannte ihn an der Gestalt. Langsam entfernte ich mich in Richtung der Blutbuche, er folgte mir und ging dann schweigend neben mir her. Der Schein einer Laterne fiel auf eine Seite des Baumes, und die Blätter leuchteten in einem durchsichtigen Weinrot, jedes scharf umgrenzt, jedes mit einem deutlich umrissenen Schatten. Wir traten in die dichte Finsternis unter dem Baum und versuchten einander ins Gesicht zu sehen.

»Entschuldige, daß ich mich so aufgeregt habe«, sagte Arnold.

»Ist schon okay.«

»Inzwischen ist alles viel klarer.«

»Gut so.«

»Tut mir leid, daß ich so lächerliches Zeug gesagt habe – von wegen Anwälten und so weiter.«

»Mir auch.«

»Ich hatte nicht begriffen, wie wenig eigentlich passiert war.«

»Oh.«

»Ich meine, ich hatte keinen zeitlichen Überblick. Aus dem, was Julian uns heute nachmittag sagte, schloß ich, daß es – was immer ›es‹ ist – schon eine Weile so geht. Aber jetzt habe ich erfahren, daß es erst gestern abend begonnen hat.«

»Es ist eine Menge geschehen seit gestern abend«, sagte ich.

»Du solltest das eigentlich verstehen, du scheinst ja in letzter Zeit selbst ziemlich beschäftigt gewesen zu sein.«

»Du mußt uns wohl lächerlich feierlich gefunden haben heute nachmittag, Rachel und mich.«

»Aha, eine neue Taktik«, sagte ich.

»Was?«

»Sprich weiter.«

»Jetzt hat Julian uns genauer unterrichtet, und jetzt sehe ich erst klar.«

»Und wie siehst du es jetzt?«

»Sie war natürlich völlig aus der Fassung und sehr gerührt. Sie hatte Mitleid mit dir, sagte sie.«

»Ich glaube dir kein Wort. Aber sprich weiter.«

»Und natürlich fühlte sie sich geschmeichelt –«

»Was macht sie jetzt?«

»Jetzt? Sie liegt auf dem Bett und weint sich die Augen aus.«

»Mein Gott.«

»Aber mach dir keine Sorgen um sie, Bradley.«

»Oh, sicher nicht.«

»Ich wollte dir nur sagen – sie hat uns inzwischen *alles* erzählt, und jetzt sehen wir, daß es wirklich keinen Grund zur Beunruhigung gibt. Das Ganze ist nur ein Sturm im Wasserglas, das sagt sie selbst.«

»Sagt sie das?«

»Sie bittet dich um Verzeihung, daß sie sich so von ihren Gefühlen hat hinreißen lassen und daß sie so dumm war. Und sie hat auch gesagt, du möchtest jetzt bitte nicht versuchen, sie zu sehen.«

»Arnold, hat sie das wirklich gesagt?«

»Ja.«

Ich packte ihn bei den Schultern und zog ihn ein paar Schritte weiter, bis das Licht der Laterne auf sein Gesicht fiel. Einen Augenblick zuckte er zusammen, dann hielt er still. »Hat sie das gesagt, Arnold?«

»Ja.«

Ich ließ ihn los, und wir traten beide instinktiv in den Schatten zurück. Lauernd schielte er mich von der Seite an, und aus seinem Gesicht sprachen ein eiserner Wille, Besorgnis und finstere Entschlossenheit. Es war nicht das zorngerötete, feindselige Gesicht von früher. Es war ein hartes, resolutes Gesicht, das mir nichts verriet.

»Versuch dich doch mit Anstand aus der Affäre zu ziehen, Bradley. Wenn du jetzt einfach den Mund hältst und für eine Weile abhaust, wird sich alles in Wohlgefallen auflösen, und später könnt ihr euch wieder ganz wie früher sehen. Dieser Unsinn gründet sich doch auf nicht mehr als ein zweimaliges Beisammensein. Daraus kann doch keine Bindung für ewig entstehen! Das ist doch alles nur ein Hirngespinst. Komm zurück in die wirkliche Welt. Julian ist diese ganze dumme Geschichte äußerst peinlich –«

»Peinlich?«

»Ja, und es wäre sehr taktvoll von dir, dich aus dem Staub zu machen. Nimm doch Rücksicht auf das Kind. Laß sie ihre Selbstachtung wiederfinden. Selbstachtung ist so wichtig für ein junges Mädchen. Sie hat das Gefühl, daß sie das Gesicht verloren hat, weil sie alles so ernst nahm. Sie findet, sie hat sich lächerlich gemacht. Wenn sie jetzt vor dir stünde, würde sie nur kichern und rot werden und dich bedauern und sich schämen. Sie sieht jetzt ein, daß es dumm war, sich alles so zu Herzen zu nehmen und ein Drama daraus zu machen. Sie gibt zu, daß sie sich ein bißchen geschmeichelt gefühlt hat, es hat ihr ein wenig den Kopf verdreht, und es war eine aufregende Überraschung für sie. Aber als sie sah, daß wir es gar nicht lustig fanden, ist sie wieder zur Vernunft gekommen. Sie begreift jetzt, daß das Ganze ein völlig unmöglicher Unsinn ist, *sie sieht es ein*, in praktischen Dingen ist sie ein intelligentes Mädchen. Und mit ein bißchen Phantasie wirst du dir wohl vorstellen können, wie sie sich jetzt fühlen muß. Und sie ist nicht so dumm, daß sie sich einbildet, du würdest vor Liebe vergehen. Sie sagt, daß ihr alles sehr leid tut, und du möchtest dich doch bitte eine Weile von ihr fernhalten. Ein bißchen Abstand kann nicht schaden. Wir fahren bald auf Urlaub, übermorgen, genau gesagt. Ich habe beschlossen, mit ihr nach Venedig zu reisen. Das hat sie sich schon immer gewünscht. Wir waren in Rom und in Florenz, aber nie in Venedig, und sie schwärmt so von Venedig. Wir werden uns ein Apartment mieten und wahrscheinlich den Rest des Sommers dort bleiben. Julian ist Feuer und Flamme. Und ich glaube, ein Tapetenwechsel könnte auch meinem Buch zugute kommen. So also stehen die Dinge. Es tut mir schrecklich leid, daß ich heute nachmittag so aufgebraust bin. Du mußt mich für einen hochtrabenden Idioten gehalten haben. Ich hoffe, du bist mir nicht mehr böse?«

»Überhaupt nicht«, sagte ich.

»Ich versuche nur, das Richtige zu tun. Das tun wir schließlich alle. Als Vater hat man eben Pflichten. Versuch das bitte zu verstehen. Für Julian ist es das beste, wenn wir jetzt alle einen kühlen Kopf bewahren. Du wirst doch verschwinden und sie in Ruhe lassen? Bitte. Und schick ihr auch keine pathetischen Briefe oder so was. Laß sie Atem schöpfen und wieder Spaß am Leben finden. Du willst sie doch nicht wie ein Gespenst verfolgen? Du wirst sie doch jetzt in Frieden lassen, Bradley, oder?«

»Also gut«, sagte ich. »Ja.«

»Kann ich mich auf dich verlassen?«

»Ich bin kein kompletter Idiot, ich begreif schon. Auch ich war heute nachmittag recht feierlich. Der unerwartete Krach hat mich völlig überrumpelt, und ich war verdammt aufgeregt. Aber jetzt sehe ich ein, daß es wahrscheinlich für alle Betroffenen das Beste ist, kühlen Kopf zu bewahren und die ganze Geschichte als Sturm im Wasserglas zu betrachten. Also gut, also gut. Und jetzt gehe ich besser und versuche auch, meine Selbstachtung wiederzufinden.«

»Bradley, mir fällt ein Stein vom Herzen. Ich hab ja gewußt, daß du dich anständig verhalten wirst, schon dem Kind zuliebe. Ich danke dir, ich danke dir. Du lieber Gott, bin ich erleichtert. Ich will es gleich Rachel sagen. Sie läßt dich übrigens herzlich grüßen.«

»Wer?«

»Rachel.«

»Ich sie auch. Gute Nacht. Ich hoffe, ihr habt eine schöne Zeit in Venedig.«

Er rief mich zurück. »Was ich noch sagen wollte: Hast du meinen Brief wirklich vernichtet?«

»Ja.«

Ich machte mich auf den Heimweg, Gedanken nachhängend, die ich im nächsten Abschnitt beschreiben will. Als ich zu Hause ankam, erwartete mich eine Nachricht von Francis: Ich sollte zu Priscilla kommen.

Wenn wir, besonders in Zeiten leidvoller Krisen, in das Geheimnis eines anderen Geistes einzudringen versuchen, neigen wir dazu, uns diesen nicht als ein vages Konglomerat von Widersprüchen vorzustellen wie unseren eigenen, sondern als ein Gefäß mit klar umrissenen, präzisen, wenn auch verborgenen Inhalten. So kam es mir damals nie in den Sinn, mir Julian in einem Zustand totaler Verwirrung vorzustellen. Etwa ein Prozent meiner Vermutungen neigte der Annahme zu, daß sie sich tatsächlich ungefähr in der von Arnold beschriebenen Verfassung befand: zerknirscht, beschämt, verlegen kichernd, bedrückt von dem Gefühl, einen dummen Fehler begangen zu haben. Zu neunundneunzig Prozent aber gab ich einer anderen Möglichkeit den Vorzug: Arnold hatte gelogen. Er hatte mit Sicherheit gelogen, als er mir »herzliche Grüße« von Rachel bestellt hatte. Denn eines stand außer Zweifel: daß ich mir Rachels unsterblichen Haß zugezogen hatte. Rachel war unversöhnlich. Also hatte er auch gelogen, was Julian betraf. Was er gesagt hatte, war nicht einmal frei von Widersprüchen. Wenn sie sich die Augen ausweinte, konnte sie nicht zugleich in Kicherlaune sein oder Feuer und Flamme für Venedig. Und warum dieser überstürzte Entschluß, England zu verlassen? Nein. Es war keine Illusion. Ich liebte sie, und sie erwiderte meine Liebe. Genausogut hätte ich an meinen normalen Sinneswahrnehmungen zweifeln können wie an der Überzeugung, daß alles, was dieses Mädchen mir gestern abend und mit so triumphierender Gewißheit heute vormittag versichert hatte, die reine Wahrheit war.

Aber was war dann wirklich geschehen? Wahrscheinlich hatten sie sie in ihrem Zimmer eingesperrt. Ich stellte mir vor, wie sie dalag und weinte, ein Häufchen Unglück mit bloßen Füßen und zerzaustem Haar. (Die Vorstellung erfüllte mich mit Schmerz, aber schön war sie auch.) Kein Zweifel, sie hatte ihre Eltern mit der naiven Heftigkeit ihrer Erklärung gewaltig beunruhigt. Was für ein Fehler das gewesen war. Deren erste Reaktion war natürlich unbändige Wut gewesen, doch dann hatten sie es mit hinterhältiger List versucht. Natürlich glaubten sie nicht wirklich, daß Julian ihre Meinung geändert hatte. Sie hatten bloß die Taktik geändert. Hatte Arnold mir den Verzicht auf seine Tochter abgenommen? Wohl kaum. Ich bin kein guter Lügner.

Julians Bedürfnis nach Offenheit hatte mich so beeindruckt, und ich hatte mich so auf ihren Instinkt verlassen, daß ich nicht einmal den Verstand aufgebracht hatte, ihr zu raten, ihre Begeisterung ein wenig zu dämpfen, wenn sie mit ihren Eltern sprach. Idiot, der ich war, hatte ich nicht einmal vorhergesehen, wie furchtbar das alles in den Augen ihrer Eltern aussehen mußte. Ich war viel zu sehr von der Heiligkeit meiner eigenen Gefühle durchdrungen gewesen, als daß ich die Energie aufgebracht hätte, die Situation nüchtern und objektiv zu betrachten. Und wenn ich noch weiter zurückdachte: Wie blöd war ich doch gewesen, mich nicht selbst ein bißchen im Ton zu mäßigen! Ich hätte es ihr langsam beibringen können, in kleinen Dosen, mit ein bißchen Schöntun, mit Andeutungen, Anspielungen, geflüsterten Schmeicheleien. Es hätte keusche Küsse geben können und dann weniger keusche. Warum mußte ich alles auf einmal aus mir herauskotzen und ihre Gefühle in Aufruhr bringen? Aber diese Taktik der kleinen Schritte war natürlich nur im Rückblick erträglich, im Licht meines jetzigen Wissens um ihre Liebe zu mir. Wenn ich erst einmal mit Andeutungen begonnen hätte, hätte ich mich nicht mehr zurückhalten können und ihr gleich alles gesagt. Ich hätte es einfach nicht erwarten können. Über die Tatsache, daß ich auch hätte schweigen können und schweigen sollen, zerbrach ich mir nicht mehr den Kopf. Nicht daß ich den Gedanken jetzt gänzlich von mir wies. Aber er schien einer sehr fernen Vergangenheit anzugehören. So oder so, das Thema stand nicht mehr zur Diskussion, und für Schuldgefühle deswegen war in meinem jetzigen Leid kein Platz.

In der Nacht beschäftigte mich im Schlafen und Wachen der Gedanke an Venedig. Sollten sie Julian wirklich dorthin bringen, würde ich ihnen natürlich folgen. Es ist nicht leicht, ein Mädchen in Venedig zu verstecken. Aber wie schwer machte mein Löwenmädchen es mir in dieser Nacht, sie zu fassen. Endlos folgte ich ihr über schwarze oder ins weiße Licht des Mondes getauchte Kais, die sich wie eingraviert still neben den schimmernden Wasserstraßen hinzogen. Jetzt war sie im Café Florian verschwunden, aber ich brachte die Tür nicht auf. Als ich sie endlich offen hatte, war ich in der Accademia, und sie war in Tintorettos Markusgemälde hineinspaziert und schritt über den karogemusterten Steinboden. Wir waren wieder auf dem Markusplatz, der zu einem riesigen Schachbrett geworden war. Sie war ein Bauer, der gleichmäßig vorrückte, und ich war ein Springer, der in diagonalen Sprüngen hinter ihr hersetzte, aber immer, wenn ich sie fast eingeholt hatte, mußte ich nach links oder rechts abweichen. Jetzt hatte sie das andere Ende erreicht und war zu einer Dame geworden. Sie drehte sich um und sah mir entgegen. Nein, sie war der Engel der heiligen Ursula, der sehr groß und erhaben am Fußende meines Bettes stand. Ich streckte die Arme nach ihr aus, aber sie wich zurück und enteilte am Ende eines langen Weges durch das Westtor von Inigo Jones' Kirche, die sich in die Rialto-Brücke verwandelt hatte. Sie saß in einer Gondel, ganz in Rot gekleidet, eine Tigerlilie in der Hand, und entschwand in immer weitere Fernen, während hinter mir das beängstigende Trommeln von Hufen lauter und lauter wurde, bis ich mich umdrehte und sah, daß Bartolommeo Colleoni mit dem Gesicht von Arnold Baffin drauf und dran war, mich über den Haufen zu reiten. Die furchtbaren, stampfenden Hufe sausten auf meinen Kopf nieder, und mein Schädel barst wie eine Eierschale.

Ich erwachte vom Klappern der Mülleimerdeckel, die die Griechen hinten im Hof zuschlugen. Mit einem Satz kehrte ich zurück in eine Welt, die seit der Nacht noch schrecklicher geworden war. Zwar war auch die Nacht voller Schrecken gewesen, aber wenigstens auch aufregend und dramatisch, voller Hindernisse, die es zu überwinden galt, und überstrahlt von der erhebenden Gewißheit, daß sie mich liebte. Heute quälten mich Zweifel und Angst. Sie war ja doch nur ein junges Mädchen. Konnte sie gegen diesen erbitterten elterlichen Widerstand treu zu ihrer Liebe stehen und sich einen klaren Blick bewahren? Und wenn sie mir Lügen über sie erzählt hatten, war es dann nicht wahrscheinlich, daß sie auch ihr Lügen über mich erzählt hatten? Sie würden behaupten, ich hätte gesagt, daß ich sie aufgeben würde. Und das hatte ich gesagt. Würde sie verstehen? Würde sie stark genug sein, weiter an mich zu glauben? Wie stark war sie? Wie wenig ich sie doch eigentlich kannte. Spielte sich wirklich alles nur in meinem Kopf ab? Und wenn sie sie nun tatsächlich wegbrachten? Und wenn ich sie nun tatsächlich nicht finden konnte? Sicher würde sie mir schreiben. Aber angenommen, sie tat es nicht? Vielleicht war sie, obwohl sie mich liebte, zu dem Schluß gelangt, daß das Ganze ein Fehler war? Im Grunde wäre das ja eine vollkommen vernünftige Entscheidung gewesen.

Das Telefon läutete, aber es war nur Francis, der wissen wollte, wann ich zu Priscilla käme. Später, sagte ich. Ich wollte, daß sie an den Apparat käme, aber sie wollte nicht. Gegen zehn rief Christin an, und ich legte den Hörer gleich wieder auf. Dann wählte ich die Nummer in Ealing, bekam aber keine Verbindung. Arnold mußte in seiner Panik am vergangenen Nachmittag irgendwie das Telefon außer Betrieb gesetzt haben. Ich strich durchs Haus und fragte mich, wie lange ich es wohl noch aushalten würde, nicht nach Ealing zu fahren. Ich hatte schreckliche Kopfschmerzen. Ich gab mir alle Mühe, Ordnung in meine Gedanken zu bringen. Ich grübelte über meine Absichten und ihre Gefühle nach. Ich entwarf Pläne für ein rundes Dutzend Eventualitäten. Zum Schein versuchte ich mir sogar vorzustellen, wie es wäre, wirklich zu verzweifeln, das heißt, zu glauben, daß sie mich nicht liebte, mich nie geliebt hatte und daß ich anständigerweise nichts anderes tun konnte, als aus ihrem Leben zu verschwinden. Und dann erkannte ich, daß ich schon längst soweit war. Ich war verzweifelt, zutiefst verzweifelt. Nichts konnte schlimmer sein, als was mir jetzt widerfuhr: nichts von ihr zu wissen, nichts von ihr zu hören. Und gestern hatte ich sie in den Armen gehalten, und vor uns war ein stilles, weites Meer von Zeit gelegen, und wir hatten einander ohne Ungestüm und ohne Angst geküßt, mit andächtiger, beherrschter, ruhiger Freude. Und ich hatte sie sogar weggeschickt, obwohl sie gar nicht gehen wollte. Ich war wahnsinnig gewesen. Vielleicht war diese Zeit alles gewesen, was uns je gegönnt war. Vielleicht war es etwas, was nie, nie, nie wiederkommen würde.

In Angst zu warten ist gewiß eine der schlimmsten Qualen. Die Frau des Bergmanns am Eingang zum Schacht. Der Gefangene in Erwartung des Verhörs. Der Schiffbrüchige auf dem Floß, allein auf dem weiten Meer. Das bloße Vergehen der Zeit ist wie eine körperliche Marter. Sinnlos verstreichen die Minuten, deren jede Erleichterung bringen könnte oder zumindest Gewißheit, und die Verzweiflung wächst. Während so die Minuten dieses Vormittags dahingingen, steigerte ich mich immer mehr in die kalte, tödliche Überzeugung hinein, daß alles verloren war. So würde es von jetzt an und für immer sein. Nie wieder würde ich von ihr hören. Bis halb zwölf ertrug ich es, dann aber kam ich zu dem Entschluß, daß ich nach Ealing mußte. Ich mußte versuchen, sie zu sehen, wenn nötig, mit Gewalt. Ich erwog sogar, mich mit irgend etwas zu bewaffnen. Und wenn sie schon weg war?

Es hatte zu regnen begonnen. Ich hatte schon den Regenmantel an und stand in der Diele. Ob Tränen wohl helfen würden, überlegte ich. Ich stellte mir vor, wie ich Arnold heftig zur Seite stieß und die Treppe hinaufstürmte. Aber was dann?

Das Telefon läutete, und ich hob ab. Eine Stimme vom Amt sagte: »Miss Baffin ruft Sie von einer Telefonzelle in Ealing an. Bezahlen Sie das Gespräch?«

»Was? Wie –?«

»Miss Baffin möchte Sie sprechen – »

»Ja, ja, ich bezahle, ja –«

»Bradley. Ich bin's.«

»O mein Liebling – Gott sei Dank –«

»Bradley, schnell, ich muß dich sehen. Ich bin davongelaufen.«

»O Gott, o mein Liebling. Ich bin ganz –«

»Ich auch. Hör zu: Ich bin in einer Telefonzelle gleich neben der Ealing Broadway Station. Ich hab kein Geld dabei.«

»Ich komm dich mit einem Taxi holen.«

»Ich versteck mich in einem Geschäft, ich hab solche Angst vor –«

»Mein armer Liebling –«

»Sag dem Fahrer, er soll langsam an der Haltestelle vorbeifahren. Ich seh dich dann schon.«

»Ja, ja.«

»Aber Bradley, wir können nicht zu dir, da kommen sie sicher hin.«

»Mach dir ihretwegen keine Sorgen. Ich komme dich holen.«

»Was ist geschehen?«

»O Bradley, es war ein Alptraum –«

»Aber was ist denn *geschehen*?«

»Ich war so ein Idiot! Voller Triumph und Aggressivität bin ich mit der ganzen Geschichte herausgeplatzt. Aber ich war so glücklich, ich konnte es einfach nicht verbergen oder hinunterspielen. Und sie wurden ganz bleich, und zumindest am Anfang wollten sie es einfach nicht glauben, und dann sind sie zu dir abgerauscht, und da hätte ich inzwischen weglaufen sollen, aber ich war so kampflustig, ich wollte so gern mit ihnen weiterstreiten, aber als sie dann zurückkamen, waren sie noch viel wütender. Ich habe meinen Vater noch nie so außer sich und so zornig gesehen, er ist fast gewalttätig geworden.«

»Mein Gott, er hat dich doch nicht geschlagen?«

»Nein, nein, aber er hat mich durchgeschüttelt, bis mir ganz schwindlig war, und in meinem Zimmer hat er alles mögliche zerdroschen –«

»Ach, mein Liebes –«

»Und dann hab ich zu weinen angefangen und konnte nicht mehr aufhören.«

»Ja, als ich bei euch war –«

»Du warst bei uns?«

»Haben sie dir das nicht gesagt?«

»Ja doch, Dad hat später gesagt, daß er dich noch einmal getroffen hätte. Er sagte, du wärest damit einverstanden gewesen, alles aufzugeben. Natürlich habe ich ihm nicht geglaubt.«

»Mein tapferer Schatz! Mir hat er gesagt, du wolltest mich nicht sehen. Natürlich habe ich ihm auch nicht geglaubt.«

Ich hielt ihre Hände in meinen. Wir sprachen mit gedämpften Stimmen. Wir saßen in einer Kirche (Saint Cuthbert's Philbeach Gardens, um genau zu sein). Das angelikafarbene, blaßgrüne Licht, das durch die viktorianischen Buntglasfenster fiel, vermochte die herrliche, lindernde Dunkelheit nicht zu zerstreuen. Ein hoher, düsterer Lettner, der aussah, als hätte man ihn im letzten Moment aus einem Feuer geborgen, umrahmte einen kunstvoll verzierten, wie aus Milchschokolade gearbeiteten Altaraufsatz. *Verbum caro factum est et habitavit in nobis* lautete die Inschrift auf dem Lettner. An der Westseite, hinter einem massiven Eisengitter, barg ein schmutziggrauer, von einer Taube gekrönter Schrein den Taufbrunnen oder vielleicht die Höhle einer unheilschwangeren Sibylle oder einer Aphrodite in irgendeiner ihrer dunkleren Gestalten. Mächte aus einer Zeit weit vor Christus schienen sich eingeschlichen und des Ortes bemächtigt zu haben. Hoch über uns schritt eine schwarzgekleidete Gestalt die Empore entlang und verschwand. Wir waren wieder allein.

Sie sagte: »Ich liebe meine Eltern. Ich denke wenigstens. Ja, natürlich liebe ich sie. Vor allem meinen Vater. Jedenfalls habe ich es nie in Zweifel gezogen. Aber es gibt Dinge, die man nicht verzeihen kann. Und damit geht etwas zu Ende. Und etwas Neues beginnt.« Sie sah mich ernst an. Ihr Gesicht war sehr müde, ein wenig geschwollen und zerknautscht vom vielen Weinen, aber auch grimmig entschlossen. Man sah, wie sie mit fünfzig aussehen würde. Und einen Augenblick erinnerte mich ihr unversöhnliches Gesicht an Rachel, wie sie damals ausgesehen hatte, in jenem schrecklichen Raum.

»Ach, Julian, ich habe Unwiderrufliches in dein Leben gebracht.«

»Ja.«

»Aber ich habe es doch nicht ruiniert, oder? Du bist doch nicht böse, weil ich dich in solche Schwierigkeiten reingezogen habe?«

»Das ist die dümmste Bemerkung, die du je gemacht hast. – Jedenfalls: Der Streit ging stundenlang weiter, hauptsächlich zwischen mir und meinem Vater, und als sich dann meine Mutter einschaltete, schrie er, daß sie doch nur eifersüchtig wäre auf mich, und sie schrie, er wäre verliebt in mich, und dann fing sie an zu weinen, und ich begann zu *kreischen* und ... Ach, Bradley, ich hätte nie gedacht, daß sich ganz normale, gebildete, gutbürgerliche Engländer so aufführen können, wie wir uns gestern abend aufgeführt haben.«

»Daran sieht man, wie jung du bist.«

»Endlich gingen sie dann hinunter, und ich hörte sie unten noch weiterstreiten, und meine Mutter hat fürchterlich geweint, und da sagte ich mir: Ich hab genug davon, ich verschwinde. Und dann stellte ich fest, daß sie mich eingesperrt hatten! Ich bin noch nie irgendwo eingesperrt gewesen, nicht mal als kleines Kind. Ich kann dir nicht sagen, wie – es war so etwas wie – wie eine momentane Erleuchtung – wie wenn Menschen plötzlich wissen, sie müssen eine Revolution machen. Ich würde es mir einfach nicht gefallen lassen, daß man mich einsperrt. Nie und nimmer.«

»Hast du geschrien und gegen die Tür gehämmert?«

»Nein, nichts dergleichen. Daß ich nicht aus dem Fenster steigen konnte, war mir klar, es ist zu hoch. Ich hab mich auf mein Bett gesetzt und mir die Augen ausgeweint. Und weißt du – es klingt dumm, daß man bei so einem Gemetzel überhaupt noch an so was denken kann –, aber ich war so traurig wegen der hübschen kleinen Dinge, die mein Vater mir kaputtgeschlagen hat. Zwei so Tassen und alle meine Porzellantiere –«

»Das ist ja schrecklich, hör auf – »

»Und er hat mir solche Angst gemacht – und es war so demütigend. Aber *das* hier hat er nicht gefunden, es war unter meinem Kopfpolster.« Sie zog die vergoldete Schnupftabakdose *Von einem Freund* aus der Tasche ihres Kleides.

»Ich wollte, es wäre nicht zum offenen Krieg gekommen«, sagte ich. »Weißt du, Julian, es war kein dummes Zeug, was deine Eltern dir gesagt haben. In gewisser Weise haben sie schon recht. Eine Verbindung zwischen dir und mir ist absurd und schickt sich nicht. Du bist so jung, und ich bin um so vieles älter, und du hast dein ganzes Leben vor dir – wie kannst du dein Herz wirklich kennen, es ist ja alles so schnell gegangen, man sollte dich *wirklich* einsperren, es wird noch alles in Tränen enden –«

»Über das Stadium waren wir doch schon lange hinaus, Bradley. Als ich auf meinem Bett saß und auf die Porzellanscherben auf dem Boden blickte und das Gefühl hatte, mein Leben wäre auch so ein Scherbenhaufen, da fühlte ich mich zugleich so stark und so ruhig inmitten des ganzen Chaos, und ich war mir deiner ganz sicher und meiner eigenen Gefühle auch. Schau mich an. Gewißheit. Ruhe.« Sie sah wirklich ruhig aus, wie sie da neben mir saß mit ihrem müden, durchsichtigen Gesicht, in ihrem blauen Kleid mit den Weidenblättern, mit ihren braunschimmernden jungen Knien, in ihrem Schoß unsere ineinanderliegenden Hände und die goldene Schnupftabakdose.

»Du brauchst noch Zeit zum Überlegen, wir können nicht –«

»Jedenfalls, um circa elf, und das machte das Maß voll, mußte ich rufen und betteln, daß sie mir aufsperrten und mich aufs Klo gehen ließen. Dann kam mein Vater noch einmal zu mir und versuchte es mit einer neuen Tour, sehr freundlich und verständnisvoll diesmal. Und da hat er mir auch gesagt, daß er dich noch einmal getroffen hätte und daß du bereit wärest, mich aufzugeben, aber natürlich wußte ich, daß das nicht wahr ist. Und dann hat er gesagt, daß er mit mir nach Athen fahren will –«

»Mir hat er gesagt Venedig. Ich bin die ganze Nacht in Venedig gewesen.«

»Er hatte Angst, daß du uns nachkommst. Aber inzwischen war ich eiskalt und hatte auch schon einen Plan gemacht: Ich würde so tun, als wäre ich mit allem einverstanden, was er sagte, und sobald ich könnte, würde ich ausrücken. Ich spielte also die Einsichtige und machte auf Begeisterung wegen der Reise nach Athen, die natürlich alles ändern würde und – ein Glück, daß du mich nicht hören konntest – und –«

»Ich weiß. Ich habe das gleiche getan. Ich habe ihm wirklich gesagt, daß ich verschwinden würde. Ich kam mir wie der heilige Petrus vor.«

»Ich war so müde hinterher, Bradley, mein Gott, war das ein langer Tag gestern, und ich weiß nicht, ob ich ihn überzeugt habe, aber er sagte jedenfalls, es täte ihm leid, daß er sich so gräßlich aufgeführt hatte, und ich glaube, es tat ihm wirklich leid, aber ich konnte es nicht ertragen, daß er auf einmal ganz gefühlsduslig und rührselig wurde und mich küssen wollte und so, und ich sagte, ich möchte jetzt schlafen, und dann ist er endlich gegangen und hat doch tatsächlich die Tür wieder abgeschlossen!«

»Hast du schlafen können?«

»Komischerweise ja. Ich hatte geglaubt, ich würde die ganze Nacht wach bleiben, ich hatte mich *gesehen,* wie ich wach dalag und nachdachte, ich hatte mich fast darauf gefreut, aber der Schlaf ist einfach über mich gekommen wie eine Ohnmacht, ich war nicht einmal mehr fähig, mich auszuziehen, es war, als würde mein Ich sich ins Vergessen stürzen, ich brauchte das wohl. Und heute früh taten sie dann, als wäre ich krank und begleiteten mich ins Badezimmer und brachten mir das Frühstück auf einem Tablett und so weiter. Es war widerlich und irgendwie nicht ganz geheuer. Und mein Vater sagte, ich sollte mich ausruhen, wir würden noch heute abreisen. Und dann ging er. Wahrscheinlich zu der Telefonzelle an der Ecke, weil er ein Gespräch führen wollte, das meine Mutter nicht hören sollte, er tut das oft um diese Zeit. Außerdem hatte er ja in seiner Wut das Telefonkabel aus der Wand gerissen. Inzwischen hatte ich mich angezogen und suchte meine Handtasche, aber die hatten sie mir auch weggenommen, und als ich ihn gehen hörte, versuchte ich meine Tür zu öffnen, aber die war natürlich versperrt, und dann rief ich meine Mutter, aber sie wollte nicht aufsperren, und dann gab ich meinem Frühstückstablett, das gerade da auf dem Boden stand, einen Tritt. Hast du schon mal ein weiches Ei aus dem Eierbecher gekickt? Als ich es durch die Luft fliegen sah, hatte ich irgendwie das Gefühl, das paßt genau zu allem dazu, nur war es überhaupt nicht komisch. Und dann erklärte ich meiner Mutter, daß ich aus dem Fenster springen würde, wenn sie nicht sofort die Tür aufsperrt, und ich habe es ernst gemeint, und dann hat sie endlich aufgemacht, und ich bin die Treppe hinunter, und sie im Rückwärtsgang vor mir her, es war ziemlich absurd und echt komisch. Und dann bin ich zur Haustür, aber die war mit dem Sicherheitsschloß versperrt. Und die ganze Zeit redete meine Mutter auf mich ein und bat mich, ihr zu verzeihen, es war richtig rührend, so hatte ich sie noch nie reden hören, als ob sie wirklich alt wäre. Und ich sagte kein Wort, sondern marschierte in den Garten hinaus, und sie hinter mir her, und dann probierte ich es an der Seitentür, aber die war auch versperrt, also lief ich durch den Garten und kletterte auf den Zaun – du weißt ja, diese Zäune sind ziemlich hoch, ich weiß nicht, wie ich es geschafft habe – und ließ mich in den Nachbargarten fallen. Ich hörte sie hinter mir rufen und am Zaun herumfuhrwerken, aber natürlich konnte sie nicht drüber, sie ist viel zu dick, und dann stieg sie auf eine Kiste, und wir starrten einander an, und ihr Gesicht war so komisch – sie sah irgendwie so *verdattert* aus, so wie jemand, dem man ein Bein weggeschossen hat und der's noch nicht glauben kann, einen Augenblick lang tat sie mir wirklich leid. Dann lief ich weiter, quer durch den Nachbargarten, dann ging's über noch einen Zaun, der war aber nicht so hoch, dann an ein paar Garagen vorbei und weiter und weiter und weiter, und dann fand ich zuerst keine Telefonzelle, die funktionierte, und dann habe ich endlich doch eine gefunden und dich angerufen, und da bin ich jetzt.«

»Julian, mir ist das Ganze so schrecklich, ich fühle mich so verantwortlich. Ich bin froh, daß deine Mutter dir leid getan hat. Du darfst deine Eltern nicht hassen, du mußt Erbarmen mit ihnen haben. In gewisser Weise sind sie im Recht und wir im Unrecht –«

»Als sie mich einsperrten, da kam ich mir auf einmal wie ein Monster vor. Aber ich war ein glückliches Monster. Manchmal muß man ein Monster werden, um zu überleben. Um das zu wissen, bin ich jedenfalls alt genug.«

»Du bist geflohen und zu mir gekommen –«

»Ich hab mir am Zaun das Bein aufgeschunden. Es ist ganz heiß. Fühl mal.« Sie legte meine Hand auf ihren Schenkel unter dem Rock. Die Haut war gerötet und aufgeschürft und glühend heiß.

Ich berührte sie und durch meine brennende Handfläche spürte und begehrte ich dieses frische, junge, mir so plötzlich und wie durch ein Wunder geschenkte arglose Geschöpf. Ich zog die Hand zurück und rückte ein wenig von ihr ab. Es war fast zuviel.

»Julian, meine Heldin, meine Königin – ach, wo sollen wir nur hin? Wir können nicht zurück in meine Wohnung.«

»Ich weiß. Dort werden sie mit Sicherheit sein. Aber ich muß irgendwo richtig allein mit dir sein, Bradley.«

»Ja. Und wenn es nur wäre, um nachzudenken.«

»Was soll das heißen: Und wenn es nur wäre, um nachzudenken?«

»Ich fühle mich so schuldig an diesem ganzen – Gemetzel, wie du es genannt hast. Noch haben wir nichts entschieden, wir dürfen nicht, wir wissen nicht –«

»Bradley, wie tapfer bist du wirklich? Willst du mich zu meinen Eltern zurückbringen? Wie eine entlaufene Katze? Du bist jetzt mein Heim. Liebst du mich, Bradley?«

»Ja, ja, ja, ja, ja.«

»Dann mußt du kühn und frei sein und die Sache in die Hand nehmen. Denk nach, Bradley, es muß doch irgendeinen Schlupfwinkel geben, wo wir hinkönnen, und wenn es nur ein Hotel ist.«

»Ach Julian, wir können nicht in ein Hotel gehen. Es gibt keinen Schlupfwinkel für uns – o mein Gott, doch, es gibt einen! Es gibt einen, es gibt einen, es gibt einen!«

Die Wohnungstür stand offen. Hatte ich sie offen gelassen? Wartete Arnold drinnen auf mich?

Ich ging leise hinein und stand horchend in der Diele. Dann hörte ich ein Rascheln, das aus meinem Schlafzimmer zu kommen schien. Dann ein sonderbares Geräusch wie von einem Vogel, ein nach oben gezogenes »Wuhuhu«. Wie erstarrt stand ich da und ein unruhiges Kribbeln überlief mich. Dann kam ein eindeutiges Gähnen. Ich ging zum Schlafzimmer und riß die Tür auf.

Priscilla saß auf meinem Bett. Sie trug das gewohnte dunkelblaue Kostüm, das inzwischen ziemlich aus der Form gegangen war. Sie hatte sich die Schuhe ausgezogen und rieb sich durch die Strümpfe die Zehen. »Ach, da bist du ja«, sagte sie, musterte ihre Zehen mit gesenktem Kopf und rieb und kratzte weiter. Dann gähnte sie wieder.

»Priscilla! Was machst du hier?«

»Ich hab mich entschlossen, zu dir zurückzukommen. Sie versuchten mich daran zu hindern, aber ich hab's trotzdem getan. Sie haben mich den Ärzten ausgeliefert. Sie wollten, daß ich im Krankenhaus bleibe, aber ich hab mich gewehrt. Dort waren Verrückte, ich bin nicht verrückt. Ich hab ein paar Elektroschocks bekommen. Es ist schrecklich. Man schreit und wirft sich hin und her. Sie sollten einen festhalten. Ich hab mir den Arm blau geschlagen. Schau.« Sie sprach sehr langsam. Schwerfällig begann sie sich aus der dunkelblauen Jacke zu schälen.

»Priscilla, hier kannst du nicht bleiben. Es wartet jemand auf

mich. Wir wollen verreisen.« Julian war in der Oxford Street
und kaufte sich mit meinem Geld etwas zum Anziehen.

»Schau.« Priscilla rollte den Ärmel ihrer Bluse hoch. Auf ihrem Oberarm war ein großer, blaugrün gesprenkelter Fleck.
»Oder glaubst du, sie haben mich da festgehalten? Vielleicht
haben sie mich doch festgehalten. Sie haben so was wie eine
Zwangsjacke, aber mich haben sie da nicht hineingesteckt. Glaub
ich wenigstens. Ich kann mich nicht erinnern. Es beutelt einem
total den Kopf durch. Das kann nicht gut sein. Und sie haben
was mit meinem Hirn angestellt, was man nie wieder rückgängig
machen kann. Ich habe nicht begriffen, was sie vorhatten. Ich
wollte dich deshalb fragen, aber du bist nicht gekommen. Und
Arnold und Christin haben ununterbrochen geredet und gelacht. Ich konnte überhaupt nicht zur Ruhe kommen bei dem
Radau und Geschnatter. Ich bin mir dort so fremd vorgekommen wie ein armer Untermieter. Man gehört zu seiner eigenen
Familie. Und ich möchte auch, daß du mir mit der Scheidung
hilfst. Ich habe mich so geschämt in ihrer Gegenwart, weil in
ihrem Leben alles so gut läuft und sie so erfolgreich sind. Ich
konnte nicht mit ihnen reden, mich nicht aussprechen mit ihnen, sie hatten es immer so eilig – und dann haben sie mich zu
dieser Elektroschockbehandlung gebracht. Man soll nie etwas
überstürzen, hinterher tut es einem immer leid. Ach Bradley,
wenn ich nur diese Schockbehandlung nicht bekommen hätte,
ich *spüre*, daß mein Hirn davon halb zerstört ist. Ein elektrischer
Schock kann doch nicht gut sein für einen Menschen, das ist
doch wohl logisch?«

»Wo ist Arnold?« sagte ich.

»Er ist gerade mit Francis weg.«

»Er war da?«

»Ja. Er kam nach mir. Ich bin nach dem Frühstück einfach
gegangen. Nicht, daß ich wirklich gefrühstückt hätte, ich bringe
in letzter Zeit nichts hinunter, ich kann nicht einmal den Geruch von Essen ertragen. Bradley, ich möchte, daß du mit mir
zum Rechtsanwalt gehst; und zum Friseur auch, ich muß mir
die Haare waschen lassen. Das schaffe ich, glaub ich, gerade

noch. Dann werde ich mich ausruhen. Was hat Roger wegen meiner Nerzstola gesagt? Sie geht mir nicht aus dem Kopf. Warum hast du mich nicht besucht? Ich habe immer wieder nach dir gefragt. Ich möchte, daß du heute vormittag mit mir zum Anwalt gehst.«

»Priscilla, ich kann heute vormittag nirgendwo mit dir hingehen. Ich muß rasch fort aus London. Ach, warum bist du nur hergekommen!«

»Was hat Roger wegen meiner Nerzstola gesagt?«

»Er hat sie verkauft. Er wird dir das Geld geben.«

»O nein! Sie war so hübsch, so was Besonderes –«

»*Bitte*, weine nicht –«

»Ich weine nicht. Ich bin allein den ganzen weiten Weg von Notting Hill hierhergekommen, und das sollte ich nicht, ich bin krank. Ich werde mich jetzt ein bißchen ins Wohnzimmer setzen. Könntest du mir einen Tee machen?« Sie erhob sich schwer und schob sich an mir vorbei. Ein ranziger Tiergeruch, vermischt mit Krankenhausgeruch, ging von ihr aus. Formaldehyd vielleicht. Ihr Gesicht wirkte schwer und schläfrig, und sie ließ die Unterlippe hängen; es sah aus wie ein höhnisches Grinsen. Langsam und vorsichtig setzte sie sich in den kleinen Lehnstuhl und legte die Füße auf einen Hocker.

»Priscilla, hier kannst du nicht bleiben! Ich muß weg aus London.«

Sie gähnte herzhaft, mit gerümpfter Nase und zusammengekniffenen Augen, und fuhr sich mit einer Hand unter die Bluse, um sich unterm Arm zu kratzen. Dann rieb sie sich die Augen und begann die mittleren Knöpfe ihrer Bluse aufzumachen. »Ich gähne und kratze mich in einem fort, und meine Beine tun weh, und ich kann nicht stillsitzen. Das kommt wahrscheinlich vom Strom. Du wirst mich doch nicht verlassen, Bradley, du bist jetzt alles, was ich habe, du kannst nicht fort. Was hast du vorhin gesagt? Hat Roger die Nerzstola wirklich verkauft?«

»Ich mach dir jetzt deinen Tee«, sagte ich, um aus dem Zimmer zu kommen. Ich ging in die Küche und setzte tatsächlich

Wasser auf. Der Anblick Priscillas hatte mich schrecklich aufgeregt, aber natürlich kam es nicht in Frage, daß ich meine Pläne änderte. Ich wußte nur nicht, was ich im Augenblick tun sollte. In einer halben Stunde war ich mit Julian verabredet. Wenn ich nicht erschien, würde sie schnurstracks hierherkommen. Und inzwischen konnte jeden Moment Arnold wieder auftauchen. Es war mir sowieso schleierhaft, wieso er wieder gegangen war.

Ich hörte die Eingangstür gehen. Rasch stürzte ich aus der Küche, um mich mit einem Satz in die Freiheit zu retten. Ich krachte mit solcher Wucht in Francis hinein, daß ich ihn durch die Tür wieder hinausstieß. Wir hielten uns aneinander fest.

»Wo ist Arnold?«

»Ich hab ihn auf eine falsche Fährte gesetzt«, sagte Francis, »aber du hast nicht viel Zeit.«

Ich zog Francis hinaus in den Hof. Ich wollte Arnold sehen, wenn er kam. Francis war eine wahre Erleichterung für mich, ich hielt ihn an beiden Ärmeln fest, damit er mir nur ja nicht weglief, obwohl er das kaum vorhatte. Zufrieden mit sich selbst grinste er mich an.

»Was hast du getan?«

»Ich sagte, es sei mir so vorgekommen, als hätte ich dich und Julian in ein Pub in der Shaftesbury Avenue gehen sehen. Ich behauptete, ihr würdet euch öfter dort treffen, und er stürmte los. Aber er wird bald zurück sein.«

»Hat er dir gesagt –?«

»Er hat es Christin gesagt und sie mir. Sie amüsiert sich königlich darüber.«

»Hör zu, Francis. Ich fahre heute mit Julian fort. Ich möchte gerne, daß du bei Priscilla bleibst, hier oder in Notting Hill, ganz wie sie will. Hier ist ein Scheck, ein großer, und du kriegst noch mehr.«

»Oh, là là! Danke! Wohin fahrt ihr?«

»Das spielt keine Rolle. Ich ruf dich gelegentlich an, um zu hören, wie es Priscilla geht. Danke für deine Hilfe. Und jetzt muß ich schnell ein paar Sachen packen und sehen, daß ich wegkomme.«

»Schau, Brad. Da hab ich dir was gebracht. Ich fürchte, jetzt ist es ganz kaputt. Ich hab versucht, den Fuß geradezubiegen, und dabei ist er abgebrochen.« Er steckte mir etwas in die Hand. Es war die kleine Büffeldame aus Bronze.

Wir gingen zurück ins Haus. Ich legte den Riegel vor die Haustür und schloß die Tür zu meiner Wohnung. Drin kreischte irgend etwas. Es war der elektrische Wasserkessel, der pfeifend verkündete, daß das Wasser kochte. »Sei so nett und mach Tee, Francis.«

Ich lief ins Schlafzimmer und schleuderte ein paar Kleidungsstücke in einen Koffer. Dann ging ich zurück ins Wohnzimmer.

Priscilla saß kerzengerade, mit verängstigtem Gesicht da. »Was war das für ein Geräusch?«

»Der Wasserkessel.«

»Wer ist gekommen?«

»Nur Francis. Er wird bei dir bleiben. Ich muß weg.«

»Wann kommst du zurück? Du verreist doch nicht richtig, nicht für mehrere Tage?«

»Ich weiß noch nicht. Ich rufe dich an.«

»O Bradley, bitte, bitte, verlaß mich nicht. Ich hab solche Angst, ich fürchte mich vor allem, besonders in der Nacht. Du bist mein Bruder, ich weiß, du wirst dich um mich kümmern, du kannst mich doch nicht Fremden überlassen. Ich weiß nicht, was das beste für mich ist, und du bist der einzige, mit dem ich reden kann. Ich glaube, ich gehe lieber noch nicht zum Anwalt. Ich weiß nicht, was ich tun soll wegen Roger. Ach, hätte ich ihn doch nie verlassen, ich will Roger wiederhaben, ich will Roger wiederhaben ... Roger hätte Mitleid mit mir, wenn er mich jetzt sehen könnte.«

»Da ist zumindest ein alter Freund wieder«, sagte ich und ließ die kleine Bronze in ihren Schoß fallen. Instinktiv preßte sie die Beine zusammen, und die Figur fiel auf den Boden.

»Sie ist aber jetzt zerbrochen«, sagte sie.

»Ja. Francis hat sie zerbrochen, als er sie reparieren wollte.«

»Ich will sie nicht mehr.«

Ich hob die Figur auf. Eines der Vorderbeine des Büffels war knapp unter dem Rumpf schartig gebrochen. Ich legte die Figur in die Lackvitrine.

»Jetzt ist sie ganz kaputt. Ach wie traurig, wie traurig –«

»Hör auf, Priscilla!«

»Ich will Roger wiederhaben, Roger hat mir gehört, wir haben zusammengehört, er hat mir gehört und ich ihm.«

»Sei nicht albern, Priscilla. Roger kannst du abschreiben.«

»Ich möchte, daß du zu Roger gehst und ihm sagst, daß es mir leid tut –«

»Kommt gar nicht in Frage!«

»Ich will Roger, meinen lieben Roger, ich will ihn wiederhaben –«

Ich versuchte ihr einen Kuß zu geben; zumindest näherte ich mein Gesicht dem dunklen, fettigen Ansatz ihres grauen Haares, aber sie riß den Kopf zurück, als ich mich hinunterbeugte, und rammte mein Kinn. »Leb wohl, Priscilla, ich ruf dich an.«

»Geh nicht weg und laß mich hier zurück, bitte, bitte, bitte –«

Ich war schon an der Tür. Sie starrte jetzt zu mir hoch, und große Tränen quollen langsam aus ihren Augen; ihr aufgerissener Mund war ganz rot und feucht. Ich wandte mich ab. Francis kam gerade mit dem Teetablett aus der Küche. Ich winkte ihm zu und lief aus dem Haus und über den Hof. Am Ende des Hofes blieb ich stehen und spähte vorsichtig um die Ecke.

Arnold und Christin stiegen aus einem Taxi. Sie waren nur zehn Meter von mir entfernt. Arnold bezahlte gerade den Chauffeur. Christin sah mich. Sie kehrte mir sofort den Rücken zu und stellte sich zwischen mich und Arnold.

Ich zog den Kopf ein. Kurz bevor der Hof in die Straße einmündet, zweigt ein schmaler Durchgang ab, nur ein enger Spalt. Ich zwängte mich hinein, und gleich darauf sah ich Arnold vorbeigehen. Sein Gesicht war ganz hart vor Angst und Entschlossenheit. Christin folgte ihm langsamer und ließ suchend den Blick schweifen. Als sie mich entdeckte, kehrte sie die Handflächen nach oben, hob die Arme und ließ sie im Weitergehen mit einer geschmeidigen Bewegung wie eine Ballettänzerin zur Seite sinken. Es wirkte belustigt und sinnlich zugleich, wie eine

Huldigungsgeste, die etwas von orientalischer Erotik hatte. Ich wartete ein paar Sekunden, dann schlüpfte ich aus meinem Versteck.

Arnold war hinaufgegangen, Christin stand noch vor dem Haus und schaute zurück. Ich stellte den Koffer ab, legte mir beide Fäuste an die Stirn, dann streckte ich ihr die Arme entgegen. Sie winkte; es war ein schwaches, irgendwie flattriges Winken, wie wenn einem jemand vom Schiff aus zum Abschied winkt. Dann folgte sie Arnold. Ich lief hinaus in die Charlotte Street, erwischte noch Arnolds und Christins Taxi, und es brachte mich zu Julian.

DRITTER TEIL

Das gemeinsame Einkaufen hatte ihr solchen Spaß gemacht. Sie bestimmte, was gekauft wurde. Resolut suchte sie Nahrungsmittel, Putzmittel, Waschmittel und Küchenutensilien aus. Sie kaufte sogar eine hübsche, mit Blümchen verzierte blaue Schaufel und einen Handbesen dazu. Und eine Schürze. Und einen Sonnenhut. Wir beluden das gemietete Auto. Zum Glück hatte ich meinen Führerschein nie ablaufen lassen. Irgendeine prophetische Stimme hatte mich gewarnt. Aber nach den vielen autolosen Jahren fuhr ich vorsichtig.

Es war inzwischen fünf Uhr nachmittag geworden, und London lag weit hinter uns. Wir hatten vor einem Laden in einem Dorf angehalten. Zwischen den Pflastersteinen wuchs Gras, und die schräg einfallende Sonne gab jedem Grashalm seinen eigenen kleinen braunen Schatten. Wir hatten noch einen ziemlich weiten Weg vor uns.

Zu sehen, wie Julian so eifrig und unbefangen die Hausfrau spielte und mich herumkommandierte, als wären wir seit Jahren verheiratet, machte mich ganz schwindlig vor Glück. Aber ich ließ mir mein Vergnügen nicht zu sehr anmerken, um sie nicht verlegen zu machen. Ich kaufte Sherry und ein paar Flaschen Wein, weil sich das so gehört für ein Paar, aber ich hatte das Gefühl, die reine Freude genügte, um mich zu berauschen. Manchmal verspürte ich fast den Wunsch, allein zu sein, um eingehender über alles nachzudenken, was geschehen war. Nachdem wir ein Stück weitergefahren waren, hielt ich kurz an, um mich in die Büsche zu schlagen, und als ich da so stand, den Blick auf die kreuz und quer liegenden Tannennadeln gesenkt, und in einer Baumwurzel ein kleines Dickicht von Moos und

Farnwedeln mit ein paar roten Mierensternen dazwischen entdeckte, kam ich mir wie ein großer Dichter vor. Das Echo ge-
waltiger Dinge schlug mir aus diesem kleinen Stückchen Wald-
boden entgegen; es war die lebendige Verkörperung vergangener Geschichten, vergangener Wonnen, vergangener Tränen.

Als die Dämmerung einfiel, fuhren wir schweigend über Land-
straßen, gesäumt von gedrungenen weißblühenden Kastanien
und staubigem Mariengras. Es ist eine besondere Art der Besitzergreifung, mit dem geliebten Menschen neben sich im Auto
dahinzufahren: Das gleichmäßig vibrierende Fahrzeug wird zu
einer Erweiterung des eigenen Ichs, das die nur von der Seite
gesehene Person auf dem Beifahrersitz umfängt und in sich
einschließt. Manchmal suchte meine Linke ihre Rechte. Manchmal berührte sie scheu und behutsam mein Knie. Manchmal
drehte sie sich zu mir her und betrachtete mich sinnend, und
ich lächelte wie eine Blume im Sonnenschein, den Blick auf die
uns entgegenfliegende Straße gerichtet. So fuhren wir dahin
wie von einem Tunnel umschlossen, und der Motor umhüllte
unser glückliches Schweigen mit verschwörerischem Brummen.

Menschliches Glück ist auch unter den günstigsten Umständen nur selten ohne Schatten, und ein fast reines Glück kann
sich selbst zum Schrecken werden. Mein Glück, so intensiv ich
es auch empfand, war weit entfernt von rein, und inmitten all
dieser überquellenden Freude (wie ich sie beispielsweise verspürt hatte, als ich Julian beim Kauf der Schaufel und des Be-
sens zugesehen hatte), bedrängten mich bald wieder Ängste
und Sorgen. Da war Arnold, der auf Rache sann, Rachel, die
mir zürnte, Priscilla in ihrem Elend. Und dann noch die kuriose,
groteske Lüge über mein Alter. Und ein großes Fragezeichen
über der unmittelbaren Zukunft. Aber nun, wo ich mit Julian
zusammen war, waren das eher Probleme als Alpträume. Bald
würden wir unseren einsamen Hafen erreichen, und dann wollte
ich ihr alles erzählen, und sie sollte der gerechte Richter sein.
Das Gefühl, zu lieben und geliebt zu werden, kann selbst die
konkretesten Probleme trivial oder gar unsinnig erscheinen lassen (was manchmal natürlich nur eine Illusion ist). Und ich

hatte auch nicht im gewöhnlichen Sinn Angst vor der Entdeckung. Niemand konnte uns ausforschen. Niemand wußte, wo wir waren. Ich hatte niemanden in meine Pläne eingeweiht.

Was mich quälte, während ich da zwischen den behäbigen, blühenden Kastanienbäumen durch die tiefblaue Dämmerung fuhr, vor mir den Vollmond, der wie ein Sahnebonbon über einem Gerstenfeld hing, in dem sich noch das Licht der Sonne fing, waren zwei Dinge: eines von geradezu kosmischer Natur, das andere erschreckend konkret. Das kosmische Problem bestand darin, daß ich mit Sicherheit wußte, ich würde Julian verlieren. Diese Gewißheit hatte nichts zu tun mit der ganz normalen Frage, wie es nun weitergehen würde. Ich zweifelte jetzt nicht mehr daran, daß sie mich liebte. Trotzdem verspürte ich eine gewissermaßen absolute Verzweiflung, als liebten wir uns schon seit tausend Jahren und wären dazu verdammt, einer so vollkommenen Sache müde zu werden. Ich raste um den Planeten wie ein Blitz, ich umkreiste die Milchstraße, und im nächsten Augenblick war ich zurück, atemlos vor Verzweiflung. Wer je geliebt hat, wird mich verstehen. Mir schwindelte vor Angst. Eine große Schlinge war im Kontinuum von Zeit und Raum geknüpft und durch diese Schlinge hindurch hielt Julians rechte Hand meine linke. Alles das war früher schon geschehen, vielleicht schon millionenmal, und deshalb war es zum Untergang verdammt. Es gab keine gewöhnliche Zukunft mehr, nur diese ekstatische, gepeinigte, von Angst geschüttelte Gegenwart. Die Zukunft war wie ein Schwert durch die Gegenwart gegangen. Schon waren wir, noch Auge in Auge, Mund an Mund, tief in die kommenden Schrecken eingetaucht. Mein anderes Problem bestand in der Frage: Was würde geschehen, wenn wir Patara erreichten und ich mit Julian zu schlafen versuchte – würde es klappen?

Und so begannen wir zu streiten.

»Du denkst zuviel, Bradley, ich seh's dir an. Wir werden alle diese Probleme lösen. Priscilla wird bei uns wohnen.«

»Wir werden nirgendwo wohnen.«

»Was soll das heißen?«

»Was ich gesagt habe. Es gibt keine Zukunft. Wir werden bis in alle Ewigkeit in diesem Auto dahinfahren. Das ist alles, was es für uns gibt.«

»So darfst du nicht reden. Das ist nicht wahr. Schau, ich habe schwarzes Brot gekauft und Zahnpasta und eine Schaufel.«

»Ja. Das ist ein Wunder. Aber es ist das gleiche wie die Fossilien, von denen fromme Menschen früher glaubten, Gott hätte sie 4000 vor Christus, als er die Welt erschuf, da hingetan, damit wir uns eine Illusion von der Vergangenheit machen können.«

»Das verstehe ich nicht.«

»Wir machen uns eine Illusion von der Zukunft.«

»Das ist gottloses Gerede und ein Verrat an der Liebe.«

»Unsere Liebe ist so etwas wie ein geschlossenes System. Sie ist vollkommen in sich selbst. Sie kennt keine Akzidenzien und keine Extension.«

»Rede doch bitte nicht in dieser abstrakten Sprache, das ist nur eine Art des Lügens.«

»Vielleicht. Aber wir habe keine Sprache, um die Wahrheit über uns zu formulieren, Julian.«

»Ich schon. Ich werde dich heiraten. Du wirst ein großes Buch schreiben. Und ich werde auch versuchen, ein großes Buch zu schreiben.«

»Glaubst du das wirklich?«

»Ja. Bradley, du quälst mich. Ich glaube, du machst das absichtlich.«

»Vielleicht. Ich fühle mich so eng mit dir verbunden. Ich bin du. Ich muß uns ein wenig aufstören, selbst wenn es weh tut, damit ich dich überhaupt erfassen kann.«

»Dann tu mir weh, ich werde es gerne ertragen, aber es muß innerhalb der Grenzen unserer Sicherheit bleiben.«

»Oh, es ist alles *innerhalb*. Das ist ja das Problem.«

»Ich weiß nicht, was du mit ›innerhalb‹ meinst. Aber so wie du es sagst, klingt es, als wäre alles eine Illusion, als könntest du mich verlassen.«

»Wahrscheinlich könnte man es so interpretieren.«

»Aber wir haben einander doch gerade erst gefunden.«

»Wir haben einander vor Millionen Jahren gefunden, Julian.«

»Ja, ja, ich weiß. Ich empfinde das auch so, aber in Wirklichkeit, in der gewöhnlichen Wirklichkeit, sind erst zwei Tage vergangen seit Covent Garden.«

»Ich werde darüber nachdenken.«

»Ja, aber denk gründlich nach. Du könntest mich doch nicht verlassen, Bradley. Was für einen Unsinn du daherredest.«

»Nein, ich könnte dich nicht verlassen, mein über alles geliebter Schatz, aber du könntest mich verlassen. Ich meine damit nicht, daß ich an deiner Liebe zweifle. Ich meine nur, daß das Wunder, das uns gemacht hat, uns auch automatisch brechen wird. Wir sind zum Zerbrechen gemacht, zerbrochen zu werden ist unser Schicksal.«

»Ich werde nicht zulassen, daß du solche Sachen sagst. Ich werde dich festhalten und mit meiner Liebe zum Schweigen bringen.«

»Paß auf. Bei dem Licht ist es schwer zu fahren.«

»Bleibst du bitte einen Augenblick stehen?«

»Nein.«

»Glaubst du wirklich, ich könnte dich verlassen?«

»*Sub specie aeternitatis*, ja. Du hast es bereits getan.«

»Du weißt, daß ich kein Latein kann.«

»Jammerschade, daß deine Bildung so vernachlässigt wurde.«

»Bradley, gleich werde ich wütend.«

»Wir streiten also schon. Soll ich dich nach Ealing zurückbringen?«

»Du tust mir absichtlich weh und machst alles kaputt.«

»Ich habe keinen sehr umgänglichen Charakter. Irgendwann mußt du mich kennenlernen.«

»Ich kenne dich. Ich kenne dich in- und auswendig.«

»Du kennst mich und auch wieder nicht.«

»Du zweifelst an meiner Liebe?«

»Ich fürchte die Götter.«

»Ich fürchte nichts.«

»Der Vollkommenheit folgt unverzüglich die Verzweiflung. Unverzüglich. Das hat nichts mit Zeit zu tun.«

»Wenn du verzweifelst, zweifelst du an meiner Liebe.«

»Vielleicht.«

»Würdest du *bitte* anhalten?«

»Nein.«

»Was kann ich tun, um dir zu beweisen, daß ich dich bedingungslos liebe?«

»Ich wüßte nichts.«

»Ich werde aus dem Wagen springen.«

»Sei nicht albern.«

»Ich tu's.«

Und im nächsten Augenblick hatte sie es getan.

Ein Geräusch wie eine kleine Explosion, ein Luftzug, und sie war von meiner Seite verschwunden. Die Tür klaffte auf, schlug in den Angeln und knallte wieder zu. Der Platz neben mir war leer. Der Wagen schlitterte auf den grasbewachsenen Randstreifen und blieb

Ich schaute zurück und sah sie in dem schwindenden Licht als dunkles, regloses Häufchen neben der Straße liegen.

In meinem Leben hat es viele schreckliche Momente gegeben. Viele davon kamen nach diesem. Aber dieser war, im Rückblick gesehen, der schönste, der reinste und der vernichtendste.

Keuchend vor Schreck und Angst sprang ich aus dem Wagen und lief zurück. Die Straße war leer und still, die Luft ein dichtes Gewebe dunkelnden Blaus, das sich wie eine Binde vor die Augen legte.

Ach, wie verletzlich ist doch der menschliche Körper, zerbrechlich wie eine Eierschale! Wie kann so ein empfindlicher, leicht zerstörbarer Apparat aus Fleisch, Knochen und Blut überhaupt überleben auf diesem Planeten mit seinen harten Oberflächen und seiner mörderisch gnadenlosen Schwerkraft? Ich hatte das Krachen und Knirschen ihrer Knochen gespürt!

Sie lag mit dem Kopf im Gras, die Beine angewinkelt. Das Schlimmste war der Augenblick der Stille, als ich sie erreichte. Laut stöhnend kniete ich mich neben sie. Ich wagte es nicht, diesen vielleicht gefährlich verletzten Körper zu berühren oder zu bewegen. War sie bei Bewußtsein? Würde sie gleich vor

Schmerzen zu schreien beginnen? Meine Hände zauderten, zu tragischer Hilflosigkeit verdammt. Wie anders sah meine Zukunft jetzt aus, mit diesem reglosen Häufchen Mensch vor mir, neben dem ich hilflos kniete und das ich nicht einmal in die Arme zu nehmen wagte.

Dann sagte Julian: »Es tut mir leid, Bradley.«

»Hast du dir weh getan?« stieß ich atemlos krächzend hervor.

»Nein, ich glaub nicht.« Sie setzte sich auf und schlang mir die Arme um den Hals.

»O Julian, paß auf, ist wirklich nichts passiert, hast du dir nichts gebrochen?«

»Nein – ganz bestimmt nicht. Schau, ich bin auf diese dicken Graspolster da gefallen oder Moos oder was das ist –«

»Ich dachte, du wärst auf die Straße gefallen.«

»Nein, nur mein Bein hab ich mir wieder aufgeschunden – und mit dem Gesicht bin ich aufgeschlagen – au! Aber sonst ist, glaube ich, alles in Ordnung, es tut nur ein bißchen weh. Wart mal, ich versuche mich ein bißchen zu bewegen – ja, funktioniert alles – ach, es tut mir so leid –«

Nun erst schloß ich sie richtig in die Arme, und wir klammerten uns aneinander fest, halb liegend zwischen den kleinen moosig-grasigen Hügeln neben einem Graben voller blühender weißer Nesseln. Der sahnige Mond war kleiner und blasser geworden und hatte jetzt einen metallischen Glanz. Das dichte Dunkel um uns zog sich noch mehr zusammen; schweigend hielten wir einander fest.

»Bradley, mir wird kalt, ich hab meine Sandalen verloren.«

Ich ließ sie los, wirbelte herum und begann ihre kalten, feuchten Füße zu küssen, die eine Delle in einen durchweichten, schwammigen Moospolster gruben. Sie schmeckten nach Tau und Erde und nach den kleinen grünen Mooswedeln, die nach Sellerie rochen. Ich umarmte die blassen, feuchten Füße und stöhnte vor Seligkeit und Verlangen.

»Bradley, bitte. Ich höre ein Auto, da kommt wer.«

Ich richtete mich auf und zog sie hoch. Ich glühte wie im Fieber. Und dann kam wirklich ein Wagen vorbei, und das Licht der Scheinwerfer glitt über ihre Beine, ihr Kleid, das blau war wie ihre Augen, und ihre zerzauste braune Mähne, die golden aufblitzte. Es fiel auch auf ihre Sandalen, die nebeneinander auf der Straße lagen.

»Du blutest ja am Bein.«

»Das ist nur ein Kratzer.«

»Aber du hinkst.«

»Nein, ich bin nur ganz steif.«

Wir gingen zurück zum Auto; ich drehte die Scheinwerfer an, und sie gruben eine Laube aus dicht verflochtenen grünen Blättern in die Dunkelheit. Wir stiegen ein und hielten einander an den Händen.

»So etwas darfst du nicht wieder tun, Julian.«

»Verzeih mir.«

Schweigend fuhren wir weiter, ihre Hand lag auf meinem Knie. Auf dem letzten Stück las sie im Licht der Taschenlampe die Landkarte. Wir überquerten ein Eisenbahngleis und einen Kanal, und die Landschaft wurde immer leerer und flacher. Weit und breit kein einziges Licht von einem Haus. Im Licht der Scheinwerfer schien die Landstraße mit den glatten grauen Kieselsteinen am Rand, zwischen denen leuchtendgrünes, drahtiges Gras wuchs, zu verschwimmen. An einer unscheinbaren Kreuzung hielten wir an, und Julian richtete ihre Taschenlampe auf den Wegweiser. Wir bogen in eine Seitenstraße ein, die sich bald zu einem steinigen Pfad verengte, den wir im Schrittempo entlangholperten. Und endlich schwangen die Scheinwerfer um eine Kurve und holten zwei weiße Torpfosten aus der Finsternis, über denen in kühner lateinischer Schrift der Name stand: *Patara*. Nun hatten wir Kies unter den Rädern, das Scheinwerferlicht zuckte über rote Backsteinmauern, und schließlich hielten wir vor dem von einer kleinen Pergola umrahmten Eingang. Julian hatte schon den Schlüssel in der Hand, sie hatte ihn die ganze Zeit bereitgehalten. Ich sah mir unsere Zuflucht genauer an. Es war ein kleiner, quadratischer Bungalow aus rotem Backstein. Der Agent hatte ihn mir wohl etwas zu romantisch geschildert. »Es ist fabelhaft«, sagte Julian. Sie ließ mich ein.

Alle Lichter brannten. Julian war von einem Raum in den anderen gelaufen. Sie hatte die Decke von der Doppelcouch zurückgezogen. »Ich glaube, da ist schon ewig nicht mehr gelüftet worden, es ist ganz feucht. Ach Bradley, gehen wir doch gleich hinunter ans Meer, ja? Und dann mache ich Abendessen für uns.«

Ich schaute auf das Bett. »Es ist schon spät, mein Liebling. Bist du auch sicher, daß du dir nichts getan hast bei deinem Sturz?«

»Aber nein! Ich zieh mich nur rasch um, es ist ein bißchen kühl geworden. Und dann gehen wir hinunter zum Strand, ich muß das Meer sehen, ich glaube, ich kann es hören.«

Ich ging vor die Tür und horchte. Über eine kleine Bodenerhebung nicht weit vom Haus – eine Sanddüne vielleicht – kam das Geräusch des kieselsteinsiebenden Meeres in regelmäßigen, scharfen, knirschenden Seufzern. Der Mond war ein wenig verschleiert, doch in seinem Schein, der golden war, nicht silbrig, konnte ich den weißen Gartenzaun sehen, ein paar zerzauste Büsche und die Umrisse eines einzelnen Baumes. Leere und Weite. Sanft fächelnde, salzige Luft. Mich durchströmte eine Mischung von Seligkeit und purer Angst. Nach einigen Augenblicken ging ich zurück ins Haus. Alles war still.

Ich ging ins Schlafzimmer. In einem zartlila Unterrock mit weißen Blümchen und weißer Spitzenborte lag Julian tief schlafend auf dem Bett. Ihr schimmerndes braunes Haar war über das Kissen gebreitet und verdeckte die Hälfte des Gesichts wie Seidengespinst, wie ein edler Schal. Sie lag auf dem Rücken, die bloße Kehle gleichsam dem Messer preisgegeben. Ihre blassen Schultern waren sahnefarben wie der Mond in der Dämmerung. Sie hatte die Knie ein wenig angewinkelt, die nackten, von brauner Erde verschmutzten Füße zur Seite gedreht, die Zehen durchgestreckt. Ihre ebenso erdigen Hände hatten einander gefunden und sich wie zwei Tiere zwischen ihre Brüste gekuschelt. Ihr rechter Schenkel unter dem weißen Spitzensaum war rot und an zwei Stellen aufgeschürft, die eine Stelle ein Andenken an ihre Kletterpartie über den Zaun, die andere an ihren Sprung aus dem Wagen. Sie hatte wahrhaftig einen ereignisreichen Tag hinter sich.

Und ich auch. Da saß ich nun, in ihre Betrachtung versunken, und wälzte hundert Gedanken im Kopf. Ich hatte nicht die Absicht, sie zu wecken, wenngleich ich überlegte, ob ich ihren Schenkel abwaschen sollte. Aber die langen Kratzer sahen ganz sauber aus. Dieser plötzliche magische Rückzug in die Bewußtlosigkeit war genau das, was ich mir zu verschiedenen Zeiten des Tages gewünscht hatte: bei ihr zu sein und doch nicht bei ihr. Und wie ich da so neben ihr saß, hin und wieder aufseufzend, bereitete es mir eine sonderbare Freude, sie nicht zu berühren. Nach einer Weile zog ich sanft die Decke über sie, die gefaltete Kante genau unter die an der Brust aneinandergeschmiegten Hände, und überlegte, was ich da getan hatte, oder vielleicht mehr noch, was sie getan hatte, denn es war mehr ihr Wille als meiner, der unser beider Leben so vollkommen verändert hatte. Vielleicht würde ihr morgen früh alles wie ein böser Traum vorkommen. Vielleicht würde ich morgen ein weinendes Mädchen nach London zurückbringen. Auch darauf mußte ich ehrlich gefaßt sein, denn mir war bereits ein Glück geschenkt worden, das ich nicht im geringsten verdiente. Wie herrlich und schrecklich es gewesen war, als sie aus dem Wagen gesprungen war. Aber was bedeutete es schon, außer daß sie jung war und daß junge Menschen das Extreme lieben? Sie war ein Kind der Extreme und ich ein Puritaner und alt. Würde ich je mit ihr schlafen? Sollte ich? Würde ich dazu imstande sein?

»Schau Bradley, ein Tierschädel, ganz blankgespült vom Meer. Was ist das? Ein Schaf?«

»Ja, ein Schaf.«

»Wir nehmen es mit.«

»Aber wir müssen schon die vielen Steine und Muscheln mitnehmen.«

»Wir könnten doch das Auto herholen, oder?«

»Ich denke ja. Da ist wieder dieser Schrei. Was für ein Vogel ist das, hast du gesagt?«

»Der Brachvogel. O Bradley, schau nur, was für ein schönes Stück Holz. Wie das Meer es geformt hat! Es sieht aus wie ein chinesisches Schriftzeichen.«

»Sollen wir das auch mitnehmen?«

»Ja, sicher.«

Ich nahm das gleichmäßige Stück Holz in die Hand. Das Meerwasser hatte alle seine Furchen geglättet und flachgeschliffen, bis es wie die feine, etwas abstrahierte Skizze eines alten Gesichts aussah, wie irgendein italienischer Künstler, Leonardo vielleicht, sie in sein Skizzenbuch gezeichnet haben mochte. Ich griff nach dem Schafsschädel. Er war, bis auf die fehlenden Zähne, ziemlich komplett und mußte schon einige Zeit im Meer gelegen sein. Er hatte keine scharfen Kanten. Das Wasser hatte ihn glattgeschliffen, zärtlich umspült und poliert, so daß er mehr einem Kunstwerk, irgendeiner exquisiten Elfenbeinarbeit, glich als einem Naturrelikt. Der Knochen war glatt und weich, von der Sonne gewärmt, und hatte die Farbe dicker Sahne, die Farbe von Julians Schultern.

Aber das stimmte nicht mehr. Julians Schultern hatten inzwischen die Farbe gewechselt und glühten in einem zornigen Rotbraun. Es war der Nachmittag des folgenden Tages. Meine Überlegungen der vergangenen Nacht waren jäh unterbrochen worden, der Schlaf hatte mich fast ebenso plötzlich übermannt wie zuvor Julian. Er sprang mich an wie ein Jaguar von einem Baum. Ich hatte mich halb ausgezogen und überlegte noch, in welcher Aufmachung ich mich an Julians Seite legen oder ob ich besser auf jegliche Aufmachung verzichten sollte, und das nächste, was ich wahrnahm, war, daß es Morgen war, die Sonne ins Zimmer schien und ich allein in Hemd, Unterhosen und Socken im Bett lag. Julians Abwesenheit versetzte mir einen angstvollen Stich, aber gleich darauf hörte ich sie in der Küche singen und war beruhigt. Dann ärgerte ich mich darüber, daß sie mich in so unwürdiger Aufmachung im Schlaf gesehen hatte. Hemd und Socken sind ein äußerst unvorteilhaftes *Deshabillé*. War ich allein ins Bett gekrochen, oder hatte sie mich zugedeckt? Und dann kam mir der Gedanke, wie ungeheuerlich, wie skandalös und *komisch* es doch war, daß mein geliebtes Mädchen und ich die ganze Nacht in solcher Betäubung Seite an Seite geschlafen hatten, daß wir einander nicht einmal wahrgenommen hatten. O unersetzliche, kostbare Nacht.

»Bradley, bist du wach? Tee, Kaffee, Milch, Zucker? Wie wenig ich von dir weiß.«

»Allerdings. Tee, Milch, Zucker. Hast du meine Socken gesehen?«

»Ich liebe deine Socken. Wir gehen gleich hinunter ans Meer.«

Und das taten wir auch. Auf den flachen Steinen, gleich neben dem Wasser, das den sauberen Streifen Strand, den es sich selbst zum keuschen Bräutigam und Gegenstück geformt hatte, jetzt viel sanfter berührte als am Abend zuvor, sich zum Atmen zurückziehend und sachte wieder heranspülend, frühstückten wir milchigen Tee aus der Thermosflasche, Brot, Butter und Marmelade. Hinter uns erhoben sich windgekämmte Sanddünen, gelbe Bogengänge aus langem schilfigem Gras und ein Himmel so blau wie Julians Augen. Vor uns dehnte sich die kalte englische See, still und glitzernd und ziemlich dunkel, selbst in der Sonne.

Der Augenblicke des Glücks hat es viele gegeben. Doch dieses erste Frühstück am Meer gab mir ein Gefühl einfacher, tiefer Zufriedenheit, dem nicht so leicht etwas gleichkommt. Es wurde nicht einmal von Hoffnungen gestört. Es war vollkommene Gemeinsamkeit, vollkommener Frieden und das besondere Glück, das man empfindet, wenn die Seele des geliebten Menschen und die eigene so eins werden mit der Außenwelt, daß es wenigstens für diesen einen Augenblick eine Stelle auf diesem Planeten gibt, wo die Dinge *sein* können: die Steine, die Grasbüschel, das durchsichtige Wasser, das leise Säuseln des Windes. Es war vielleicht die andere Seite des Diptychons, das Gegenbild zu jenem Augenblick der letzten Nacht, als ich Julian in der Dämmerung reglos neben der Straße liegen sah. Aber die beiden hingen nicht wirklich zusammen, denn Augenblicke der reinen Freude stehen mit nichts in wirklichem Zusammenhang. Ein Mensch, in dessen Leben es solche Augenblicke gibt, hat zweifellos einen Herzschlag lang den höchsten Sinn des Lebens erspürt.

Über die Sanddünen gingen wir zurück, bepackt mit Steinen und Treibholz, aber es waren schon zu viele Stücke, um alles auf einmal mitzunehmen. Von oben sahen wir den unscheinbaren roten Backsteinwürfel unseres Hauses, der für uns jedoch schon etwas Anheimelndes ausstrahlte, dahinter ein verfallenes Bauernhaus, dann nur noch flaches Land von verwaschenem Gelbgrün unter einem weiten Himmel, gesprenkelt mit flockigen, goldschimmernden weißen Wölkchen. In der Ferne, hinter einem breiten Schattenstreifen, schien die Sonne auf die lange graue Hinterseite und den hohen Turm einer großen Kirche. Wir ließen unsere Beute in einem Haufen am Fuß der Dünen zurück, und Julian bestand darauf, daß wir sie mit Sand bedeckten, damit niemand sie uns stehlen konnte, ein ziemlich müßiges Unterfangen, da außer uns weit und breit kein Mensch zu sehen war. Dann machten wir uns auf den Weg quer über den breiten Streifen aus flachen, vom Meer glattgeschliffenen Steinen, der wie ein Vorhof zwischen uns und dem Haus lag. Malvenfarbener Strandkohl, blaue Wicken und buschige rosa Grasnelken wuchsen hier in Hülle und Fülle, baumhohe gelbe Lupinen mit sternförmigen Blättern und blassen Blütenkegeln überwucherten die gestreiften, konzentrisch angeordneten Steine dieses natürlichen Pflasters. Libellen, durchsichtig wie Glas, schwirrten und schwebten durch die Luft, Schmetterlinge gaukelten träge vom Meer herein, trieben flatternd mit der Brise davon und verschwanden in der flirrenden Helligkeit. Wo sich dieses Paradies genau befindet, werde ich aus vielen Gründen verschweigen, aber Liebhaber der britischen Küste könnten es mit ein wenig Glück erraten.

Als ich dann dasaß und ihr zusah, wie sie unser Essen vorbereitete (sie hatte mir wahrheitsgemäß gesagt, daß sie nicht kochen konnte), staunte ich darüber, wie mühelos sie mit der Situation fertig wurde, wie sie schlicht und einfach *da* war, und ich versuchte ihrem Beispiel zu folgen und alle Angst von mir zu schieben, die Dämonen abstrakten Denkens in Schach zu halten, gegen die sie mit ihrem Sprung aus dem fahrenden Auto protestiert hatte. Am Nachmittag fuhren wir über den blühenden Vorhof, um unsere Schätze zu holen und noch mehr zu suchen, und legten sie auf der von Unkraut durchwucherten Wiese vor unserem Haus auf. Die Steine waren alle oval, ein wenig bauchig und von ziemlich einheitlicher Größe, aber ganz unterschiedlich in der Farbe. Da gab es purpurrote mit dunkelblauen Tupfen, gelbbraune mit cremefarbenen Flecken, lavendelblau gesprenkelte; viele hatten ein Auge mit einem spiraligen Muster drumherum oder ein auffallendes Streifenmuster in reinstem Weiß. Julian hatte recht gehabt, es war sehr schwer, auch nur einen davon zurückzulassen. Man kam sich vor wie in einer riesigen Kunstgalerie, in der man nach Lust und Laune zugreifen durfte. Einige ausgewählte Steine trug sie zusammen mit dem Schafschädel und den Treibholzstücken ins Haus. Das viereckige Holz mit dem chinesischen Schriftzeichen stellte sie wie eine Ikone auf den Kaminsims in unserem kleinen Wohnzimmer, daneben den Schafschädel und auf die andere Seite die vergoldete Schnupftabakdose. Auf den Fensterbänken arrangierte sie die Steine wie kleine, moderne Skulpturen zwischen verwitterten grauen Wurzeln. Ich sah zu, wie sie sich völlig versunken ihrer Tätigkeit hingab. Wir setzten uns zum Tee.

Danach fuhren wir hinüber zu der großen Kirche und gingen in ihrem skelettartigen, kahlen Inneren herum. Ein paar verloren wirkende Bänke wiesen auf eine kleine Kirchengemeinde hin. Keine Buntglasscheiben, nur nackte, hohe, spätgotische Fenster, durch die die kühle Sonne auf den blassen, ziemlich staubigen Steinboden fiel und Schatten in die abgewetzten, viele Jahrhunderte alten Inschriften auf den Grabplatten zeichnete. Diese Kirche inmitten des flachen Landes war wie das große Wrack eines Schiffes oder eine Arche oder das Skelett eines Riesentieres, unter dessen kahlen Rippen man sich mit Ehrfurcht und Mitleid bewegte. Auf leisen Füßen behutsam dahintappend, durchstreiften wir schweigend den Raum, jeder für sich und doch nicht allein, blieben da und dort stehen und sahen einander durch die schräg einfallenden, staubflimmernden Lichtstreifen an, lehnten uns gegen Säulen oder die dicke Wand, wo der kalte, feuchte Stein sich anfühlte wie eine Berührung des Todes oder der Wahrheit.

Unter einem Himmel, auf dem sich hellbraune Wolken ballten, die stellenweise wie Münder aufklafften, aus denen es grün und orange leuchtete, fuhren wir zurück. Ich fühlte mich erhoben, leer und rein, doch zugleich brannte ich vor Verlangen und fragte mich, ohne eigenen Willen, was als nächstes geschehen würde. Julian schwatzte drauflos, und ich hielt ihr eine kurze Privatvorlesung über englische Kirchenarchitektur. Dann verkündete sie, daß sie schwimmen gehen wollte. Wir fuhren zu den Dünen und liefen hinunter zum Wasser, und es stellte sich heraus, daß sie unter dem Kleid ihren Badeanzug anhatte. Sie stürzte sich hinein, spritzte vergnügt herum und zog mich auf. (Ich kann nicht schwimmen.) Das Wasser dürfte allerdings extrem kalt gewesen sein, denn sie kam recht schnell wieder heraus.

Ich hatte mich inzwischen auf die bunt gemusterten Steine gesetzt, hielt den Saum ihres achtlos hingeworfenen Kleides in der Hand und zerdrückte ihn krampfhaft zwischen den Fingern, bis ich bemerkte, was ich tat, und mich dazu zwang, wieder ruhig zu werden. Ich glaubte nicht, daß Julian sich mir absichtlich entzog, daß sie plötzlich zögerte oder gar Zweifel hatte. Ich glaubte auch nicht, daß sie von mir gezwungen werden wollte. Ich überließ mich ganz ihrem Instinkt und dem Tempo ihres Wesens. Der Augenblick, den ich herbeisehnte und fürchtete, würde kommen, wenn die Zeit dafür reif war. Und heute nacht würde sie reif dafür sein.

Das unbedingte Verlangen eines menschlichen Körpers nach einem ganz bestimmten anderen und seine Gleichgültigkeit gegenüber jeglichem Ersatz ist eines der größten Rätsel des Lebens. Es heißt, daß es Menschen gibt, die nichts weiter wollen als ›eine Frau‹ oder ›einen Mann‹. Ich kann mir das nicht vorstellen, und es hat nichts mit mir zu tun. Ich habe selten unbedingtes Verlangem nach einem anderen Menschen gehabt, was soviel heißt wie: Ich habe überhaupt selten Verlangen nach einem anderen Menschen gehabt. Händchenhalten und Küssen kann in freundschaftlichen Beziehungen etwas bedeuten, auch wenn es nie meine Art war. Aber diese zitternde Hingabe an einen anderen Menschen in seiner Gesamtheit hatte ich – so schien es mir, als ich an diesem Abend auf der Couch saß und auf Julian wartete – noch nie zuvor erlebt; wenngleich ich mit dem Kopf wohl wußte, daß ich auch in Christin verliebt gewesen war. Und es hatte noch einen anderen Fall gegeben, über den ich mich jedoch hier nicht äußern will.

Es war und war auch wieder nicht wie der erste Tag der Flitterwochen, wenn das jungverheiratete Paar in zärtlicher Rücksichtnahme aufeinander Gewohnheiten mimt, die es gar nicht hat. Ich war kein junger Ehemann. Ich war nicht jung, und ich war kein Ehemann. Ich empfand nichts vom Bedürfnis des jungen Bräutigams, die Führung zu übernehmen, nichts von seiner nachdenklichen Angst vor der Zukunft, nichts von dem tröstlichen Gefühl, zu tun, wozu die Tradition ihn verpflichtet. Zwar fürchtete auch ich die Zukunft, und auch ich hatte eine Verpflichtung, aber andererseits fühlte ich mich an diesem Tag der irdischen Welt völlig enthoben. Ich kam vor wie in einem Wunderland, wo nicht mehr an Mut von mir verlangt wurde, als weiterzugehen und weiterzugehen. Ich empfand kein Bedürfnis, die Führung zu übernehmen. Es war auch nicht so, daß Julian mich führte. Wir wurden beide von etwas anderem gelenkt.

Zu Mittag hatten wir Eier gegessen, am Abend aßen wir Würstchen. Dazu tranken wir ein wenig Wein. Julian war Alkohol gegenüber so gleichgültig wie alle gesunden jungen Menschen. Ich dachte zuerst, daß ich zu aufgeregt wäre, um etwas zu trinken, aber dann leerte ich zu meiner Verwunderung doch mit Genuß zwei Gläser. Julian hatte voll Freude ein hübsches Tischtuch entdeckt und den Tisch für beide Mahlzeiten so hübsch wie möglich gedeckt. *Patara* war, wie angekündigt, gut mit allen Haushaltserfordernissen ausgestattet. Julians Schaufel und Besen erwiesen sich als überflüssig. (Das Haus hatte auch, wie ebenfalls angekündigt, eine eigene Stromversorgung über einen Generator, der in dem verlassenen Bauernhaus untergebracht war.) Julian hatte Blumen vom Garten hereingeholt, zerzauste Glockenblumen von verwaschenem Jeansblau, gelben Weiderich, wilde Lupinen von der anderen Seite des Gartenzauns und eine weiße, karmesinrot gestreifte Pfingstrose, prächtig wie eine Lotusblüte. Wir setzten uns feierlich zu Tisch und lachten vor Entzücken. Nach dem Essen sagte sie plötzlich: »Kein Grund zur Sorge.« – »Hmm?« – »Du verstehst mich doch?« – »Ja.« Wir spülten das Geschirr. Sie ging ins Bad, ich ins Schlafzimmer. Dort betrachtete ich mich im Spiegel. Ich musterte mein stumpfes, glattes Haar und mein hageres Gesicht, das nur von ein paar dezenten Fältchen durchzogen war. Ich sah erstaunlich jung aus. Ich zog mich aus. Dann kam sie, und wir waren das erste Mal zusammen.

Wenn man endlich bekommt, was man sich heiß ersehnt hat, möchte man, daß die Zeit stehenbleibt. Und oft verstreicht sie in solchen Augenblicken auch wirklich auf unerklärliche Weise langsamer. Wir blickten einander in die Augen und liebkosten einander ohne jede Eile, mit einer Art zärtlich-neugieriger Verwunderung. Was ich empfand, hatte mit Marvells Ekstasen nichts zu tun. Ich hatte eher das Gefühl, ein Auserwählter zu sein, der in einer kurzen Zeitspanne Äonen der Liebe erleben durfte. Wußten die Griechen zwischen 600 und 400 vor Christus, daß sie Jahrtausende an Menschheitserfahrung repräsentierten? Vielleicht nicht. Ich aber wußte, als ich meinen Liebling andächtig vom Scheitel bis zur Sohle liebkoste, daß ich einer Macht gehorchte, daß ich so etwas wie eine Inkarnation der Geschichte menschlicher Liebe war.

Mein Schwelgen in diesem Gefühl, einer Bestimmung zu folgen, forderte jedoch die Nemesis heraus. Ich zögerte das Wesentliche zu lange hinaus, und als ich endlich dazu kam, war es in einer Sekunde vorbei. Danach stöhnte und seufzte ich nicht wenig und versuchte sie zu streicheln, aber sie umarmte mich ganz fest und fesselte mir so die Hände. »Ich bin ein Versager.« – »Red kein dummes Zeug, Bradley.« – »Ich bin zu alt.« – »Laß uns schlafen, Liebling.« – »Ich gehe eine Minute hinaus.«

Nackt ging ich hinaus in den dunklen Garten, wo das Licht aus dem Schlafzimmer ein blasses Viereck über spitzes Gras und Löwenzahn warf. Vom Meer kam Nebel herein und trieb langsam am Haus vorbei, sich kräuselnd und wieder zerflatternd wie Zigarettenrauch. Ich horchte, aber ich konnte die Brandung nicht hören, nur einen Zug, der irgendwo im Land hinter mir vorbeiratterte und ein Pfeifen ausstieß, das wie ein Eulenschrei klang.

Als ich zurückkam, hatte sie ein Nachthemd aus dunkelblauer Seide an, das bis zum Nabel aufgeknöpft war. Ich schob es ihr von den Schultern. Ihre Brüste waren die vollkommenen Früchte der Jugend, rund und fest. Ihr Haar war zu einem goldenen Flaum getrocknet. Ihre Augen waren riesig. Ich zog einen Morgenmantel an. Ich kniete mich vor sie hin, ohne sie zu berühren.

»Mach dir keine Gedanken, Liebster.«

»Ich mache mir keine Gedanken«, sagte ich. »Ich tauge eben einfach nichts.«

»Es wird alles gut werden.«

»Julian, ich bin ein alter Mann.«

»Unsinn. Ich kann *sehen*, wie alt du bist.«

»Nein, aber – deine armen Glieder, du bist voller blauroter Flecken.«

»Es tut mir leid.«

»Es ist schön, als hätte ein Gott dich berührt und seine purpurnen Spuren hinterlassen.«

»Komm ins Bett, Bradley.«

»Deine Knie riechen nach den Meeren des Nordens. Hat dir schon einmal jemand die Fußsohlen geküßt?«

»Nein.«

»Gut. Tut mir leid, daß ich so ein Versager bin.«

»Du weißt, daß von Versagen nicht die Rede sein kann, Bradley. Ich liebe dich.«

»Ich bin dein Sklave.«

»Wir werden doch heiraten, nicht wahr?«

»Das ist unmöglich.«

»Mach mir keine Angst. Das meinst du nicht wirklich, du sagst es nur mechanisch. Nichts kann uns daran hindern. Denk nur an die vielen armen Menschen, die gerne heiraten möchten und nicht können. Wir sind frei, keiner von uns beiden ist verheiratet, wir haben niemandem gegenüber eine Verantwortung. Bis auf die arme Priscilla natürlich, aber sie kann ja bei uns wohnen. Wir werden uns um sie kümmern und sie glücklich machen. Bradley, stoß doch das Glück nicht aus purer Dummheit zurück. Nein, nein, das wirst du nicht tun, das kannst du nicht tun. Wenn ich das glauben müßte, würde ich laut schreien.«

»Du brauchst nicht zu schreien.«

»Warum sagst du dann dieses ganze abstrakte Zeug, das du gar nicht meinst?«

»Ich versuche nur instinktiv, mich zu schützen.«

»Du hast mir keine richtige Antwort gegeben. Wirst du mich heiraten?«

»Du bist total verrückt«, sagte ich, »aber ich bin dein Sklave. Was immer du willst, wird mir Gesetz sein.«

»Das wäre also erledigt. Mein Gott, bin ich müde.«

Wir waren es beide. Nachdem wir das Licht abgedreht hatten, sagte sie: »Was ich noch sagen wollte, Bradley: Heute war der glücklichste Tag in meinem ganzen Leben.«

Zwei Sekunden später schlief ich. Im Morgengrauen erwachten wir und umarmten uns wieder, aber mit dem gleichen Erfolg.

Am nächsten Tag war der Nebel immer noch da, dichter sogar. Unerbittlich trieb er vom Meer herein und zog einem Schattenheer gleich am Haus vorbei, zielstrebig einem fernen Feind entgegen. Es war noch früh am Morgen, und wir saßen aneinandergeschmiegt auf der Fensterbank des kleinen Wohnzimmers und sahen ihm zu.

Nach dem Frühstück beschlossen wir, einen Spaziergang landeinwärts zu machen und nach einem Laden zu suchen. Die Luft war kühl, und Julian hatte sich eine meiner Jacken übergezogen, da sie bei ihrem Einkaufsbummel nicht daran gedacht hatte, sich einen Mantel zu kaufen. Wir gingen einen Fußpfad neben einem kleinen Bach voller Brunnenkresse entlang, erreichten ein Bahnwärterhäuschen, überquerten die Gleise und dann eine holprige Brücke, die sich im reglosen Wasser eines Kanals spiegelte. Die Sonne bohrte sich jetzt durch den Nebel und rollte ihn zu großen goldenen Wolkenkugeln zusammen, zwischen denen wir dahingingen wie zwischen großen Bällen, die weder uns noch einander berührten. Mich plagte der Gedanke an das, was in der Nacht geschehen oder besser nicht geschehen war, doch zugleich war ich fast verrückt vor Glück, weil Julian neben mir war. Um uns zu quälen, sagte ich: »Du weißt, daß wir nicht ewig hierbleiben können.«

»Sprich nicht in diesem Ton. Das ist deine ›Stimme der Verzweiflung‹. Nicht schon wieder.«

»Nein, ich spreche nur aus, was auf der Hand liegt.«

»Ich glaube, wir müssen eine Weile hierbleiben, um zu lernen, was Glücklichsein heißt.«

»Das ist nicht mein Fach.«

»Ich weiß, ich werde dich darin unterrichten. Ich will dich hierbehalten, bis du innerlich voll und ganz akzeptierst, was geschehen wird.«

»Du sprichst vom Heiraten?«

»Ja. Später werde ich dann meine Examen machen, und alles wird – «

»Nehmen wir einmal an, ich wäre viel älter als –«

»Ach hör doch auf, dich ständig zu quälen, Bradley. Du willst immer alles irgendwie rechtfertigen.«

»Ich bin durch dich in alle Ewigkeit gerechtfertigt. Selbst wenn deine Liebe jetzt endete, wäre ich gerechtfertigt.«

»Ist das ein Zitat?«

»Nur von mir.«

»Jedenfalls wird sie jetzt nicht enden. Und hör auf, mir mit deinem Alter auf die Nerven zu gehen.«

»Denn alle Schönheit, die du tragen mußt, deckt nur, ein schicklich Kleid, mein Herze zu, das in dir lebt, wie deins in meiner Brust, wie könnt ich also älter sein als du?«

»Ist *das* ein Zitat?«

»Das ist ein verdammt faules Argument.«

»Bradley, ist dir etwas an mir aufgefallen?«

»Hmm, ein oder zwei Kleinigkeiten.«

»Ist dir aufgefallen, daß ich in den letzten zwei oder drei Tagen *erwachsen* geworden bin?«

Das war mir aufgefallen. »Ja.«

»Ich war ein Kind und vielleicht siehst du mich immer noch als Kind. Aber jetzt bin ich eine Frau, eine richtige.«

»O mein Liebling, halte fest an mir, halte fest an mir, halte fest an mir, und wenn ich je versuche, dich zu verlassen, laß mich nicht gehen.«

Über eine Wiese kamen wir zu einem kleinen Dorf und fanden unseren Laden, und als wir uns auf den Rückweg machten, löste sich der Nebel ganz auf. Und nun dehnten die Dünen und unser Vorhof sich glitzernd in der Sonne, die Steine, noch ein wenig nebelfeucht, leuchteten in ihren verschiedenen Farben. Wir ließen unseren Korb neben dem Gartenzaun stehen und liefen hinunter zum Meer. Julian schlug vor, ein wenig Holz für ein Feuer zu sammeln, aber das erwies sich als schwierig, weil jedes gefundene Stück viel zu schön zum Verbrennen war. Bei einigen erklärte sie sich schließlich doch bereit, sie zu opfern, und ich trug sie über die sandigen Dünen zu unserem Sammelplatz, während sie noch am Strand blieb. Da sah ich in der Ferne etwas, was mir das Blut in den Adern stocken ließ. Ein Mann in Uniform entfernte sich gerade auf einem Fahrrad über den holprigen Weg von unserem Bungalow.

Es konnte keinen Zweifel geben, daß er in *Patara* gewesen war. Es gab sonst weit und breit kein Haus. Sofort ließ ich das Holz fallen, duckte mich in eine Sandgrube und spähte durch ein Gewölbe aus feuchtem goldenem Gras, bis der Radfahrer außer Sicht war. Ein Polizist? Ein Briefträger? Amtspersonen haben mich schon immer eingeschüchtert. Was konnte er bei uns wollen? Suchte er uns? Niemand wußte, daß wir hier waren. Angst- und Schuldgefühle jagten mir ein Frösteln über den Rücken. Ich war im Paradies, dachte ich, und bin nicht dankbar gewesen. Ich bin ängstlich und destruktiv und dumm gewesen. Und jetzt wird etwas geschehen, und ich werde erfahren, was wirkliche Angst heißt. Bisher hatte ich nur mit der Angst gespielt, wo es keinen Grund dazu gab.

Ich rief Julian zu, ich würde nur schnell das Auto holen, um das Holz zu transportieren. Sie solle ruhig noch bleiben und weiter Holz sammeln. Ich wollte sehen, ob der Radfahrer etwas hinterlassen hatte. Aber kaum hatte ich mich auf den Weg über unseren Hof gemacht, rief sie mir nach: »Wart auf mich«, und schon kam sie mir nachgelaufen und packte mich lachend an der Hand. Ich wandte mein angstvolles Gesicht ab, und sie bemerkte nichts.

Als wir das Haus erreichten, blieb sie im Garten stehen, um ein paar Steine zu begutachten, die sie dort in einer Reihe aufgelegt natte. Ohne offensichtliche Hast steuerte ich auf den Eingang zu und ging ins Haus. Ein Telegramm lag auf der Fußmatte, und ich schnappte es mir. Dann ging ich in die Toilette und versperrte die Tür.

Das Telegramm war an mich adressiert. Mit zitternden Fingern fummelte ich am Umschlag und zerriß ihn mitsamt Inhalt. Da stand ich nun und hielt die beiden Papierhälften zusammen. *Bitte ruf mich sofort an – Francis*, las ich.

Ich starrte auf die tödlichen Worte. Sie konnten nur eine Katastrophe bedeuten. Und schon allein die Unerklärlichkeit dieses Schicksalsschlags machte mir Angst. Francis kannte diese Adresse nicht. Irgend jemand mußte sie herausgefunden haben. Aber wie? Wahrscheinlich Arnold. Wir mußten irgendeinen Fehler gemacht haben, irgendeinen verhängnisvollen Schnitzer. Aber was, wann, wie? Sicher war Arnold schon hierher unterwegs, und Francis versuchte mich zu warnen.

»Hallihallo«, rief Julian.

»Ich komme«, sagte ich und zeigte mich. Ich mußte sofort zu einem Telefon, und Julian durfte nichts davon merken.

»Zeit zum Mittagessen«, sagte Julian, »meinst du nicht? Holen wir das Holz später.« Sie breitete wieder das blauweiß gewürfelte Tischtuch über den Tisch. Sie stellte den Krug mit den Blumen in die Mitte, von wo er feierlich wieder entfernt wurde, wenn wir uns zum Essen setzten. Schon hatten wir unsere kleinen Gewohnheiten.

»Weißt du was«, sagte ich, »während du das Essen richtest, bringe ich den Wagen zu dieser Tankstelle da unten. Ich muß das Öl nachsehen lassen, und ein bißchen auftanken könnte ich auch. Dann gibt es keine Probleme, wenn wir heute nachmittag einen Ausflug machen wollen.«

»Aber das können wir dann doch unterwegs tun«, sagte Julian.

»Vielleicht haben sie am Nachmittag zu. Und vielleicht wollen wir auch gar nicht in die Richtung fahren.«

»Dann komme ich mit.«

»Nein, bleib hier. Du könntest ein bißchen von der Brunnenkresse holen, die wir heute unterwegs gesehen haben. Das wäre fein zum Mittagessen.«

»O ja, gut, das werde ich machen! Ich hole mir einen Korb. Aber bleib nicht lang weg.« Und schon stob sie davon.

Ich ging zum Wagen, aber in meiner Aufregung gelang es mir nicht, ihn zu starten. Endlich sprang er doch an, und ich begann entsetzlich langsam den Weg entlangzurumpeln. Das Dorf, in dem unsere große Kirche stand, war das nächste, das man mit dem Auto erreichen konnte. Dort mußte es eine Telefonzelle geben. Die Kirche stand etwas außerhalb des Dorfes auf der Seite zum Meer hin, und von unserer nächtlichen Ankunft konnte ich mich an nichts erinnern. Ich fuhr an der Tankstelle vorbei. Ich hatte überlegt, ob ich den Tankwart bitten sollte, daß ich sein Telefon benutzen durfte, aber dort war ich womöglich nicht ungestört. Ich fuhr an der Kirche vorbei, und als ich um eine Ecke bog, war ich auf einmal auf der Hauptstraße des Dorfes, und da war auch eine öffentliche Telefonzelle.

Ich hielt davor an. Natürlich war die Zelle besetzt. Das Mädchen, das gestikulierend und in den Hörer hineinlächelnd telefonierte, drehte sich um, als es mich sah. Ich wartete. Endlich ging die Tür auf. Aber nun stellte sich heraus, daß ich kein Kleingeld hatte. Dann meldete sich das Amt nicht. Endlich gelang es mir, ein R-Gespräch mit meiner eigenen Nummer herstellen zu lassen. Francis hob sofort ab und stammelte irgend etwas in den Apparat.

»Hallo Francis. Woher hast du gewußt, wo ich bin?«

»O Bradley – Bradley –«

»Was ist los? Ist Arnold dahintergekommen? Was hast du denn für einen Murks gemacht?«

»O Bradley –«

»Was ist denn los, um Himmels willen? Was ist denn nur passiert?«

Stille, dann ein hoher winselnder Ton. Francis weinte am anderen Ende der Leitung. Mir wurde ganz schlecht vor Angst.

»Was ist –?«

»O Bradley – es ist – Priscilla –«

»Was ist mit ihr?«

»Sie ist tot.«

Die Telefonzelle, die Sonne, jemand, der draußen wartete, im Spiegel mein Gesicht mit den weit aufgerissenen Augen – das alles drang plötzlich mit seltsamer Klarheit in mein Bewußtsein.

»Wie –?«

»Sie hat sich umgebracht – sie hat Schlaftabletten genommen – sie muß sie versteckt gehabt haben – ich hatte sie alleingelassen – das hätte ich nicht tun dürfen – wir haben sie ins Krankenhaus gebracht – aber es war zu spät – o Bradley, Bradley –«

»Sie ist wirklich – tot?« fragte ich und hatte das Gefühl, daß das einfach nicht sein konnte, es war unmöglich, sie war im Krankenhaus, wo man sich darum kümmert, daß Menschen wieder gesund werden, sie konnte sich einfach nicht umgebracht haben, es war wieder nur ein falscher Alarm. »Wirklich – tot? Bist du sicher?«

»Ja, ja – ach, ich bin ja so – es war alles meine Schuld – sie ist tot, Bradley – im Rettungswagen hat sie noch gelebt – aber dann sagten sie mir, daß es aus ist – ich – O Bradley, verzeih mir –«

Priscilla lebte nicht mehr. »Es ist nicht deine Schuld«, sagte ich mechanisch. »Es ist alles meine Schuld.«

»Ach, ich bin so unglücklich – es ist alles meine Schuld – am liebsten würde ich mich umbringen – wie soll ich weiterleben, nachdem das passiert ist –« Noch mehr Winseln und Weinen.

»Francis. Schluß jetzt mit dem Gewinsel. Hör zu. Wie hast du herausbekommen, wo ich bin?«

»Ich hab in deinem Schreibtisch einen Brief von der Agentur gefunden – ich dachte, da könntest du vielleicht sein – ich mußte dich doch finden – o Bradley, es war die Hölle für mich, nicht zu wissen, wo du bist, die Hölle – da passiert so etwas, und du weißt es nicht einmal – ich habe das Telegramm noch ziemlich spät gestern abend aufgegeben, aber sie haben gesagt, vor heute früh wirst du es kaum kriegen.«

»Ich habe es gerade bekommen. Bleib am Apparat. Sei einen Augenblick still, aber bleib dran.« Schweigend stand ich in der Zelle, in die schräg ein Sonnenstrahl fiel, den Blick auf den zerklüfteten Betonsockel gesenkt, und am liebsten hätte ich laut geschrien: Sie kann nicht tot sein, ist alles getan worden, wirklich alles? Ich wünschte, ich könnte sie in die Arme nehmen und wieder lebendig machen. Ich wünschte verzweifelt, sie zu trösten, sie glücklich zu machen. Es wäre so leicht gewesen.

»O Gott, o Gott, o Gott –« murmelte Francis ein ums andere Mal.

»Hör zu, Francis. Weiß sonst jemand, daß ich hier bin? Weiß es Arnold?«

»Nein. Niemand weiß es. Arnold und Christin waren gestern abend da. Sie hatten angerufen, und ich mußte es ihnen sagen. Aber da hatte ich den Brief noch nicht gefunden und erklärte ihnen, ich wüßte nicht, wo du bist.«

»Das ist gut. Sag es niemandem.«

»Aber Brad, du kommst doch jetzt wohl sofort zurück? Du mußt zurückkommen.«

»Ich komme zurück«, sagte ich, »aber nicht sofort. Es war nur ein Zufall, daß du den Brief gefunden hast. Du mußt davon ausgehen, daß dieses Telefongespräch nie stattgefunden hat.«

»Aber Brad, das Begräbnis und – ich habe noch nichts unternommen – sie ist in der Leichenhalle –«

»Hast du es ihrem Mann nicht gesagt, du weißt schon, Roger Saxe?«

»Nein, ich –«

»Dann sag es ihm. Seine Adresse und Telefonnummer findest du in meinem Adreßbuch in der –«

»Ja, ja –«

»Er wird alles für das Begräbnis in die Wege leiten. Wenn nicht, mach du es – fang zumindest damit an – tu, was du getan hättest, wenn du wirklich nicht gewußt hättest, wo ich bin – ich komme, sobald ich kann.«

»Aber Brad, das kann ich nicht – du mußt kommen, du mußt – alle stellen Fragen – sie ist doch deine Schwester –«

»Ich habe dich engagiert, damit du auf sie aufpaßt. Warum hast du sie allein gelassen?«

»O Gott, o Gott, o Gott –«

»Tu, was ich gesagt habe. Wir können – Priscilla nicht mehr helfen – sie – ist nicht mehr.«

»Brad, bitte komm, bitte – mir zuliebe – ich muß dich sehen, es ist die Hölle für mich – ich kann dir gar nicht sagen, wie – ich muß dich sehen, ich muß –«

»Ich kann jetzt nicht kommen«, sagte ich. »Ich kann – jetzt – nicht kommen. Tu, was nötig ist – setz dich mit Roger Saxe in Verbindung – ich überlasse alles dir. Ich komme, sobald ich kann. Leb wohl.«

Rasch legte ich den Hörer auf und trat hinaus in die helle Sonne. Der Mann, der draußen gewartet hatte, sah mich neugierig an und ging hinein. Ich trottete zum Wagen und blieb eine Weile daneben stehen, die Hand auf die Motorhaube gelegt. Sie war staubig von der trockenen Straße. Mit den Fingern zog ich Linien durch den Staub. Ich blickte die ruhige, hübsche Dorfstraße hinauf. Die Häuser aus dem achtzehnten Jahrhundert waren alle verschieden groß, und keines glich dem anderen. Dann stieg ich ins Auto, wendete und fuhr langsam an der Kirche vorbei und in Richtung *Patara*.

Im Leben gibt es Augenblicke, in denen man sich plötzlich in einem Labyrinth unvorhergesehener Komplikationen wiederfindet, wenn man sich weigert, den einfachen und naheliegenden Geboten der Pflicht zu gehorchen. Trotzdem handelt man manchmal zweifellos richtig, wenn man sich dem Ruf der Pflicht widersetzt, tut recht daran, sich den erschreckenden und subtilen Fragen zu stellen, die dahinter liegen. Was mich in diesen Augenblicken quälte, war nicht der Gedanke an Pflicht. Es war mir wohl irgendwie bewußt, daß ich unrecht handelte, aber ich kümmerte mich nicht darum. Natürlich plagten mich Schuldgefühle, natürlich war ich entsetzt über mein unverzeihliches Versäumnis, alles zu tun, um das Leben meiner lieben Schwester zu erhalten. Was mir jedoch in erster Linie Kopfzerbrechen machte, während ich so dahinfuhr, war die unmittelbare Zukunft. Meine Überlegungen gingen bis ins kleinste Detail. Der Gedanke, daß es reiner Zufall war, eine bloße Randerscheinung meiner eigenen Unachtsamkeit, daß Francis mir auf die Spur gekommen war, hatte vielleicht einen absurden Einfluß auf mich. Die Tatsache, daß dieses schreckliche Telefongespräch so ganz und gar vom Zufall bestimmt war, machte es um vieles weniger wirklich, machte es mir um vieles leichter, es einfach aus dem Geschehen zu streichen. Wenn ich so tat, als hätte es nie stattgefunden, verzerrte ich den wirklichen Ablauf der Ereignisse kaum. Es hatte, weil es absolut nicht dazu hätte kommen müssen und sollen, nur eine sehr schattenhafte Existenz. Und wenn das so war, brauchte ich mir nicht weiter den Kopf darüber zu zermartern, ob ich sofort nach London aufbrechen sollte oder nicht. Für Priscilla konnte ich ohnehin nichts mehr tun.

Während ich so mit kaum mehr als zwanzig Stundenkilometern dahinfuhr, wurde mir bewußt, in was für einem ambivalenten, schwebenden Zustand ich mich seit unserer Ankunft in *Patara* befunden hatte, die nun schon so lange zurückzuliegen schien. Natürlich war ich darauf eingestellt gewesen, mich ganz dem Zustand des Glücks zu überlassen, mich dem Wunder ihrer ständigen Gegenwart hinzugeben. Das war sicher berechtigt.

Diese paradiesischen Tage, den langsamen, schrecklichen Mühlen der Zeit abgerungen, sollten nicht von kleinmütiger Furcht vor der Zukunft oder von dieser Verzweiflung, die Julian »abstraktes Zeug« nannte, verdorben werden. Andererseits wurde mir jetzt klar, daß im Untergrund dieser scheinbar gedankenlosen Freude an der Gegenwart tiefschürfende Überlegungen stattgefunden hatten, stattgefunden haben mußten. Ich hatte erschreckende, mir selbst kaum eingestandene Absichten. Mein Problem bestand schlicht und einfach darin, wie ich Julian für immer behalten konnte. Und obgleich ich mir selbst und ihr gesagt hatte, es sei unmöglich, wußte ich doch, daß ich sie jetzt, wo ich einmal auf *diese Weise* mit ihr zusammengewesen war, nicht mehr aufgeben konnte. Früher – wie unvorstellbar lange schien das herzusein – hatte ich gemeint, dieses Problem bestünde nur darin, mich selbst davon zu überzeugen, daß es trotz allem, was eindeutig dagegen sprach, recht sei, ihre Großzügigkeit anzunehmen und jeden möglichen Vorteil daraus zu ziehen. Inzwischen aber hatte das Problem eine andere Gestalt angenommen. Im Verlauf mir selbst verheimlichter, streng logischer und rücksichtslos zielgerichteter Denkvorgänge war es zu etwas Dunkel-Primitivem geworden, kaum noch ein Problem, kaum noch ein Gedanke, sondern eher so etwas wie eine Wucherung in meinem Hirn.

Es mag lächerlich oder ungeheuerlich klingen, daß ich nach diesem Telefongespräch nicht weniger, sondern noch mehr von dem Gedanken besessen war, daß ich Julian meine Liebesfähigkeit beweisen mußte. Mein Versagen, von dem sie so wenig Aufhebens machte, war für mich zu einem Symbol für das ganze Dilemma geworden. Auf jeden Fall war *das* das nächste Hindernis. *Danach* konnte ich denken, *danach* würde ich meinen Weg finden. Bis *dahin* durfte ich warten, ohne daß man mir einen Vorwurf daraus machen konnte. Und vielleicht machte sich ganz im stillen das Gefühl in mir breit, wenn ich nur *das* in Ordnung bringen konnte, würde ich schließlich und endlich ins helle Licht der Gewißheit treten; und da schien es meinem finster planenden Ich, als wäre ich nur noch um Haaresbreite davon entfernt, mich mit strahlender Überzeugung zu fragen: Warum sollte ich dieses Mädchen nicht heiraten? Wie durch ein Wunder lieben wir einander. Es gibt nichts, aber schon gar nichts, außer einem Altersunterschied, was uns daran hindern könnte. Und wenn wir uns über diese Schwierigkeit einfach hinwegsetzen, existiert sie nicht mehr. Eine Liebe wie die unsere darf nicht verschwendet werden. Das darf nicht sein. Wir *können* heiraten: Und nur die Ehe kann einer solchen Liebe genügen. Ich könnte, ich kann Julian für immer behalten. Aber noch hatte ich diesen Punkt nicht erreicht, noch war mein puritanisches Gewissen ein düsterer Ratgeber. Ja ich hatte mir vor dem Telefongespräch nicht einmal vollständig klargemacht, was mich so zaudern ließ.

Natürlich hatte ich bereits beschlossen, Julian nichts von Priscillas Tod zu sagen. Wenn ich es ihr sagte, würde ich unverzüglich nach London zurückfahren müssen. Und ich spürte, wenn wir unsere Zufluchtsstätte jetzt verließen, wenn wir jetzt auseinandergingen, ohne daß unsere Flucht uns an irgendein Ziel gebracht hatte, könnte der Prozeß, der uns vom Zweifel befreien und unser ewiges Verlöbnis gewährleisten würde, vielleicht nie stattfinden. Ich mußte es für uns beide tun. Jetzt zu schweigen war die mir vom Schicksal auferlegte Prüfung, um uns beide durch diese Finsternis zu bringen. Und es mußte ohne Bruch weitergehen. Miteinander schlafen gehörte dazu. Ich konnte und wollte Julians jungem Blut jetzt nicht mit dieser Selbstmordgeschichte einen kalten Schock versetzen. Natürlich würde ich es bald ›erfahren‹ müssen, würden wir bald zurückfahren müssen, aber nicht gleich, nicht bevor ich diese Entscheidung herbeigeführt hatte, die schon so nahe schien und die es mir ermöglichen würde, sie für immer zu behalten und dessen auch würdig zu sein. Für Priscilla konnte ich nichts mehr tun. Von jetzt an war ich Julian verpflichtet. Auch der Schmerz über mein Schweigenmüssen war Teil dieser Prüfung. Denn am liebsten hätte ich es Julian sofort gesagt. Ich brauchte ihren Trost und ihre kostbare Vergebung. Aber um unser beider willen mußte ich vorläufig darauf verzichten.

»Du warst ja ewig weg. Jetzt schau mich mal an und rate, wer ich bin!«

Es war relativ dunkel im Wohnzimmer, wenn man von draußen hereinkam, und ich blinzelte. Zuerst konnte ich Julian überhaupt nicht sehen, ich hörte nur ihre Stimme aus dem Dunkel. Dann sah ich ihr Gesicht, der Rest blieb unscharf. Und dann erst bemerkte ich, was sie getan hatte.

Sie hatte sich eine schwarze Strumpfhose und schwarze Schuhe angezogen, ein weißes Hemd und ein Wams aus schwarzem Samt, und um ihren Hals hing eine goldene Kette mit einem Kreuz. Mit dem Schafschädel in einer Hand posierte sie in der Tür zur Küche.

»Ich dachte, ich überrasche dich damit! Ich hab mir das Zeug von deinem Geld in der Oxford Street gekauft. Das Kreuz ist irgend so ein Hippie-Ding, ich hab's einem von diesen Typen um fünfzig Pence abgekauft. Alles, was mir noch fehlte, war ein Schädel, und dann haben wir diesen schönen hier gefunden. Findest du nicht, daß ich gut damit aussehe? Ach armer Yorick! – Was ist los, Liebling?«

»Nichts«, sagte ich.

»Du starrst mich so an. Sehe ich nicht prinzlich aus? Bradley, du machst mir angst. Was ist denn?«

»Nichts.«

»Ich zieh mich um. Gehen wir essen. Ich hab die Brunnenkresse geholt.«

»Wir gehen nicht essen«, sagte ich. »Wir gehen ins Bett.«

»Du meinst jetzt?«

»Ja.«

Mit ein paar großen Schritten war ich bei ihr, packte sie am Handgelenk, zog sie ins Schlafzimmer und warf sie aufs Bett. Der Schafschädel fiel zu Boden. Mit einem Knie auf dem Bett begann ich an ihrem weißen Hemd zu zerren. »So warte doch, warte, du zerreißt es mir ja!« Hastig öffnete sie die Knöpfe und fummelte an ihrem Wams herum. Ich zog ihr das ganze Zeug über den Kopf, aber die Kette mit dem Kreuz hatte sich irgendwo verhakt. »So warte doch, Bradley, bitte, die Kette schnürt mir ja den Hals zu.« Ich wühlte in der schneeigen Weiße des Hemdes und dem seidigen Gewirr ihres Haares nach der Kette, fand sie und riß sie entzwei. Die Kleider gaben nach, und sie öffnete mit verzweifelter, fliegender Hast die Haken ihres Büstenhalters. Ich zerrte an der schwarzen Strumpfhose, und sie hob sich mir entgegen, als ich sie ihr über Hüften und Schenkel zog. Selbst immer noch voll bekleidet, betrachtete ich sie einen Augenblick, als sie nackt vor mir lag. Dann riß ich mir die Kleider herunter.

»O Bradley, bitte, sei doch nicht so grob, bitte, Bradley, du tust mir weh.«

Später weinte sie. Ich hatte meine Manneskraft ohne Zweifel unter Beweis gestellt. Erschöpft lag ich neben ihr und ließ sie weinen. Dann drehte ich sie zu mir herum, und ihre Tränen mischten sich mit dem Schweiß, der die dichten grauen Haare auf meiner Brust dunkel färbte und sie mir in zerdrückten Locken an die heiße Haut klebte. In einer Art Trance, in der sich Triumph und Entsetzen mischten, hielt ich sie in den Armen und spürte hingerissen, wie ihr Körper unter meinen Händen von Schluchzen geschüttelt wurde.

»Hör auf zu weinen.«

»Ich kann nicht.«

»Entschuldige, daß ich die Kette zerbrochen habe. Ich werde sie reparieren.«

»Das ist nicht wichtig.«

»Ich habe dir angst gemacht.«

»Ja.«

»Ich liebe dich. Wir werden heiraten.«

»Ja.«

»Wir werden doch heiraten, Julian?«

»Ja.«

»Verzeihst du mir?«

»Ja.«

»Bitte hör auf zu weinen.«

»Ich kann nicht.«

Später liebten wir uns noch einmal. Und auf einmal war es Abend geworden.

»Was hat dich so gemacht, Bradley?«

»Der Prinz von Dänemark wahrscheinlich.«

Wir waren erschöpft und sehr hungrig, und ich brauchte Alkohol. Wir aßen unser Mittagsmahl, Leberwurst, Brot, Käse und Brunnenkresse, ganz unzeremoniell bei Lampenlicht und offenen Fenstern, davor die blaue, salzige Nacht, und ich trank den ganzen restlichen Wein.

Was hatte mich so gemacht? Hatte ich plötzlich das Gefühl gehabt, Julian hätte Priscilla getötet? Nein. Die Raserei, der Zorn waren über Julian gegen mich selbst gerichtet gewesen. Oder über Julian und mich gegen das Schicksal. Aber natürlich war diese Raserei auch Liebe, war die Macht des Gottes selbst, wahnsinnig und erschreckend. »Es war die Liebe«, sagte ich zu ihr.

»Ja, ja.«

Mein erstes Hindernis hatte ich jedenfalls überwunden, auch wenn die Welt dahinter jetzt wieder anders aussah als erwartet. Ich hatte geglaubt, daß danach alles einfacher sein würde, daß ich auch mit dem Verstand würde ja sagen können. Nun aber erstreckte sich meine Beziehung zu Julian – drängend, verwirrend und ihrer eigenen Dynamik gehorchend – immer noch in eine dunkle Zukunft hinein. Ja, sie schien sich von Sekunde zu Sekunde zu verändern. Das Mädchen sah anders aus, ich sah anders aus. War das der Körper, den ich bis in seine kleinste Faser angebetet hatte? Es war, als hätte der Wirbelsturm göttlicher Macht das schrecklich abstrakte Denken ins Zentrum unserer Leidenschaft geweht. Ich bemerkte, daß mich von Zeit zu Zeit ein Zittern überlief, und sah, daß auch Julian zitterte. Und das Rührende war, daß wir einander trösteten, wie Menschen, die knapp einem Feuer entronnen sind.

»Ich repariere dir deine Kette, ganz bestimmt.«

»Das ist nicht nötig, ich kann sie einfach knüpfen.«

»Und den Schafschädel flicke ich auch.«

»Der ist in zu viele Stücke zerbrochen.«

»Ich flicke ihn trotzdem.«

»Ziehen wir die Vorhänge zu. Mir ist, als würden böse Geister hereinschauen.«

»Wir sind von Geistern umgeben. Vorhänge können sie nicht fernhalten.« Trotzdem zog ich die Vorhänge zu und stellte mich dann hinter ihren Stuhl. Zart berührte ich ihren Nacken mit einem Finger. Ihre Haut war kühl, fast kalt, und sie zuckte zusammen und bog den Kopf nach hinten. Keine andere Reaktion. Doch ich spürte, daß unsere Körper auf eine entrückte Weise, die unser Verstehen überstieg, sich einander mitteilten. Unterdessen aber war es Zeit geworden, daß wir uns auch durch Worte mitteilten, in einer Sprache neuer Art, einer Geheimsprache, einer prophetischen Sprache.

»Ich weiß«, sagte sie, »es wimmelt von Geistern. Ich war noch nie in so einer Stimmung wie jetzt. Hörst du das Meer? Es klingt so nahe. Dabei ist es ganz windstill.«

Wir horchten.

»Schließt du bitte die Eingangstür ab, Bradley?«

Ich tat es. Dann setzte ich mich wieder hin und sah ihr ins Gesicht. »Ist dir kalt?«

»Nein, es ist nicht – Kälte.«

»Ich weiß.«

Sie trug das blaue Kleid mit den weißen Weidenblättern, das sie auch bei ihrer Flucht angehabt hatte. Um die Schultern hatte sie sich eine leichte Wolldecke aus unserem Bett gelegt. Sie sah mich mit großen Augen an, und immer wieder lief ein Zucken über ihr Gesicht. Sie hatte viel geweint, aber jetzt gab es keine Tränen mehr. Sie sah um so vieles und auf so schöne Weise älter aus, sie war überhaupt nicht mehr das Kind, das ich gekannt hatte, sie sah aus wie eine wunderschöne Heilige, eine Prophetin, eine Tempelprostituierte. Sie hatte sich das Haar glatt aus dem Gesicht gekämmt, und ihr Gesicht hatte die Nacktheit, die Verlassenheit, den rätselhaft starren und zugleich sprechenden Ausdruck einer Maske. Ihr Blick ging ins Leere wie die blinden Augen einer Statue.

»Oh du herrliches, herrliches Geschöpf.«

»Ich fühle mich so seltsam«, sagte sie, »ganz unpersönlich, so habe ich mich noch nie gefühlt.«

»Das ist die Macht der Liebe.«

»Kann Liebe das bewirken? Gestern, vorgestern dachte ich auch, daß ich dich liebe. Aber es war anders.«

»Das ist der Gott, der schwarze Eros. Hab keine Angst.«

»Oh, ich habe keine – Angst – ich fühle mich nur zerschlagen und leer. Ich bin an einem Ort, an dem ich noch nie gewesen bin.«

»Dort bin ich auch.«

»Ja. Es ist komisch. Als wir nur zärtlich und sanft miteinander waren, hatte ich das Gefühl, daß du da bist, mehr da als irgend jemand je zuvor. Nun kommt es mir vor, als wäre ich allein – und doch bin ich es nicht – ich bin – ich bin du – ich bin wir beide.«

»Ja. Ja.«

»Du siehst mir sogar ähnlich. Mir ist, als würde ich in einen Spiegel schauen.«

Ich hatte das seltsame Gefühl, als spräche ich diese Worte. Ich sprach durch sie, hörte mein eigenes Echo in der reinen, widerhallenden Leere ihres Seins, geschaffen von der Liebe.

»Damals blickte ich dir in die Augen und dachte: Bradley! Jetzt hast du keinen Namen.«

»Wir sind besessen.«

»Ich spüre, daß wir für immer vereint sind. Einander – geweiht.«

»Ja.«

»Hörst du den Zug? Wie klar das Geräusch ist.«

Wir horchten, wie er in der Ferne vorbeifuhr.

»Ist es so, wenn man eine Inspiration hat, ich meine, wenn du schreibst?«

»Ja«, sagte ich. Ich wußte, es war so, obwohl ich es noch nie erlebt hatte, noch kein einziges Mal. Aber jetzt war mir die Kraft zum Schaffen gegeben worden. Ich hatte meine Prüfung bestanden, obwohl ich immer noch im Dunkeln stand.

»Ist es wirklich das gleiche?«

»Ja«, sagte ich. »Die Sehnsucht des menschlichen Herzens nach Liebe und Erkenntnis ist grenzenlos. Aber den meisten wird das nur bewußt, wenn sie verliebt sind, wenn sie die tatsächliche Erfüllung dieser Sehnsucht erleben.«

»Und die Kunst –«

»Ist diese Sehnsucht – geläutert – in Gegenwart ihrer – ihrer Möglichkeit zur Erfüllung – in Gegenwart der Gottheit.«

»Liebe und Kunst –«

»Müssen beide den Blick auf die Ewigkeit richten.«

»Du wirst jetzt schreiben, nicht wahr?«

»Ich werde jetzt schreiben.«

»Ich fühle mich so – ganz«, sagte sie. »Als hätte ich jetzt die Erklärung dafür bekommen, warum wir beide zusammenkommen mußten. Und doch spielt die Erklärung keine Rolle. Wir sind zusammen. O Bradley, ich muß *gähnen*!«

»Und ich habe wieder einen Namen«, sagte ich. »Also dann komm. Ins Bett und schlafen.«

»Ich glaube, ich habe mich noch nie im Leben so herrlich müde und *schwer* gefühlt.«

Ich brachte sie zu Bett, und sie schlief im Unterrock ein wie am ersten Abend. Ich fühlte mich hellwach und frisch. Ich hielt sie in meinen Armen und wußte, daß ich recht daran getan hatte, nicht nach London zurückzufahren. Ich hatte bleiben müssen, mich der Prüfung stellen. Ich hielt sie und spürte, wie die schlichte Wärme einfacher Zärtlichkeit wieder in meinen Körper strömte. Ich dachte an die arme Priscilla und daß ich ab morgen diesen ganzen Schmerz mit ihr teilen würde. Morgen würde ich ihr alles sagen, alles, und wir würden zurück nach London fahren und uns den einfachen Aufgaben und Pflichten des Lebens stellen. Morgen würde der Alltag unseres Zusammenseins beginnen.

Ich schlief tief und fest. Irgendein Geräusch bahnte sich krachend, krachend und dröhnend den Weg zu mir. Ich war ein versteckter Jude, den die Nazis schließlich doch noch gefunden hatten. Ich sah sie schreiend mit Hellebarden gegen die Tür schlagen wie die Soldaten auf einem Bild von Ucello. Ich wälzte mich herum. Julian lag noch immer in meinen Armen. Es war finster.

»Was ist das?« Ihre erschrockene Stimme brachte mich ganz zu Bewußtsein, und die Angst wurde konkret.

Irgend jemand schlug und hämmerte an die Haustür.

»Wer kann das sein?« Sie setzte sich auf. Ich spürte ihre Wärme neben mir in der Dunkelheit, und es schien, als spiegle sich in ihren Augen ein Licht.

»Ich weiß nicht«, sagte ich, mich ebenfalls aufsetzend und meine Arme um sie legend. Wir klammerten uns aneinander.

»Es ist besser, wenn wir still sind und kein Licht machen. O Bradley, ich fürchte mich.«

»Ich paß schon auf dich auf.« Ich hatte selbst solche Angst, daß ich kaum denken oder sprechen konnte.

»Psst! Vielleicht gehen sie wieder weg.«

Das Hämmern, das einen Augenblick aufgehört hatte, fing noch lauter wieder an. Irgend jemand schlug mit einem metallischen Gegenstand gegen die Tür. Man hörte Holz splittern.

Ich knipste ein Licht an und stand auf. Ich sah meine nackten Beine zittern. Ich warf mir den Morgenmantel über. »Bleib hier. Ich sehe nach. Schließ dich ein.«

»Nein, nein, ich komme mit –«

»Bleib hier.«

»Mach die Tür nicht auf, Bradley –«

Ich drehte das Licht in der kleinen Diele an. Sofort hörte das Hämmern auf. Schweigend stand ich hinter der Tür. Ich wußte jetzt, wer auf der anderen Seite war.

Ganz ruhig machte ich die Tür auf, und Arnold kam, besser gesagt, fiel fast herein.

Ich drehte die Lichter im Wohnzimmer an, und er folgte mir und legte den großen Schraubenschlüssel auf den Tisch, mit dem er gegen die Tür gehämmert hatte. Er setzte sich, ohne mich anzusehen. Er atmete schwer.

Auch ich setzte mich und zog mir den Saum des Morgenrocks über die nackten Knie, die krampfhaft schlotterten.

»Ist – Julian – hier?« fragte Arnold mit schwerer Zunge, als wäre er betrunken, doch das war er sicher nicht.

»Ja.«

»Ich bin gekommen – um sie zu holen –«

»Sie wird nicht gehen wollen«, sagte ich. »Wie hast du uns gefunden?«

»Francis hat es mir gesagt. Ich habe ihn so lange mit Fragen gelöchert, bis er es mir gesagt hat. Auch das mit dem Telefongespräch.«

»Was für ein Telefongespräch?«

»Tu nicht so«, sagte Arnold. Jetzt sah er mich an. »Er hat mir gesagt, daß er heute vormittag mit dir wegen Priscilla telefoniert hat.«

»Ach so.«

»Du hast es also nicht fertiggebracht, dich aus deinem Liebesnest loszureißen, obwohl deine Schwester sich umgebracht hat.«

»Ich fahre morgen nach London. Julian kommt mit. Wir werden heiraten.«

»Ich will meine Tochter sehen. Der Wagen steht vor der Tür. Ich nehme sie mit.«

»Nein.«

»Holst du sie bitte her?«

Ich stand auf. Als ich am Tisch vorbeiging, nahm ich den Schraubenschlüssel an mich. Ich ging zum Schlafzimmer. Die Tür war geschlossen, aber nicht versperrt. Ich ging hinein und schloß hinter mir ab.

Julian hatte sich angezogen. Sie trug eine meiner Jacken über ihrem Kleid. Sie reichte ihr bis zu den Schenkeln. Sie war sehr blaß.

»Dein Pa.«

»Ja. Was ist das?«

Ich warf den Schraubenschlüssel aufs Bett. »Eine tödliche Waffe. Nicht zum Gebrauch bestimmt. Es ist besser, wenn du jetzt mitkommst.«

»Du wirst –«

»Ich werde dich beschützen. Mach dir keine Sorgen. Wir werden ihm einfach erklären, wie die Dinge liegen, und dann schicken wir ihn fort. Komm. Nein, warte einen Moment. Ich brauche eine Hose.« Rasch schlüpfte ich in Hemd und Hose. Überrascht sah ich, daß es erst kurz nach Mitternacht war.

Ich ging zurück ins Wohnzimmer, und Julian folgte mir. Arnold war aufgestanden. Wir sahen ihn über den Tisch hinweg an, auf dem noch die verstreuten Reste unseres Abendessens lagen. Wir waren zu erschöpft gewesen, sie wegzuräumen. Ich legte meinen Arm um Julians Schultern.

Arnold hatte sich wieder im Griff und war offenbar entschlossen, nicht zu schreien. »Mein liebes Kind –«, sagte er.

»Hallo.«

»Ich bin gekommen, um dich nach Hause zu holen.«

»Mein Zuhause ist hier«, sagte Julian. Ich drückte sie an mich. Dann entfernte ich mich von den beiden, die einander Auge in Auge gegenüberstanden, und setzte mich.

In seinem leichten Mackintosh sah Arnold, dem die Erregung ins erschöpfte Gesicht geschrieben stand, wie ein fanatischer Revolverheld aus. Seine Augen, blasser noch als blaß, blickten starr, und seine Lippen bewegten sich wie in einem lautlosen Stammeln. »O Julian – komm mit – du kannst nicht bei diesem Mann hier bleiben – du mußt den Verstand verloren haben. Schau, da ist ein Brief von deiner Mutter, sie bittet dich, wieder nach Hause zu kommen. Ich lege ihn hierher, bitte lies ihn. Wie kannst du nur so mitleidlos und gefühllos sein und noch hier bleiben, wenn die arme Priscilla –«

»Was ist mit Priscilla?« fragte Julian.

»Er hat es dir also nicht gesagt?« Arnold sah mich nicht an. Er klickte mit den Zähnen, und in seinem Gesicht zuckte es; vielleicht versuchte er ein Aufblitzen von Triumph oder Frohlocken zu verbergen.

»Was ist mit Priscilla?«

»Priscilla ist tot«, sagte ich. »Sie hat sich gestern mit einer Überdosis Schlaftabletten das Leben genommen.«

»Er weiß es seit heute vormittag«, sagte Arnold. »Francis hat es ihm am Telefon gesagt.«

»Das ist richtig«, sagte ich. »Als ich dir sagte, daß ich zur Tankstelle will, fuhr ich weg, um Francis anzurufen. Ich habe es von ihm erfahren.«

»Und du hast mir nichts gesagt? Du hast es mir verheimlicht – und dann – dann haben wir – den ganzen Nachmittag –«

»Ach –«, sagte Arnold.

Julian beachtete ihn nicht. Sie starrte mich an und zog meine Jacke enger um sich; ihr zerzaustes Haar verschwand unter dem aufgestellten Kragen, den sie am Hals zusammenhielt. »Warum?«

Ich stand auf. »Das ist schwer zu erklären«, sagte ich, »aber bitte versuche es zu verstehen. Für Priscilla konnte ich nichts mehr tun. Und für dich ... Ich mußte bleiben – und die Last des Schweigens auf mich nehmen. Es war nicht Herzlosigkeit.«

»Vielleicht wäre Lüsternheit das richtige Wort.«

»O Bradley – Priscilla ist tot –«

»Ja«, sagte ich, »aber ich kann es nicht mehr ändern und –«

Tränen traten aus Julians Augen und tropften aufs Revers meiner Jacke. »O Bradley – wie konntest du – wie konnten wir – ach die arme, arme Priscilla – wie schrecklich das ist –«

»Er ist unverantwortlich«, sagte Arnold. »Oder er ist nicht ganz richtig im Kopf. Er hat überhaupt kein Gefühl. Da stirbt seine Schwester, aber er will nicht auf seine Liebesfreuden verzichten.«

»O Bradley – die arme Priscilla –«

»Julian, ich wollte es dir morgen sagen. Morgen wollte ich dir alles sagen. Ich mußte heute bleiben. Du hast selbst gesehen, wie es war. Wir waren beide besessen, es hielt uns hier fest, wir hätten gar nicht weggekonnt, es mußte kommen, wie es gekommen ist.«

»Er ist verrückt.«

»Morgen werden wir ins Alltagsleben zurückkehren, morgen werden wir über Priscilla nachdenken, und ich werde dir alles erzählen, und du sollst auch wissen, wie groß meine Schuld ist –«

»Es war meine Schuld«, sagte Julian, »meinetwegen ist es so gekommen. Wenn es mich nicht gäbe, wärst du bei ihr gewesen.«

»Man kann einen Menschen nicht daran hindern, sich das Leben zu nehmen, wenn er dazu entschlossen ist. Man sollte es vielleicht auch gar nicht versuchen. Ihr Leben war sehr traurig geworden.«

»Eine bequeme Entschuldigung«, sagte Arnold. »Du findest also, daß Priscilla tot besser dran ist, was?«

»Nein. Ich sage nur, daß man es – zumindest auch so betrachten könnte. Ich möchte nicht, daß Julian das Gefühl hat ... Ach Julian, ich hätte es dir sagen sollen.«

»Ja – ich – ich habe das Gefühl, als ob ein Fluch auf uns läge. Ach Bradley, warum hast du es mir nicht gesagt?«

»Manchmal muß man schweigen, auch wenn es furchtbar weh tut. Natürlich hätte ich deinen Trost gebraucht. Aber etwas anderes war wichtiger.«

»Die sexuelle Befriedigung eines älteren Mannes«, sagte Arnold. »*Denk nach*, Julian, *denk nach*. Er ist achtunddreißig Jahre älter als du.«

»Nein, das ist er nicht«, sagte Julian. »Er ist sechsundvierzig, und das macht –«

Arnold stieß so etwas wie ein Lachen aus, und wieder zuckte es in seinem Gesicht. »Ach, hat er dir das gesagt? Er ist achtundfünfzig. Frag ihn.«

»Das kann nicht –«

»Schau im *Who's who* nach.«

»Ich stehe nicht im *Who's who*.«

»Bradley, wie alt bist du?«

»Achtundfünfzig.«

»Wenn du dreißig bist, ist er fast siebzig«, sagte Arnold. »Komm jetzt. Das genügt wohl. Wir haben bisher Ruhe bewahrt, und es besteht auch kein Grund zum Schreien. Wie ich sehe, hat Bradley sogar das Eisending aus dem Weg geräumt. Laß uns jetzt gehen, Julian. Im Auto kannst du dich ausweinen. Und du wirst sicher bald einsehen, was dir erspart geblieben ist. Komm. Er wird dich jetzt nicht mehr zurückhalten. Sieh ihn dir an.«

Julian sah mich an. Ich legte mir die Hände vors Gesicht.

»Nimm die Hände weg, Bradley. Bitte. Bist du wirklich *achtundfünfzig?*«

»Ja.«

»Siehst du das denn nicht? *Siehst* du es denn nicht?«

»Doch – jetzt schon –«, murmelte sie.

»Spielt das eine Rolle?« fragte ich. »Du hast gesagt, es wäre dir egal, wie alt ich bin.«

»Ach, mach dich nicht lächerlich«, sagte Arnold. »Versuchen wir doch alle, ein wenig Würde zu bewahren. Komm, Julian. Bitte. Halte mich nicht für unfreundlich, Bradley. Ich tue nur, was jeder Vater täte.«

»Sicher«, sagte ich, »sicher.«

»Ich kann es nicht ertragen«, sagte Julian, »das mit der armen Priscilla, ich kann es nicht ertragen, ich kann es einfach nicht ertragen –«

»Beruhige dich«, sagte Arnold. »Beruhige dich. Komm jetzt.«

»Geh nicht, Julian«, sagte ich. »Du kannst nicht einfach so *gehen*. Ich möchte dir alles erklären, richtig erklären, und zwar allein. Wenn deine Gefühle für mich jetzt anders geworden sind, gut, dann kann man eben nichts machen. Ich bringe dich, wohin du willst, und wir sagen uns adieu. Aber ich flehe dich an, mich jetzt nicht zu verlassen. Ich bitte dich im Namen – im Namen –«

»Ich verbiete dir, zu bleiben«, sagte Arnold. »In meinen Augen ist diese Beziehung eine Schändung. Entschuldige das harte Wort. Ich bin sehr aufgeregt und sehr zornig, und ich gebe mir große Mühe, vernünftig und freundlich zu bleiben. Betrachte es doch einmal ganz objektiv. Ich kann und will ohne dich nicht gehen.«

»Ich möchte es dir erklären«, sagte ich. »Ich möchte dir das mit Priscilla erklären.«

»Wie kannst du das?« fragte sie. »Ach Gott – ach Gott –« Sie weinte jetzt hilflos, ihre nassen Lippen zitterten.

Ich litt Qualen, leibhaftige Qualen, eine schreckliche Angst erfüllte mich. »Verlaß mich nicht, mein Liebling, ich würde sterben.« Ich ging zu ihr und streckte die Hand nach ihr aus. Schüchtern berührte ich den Ärmel meiner Jacke.

Prompt kam Arnold um den Tisch herum, packte sie beim Arm und schob sie hinaus in die Diele. Ich folgte ihnen. Durch die offene Schlafzimmertür sah ich den Schraubenschlüssel auf dem weißen Leintuch liegen und stürzte mich darauf. Ich stellte mich vor die Haustür und versperrte ihnen den Weg.

»Ich kann dich jetzt nicht gehen lassen, Julian, ich würde den Verstand verlieren. Bitte geh nicht – du mußt mir wenigstens so viel Zeit geben, daß ich mich verteidigen kann –«

»Da gibt es nichts zu verteidigen«, sagte Arnold. »Wozu noch lange herumreden? Siehst du denn nicht, daß es *vorbei* ist? Du hast ein Abenteuer mit einem törichten jungen Mädchen gehabt, und jetzt ist es *zu Ende*. Der Zauber ist gebrochen. Und gib mir dieses Eisending da. Es beunruhigt mich in deinen Händen.«

Ich gab ihm den Schraubenschlüssel, aber ich gab die Tür nicht frei. »Entscheide dich, Julian«, sagte ich.

Julian, immer noch mit den Tränen kämpfend, machte sich rasch, aber bestimmt aus dem Griff ihres Vaters frei. »Ich komme nicht mit. Ich bleibe hier bei Bradley.«

»O Gott sei Dank«, sagte ich, »Gott sei Dank.«

»Ich möchte hören, was Bradley zu sagen hat. Morgen komme ich zurück nach London. Aber ich werde Bradley nicht mitten in der Nacht verlassen.«

»Gott sei Dank.«

»Du kommst mit«, sagte Arnold.

»Nein, das tut sie nicht. Sie hat gesagt, was sie tun will. Und jetzt geh bitte. *Überleg doch*, Arnold. Willst du dich mit mir prügeln? Willst du mir mit diesem Eisending den Schädel einschlagen? Ich verspreche, daß ich Julian morgen nach London bringe. Niemand wird sie zu etwas zwingen, niemand kann sie zwingen. Sie wird tun, was sie tun will, ich versuche nicht, sie zu kidnappen.«

»Bitte geh«, sagte Julian. »Es tut mir leid. Du bist nett gewesen und – sehr beherrscht, aber ich muß heute nacht hierbleiben. Ich verspreche, daß ich kommen und mir alles anhören werde, was du zu sagen hast. Aber bitte hab Verständnis, und laß mich jetzt mit ihm reden. Wir müssen miteinander reden, sieh das bitte ein. Du kannst hier nichts tun und nichts ungeschehen machen.«

»Sie hat recht«, sagte ich.

Arnold schaute mich nicht an. Sein Blick ruhte sehr nachdenklich und traurig auf seiner Tochter. Dann stieß er einen tiefen Seufzer aus. »Versprichst du, daß du morgen nach Hause kommst?«

»Ich komme.«

»Versprichst du, daß du *nach Hause* kommst?«

»Ja.«

»Und laß dich heute nacht – nicht mehr – o verdammt, du hast keine Vorstellung, was du mir angetan hast –«

Ich trat von der Tür zurück, und Arnold marschierte in die Dunkelheit hinaus. Ich drehte das Licht vor dem Haus an. Es war ganz, wie wenn man einen Gast vor die Tür begleitet. Julian und ich standen wie Mann und Frau im Eingang und sahen zu, wie Arnold in den Wagen stieg. Es schepperte, als er den Schraubenschlüssel nach hinten warf. Das Licht der Scheinwerfer fiel auf den Kies und das verkümmerte, blaß blühende Unkraut, auf das leuchtendgrüne, zerzauste Gras und auf eine Reihe weißer Zaunlatten. Dann schwenkte es abrupt herum, beleuchtete das offene Tor und entfernte sich den Weg hinunter. Ich zog Julian wieder hinein, schloß die Tür und fiel vor ihr auf die Knie. Ich umklammerte ihre Beine und drückte meinen Kopf an den Saum ihres blauen Kleides.

Einen Augenblick ließ sie sich diese Umarmung gefallen, dann machte sie sich sanft frei, ging ins Schlafzimmer und setzte sich aufs Bett. Ich folgte ihr und versuchte, die Arme um sie zu legen, aber sie schüttelte mich mit schwachen, halb unbewußten Bewegungen ab.

»O Julian, wir haben einander doch nicht verloren? Es tut mir so furchtbar leid, daß ich über mein Alter gelogen habe. Es war dumm. Aber es spielt doch nicht wirklich eine Rolle, oder? Ich meine, wir sind über solche Dinge doch hinaus, es kann nicht von Bedeutung sein. Und ich konnte heute früh nicht nach London zurückfahren. Ich weiß, daß es ein Verbrechen war. Aber ich habe dieses Verbrechen begangen, weil ich dich liebe.«

»Ich bin so *durcheinander*«, sagte sie, »so schrecklich *durcheinander* –«

»Laß mich erklären, wie –«

»Bitte. Ich kann jetzt nichts hören, ich kann einfach nichts mehr *hören*. Es war alles so ein Schock für mich – wie eine – eine Vernichtung. Laß mich jetzt lieber – ich geh nur noch schnell aufs Klo, und dann versuche ich zu schlafen.« Sie ging, kehrte zurück, zog sich das Kleid aus und schlüpfte in der Unterwäsche in ihr dunkelblaues Nachthemd. Sie bewegte sich wie eine Schlafwandlerin.

»Ich danke dir, daß du geblieben bist, Julian. Ich bin dir so unsagbar dankbar. Ich bete dich an dafür. Du wirst doch Nachsicht mit mir haben, Julian, nicht wahr? Du könntest mir mit dem kleinen Finger den Hals brechen.«

Mit steifen, schwerfälligen Bewegungen wie ein alter Mensch kroch sie ins Bett.

»So ist es recht«, sagte ich. »Wir werden morgen früh reden, ja? Jetzt schlafen wir. Es wird uns guttun, einander in die Arme zu nehmen und miteinander einzuschlafen.«

Sie sah mich trübsinnig an, die Tränen auf ihrem Gesicht waren getrocknet.

»Darf ich bleiben, Julian?«

»Bradley – Liebster – ich wäre jetzt lieber allein. Ich fühle mich so überfahren, so – zerbrochen. Ich muß erst wieder ganz werden, und dazu ist es besser – wenn ich allein bin – zumindest jetzt.«

»Gut. Ich verstehe, meine Liebste, mein Herz. Ich werde nicht – wir werden morgen reden. Sag nur, daß du mir verzeihst.«

»Ja, ja.«

»Gute Nacht, mein Liebling.«

Ich küßte sie auf die Stirn. Dann stand ich rasch auf, drehte das Licht ab und schloß hinter mir die Tür. Ich ging zur Haustür und verriegelte sie. In dieser Nacht schien alles möglich, selbst die Rückkehr Arnolds mit dem Schraubenschlüssel. Ich setzte mich in einen Lehnstuhl im Wohnzimmer und bedauerte, daß ich keinen Whisky mitgebracht hatte. Ich beschloß, den Rest der Nacht wach zu bleiben.

Ich fühlte mich so verwundet und verschreckt, daß es mir schwerfiel, überhaupt zu denken. Am liebsten hätte ich mich in meinem Schmerz einfach zusammengekrümmt und gestöhnt. Wie mußte das alles für sie *aussehen*, was für eine *Wirkung* würde es auf sie haben, daß ihr Vater mich so vor ihr bloßgestellt und gedemütigt hatte? Arnold hatte es nicht nötig, mich mit einem Eisending zusammenzuschlagen. Er hatte mich auch so geschlagen. Und was würde es für Folgen haben, daß ich ihr den Tod Priscillas verschwiegen hatte? Ach, wenn ich nur die Zeit gehabt hätte, ihr alles selbst zu sagen. Würde Julian mich jetzt plötzlich ganz anders sehen? Würde ich in ihren Augen als alter Mann dastehen, dem die Lüsternheit den Verstand vernebelt hatte? Ich mußte ihr erklären, daß ich Priscillas Selbstmord nicht nur verheimlicht hatte, weil ich mit ihr ins Bett gehen wollte, daß ich meine Schwester nicht nur aus diesem Grund, lebendig und tot, anderen überlassen hatte. Ich mußte ihr klarmachen, daß da etwas viel Größeres dahinterstand, eine Art Aufopferung, eine Art gottgesandte Prüfung, ein Ruf, dem ich absolut Folge leisten mußte. Würde ihr das jetzt unsinnig vorkommen? Würde sich – und ich fürchte, das war der quälendste aller Gedanken –, würde sich der Unterschied zwischen sechsundvierzig und achtundfünfzig als fatal erweisen?

Später begann ich über Priscilla nachzudenken und darüber, wie furchtbar traurig das alles doch war und was für ein erbarmungswürdiges Ende sie gehabt hatte. Die bestürzende Tatsache, daß sie wirklich tot war, schien erst jetzt mein Herz zu erreichen, und ich empfand echte, nun aber vergebliche Liebe für sie. Ich hätte mir etwas *einfallen* lassen müssen, um sie zu trösten. Es wäre nicht unmöglich gewesen. Ich wurde schläfrig, stand auf und ging im Haus umher. Ich öffnete die Schlafzimmertür, horchte auf Julians gleichmäßigen Atem und betete. Ich ging ins Badezimmer und musterte im Spiegel mein Gesicht. Der unirdische Glanz war verschwunden. Meine Augen lagen in faltigen Höhlen, meine Stirn war gefurcht, kleine blutrote Würmer zogen sich durch die stumpfe, fahle Haut, ich sah alt und abgehärmt aus. Aber Julian schlief ruhig, und meine ganze Hoffnung schlief mit ihr. Ich kehrte zu meinem Lehnstuhl im Wohnzimmer zurück, ließ den Kopf nach hinten sinken und schlief sofort ein. Ich träumte, daß Priscilla und ich wieder Kinder waren und uns unter dem Ladentisch versteckten.

Scheckiggraues Morgenlicht lag im Zimmer, als ich erwachte, und gab dem fremden Raum etwas unheimlich Lebendiges. Die Möbel kauerten in formlosen Klumpen um mich herum wie schlafende Tiere. Alles sah aus wie in schmuddelige Schonbezüge gehüllt. Die Schlitze in den schlecht zugezogenen Vorhängen gaben einen dämmergrauen Himmel frei, bleich und trübe, ohne Farbe. Die Sonne war noch nicht aufgegangen.

Mich schauderte, und dann kam die Erinnerung. Mit steifen, schmerzenden Gliedern rappelte ich mich hoch, und ein widerwärtiger Geruch stieg mir in die Nase, wahrscheinlich mein eigener. Mich von einer Stuhllehne zur nächsten hangelnd, humpelte ich auf steifen Beinen zur Tür. Vor der Schlafzimmertür horchte ich. Alles still. Sehr vorsichtig öffnete ich sie und steckte den Kopf ins Zimmer.

Man konnte kaum etwas sehen: Das grobkörnige Morgenlicht, wie auf einem schlechten Zeitungsfoto, schien die Sicht eher zu behindern als zu begünstigen. Das Bett war ziemlich zerwühlt. Ich glaubte Julians Umrisse zu erkennen. Dann sah ich, daß es nur ein Knäuel von Decken war. Das Bett war leer, das Zimmer war leer.

Leise ihren Namen rufend, lief ich durch die übrigen Räume und war närrisch genug, sogar in die Schränke zu schauen. Sie war nicht im Haus. Ich ging vor die Tür, lief ums Haus, dann rannte ich hinaus auf den steinigen Vorhof und hinunter zu den Dünen. Ich rief, ich schrie, ich brüllte ihren Namen so laut ich konnte. Nichts. Ich lief zurück und drückte mehrmals auf die Autohupe; wie eine schaurige Sturmglocke durchschnitt das Hupen die leere, vollkommene Stille des heraufdämmernden Morgens. Aber es kam keine Antwort. Es gab keinen Zweifel mehr. Sie war fort.

Ich ging zurück ins Haus und drehte alle Lichter an. Sie verbreiteten Untergangsstimmung im zunehmenden Licht des Tages. Nochmals durchsuchte ich sämtliche Räume. Auf dem Toilettentisch lag ein Haufen 5-Pfund-Noten, der Rest von dem Geld, das ich ihr gegeben hatte, um sich Kleider zu kaufen. Ich hatte darauf bestanden, daß sie es bei sich behielt. Die neue, bei dem Einkaufsbummel erstandene Handtasche war weg. Ihre neuen Kleider hingen alle noch im Schrank. Kein Brief, keine Mitteilung für mich, nichts. Ohne ein Wort, ohne Mantel, nur mit ihrer Handtasche unter dem Arm und dem blauen Kleid mit dem Weidenblattmuster auf dem Leib war sie aus dem Haus geschlüpft, während ich schlief, und in die Nacht hinein verschwunden.

Ich rannte hinaus zum Wagen und durchsuchte vergeblich meine Hosentaschen nach dem Schlüssel. Ich lief zurück und wühlte in den Taschen meiner Jacke. War es denkbar, daß Julian absichtlich die Autoschlüssel mitgenommen hatte, um eine Verfolgung zu verhindern? Schließlich fand ich sie auf dem Tisch in der Diele. Der immer noch sonnenlose Himmel draußen war inzwischen von einem durchsichtig schimmernden, diesigen Blau, in dem groß das Licht des Morgensterns hing. Natürlich brachte ich den Wagen nicht in Gang. Endlich sprang er an, und mit einem Ruck fuhr ich los, streifte den Torpfosten und holperte den Weg hinunter, so schnell es ging. Jetzt stieg die Sonne hoch.

Ich erreichte die Straße und bog zum Bahnhof ab. Die Bahnsteige auf dem Spielzeugbahnhof waren leer. Ein die Schienen entlanggehender Eisenbahner erklärte mir, daß hier in der Nacht kein Zug gehalten hatte. Ich fuhr zur Hauptstraße weiter und bog in Richtung London ab. Die Sonne schien kalt und hell, und es waren bereits ein paar Autos unterwegs. Aber die Grasstreifen neben der Straße waren leer. Ich machte kehrt und fuhr in die andere Richtung, durchs Dorf und an der Kirche vorbei. Ich hielt sogar an und ging in die Kirche hinein. Natürlich war es aussichtslos. Ich fuhr zurück, rannte ins Haus und gaukelte mir mit verzweifelter Hoffnung vor, daß sie zurückgekommen sein könnte, während ich weg war. Als wäre es soeben geplündert worden, stand das kleine Haus mit der offenen Tür und den brennenden Lichtern schamlos leer im hellen Sonnenschein. Ich fuhr zu den Dünen hinunter und rammte die Motorhaube in eine taufeuchte Wand aus drahtigen Grasbüscheln und Sand. Ich lief zwischen den Dünen herum und hinunter zum Strand und rief nach ihr: »Julian, Julian.« Die höher kriechende Sonne schien auf ein ruhiges Meer, das sich in einer glatten, von keiner Welle gekräuselten Linie an den sanft abfallenden Wall aus bunten ovalen Steinen schmiegte.

»Warte, Brad, laß lieber Roger vorangehen.«

Christin hielt mich energisch am Arm fest.

Mit starrem Gesicht trat Roger aus der Kirchenbank und marschierte mit seinem pseudosoldatischen Schritt verlegen zum Ausgang der Kapelle. Die Brokatvorhänge hatten sich über Priscillas Sarg geschlossen; nun würde er dem Feuer übergeben werden. Die schreckliche Zeremonie war vorüber.

»Was machen wir jetzt? Gehen wir nach Hause?«

»Nein, wir sollten ein wenig im Garten umhergehen, ich glaube, das ist üblich, zumindest in den USA. Ich möchte nur noch ein paar Worte mit den Frauen da drüben reden.«

»Wer ist das?«

»Ich weiß nicht. Freundinnen von Priscilla. Eine davon ist, glaube ich, ihre Aufwartefrau. Ist doch nett von ihnen, daß sie gekommen sind.«

»Ja, sehr.«

»Du mußt mit Roger reden.«

»Ich habe Roger nichts zu sagen.«

Langsam gingen wir den Mittelgang hinunter. Francis, der

nervös vor dem Eingang auf und ab lief, trat zur Seite, um die Frauen vorbeizulassen, warf uns ein mattes Lächeln zu und folgte ihnen dann hinaus.

»Von wem waren die Gedichte, die der Mann gelesen hat, Brad?«

»Browning und Tennyson.«

»Die waren schön. Und so passend. Ich mußte weinen.«

Roger hatte alles Nötige für die Feuerbestattung veranlaßt, auch die Lesung dieser schrecklichen Auswahl von Gedichten. Es hatte keinen Gottesdienst gegeben.

Wir traten hinaus in den Garten. Leichter Regen fiel von einem hellen, bräunlichen Himmel. Mit dem guten Wetter schien es vorbei zu sein. Ich schüttelte Christins Hand ab und spannte meinen Regenschirm auf.

Roger, in elegantem Schwarz, war ganz der trauernde Hinterbliebene. Pflichtbewußt und männlich gefaßt bedankte er sich soeben bei dem Rezitator und einem Beamten des Krematoriums. Die Sargträger waren schon gegangen. Christin sprach mit den drei Frauen, die mit gespieltem Interesse die tropfenden Azaleen bewunderten. Francis lief neben mir her und versuchte sich unter meinen Schirm zu drängen. Er wiederholte eine Geschichte, die er mir, in verschiedenen Variationen, schon mehrmals erzählt hatte. Er wimmerte ein bißchen beim Sprechen. Während der Verabschiedungszeremonie hatte er laut geweint.

»Ich wollte ja gar nicht lang bleiben, als ich raufging. Ich hab ihn am Nachmittag im Hof getroffen, und er hat mich gefragt, ob ich nicht mal zum Tee raufkommen möchte. Priscilla schien mir ganz okay, und ich sagte zu ihr, ich geh bloß rauf auf eine Tasse Tee, gleich einen Stock höher. Sie schien mir wirklich ganz okay. Sie sagte, sie würde ein Bad nehmen. Und oben haben wir dann was getrunken, aber weiß Gott, was da drin war, ehrlich Brad, da war was drin. Herrgott noch mal, ich bin Alkohol doch gewohnt, aber das Zeug hat mich einfach umgehauen. Und dann hat er angefangen, mich anzumachen. Ich schwör dir, es war nicht meine Idee, Brad. Aber irgendwie mußte ich lachen, und beduselt war ich auch, und dann hat er mich gefragt, ob ich nicht über Nacht bleiben will, und da hab ich erst gesehen, wie verdammt spät es schon war und hab gesagt, ich geh nur schnell mal runter und seh nach Priscilla. Und das hab ich dann auch getan, und sie hat geschlafen, ich hab in ihr Zimmer geschaut, und sie hat fest geschlafen, sie sah ganz normal und friedlich aus. Also bin ich wieder rauf und hab die Nacht da oben mit ihm verbracht, und wir haben uns ziemlich vollaufen lassen, und als ich aufgewacht bin, war es schon verdammt spät, der muß da was reingetan haben, das war kein gewöhnlicher Alkohol. Rigby war schon zur Arbeit gegangen. Es war schaudervoll, sag ich dir, ich bin mir wie ein Schweinehund vorgekommen. Und dann bin ich runter, und Priscilla schlief immer noch, und ich hab sie schlafen lassen, und ein bißchen später kam mir vor, daß sie irgendwie komisch atmete, und ich hab versucht, sie aufzuwecken, und dann rief ich das Krankenhaus an, und es hat eine Ewigkeit gedauert, bis der Krankenwagen kam, und ich bin mitgefahren, und im Krankenwagen hat sie noch gelebt, und dann hab ich gewartet, und dann sagten sie mir, daß es eine Ewigkeit her sein mußte, daß sie die Tabletten genommen hat, sicher schon am Nachmittag zuvor, und daß es zu spät wäre, und Herrgott, Brad, ich kann nicht weiterleben, nachdem das passiert ist, ich kann nicht, ich kann nicht –«

»Ach halt den Mund«, sagte ich. »Es war nicht deine Schuld. Es war meine Schuld.«

»O Brad, verzeih mir.«

»Hör auf zu jammern wie ein Weib. Geh endlich. Es war nicht deine Schuld. Es war unvermeidlich. Und es war besser so. Du kannst niemanden retten, der sich den Tod wünscht. Es war besser so.«

»Du hast gesagt, ich soll auf sie aufpassen, und ich –«

»Jetzt geh endlich.«

»Wo soll ich denn hin, wo kann ich denn hin? Schick mich nicht weg, Brad, sonst dreh ich durch, ich muß bei dir sein, sonst dreh ich durch vor Kummer, du mußt mir verzeihen, du mußt mir helfen, Brad, du mußt einfach. Ich geh jetzt zurück in die Wohnung und räum auf, ich mach alles blitzblank, ich versprech's dir. O bitte, laß mich bei dir bleiben, ich kann dir nützlich sein, du brauchst mir kein Geld zu geben –«

»Ich will dich nicht in meiner Wohnung haben. Verschwinde einfach, klar?«

»Ich bring mich um. Ich tu's.«

»Dann tu's doch.«

»Du verzeihst mir doch, Brad, nicht wahr, du verzeihst mir?«

»Ja, natürlich. Nur laß mich in Ruhe. Bitte.« Mit einem heftigen Ruck zog ich den Regenschirm weg, kehrte Francis den Rücken zu und eilte zum Tor.

Durch den Regen platschende Schritte holten mich ein. Christin. »Brad, du *mußt* mit Roger sprechen. Er bittet dich, auf ihn zu warten. Er muß etwas mit dir bereden. Geschäftlich. Ach Brad, du kannst doch nicht einfach so davonlaufen. Ich komm sowieso mit dir mit, also renn nicht davon. Komm zurück und rede mit Roger, bitte.«

»Er sollte sich damit begnügen, daß er meine Schwester umgebracht hat. Er braucht mich nicht auch noch mit seinen Geschäften zu belästigen.«

»So warte doch, warte, *warte*. Schau, da kommt er.«

Unter dem überdachten Friedhofstor, einem ziemlich preziösen Bauwerk, blieb ich stehen und sah Roger entgegen, der unter seinem Regenschirm näherkam. Sogar einen schwarzen Regenmantel hatte er an.

»Bradley. Traurige Geschichte, das. Ich mache mir Vorwürfe.«

Ich sah ihn an, dann wandte ich mich ab.

»Als Priscillas Erbe –«

Ich zögerte.

»Priscilla hat natürlich ein Testament zu meinen Gunsten hinterlassen. Aber die Familiensachen – Fotos und was es sonst noch so gibt – sollst selbstverständlich du haben. Und wenn du irgendein kleines Andenken möchtest, laß es mich wissen. Oder ich suche etwas für dich aus, wäre dir das recht? Irgendeine von den Kleinigkeiten, die sie immer auf ihrem Toilettentisch stehen hatte, oder so was.«

Sein Schirm berührte meinen, und ich trat einen Schritt zurück. Hinter ihm sah ich Christins lebhaftes, eifriges Gesicht. Sie beobachtete uns mit der unverhohlenen Neugier der Nichtbetroffenen. Sie hatte keinen Schirm. Sie trug einen dunkelgrünen Regenmantel und einen schicken schwarzen Regenhut mit breiter Krempe. Er sah aus wie ein kleiner Sombrero. Francis hatte sich zu den Azaleendamen gesellt.

Ich sagte nichts. Ich sah Roger nur an.

»Das Testament ist ganz einfach, es dürfte keine Probleme geben. Du kannst natürlich eine Kopie davon haben. Und vielleicht bist du so nett und schickst mir alles zurück, was du von Priscilla hast. Den Schmuck zum Beispiel. Du kannst mir die Sachen ja eingeschrieben schicken. Oder besser noch, ich komme heute nachmittag bei dir vorbei, falls du zu Hause bist. Mrs. Evandale hat mir freundlicherweise auch angeboten, daß ich alles abholen kann, was noch von Priscilla bei ihr im Haus ist –«

Ich kehrte ihm den Rücken zu und begann die Straße hinunterzugehen.

Er rief mir nach. »Mich hat es auch getroffen, sehr sogar – aber es hat doch keinen Sinn –«

Christin ging neben mir her. Sie hatte mich wieder am Arm genommen und war unter meinen Schirm geschlüpft. Wir kamen an einem kleinen gelben Austin vorbei, der neben einer Parkuhr abgestellt war. Am Steuer saß Marigold. Sie nickte mir zu, als wir vorbeigingen, aber ich beachtete sie nicht.

»Wer ist das?« fragte Christin.

»Rogers Freundin.«

Etwas später überholte uns der Austin. Marigold fuhr. Einen Arm hatte sie dabei um Roger gelegt; Rogers Kopf lag auf ihrer Schulter. Kein Zweifel, es hatte ihn wirklich getroffen, sehr sogar.

»Lauf nicht so schnell, Brad. Willst du nicht, daß ich dir helfe? Willst du nicht, daß ich herausfinde, wo Julian ist?«

»Nein.«

»Aber weißt du denn, wo sie ist?«

»Nein. Könntest du bitte deine Hand von meinem Arm nehmen?«

»Na schön – aber du *mußt* mich dir helfen lassen, du kannst nach all dem Schrecklichen nicht so allein fortgehen. Bitte komm mit mir nach Notting Hill. Ich kümmere mich um dich, ich würde es gerne tun. Wirst du kommen?«

»Nein, danke.«

»Aber Brad, was wirst du wegen Julian unternehmen? Du mußt etwas tun. Wenn ich wüßte, wo sie ist, würde ich es dir sagen, ehrlich. Soll ich Francis nach ihr suchen lassen? Es würde ihm guttun, wenn er etwas für dich tun kann nach dieser Geschichte. Soll ich ihm sagen, daß er sie suchen soll?«

»Nein.«

»Aber wo *ist* sie, Brad, wo kann sie sein? Was glaubst du? Sie wird sich doch nicht umgebracht haben?«

»Nein, natürlich nicht«, sagte ich. »Sie ist bei Arnold.«

»Könnte sein. Ich habe Arnold nicht gesehen, seit –«

»Er ist mitten in der Nacht gekommen und hat sie gegen ihren Willen mitgenommen. Sicher hat er sie irgendwo eingesperrt und hält ihr Vorträge. Sie wird ihm bald entwischen und zu mir zurückkommen, wie sie es schon einmal getan hat. Das ist alles.«

»Tja –« Christin schielte unter der Krempe ihres schwarzen Sombreros zu mir hoch. »Und wie geht's dir so, Brad, ich meine, ganz allgemein? Du würdest jemanden brauchen, der sich um dich kümmert, du würdest –«

»Laß mich in Ruhe bitte. Und sorg dafür, daß Francis in Notting Hill bleibt. Ich möchte ihn nicht sehen. Und jetzt entschuldige mich bitte, ich nehme dieses Taxi hier. Leb wohl.«

Es lag natürlich auf der Hand, was geschehen war. Ich sah es jetzt ganz klar. Arnold mußte zurückgekommen sein, während ich schlief, und entweder hatte er Julian gezwungen oder mit schmeichlerischen Worten dazu überredet, zu ihm ins Auto zu steigen. Vielleicht hatte er sie aufgefordert, sich zu ihm zu setzen, um zu reden. Und dann war er einfach losgefahren. Bestimmt hätte sie sich am liebsten aus dem Auto gestürzt. Aber sie hatte mir versprochen, so etwas nie wieder zu tun. Außerdem wollte sie sicher ihren Vater überzeugen. Nun steckten sie irgendwo zusammen und diskutierten und stritten miteinander. Vielleicht hatte er sie irgendwo eingesperrt. Aber sie würde ihm bald entwischen und zu mir zurückkommen. Ich wußte, daß sie nicht dazu fähig gewesen wäre, mich so ohne ein Wort zu verlassen.

Natürlich war ich in Ealing gewesen. Als ich nach London zurückgekommen war, war ich zuerst in meine Wohnung gegangen, für den Fall, daß dort eine Botschaft auf mich wartete, dann war ich nach Ealing weitergefahren. Ich hatte den Wagen vor dem Haus gegenüber geparkt, war hinübergegangen und hatte an der Eingangstür geläutet. Niemand kam. Ich ging zurück zum Auto, setzte mich hinein und beobachtete das Haus. Nach etwa einer Stunde begann ich auf dem Gehsteig gegenüber auf und ab zu gehen. Ich sah Rachel, die mich aus dem Treppenfenster im oberen Stock beobachtete. Nach einer Weile öffnete sie das Fenster und rief: »Sie ist nicht hier!« Dann schloß sie es wieder. Ich fuhr weg, brachte den Wagen zum Autoverleih zurück und ging in meine Wohnung. Ich beschloß, mich nicht mehr von dort wegzurühren, denn sicher würde Julian hierherkommen, sobald ihr die Flucht geglückt war. Ich hatte die Wohnung nur verlassen, um zu der Trauerfeier für Priscilla zu gehen.

Als ich jetzt zurückkam, legte ich mich auf mein Bett. Kurz darauf tauchte Francis auf. Er hatte ja noch den Schlüssel und ließ sich selbst ein. Er versuchte mit mir zu reden und wollte mir etwas zu essen machen, aber ich ignorierte ihn. Später kam Roger vorbei, und ich bat Francis, ihm die wenigen Sachen auszuhändigen, die noch von Priscilla da waren. Roger ging. Ich bekam ihn gar nicht zu Gesicht. Gegen Abend schlich Francis auf Zehenspitzen herein und legte die bronzene Büffeldame neben die Dose *Von einem Freund* auf den Kaminsims in meinem Schlafzimmer. Ich begann zu weinen. Ich sagte Francis, er solle verschwinden, aber eine Stunde später hörte ich ihn noch immer in der Küche rumoren.

In letzter Konsequenz kann man die Welt wohl als einen Ort des Leidens definieren. Der Mensch ist eine leidende Kreatur, ständig der Angst, dem Schmerz und der Furcht ausgesetzt, dem Wirken dessen, was die Buddhisten *Dukha* nennen, der ewigen, qualvollen Unzufriedenheit eines Geschöpfes, das mit aller Leidenschaft reinen Illusionen nachjagt. Doch es gibt vielerlei Landstriche in diesem Tal des Elends. Wir alle leiden, aber wir leiden auf bestürzend unterschiedliche Weise. Wer weiß, vielleicht bedauert der Erleuchtete den verdrießlichen Millionär ebenso rückhaltlos wie den notleidenden Bauern. Ja vielleicht ist das Los des Millionärs sogar wirklich bedauernswerter, weil er von den Tröstungen falscher und flüchtiger Freuden getäuscht wird, während es denkbar wäre, daß das Elend den Bauern zwangsläufig weise macht. Jedenfalls sind derlei Urteile den Erleuchteten vorbehalten, und gewöhnliche Sterbliche, die solche Ansichten zu äußern wagen, könnten mit Recht als frivol bezeichnet werden. *Wir* halten es normalerweise für das schlimmere Schicksal, in Armut zu darben, als inmitten von Luxus zu gähnen. Gäbe es nicht solch ein Übermaß an Leiden in der Welt – was ja vorstellbar wäre –, wären Langeweile und simple irdische Enttäuschungen unsere schwersten Heimsuchungen; und würden wir – was schon schwerer vorstellbar ist – nur wenig unter dem Verlust derer leiden, die wir lieben, und uns zum Sterben hinlegen wie zum Schlafen, dann hätten wir vielleicht ziemlich andere, ja grundlegend andere moralische Vorstellungen. Daß diese Welt ein Ort des *Schreckens* ist, muß jeden ernsthaften Künstler und Denker bekümmern, seine Gedanken verdüstern, seine Seele kaputtmachen und ihn manchmal tatsächlich in den Wahnsinn treiben. Kein ernsthafter Mensch kann vor dieser Tatsache die Augen verschließen. Wer es tut, tut es auf eigene Gefahr, und die Großen, die sich darüber hinwegzusetzen schienen, haben es nur scheinbar getan (eine Tautologie). Wir leben auf einem Planeten, auf dem der Krebs regiert, auf dem Menschen regelmäßig, gnadenlos und fast unbeachtet von Überschwemmungen, Hungersnöten und Seuchen getötet werden wie die Fliegen, auf dem die einen die anderen mit furchtbaren Waffen bekämpfen, deren Auswirkungen sich die alptraumhafteste Phantasie nicht ausmalen kann, auf dem Menschen einander in Angst versetzen, einander foltern und ein Leben lang lügen aus Angst. Da leben wir.

Verbietet dieser Hintergrund ein verfeinertes Moralempfinden? Wie oft, lieber Freund, haben wir nicht darüber diskutiert. Und soll der Künstler ganz der Lebensfreude entsagen? Muß er, der andere glücklich macht, ein Lügner sein? Darf der Geist, der die Wahrheit erkennt, sie auch aussprechen? Wie groß kann, wie groß muß ein Herz sein, dem es wirklich ernst ist? Müssen wir immer diese Tränen trocknen oder uns ihrer zumindest bewußt sein, wenn wir nicht in alle Ewigkeit verdammt sein wollen? Ich habe keine Antwort auf diese Fragen. Vielleicht gibt es nur eine sehr lange Antwort darauf, vielleicht auch keine. Die Frage aber bleibt bestehen, solange unser Planet besteht (was vielleicht gar nicht mehr so lange ist), um unsere Weisen in ihren dämonischen Bann zu ziehen, ja sie zuweilen selbst im wahren Sinn des Wortes zu Dämonen zu machen. Muß nicht die Antwort auf ein solches Problem im Bereich des Dämonischen liegen? Wie muß doch Gott (der ja selbst ein Dämon ist) wohl lachen.

Dies, lieber Freund, ist der Auftakt zu meiner freilich nicht zum ersten Mal vorgebrachten Rechtfertigung dieser Liebesgeschichte. Liebesqualen? Pah! Aber diese Ekstasen der Liebe, diese himmlische Seligkeit! Plato hielt es für keine Schande, den ersten Schritt auf dem Weg zur Sonne darin zu sehen, wenn er bei einem schönen Jüngling lag. Glückliche Liebe befreit von den Fesseln des Ichs und macht die Welt sichtbar. Unglückliche Liebe ist eine Offenbarung reinen Leidens, oder kann es sein. Natürlich trüben und vergällen nur allzu oft Eifersucht, Reue, Haß und die niedrigen, würdelosen ›Hätte ich doch nur ...‹-Überlegungen eines jammervollen Geistes den reinen Schmerz über unsere Niederlagen. Aber selbst dann weht einen zuweilen der Hauch erhabeneren Leidens an. Und wer kann behaupten, daß sich darin nicht auch eine Art Solidarität mit jenen ausdrückt, die aus ganz anderen Gründen leiden? Zeus, heißt es, spottet über die Schwüre Verliebter, und selbst wir belächeln sie vielleicht insgeheim, auch wenn wir ihre ›Krankheit‹ verstehen, zumal wenn sie jung sind. Wir sind davon überzeugt, daß sie wieder genesen werden. Und das tun sie vielleicht auch, was immer Genesung heißen mag. Aber es gibt Zeiten des Leidens, die wie schwarze Fixsterne in unserem Leben stehen und durch nichts ausgelöscht werden können. Glücklich jene, für die diese schwarzen Sterne eine Art Licht verbreiten.

Natürlich verspürte ich Reue. Die Liebe kann den Tod nicht wirklich ertragen. Die Erfahrung des Todes vernichtet das sexuelle Begehren. Die Liebe muß den Tod maskieren, oder sie stirbt durch ihn. Wir können die Toten nicht wirklich lieben. Wir lieben ein Phantom, das uns insgeheim tröstet. Was die Liebe zuweilen fälschlich für den Tod hält, ist ein intensives Leiden, ein Schmerz, der ertragen und verkraftet werden kann. Aber der Vorstellung von einem wirklichen Ende können wir nicht ins Auge sehen. (Der falsche Gott bestraft, der echte Gott tötet.) In der Sprache der Liebe entbehrt der Begriff Ende jeglichen Sinns. (Wir müssen also über die Liebe hinausgehen oder uns einen ganz neuen Begriff von ihr machen.) Natürlich war Priscillas Tod im Zusammenhang mit meiner Liebe zu Julian ein schreckliches und vollkommen zufälliges Ereignis. Ja, es war dieses Gefühl der totalen Irrelevanz, dieses Gefühl des Beinahe-nicht-geschehen-Seins gewesen, das mich zu der Sünde verleitet hatte, das Ereignis zu verheimlichen, die Enthüllung hinauszuzögern. Und gerade damit hatte ich das geliebte Mädchen so schockiert. Und zudem hatte dieser Fehler nun zur Folge, daß der Tod meiner Schwester eine Tragweite gewann, die für unsere Liebe viel schwerer zu verkraften war, obwohl er doch gar nichts mit ihr zu tun hatte. Hinterher sah ich das alles ganz klar. Ich hätte auf die Zukunft vertrauen sollen, ich hätte alles auf eine Karte setzen sollen, ich hätte zu Julian laufen und sie mit mir nach London nehmen sollen, mitten hinein in diesen gnadenlosen und irrelevanten Horror.

Diese Gedanken gingen mir durch den Kopf, wie ich da auf dem Bett lag, während Francis leise durch die Wohnung tappte und sich da und dort zu schaffen machte. Ich hatte die Vorhänge halb zugezogen und starrte auf den Kaminsims mit der Büffeldame und der Dose *Von einem Freund*. Zu all dem kam ein rasender Zorn auf Arnold, und in diesem Zorn schwang schändliche Eifersucht mit. Er war doch immerhin ihr Vater und hatte eine unzerstörbare Beziehung zu ihr. Ich hatte nichts. Ob ich wirklich geglaubt hätte, daß Arnold in dieser schrecklichen Nacht zurückgekommen sei, um Julian zu holen, wurde ich später gefragt. Ich kann das nicht eindeutig beantworten. Meine seelische Verfassung, die ich gleich ausführlicher zu beschreiben versuchen will, ist nicht leicht zu schildern. Ich hatte das Gefühl, ich müßte sterben, wenn ich mir nicht ein paar zumindest plausible Erklärungen zurechtlegte, um das Geschehene wenigstens gerade noch erträglich zu machen. Ich glaube allerdings, daß ich nicht wirklich an den Tod dachte, sondern eher an Folterqualen, denen der Tod vorzuziehen wäre. Wie konnte ich mit dem Gedanken leben, daß sie mich ohne ein Wort einfach mitten in der Nacht verlassen hatte? Das konnte nicht sein. Ich wußte, daß es eine Erklärung gab. Begehrte ich sie zu der Zeit? Die Frage ist frivol.

Als letzten Ausweg wies mir mein Selbsterhaltungstrieb den Weg zum reinen Leiden. Und ich möchte allen Leidensgenossen, allen, die mit schwindender Hoffnung und mit einer Sehnsucht, die sich allerlei Phantastisches vormacht, den Verlust des geliebten Menschen beklagen, wenigstens diesen Rat geben: Leidet rein. Sagt euch los von der Reue, sagt euch los von der Bitterkeit und den grotesken Verrenkungen entwürdigender Eifersucht. Gebt euch dem unvermischten Schmerz hin. Im besten Fall werdet ihr auf diese Weise euer Glück mit einer reineren Liebe im Herzen wiederfinden. Und im schlimmsten Fall – werdet ihr die Geheimnisse des Gottes erkennen. Im besten Fall wird euch die Gnade des Vergessens zuteil werden. Im schlimmsten Fall die Gnade der Erkenntnis. Die Hoffnung ist natürlich der schlimmste Peiniger, und ich schloß einen Pakt mit ihr. Ich hoffte, doch ich versteckte meine Hoffnung in einer schwarzen Wolke. Ein Teil meines Ichs *wußte*, daß Julian mich liebte, daß sie ein Teil von mir war und mir nicht genommen werden konnte. Ein anderer Teil erinnerte sich und wartete und klagte. Ich ließ keine Kommunikation zwischen den beiden zu, duldete keine Spekulationen, keine Diskussionen, keine gegenseitige Beeinflussung. Ich gab mich, soweit ich konnte, dem reinen Feuer des Schmerzes hin. Gibt es ein besseres Bild für den Schmerz? Die Hölle wird als Feuer dargestellt. Und Männer, die die Schrecken des zaristischen Rußland erlebt hatten, wußten einem wißbegierigen Schriftsteller und Mitgefangenen auch kein besseres Bild davon zu geben, als er sie aufforderte, ihnen ihr Leid zu schildern.

Im Warten verbraucht die Zeit sich selbst. Große Löcher tun sich innerhalb jeder Minute, jeder Sekunde auf. Jeder Augenblick ist einer, in dem das Ersehnte geschehen *könnte*. Doch im selben Augenblick ist der verängstigte Geist Jahrhunderte lichtloser Verzweiflung vorausgeeilt. So lag ich da auf dem Rücken auf meinem Bett, versuchte diese verrückten Zuckungen des Geistes zu fassen und zu unterdrücken, während ich zusah, wie die Dunkelheit vor dem Fenster vom Licht vertrieben und das Licht wieder von der Dunkelheit verschluckt wurde. Seltsam, daß man mit dem Gesicht nach oben liegt, wenn man dämonisch leidet, während der verklärt Leidende mit dem Gesicht nach unten liegt.

Ich will jetzt mit meiner Erzählung fortfahren, indem ich einige Briefe zitiere.

Ich weiß, daß Du mit mir Verbindung aufnehmen wirst, sobald Du kannst. Ich werde mich nicht aus der Wohnung wegrühren. Ich bin ein Leichnam, der seines Erlösers harrt. Der Zufall und die ihm innewohnende Kraft haben zur Offenbarung einer Leidenschaft geführt, die die Pflicht zu verschweigen geboten hätte. Und das wunderbare Geschenk Deiner Hingabe hat diese Leidenschaft noch tausendfach gesteigert. Ich gehöre Dir für immer. Und ich weiß, daß Du mich liebst, und vertraue ganz auf Deine Liebe. Wir sind unbe-

siegbar. Bald wirst Du bei mir sein, meine Liebste, meine Königin. Doch bis dahin, mein Engel, leide ich große Schmerzen.

B.

Liebe Christin,

Hast Du inzwischen eine Ahnung, wo Julian ist? Hat Arnold sie irgendwo hingebracht? Er muß sie versteckt haben und mit Gewalt festhalten. Wenn Du irgend etwas herausfindest, und sei es noch so vage, laß es mich um Gottes willen wissen.

B.

Bitte antworte mir sofort *brieflich, oder ruf mich an. Ich möchte Dich nicht sehen.*

Lieber Arnold,

es überrascht mich nicht, daß Du Angst davor hast, mir noch einmal gegenüberzutreten. Ich weiß nicht, wie Du Julian dazu überredet oder gezwungen hast, mit Dir mitzukommen, aber glaub nicht, daß uns irgendwelche Argumente Deinerseits auf längere Sicht trennen können. Julian und ich haben uns in voller Erkenntnis der Lage ausgesprochen, und wir verstehen einander. Als Du das erste Mal wegfuhrst, war alles in Ordnung zwischen uns. Deine »Enthüllungen« haben nichts geändert und können nichts ändern. Du hast es mit einer gegenseitigen Liebe zu tun, die Dir wohl fremd ist, da Du in Deinen Büchern nie davon sprichst. Julian und ich glauben an denselben Gott. Wir haben einander gefunden, wir lieben einander, und nichts steht unserer Heirat im Wege. Bilde Dir nicht ein, Du könntest ein Hinderungsgrund sein. Du hast ja gesehen, daß Julian Dich nicht einmal anhören wollte. Bitte nimm zur Kenntnis, daß Deine Tochter erwachsen ist und ihre Wahl getroffen hat. Akzeptiere, daß sie sich aus freiem Willen für mich entschieden hat. Irgendwann mußt Du es ja doch tun. Natürlich legt sie Wert auf das, was Du denkst. Aber ebenso natürlich wird sie Dir letzten Endes nicht gehorchen. Ich rechne stündlich mit ihrer Rückkehr. Vielleicht ist sie sogar schon bei mir, wenn Du diesen Brief erhältst.

Dein Einwand gegen mich als Freier hat natürlich tiefe Gründe. Mein Alter ist gewiß nicht entscheidend, auch wenn es ein wichtiger

Punkt ist. Du hast mir selbst einmal eingestanden, daß Du als Schriftsteller enttäuscht bist. Und irgend etwas in Dir hat mich immer beneidet, weil ich meine Begabung rein gehalten habe und Du nicht. Ständiges Produzieren auf mittelmäßigem Niveau kann einem das ganze Leben versauern. Der Kompromiß mit dem Zweitbesten, der fast jedermanns Schicksal ist, findet im Werk des schlechten Künstlers seinen Niederschlag. Wieviel besser sind da doch das Schweigen und die zurückhaltende Sprache eines strengeren Bemühens. Daß ich nun auch noch die Liebe Deiner Tochter gewonnen habe, muß Dir wie der letzte Tropfen vorkommen, der das Faß zum Überlaufen bringt. Ich kann das gut verstehen.

Es tut mir leid, daß unsere Freundschaft – oder wie immer man diese verbissene Beziehung nennen will, die uns seit Jahren aneinanderbindet – so enden soll. Doch dies ist nicht der rechte Ort für eine Elegie. Wenn ich Dir gegenüber jetzt Rachegefühle hege, dann nur, weil Du ein Hindernis auf dem Weg zu etwas bist, das unendlich wichtiger ist als jede »Freundschaft«. Es ist sicher klug von Dir, mir aus dem Weg zu gehen. Und wenn Du wiederkommst, bring bitte nicht wieder irgendein Eisending mit. Ich habe nichts übrig für Drohungen und den Wink mit der Gewalt. Ich kann Dir versichern, daß es keines Eisendings bedarf, um die in mir schlummernde Gewalt zu wecken.

Julian und ich werden unsere gemeinsame Zukunft allein und nach unseren Vorstellungen planen. Wir verstehen einander vollkommen. Nimm das bitte zur Kenntnis, und beende Deine grausamen und vergeblichen Versuche, Deine Tochter zu etwas zu zwingen, was sie nicht will.

B. P.

Mein lieber alter Brad,

danke für Deinen Brief. Ich weiß nicht, wo Julian ist (ehrlich!), ich glaube, sie ist bei Freunden. Ich habe Arnold gesehen, und er hat nur gelacht über die ganze Geschichte! Ich fürchte, ich verstehe nicht mehr ganz, warum Du Dich so in diese Sache hineingesteigert hast. (Ich gebe zu, am Anfang hat es mich ein bißchen amüsiert!) Sicher ist sie ein attraktives Mädchen, aber bist Du für sie nicht

eher so was wie ein Onkel oder ein Sugar Daddy? Ich werde nicht
schlau aus der ganzen Sache. Arnold hat gesagt, Du bist mit ihr
ein paar Tage ans Meer gefahren, und als Du etwas zu sehr in
Fahrt kamst, hat sie Reißaus genommen. Sagt er jedenfalls. Ich bin
der Meinung: Ende gut, alles gut, honi soit qui mal y pense, wo
kein Kläger, da kein Richter, und so weiter. Ich hoffe, Du hast Dich
inzwischen ein bißchen beruhigt. Besuch mich doch einmal. Ich
weiß, daß Du da warst, als ich das letzte Mal bei Dir geklingelt
habe – ich habe Dich durch die Glasscheibe in der Tür gesehen.
(Weißt Du eigentlich, wie durchsichtig dieses Glas ist, vor allem,
wenn die Wohnzimmertür offensteht!). Ich nehme an, Francis ist
immer noch bei Dir. (Ich will ihn natürlich auch gar nicht wieder-
haben.) Er hat einen Narren an Dir gefressen. Kein Wunder, daß
Du das von jedem glaubst! Siehe weiter unten.

Brad (das ist jetzt der wichtigste Teil meines Briefes), ich möchte
Dir eines sagen: Irgendwie wäre es mir lieber gewesen, ich hätte
Arnold nicht so schnurstracks nach meiner Rückkehr kennenge-
lernt. Ich mag ihn, und er macht mich irgendwie neugierig, und
ich finde ihn lustig. (Und ich bin gerne lustig.) Aber wahrschein-
lich ist die ganze Sache nicht mehr als eine Ablenkung. Ich bin
Deinetwegen zurückgekommen. (Wußtest Du das?) Und ich bin
immer noch Deinetwegen hier. Ich steh wirklich auf dich, ich hab
Dich nie aufgegeben. Und genau betrachtet bist Du viel amüsanter
als Arnold. Also, warum soll nichts aus uns werden? Wenn Du
Trost brauchst, werde ich Dich trösten. Und wie schon gesagt, ich
bin eine verdammt attraktive, intelligente, reiche Witwe. Es sind
einige hinter mir her. Also, wie wär's, Brad? Das gute alte »Bis daß
der Tod euch scheidet« hat schon etwas bedeutet, weißt Du. Ich ruf
Dich morgen wieder an.

Ich mag Dich, alte Haut. In Liebe

Chris

Was ich weiter oben über das Warten sagte, erweckt vielleicht
den Eindruck, daß inzwischen Wochen vergangen waren. In
Wirklichkeit waren es vier Tage, die mir vorkamen wie vier Jahre.
Menschen, die ihr Leben dem Schreiben gewidmet haben

und denen das Wort etwas bedeutet, können der Kommunikation in diesem Medium eine fast magische Kraft beimessen, wie ich schon erwähnte. Von dem Brief an Julian schickte ich drei Exemplare ab: eines nach Ealing, eines an ihr College und eines an ihre Schule. Ich wagte kaum zu glauben, daß einer der Briefe sie wirklich erreichen würde, aber es war eine Erleichterung, sie zu schreiben und in den Briefkasten zu stecken.

Am Tag nach der Verabschiedung rief Hartbourne an, um mir in allen Einzelheiten zu erklären, warum er nicht daran hatte teilnehmen können. Ich vergaß zu erwähnen, daß er Francis vorher am Telefon ein sorgfältig formuliertes Beileidsschreiben *diktiert* hatte. Auch mein Arzt rief an, um mir zu sagen, daß die Schlaftabletten, die er mir immer verschrieben hatte, auf die Suchtgiftliste gesetzt worden waren.

Am dritten Abend tauchte Rachel auf. Natürlich rannte ich jedesmal, wenn es läutete, krank vor Hoffnung und Angst, zur Tür. Zweimal war es Christin (die ich nicht einließ), einmal Rigby, der nach Francis fragte. (Francis ging hinaus, und sie sprachen eine Weile im Hof miteinander.) Beim vierten Mal war es Rachel. Ich sah sie durch die Glasscheibe und öffnete die Tür.

Rachel in meiner Wohnung zu sehen war wie ein Alptraumtrip in einer Zeitmaschine. Die Erinnerung wehte mich an wie Verwesungsgeruch. Ich war unglücklich und eingeschüchtert und empfand körperlichen Widerwillen. Ihr blasses, rundes, großflächiges Gesicht war mir auf schreckliche Weise vertraut, aber es war die vieldeutige, verschleierte Vertrautheit des Traumes. Es war, als besuche mich meine Mutter im Totenhemd.

Aufgeregt, mit vielleicht gespieltem Selbstvertrauen, ja fast hochmütig warf sie den Kopf zurück, als sie hereinkam. Sie ging an mir vorbei, ohne mich anzusehen, die Hände tief in den Taschen ihres Tweedmantels vergraben, der vom leichten Regen benetzt war. Sie sah hübsch und entschlossen aus, und ich wich vor ihr zurück. Sie nahm die Mütze ab, schlüpfte aus dem Mantel, schüttelte beides aus und hängte es in der Diele auf. Wir setzten uns ins Wohnzimmer, in dem die einbrechende Abenddämmerung ein kaltes, braunes Licht verbreitete.

»Wo ist Julian?«

Rachel strich sich den Rock über den Knien glatt. »Ich wollte dir sagen, wie leid mir das mit Priscilla getan hat, Bradley.«

»Wo ist Julian?«

»Weißt du es nicht?«

»Ich weiß, daß sie zurückkommen wird. Aber ich weiß nicht, wo sie ist.«

»Armer alter Bradley«, sagte Rachel. Sie stieß ein nervöses kleines Lachen aus, das wie ein Husten klang.

»Wo ist sie?«

»Sie ist auf Urlaub. Ich weiß nicht, wo sie jetzt gerade ist, ich weiß es wirklich nicht. Da ist der Brief, den du ihr geschrieben hast. Ich habe ihn nicht gelesen.«

Ich nahm den Brief. Ein Brief voller Leidenschaft, der ungelesen zurückkommt, ist von einer Trostlosigkeit, die einem bis in den letzten Winkel der Seele kriecht. Hätte sie irgendwo meine Worte gelesen, hätte die Welt anders ausgesehen. Nun waren sie zu mir zurückgekommen, wie tote Blätter, die einem der Herbstwind ins Gesicht weht.

»O Rachel, wo ist sie?«

»Ich weiß es nicht, ehrlich, ich habe keinen Kontakt zu ihr. Ach Bradley, gib's doch auf. Denk an deine Selbstachtung. Du siehst schrecklich aus, wie hundert. Wenigstens rasieren könntest du dich. Diese ganze Geschichte existiert doch nur in deinem Kopf.«

»Der Meinung warst du aber nicht, als Julian sagte, daß sie mich liebt.«

»Julian ist ein Kind. Das Ganze hatte viel mehr mit mir und Arnold zu tun als mit dir. Du solltest die menschliche Natur eigentlich ein bißchen kennen, du nennst dich doch Schriftsteller. Natürlich war es in gewisser Weise ›ernst‹, aber es gibt meistens mehrere Motive für das, was ein Mensch tut. Julian vergöttert uns, aber von Zeit zu Zeit inszeniert sie gern kleine Revolten. Ich fürchte, wir sind ziemlich erdrückend als Eltern, und sie ist unser einziges Kind. Also stößt sie uns mit einer Hand weg, und mit der anderen zieht sie uns zu sich zurück.

Sie will sich beweisen, daß sie frei ist, und zugleich will sie unsere Aufmerksamkeit, und dazu gehört auch, daß wir ihr nicht alles durchgehen lassen. Das ist nicht das erste Mal, daß sie jemanden dazu benutzt hat, uns in Aufregung zu versetzen. Vor einem Jahr bildete sie sich ein, sie wäre wahnsinnig verliebt in einen ihrer Lehrer. Er war zwar nicht ganz so alt wie du, aber er war verheiratet und hatte vier Kinder. Und sie machte aus der ganzen Geschichte eine Art Demonstration gegen uns. Wir wußten, wie wir damit umzugehen hatten. Und es ging gut aus. Du bist nur das nächste Opfer gewesen.«

»Rachel«, sagte ich, »du sprichst von einem anderen Menschen. Du sprichst nicht von Julian, nicht von meiner Julian.«

»Deine Julian ist eine Ausgeburt deiner Phantasie. Das will ich dir ja gerade erklären, lieber Bradley. Ich behaupte nicht, sie hätte sich nichts aus dir gemacht, aber die Gefühle eines jungen Mädchens sind ein Chaos.«

»Und du sprichst auch *zu* einem anderen Menschen. Du machst dir offenbar keinen Begriff davon, womit du es zu tun hast. Ich lebe in einer anderen Welt, ich liebe und –«

»Du sagst das so feierlich. Glaubst du etwa, daß solche Worte eine magische Kraft haben?«

»Ja, das glaube ich. Das alles geschieht auf einer anderen Ebene –«

»Das ist eine Form von Wahnsinn, Bradley. Nur die Verrückten glauben, daß es Ebenen gibt, die von allen anderen losgelöst sind. Es ist alles ein Kuddelmuddel, Bradley, es ist *alles* miteinander verquickt. Weiß Gott, ich sage das in aller Freundschaft.«

»Liebe ist eine Art Gewißheit, die einzige vielleicht.«

»Sie ist nur ein Gemütszustand.«

»Ein wahrer Gemütszustand.«

»Ach Bradley, hör auf. Du hast eine schlimme Zeit hinter dir, kein Wunder, daß du durcheinander bist. Es tut mir so leid wegen Priscilla.«

»Priscilla. Ja.«

»Du darfst dir nicht zu große Vorwürfe machen.«

»Nein –«

»Wo hat Francis sie gefunden? Wo lag sie denn, als er sie fand?«

»Ich weiß nicht.«

»Heißt das, du hast ihn gar nicht gefragt?«

»Nein. Sie wird wohl im Bett gewesen sein.«

»Ich an deiner Stelle hätte alles genau wissen wollen – glaube ich wenigstens – einfach, um es mir vorstellen zu können. – Hast du sie tot gesehen?«

»Nein.«

»Mußtest du sie denn nicht identifizieren?«

»Nein.«

»Aber irgend jemand muß es getan haben.«

»Roger hat es getan.«

»Das muß ein seltsames Gefühl sein, einen Toten zu identifizieren, das Gesicht wiederzuerkennen. Hoffentlich muß ich so was nie tun –«

»Er hält sie irgendwo gefangen, ich weiß es.«

»Also wirklich, Bradley, ich glaube, du lebst in irgendeinem literarischen Traum. In Wirklichkeit ist alles viel langweiliger und zugleich viel komplizierter, als du denkst, sogar die schlimmen Dinge.«

»Er hat sie schon einmal in ihrem Zimmer eingesperrt.«

»Aber keine Spur. Das hat sie nur so daherfabuliert.«

»Weißt du wirklich nicht, wo sie ist?«

»Wirklich nicht.«

»Warum hat sie mir nicht geschrieben?«

»Sie ist keine gute Briefeschreiberin, nie gewesen. Laß ihr doch Zeit. Sie wird schon schreiben. Vielleicht fällt es ihr schwer, die richtigen Worte zu finden.«

»Rachel, du hast keine Vorstellung, wie es in mir aussieht, du hast keine Vorstellung, was es heißt, ein Mensch wie ich zu sein und in der Welt zu leben, in der ich lebe. Versteh doch, es geht hier um absolute Gewißheit, um das Wissen, daß man seine eigene Seele und die eines anderen genau kennt. Es ist, als wäre es schon immer so gewesen, seit Anbeginn der Welt, etwas

Uraltes und ewig Bestehendes. Und darum ist alles, was du sagst, reiner Unsinn, es ergibt keinen Sinn für mich, es ist leeres Geplapper. Sie versteht mich, sie hat sofort in dieser Sprache mit mir gesprochen. Wir lieben einander.«

»Ach Bradley, versuch doch, auf den Boden der Realität zurückzukommen –«

»Das ist die Realität. Mein Gott, und wenn sie tot wäre –«

»Ach, sei doch nicht albern. Du machst mich krank.«

»Sie ist doch nicht tot, Rachel?«

»Nein, natürlich nicht! Sieh dich doch einmal an! Du bist einfach absurd. Was für melodramatisches Zeug du daherredest, und das zu *mir*, ausgerechnet zu mir! Vor ein paar Wochen hast du mich leidenschaftlich geküßt und bist neben mir im Bett gelegen. Und jetzt soll ich dir glauben, daß du innerhalb von vier Tagen eine unsterbliche Liebe zu meiner Tochter gefaßt hast. Du erwartest von *mir*, daß ich das glaube und daß ich auch noch Mitleid mit dir habe. Du bist wohl von allen guten Geistern verlassen! Man könnte doch wenigstens erwarten, daß ein bißchen Gefühl für Würde oder Takt oder auch nur einfache menschliche Höflichkeit dir solche Gefühlsergüsse verbieten. Sieh mich nicht so an. Du kannst dich doch wohl daran *erinnern*, daß du mit mir im Bett warst, oder nicht?«

Die Wahrheit war, daß ich mich in gewisser Weise nicht erinnerte. Ich verband keine bestimmten Ereignisse mit dem Gedanken an Rachel. Die Erinnerung war weiter nichts als eine kalte Wolke, die mich erschaudern ließ. Natürlich war Rachel mir vertraut, fühlte ich mich irgendwie heimisch in ihrer Gegenwart, aber die Vorstellung, daß ich im Zusammenhang mit ihr je etwas *getan* hatte, war nur äußerst verschwommen, sosehr hatte die Begegnung mit Julian mein früheres Leben jeglicher Bedeutsamkeit entleert und einen scharfen Trennstrich zwischen Geschichte und Vorgeschichte gezogen. Ich wollte das gerne erklären.

»Ja, ich – erinnere mich – natürlich – aber es ist, als ob – seit ich Julian liebe – alles andere gleichsam amputiert wäre – die Vergangenheit ist wie ausgelöscht. Im übrigen hat es sowieso nichts bedeutet – es war nur – es tut mir leid, wenn das unfreundlich klingt, aber wenn man liebt, muß man einfach immer die Wahrheit sagen. Ich weiß, du mußt eine Art – Verrat darin sehen – du mußt wohl gekränkt sein –«

»*Gekränkt?* Du guter Gott, nein. Du tust mir bloß leid. Es ist ein wahrer Jammer, eine Art Verschwendung und im Grunde rührend komisch. Natürlich ist es auch eine traurige Geschichte, ein Enttäuschung vielleicht, das Ende einer Illusion. Es kommt mir jetzt seltsam vor, daß ich dich einmal für einen starken, klugen Mann gehalten habe; daß ich mir einbildete, du könntest mir helfen. Ich war gerührt, als du von ewiger Freundschaft sprachst. Damals schien es etwas zu bedeuten. Weißt du noch, daß du von ewiger Freundschaft gesprochen hast?«

»Nein.«

»Kannst du dich tatsächlich nicht erinnern? Du bist wirklich eigenartig. Ich frage mich, ob du nicht so etwas wie einen Nervenzusammenbruch hast. Kannst du dich überhaupt nicht an unsere Liaison erinnern?«

»Es war keine Liaison.«

»Also bitte! Ich geb ja zu, sie war nur kurz, und überhaupt war es eine dumme und ziemlich unbegreifliche Geschichte. Kein Wunder, daß Julian mir kaum glauben wollte.«

»*Du hast es Julian erzählt?*«

»Ja. Bist du nie auf den Gedanken gekommen, daß ich das tun könnte? Ach ja, natürlich, du hattest ja alles vergessen.«

»Du hast –?«

»Und Arnold habe ich es überhaupt gleich danach gesagt. Du bist nicht der einzige, der Gemütszustände hat. Ich bin meinem Mann gegenüber nicht sehr diskret. Das Risiko geht man mit Verheirateten eben ein.«

»Wann hast du es ihr gesagt – wann?«

»Oh, erst später. Als Arnold euch in eurem Liebesnest aufstöberte, brachte er Julian einen Brief von mir. In diesem Brief habe ich es ihr geschrieben.«

»O Gott – sie muß den Brief gelesen haben – nachdem –«

»Arnold fand, es könnte ein nützliches Argument sein. Er

überlegt sich die Dinge sehr gründlich. Er dachte, sie würde zumindest zurückgelaufen kommen, um mich ins Kreuzverhör zu nehmen.«

»Was hast du ihr erzählt?«

»Und als sie dann zurückkam, also, ich muß sagen –«

»Was hast du ihr erzählt?«

»Ganz einfach das, was geschehen ist. Daß du dich offenbar in mich verliebt hattest, daß du anfingst, mich leidenschaftlich zu küssen, daß wir miteinander ins Bett gingen und daß es kein großer Erfolg war, daß du mir aber ewige Ergebenheit geschworen hast und so weiter, bis dann plötzlich Arnold kam und du ohne Socken davongelaufen bist und dann Julian diese Stiefel gekauft hast –«

»O Gott – das alles hast du ihr erzählt –«

»Ja warum denn nicht? Es ist doch geschehen, oder? Du streitest es ja wohl nicht ab? Es war doch von Belang. Es war ein Teil von dir. Es wäre falsch gewesen, es ihr zu verheimlichen.«

»O mein Gott –«

»Kein Wunder, daß du versucht hast, das alles zu vergessen. Aber, Bradley, man ist verantwortlich für das, was man tut, und die Vergangenheit eines Menschen gehört zu ihm. Du kannst sie nicht einfach auslöschen, dich in eine Traumwelt zurückziehen und bestimmen, daß das Leben erst gestern begonnen hat. Du kannst dich nicht über Nacht in einen neuen Menschen verwandeln, und wenn du noch so sehr verliebt zu sein glaubst. Diese Art Liebe ist eine *Illusion*, diese ganze ›Gewißheit‹, von der du gesprochen hast, ist eine *Illusion*. Es ist wie ein Drogenrausch.«

»Nein, nein, nein.«

»Auf jeden Fall ist es jetzt vorbei und leidlich gut abgegangen. Du brauchst dir keine allzu großen Sorgen oder Vorwürfe zu machen oder so was. Sie hatte schon erkannt, daß das Ganze ein Fehler war. Im Grunde ist sie ja doch recht vernünftig. Du darfst die Gefühle eines jungen Mädchens wirklich nicht so ernst nehmen. Und du hast keine unersetzliche Kostbarkeit an ihr verloren, mein lieber Bradley, das wird dir früher klarwerden, als du denkst. Bald wirst du selber einen Seufzer der Erleichterung ausstoßen. Julian ist ein ganz gewöhnliches junges Mädchen. Sie ist unreif, noch nicht ganz da, wie ein Embryo. Natürlich sind die Wogen der Emotion hochgegangen, aber es war nicht wirklich wichtig, wem alle diese Gefühle galten. Man ist sehr unbeständig in diesem Alter. Keine von diesen großen Schwärmereien ist von Dauer oder geht in die Tiefe. In den vergangenen zwei oder drei Jahren ist sie unzählige Male ›wahnsinnig verliebt‹ gewesen. Hast du denn wirklich geglaubt, du könntest für ein junges Mädchen das Ziel aller Träume sein? Wie stellst du dir das vor? Ein Mädchen wie Julian wird noch hundert Männer lieben müssen, bevor sie den richtigen findet. Ich war genauso. Wach auf, Bradley. Schau in den Spiegel. Komm zurück auf die Erde.«

»Und sie ist sofort zu dir gekommen?«

»Ich denke ja. Sie kam ziemlich bald nach Arnold –«

»Und was hat sie gesagt?«

»Mach doch nicht ein Gesicht wie König Lear –«

»*Was hat sie gesagt?*«

»Was konnte sie schon sagen? Was gibt es da schon zu sagen? Sie hat geweint wie eine Verrückte und –«

»O mein Gott, o mein Gott.«

»Ich mußte ihr alles noch einmal erzählen, und sie wollte alles ganz genau wissen, und dann mußte ich ihr mein Ehrenwort geben, daß es die Wahrheit war, und dann hat sie mir geglaubt.«

»Aber was hat sie *gesagt?* Kannst du dich denn an gar nichts erinnern, was sie wirklich *gesagt* hat?«

»Sie sagte: ›Wenn es nur wenigstens schon länger her wäre.‹ Und ich denke, da hatte sie nicht unrecht.«

»Sie hat es nicht verstanden. Es war überhaupt nicht so, wie du gesagt hast. So, wie du es erzählt hast, ist es nicht wahr. Deine Worte haben einen Eindruck erweckt, der einfach nicht richtig ist. Du hast impliziert –«

»Tut mir leid! Ich weiß nicht, welche Worte ich deiner Ansicht nach hätte verwenden sollen. Die meinen schienen mir jedenfalls ziemlich angemessen und zutreffend.«

»Sie kann nicht verstanden haben –«

»Ich glaube, sie hat verstanden, Bradley. Tut mir leid, aber ich glaube, sie hat durchaus verstanden.«

»Du hast gesagt, sie hat geweint.«

»Oh, wie eine Verrückte, wie ein Kind, das gehängt werden soll. Aber sie hat immer schon gern geweint.«

»Wie konntest du es ihr sagen, wie konntest du ... Aber sie hätte wissen müssen, daß es nicht so war. Es war nicht so –«

»Meiner Meinung nach *war* es so.«

»Wie *konntest* du es ihr sagen?«

»Es war Arnolds Idee. Aber ich fühlte mich in dem Stadium wirklich nicht mehr zur Diskretion verpflichtet. Ich dachte, ein kleiner Schock würde Julian wieder zur Vernunft bringen –«

»Warum bist du heute hergekommen? Hat Arnold dich geschickt?«

»Nein, nicht direkt. Ich fand, du solltest Bescheid wissen wegen Julian.«

»Aber ich weiß noch immer nicht Bescheid!«

»Daß es – also, das mußt du dir doch denken können – daß es vorbei ist.«

»*Nein!*«

»Schrei nicht. Und ich bin auch, aber das ist dir sicher egal, aus einer Art Gutmütigkeit gekommen. Ich dachte, ich könnte dir vielleicht helfen.«

»Ich muß Julian sehen, ich muß sie sehen, ich muß sie finden, ich muß ihr erklären –«

»Ich wollte reinen Tisch machen, jetzt wo sich doch noch alles zum Guten gewendet hat. Seit dem Tag, als Arnold dich anrief und du zu uns rüberkamst, habe ich das Gefühl, daß du irgendwie im dunkeln tappst und überhaupt nichts verstehst, daß du alles mögliche in die falsche Kehle bekommen hast. Ich fürchte, meine Versuche, dir zu helfen, waren keine echte Hilfe. Aber ich wollte dir wirklich helfen. Ich weiß, daß du große emotionale Bedürfnisse hast, ich weiß, daß du ein sehr einsamer Mensch bist. Vielleicht hätte ich mich nicht einmischen sollen, aber ich hatte das Gefühl, daß ich mich einmischen *konnte*, weil meine eigene Position so stark war. Dummerweise dachte ich, du hättest das begriffen. Ich meine, ich dachte, es wäre dir klar, wie eng ich mit Arnold verbunden bin und wie glücklich wir im Grunde miteinander sind. Ich hätte das vielleicht deutlicher sagen sollen. Nicht daß ich dir etwas vorgemacht hätte, aber irgendwie muß ich es zugelassen haben, daß du dir selbst etwas vorgemacht hast. Es tut mir leid. Wenn man von einem Menschen gebraucht wird, muß man sehr vorsichtig sein, und ich war einfach nicht vorsichtig genug. Das gehört, fürchte ich, zu den unfairen Dingen, die verheiratete Leute manchmal tun. Sie schenken anderen ihre Zuneigung, oder sie suchen die Zuneigung anderer, und dann laufen sie schnurstracks nach Hause und erzählen einander alles. Ich habe Arnold keinen Augenblick hintergangen und er mich auch nicht. Vielleicht versteht ein Außenstehender das nicht, vielleicht kann er es gar nicht verstehen. Eine gute Ehe ist sehr widerstandsfähig und flexibel, sie übersteht allerhand. Du hast von Verrat gesprochen und davon, daß ich gekränkt sein könnte. Ich fürchte, daß eher du derjenige bist, der verraten wurde und die Kränkung schlucken muß. Ich mache mir Vorwürfe, es tut mir wirklich leid, ich hätte nicht davon ausgehen dürfen, daß du das alles richtig begreifst. Verheiratete treiben manchmal ein falsches Spiel mit Unverheirateten, einfach weil wir die Glücklicheren sind. Wir stehen uns sehr nahe, Arnold und ich, wir haben sogar gemeinsam gelacht über diese ganzen Geschichten, über dich, über Christin, über Julian. Und Gott sei Dank ist ja letztlich alles ganz gut ausgegangen. Ich weiß, daß du im Augenblick ziemlich verletzt bist, aber auch dir wird es bald wieder besser gehen. Es war eine Reise ins Absurde. Und vielleicht hat sie dir sogar gutgetan. Also Kopf hoch, lieber Bradley. Man soll die Welt nicht zu ernst nehmen.«

Ich starrte sie verwundert an. Sie war hübsch. Blaß und kühl, stolz und bestimmt, überzeugend, hoheitsvoll und sprühend vor Energie. »Rachel, ich glaube nicht, daß wir uns auch nur im entferntesten verstehen.«

»Mach dir keine Sorgen. Später wirst du erleichtert sein. Und sei mir und Julian nicht böse. Damit machst du nur dich selbst unglücklich.«

»Wir sprechen nicht dieselbe Sprache. Was du da sagst, klingt wie ein Kauderwelsch für mich. Entschuldige, ich – Und übrigens, ist Arnold nicht in Christin verliebt? Ich dachte, deshalb hättest du –«

»Natürlich nicht. Das hat Christin sich nur eingebildet. Sie war ein bißchen hinter Arnold her, du weißt ja, was für ein Energiebündel sie ist. Er fühlte sich geschmeichelt, und natürlich hat es ihm Spaß gemacht, aber er hat sie nie ernst genommen. Zum Glück ist sie eine vernünftige Frau, sie hat bald gesehen, daß das zu nichts führt. Sag, Bradley, warum triffst du dich nicht mal mit Christin? Im Grunde ist sie so ein netter Mensch. Ihr könntet einander so viel Trost geben. Du siehst, ich bin nicht unfreundlich, mir liegt immer noch was an dir, und ich möchte dir helfen.«

Ich stand auf, ging zum Schreibtisch und holte Arnolds Brief hervor. Ich tat das nur, weil ich sicher sein wollte, daß ich nicht geträumt hatte. Vielleicht war meine Erinnerung wirklich gestört. Mir war, als hielte ich ein unbeschriebenes Blatt in den Händen, und doch meinte ich mich zu erinnern. Mit dem Brief in der Hand sagte ich: »Julian wird zu mir zurückkommen. Das weiß ich. Ich weiß es so gut, wie ich weiß –«

»Was hast du da?«

»Einen Brief von Arnold.« Ich senkte den Blick darauf.

Es klingelte an der Tür.

Ich warf den Brief auf den Tisch und lief mit klopfendem Herzen zur Tür.

Draußen stand ein Postbote mit einem großen Paket, das er auf den Boden gestellt hatte.

»Was ist das?«

»Ein Paket für Mr. Bradley Pearson.«

»Was ist da drin?«

»Das weiß ich nicht, Sir. Sind Sie Mr. Pearson? Darf ich es reinschieben? Es wiegt eine Tonne.« Mit dem Knie stieß er die große quadratische Schachtel durch die Tür und ging. Auf dem

Weg zurück zum Wohnzimmer sah ich Francis auf der Treppe sitzen. Er hatte offensichtlich gelauscht. Er sah aus wie eine Erscheinung, wie eines von diesen Gespenstern, die in manchen Geschichten vorkommen und wie gewöhnliche Menschen aussehen und doch wieder nicht. Er lächelte unterwürfig. Ich ignorierte ihn.

Rachel stand beim Tisch und las den Brief. Ich setzte mich. Ich fühlte mich sehr müde.

»Diesen Brief hättest du mir nicht zeigen dürfen.«

»Ich habe ihn dir nicht gezeigt.«

»Du weißt nicht, was du damit angerichtet hast. Ich werde dir das nie und nimmer verzeihen.«

»Aber Rachel, du hast gesagt, ihr erzählt einander alles, du und Arnold, also hast du doch sicher –«

»Mein Gott, bist du gemein und rachsüchtig –«

»Es ist nicht meine Schuld! Dieser Brief kann doch nichts ändern, oder?«

»Du verstehst überhaupt nichts. Du bist ein Zerstörer, ein böser, gehässiger Zerstörer. Du gehst durch die Welt wie im Traum und schlägst alles kaputt. Kein Wunder, daß du nicht schreiben kannst. Du bist gar nicht wirklich da. Daß Julian dich angesehen hat, hat dich für einen Augenblick zu einem wirklichen Menschen gemacht. Daß ich Mitleid mit dir hatte, hat dich für einen Augenblick zu einem wirklichen Menschen gemacht. Aber das ist jetzt vorbei, und alles, was von dir übrig ist, ist ein tollwütiger und gehässiger Vampir, ein rachsüchtiges Gespenst. Bei Gott, du tust mir leid. Aber ich werde dir nie verzeihen. Und mir werde ich nie verzeihen, daß ich nicht dafür gesorgt habe, daß du bleibst, wo du hingehörst – in sicherer Entfernung. Du bist ein gefährlicher und übler Mensch. Du bist eine von diesen elenden, unglücklichen Kreaturen, die kein Glück sehen können, ohne es zerstören zu wollen. Du hast das aus purer Bosheit getan –«

»Ehrlich, ich wollte nicht, daß du ihn liest, es war nur ein dummer Zufall, ich wollte dich nicht aufregen. Außerdem hat Arnold inzwischen sicher seine Ansicht geändert –«

»Natürlich wolltest du, daß ich ihn lese. Das ist deine gemeine Rache. Ich hasse dich dafür, ich werde dich immer hassen. Du verstehst nicht, worum es hier geht, du verstehst überhaupt nichts. – Und wenn ich daran denke, wie du dich geweidet haben mußt an diesem Brief und dir vorgestellt hast –«

»Ich habe mich nicht daran geweidet –«

»O doch, das hast du. Und wozu hast du ihn aufgehoben, wenn nicht als Waffe gegen mich, wenn nicht, um ihn mir zu zeigen und mich zu kränken, weil du glaubst, ich hätte dich im Stich gelassen –«

»Glaub mir Rachel, ich habe keinen einzigen Gedanken an dich verschwendet!«

»Aaaaah –«

Der Schrei blitzte auf wie eine Flamme in dem dämmrigen Licht, sichtbarer als das blasse Oval ihres Gesichts. Ich sah die Verstörung und ohnmächtige Wut in ihren Augen, den verzerrten Mund. Sie stürzte sich auf mich, oder vielleicht stürzte sie bloß zur Tür. Ich stolperte zur Seite und krachte mit dem Ellbogen gegen die Wand. Wie ein Tier auf wilder Flucht stob sie an mir vorbei, und ich hörte das seufzende Echo ihres Schreis. Die Eingangstür flog auf, und durch das offene Haustor sah ich hinaus in den Hof, wo sich das Licht der Straßenlaternen auf den nassen Pflastersteinen spiegelte.

Langsam ging ich hinaus, schloß beide Türen und begann die Lichter im Haus anzudrehen. Die Erscheinung, die aussah wie Francis, saß noch immer auf der Treppe. Sein Mund verzog sich zu einem scheuen, verlorenen Lächeln, als wäre er ein verirrter, untergeordneter Geist, der in eine andere Epoche und eine andere Geschichte gehörte, eine Art verlaufener, herrenloser Puck mit einem nachdenklichen, untertänigen, gutmütigen, freundlichen Lächeln.

»Du hast gehorcht.«

»Entschuldige, Brad –«

»Macht nichts. Was zum Teufel ist das?« Ich gab dem Pappkarton einen Tritt.

»Ich mach's für dich auf, Brad.«

Ich sah zu, wie er den Deckel vom Karton herunterriß.

Die Schachtel war voller Bücher. *Das kostbare Labyrinth. Die Panzerfaust der Macht. Tobias und der gefallene Engel. Ein Banner mit seltsamer Inschrift. Essays eines Suchenden. Schädel in Flammen. Zusammenprall der Symbole. Löcher im Himmel. Das gläserne Schwert. Mystizismus und Literatur. Die Magd und der Zauberer. Der durchbohrte Kelch. Im Schneekristall.*

Arnolds Bücher. Zu Dutzenden.

Ich starrte auf das massive Gebirge makellosen Drucks. Ich griff nach einem der Bücher und schlug es irgendwo auf. Zorn packte mich. Mit einem angewiderten Knurren versuchte ich, das Buch mitten durchzureißen, aber der Buchrücken war zu stark, also fetzte ich die Seiten bündelweise heraus. Das nächste war ein Taschenbuch, und ich zerlegte es mit Erfolg zuerst in zwei, dann in vier Teile. Ich griff nach dem nächsten. Francis sah mir zu, und über sein Gesicht ging ein verständnisvolles, vergnügtes Strahlen. Dann kam er die Treppe herunter, um mir zu helfen. Zufrieden in sich hinein brummelnd, packte er ein Buch nach dem anderen, zerpflückte es und machte sich dann konsequent daran, auch noch die auf den Boden gesegelten Stöße von Seiten zu zerschnetzeln. Resolut arbeiteten wir uns durch den Inhalt der Schachtel, breitbeinig dastehend wie Männer, die in einem Fluß arbeiten. Der Berg von Papierfetzen um uns wuchs. Wir brauchten nicht einmal ganze zehn Minuten, um Arnold Baffins Gesamtwerk zu vernichten.

»Wie geht's dir jetzt, Brad?«

»Gut.«

Ich war anscheinend ohnmächtig geworden. Seit meiner Rückkehr nach London hatte ich praktisch nichts gegessen. Ich saß auf dem schwarzen Wollteppich im Wohnzimmer, mit dem Rücken gegen einen der Armstühle gelehnt, der an die Wand geschoben worden war. Das Gasfeuer flackerte und knackte. Eine Lampe brannte. Francis hatte ein paar belegte Brote gemacht, und ich hatte etwas davon gegessen. Ich hatte auch ein wenig

Whisky getrunken. Ich fühlte mich sehr komisch, aber nicht mehr so schwach und schwindlig, keine schwarzen Sterne barsten mehr vor meinen Augen, keine schweren schwarzen Baldachine senkten sich herab und drückten mich zu Boden. Ich war auf dem Boden, und mein Körper kam mir sehr lang und bleischwer vor. Im flackernden Licht sah ich Francis sehr deutlich, so deutlich, daß es mir unangenehm war; er war auf einmal zu nahe, zu gegenwärtig. Ich schaute hinunter und sah, daß er meine Hand hielt. Auch das war mir unangenehm, und ich zog sie weg.

Francis, der mittlerweile eine ganze Menge Whisky getrunken hatte, wie mir jetzt wieder einfiel, machte einen ganz munteren Eindruck. Er kniete neben mir und betrachtete mich mit konzentriertem Eifer wie der Schöpfer sein Werk. Seine Lippen waren wie zu einem Kußmund gespitzt, die große rote Unterlippe vorgestülpt, so daß man die scharlachrote Schleimhaut sah. Die kleinen, engstehenden Augen funkelten fröhlich. Seine eine Hand, der ich die meine entzogen hatte, tat nun das gleiche wie seine zweite und strich ryhthmisch über die feisten Oberschenkel in der abgetragenen, schäbigen Hose seines blauen Anzugs. Von Zeit zu Zeit stieß er ein mitleidiges, glucksendes Geräusch aus.

Zum ersten Mal seit meiner Rückkehr nach London hatte ich das Gefühl, an einem wirklichen Ort, in Gegenwart eines wirklichen Menschen zu sein. Zugleich erging es mir wie einem, der nach langem Dahinkränkeln plötzlich noch kränker und hilfloser wird: Ich ergab mich in die furchtbare Lage. Ich hatte meinen Verstand immer noch so weit beisammen, daß ich sah, wie erfreut Francis über meinen Kollaps war. Aber ich nahm es ihm nicht übel.

»Trink noch einen, Brad, das wird dir guttun. Und mach dir keine Sorgen. Ich such sie für dich.«

»Ist gut«, sagte ich. »Ich bleib da. Ich muß. Sie wird sicher hierherkommen. Oder? Bestimmt wird sie herkommen. Sie kann jeden Augenblick dasein. Ich werde heut nacht wieder die Tür offen lassen, so wie gestern. Dann kann sie herein, wie ein kleiner Vogel, der ins Nest fliegt. Dann kann sie herein.«

»Morgen fange ich mit dem Suchen an. Zuerst gehe ich zu ihrem College. Und dann zu Arnolds Verleger. Irgendwo finde ich schon eine Spur. Gleich morgen früh ziehe ich los. Kränk dich nicht, Brad. Sie kommt zurück, du wirst sehen. Nächste Woche um die Zeit bist du schon wieder glücklich.«

»Ich weiß, daß sie zurückkommt«, sagte ich. »Es ist komisch, wenn man etwas so genau weiß. Ihr Liebe zu mir ist ein Wort von absoluter Wahrheit. Sie gehört in den Bereich des Ewigen. An diesem Wort kann ich nicht zweifeln, es ist der Logos allen Seins, und wenn sie mich nicht liebt, dann kehrt das Chaos wieder. Lieben heißt kennen, wie die Philosophen uns immer schon gesagt haben. Ich kenne Julian intuitiv, als wäre sie hier in meinem Kopf.«

»Ich weiß, Brad. Wenn man jemanden wirklich liebt, ist es so, als würde die ganze Welt es sagen.«

»Alles bürgt dafür. So wie die Menschen früher meinten, daß alles für die Existenz Gottes bürgt. Hast du jemals so geliebt, Francis?«

»Ja, Brad. Da gab's einmal einen Jungen. Aber er hat sich umgebracht. Ist schon lange her.«

»Mein Gott, Priscilla. Ich vergesse sie immer wieder.«

»Es war meine Schuld, Brad. Wirst du mir das je verzeihen –«

»Es war meine Schuld. Trotzdem werde ich das Gefühl nicht los, daß es unvermeidlich war. Als hätte sie Krebs gehabt. Aber wie kann ich nur so was denken? Sie sozusagen in Gedanken zum Tod verurteilen? Irgendwie habe ich das Gefühl, als wäre auch sie in mir, aber das ist sie nicht. Sie war alt geworden, sie hatte alle Hoffnung verloren, und dann starb sie. Sie zerfiel zu Asche. Vielleicht ist es mit Gott auch so. Er glaubt, er hält jedes kleine Ding sicher in seinem Denken, aber wenn er eines Tages genau hinsieht, wird er feststellen, daß alles tot und vermodert ist und nur noch leere Gedanken übrig sind. Darum ist die Liebe so wichtig. Sie ist der einzige Weg, einen Menschen wirklich zu erfassen, der einzige Weg, einem Menschen Kontur und Dauer zu verleihen. Oder ist das falsch? Er hat sich das Leben genommen, der Junge, den du geliebt hast? Wie hieß er denn?«

»Steve. Hör auf, Brad.«

»Priscilla starb, weil niemand sie liebte. Sie ist vertrocknet und innerlich zusammengebrochen und gestorben wie eine vergiftete Ratte. Gott liebt die Welt nicht, er kann sie nicht lieben, sieh sie dir doch an. Aber eigentlich macht es mir nicht viel aus. Ich habe meine Mutter geliebt.«

»Ich meine auch, Brad.«

»Sie war eine törichte Frau, aber ich hab sie geliebt. Was ich für Priscilla empfand, war so was wie Pflichtgefühl, aber das ist wohl nicht genug.«

»Wahrscheinlich nicht, Brad.«

»Eigentlich sollte ich alle Menschen lieben können, weil ich Julian liebe. Eines Tages werde ich es können. Ach Gott, ich möchte doch nur ein bißchen glücklich sein. Wenn sie zurückkommt, werde ich alle Menschen lieben. Ich werde Priscilla lieben.«

»Priscilla ist tot, Brad.«

»Die Liebe sollte über die Zeit triumphieren, aber kann sie das? Nicht der Narr der Zeit wollte er sein, und er wußte über die Liebe Bescheid wie keiner, er hat am Kreuz der Liebe gelitten wie keiner. Natürlich gehört das Leiden dazu. Vielleicht ist es letzten Endes alles, vielleicht ist alles im Leiden enthalten. Vielleicht bleibt nur der Schmerz übrig, wenn man alles bis in seine kleinsten Teilchen zerlegt. Wie alt bist du, Francis?«

»Achtundvierzig, Brad.«

»Zehn Jahre glücklicher und weiser als ich.«

»Ich bin nie glücklich gewesen, Brad. Ich hoffe nicht einmal mehr, es je zu sein. Aber ich liebe die Menschen immer noch. Natürlich nicht so wie Steve, aber ich liebe sie. Ich liebe dich, Brad.«

»Sie wird zurückkommen. Die Welt hat sich nicht umsonst verwandelt. Sie kann sich nicht mehr in ihre alte Gestalt zurückverwandeln. Die alte Welt ist für immer dahin. Mein Leben ist von mir abgefallen, es hat sich von mir zurückgezogen. Ich kann nicht glauben, daß ich achtundfünfzig bin.«

»Hast du viele Frauen geliebt, Brad?«

»Ich habe keinen Menschen wirklich geliebt, bevor Julian kam.«

»Aber es hat doch Frauen gegeben, nach Chris meine ich?«

»Annie. Catharine. Louise. Komisch, wie einem die Namen bleiben, wie Skelette, von denen das Fleisch abgefallen ist. Sie sind die Bezeichnung für etwas, das geschehen ist. Sie geben einem die Illusion der Erinnerung. Aber die Menschen sind fort, als wären sie tot. Vielleicht sind sie tot. Tot wie Priscilla, tot wie Steve.«

»Sag nicht seinen Namen, Brad, bitte. Ich hätte es dir nicht erzählen sollen.«

»Vielleicht liegt im Leiden die Wirklichkeit. Aber das kann nicht sein. Die Liebe verheißt doch Glück. Die Kunst verheißt Glück. Aber eigentlich ist es keine Verheißung, weil man die Zukunft gar nicht braucht. Ich glaube, ich bin jetzt glücklich. Ich werde alles aufschreiben, nur nicht heute nacht.«

»Ich beneide dich um deine Schreiberei, Brad. Du kannst ausdrücken, was du empfindest. Mich fressen meine Gefühle nur auf, und ich kann nicht einmal schreien.«

»Ja, schreien kann ich, ich kann die ganze Milchstraße mit meinem Schmerzgebrüll erfüllen. Aber weißt du, Francis, ich habe nie, nie habe ich irgend etwas wirklich *erklärt*. Jetzt habe ich das Gefühl, endlich alles erklären zu können. Es ist, als wäre die Matrix meines Lebens, das hart und eng und klein war wie eine Nuß, ins Riesenhafte gewachsen und von einem hellen Licht durchstrahlt. Alles ist wie unter einem Vergrößerungsglas. Ich kann es endlich sehen und untersuchen. Jetzt kann ich ein großer Schriftsteller werden, Francis, ich weiß, daß ich es kann.«

»Sicher, Brad. Ich hab immer schon gewußt, daß es in dir steckt. Du hast immer schon den Eindruck eines großen Geistes auf mich gemacht.«

»Ich hab bisher noch nie mein Äußerstes gegeben, Francis, mich noch nie aufs Spiel gesetzt. Ich war mein Leben lang ein schüchterner und ängstlicher Mann. Jetzt weiß ich, was es heißt, über die Angst hinaus zu sein. Jetzt bin ich da, wo die Größe ist.

Ich habe mich ausgeliefert. Und zugleich habe ich mich der Disziplin unterworfen. Ich habe keine andere Wahl. Ich liebe, ich bete an, und ich werde belohnt werden.«

»Sicher, Brad. Sie wird kommen.«

»Ja. Er wird kommen.«

»Du solltest jetzt lieber ins Bett gehen, Brad.«

»Ja, ja, ins Bett, ins Bett. Und morgen machen wir einen Plan.«

»Du bleibst da, und ich suche sie.«

»Ja. Das Glück muß existieren. Es kann nicht alles nur Schmerz sein. Aber woraus besteht das Glück? Schon gut, schon gut, Francis, ich geh ins Bett. Was ist für dich das Inbild des Leidens?«

»Ein Konzentrationslager.«

»Ja. Darüber werde ich nachdenken. Gute Nacht. Vielleicht kommt sie morgen früh zurück.«

»Vielleicht bist du morgen um diese Zeit schon glücklich.«

»Ich glaube, ich kann jetzt glücklich sein, was immer geschieht. Aber mein Gott, wenn sie morgen zurückkäme! Was hast du gesagt? Ein Konzentrationslager. Ich werde darüber nachdenken. Gute Nacht. Und danke. Danke. Gute Nacht.«

Der Morgen brachte die Krise meines Lebens. Doch was an diesem Morgen geschah, hätte ich mir in meiner wildesten Phantasie nicht ausmalen können.

»Wach auf, wach auf, Brad, da ist ein Brief.«

Ich setzte mich im Bett auf. Francis hielt mir einen Brief unter die Nase. Er trug eine französische Briefmarke, die Handschrift war mir unbekannt. Ich wußte, er konnte nur von ihr sein. »Geh und mach die Tür zu.« Er ging. Zitternd, fast weinend vor Hoffnung und Angst riß ich den Brief auf. Er lautete wie folgt:

Liebster Bradley, ich bin mit meinem Vater in Frankreich. Wir fahren weiter nach Italien. Es tut mir sehr leid, daß ich gegangen bin, ohne ein Wort für Dich zu hinterlassen, aber ich konnte nichts zum Schreiben finden. Es tut mir furchtbar leid. Ich war in einer

*so schrecklichen Verfassung. Es ist nicht so, wie mein Vater sagt,
daß du glaubst. Er ist nicht zurückgekommen, um mich zu holen.
Ich hatte einfach nur das Bedürfnis, allein zu sein, und ich konnte
nicht mehr reden. Es war auf einmal alles ganz finster und schrecklich in mir, und ich mußte allein weg.* Verzeih mir. *Alles war auf
einmal so durcheinander, nichts war mehr an seinem Platz. Es war
meine Schuld, ich hätte nicht mit Dir aufs Land fahren dürfen, ich
hätte mir das überlegen müssen. Und dann ging alles so schnell,
ich hatte auf einmal das Gefühl, als würde mein ganzes Leben aus
den Fugen geraten, ich mußte einfach weg, bitte versteh das. Ich
wollte Dich nicht verlassen, an meinen Gefühlen für dich hatte sich
nichts geändert, das war es nicht, ich hatte einfach nur das Bedürfnis, Luft zu holen. Ich bin sehr dumm gewesen und bedaure alles,
was ich in letzter Zeit getan habe. Als Du mir gesagt hast, daß du
mich liebst, war das für mich, als wäre ein Traum wahr geworden.
Wenn ich nur ein bißchen älter wäre, hätte ich gewußt, was für uns
beide das beste ist. Ich habe das Gefühl, etwas Schönes zerstört zu
haben, aber ich wußte nicht, was ich tun sollte, und damals kam
mir alles richtig vor. Ach, es tut mir so leid, und ich bin so unglücklich. (Ich kann mich hier nicht richtig aufs Schreiben konzentrieren, es kommen dauernd Leute in die Hotelhalle, und in meinem
Zimmer gibt es keinen ordentlichen Tisch.) Ich habe mit meinem
Vater lange und ausführlich über alles gesprochen, und ich glaube,
daß ich mich jetzt selbst ein bißchen besser verstehe. Ich hoffe so
sehr, daß du mir nicht böse bist und mich nicht haßt und daß Du
mir verziehen hast, daß ich einfach so weggelaufen bin. Ich schätze
Dich so sehr und werde dich immer schätzen. Ich bin immer noch
ganz durcheinander und kann mich an manches kaum erinnern,
wie nach einem Autounfall. Es kommt mir vor, als hätte ich einen
bösen Traum gehabt, aber das Böse daran ist nur meine eigene
Dummheit und Kopflosigkeit und daß ich meine eigenen Gefühle
nicht verstehe. Mein Vater sagt, niemand versteht seine Gefühle
wirklich, jeder sagt Dinge, die er nicht meint. Aber ich bedaure
nichts, und ich hoffe, Du auch nicht. Du warst wunderbar zu mir,
du bist ein wunderbarer Mensch. Du hast so wunderschön über die
Liebe gesprochen. Mein Vater sagt, ich bin zu jung, um die Liebe*

zu verstehen, und vielleicht hat er recht. Ich kann mir jetzt nicht vorstellen, daß ich Dir je hätte ebenbürtig sein können und daß wirklich ich es war, die Du brauchtest. Du hattest bestimmte Bedürfnisse, und jemand anderer wäre vielleicht besser gewesen für Dich. Ich meine, ich war nicht die Frau für dich, nicht die einzige, die in Frage kam. Entschuldige, ich kann das nicht richtig erklären. Ich bin noch so jung und dumm, noch gar keine richtige Persönlichkeit, ich komme mir vor wie ein unbeschriebenes Blatt. Du verdienst einen viel besseren, reiferen Menschen. Vielleicht bist Du jetzt sogar erleichtert. Es ist schrecklich, so fest an Dich zu denken und nicht zu wissen, was Du fühlst. O bitte, hab mich trotzdem lieb, ich brauche Liebe, noch nie habe ich sie mehr gebraucht als jetzt. Ich bin so schrecklich, schrecklich unglücklich. Aber es war alles so verrückt, und es kommt mir vor, als wäre ich aus einem Traum erwacht. Entschuldige, das habe ich, glaube ich, schon gesagt, ich kann mich nicht konzentrieren. Vater weiß, daß ich Dir schreibe, und wird mir eine Marke für den Brief geben. Ich hoffe, daß Du ihn bald bekommst. Ich hätte Dir früher geschrieben, aber ich fühlte mich so zerrissen, in meinem Kopf ging alles drunter und drüber. Es macht mich so unglücklich, daß ich so dumm gewesen bin. Hoffentlich habe ich Dich nicht verletzt, und hoffentlich haßt Du mich nicht. Natürlich war es richtig, daß du mir von Deinen Gefühlen erzählt hast, obwohl sie noch so neu waren. Oft kommt man über Gefühle hinweg, wenn man davon spricht. Trotzdem glaube ich, daß ich nur zweite Wahl für Dich war. In dieser Nacht, bevor ich wegging, hatte ich das Gefühl, daß nicht wirklich ich es sein konnte, die Du wolltest. Und das hat so weh getan, Bradley. Was ist denn schon dran an mir? Zum Teil war es wohl auch die Erschütterung über Dein Geständnis, die mir das Gefühl gab, Deine Liebe zu erwidern. Natürlich habe ich nicht gelogen. Entschuldige, ich kann es nicht richtig erklären, ich kann nicht denken. Ich habe das Gefühl, etwas Wunderbares erlebt zu haben, aber etwas, was überhaupt nicht in den normalen Rahmen von Zeit und Raum paßt.

Ich will jetzt versuchen, Dir einen ganz gewöhnlichen Brief zu schreiben, wie ich Dir früher geschrieben habe, als ich noch ein

Kind war. Vater hat sich inzwischen völlig beruhigt und schickt Dir übrigens seine herzlichen Grüße. (Im Hotel halten uns alle für ein Liebespaar!) Er ist gerade mit dem Auto zum Mechaniker gefahren. Mit der Motorhaube stimmt irgendwas nicht, sie läßt sich nicht schließen. Ich glaube, ich habe Dir nie deutlich genug gesagt, wie sehr ich meinen Vater liebe. (Vielleicht ist er der Mann in meinem Leben!) Trotzdem wäre es mir lieber gewesen, wenn er damals nicht zu unserem Bungalow gekommen wäre. Wie er an die Tür hämmerte, das war ein furchtbarer Schock, ich habe jetzt noch das Gefühl, daß ich zittere, und bei jeder Kleinigkeit kommen mir die Tränen. Aber was uns betrifft, hat es keine Rolle gespielt. Ich meine, er war nicht der Grund, warum ich weggelaufen bin. Es war etwas ganz Allgemeines, es hatte nichts mit ihm zu tun oder mit Priscilla oder damit, daß ich erfuhr, wie alt Du wirklich bist oder sonstwas. Ich habe mir von niemandem was einreden lassen. Ich glaube, wenn man einen Schock nach dem anderen erlebt, wirkt sich das irgendwie aufs Gemüt aus, und man hat das Gefühl, man muß eine Entscheidung treffen. Das mit Priscilla war wirklich ein Schock, und sie tut mir so leid. Ich hätte sie wohl öfter besuchen sollen. Es ist schlimm, wenn Menschen alt werden und allein und verlassen sind, vor allem für eine Frau. Ich hab deshalb heute früh geweint. Manchmal kann ich gar nicht aufhören mit dem Weinen. Vater wird mich zu einem seiner Fans in Italien bringen. Er selbst fährt dann heim und läßt mich dort. Die Leute sprechen kaum Englisch, und ich werde die ganze Zeit Italienisch reden müssen! Ich habe voriges Jahr ein bißchen gelernt, aber ich kann nur ein paar Worte. Die Signora wird mich unterrichten. Sie leben in einem ziemlich entlegenen Dorf, einem kleinen Nest irgendwo in den Bergen mit »dick Schnee« rundherum, also wird es dort kaum jemanden geben, der Englisch kann. Vielleicht fange ich an, einen Roman zu schreiben, wenn ich in Italien bin, ich habe mit meinem Vater darüber gesprochen. Ich spüre, daß ich jetzt wirklich etwas zu sagen habe.

Bitte, bitte sei mir nicht böse, und sei auch nicht traurig oder zornig auf mich. Vergib mir, daß ich mich selbst so wenig kenne, vergib mir meine jugendliche Einfalt und Selbstsucht. Ich kann es jetzt kaum glauben, daß Du mich bedingungslos geliebt hast, wie hättest Du das gekonnt? Eine reife Frau müßte Dich doch viel stärker anziehen. Es heißt zwar, Männer haben eine Schwäche für die »Blüte der Jugend« und so weiter, aber vielleicht machen sie keinen großen Unterschied zwischen einem jungen Mädchen und dem anderen, und da haben sie ganz recht, man ist in diesem Alter noch so unfertig. Ich hoffe, Du bist nicht der Meinung, daß ich mich »liederlich« benommen habe. Ich hatte große Gefühle, und alles, was ich tat, erschien mir unvermeidlich. Ich bedaure nichts, es sei denn, wenn es Dich verletzt hat und Du mir nicht verzeihst. Ich muß diesen Brief beenden, ich sage immer wieder dasselbe, Du mußt es schon satt haben. Es tut mir so schrecklich leid, daß ich gegangen bin, ohne Dir Lebwohl zu sagen. (Ich bin übrigens per Anhalter nach London zurückgefahren, ich hab das vorher noch nie gemacht, aber es war ganz leicht.) Ich hatte einfach das Gefühl, daß ich weg muß, ich hab damals gar nicht weiter nachgedacht. Aber dann später kam es mir vernünftiger vor, auf dem eingeschlagenen Weg zu bleiben, um nicht noch mehr Durcheinander anzurichten und alle noch unglücklicher zu machen, obwohl ich Dich schrecklich, schrecklich gerne sehen möchte. Wir werden uns doch wiedersehen, nicht wahr, später vielleicht, wenn ein bißchen Zeit vergangen ist? Und dann werden wir versuchen, Freunde zu sein. Wenn ich ein bißchen reifer geworden bin. Das wird etwas Neues für mich sein und mir viel bedeuten. Ich habe jetzt, vor allem je weiter wir nach Süden kommen, das Gefühl, daß das Leben voller Möglichkeiten ist. Hoffentlich komme ich mit dem Italienisch zurecht! O verzeih mir, Bradley, verzeih mir. Vermutlich hast Du inzwischen das Gefühl, Du hättest nur etwas Sonderbares geträumt. Ich hoffe, es war wenigstens ein guter Traum. Meiner war es. Trotzdem bin ich so unglücklich, es ist alles wie auf den Kopf gestellt. Ich kann mich nicht erinnern, daß ich je vorher so viel geweint habe. Ich war so dumm und unüberlegt. Ich liebe Dich mit aufrichtiger Liebe. Es war eine Offenbarung. Ich nehme nichts zurück. Aber es war etwas »außerhalb«. Wir hätten so nicht leben können.

Ich kann diesen Brief nicht zu Ende bringen, ich habe das Gefühl, daß ich nichts richtig gesagt habe und noch etwas sagen müßte.

Aber ich kann mich einfach nicht konzentrieren, es ist so laut hier. Und da ist einer, der mich dauernd anstarrt. Die starren einen alle so an, die Franzosen. Ich hoffe, wir können später einmal wirklich Freunde sein, Bradley, es würde mir so viel bedeuten. Es wäre nicht gutgegangen mit uns, es hätte nicht gutgehen können. Es gibt keinen besonderen Grund dafür. Es wäre einfach nicht gutgegangen. Aber ich bin so froh, daß Du mit mir über Deine Liebe gesprochen hast. (Ich werde nicht alles darüber in meinem Roman erzählen, wie Du jetzt sicher denkst!) Ich hoffe, Du fühlst Dich jetzt erleichtert und wieder frei. Ich danke Dir. Und sei bitte nicht traurig. Und vergib mir, daß ich jung und dumm bin und so einen Wirrwarr angerichtet habe. Oh, ich weiß nicht, wie ich aufhören soll, aber ich muß. Leb wohl, mein Lieber, leb wohl, und alles, alles, alles Liebe.

Julian

»Darf ich reinkommen, Brad?«

Ich war beim Anziehen.

»Gute Neuigkeiten, Brad?«

»Sie ist in Italien«, sagte ich. »Ich fahre ihr nach. Sie ist in Venedig.«

Der Brief war natürlich für Arnolds Augen geschrieben. Die Stelle von der Briefmarke, die er ihr geben würde, machte das klar. Das Mädchen wurde überwacht, sie war buchstäblich eine Gefangene. Natürlich konnte sie nichts »richtig erklären«, wie sie sagte. Sie hatte einen vagen Wortschwall zu Papier gebracht, in dem sie sich dauernd wiederholte, und gehofft, im letzten Moment eine wirkliche Botschaft einschmuggeln zu können. Daher auch die ständigen Hinweise darauf, daß sie den Brief nicht beenden konnte. Aber das hatte sich als unmöglich erwiesen, weil Arnold wahrscheinlich zurückgekommen war, den Brief gelesen und sie aufgefordert hatte, ihn endlich zu Ende zu bringen. Dann hatte er ihn an sich genommen und aufgegeben. Er würde schon dafür gesorgt haben, daß sie kein Geld hatte, um selbst Briefmarken zu kaufen. Trotzdem war es ihr gelungen, mich wissen zu lassen, daß sie unter Druck schrieb. Und es war ihr sogar gelungen, mir ihr Reiseziel mitzuteilen. »Dick Schnee«, eine Formulierung, die natürlich die Aufmerksamkeit erweckte, bedeutete eindeutig Venedig. Das italienische Wort für Schnee ist *neve,* und mit ein bißchen Phantasie konnte man sich aus *neve* und *dick* ganz gut *Venedig* zusammenreimen. Und in einer Sprache, in der alles auf dem Kopf steht, bedeutete ein kleines Nest in den Bergen natürlich eine große Stadt am Meer. Außerdem hatte Arnold Venedig erwähnt, wenn auch damals, um mich in die Irre zu führen. Namen fallen nicht zufällig.

»Willst du heute noch nach Venedig?« fragte Francis, während ich in die Hose stieg.

»Ja. Sofort.«

»Weißt du, wo sie ist?«

»Nein. Der Brief ist verschlüsselt. Sie wird bei irgendeinem Bewunderer von Arnold wohnen. Wer das ist, weiß ich nicht.«

»Was kann ich tun, Brad? Sag, kann ich nicht mitkommen? Ich könnte dir helfen, für dich suchen oder die Stellung halten und so weiter. Nimm mich als eine Art Sancho Pansa mit.«

Ich überlegte einen Augenblick. »Na gut. Du könntest vielleicht wirklich nützlich sein.«

»Au fein! Soll ich gleich die Tickets besorgen? Du solltest lieber hierbleiben. Sie könnte anrufen, oder es könnte noch eine Botschaft kommen oder irgendwas.«

»Na gut.« Es klang vernünftig. Ich setzte mich aufs Bett. Ich fühlte mich wieder ziemlich schwach.

»Und noch was, Brad – sag, soll ich ein bißchen den Detektiv spielen? Ich könnte zu Arnolds Verleger gehen und rauskriegen, wer dieser Bewunderer in Italien ist.«

»Wie denn?« fragte ich. Die Blitze zuckten wieder auf, und ich sah Francis' Gesicht, ganz rund vor Eifer und von einem Sternenkranz umstrahlt wie eine göttliche Erscheinung auf einem Heiligenbild.

»Ich werde ihm erzählen, daß ich etwas darüber schreiben will, wie die verschiedenen Nationen Arnolds Werk sehen, und ihn fragen, ob er mich nicht mit seinen italienischen Bewunderern in Verbindung bringen kann. Vielleicht haben sie Adressen. Auf jeden Fall ist es einen Versuch wert.«

»Raffiniert«, sagte ich, »ein wahrer Geistesblitz.«

»Und Brad, ich werde Geld brauchen. Für die Tickets nach Venedig.«

»Es könnte sein, daß es keinen direkten Flug mehr gibt. In dem Fall buch einen Flug über Mailand.«

»Und ich werde ein paar Straßenkarten und Führer besorgen, und einen Stadtplan werden wir auch brauchen.«

»Ja, ja.«

»Dann stell mir einen Scheck aus, Brad. Da ist dein Scheckbuch. Schreib drauf ›zahlbar an den Überbringer‹, dann kann ich das Geld bei deiner Bank holen. Und setz eine ordentliche Summe ein, damit ich uns den besten Flug buchen kann. Und noch was, Brad, wenn's dir nichts ausmacht, ich hab nichts anzuziehen, es wird heiß sein dort, denke ich. Wenn's dir nichts ausmacht, würde ich mir gerne ein paar Sommersachen kaufen, ich hab wirklich gar nichts.«

»Ja. Kauf, was du willst. Auch die Reiseführer und eine Karte, das ist eine gute Idee. Und geh zum Verlag. Ja, ja.«

»Kann ich sonst noch was kaufen? Einen Sonnenhut oder ein Wörterbuch oder so was?«

»Nein. Mach dich auf die Socken. Da.« Ich gab ihm einen großen Scheck.

»Oh, danke Brad! Du bleibst hier und ruhst dich aus. Ich komme bald zurück. Ist das aufregend! Weißt du, daß ich noch nie in Italien war, Brad, überhaupt noch nie!«

Als er weg war, ging ich ins Wohnzimmer. Ich konnte mich glücklich preisen, nun hatte ich ein Ziel, einen Plan, einen Ort in der Welt, wo sie sein konnte. Eigentlich hätte ich einen Koffer packen sollen. Aber ich fühlte mich nicht dazu in der Lage. Francis würde ihn für mich packen. Mir schwindelte vor Sehnsucht nach Julian. Ich hielt noch immer ihren Brief in der Hand.

In den Bücherfächern meines Schreibtisches standen Dantes Liebesgedichte. Ich zog sie heraus. Und als ich das Buch berührte, spürte ich – so seltsam ist die Chemie der Liebe – daß mein verwirrtes Herz die darin erzählte Geschichte weiterführte. Meine Liebe hatte jetzt etwas von göttlichem Zorn. Was litt ich nicht alles um dieses Mädchens willen! Natürlich würde ich meine Schmerzen lieben. Aber solcher Schmerz erweckt einen flammenden Zorn, der vom Reinsten ist, woraus Liebe besteht. Dante, der sie so oft besang und so viel Leid durch sie erfuhr, hat das gewußt.

S'io avessi le belle trecce prese,
che fatte son per me scudiscio e ferza,
pigliandole anzi terza,
con esse passerei vespero e squille:
e non sarei pietoso nè cortese,
anzi farei com'orso quando scherza;
e se Amor me ne sferza,
io mi vendicherei di più di mille.
Ancor ne li occhi, ond'escon le faville
che m'infiammono il cor, ch'io porto anciso,
guarderei presso e fiso,
per vendicar lo fuggir che mi face:
e poi le renderei con amor pace.

Ich lag mit dem Gesicht nach unten auf dem Boden und drückte Julians Brief zusammen mit Dantes *Rime* an mein Herz, als das Telefon läutete. Ich rappelte mich hoch, schwarze Sterne sprühten vor meinen Augen, und rannte zum Telefon. Ich hörte Julians Stimme.

Nein, es war nicht ihre Stimme, es war Rachels Stimme. Nur Rachels Stimme. Aber sie klang ganz aufgeregt, und in der Aufregung hatte sie eine schreckliche Ähnlichkeit mit der Stimme Julians.

»Oh« – sagte ich, »oh –« und hielt den Hörer von mir weg. In dieser Sekunde hatte ich eine von gezackten Blitzen umzuckte Vision von Julian in schwarzer Strumpfhose, weißem Hemd und schwarzem Wams, den Schafschädel in der erhobenen Hand.

»Was ist denn, Rachel, ich hör dich so schlecht.«

»Bradley, kannst du bitte sofort herkommen.«

»Ich verreise.«

»Könntest du bitte trotzdem sofort kommen? Es ist sehr, sehr dringend.«

»Kannst denn nicht du herkommen?«

»Nein. Bradley, du mußt kommen, ich flehe dich an. Bitte komm, es hat mit Julian zu tun.«

»Rachel, sie ist doch in Venedig, oder? Weißt du ihre Adresse? Ich habe einen Brief von ihr bekommen. Sie sagt, sie wird bei einem Freund und Bewunderer Arnolds wohnen. Weißt du davon? Hast du ein Adreßbuch von Arnold, und könntest du dort nachsehen?«

»Bradley, komm sofort her. Es ist sehr – wichtig. Ich werde dir alles sagen – alles, was du wissen willst – nur komm –«

»Was ist denn los, Rachel? Ist Julian was passiert? Hast du eine schlimme Nachricht bekommen? Mein Gott, haben sie einen Unfall mit dem Wagen gehabt?«

»Ich werde dir alles sagen. Nur komm her. Komm, komm sofort, nimm dir ein Taxi, es kommt auf jede Minute an.«

»Rachel, *ist alles in Ordnung mit Julian?*«

»Ja, ja, ja, nur komm jetzt –«

Ich bezahlte das Taxi mit zitternden Händen und verstreute vor Aufregung das Geld auf den Boden. Dann rannte ich den Gartenweg hinauf und hämmerte mit dem Klopfer gegen die Tür. Rachel öffnete sofort.

Ich erkannte sie kaum. Oder besser gesagt, sie erschien mir wie ein unheilkündendes Gespenst der Vergangenheit, das mich an die weinende, ihrer Sinne kaum mächtige Gestalt vom Anfang der Geschichte erinnerte. Ihr Gesicht war dick geschwollen vom Weinen und offenbar wieder blaugeschlagen oder vielleicht auch nur schmutzig wie bei einem Kind, das sich die verweinten Augen gerieben und die Tränen dabei übers ganze Gesicht verschmiert hat.

»Rachel, sie haben einen Unfall gehabt, sie haben angerufen, sie ist verletzt. Was ist passiert, sag schon, was ist passiert?«

Rachel setzte sich auf einen Stuhl in der Diele und begann zu stöhnen. Ein schauriges Stöhnen, das einem durch Mark und Bein ging. Dabei wiegte sie den Oberkörper vor und zurück.

»Rachel – es ist etwas Schreckliches mit Julian passiert – nun sag schon, was passiert ist. Mein Gott, was ist passiert?«

Nach einer Weile stand sie auf. Sie stöhnte noch immer und stützte sich gegen die Wand. Ihr Haar war eine wirre, verfilzte Mähne, als hätte sie wie eine Wahnsinnige mit den Händen darin gewühlt und es sich über Stirn und Augen gezogen. Ihr offener Mund zitterte und war ganz naß. Die Augen waren nur Schlitze zwischen den geschwollenen Lidern, und große Tränen quollen daraus hervor. Schwerfällig wie ein Tier schleppte sie sich an mir vorbei, immer noch mit einer Hand an die Wand gestützt, und steuerte aufs Wohnzimmer zu. Sie stieß die Tür auf und deutete stumm hinein. Ich folgte ihr.

Arnold lag auf dem Boden in der Nähe des Fensters. Vom Garten schien die Sonne herein, und das Licht fiel auf seine braune Tweedhose, aber sein Kopf lag im Schatten. Ich blinzelte mit angestrengten Augen, als versuchte ich, in eine andere Dimension zu schauen. Es sah aus, als ruhe Arnolds Kopf auf einem Tablett oder dergleichen. Bei genauerem Hinsehen entpuppte es sich als nasser roter Fleck, der den Teppich durchtränkte. Ich ging näher und beugte mich über ihn.

Er lag auf der Seite, die Knie angezogen, eine nach oben gekehrte Hand in Richtung meines Fußes ausgestreckt. Seine Augen waren halb geschlossen, ein Stück weißer Augapfel blinkte hervor; er hatte die Zähne zusammengebissen, und die Lippen waren wie zu einem wütenden Knurren zurückgezogen. Sein fahles, zerzaustes Haar war blutverkrustet, ein Marmormuster aus eingetrocknetem Blut zog sich über Wangen und Hals. Der Schädel war auf der Seite eingedrückt, und das blutdunkle Haar klebte in der Vertiefung. Es sah schrecklich aus, es sah aus, als wäre Arnolds Kopf aus Wachs und irgend jemand hätte mit kräftigen Fingern tief hineingebohrt. Aus einer Schläfenader sickerte immer noch Blut.

Neben der Blutlache auf dem Teppich lag ein großer Schürhaken. Das Blut war rot und klebrig, von der Konsistenz einer sämigen Sauce, auf deren Oberfläche sich schon eine Haut bildete. Ich berührte Arnolds Schulter in dem Tweedjackett; sie war warm von der Sonne. Ich versuchte ihn zu bewegen, aber er war schwer wie Blei, wie am Boden festgeschraubt, oder meine zitternden Glieder hatten keine Kraft. Ich trat einen Schritt zurück, Blut auf den Schuhen, und stieg auf Arnolds Brille, die am Rand der kreisrunden Blutlache lag.

»Mein Gott – das hast du getan – mit dem Schürhaken –«

»Er ist tot – er muß tot sein – ist er tot?« flüsterte sie.

»Ich weiß nicht – o mein Gott –«

»Er ist tot, er ist tot«, flüsterte sie.

»Hast du einen Krankenwagen – mein Gott – was ist denn passiert?«

»Ich habe ihn geschlagen – wir haben gestritten – ich wollte ihn doch nicht – und plötzlich brüllte er auf vor Schmerz. Ich hielt es nicht aus, ihn so schreien zu hören – und da schlug ich noch einmal zu, damit er aufhört –«

»Wir müssen den Schürhaken verstecken – du mußt sagen, daß es ein Unfall war. O Gott, was sollen wir nur tun? Er kann nicht tot sein, er kann nicht –«

»Ich habe immer wieder seinen Namen gerufen, in einem fort habe ich seinen Namen gerufen, aber er hat sich nicht gerührt.« Rachels Stimme war noch immer ein Flüstern. Sie stand immer noch in der Tür. Sie hatte zu weinen aufgehört, und ihre Augen waren auf einmal ganz groß, weit aufgerissen. Immer wieder rieb sie sich mit den Händen über ihr Kleid.

»Vielleicht ist es nicht so schlimm, wie es aussieht«, sagte ich. »Beruhige dich. Hast du den Arzt angerufen?«

»Er ist tot.«

»Hast du den Arzt angerufen?«

»Nein.«

»Ich rufe den Arzt – und die Polizei wohl auch – und einen Krankenwagen. Sag ihnen, daß er hingefallen ist und sich den Kopf angeschlagen hat oder irgendwas in der Richtung – mein Gott. Ich räume wenigstens den Schürhaken weg. Vielleicht ist es besser, wenn du sagst, daß er dich geschlagen hat, und dann –«

Ich hob den Schürhaken auf. Einen Moment starrte ich in Arnolds Gesicht. Der blicklose Augenschlitz war schrecklich. Mir wurde übel vor Panik, und ich verspürte den dringenden Wunsch, diesen Alptraum so schnell wie möglich an jemand anderen abzugeben. Als ich zur Tür ging, sah ich in der Nähe von Rachels Füßen etwas auf dem Boden liegen. Ein zusammengeknülltes Papier. Arnolds Handschrift. Ich hob es auf und eilte an Rachel vorbei, die noch immer im Türrahmen lehnte. Ich ging in die Küche und legte den Schürhaken auf den Tisch. Der Papierknäuel war der Brief, den Arnold mir wegen Christin geschrieben hatte. Ich holte eine Streichholzschachtel und begann den Brief im Ausguß zu verbrennen. Er fiel mir immer wieder ins Wasser, weil meine Hände mir nicht gehorchten. Als ich ihn endlich zu Asche verwandelt hatte, drehte ich das Wasser auf. Dann begann ich den Schürhaken zu waschen. In den Blutkrusten klebten ein paar von Arnolds Haaren. Ich trocknete ihn ab und legte ihn in einen Schrank.

»Ich geh jetzt telefonieren, Rachel. Soll ich nur einen Arzt anrufen oder auch die Polizei? Was wirst du denn nur *sagen*?«

»Es hat keinen Sinn –« Sie kam heraus in die Diele, und wir standen zusammen in dem trüben Licht, das durch die Buntglasscheibe fiel.

»Du meinst, es hat keinen Sinn, nicht die Wahrheit zu sagen?«

»Es hat keinen Sinn –«

»Aber du mußt ihnen sagen, daß es ein Unfall war – daß er dich zuerst geschlagen hat – daß es Notwehr war. Rachel, soll ich die Polizei anrufen? O bitte, versuche doch zu *denken* –«

Sie murmelte etwas.

»Was?«

»Dobbin. Dobbin. Mein Liebster –«

Als sie sich abwandte, wurde mir klar, daß das ihr Kosename für Arnold sein mußte. Ich hatte ihn in all den Jahren, die ich die beiden kannte, nie von ihr gehört. Arnolds Geheimname. Sie wandte sich von mir ab und ging ins Eßzimmer. Ich hörte sie fallen. Vielleicht auf den Boden, vielleicht auch nur in einen Stuhl. Dann begann sie wieder zu klagen, ein kurzer Schrei, dann drei zitternde, wimmernde Töne, dann wieder der Schrei. Ich ging zurück ins Wohnzimmer, um nachzusehen, ob Arnold sich gerührt hatte. Fast fürchtete ich mich davor, daß er anklagend die Augen aufschlagen und sich vor Schmerz krümmen könnte, fürchtete mich vor den Schmerzensschreien, die Rachel nicht ertragen hatte. Aber er hatte sich nicht bewegt. Es war etwas Endgültiges an seiner Haltung, als wäre er zur Statue erstarrt. Er sah sich schon gar nicht mehr ähnlich, sein zur Grimasse verzerrtes Gesicht war das Gesicht eines völlig Unbekannten, wie das Gesicht eines Chinesen, fremd und undurchschaubar. Seine spitze Nase war blutigrot, und in einem Ohr hatte sich eine kleine Blutpfütze angesammelt. Das weiße Auge blitzte, der schmerzverzerrte Mund fletschte die Zähne. Als ich mich von ihm abwandte, bemerkte ich seine kleinen Füße, die ich immer so typisch und irgendwie aufreizend gefunden hatte. Sie steckten in makellos polierten braunen Schuhen und lagen manierlich nebeneinander, wie um sich gegenseitig zu trösten. Und als ich wieder zur Tür ging, entdeckte ich überall kleine Blutschmierer, auf den Stühlen, an der Wand, an den Kaminziegeln, überall dort, wo er in dieser unvorstellbaren Szene, die sich in einer anderen Region der Welt abgespielt hatte, herumgetaumelt war. Und auf dem Teppich sah ich die schattenhaften Spuren blutiger Fußabdrücke, seine, Rachels, meine.

Ich ging zum Telefon in der Diele. Rachels Schreie gingen langsam in ein leises Winseln über, fast als wimmere sie im Traum. Ich wählte 999, wurde mit einem Krankenhaus verbunden und erklärte, daß ein schwerer Unfall passiert sei und daß sie einen Krankenwagen schicken sollten. »Ein Mann hat eine Kopfverletzung. Ich glaube, es ist ein Schädelbruch. Ja.« Nach einem Augenblick des Zögerns rief ich die Polizei an und sagte das gleiche. Meine Angst vor der Polizei machte jede andere Vorgangsweise undenkbar. Rachel hatte recht, hier war nichts mehr zu verheimlichen, besser alles gleich gestehen. Alles war besser, als ›überführt zu werden‹ – schrecklicher Gedanke! Es hatte keinen Zweck, zu behaupten, Arnold wäre die Treppe hinuntergefallen. Rachel war nicht in der Verfassung, daß man ihr irgendeine Ausrede hätte eintrichtern können. Sie würde auf jeden Fall mit der Wahrheit herausplatzen.

Ich ging ins Eßzimmer, um nach ihr zu sehen. Sie saß auf dem Boden, hatte den Mund weit aufgerissen und preßte beide Hände gegen die Wangen. Ich sah ihren Mund als ein rundes O. Sie sah kaum wie ein Mensch aus; sie sah aus, wie Verdammte aussehen. Ihr Gesicht hatte keine Züge, ihre Haut war blutleer, fast bläulich, wie bei Menschen, die wenig ans Licht kommen.

»Rachel. Beruhige dich. Sie kommen.«

»Dobbin. Dobbin. Dobbin.«

Ich ging wieder hinaus, setzte mich auf die Treppe und ertappte mich dabei, daß ich in einem fort »Oh-oh-oh-oh –« sagte und nicht aufhören konnte.

Die Polizei kam zuerst. Ich ließ die Leute ein und deutete in Richtung Wohnzimmer. Durch die offene Eingangstür sah ich die sonnige Straße, sah Autos vorbeifahren, einen Krankenwagen ankommen. Ich hörte jemanden sagen: »Er ist tot.«

»Was ist passiert?«

»Fragen Sie Mrs. Baffin. Sie ist da drin.«

»Und wer sind Sie?«

Männer in dunklen Anzügen kamen, dann Männer in weißen Anzügen. Die Tür zum Eßzimmer wurde geschlossen. Ich erklärte, wer Arnold war, wer ich war, wie es kam, daß ich hier war.

»Dem ist der Schädel zersprungen wie eine Eierschale.«

Rachel schrie hinter einer verschlossenen Tür.

»Kommen Sie bitte mit.«

Ich saß in einem Polizeiwagen zwischen zwei Männern. Ich begann von neuem zu erklären. »Ich denke, er hat sie geschlagen«, sagte ich. »Es war ein Unfall. Es war kein Mord.«

Auf dem Polizeirevier erzählte ich ihnen noch einmal, wer ich war. Ich saß mit mehreren Männern in einem kleinen Raum.

»Warum haben Sie es getan?«

»Was getan?«

»Warum haben Sie Arnold Baffin getötet?«

»Ich habe Arnold Baffin nicht getötet.«

»Womit haben Sie auf ihn eingeschlagen?«

»Ich habe nicht auf ihn eingeschlagen.«

»Warum haben Sie es getan? Warum haben Sie es getan? Warum haben Sie ihn getötet?«

»Ich habe ihn nicht getötet.«

»Warum haben Sie es getan?«

NACHWORT
VON BRADLEY PEARSON

Wie wenig der Mensch doch eigentlich vom Wesen der Dinge weiß, zeigt sich sehr rasch bei der Umsetzung künstlerischer Ideale in die Praxis. Nur einen Zoll entfernt von der gewohnten Welt gibt es Welten, in denen man ein völlig Fremder ist. Gewöhnlich heilt die Natur den Menschen, der durch die Umstände unsanft von einer Welt in die andere gestoßen wird, durch gnädiges Vergessen. Wagt man sich aber nach reiflicher Überlegung an den Versuch, mit Worten Brücken zu bauen und neue Ausblicke zu erschließen, muß man bald feststellen, wie kümmerlich doch die Kraft ist, die einem gegeben ist, um die Dinge zu beschreiben oder Zusammenhänge herzustellen. Die Kunst ist eine Art künstliches Gedächtnis, und eben unter dieser Künstlichkeit leidet jeder, der ernsthafte Kunst betreibt. Die meisten Künstler sind nur die kleinen Poeten ihrer kleinen Welt, sie haben nur eine Stimme und können nur ein Lied singen.

Ich habe erlebt, daß mir innerhalb weniger Stunden sozusagen ein neuer Charakter auf den Leib geschrieben wurde. Ich meine damit nicht das eher mitleiderregende Monster, das die Presse erfand. Vor Gericht gab ich eine klägliche Figur ab. Für eine Weile war ich der Mann, über den sich ganz England empörte. *Schriftsteller erschlägt aus Neid seinen Freund, Mißgunst führt zu blutiger Auseinandersetzung zwischen Schriftstellern,* und so weiter. Diese ganzen Geschmacklosigkeiten gingen an mir vorbei, oder genauer gesagt, mein Bewußtsein verwandelte sie in viel längere und tiefere Schatten. Es war, als wäre ich durch einen Spiegel gegangen und befände mich plötzlich in einem Bild von Goya. Sogar mein Äußeres veränderte sich. Ich sah älter aus, hakennasig, wie meine eigene Karikatur. Eine Zeitung beschrieb mich als »gescheiterten, verbitterten, alten Mann«. Auf Fotografien erkannte ich mich kaum. Und ich mußte dieses neue Geschöpf sein, mußte in dieser vorgefertigten Kostümierung leben, die man mir wie einen schrecklichen goyaesken Eselskopf übergestülpt hatte.

Die ersten Tagen rissen mich in einen Strudel von Verwirrung, Mißverständnissen und Ungläubigkeit. Ich konnte einfach nicht glauben, was geschehen war, es überstieg mein Begriffsvermögen. Aber ich will darüber keine Geschichte mehr erzählen. Die Geschichte ist zu Ende. Und worum es darin eigentlich geht, werde ich gleich zu erklären versuchen. Im Lauf der Zeit versuchte ich es mit den verschiedensten Strategien, sagte einmal dies, einmal das, widerrief das Gesagte, erzählte die Wahrheit, log, brach zusammen, war teilnahmslos, probierte es mit Diplomatie und Unterwürfigkeit. Nichts von alledem nützte mir. Rachel, ganz in Schwarz, war eine rührende Erscheinung. Alle brachten ihr Hochachtung und Mitgefühl entgegen. Wenn der Richter mit ihr sprach, neigte er sich wohlwollend vor und setzte ein besonders ernstes Lächeln auf. Ich glaube nicht, daß sie die Sache kaltblütig geplant hatte. Aber erst später begriff ich, daß natürlich die Polizei selbst entschieden hatte, was geschehen war, sie legten es Rachel in den Mund, sie erklärten ihr die Zusammenhänge. Vielleicht hatte sie anfangs sogar versucht, die Wahrheit zu sagen, und sich dabei in Widersprüche verstrickt. Ihre Geschichte war einfach unglaubhaft. Der von ihren Fingerabdrücken gesäuberte und mit meinen Fingerabdrücken übersäte Schürhaken wurde bald gefunden. Es lag auf der Hand, was sich zugetragen hatte. Rachel brauchte weiter nichts zu tun, als zu schluchzen. Und ich wiederum benahm mich so schuldbewußt wie nur möglich. Vielleicht glaubte ich zeitweise fast daran, Arnold wirklich getötet zu haben, so wie sie vielleicht zeitweise glaubte, sie habe es nicht getan.

Beinahe hätte ich jetzt geschrieben: ›Ich mache ihr keinen Vorwurf‹, aber das wäre irreführend. Daß ich ihr einen Vorwurf mache, trifft es andererseits auch nicht genau. Was sie tat, war schrecklich, beide Taten waren ein Verbrechen, der Mord und die Lüge. Aber ich glaube, es ihr aus einem gewissen Respekt heraus schuldig zu sein, mich mit ihrem Verhalten auseinanderzusetzen und zu versuchen, es zu verstehen. »Die Wut eines verschmähten Weibes ist schlimmer als der Hölle Zorn.« In gewisser Weise hätte ich mich sogar geschmeichelt fühlen können. In gewisser Weise war sie fast bewundernswert. Was sie getan hatte, bewies großen Mut, einen starken Willen. Denn natürlich suchte ich ihr Motiv nicht in irgendeinem schäbigen, kleinmütigen Bestreben, die eigene Haut zu retten. Was empfand sie während des Prozesses und danach? Vielleicht dachte sie, ich würde schon irgendwie davonkommen. Vielleicht fügte sie sich nur nach und nach, von einem vagen Selbsterhaltungstrieb dazu getrieben, in die schreckliche Rolle, die sie am Ende spielte.

In gewisser Weise war das Ganze sogar ein Meisterstück. Sie hatte sich perfekt an den beiden Männern in ihrem Leben gerächt. Manche Frauen verzeihen nie. »Und wenn er vor meinen Augen ertrinkt. Ich würde keinen Finger rühren, um ihn zu retten.« Christin war Arnold nach Frankreich nachgereist, wie ich um vieles später erfuhr. Aber der Wille, der diesen tödlichen Schlag gelenkt hatte, war zweifellos schon viel früher geschmiedet worden. Schon als er zu Beginn dieser Geschichte kurz aufblitzte, war er stahlhart. Eigentlich war es kaum überraschend, was hier geschehen war. Was mich wirklich überraschte, waren die starken Gefühle, die Rachel offenbar für mich empfand. Es mußte ein beachtliches Maß an Liebe dagewesen sein, um einen solchen Haß hervorzubringen. Ich hatte schlicht und einfach nicht *bemerkt*, daß Rachel mich liebte. Sie mußte einmal sehr tief für mich empfunden haben, um die Energie aufzubringen, mich durch so ungeheuerliche und so konsequente Lügen zu vernichten. Eigentlich hätte das Hochachtung in mir auslösen sollen. Später tat es das vielleicht auch. Nein, ich mache ihr nicht wirklich einen Vorwurf, auch wenn ich ihr andererseits nicht verzeihe. Ich weiß nicht genau, was ›Verzeihen‹ bedeutet. Ich habe das Band zwischen ihr und mir durchtrennt, ich habe sie ›freigegeben‹, uns verbinden nicht einmal mehr unterirdische Strömungen unversöhnlicher Bitterkeit. Auf unbestimmte Weise wünsche ich ihr sogar alles Gute. Das Verzeihen wird oft als emotionaler Vorgang betrachtet. Aber das ist es nicht. Es ist eher eine Art Erlöschen des Gefühls. So gesehen, verzeihe ich ihr vielleicht wirklich. Es ist kaum von Bedeutung, welcher Wörter man sich in diesem Zusammenhang bedient. Im Grunde war sie ein Werkzeug, das mir einen großen Dienst erwies.

Zeitweise beschuldigte ich sie und widerrief meine Beschuldigungen dann wieder. Es ist gar nicht leicht, sich selbst auf Kosten eines anderen zu retten, nicht einmal, wenn man im Recht ist. Manchmal wurde ich fast wahnsinnig vor Schuldgefühlen, wenn ich auf mein Leben zurückblickte, doch diese unbestimmten Schuldgefühle lassen sich schwer beschreiben. Man braucht einen Menschen bloß auf die Anklagebank zu setzen, und schon fühlt er sich in irgendeiner Weise schuldig. Ich wälzte mich in meiner Schuld, suhlte mich geradezu in ihrem Schmutz. Einige Zeitungen schrieben, es habe den Anschein, als würde ich meinen Prozeß genießen. Ich habe ihn nicht genossen, aber ich habe ihn sehr intensiv und mit vollem Bewußtsein erlebt. Natürlich war ich dazu nur fähig, weil die Todesstrafe zu dieser Zeit in England bereits abgeschafft war. Dem Henker hätte ich nicht mit solchem Gleichmut entgegensehen können. Aber die vage Aussicht auf Gefängnis berührte mich in meinem neuen, erweiterten Bewußtseinszustand verhältnismäßig wenig. (Es ist unmöglich, sich im voraus einen Begriff davon zu machen, was es heißt, lange Jahre im Gefängnis zu verbringen.) Man hatte mir eine neue Existenzform aufgenötigt, und ich war begierig darauf, sie zu erforschen. Ich war (endlich) mit einer schweren Prüfung konfrontiert, und auf der Prüfungsarbeit stand mein Name. Diese Chance durfte nicht vertan werden. Nie im Leben hatte ich mich wacher und lebendiger gefühlt, und von der Höhe dieses neuen Bewußtseins blickte ich zurück auf den, der ich gewesen war: ein schüchterner, unvollkommener, verbitterter Mensch.

Mein Anwalt wollte, daß ich mich schuldig bekannte, weil ich dann Chancen hätte, mit Totschlag davonzukommen. (Womit Rachel vielleicht rechnete.) Ich bestand darauf, mich nicht schuldig zu bekennen, verweigerte aber jeden logisch zusammenhängenden Bericht über mich selbst und das, was geschehen war. Einmal erzählte ich dem Gericht die ganze Wahrheit, aber zu diesem Zeitpunkt war meine Wahrheit schon so eingekreist von meinen eigenen Winkelzügen und Lügen, daß sie niemandem mehr mit der für sich selbst bürgenden Klarheit ins Auge stach. (Ja, sie wurde sogar mit so lautstarker Entrüstung aufgenommen, daß der Saal geräumt werden mußte.) Ich war zu dem Entschluß gelangt, daß ich mich nicht selbst belasten konnte, daß ich aber auch sonst niemanden beschuldigen wollte. Das erwies sich als unmöglicher Ausgangspunkt für irgendeine plausible Geschichte. Und außerdem hatten sich ohnehin schon alle ihre Meinung gebildet, noch ehe der Prozeß auch nur begonnen hatte: der Richter, die Geschworenen, die Anwälte, mein eigener Verteidiger mit eingeschlossen, die Presse und die Öffentlichkeit. Das Beweismaterial gegen mich war erdrückend. Mein Drohbrief an Arnold wurde vorgelegt, und der belastendste Teil daraus, in dem ich mich explizit auf »irgendein Eisending« bezog, wurde in einem Ton vorgelesen, der einem das Blut in den Adern stocken ließ. Daß ich Arnolds Bücher zerrissen hatte, machte aber, glaube ich, den stärksten Eindruck auf die Geschworenen. Die Reste davon wurden tatsächlich in einer Teekiste in den Gerichtssaal gebracht. Damit war ich erledigt.

Hartbourne und Francis taten für mich, was sie konnten, jeder auf seine Weise. Hartbourne verfolgte die in Gesprächen mit meinem Anwalt ausgearbeitete Strategie, mich als Verrückten hinzustellen. (»Den Schmus nimmt dir keiner ab, altes Haus!« rief ich ihm quer durch den Gerichtssaal zu.) Sein Beweismaterial war auch recht dürftig. Ich würde oft Verabredungen absagen. (»Dann sind wir wohl alle verrückt«, meinte der Staatsanwalt.) Ich hätte vergessen, zu einer Party zu erscheinen, die zu meinen Ehren gegeben wurde. Ich sei launisch und exzentrisch und zerstreut. Ich bilde mir ein, ein Schriftsteller zu sein.

(»Aber er *ist* Schriftsteller!« sagte der Staatsanwalt. Ich applaudierte.) Ein anderes Argument für meine angebliche Geistesgestörtheit – die augenscheinliche Ruhe nämlich, mit der ich den Tod meiner Schwester hingenommen hatte – wurde später von der Staatsanwaltschaft als Beweis für meine Kaltblütigkeit herangezogen. Der eigentliche Angelpunkt dieser These aber war die Behauptung, daß ich Arnold in einem Augenblick geistiger Umnachtung getötet und es dann vollkommen vergessen hätte. Und hätte ich noch ein wenig mehr Unsicherheit an den Tag gelegt und mir noch öfter an den Kopf gegriffen, wäre diese Behauptung zumindest einer eingehenderen Untersuchung für würdig befunden worden. Doch wie die Dinge lagen, hielt man mich eher für einen Lügner als für einen Geistesgestörten. Ruhig und in aller Deutlichkeit erklärte ich, keineswegs verrückt zu sein, und Richter und Geschworene pflichteten mir bei. Hartbourne hielt mich natürlich für schuldig.

Francis war der einzige, der an meine Unschuld glaubte. Aber er konnte mir wenig helfen. Er ruinierte seine Aussage, weil er ununterbrochen weinte, was einen schlechten Eindruck auf die Geschworenen machte. Und als ›Leumundszeuge‹ gab er nicht gerade eine glückliche Figur ab. Der Staatsanwalt machte sich offen über ihn lustig. Und in seinem ängstlichen Bestreben, mich zu verteidigen, erzählte er so viele naive Lügen und Halbwahrheiten, daß er zum Schluß sogar für jene zur Spottfigur wurde, die auf meiner Seite standen. Der Richter behandelte ihn mit triefender Ironie. Es war, um es milde auszudrücken, Pech für mich, daß Francis nicht bei mir gewesen war, als Rachel anrief. Als Francis das merkte, begann er sogleich zu behaupten, er wäre ohnehin dagewesen, war aber dann nicht in der Lage, irgendeine Schilderung der Vorfälle zu geben, die auch nur den einfachsten Fragen der Staatsanwaltschaft standgehalten hätte. Die Geschworenen glaubten eindeutig, daß Francis meine ›Kreatur‹ sei und ich ihm alles, was er sagte, irgendwie ›eingeimpft‹ hätte. Und der Staatsanwalt legte ihm bald eine Schlinge. »Und warum haben Sie den Angeklagten dann nicht nach Ealing begleitet?« – »Ich mußte die Tickets für Venedig besorgen.« –

»Für *Venedig*?« – »Ja, wir wollten an dem Tag miteinander nach Venedig fliegen.« (Gelächter.) Was Francis letztlich (vollkommen gegen seine Absicht) zur Beweisführung beitrug, war eine weitere dunkle Theorie über meine Motive, nämlich die, daß ich homosexuell sei, rasend verliebt gewesen wäre in Arnold und ihn aus Eifersucht getötet hätte! Die Regenbogenpresse machte damit für eine Weile Schlagzeilen. Der Richter allerdings hob diesen Punkt in seiner Schlußrede nicht besonders hervor. Wahrscheinlich mit Rücksicht auf die Gefühle Rachels.

Christin war einer der Stars im Gerichtssaal. Sie war immer sehr sorgfältig gekleidet und trat, wie die Presse bald zu vermelden wußte, jeden Tag in neuer Garderobe auf. »Eine elegante, reiche Frau« war genau nach dem Geschmack der Journalisten, und sie brachte es im Verlauf dieses Prozesses sogar zu einer Art Ruhm, der ihr sehr zustatten kam, als sie später ihren Modesalon eröffnete. Wahrscheinlich kam ihr der Gedanke daran sogar in diesen Tagen. Sie war sehr besorgt um mich. (Auch sie hielt mich ganz offensichtlich für schuldig.) Aber sie konnte einfach nicht umhin, den Prozeß zu genießen. Sie war dem Anschein nach eine ›gute Zeugin‹. Sie sprach deutlich, bestimmt und überlegt, und der Richter, der sie eindeutig attraktiv fand, bekundete sein Wohlgefallen an ihren Aussagen. Auch die Geschworenen mochten sie, es waren einige Männer darunter, die stets Blicke wechselten, wenn sie im Gerichtssaal erschien. In den Händen eines geschickten Staatsanwaltes aber wurde sie, ohne es auch nur zu merken, dazu benutzt, mich in ein schlechtes Licht zu setzen. Als sie über unsere Ehe befragt wurde, legte man ihr Antworten in den Mund, die mich als äußerst labilen Charakter hinstellten, wenn nicht gar als ›richtiges Ekel‹. (»Würden Sie ihren geschiedenen Mann als einen leidenschaftlichen Charakter bezeichnen?« – »Oh, äußerst leidenschaftlich!«) Einmal rührte mich ihre einfältige Selbstgefälligkeit so sehr, daß ich ausrief: »Gute alte Chris!« Der Richter reagierte darauf wie auf eine schwere Beleidigung tugendhafter Weiblichkeit. Ein Sonntagsblatt bot ihr viel Geld für ihre ›Story‹ an, aber sie lehnte ab.

Rachel, für die alle so viel Sympathie und Mitgefühl empfanden, wurde nicht oft in den Zeugenstand gerufen. Wenn doch, ging ein ehrerbietiges Raunen durch den Saal. Und das Komische ist, daß auch ich dabei so etwas wie Ehrerbietung empfand, als wäre sie das Werkzeug eines Gottes. Damals dachte ich, dieses Gefühl sei ein Aspekt irgendeines dummen Schuldgefühls. Später sah ich es anders. Es war etwas Großartiges an Rachel. Sie wich meinem Blick nicht aus und versuchte auch nicht, einen Eindruck von hilfloser Verlorenheit zu erwecken, wie man es hätte erwarten können. Sie gab sich bescheiden und einfach, sie sprach freundlich, ruhig, präzise und mit einer Aufrichtigkeit, die alle rührte, mich eingeschlossen. Ich dachte daran, wie sie einmal zu mir gesagt hatte: Es steckt eine ganze Menge Feuer in mir, *Feuer*. Damals hatte ich mir keinen Begriff davon gemacht, wie leidenschaftlich und rein dieses Feuer brennen konnte.

Niemand kam je auf den Gedanken, daß sie ein Motiv gehabt haben könnte, ihren Mann zu töten. Die Ehe ist ein sehr privater Bereich. Ich selbst hatte den einzig greifbaren Beweis für eine solche Sicht der Dinge vernichtet (Arnolds Brief über Christin). Daß diese Ehe hervorragend gewesen war, wurde allgemein angenommen und klang auch in einigen Zeugenaussagen durch. Es war unnötig, eigens darauf hinzuweisen. Desgleichen wurde nie auch nur angedeutet, daß ich irgendwelche Absichten in bezug auf die Frau meines Opfers gehabt haben könnte. Der Takt, der den Ton dieses Musterprozesses angab, hätte es verboten, dergleichen auch nur zu denken, obwohl diese Vermutung doch eigentlich sehr nahelag. Nicht einmal die Presse verfolgte, soweit ich weiß, diese Spur, vielleicht weil der Gedanke, daß ich Arnold geliebt hatte, viel amüsanter war. Und wie so oft brachte der Takt die Wahrheit zur Strecke.

Mein einziges Glück war, daß Julians Name, als hätten sich alle spontan zum Schweigen verschworen, überhaupt nicht fiel. Niemand hatte Grund, sie ins Spiel zu bringen, weder meine Gegner noch meine Verteidiger, da ich einerseits sowieso schon in genügend argen Schwierigkeiten steckte und mir die Geschichte andererseits nur hätte schaden können. So löste Julian sich in nichts auf. Es war, als wäre die ganze groteske Szene in diesem Gerichtssaal des Old Bailey – die Zelebranten in Talar und Perücke, die sachlichen und dennoch theatralisch wirkenden Zeugen, die schweigende Masse des schadenfrohen Publikums – Teil einer Zaubermaschinerie, deren Zweck es war, sie zu entmaterialisieren, sie verschwinden zu lassen, als hätte es sie nie gegeben. In manchen Augenblicken aber war sie für mich in dieser Szene so überwältigend gegenwärtig, daß ich am liebsten wieder und wieder ihren Namen hinausgeschrien hätte. Aber ich tat es nicht. Wenigstens dieses mir auferlegte Schweigen hielt ich durch. Wer etwas von solchen Dingen weiß, wird verstehen, daß ich in gewisser Weise sogar erleichtert war, denn damit; daß sie nun in den Bereich des Unmöglichen entrückt war, hatte sie den letzten Grad an Vollkommenheit erreicht. Es linderte die schrecklichen Qualen jener Zeit, mein Denken ganz auf diese Vorstellung zu konzentrieren.

Rein formal wurde ich wegen Mordes an Arnold verurteilt. (Die Geschworenen hatten den Saal nur für eine halbe Stunde verlassen. Die Anwälte nahmen sich gar nicht erst die Mühe, ihre Plätze zu verlassen.) In weiterem Sinn aber, und auch das lieferte mir Material zum Nachdenken, wurde ich verurteilt, weil man eine besonders abstoßende Sorte Mensch in mir sah. Ich erregte Grauen und Abscheu im Herzen des Richters, in den Herzen der ehrbaren Bürger auf der Geschworenenbank und der Bluthunde von der Presse. Ich wurde von Herzen gehaßt. Das Urteil des Richters – »lebenslänglich« – wurde mit allgemeiner Befriedigung aufgenommen. Was ich getan hatte, war ein Verbrechen von einer Schändlichkeit, die kaum noch zu überbieten war: den Freund aus Neid auf seine Begabung zu töten! Und auch die arme Priscilla, wiederauferstanden aus dem Grab, schien mit dem Finger auf mich zu zeigen. Ich hatte als Freund und als Bruder versagt. Mehrere Zeugen hatten ausgesagt, wie gleichgültig ich dem Unglück meiner Schwester gegenübergestanden war und wie ungerührt ihr Tod mich gelassen hatte. Die Verteidigung tat, wie ich schon sagte, ihr Bestes, gerade das als Beweis für meine geistig-seelische Unausgeglichenheit vorzubringen. Aber der allgemeinen Ansicht nach bewies es nur, daß ich ein Ungeheuer war.

Es liegt jedoch nicht in meiner Absicht, hier den Prozeß zu schildern oder gar zu versuchen, meinen Gemütszustand genauer zu beschreiben. Zum letzteren Thema genügen ein paar Worte. Natürlich ist man verstört, wenn man plötzlich für einen Mord vor Gericht gestellt wird, den man nicht begangen hat. Natürlich beteuerte ich meine Unschuld. Aber ich tat es nicht (und auch das könnte die Geschworenen beeinflußt haben) mit der Heftigkeit und Leidenschaft, die man sich von einem Unschuldigen erwarten würde. Warum nicht? Der Gedanke, Arnolds Tod tatsächlich *auf mich zu nehmen* (und zu ›gestehen‹), erschien mir als ästhetische Möglichkeit. Hätte ich ihn *tatsächlich* getötet, wäre das eine Tat von einer gewissen Schönheit gewesen. Und was konnte für einen Zyniker wie mich bestechender sein als die ästhetische Befriedigung darüber, einen Mord begangen zu haben, ohne daß ich ihn wirklich hatte begehen müssen. Doch Wahrheit und Gerechtigkeit versperrten mir diesen Weg. Außerdem ist es, psychologisch gesehen, einem Mann von meinem Temperament unmöglich, in einem Augenblick der Krise zu lügen (was dem Richter und den Geschworenen eigentlich hätte klar sein müssen). Natürlich spielte es eine gewisse Rolle, daß ich durchaus das Gefühl hatte, an *mancherlei* Bösem Schuld zu tragen. Diese pittoreske Erklärung hatte zweifellos etwas für sich, wenn auch vielleicht nur, weil das Pittoreske meinen literarischen Geist anspricht. Ich hatte Arnolds Tod nicht gewollt, aber ich hatte Arnold beneidet und ihn (zumindest manchmal) gehaßt. Ich hatte Rachel enttäuscht und sie im Stich gelassen. Ich hatte Priscilla vernachlässigt. Schlimme Dinge waren geschehen, für die ich zum Teil verantwortlich war. Im Verlauf des Prozesses warf man mir vor, daß es mich völlig kaltließe, daß zwei Menschen gestorben waren. (Zuweilen hatte es, wie die Verteidigung bemerkte, den Anschein, als würde mich die Staatsanwaltschaft *zweier* Morde anklagen.) Für das Gericht war ich ein gefühlloser Mensch, der in einer Phantasiewelt lebte. Tatsächlich machte ich mir jedoch ernste Gedanken über meine

Verantwortung. Aber Schuld ist eine Form von Energie, und daher trug ich den Kopf hoch und meine Augen leuchteten. Vielleicht gibt es im Leben jedes Menschen Augenblicke, in denen nichts anderes bleibt, als sich der Schuld zu stellen. Viel später, mein verehrter Freund, hast du mich darauf hingewiesen, daß ich mich, ohne mir darüber im klaren zu sein, dem Prozeß wie einem Verfahren zur endgültigen Austreibung der Schuld aus meinem Leben unterwarf.

Aber es gab noch einen anderen und tieferen Grund dafür, daß ich mich mit einer gewissen Resignation und ohne Protestgeschrei in den Lauf der Dinge schickte. Und der hatte mit Julian zu tun. Oder vielleicht waren es zwei Gründe, die sich überlagerten. Oder sogar drei. Was glaubte ich, daß Julian von dem Ganzen dachte? Seltsamerweise war ich völlig unfähig, mir vorzustellen, was sie dachte. Ich glaubte nicht, daß sie mich für einen Mörder hielt. Aber ebensowenig erwartete ich, daß sie ihre Mutter beschuldigen würde, um mich zu verteidigen. Irgendwie hatte meine Liebe für Julian diesen Tod herbeigeführt. (Diese Kausalität stand für mich außer Zweifel.) Und ich war bereit, meine Verantwortung dafür für immer in das Mysterium meiner Liebe zu Julian und ihrer Liebe zu mir einzuschließen. Das war *ein* Grund. Aber irgendwie spürte ich auch, daß es notwendig und in einem tieferen Sinn die natürliche Folge der Heimsuchung war, für die das Schicksal mich auserkoren hatte, daß ich zum Mittelpunkt einer dramatischen Horrorgeschichte gemacht und mein Leben aus der Stille ins Scheinwerferlicht der Öffentlichkeit gerückt wurde. Manchmal sah ich darin eine Strafe dafür, daß ich mein Schweigegelübde gebrochen hatte. Dann wieder erschien es mir, unter einem nur leicht verschobenen Blickwinkel, mehr wie eine Belohnung. Weil ich Julian liebte, war mir etwas Großes widerfahren. Mir war die Ehre einer Schicksalsprüfung zuteil geworden. Durch sie und für sie zu leiden war noch ein zusätzlicher, köstlicher, fast frivoler Trost.

Das Gericht sah in mir, wie ich schon sagte, einen Phantasten. Was für ein Phantast ich wirklich war, wenn auch nicht in ihrem primitiven Sinn des Wortes, davon hatten sie kaum eine

Ahnung. Es ist die reine Wahrheit, daß mir das Bild Julians in den wachen Stunden dieser schrecklichen Tage nicht für eine Sekunde aus dem Sinn ging. Ihre absolute Gegenwärtigkeit und ihre absolute Abwesenheit waren mir zugleich bewußt. Es gab Augenblicke, in denen ich das Gefühl hatte, von der Liebe buchstäblich zerrissen zu werden. (Was für ein Gefühl muß es sein, von einem großen Tier gefressen zu werden? Ich meinte es zu wissen.) Dieser Schmerz, unter dem ich fast ohnmächtig wurde, überkam mich ein- oder zweimal, während ich gerade eine Aussage machte, und ich blieb mitten im Satz stecken, was Wasser auf die Mühlen derer war, die für meine Unzurechnungsfähigkeit plädierten. Das einzige, was mich diese Periode fast ununterbrochenen Denkens an Julian lebendig überstehen ließ, war wahrscheinlich das Fehlen jeglicher Hoffnung. Nur ein Körnchen Hoffnung hätte mich zu diesem Zeitpunkt umgebracht.

Die Psyche, die verzweifelt um ihr Überleben kämpft, ergründet ungeahnte Tiefen. Wie wenig doch die meisten sogenannten Psychologen von ihren verschlungenen Wegen und versteckten Winkeln wissen. Wie in einer dunklen Vision sah ich in einem bestimmten Augenblick die Zukunft. Ich sah dieses Buch, das ich inzwischen geschrieben habe, sah meinen verehrten Freund P. L., sah mich selbst als neuen Menschen, bis zur Unkenntlichkeit verändert. Ja, ich sah sogar noch weiter und tiefer. Das Buch mußte Julians wegen entstehen, und wegen des Buches mußte es Julian geben. Es war nicht so – obwohl die Zeit ja für das Unbewußte kaum eine Rolle spielt –, daß das Buch der Rahmen war, den sie füllen sollte, noch war sie der Rahmen, den das Buch füllte. In gewisser Weise war und ist sie das Buch, ist sie ihre eigene Geschichte. Es ist ihre Apotheose, die sie nebenbei unsterblich macht. Es ist mein Geschenk an sie und meine endgültige Besitzergreifung von ihr. Aus dieser Umarmung kann sie nie mehr entfliehen. Aber – und damit will ich keineswegs meine Liebste herabmindern – ich sah noch viel mehr im schwarzen Spiegel der Zukunft. Und das war, wenn ich so sagen kann, der tiefste Beweggrund dafür, daß ich das ungerechte Urteil des Gerichts annahm.

Ich fühlte, daß alles, was mir widerfuhr, mir nicht bloß vorherbestimmt war, sondern in jeder Einzelheit im Augenblick des Geschehens von einer göttlichen Macht *gedacht* wurde, die mich in ihren Krallen hielt. Manchmal war mir fast, als hielte ich den Atem an, um nicht durch eine winzige, eigenmächtige Bewegung den Ablauf dieser göttlichen Besitznahme zu stören. Und zugleich wußte ich, daß ich meinem Schicksal jetzt nicht mehr entrinnen konnte, und wenn ich noch so wild um mich strampelte. Der Gerichtssaal, der Richter und die Verurteilung zu lebenslänglicher Haft waren bloße Schatten eines viel größeren und wirklicheren Dramas, in dem ich Held und Opfer zugleich war. Die menschliche Liebe ist nach Plato das Tor zu aller Erkenntnis. Und durch dieses Tor, das Julian öffnete, trat mein Sein in eine andere Welt.

Wenn ich früher gedacht hatte, daß meine Fähigkeit, Julian zu lieben, identisch sei mit meiner Fähigkeit zu schreiben, endlich der Künstler zu sein, zu dem ich mich mein Leben lang erzogen hatte, so war ich im Besitz der Wahrheit gewesen, aber ich hatte sie nur dunkel erkannt. Alle großen Wahrheiten sind Mysterien, alle Moral ist letztlich Mystizismus, alle wahren Religionen sind Mysterienreligionen, alle großen Götter haben viele Namen. Dieses kleine Buch ist von großer Bedeutung für mich, ich habe es so schlicht und aufrichtig geschrieben, wie ich konnte. Wie gut es ist, weiß ich nicht, und in einem höheren Sinn kümmert es mich auch nicht. Es ist entstanden, wie wahre Kunst immer entsteht, aus absoluter Notwendigkeit und mit absoluter Leichtigkeit. Daß es kein großes Kunstwerk ist, dessen bin ich mir wohl bewußt. Was es eigentlich ist, ist für mich ebenso ein Geheimnis, wie ich mir selbst ein Geheimnis bin. Die unbewußten Aspekte der menschlichen Natur bleiben uns verborgen, bis göttliche Macht sie ganz geläutert hat, und dann hört das ängstliche Streben nach Erkenntnis auf, dann gibt es nichts mehr zu erkennen. Jeder ist klein und komisch in den Augen seines Nächsten. Und wenn er nach einer Idee, einem Begriff von sich selbst sucht, sucht er nach einem falschen Begriff. Zweifellos brauchen wir diese Begriffe, ohne sie könnten wir vielleicht nicht leben, und die letzten, auf die wir verzichten würden, sind die Begriffe von Würde, Tragik und Erlösung durch Leid. Jeder Künstler ist seiner Muse auf masochistische Weise ergeben, dieses Vergnügen wenigstens gehört ihm ganz allein. Und vielleicht stellt sich gerade in unseren größten Momenten heraus, daß wir immer noch die Protagonisten solcher Begriffe sind. Aber es sind trotzdem falsche Begriffe. Und der schwarze Eros, den ich liebte und fürchtete, war nur der schwache Schatten einer größeren und viel schrecklicheren Gottheit.

Oft haben wir in den stillen Stunden unseres isolierten Lebens über diese Dinge gesprochen, mein verehrter Freund, und wir taten es mit Worten, deren Bedeutung aus der Tiefe unseres Einvernehmens aufleuchtete wie Flammen über dunklem Wasser. So spricht der Freund zum Freund, spricht Geist zu Geist. Das war der Grund, weshalb Plato in seiner Weisheit dem Künstler im Staat Verbote auferlegte. Sokrates hat nichts geschrieben, Christus hat nichts geschrieben. Fast jede Äußerung, die nicht solcherart von Erleuchtung durchstrahlt ist, ist eine Verzerrung der Wahrheit. Und trotzdem schreibe ich diese Worte, und andere, die ich nicht kenne, werden sie lesen. Mit diesem Paradoxon und durch dieses Paradoxon habe ich, mein lieber Freund, im Frieden unserer Weltabgeschiedenheit gelebt. Vielleicht wird es für manche immer ein unvermeidliches Paradoxon bleiben, aber wahrhaft erlebt wird es nur, wenn es zugleich ein Martyrium ist.

Ich weiß nicht, ob ich die ›Außenwelt‹ je wieder sehen werde. (Seltsames Wort. Die Welt ist in Wirklichkeit zur Gänze außen und zur Gänze innen.) Die Frage ist für mich uninteressant. Wer wahrhaft zu sehen vermag, findet die Fülle der Wirklichkeit überall und das ganze ausgedehnte Universum in einem kleinen Raum. Diese alte Ziegelmauer, die wir so oft gemeinsam betrachtet haben, mein lieber Freund und Lehrer: Wie könnte ich Worte finden, ihre leuchtende Schönheit zu beschreiben, die herrlicher und erhabener ist als die Schönheit von Bergen und Wasserfällen und blühenden Blumen? All diese Dinge sind doch nur triviale Alltäglichkeiten. Was wir gemeinsam erschaut haben, ist eine Schönheit und Herrlichkeit, die Worte übersteigt: Es ist die Welt in ihrer Verklärung, und wir haben sie gefunden. Jetzt ist es mir vergönnt, in seligem Frieden zu genießen, was ich damals im Wahnsinn in den wasserblauen Augen Julian Baffins erahnte. In meinen Träumen ist sie noch immer die Verkörperung dieser verklärten Welt, so wie die Ikonen der Kindheit durch die Visionen des alternden Weisen geistern. Möge es immer so sein, denn nichts geht verloren, und selbst am Ende stehen wir immer noch am Anfang.

Und ich habe dich gefunden, mein Freund, die Krönung meiner Suche. Könnte es sein, daß du schon da warst und auf mich wartetest in diesem Kloster, in dem wir hier zusammen weilen? Nein, das ist unmöglich, mein Lieber. Bin ich dir hier durch Zufall begegnet? Nein, nein, denn wäre ich dir nicht begegnet, hätte ich dich erfinden müssen, und durch die Kraft, die du verleihst, wäre ich dazu auch fähig gewesen. Jetzt kann ich mein Leben wahrhaftig als eine Suche und eine Askese betrachten, wenn auch als Suche eines Unwissenden, der bis zum Ende im dunkeln tappte. Ich habe dich gesucht, ich habe *ihn* gesucht, und das über jede Person hinausgehende Wissen, das keinen Namen hat. Es war eine lange und schmerzliche Suche, doch am Ende hast du mich dafür getröstet, daß ich dich mein Leben lang entbehren mußte, indem du mit mir gelitten hast. Und das Leid wurde zur Freude.

So leben wir weiter hier in unserem stillen Kloster, wie wir es gerne nennen. Und so komme ich zum Ende dieses Buches. Ich weiß nicht, ob ich noch eines schreiben werde. Du hast mich gelehrt, in der Gegenwart zu leben und dem fruchtlosen, qualvollen Streben zu entsagen, das unser jämmerliches Bogenstück im großen Rad der Sehnsucht mit der Vergangenheit und der Zukunft verbindet. Die Kunst ist eitler und hohler Tand, ein Spielzeug der Illusion, wenn sie nicht über sich selbst hinaus und in die Unendlichkeit weist. Du, der Musiker, hast mir das im wortlosen Grenzbereich deiner Kunst gezeigt, wo Form und Inhalt am Rand des Schweigens schweben, wo artikulierte Formen sich selbst negieren und in Ekstase auflösen. Ob Worte durch die Wahrheit, durchs Absurde und durchs Einfache hindurch diesen Weg zum Schweigen gehen können, weiß ich nicht, und ich weiß auch nicht, was für eine Art Weg das sein könnte. Vielleicht schreibe ich wieder. Oder vielleicht schwöre ich doch noch all dem ab, was du mich als nichtigen Zauber hast erkennen lassen.

Dieses Buch ist in gewisser Weise die Geschichte meines Lebens. Aber ich hoffe, es ist auch eine ordentliche Erzählung, eine einfache Liebesgeschichte. Und ich möchte nicht, daß es am Ende so aussieht, als hätte ich in meinem weltabgeschiedenen Glück die wirkliche Existenz derer vergessen, die als meine Figuren auftraten. Zwei davon möchte ich erwähnen. Priscilla – möge ich nie die Umstände und Zufälle, die ihr Unglück bewirkten, in Gedanken so miteinander verknüpfen, daß ich darüber vergesse, daß ihr Tod keine Notwendigkeit war. Und Julian – ich bilde mir nicht wirklich ein, daß ich dich erfunden habe, mein geliebtes Mädchen, mit welcher Leidenschaft und Hingabe ich auch gedanklich an deinem Bild gearbeitet habe. Du entziehst dich meiner Umarmung für immer. Die Kunst kann sich deine Person nicht zu eigen machen, noch können Gedanken sie sich anverwandeln. Ich weiß nichts über dein jetziges Leben, und ich will nichts wissen. Für mich hat die Dunkelheit dich verschluckt. Doch es ist mir klar, daß du irgendwo lachst und weinst, Bücher liest und kochst, gähnst und vielleicht in den Armen eines Mannes liegst, und ich sinne über dieses Wissen nach. Möge ich es nie in Abrede stellen, und möge ich nie vergessen, wie sehr ich dich in der schlichten, schweren, zeitgebundenen Wirklichkeit meines Lebens geliebt habe. Diese Liebe bleibt, Julian, sie wird nicht geringer, auch wenn sie sich wandelt, es ist eine Liebe mit einem sehr klaren und getreuen Gedächtnis. Sie bereitet mir im großen und ganzen erstaunlich wenig Schmerzen. Nur manchmal nachts, wenn ich daran denke, daß du lebst und jetzt irgendwo bist, vergieße ich Tränen.

VIER NACHWORTE
VON PERSONEN DER HANDLUNG

Mr. Loxias hat mir freundlicherweise das von meinem geschiedenen Mann verfaßte Manuskript gezeigt und mich gefragt, ob ich irgendeinen Kommentar dazu abgeben möchte, der mit dem Buch gemeinsam veröffentlicht werden soll. Ich glaube nicht, daß ich viel dazu zu sagen habe, außer daß es mir vorkommt, als wäre das ganze Buch in einer falschen Tonart geschrieben. Vieles hat wohl nur aus dem Blickwinkel des Betrachters so ausgesehen. So war ich zum Beispiel überhaupt nicht »selbstgefällig« während des Prozesses, sondern im Gegenteil sehr aufgeregt. Es wäre sehr herzlos gewesen, in dieser Situation selbstgefällig zu sein. Bradley hat eine Art, alles auf seine Weise zu betrachten und es so zusammenzufügen, daß es ihm in sein Bild paßt. Vielleicht tun wir das alle, aber wir schreiben kein Buch darüber. Das Bild, das er von der Zeit unserer Ehe gibt, ist alles andere als fair. Ich will nicht gehässig sein, er tut mir wirklich sehr leid. Es muß sehr deprimierend sein, im Gefängnis zu sitzen, obwohl ich sagen muß, daß er es tapfer trägt. (Komisch, daß er es ein Kloster nennt. Schönes Kloster!) Ich kann mir nichts Schrecklicheres vorstellen, und ich finde, es ist eine große Leistung, daß er dieses Buch überhaupt geschrieben hat. Über seinen Wert, ich meine, seinen Wert als Roman oder was immer es ist, kann ich kein Urteil abgeben, ich bin kein Literaturkritiker. Aber so viel kann ich sagen: Es ist kein sehr getreues Abbild der Dinge, von denen ich weiß. Bradley hat mich nie gehaßt, solange wir verheiratet waren. Ich glaube, er hat mich überhaupt nie wirklich gehaßt, aber er mußte so tun als ob, weil ich ihn verließ (was er in dem Buch verschweigt). Er schreibt, daß ich ihn beherrscht und ihn sich selbst gestohlen hätte, oder etwas dergleichen; diese Teile des Buches klingen sehr überzeugend und sind gut geschrieben, würde ich sagen. Aber in Wirklichkeit war es überhaupt nicht so. Das Problem unserer Ehe lag darin, daß ich jung war und mich nach mehr Spaß und Glück sehnte, als Bradley mir geben konnte. Er ist manchmal recht geistreich in dem Buch und zeigt die Dinge von ihrer komischen Seite (manchmal auch Dinge, die gar nicht wirklich komisch sind), und so könnte der Leser denken, daß es recht amüsant gewesen sein muß mit ihm. Aber das war es nicht, nicht einmal, als er jung war. Es hat keinen Krieg zwischen uns gegeben, wie er behauptet, ich wurde nur immer depressiver und er auch, und so beschloß ich, ihn zu verlassen, obwohl er mich anflehte zu bleiben, was er in dem Buch allerdings nicht verrät. Unsere Ehe war ein Irrtum. In meiner zweiten Ehe war ich viel glücklicher. Ich habe nichts von diesen schrecklichen Dingen über meinen zweiten Mann gesagt, die Bradley mir in den Mund legt. Ich habe höchstens einmal einen Witz über ihn gemacht. Bradley hat es nie begriffen, wenn man einen Witz machte. Irgendwo in dem Buch, ich kann jetzt die Stelle nicht finden, sagt er, daß er ein Puritaner ist, und das ist, glaube ich, die Wahrheit. Er hat Frauen nie verstanden. Und ich glaube, er war eifersüchtig auf meinen zweiten Mann. Der Gedanke, daß die eigene Frau mit einem anderen glücklicher ist, macht Männern nie Freude. Natürlich ist er schwer im Irrtum, wenn er glaubt, ich wäre wirklich daran interessiert gewesen, wieder mit ihm zusammenzukommen, als ich zu Beginn seines ›Romanes‹ nach London zurückkehrte. So war das nicht. Ich kam zu ihm, weil er so ungefähr der einzige Mensch war, den ich in London noch kannte, und weil ich gern wissen wollte, was in der Zwischenzeit aus ihm geworden war. Ich war vergnügt und glücklich, und ich wollte ihn mir einfach nur ansehen, also kam ich auf einen Sprung bei ihm vorbei. Ich habe ihn nicht gebraucht!! Aber es war von Anfang an ein klarer Fall, daß er mich brauchte, und was er darüber schreibt, stimmt überhaupt nicht. Er war sofort hinter mir her. Und als ich ihm dann sagte, daß ich nur wollte, daß wir auf nette und lockere Art Freunde werden, da war er ganz schön wütend und aus dem Häuschen. Und deshalb hat er, glaube ich, dieses ganze Zeug geschrieben, daß er mich haßt und daß ich wie eine ekelhafte Spinne bin. Er hat es aus Rache getan, weil ich nicht freundlich genug zu ihm war, als ich wieder nach London kam. Ich finde, es geht eigentlich ganz klar aus dem Buch hervor, daß er sich wieder in mich verliebt hat oder nie aufgehört hatte, mich zu lieben. Es war ein großer Schock für ihn, als ich zurückkam und er feststellen mußte, daß ich ihn ein zweites Mal abwies. Ich glaube, das war es letztlich, was ihn um den Verstand gebracht und diese Art Wahnsinn ausgelöst hat, die er bei dem Prozeß so eifrig unter Beweis stellen wollte. Sowohl seine Schwester als auch seine Mutter waren übrigens ziemlich gestört und neurotisch, der ganzen Familie hätte eine Psychoanalyse nicht geschadet. Ich bin davon überzeugt, daß Bradley wirklich verrückt war, als er Arnold Baffin tötete, er hat es in geistiger Verwirrung getan, und hinterher hat er alles vergessen, als hätte er es bloß geträumt. Und diese Schlaftabletten, die er immer nahm, zerstören ja auch das Gedächtnis. Ich glaube, auch der Tod seiner Schwester hat ihn sehr aufgeregt, obwohl er nicht diesen Eindruck machte. Und zweifellos hat er sie im Stich gelassen, obwohl er gesehen haben muß, in welchem Zustand sie war. Er hat sie nur allzu gern an mich abgeschoben. Vielleicht war es auch eine Geldfrage, er war schon immer ein bißchen knausrig. Und was er in dem Nachwort zu seinem Buch über seine Schwester sagt, klingt mir nicht nach echtem Gefühl, sondern eher nach schlechtem Gewissen, was er oft hatte, obwohl er sich deshalb nicht besserte. Was den Teil über Miss Baffin angeht, so muß ihr das schrecklich peinlich sein, noch dazu, wo sich das meiste offenbar nur in seinem Kopf abgespielt hat. Es überrascht mich ziemlich, daß das Buch gedruckt werden soll. Ich glaube, die ganze Geschichte hatte nur den Zweck, sich von seiner Liebe zu mir abzulenken. Jedenfalls kommt es nur in Romanen vor, daß Menschen sich so plötzlich ineinander verlieben. Ich glaube, Bradleys Problem war, daß er seine Herkunft nie wirklich überwunden hat. Er redet doch immer wieder von dem »Laden«, und ich glaube, er schämte sich seiner Eltern und der Tatsache, daß er nie eine richtige Erziehung genossen hat. Ich glaube, das ist der Schlüssel zu vielem. Ich fürchte, er ist ein bißchen ein Snob, was es auch nicht leichter macht. Mein Mann denkt, daß Bradley eigentlich kein Schriftsteller ist, sondern Philosoph hätte werden sollen, nur daß er dazu nicht gebildet genug war. Übrigens irrt er sich auch, wenn er sagt, der Gedanke an den Modesalon wäre mir erst während des Prozesses gekommen; ich weiß nicht, wieso er das sagt. Ich hatte nie die Absicht, mit Mr. Baffin zusammen ein Geschäft für Damenunterwäsche aufzumachen, und hatte meinen jetzigen Salon sogar schon geplant, bevor ich nach London zurückkam. In einem aber hat er recht: Ich bin eine gute Geschäftsfrau, wie der fabelhafte Erfolg des Salons in nur wenigen Jahren beweist. Auch mein Mann fühlt sich im Geschäftsleben wohl wie der Fisch im Wasser, und daß er sich so gut in Steuerfragen auskennt, kommt uns sehr zustatten. So hat also dieser Prozeß doch wenigstens ein Gutes gehabt, obwohl ich – wie schon eingangs gesagt – sehr unglücklich war und der arme Bradley mir wirklich sehr leid tat. (Mr. Baffin natürlich auch.) Sollte Bradley das hier je lesen, möchte ich ihm gern sagen, daß ich ihn sehr bedaure und mit großer Zuneigung an ihn denke. Es hat keinen Sinn mehr, ihm Briefe zu schreiben. Daß der arme Kerl noch immer total verrückt ist, beweist ja das Nachwort zu seiner Geschichte, es klingt ganz so, als hielte er sich jetzt für einen Mystiker oder so was. Ich bekam eine richtige Gänsehaut, als ich es las, so etwas kann doch wirklich nur ein Verrückter schreiben. Und wozu dieses ganze Theater um die Kunst? Man kommt auch ganz gut ohne Kunst aus. Was ist denn mit den Menschen, die Sozialarbeit leisten oder sich für die Bekämpfung des Hungers in der Welt einsetzen und so weiter? Sollen die alle Versager sein oder nicht ganz bei Trost? Die Kunst ist nicht alles, aber Bradley denkt natürlich, das, wofür er sich begeistert, sei das einzig Wichtige auf der Welt. Zumindest wird jetzt endlich wieder einmal etwas von ihm gedruckt. Ich nehme an, es hat sich inzwischen herumgesprochen, daß »Mr. Loxias« in Wirklichkeit ein wohlbekannter

Verleger ist, der mit der Veröffentlichung von Bradleys Memoiren eine Menge Geld zu machen hofft. Und das wünsche ich ihm auch. Auch die Sonntagsausgaben verschiedener Zeitungen wollen sie abdrucken, habe ich gehört. Ich weiß nicht, ob man im Gefängnis Tantiemen beziehen kann. Die Person, die Bradley als seinen »Lehrer« oder dergleichen bezeichnet und von der er anscheinend so viel hält, muß also jemand anderer sein, oder vielleicht hat er auch das erfunden, wie so vieles sonst in seiner Geschichte. Ich möchte noch einmal betonen, wie leid Bradley mir tut und wie sehr ich hoffe, daß er nicht allzu unglücklich ist im Gefängnis. Vielleicht ist es eine Gnade, ein wenig verrückt zu sein, wenn man sich dann für glücklich hält, obwohl man es gar nicht ist.

Christin Hartbourne

Es ist mir ein Vergnügen und eine Ehre, dieser ungewöhnlichen ›Autobiographie‹ einen kritischen Epilog anzufügen. Die Ehrerbietung gegenüber meinem alten Freund, der immer noch ›hinter Schloß und Riegel‹ schmachtet, und Respekt vor der Wissenschaft, der ich damit einen Dienst erweisen kann, machen mir diese Arbeit zur Freude. Diese bemerkenswerte Selbstanalyse aus talentierter Feder verdient einen eingehenden Kommentar, für den jedoch, wie mir der Verleger sagt, leider kein Platz in dieser Ausgabe des Buches ist. Ich habe allerdings die Absicht, in Kürze ein umfangreiches Werk über den Fall Bradley Pearson zu veröffentlichen, an dem ich schon seit einiger Zeit arbeite, und die ›Autobiographie‹, ein wesentliches Beweisstück in diesem berühmten Fall, wird dort natürlich ausführlich behandelt werden. Das folgende ist nur ein auf einige prägnante Punkte beschränkter Abriß.

Um gleich mit dem Offenkundigen zu beginnen: Ich brauche wohl kaum darauf hinzuweisen, daß Bradley Pearson die klassischen Symptome des Ödipus-Komplexes aufweist. Die Feststellung mag banal sein. Die meisten Männer lieben ihre Mütter und hassen ihre Väter. Und weil das so ist, hassen und fürchten viele Männer als Erwachsene alle Frauen. (Sie können es der geliebten Mama nie verzeihen, daß sie mit dem verhaßten Papa ins Bett gegangen ist!) Das war auch bei Bradley der Fall. Über was für ein Vokabular physischen Ekels er doch verfügt, um die Damen seiner Geschichte zu schildern! Viele Männer betrachten Frauen, ohne sich dessen bewußt zu sein, als unrein. Das Phänomen der Menstruation ist für sie ekelerregend und erschreckend. Frauen riechen. Das weibliche Prinzip ist alles, was unordentlich ist, was riecht und was weich ist, das männliche Prinzip alles, was klar, sauber und hart ist. So sah es auch Bradley. Er weidet sich geradezu (ich fürchte, es gibt kein anderes Wort dafür) am körperlichen Unbehagen, an der Unsauberkeit und den Unpäßlichkeiten seiner Frauen. Die bei seiner Schwester auftretenden Symptome von Alter und geistigem Verfall widerten ihn so an, daß er sie sich auf lieblose und unschöne Weise aus den Augen schaffte, nicht ohne zugleich sein Pflichtbewußtsein ihr gegenüber zu betonen, ja uns sogar seine Zuneigung zu ihr zu beteuern. Es steht außer Zweifel, daß sie für ihn unglücklicherweise auch den ›Laden‹ repräsentierte, das schale Innere, das den verabscheuten Schoß einer sozial minderwertigen Mutter symbolisiert. Nur allzu leicht häufen sich leider solche Symbole im Leben eines Menschen und verbinden sich zu einer Kette von Ursache und Wirkung, einer kausalen Vernetzung, aus der es kein Entrinnen gibt. Der Körper ist außerdem ein Spiegelbild der Moral. Frauen sind Lügner, Verräter, Feiglinge. Bradley selbst erscheint im Gegensatz dazu als erklärter Puritaner und Asket, als großer, hagerer Mann, eine Art menschlicher Postturm, aufrecht und eisern. So kann unser Held sich, ohne besondere sexuelle Heldentaten erbringen zu müssen, als »imaginären Don Juan« betrachten. (Rührend, wie er sich damit verrät!)

Selbst bei nur flüchtiger Prüfung zeigt sich natürlich auch ganz klar, daß das Objekt unserer Untersuchung homosexuell ist. Ihm eignet der für Menschen dieses Schlags typische Narzißmus. (Man beachte seine Selbstbeschreibung zu Beginn der Geschichte.) Sein Masochismus (mehr dazu später), die eifrigen Beteuerungen seiner Männlichkeit, sein eingestandener Mangel an Identitätsbewußtsein, seine (bereits erwähnte) Einstellung gegenüber den Frauen, seine typischen elterlichen Beziehungsmuster, all das weist in dieselbe Richtung. Ja sogar sein ziemlich überraschender Mangel an Überzeugungskraft vor Gericht fällt hier herein. Er glaubte nicht an sich selbst, konnte also vom Richter und den Geschworenen kaum erwarten, daß sie ihm Glauben schenkten. Bradley Pearson brachte dieses Fehlen jeglichen Selbstgefühls mit seiner Lebensform als Künstler in Verbindung. Aber hier verwechselt er, wie so viele Laien, die Ursache mit dem Symptom. Die meisten Künstler sind homosexuell. Diese sensible, empfindsame Gattung Mensch, der es an der robusten Selbstsicherheit des Mannes wie der Frau fehlt, ist am besten dafür geeignet, die Welt darzustellen und ihr in der eigenen Seele Wohnraum zu geben.

Daß die Geschichte Bradley Pearsons von der Liebe zwischen einem Mann und einer Frau erzählt, braucht unsere Theorie nicht ins Wanken zu bringen. Bradley selbst gibt uns alle nötigen Schlüssel. Beim ersten Auftritt seiner jungen Dame in der Geschichte hält er sie anfangs für einen jungen Mann. Er verliebt sich in sie, wie er sie im Geist als Mann sieht. Er vollzieht den Geschlechtsakt mit ihr, als sie sich als Prinz verkleidet. (Und wer ist, nebenbei bemerkt, Bradley Pearsons Lieblingsdichter? Der größte Homosexuelle von allen. Wann schwingt Bradley Pearsons Phantasie sich zu Postturmhöhen auf? Wenn er sich Jungen vorstellt, die Mädchen spielen, die Jungen spielen!) Weiter: Wer ist dieses Mädchen eigentlich? (Eindeutig vaterfixiert natürlich, sieht in Bradley einen Vaterersatz.) Sie ist die Tochter von Bradleys Protegé, Rivalen und Idol, dem Pfahl in seinem Fleisch, seinem Freund, seinem Feind, seinem *Alter ego* Arnold Baffin. Die Wissenschaft behauptet, das kann kein Werk des Zufalls sein. Und die Wissenschaft hat recht.

Wenn ich sage, daß Bradley Pearson Arnold Baffin liebte, möge man darin bitte keine plumpe Behauptung sehen. Wir haben es hier mit der psychischen Struktur eines komplizierten und überaus hochentwickelten Menschen zu tun. Bradleys Zuneigung in einem schlichteren, menschlicheren Sinn war vielleicht auf ein anderes Objekt gerichtet. Aber Arnold symbolisierte für diesen bedauerlichen, verblendeten Menschen, der sich selbst die Opferrolle auferlegt, den Brennpunkt aller Leidenschaft, das Ziel aller Liebe. Es war Arnold, den er liebte, und es war Arnold, den er haßte, Arnold, sein eigenes verzerrtes Bild im Wasser, über das Narziß sich in ewiger Sehnsucht und ewigem Entzücken neigt. Er spricht von etwas »Dämonischem« – ein signifikantes Wort –, das in Arnolds Wesen wie auch in seinem liegt. Die Figur Arnolds ist vom Literarischen her gesehen auffallend blaß, das würde jeder Literaturkritiker unterschreiben. Warum eigentlich ist die ganze Geschichte so wenig überzeugend, als wäre sie irgendwie hohl? Warum haben wir das Gefühl, daß irgend etwas fehlt? Weil Bradley nicht mit der ganzen Wahrheit herausrückt. Er *sagt* zwar oft, daß er an Arnold hängt oder daß er neidisch auf ihn ist oder daß er von ihm besessen ist, aber er wagt es nicht, diese Gefühle auch lebendig zu machen. Und aufgrund dieser Unterlassung schlägt einem aus dieser Erzählung nicht die Glut entgegen, die man eigentlich erwarten würde, sondern sie läßt einen in Wirklichkeit kalt.

Doch dieses klassische Phänomen einer fehlgelenkten Zuneigung ist nicht der Hauptgegenstand unseres Interesses. Der Fall ist in erster Linie deshalb interessant, weil Bradley Pearson Künstler ist und weil er vor unseren Augen geistreich (oft auch trickreich) über seine Kunst reflektiert. Wie er sagt: Die Psyche, die verzweifelt um ihr Überleben kämpft, verliert sich in ungeahnten Tiefen. Daß er sich über die Bedeutung seiner Reflexionen oft selbst nicht im klaren ist, kann sein Werk für uns – mit entsprechend fachkundiger Erläuterung – nur noch faszinierender und lehrreicher machen.

Zu sagen, daß Bradley ein Masochist ist, wäre hier ein Gemeinplatz der Kritik. (Daß alle Künstler es sind, ist eine weitere Binsenwahrheit.) Wie leicht erkennt doch der geschulte Blick den Niederschlag von Obsessionen in der Literatur. Selbst die Größten können ihre eigenen Spuren nicht ganz verwischen, ihre kleinen Laster nicht verbergen, ja überhaupt den Ton ihres Frohlockens nicht mäßigen! *Dafür* müht der Künstler sich ab, um *diese* Szene hineinzubringen, um *dieses* geheime Symbol seiner geheimen Liebe auszukosten. Aber so geschickt er es auch anstellen mag, dem Auge der Wissenschaft kann er sich nicht entziehen. (Das ist einer der Gründe, weshalb Künstler uns Wissenschaftler stets fürchten und verketzern.) Bradley ist geschickt, vor allem in seiner irreführenden Verherrlichung einer einfachen, heterosexuellen Liebe, aber wie sollten wir nicht bemerken, daß das, was er wirklich *genießt*, die Niederlage ist, die Arnold Baffin ihm bereitet?

Natürlich ist Arnold Baffin eine Vaterfigur. Aber warum ist es ein *Schriftsteller*, auf den Bradley seine Liebe und seinen Haß fixiert? Und warum träumt er selbst so besessen davon, ein *Schriftsteller* zu sein? Die Wahl der Kunstgattung ist an sich schon signifikant. Bradley erzählt uns wortwörtlich, daß seine Eltern ein *Papier*geschäft hatten. (Papier: Papa.) Das ›Verbrechen‹, Papier zu beschmutzen (Defäkation) ist ein natürliches Bild für die Revolte gegen den Vater. Hier müssen wir den Ursprung der Paranoia suchen, deren Symptome Bradley in seiner Geschichte so eindeutig aufweist, ohne sich dessen – was wiederum typisch ist – bewußt zu sein. (Man denke an seine ›Interpretation‹ des Briefes, den seine Geliebte ihm schreibt.) Warum gerät Bradley geradezu in Verzückung über »große Papierwarengeschäfte«? *So weit* hat Vater es nie gebracht! Die allgegenwärtige vergoldete Schnupftabakdose beweist dasselbe. Sie ist ein Geschenk, das den bescheidenen Rahmen des heimischen Ladens weit übersteigt. (Und die Dose ist natürlich wie der Laden ein Symbol für den Schoß.) Was diesen verhältnismäßig einfachen Aspekt des Falles betrifft, verweise ich auf meine in Kürze erscheinende Arbeit: *Anmerkungen Freuds Schrift »Erinnerungsstörung auf der Akropolis«.*

Von größerem Interesse für die Psychologie, wenn schon nicht für die Literatur, sind Bradleys poetischere und auch bewußtere Ausschmückungen seines eigenen Themas. Der geheimnisvolle, vieldeutige Titel des Buches, der eine ganze Reihe von Interpretationen zuläßt, wird uns vom Autor, wenn auch ein wenig dunkel ›erklärt‹. Bradley spricht vom »schwarzen Eros«. Er erwähnt auch eine noch geheimnisvollere Quelle der Inspiration. Was er meint, kann, wenn man es für bare Münze nimmt, hochsignifikant oder auch nur hochgestochener Unsinn sein. Am psychologischen Gewicht einer derartigen Konzeption kann jedoch kein Zweifel bestehen. Für einen Mann ist es zweifellos natürlicher, sich die Macht der Liebe als eine Frau vorzustellen, so wie es für eine Frau natürlicher ist, sie in der Verkörperung eines Mannes zu sehen. (Es stimmt zwar, daß sowohl Eros als auch Aphrodite von Männern erfunden wurden, doch ist es wichtig, daß ersterer das Kind der letzteren ist.) Bradley aber ergötzt sich schamlos an der Vorstellung vom großen, schwarzen Bullen (vielleicht in Gestalt eines riesigen Mohren), der nach seiner Auffassung gekommen ist, um sein Leben als Künstler und Mann zu disziplinieren. Und wenn wir die Identität dieses Monsters noch weiter ergründen wollen, brauchen wir uns nur die beiden Anfangsbuchstaben seines Namens anzusehen: *Black Prince. Bradley Pearson*. Was brauchen wir mehr, um unsere Theorie abzurunden? Was den angeblichen Mr. Loxias betrifft, so ist auch er sehr bald als unser Freund in dürftiger Verkleidung zu erkennen. Es besteht sogar eine ausgeprägte Ähnlichkeit im literarischen Stil. Der Narzißmus des von der Norm Abweichenden verschluckt alle anderen Figuren und toleriert nur eine: sich selbst. Bradley erfindet Mr. Loxias, um *sich selbst* vor der Welt den Anstrich von Objektivität zu geben. Er sagt von P. Loxias: »Ich könnte ihn erfunden haben.« Genau das hat er getan!

Ich hoffe, daß mein alter Freund, wenn sein weiser Blick auf diese Seiten fällt, Nachsicht walten lassen wird mit den Betrachtungen eines bloßen Wissenschaftlers (ich sehe fast das mir so vertraute, schüchtern-ironische Lächeln). Ich möchte ihm versichern, daß sie mir nicht nur von der kühlen Liebe zur Wahrheit diktiert wurden, sondern auch von einer warmen Zuneigung zu einem sehr liebenswerten Menschen, für den der Verfasser dieses Kommentars Anerkennung und Dankbarkeit empfindet. Ich habe eingangs angedeutet, daß Bradley sich auch einer irdischeren und ›realeren‹ Zuneigung glücklich preisen durfte, daß es für ihn noch einen zweiten emotionalen Brennpunkt gab, der ihm weniger Komplikationen und Qualen bescherte. Ich habe weder die Absicht, noch habe ich es nötig, seine schlecht verhohlene Liebe zu mir als Beweis für seine pervertierten Neigungen heranzuziehen. (Der durchsichtige Versuch, das Objekt der Liebe herabzusetzen, ist wiederum typisch.) Ich kann jedoch diese Miniaturmonographie nicht schließen, ohne ihm dies zu sagen: Ich wußte von seinen Gefühlen, und ich habe sie, was er mir hoffentlich glauben wird, hoch geschätzt.

Francis Marloe
Psychologischer Berater

Bestellungen für mein in Kürze erscheinendes Werk *Bradley Pearson, der Paranoiker aus dem Papiergeschäft* zum Subskriptionspreis werden vom Verlag entgegengenommen. Auch Briefe an mich werden von dort an meine Praxis weitergeleitet.

Ein gewisser »Mr. Loxias« hat mich um einen Kommentar zu einem bizarren Schriftstück gebeten, das der Mörder meines Mannes verfaßt hat. Ich war zuerst geneigt, dieses Ersuchen einfach zu ignorieren, und habe auch daran gedacht, den Rechtsweg zu beschreiten, um die Publikation zu verhindern. Es hat jedoch, und sicher nicht zufällig, schon viel Publicity um diese Sache gegeben, und daher hätte es wenig Sinn, die Veröffentlichung dieser Suada zu verhindern. Sie bekäme dadurch nur den Reiz eines Geheimdokuments, das man letztlich doch nicht geheimhalten könnte. Offenheit und Mitgefühl sind in diesem Fall besser. Denn ich glaube, wir sollten uns bemühen, Verständnis und Erbarmen für den Autor und sein Phantasiegebilde aufzubringen. Es ist traurig, daß Pearson jetzt, wo er in der ›Abgeschiedenheit‹ lebt, die er angeblich immer gesucht hat, nicht das ernsthafte Kunstwerk hervorgebracht hat, zu dem er sich für fähig hielt und von dem er uns unablässig erzählte, sondern so etwas wie den verrückten Traum eines Halbwüchsigen.

Ich möchte gewiß nicht unfreundlich sein. Die wiedererwachte Publicity um diese furchtbare Tragödie hat mir großen Kummer bereitet. Daß mein eigenes Leben ›ruiniert‹ ist, ist eine Tatsache, mit der ich leben muß. Ich hoffe und glaube, daß das Unglück mich nicht verbittert hat. Ich will niemanden verletzen. Und ich glaube auch nicht, daß meine Offenheit Bradley Pearson jetzt irgendwie verletzen könnte. Er ist offenbar so eingesponnen in seine wunderlichen Vorstellungen von sich selbst und allem, was geschehen ist, daß er unverletzlich zu sein scheint.

Zu seinem Bericht über die Ereignisse gibt es wenig zu sagen. Es handelt sich im wesentlichen ganz eindeutig um einen

›Traum‹, wie er vielleicht für einen Psychologen interessant sein könnte. Und ich möchte auch gleich festhalten, daß ich die Motive, aus denen Bradley Pearson ihn niedergeschrieben hat, weder beurteilen will noch kann. (Zu den Motiven des Mr. Loxias will ich mich später äußern.) Das Freundlichste, was sich dazu sagen läßt, ist vielleicht, daß er einen Roman schreiben wollte, aber unfähig dazu war, etwas anderes zu Papier zu bringen als seine persönlichen Phantasien. Wahrscheinlich erzählen viele Romanschriftsteller ihre eigenen Geschichten in einer abgeänderten Form, die ›näher den Wünschen des Herzens‹ ist, aber sie haben wenigstens so viel Anstand, die Namen zu ändern. B. P. (ich will mich im folgenden dieser Abkürzung seines Namens bedienen) deutet an, daß er im Gefängnis Gott gefunden hat (oder die Wahrheit oder die Religion oder was immer). Vielleicht glauben alle Menschen, die ihr Leben im Gefängnis verbringen, sie hätten Gott gefunden, und das müssen sie wohl auch, um überleben zu können. Ich hege keine bitteren Rachegedanken gegen ihn und wünsche ihm auch nicht, daß er leidet. Sein Leiden kann meinen Verlust nicht wiedergutmachen. Vielleicht glaubt er aufrichtig an sein neues ›Credo‹, vielleicht ist es auch nur, wie die ganze Geschichte, ein Tarnmanöver, um seine verstockte Bösartigkeit zu tarnen. Sollte ihm tatsächlich die reine Bosheit diese Geschichte eingeflüstert haben, haben wir es mit einem Menschen von so üblem Charakter zu tun, daß er sich jeder normalen Beurteilung entzieht. Sollte er jedoch, was wahrscheinlicher ist, mehr oder minder an seine ›Rettung‹ und an seine Geschichte glauben, dann haben wir es mit einem zu tun, dessen Verstand unter der fortgesetzten Anspannung Schaden genommen hat. (Aber zum Zeitpunkt des Mordes war er ganz gewiß nicht verrückt.) Und dann müssen wir ihm, wie ich vorhin schon sagte, unser Mitgefühl entgegenbringen. Ich ziehe es jedenfalls vor, den Fall so zu sehen, obwohl ich nicht wissen kann und auch gar nicht wissen möchte, wie es sich wirklich verhält. Als B. P. durch die Gefängnistore schritt, war er für mich so gut wie gestorben, und ich wollte nie wieder etwas von ihm wissen. In Wut und Zorn an ihn zu denken hätte mich zu elend gemacht, außerdem wäre es fruchtlos und unmoralisch gewesen.

Ich sprach vorhin mit Bedacht von der Phantasie eines ›Halbwüchsigen‹. B. P. ist das, was man einen ›Peter Pan‹-Typ nennt. Er erzählt in seiner Geschichte überhaupt nichts von seiner Vergangenheit, das einzige, was wir darin finden, ist eine kleine Andeutung auf diverse Frauengeschichten. Er gehört zu den Männern, die gerne auf ihre Vergangenheit anspielen und sich zugleich benehmen, als wären sie ewig fünfundzwanzig. (Einmal bezeichnet er sich selbst als alternden Don Juan, als wäre der Unterschied zwischen wirklichen und gedachten Eroberungen nicht der Rede wert! Ich zweifle daran, daß es wirklich viele Frauen in seinem Leben gab.) Ein Psychiater würde ihn vermutlich ›retardiert‹ nennen. Sein literarischer Geschmack ist der eines Jugendlichen. Er redet zwar hochtrabend von Shakespeare und Homer, aber ich bezweifle, daß er den ersteren seit seiner Schulzeit je wieder gelesen hat, den letzteren wahrscheinlich nie. Was er hingegen ständig las – aber natürlich finden wir darauf keinen Hinweis –, waren mittelmäßige Abenteuergeschichten von Schriftstellern wie Forester, Stevenson und Mulford. Am liebsten las er Geschichten für Jungen, in denen viel von Abenteuer und kaum von Liebe die Rede war und bei deren Lektüre er sich mit irgendeinem edlen Helden identifizieren konnte, der das Schwert zu führen weiß oder dergleichen. Mein Mann hat mir gegenüber oft Bemerkungen darüber fallenlassen, und einmal hat er B. P. sogar direkt darauf angesprochen. Ich weiß noch, wie B. P. sich darüber aufregte und ganz rot wurde.

Das Bild, das er von sich selbst gibt, könnte falscher nicht sein. Er schildert sich als ironischen Mann voll spöttischer Verachtung für die Welt, abgeklärt und voller Ideale. Es klingt nach Selbstkritik, wenn er gesteht, daß er ein »Puritaner« ist, doch er sagt damit nur in anderen Worten, daß er sich für einen Mann von hohen Grundsätzen hält. In Wirklichkeit war er ein Mensch ohne jede Würde. Seine Erscheinung hatte etwas Lächerliches. (Und niemand hätte ihn für jünger halten können, als er

war.) Er war steif und unbeholfen, sehr schüchtern und zag-
haft, aber zugleich konnte er recht aufdringlich sein. Er ging
einem, um es ganz unverblümt zu sagen, oft auf die Nerven.
Die Behauptung, ein Künstler zu sein, war eine psychische Notwendigkeit für ihn. Soviel ich weiß, ist das bei vielen erfolglosen
Menschen so. Er behauptet, er hätte allerlei geschrieben und es
wieder zerrissen, und er ergeht sich in endlosen Schilderungen
darüber, wie er wartete und wartete, weil er ein Perfektionist
war. Ich bin sicher, er hat nie in seinem Leben etwas zerrissen
(bis auf die Bücher meines Mannes). Er war versessen darauf,
sich gedruckt zu sehen. Er sehnte sich verzweifelt nach dem,
was mein Mann hatte: Ruhm. Er wollte um jeden Preis veröffentlicht werden und machte ständig mit seinem Zeug die Runde
bei den Verlagen; er hätte alles veröffentlicht. Er bat sogar meinen Mann, bei seinem Verleger ein gutes Wort für ihn einzu-
legen. Er war überhaupt kein Stoiker und Asket, er ist immer
ein eifriger kleiner Junge geblieben, der seinen kleinen Aufsatz
in die Schülerzeitung bringen möchte. Bei einem älteren Mann
war das sogar irgendwie rührend.

Natürlich war B. P. ein Mensch, der sich seiner Minderwertigkeit schmerzlich bewußt war. Er war ein unglücklicher, enttäuschter Mann, der sich seiner Herkunft und seiner mangel-
haften Bildung schämte, und törichterweise auch seines Berufs,
weil er sich einbildete, die Leute würden deshalb über ihn
spotten. Er war auch wirklich eine komische Figur für uns alle,
aber nicht aus diesem Grund. Bevor das Unglück passiert war,
konnte niemand ihn erwähnen, ohne sich ein leises Lächeln zu
verkneifen. Das muß ihm bewußt gewesen sein. Ich halte es für
möglich, und das ist ein schockierender Gedanke, daß ein
Mensch dazu fähig ist, ein schweres Verbrechen zu begehen,
nur damit die Leute aufhören, über ihn zu lachen. Daß B. P. es
haßte, wenn über ihn gelacht wurde, geht wohl eindeutig aus
der Geschichte hervor. Der ziemlich pompöse, selbstironische
Stil ist eine Art Verteidigung, er kommt damit den Leuten auf
halbem Weg entgegen, sollte es ihnen tatsächlich einfallen, über
ihn lachen zu wollen.

Natürlich stellt er in der Schilderung seiner Beziehung zu unserer Familie alles auf den Kopf. Er behauptet mit neckischer Bescheidenheit, wir hätten ihn gebraucht. Die Wahrheit ist, daß er uns brauchte und eine Art Schmarotzer war, manchmal sogar eine wahre Plage. Er war sehr einsam, und er tat uns allen leid. Ich kann mich sogar erinnern, daß wir manchmal die absurdesten Ausflüchte ersannen, wenn er uns besuchen wollte, oder uns versteckten, wenn er an der Tür klingelte. Seine Beziehung zu meinem Mann war natürlich schwierig. Seine Behauptung, er hätte meinen Mann ›entdeckt‹, ist lächerlich. Mein Mann war schon ziemlich berühmt, als B. P. einen Verleger so lange bekniete, bis er ihn endlich eines der Bücher meines Mannes besprechen ließ. Hinterher machte er sich mit uns bekannt und wurde, wie meine Tochter es, glaube ich, einmal formuliert hat, so etwas wie unsere »Hauskatze«.

Nicht einmal in seiner Traum-Geschichte kann B. P. verhehlen, daß er auf den Erfolg meines Mannes neidisch war. Ich glaube, er war besessen von diesem Neid, er hat ihn buchstäblich aufgefressen. Er wußte auch, daß mein Mann ihn, obwohl er immer freundlich und nett zu ihm war, ein wenig verachtete und über ihn lachte. Dieses Wissen war für ihn eine *Qual*. Manchmal hatte ich das Gefühl, daß er an nichts anderes dachte. Er gibt ja selbst ganz naiv zu, daß er mit Arnold befreundet sein und sich irgendwie mit ihm identifizieren und den Ruhm für seine Arbeit mit einheimsen mußte, um nicht verrückt zu werden vor Neid und Haß. Wenn es eines Anklägers bedarf, so ist B. P. sein eigener. Und in einem Augenblick der Aufrichtigkeit gesteht er auch, daß sein Bild von Arnold voreingenommen ist. Das ist noch milde ausgedrückt. (Des weiteren gesteht er ein, daß er eigentlich die ganze Menschheit haßt!) Natürlich hat er Arnold nie geholfen, aber Arnold ihm oft. Seine Beziehung zu mir und meinem Mann war praktisch eine Eltern-Kind-Beziehung. Auch das wäre für einen Psychiater interessant. Aber ich will nicht weiter auf Dinge eingehen, die auf der Hand liegen und die ohnehin bei dem Prozeß ans Licht gekommen sind.

Seine Behauptungen über meine Tochter sind natürlich absurd, sowohl was seine Gefühle betrifft als auch ihre. Für meine Tochter war er immer so etwas wie ein ›komischer Onkel‹, und zweifellos hat er ihr leid getan. Mitleid kann leicht mit zärtlicher Neigung verwechselt werden und kann sogar eine Art von Zärtlichkeit *sein*. So gesehen, war sie ihm vielleicht wirklich zärtlich zugetan. Seine große ›Leidenschaft‹ für sie ist eine typische Phantasterei. (Was ich über ihren Ursprung und ihre Motive denke, will ich gleich erklären.) Ich glaube, daß unausgefüllte und enttäuschte Menschen sich einen Großteil ihres Lebens reinen Phantasien und Träumereien hingeben. Ich bin sicher, das kann eine große Quelle des Trostes sein, wenn es auch nicht immer harmlos ist. Und es könnte ein ›guter‹ Traum sein, sich jemanden auszusuchen, den man oberflächlich kennt, sich vorzustellen, daß dieser Jemand in einen verliebt ist, und sich eine große, dramatische Liebesbeziehung zusammenzufabulieren. B. P., der wahrscheinlich eine Art Sadomasochist ist, malt sich natürlich ein unglückliches Ende aus, eine Trennung für immer, schreckliches Liebesleid und so weiter. Der einzige Roman, den er veröffentlicht hat (er läßt durchblicken, es wären mehrere gewesen, aber in Wirklichkeit war es nur einer), ist eine Geschichte von enttäuschter romantischer Liebe, die bemerkenswerte Ähnlichkeiten mit dieser hat.

Dieselbe Ausgeburt sadomasochistischer Phantasie ist die (natürlich völlig frei erfundene) Szene zu Beginn seiner Geschichte, wo er behauptet, er wäre zu uns gekommen und hätte mich mit einem blauen Auge auf dem Bett liegend vorgefunden und so weiter und so fort. Es ist mir mehr als einmal aufgefallen, daß B. P. sowohl meinem Mann als auch mir gegenüber gerne so tat, als wisse er natürlich, daß wir häusliche Streitigkeiten hätten. Wir lachten damals über diese Schwäche, weil wir nichts Bedrohliches darin sahen. Möglich, daß er mit der Naivität des Junggesellen (der er im Grunde immer geblieben ist) gelegentliche harmlose Auseinandersetzungen wirklich für ernste Zerwürfnisse hielt. Doch leider ist es viel wahrscheinlicher, daß diese Vorstellung von heftigen Zwistigkeiten einem mehr oder minder unbewußten Wunschdenken entsprang. Er wollte nicht, daß ›Papa und Mama‹ im Frieden miteinander leben. Auf diese Weise wollte er uns beide in den eigenen Augen herabsetzen und jeden von uns enger an sich binden.

Die Sache hat jedoch, wie ich jetzt wohl offen zugeben muß, noch einen weiteren Aspekt, der aus verschiedenen Gründen, von denen viele offen auf der Hand liegen, bei dem Prozeß vertuscht wurde. Bradley Pearson war natürlich verliebt in mich. Diese Tatsache war mir und meinem Mann seit vielen Jahren bekannt und hat uns auch ein wenig belustigt. B. P.s Wunschträume über zärtliche Stunden mit mir sind trauriger Lesestoff. Diese unglückliche Liebe zu mir erklärt auch seine rein erfundene Leidenschaft für meine Tochter. Diese Fiktion ist natürlich ein Täuschungsmanöver. Zum Teil ist sie auch ein ›Ersatz‹, und zum Teil, fürchte ich, reine Rache. (Es könnte auch von Bedeutung sein, daß die starke Bindung zwischen Vater und Tochter, die in der Geschichte freilich unerwähnt bleibt, B. P. gewurmt hat, weil sie ihm, wie so oft, das Gefühl gab, der arme Ausgeschlossene zu sein.) Wie weit B. P. sich von seiner Liebe zu mir zu der schrecklichen Tat hat treiben lassen, kann ich nicht beurteilen. Ich fürchte, Neid und Eifersucht waren im Herzen dieses gewissenlosen und unglücklichen Menschen unentwirrbar miteinander verwoben. Nun aber genug von diesen Dingen, von denen ich nicht gesprochen hätte, wäre ich nicht durch die Konfrontation mit diesem Konglomerat von Lügen dazu gezwungen worden.

Man kann sich vorstellen, wie tief unglücklich ich über dieses Dokument bin. Für den schändlichen Vorschlag, es zu veröffentlichen, mache ich B. P. nicht verantwortlich. Man kann zumindest irgendwie verstehen, daß er diese unsinnigen Träume und Phantastereien zu Papier gebracht hat, um sich über die Schrecken dieses Ortes hinwegzutrösten und sich durch diese Ablenkung ernsthafte Gewissensbisse und Reuegefühle zu ersparen. Für das Verbrechen der Veröffentlichung mache ich den angeblichen Mr. Loxias (oder »Luxius«, wie er sich manchmal, glaube ich, auch nennt) verantwortlich. Wie einige Zeitungen angedeutet haben, ist dies der Deckname eines Mitgefangenen, auf den der unselige B. P. jetzt bedauerlicherweise fixiert zu sein scheint. Hinter dem Namen verbirgt sich ein berüchtigter Frauenschänder und Mörder, ein bekannter Musikvirtuose, der vor längerer Zeit schon mit seinem auf besonders grauenhafte Weise an einem erfolgreichen Musikerkollegen verübten Mord Schlagzeilen machte. Vielleicht hat die Ähnlichkeit der Verbrechen diese beiden unglücklichen Männer zueinandergebracht. Künstler sind, wie wir alle wissen, ein neidisches Volk.

Eines möchte ich am Ende noch sagen, und ich bin sicher, ich kann auch für meine Tochter sprechen, mit der ich vorübergehend nicht in Verbindung stehe, da sie – inzwischen selbst eine bekannte Schriftstellerin – im Ausland lebt. Ich hege keine Bitterkeit gegen ihn, und er tut mir, insoweit man ihn für ernsthaft gestört, wenn nicht gar für tatsächlich geisteskrank ansehen muß, in seinem fraglosen Elend aufrichtig leid.

Rachel Baffin

Ich habe die Geschichte gelesen. Ich habe auch die anderen Nachworte gesehen, was auf die übrigen Nachwortverfasser, soviel ich weiß, nicht zutrifft. Mr. Loxias hat mir dieses Vorrecht eingeräumt. (Aus verschiedenen Gründen, die ich mir denken kann.) Ich habe jedoch wenig zu sagen.

Es ist eine traurige Geschichte, voll von echtem Schmerz. Für mich war es eine schlimme Zeit, und ich habe viel davon vergessen. Ich habe meinen Vater sehr geliebt. Das ist vielleicht das Wichtigste, was ich zu sagen habe. Ich liebte ihn. Sein gewaltsamer Tod hat mir fast den Verstand geraubt. Während Pearsons Prozeß war ich dem Wahnsinn nahe. Ich kann mich an diesen Abschnitt meines Lebens nur in nebelhaften Bruchstücken erinnern, nur in Szenen. Vergessen ist eine Gnade. Der Mensch vergißt mehr, als man im allgemeinen denkt, vor allem, wenn er einen Schock erlebt hat.

Es sind noch gar nicht so viele Jahre seit diesen Ereignissen vergangen. Doch im Leben eines jungen Menschen sind es lange Jahre. Jahrhunderte trennen mich von diesem Geschehen. Ich sehe es wie in verkleinertem Maßstab und mich darin als Kind. Es ist die Geschichte von einem alten Mann und einem Kind. Ich sage das vom literarischen Standpunkt aus. Aber ich räume auch ein, daß es mich betrifft. Sind wir das, was wir als Kinder waren? Was bleibt erhalten? Ich war ein Kind: Ich bekenne mich zu mir, aber ich kann mich nicht erkennen.

Da wird zum Beispiel ein Brief zitiert. Habe ich diesen Brief geschrieben? (Hat er ihn aufgehoben?) Es scheint unvorstellbar. Und was ich darin alles sage. (Angeblich.) Das hat doch gewiß ein anderer Geist sich erdacht. Und manchmal sind die

Reaktionen des Kindes zu kindisch. Ich bin jetzt, denke ich, ›klug‹. Kann dieses kluge Ich je ein solches Kind gewesen sein? Manchmal werden mir auch Gedanken unterstellt, die ich nicht gedacht haben kann. Gedanken, die aus der Gedankenwelt des Autors eingesickert sind. (Ich bin keine sehr überzeugende ›Figur‹.) War ich nicht verwirrt, eingeschüchtert, unerfahren? Ja, es klingt nach Literatur.

Mein Vater hatte ganz recht, daß er mich nicht zum Schreiben ermutigte. Und Pearson hatte unrecht, es zu tun. Jetzt sehe ich das. Es ist Unsinn, früh mit dem Schreiben zu beginnen, man versteht noch gar nichts. Man beherrscht das Handwerk noch nicht und ist Sklave seiner Gefühle. Es ist besser, zu lernen, solange man jung ist. Pearson deutet an, daß mein Vater wenig von meinen Fähigkeiten hielt. Das Gegenteil trifft zu. Mein Vater war ein Mensch, der oft das Gegenteil von dem sagte, was er dachte. Aus Bescheidenheit oder aus Angst vor dem Schicksal. Das kommt nicht so selten vor.

Dr. Marloe beschreibt das Buch als »kalt«, und man versteht ihn. Es enthält viel Theoretisches. Trotzdem ist es auch sehr ›heiß‹ (zu heiß), voller unreflektierter persönlicher Emotionen. Und voll impulsiver Urteile, die nicht immer gut sind. Vielleicht müßte man es, wie ein Gedicht, immer wieder von neuem überdenken? Vielleicht müßte man jeden Roman mehrmals überdenken, und ein wirklich großer Schriftsteller würde nur einen einzigen Roman schreiben. (Flaubert?) Meine Mutter nennt mich zu Recht eine Schriftstellerin, aber zu Unrecht eine bekannte (ich bin Lyrikerin).

Ich gehe daher vorsichtig und sparsam mit Worten um. Es ist etwas dran an dem, was Pearson über das Schweigen sagt. Dieser Teil hat mir gefallen. Er könnte recht damit haben, daß ein Erlebnis am reichsten ist, wenn man nicht davon spricht. So wie zwischen zwei Menschen alles zerstört wird, wenn man zu einem Außenstehenden davon spricht. Die Kunst ist verschwiegen, verschwiegen, verschwiegen. Aber eine Sprache hat sie doch, sonst gäbe es sie nicht. Die Kunst ist öffentlich, öffentlich, öffentlich. (Aber nur, wenn sie gut ist.) Die Kunst ist kurz.

(Nicht im zeitlichen Sinn.) Sie ist nicht Wissenschaft, noch ist sie Liebe, sie hat weder mit Macht noch mit Dienen zu tun. Aber sie ist deren einzig wahre Stimme. Sie ist ihre Wahrheit. Sie sucht, sie schwätzt nicht.

Pearson hat Musik immer gehaßt. Daran kann ich mich erinnern. Ich weiß noch, wie er brüsk den Plattenspieler meines Vaters abstellte. (Ein Akt der Gewalt.) Ich war damals ein kleines Kind. Ich sehe die Szene. Er haßte Musik. Mr. Loxias muß ein guter Lehrer sein. (Ich weiß, er ist es, wenn ›Lehrer‹ das richtige Wort ist.) Aber liegt darin nicht eine gewisse Ironie? Pearson hat sich sein Leben lang mit dem Schreiben geplagt. Ich habe seine Notizbücher gesehen. Sie sahen nach Arbeit aus. Es standen viele Wörter darin. Jetzt hat er die Musik und vielleicht keine Worte mehr. Jetzt hat er die Musik und jenseits davon das Schweigen. Warum?

Ich gestehe, daß ich Pearsons Bücher nie gelesen habe. Ich glaube, es gibt mehr als eines. Hier irrt meine Mutter. Ich habe ihn auch nie für einen guten Kritiker gehalten. Ich glaube, er hat nur die vulgäre Seite Shakespeares verstanden. Aber ich bewunderte, was für mich sein Leben war. Ich fand es vorbildlich: Versuchen, scheitern und wieder versuchen, ein Leben lang. Ich fand es bemerkenswert, daß er es immer wieder versuchte. (Manchmal erschien es mir allerdings auch dumm.) Natürlich bewunderte ich auch meinen Vater. Das brachte mich in keinerlei Konflikt. Vielleicht war es ein hellseherischer Instinkt, der mir die Vorstellung von einem schmalen Werk sympathisch machte. (Eine Lyrikerin, die das Kind eines Romanciers ist, muß die väterliche Wortfülle mißbilligen.) Die Vorstellung, im verborgenen zu arbeiten und kleine Dinge zu machen. Aber es war nur eine Vorstellung. Pearson publizierte, soviel er konnte. Wenn mein Vater der Zimmermann war, war Pearson sicher das Walroß.*

Dies hier ist kein persönliches Statement. Wörter sind da, um zu verschweigen, Kunst ist Verschweigen. Die Wahrheit keimt in der Verborgenheit, der lakonischen Zucht. Ich möchte hier

---

* Anspielung auf Lewis Carrols *Alice im Spiegelreich*. A. d. Ü.

nur eine allgemeine Frage aufwerfen. Ich finde, daß Pearson sentimental ist, wenn er zu dem Schluß kommt, Musik sei die höchste Kunst. Glaubt er das? Er plappert nur nach. Zweifellos hat Mr. Loxias ihn beeinflußt. Musik ist eine Kunst und auch ein Symbol für alle Künste. Ihr allgemeingültigstes Symbol. Aber die höchste Kunst ist die Poesie, denn Worte sind Geist in seiner geläutertsten Form: seine Matrix. Entschuldigen Sie, Mr. Loxias.

Das Wichtigste: Pearson irrt, wenn er seinen Eros dem Urquell der Kunst gleichsetzt. Auch wenn er sagt, das eine sei ein »bloßer« Schatten des anderen. Tatsächlich ist es die Glut des Buches, die ich spüre, nicht seine Kälte. Wahre Kunst ist sehr, sehr kalt. Vor allem, wenn sie die Leidenschaft schildert. Denn nur so kann Leidenschaft geschildert werden. Pearson hat alles durcheinandergebracht. Erotische Liebe kann nie zu Kunst inspirieren. Oder nur zu schlechter Kunst, um genauer zu sein. Auf den kleinsten gemeinsamen Nenner (oder aufs größte gemeinsame Vielfache) gebracht, kann man seelische Energie durchaus Sex *nennen*. Das kümmert mich nicht. Die tiefen Quellen der menschlichen Liebe sind nicht die Quellen der Kunst. Der Dämon der Liebe ist nicht der Dämon der Kunst. Liebe hat mit Besitz und Selbstbestätigung zu tun. Kunst mit keinem von beiden. Kunst mit Eros zu verwechseln, wie schwarz auch immer, ist der gefährlichste und zersetzendste Fehler, den ein Künstler machen kann. Die Kunst kann sich sowenig mit der Liebe vermengen wie mit der Politik. Kunst hat weder mit Trost zu tun noch mit dem Möglichen. In der Kunst geht es um Wahrheit in ihrer unangenehmsten und unnützesten und daher wahrsten Form. (Ist es nicht so, Du, der Du mir zuhörst?) Pearson war nicht kühl genug. Sowenig wie mein Vater.

Selbst das ist keine Erklärung. Pearson sagt, jeder Künstler ist seiner Muse auf masochistische Weise ergeben. Inzwischen mag er eingesehen haben, wie falsch das ist. (Möglicherweise ist das der Schlüssel zu seinem Scheitern.) Nichts könnte falscher sein. Die Anbetung konzentriert sich dabei auf das Ich. Der in Anbetung Versunkene kniet, wie Narziß kniete, um sich im Spiegel des Wassers zu betrachten. Dr. Marloe sagt, der

Künstler gebe dem Universum Wohnraum. Ja. Aber dann kann er kein Narzißt sein. Und natürlich sind nicht alle Künstler homosexuell. (Was für ein Unsinn!) Kunst ist weder Religion noch Vergötterung, noch die geistige Umsetzung von Obsessionen. Nicht gute Kunst. Der Künstler hat keinen Herrn. Nein, keinen.

Julian Belling

Mr. Loxias, der das obige gelesen hat, meint, ich hätte nicht gesagt, ob ich Pearson oder meiner Mutter beipflichte. Ich habe beide seit Jahren nicht gesehen und stehe mit keinem von beiden in Kontakt. Natürlich stimme ich (grob gesprochen) dem zu, was meine Mutter sagt. Doch was Pearson zu sagen hat, ist in seiner Weise auch wahr. Ein Wort noch zu Mr. Loxias, über den allerhand Vermutungen angestellt werden: Ich glaube zu wissen, wer er ist. Er wird es verstehen, wenn ich sage, daß ich ihm gegenüber gemischte Gefühle hege. Was bedeutet ihm die Wahrheit, frage ich mich.

Ich finde, ich sollte aus Fairneß noch etwas hinzufügen. Ich glaube, daß das Kind, das ich war, den Mann geliebt hat, der Pearson war. Aber das war eine Liebe, die Worte nicht beschreiben können. Seine Worte tun es gewiß nicht. Ein literarischer Mißerfolg.

NACHWORT DES HERAUSGEBERS

Noch während die vorstehend abgedruckten Kommentare zusammengetragen wurden, ist mein lieber Freund Bradley Pearson gestorben. Er erkrankte bald nach Fertigstellung seines Buches an einem rasch fortschreitenden Krebsleiden, an dem er im Gefängnis starb. Ich war der einzige, der um ihn trauerte.

Es bleibt mir nun nicht mehr viel zu sagen. Ich hatte als Herausgeber einen langen Essay geplant, in dem ich mich kritisch mit seinem Werk und dessen moralischer Aussage auseinanderzusetzen gedachte. Eigentlich hatte ich mich darauf gefreut, das letzte Wort zu haben. Nach Bradleys Tod aber erscheint mir ein langer Kommentar müßig. Der Tod kann die Kunst nicht zum Schweigen bringen, aber er kann Gedankenpausen und Zäsuren nahelegen. Der Leser wird die Stimme der Wahrheit erkennen, wenn er sie hört. Wenn nicht, um so schlimmer für ihn.

Einige wenige – größtenteils sehr naheliegende – Bemerkungen zu den Nachworten kann ich mir jedoch nicht versagen. Mrs. Belling erklärt, nicht ganz zu Unrecht, daß Wörter da sind, um zu verschweigen. Wie wenig es doch die Verfasser der Nachworte vermochten, von diesem Gebot des Anstands Gebrauch zu machen. Im Gegenteil, sie stellen sich hemmungslos zur Schau. So versichert beispielsweise jede der Damen, daß Bradley in sie verliebt war (oder läßt es durchblicken). Sogar der Herr versichert es. Rührend. Aber das ist nur eine Kleinigkeit und war zu erwarten. Ebenso zu erwarten waren die Lügen. Mrs. Baffin lügt, um sich selbst zu schützen, Mrs. Belling, um Mrs. Baffin zu schützen. Wie gelegen es ihr doch kommt, daß ihre Erinnerung so verschwommen ist! Eine verständliche Pietät, auch wenn Mutter und Tochter schon lange alle Beziehungen zueinander abgebrochen haben. ›Dr.‹ Marloe, der bei den Verhandlungen die Wahrheit sagte, verabsäumt es jetzt feige, sie zu wiederholen. Ich habe gehört, daß er von Mrs. Baffins Anwälten bedroht wurde. ›Dr.‹ Marloe ist kein Held. Daher müssen wir ihm vergeben. Bradley, der diese traurigen Nachworte zu seinem Werk nie sah, hätte es getan.

Was immer Bradley sonst gedacht oder getan hätte, es fällt einem schwer, sich nicht darüber zu empören, was für Kleingeister diese Menschen doch sind. Jeder dieser Texte ist Eigenpropaganda, das geht vom Primitiven bis hin zum Subtilen. Mrs. Hartbourne macht Reklame für ihren Modesalon, ›Dr.‹ Marloe für seine Pseudowissenschaft, seine Praxis und seine Bücher. Mrs. Baffin gibt ihrem Bild der leidenden Witwe, das durch die ganze Presse ging, den letzten Schliff (Kommentar überflüssig). Wenigstens ist sie ehrlich, wenn sie sagt, daß sie Bradley aus ihren Gedanken gestrichen hat, als er ins Gefängnis ging. Mrs. Belling wirbt für sich als Schriftstellerin. Mit ihrem sorgfältig geschriebenen kleinen Essay werde ich mich gleich befassen. (Ob sie zugeben würde, daß ihr literarischer Stil von Bradley beeinflußt wurde? Auch das versucht sie angestrengt zu verbergen!) Scheinbar können die Lebenden die Toten immer überlisten. Aber ihr Triumph ist hohl. Das Kunstwerk lacht zuletzt.

Mit der Veröffentlichung dieser Schriftstücke verfolgte ich ursprünglich zwei Absichten. Erstens wollte ich der Öffentlichkeit ein literarisches Werk zugänglich machen. Ich bin von Natur aus ein Impresario, und dies ist nicht das erste Mal, daß ich auf diese Weise als Vermittler auftrete. Zweitens hatte ich den Wunsch, die Ehre meines verehrten Freundes wiederherzustellen, ihn kurz gesagt von der Anklage des Mordes reinzuwaschen. Daß ich in diesem Bestreben weder von Mrs. Belling noch von ›Dr.‹ Marloe unterstützt wurde, ist, wie gesagt, nicht überraschend, wenn auch betrüblich. Ich habe viel Gelegenheit gehabt, die Menschen kennenzulernen, und habe die Erfahrung gemacht, wie wenig Gutes von ihnen zu erwarten ist. In Verfolgung meines zweiten Zieles hatte ich auch die Absicht, eine lange Analyse in der Art einer kriminalistischen Zusammenfassung zu schreiben, um auf Widersprüche hinzuweisen, daraus meine Folgerungen und schließlich das Fazit zu ziehen. Nun aber habe ich mich entschlossen, darauf zu verzichten. Einerseits, weil Bradley tot ist. Denn durch den Tod wird die Entscheidung über die Wahrheit einem größeren und höheren Gericht überantwortet. Zum anderen, weil ich bei der nochmaligen Lektüre von Bradley Pearsons Geschichte fand, daß sie für sich selbst spricht.

Bleiben noch zwei Dinge zu tun. Erstens einen kurzen Bericht über Bradley Pearsons letzte Tage zu geben. Und zweitens, mich mit Mrs. Belling auseinanderzusetzen (nur über einen theoretischen Punkt; alles übrige überlasse ich ihrem Gewissen). Letzteres zuerst und nur ganz kurz: Die Kunst, meine liebe Mrs. Belling, ist eine viel zähere und robustere Pflanze, als Sie es in Ihrem sehr *literarischen* Aufsatz wahrhaben wollen. Ihre wohlgesetzten Worte, die, fürchte ich, das Romantische, ja sogar das Sentimentale streifen, sind die eines jungen Menschen. Wenn Sie einmal älter sind und mehr Kunsterfahrung haben, werden Sie das besser begreifen. (Vielleicht wird es Ihnen dann sogar vergönnt sein, Shakespeares Vulgarität zu verstehen.) Über die Seele sprechen wir immer in Metaphern: In Metaphern, deren wir uns am besten nur kurz bedienen und sie dann wegwerfen. Über die Seele können wir vielleicht überhaupt nur mit denen offen sprechen, die uns sehr nahestehen. Das macht alle Moralphilosophie zu eitlem Geschwätz. Wissenschaftlich lassen sich diese Dinge überhaupt nicht erfassen. Weder Sie, Mrs. Belling, noch sonst ein menschliches Wesen kann sich eines so tiefen Einblicks in die Dinge rühmen, daß es darüber entscheiden könnte, was der Urquell der Kunst ist und was nicht. Warum sind Sie so eifrig bestrebt, den großen Mohren in zwei Teile zu teilen? Wovor haben Sie Angst? (Die Antwort auf diese Frage könnte für Sie selbst sehr aufschlußreich sein.) Daß große Kunst so vulgär und pornographisch sein kann, wie es ihr gefällt, will nur wenig heißen. Kunst hat mit Freude, mit Spiel, mit dem Absurden zu tun. Mrs. Baffin sagt, daß Bradley eine komische

Figur war. Alle Menschen sind komische Figuren. Genau das proklamiert die Kunst. Die Kunst, das sind Abenteuergeschichten. (Warum machen Sie sich über Abenteuergeschichten lustig, Mrs. Baffin?) Natürlich hat Kunst mit Wahrheit zu tun, sie schafft Wahrheit. Aber dafür kann alles ihr die Augen öffnen. Auch die erotische Liebe. Bradleys Synthese mag naiv erscheinen; vielleicht ist sie es. Vielleicht gibt es Unterschiede hinter seiner Einheit, aber hinter den Unterschieden steht wieder die Einheit; und wie weit eröffnen sich diese Perspektiven einem Menschen, und wie weit müssen sie sich einem Künstler eröffnen? Die Kunst hat ihre eigene Strenge. Über eine strenge Philosophie kann sie nur spotten.

Was die Musik anlangt, von der Mrs. Belling so scharfsinnig sagt, sie sei das Symbol aller Künste, aber nicht ihre Königin, so bin ich geneigt, ihr nicht zu widersprechen. Ja, gerade ich kann dieses Argument durchaus würdigen. Zwar bin ich als Musiker bekannt, doch interessiere ich mich für alle Künste. Die Musik setzt Ton und Zeit in eine Beziehung zueinander und versinnbildlicht damit die äußersten Grenzen menschlicher Kommunikation. Aber die Künste bilden keine Pyramide, sondern einen Kreis. Sie sind die äußeren Schutzwälle der Sprache, deren Ausbau eine Bedingung für alle einfacheren Formen der Kommunikation ist. Ohne diese Schutzwälle würde der Mensch zum Tier herabsinken. Daß Musik aufs Schweigen verweist, ist wiederum ein Bild, das Bradley gebrauchte. Jeder Künstler träumt von einem Schweigen, in das er eintreten muß, so wie manche Tiere ins Meer zurückkehren, um zu laichen. Der Schöpfer von Formen muß die Ungeformtheit erleiden, ja sogar die Gefahr auf sich nehmen, daran zu sterben. Was hätte Bradley Pearson getan, hätte er weitergelebt? Hätte er noch ein Buch geschrieben, ein großes? Vielleicht. Die menschliche Seele ist voller Überraschungen.

Bradley starb friedlich, gütig und sanft, wie ein Mensch sterben soll. Ich erinnere mich deutlich an den Ausdruck hilfloser Überraschung auf seinem Gesicht, als der Arzt ihm das Schlimmste sagte (ich war zugegen). Er machte ein Gesicht wie einmal, als er eine große Teekanne fallen ließ und zusah, wie sie zerbrach. »Oh!« sagte er und sah mich an. Der Rest ging schnell. Bald konnte er nicht mehr aufstehen. Die Hand des Todes modellierte ihn rasch und machte seinen Kopf zum Totenschädel. Er versuchte nicht zu schreiben. Er sprach mit mir, bat mich, ihm dies und jenes zu erklären, hielt meine Hand. Miteinander hörten wir Musik.

Am Morgen des letzten Tages sagte er zu mir: »Mein lieber Freund, es tut mir leid, daß ich – immer noch da bin – so eine Last.« Und dann sagte er: »Mach kein zu großes Trara, ja?« – »Worum?« – »Um meine Unschuld. Das ist es nicht wert. Es spielt jetzt keine Rolle mehr.« Wir hörten ein bißchen Mozart auf Bradleys Transistorradio. Später sagte er: »*Die Schatzinsel*, das ist ein Buch, das ich gerne geschrieben hätte.« Gegen Abend war er viel schwächer und konnte kaum noch sprechen. »Sag mir, lieber Freund ...« – »Was?« – »Diese Oper ...« – »Welche?« – »*Der Rosenkavalier*.« Danach schwieg er eine Weile, dann fragte er: »Wie geht sie aus? Dieser junge Mann – wie heißt er gleich?« – »Oktavian.« – »Bleibt er bei der Marschallin, oder verläßt er sie und sucht sich ein Mädchen, das im Alter zu ihm paßt?« – »Er sucht sich ein Mädchen, das im Alter zu ihm paßt, und verläßt die Marschallin « – »Na ja, so soll es auch sein, nicht wahr?« Nach einer Weile drehte er sich zur Seite, immer noch meine Hand haltend, und zog sich die Decke über die Schulter, wie um zu schlafen. Und er schlief.

Der Gedanke, was für ein Trost ich ihm in seinen letzten Tagen war, macht mich froh. Ich hatte ein Gefühl, als hätte ich ihm sein Leben lang gefehlt; und am Ende litt ich mit ihm und um seine Vergänglichkeit. Auch ich brauchte ihn. Er bereicherte mein Dasein um eine neue Dimension.

Was nun meine eigene Identität anlangt: Ich kann, Herr ›Dr.‹ Marloe, kaum eine Erfindung Bradleys sein, da ich ihn überlebt habe. Zugegeben, auch Falstaff hat Shakespeare überlebt, aber er hat nicht seine Dramen herausgegeben. Und ich bin auch nicht, seien Sie dessen versichert, Mrs. Hartbourne, im Verlagswesen tätig, wenn auch mehr als ein Verleger Grund hat, mir dankbar zu sein. Wie ich hörte, wurde sogar die Vermutung geäußert, Bradley Pearson und ich, wir wären beide nur Fiktion, die Erfindung eines unbedeutenden Romanciers. Die Furcht bringt viele Hypothesen hervor. Nein, nein. Es gibt mich. Mrs. Baffin kommt der Wahrheit vielleicht näher, wenn auch ihre Sicht der Dinge von wenig überzeugender Primitivität ist. Und Bradley hat es auch gegeben. Auf dem Schreibtisch, an dem ich diese Worte schreibe, steht die kleine Bronze der Büffeldame. (Das Bein des Büffels ist inzwischen wieder ganz.) Und daneben liegt die goldene Schnupftabakdose mit der Inschrift *Von einem Freund*. Und dann ist da noch Bradley Pearsons Geschichte, zu deren Niederschrift ich ihn ermutigte, etwas von bleibenderem Wert als die erwähnten Dinge. Die Kunst ist nichts Gemütliches, und sie läßt sich nicht verspotten. Die Kunst verkündet die einzige Wahrheit, auf die es am Ende ankommt. Sie ist das Licht, in dem sich das Brüchige des Menschenlebens zum Ganzen fügen kann. Und nach der Kunst, seien Sie alle dessen versichert, kommt nichts.

P. A. *Loxias*